长篇小说

遠き落日

遥远的落日

[日] 渡边淳一 著

芳子 译

青岛出版集团 | 青岛出版社

遠き落日 by 渡辺淳一

Copyright © 1979 by 渡辺淳一

Simplified Chinese edition copyright © 2024by Qingdao Publishing House Co., Ltd.

This edition arranged through Chuzai International Co., Ltd.

All rights reserved.

简体中文版通过渡边淳一继承人经由中财国际株式会社授权出版

山东省版权局著作权合同登记号 图字：15-2017-237 号

图书在版编目（CIP）数据

遥远的落日 /（日）渡边淳一著；芳子译 . —青岛：
青岛出版社 , 2024.5

ISBN 978-7-5736-1857-3

Ⅰ.①遥… Ⅱ.①渡… ②芳… Ⅲ.①传记小说—日本—现代
Ⅳ.① I313.45

中国国家版本馆 CIP 数据核字（2024）第 018963 号

书　　名	**YAOYUAN DE LUORI** **遥远的落日**	
著　　者	[日]渡边淳一	
译　　者	芳　子	
出版发行	青岛出版社	
社　　址	青岛市崂山区海尔路 182 号（266061）	
本社网址	http://www.qdpub.com	
邮购电话	（0532）68068091	
策　　划	杨成舜	
责任编辑	霍芳芳	
特约编辑	张庆梅	
封面设计	光合时代	
照　　排	青岛新华出版照排有限公司	
印　　刷	青岛双星华信印刷有限公司	
出版日期	2024 年 5 月第 1 版　2024 年 5 月第 1 次印刷	
开　　本	大 32 开（890 mm×1240 mm）	
印　　张	18.25	
字　　数	400 千	
印　　数	1—6000	
书　　号	ISBN 978-7-5736-1857-3	
定　　价	79.00 元	

编校印装质量、盗版监督服务电话：4006532017　0532-68068050

本书建议陈列类别：日本·畅销·小说

目 录

在梅里达

一九七四年八月二日,我从墨西哥首都墨西哥城出发,乘坐墨西哥航空公司旗下的机翼上印有黑鹫图案的波音 727 客机,飞往位于尤卡坦半岛前端的加勒比海城市梅里达。

这是一条连接墨西哥城和尤卡坦半岛的地区航线,平时乘客相对来说比较少,但由于现在是夏天,正值旅游旺季,所以这班飞机已经满员。飞机机舱中洋溢着长有又黑又大的眼睛、端正的鼻子、浓密的胡须的墨西哥人那特有的亲切笑声与喧闹,一路朝尤卡坦半岛飞去。

飞机起飞后,快速向上拉起,当高度越过夏天的云层之后,马上就能看见前方右侧有一座山峰孤立于云端之上。同行的日裔二世山田先生告诉我,那是海拔五千四百五十二米的波波卡特佩特火山。

墨西哥城位于群山环抱的墨西哥谷地内,海拔两千二百三十米。我望着那座高高的山峰,心想:如果用五千四百五十二米减去两千二百三十米的话,还剩三千二百多米,这大概就像日本人仰望富士山一样的感觉吧。实际上,那座山的确有些像富士山。且不说山麓部分是什么形状,单看露出云端的那部分,呈漂亮的等边三角形,山顶还被洁白的积雪覆盖着。可能是由丁想到了富士山吧,我以为它可能就是墨西哥最高的山峰了。但是,随着飞机不断西行,当波波卡特佩特火山退向后方的时候,与它相仿,甚至可能比它还高的山峰一座又一座地从云端露出并呈现在眼前。这些山峰虽然不像波波卡特佩特火山那样姿态完美,但山顶上也被皑皑白雪覆盖着。在这些山峰中,最高的当数奥里萨巴山,海拔五千七百米。

随着飞机朝这座山的右后方飞行,我终于能看见墨西哥湾那蓝色的海岸线了。被墨西哥东岸和尤卡坦半岛西岸环绕着的这片海域,准确地讲应该叫作坎佩切湾,是墨西哥湾的一个支湾。

到底是南国风光,海水湛蓝湛蓝的,让人觉得,如果现在就这样落入海中的话,恐怕一切都将被染成湛蓝色。

从墨西哥城到梅里达,总航程大约需要一个半小时。在这条地区航班上,当飞机飞越坎佩切湾上空时,空姐会向乘客提供一些饮料。我一边喝咖啡,一边俯视着加勒比海。过于清澈湛蓝的原色调太刺眼了,我不由得收回了视线,靠在座椅上,看着看不习惯的英文报纸上的单词消磨时间。很快,前方就看见尤卡坦半岛白色的海岸线了。

飞机越过海岸线之后,马上开始向左迂回,梅里达就位于距离海岸线大约二十公里的内陆地区。当航线调整过来后,刚刚还是一片湛蓝的舷窗外,绿色和黄色相间的田野一下子映入眼帘。飞机很快着陆了。

踏着飞机的舷梯一走到地面，我就由于阳光过于耀眼而有些不知所措了。毋庸置疑，这里的确是南国。在呈弧形伸展的平原的地平线上，升腾着一朵朵白云，目光所及，阳光变成无数粒子倾泻而下。

现在是正午时分，只有太阳统治着整个平原。大地和天空在阳光的照射下仿佛屏住了呼吸似的，寂静无声。

我们踏过炙热的水泥地面，慢慢地朝候机楼走去。候机楼虽然比日本任何一个机场的候机楼都要大得多，但是在这辽阔的平原上却感觉不出来。我们走出有很多玻璃窗的现代化的候机楼，马上坐进排队等候在楼前的出租车。上车前，当我们隔着车窗对司机说"去梅里达市内"时，蓄着大胡子，体重看上去至少有一百公斤的壮汉很热情地点点头，为我们打开了车门。原来就听说梅里达最好的汽车就是用作个体出租的汽车，果不其然。现在我们乘坐的这辆出租车是红白两色相间的大型加长轿车。

"真热！"司机用英语跟我们打着招呼。

不过说实话，虽然耀眼的阳光让我略感不适，但感觉并不太热。与其打开车里的空调，还不如打开车窗，让风吹进来会更觉舒适些。这里气温虽高，空气却比较干燥，所以尽管无法和海拔两千二百三十米的墨西哥城相比，但也不会像东京的夏天那样潮湿闷热。

汽车沿着修好的公路一路向前行驶，左右两旁是绵延不断的平坦的原野，间或能够看见种植着西沙尔麻的田园。

从机场到梅里达市区车程大约三十分钟。终于，在路的两旁开始出现用石头搭建而成的民宅，当民宅渐渐像白色墙壁一样彼此相连时，我们就进入梅里达市区了。

梅里达位于尤卡坦半岛北岸附近，被称作"白色之城"，对这里实际印象的表述，再没有比这个词更贴切的了。在占有绝对优势的强烈的阳光下，这里只有白色石头建造的民宅和宽阔、干燥、向前伸展着且人影稀疏的街道。

东、南、西、北四个方向各有一个城门，在过去是通往主要道路的关卡。城门内即所谓老市区，通向城门的道路两旁排列着一栋栋低矮的石头民居，房前竖立着的电线杆直指明亮的天空。邻里间，没有明显分界的石头墙首尾相接，让人产生仿佛要通过仓库或通过被长长的石墙夹着的甬道般的错觉。

我们进入城中时，刚过正午。偶尔能看到陈旧的汽车停靠在石墙边上，间或还可以看见几辆自行车靠墙而立。敞开的窗户上挂着花边窗帘，不时随风飘动，但基本看不见人影。在外边活动的只有偶尔大踏步横穿街道的身穿白衬衫的男子和在墙上乱写乱画的小孩子。太阳肆虐的正午时分，人们或在家中或在树荫下休憩，白色的市区正屏气凝神地等待着太阳西斜。

一九一九年岁末，野口英世曾到访这里。当时，他是纽约洛克菲勒研究所的主任研究员。这一年春天，鉴于他在发现黄热病病原体方面取得的成就，美国医学会刚刚授予他银质奖章。

当年，野口来这里主要是为了研究黄热病。

当时，这座"白色之城"正笼罩在黄热病引发的恐怖气氛中。

提起黄热病，对于今天的我们来说，已经相当陌生，但过去它曾与鼠疫、天花、霍乱等并列，是威胁人类世界的恶性传染病之一。

正如黄热病的名字那样，得了黄热病的人会全身发黄，发高烧直至死亡。全身变黄是发病后期肝脏受到损害，引发急性肝炎而出现的黄疸症状。一旦感染上这种病，即使在盛夏，病人也会浑身哆嗦不已，并很快会伤及肾、肝脏，最后导致呼吸困难，窒息而亡。在有些地方，这种病的死亡率高达百分之四十，甚至百分之七十。

设想野口来到这座"白色之城"时，说不定整个城市也处在骄阳下。一片寂静中，只是偶尔能够听见从石头墙壁后面传来黄热病患者绝命前的哀号以及家人的哭声。

我来这里之前曾先去过纽约，从那里乘坐东方航空公司的飞机到墨西哥城，然后再到梅里达。这期间的实际飞行时间就有七个多小时。而在五十多年前，野口来这里时需要乘船，再转乘火车，至少要花上一个星期的时间才能够到达。在这漫长的一个星期里，野口一直把自己关在火车的卧铺包厢里，没有外出一步。

虽然乘务员知道野口手里有直达墨西哥梅里达的车票，但看到他的包厢门一直紧闭不开，还是有些担心，于是，乘务员试着敲了敲门。

"什么事？"

当他敲过几声后，才听到里边传来声音。

"啊，对不起。我想您也许会有什么事吩咐我去做。"

"没有！"

虽然乘务员借此探明了野口确实还活着，但是仍然不知道他到底在里面干什么。他看见这位小个子乘客偶尔会从停靠的车站的小卖铺里购入大量食物，知道其是一位蓄着一撮乱糟糟的胡子，穿着吊带裤的其貌不扬的东洋人。

野口于十二月六日抵达梅里达。

虽然是岁末，但南国的街道依旧阳光灿烂，气温超过三十摄氏度。野口在这里投宿的宾馆名叫雷霍鲁玛，现在仍留存在通向东门的繁华街道的一角。这家宾馆面向十字路口，正面的一部分是销售明信片之类的小商品的小卖铺，而宾馆总服务台就设在面向南边马路、右手靠里一点儿的地方。如同这座城市的大部分建筑物一样，这家宾馆的正门以及窗户都带有西班牙风格的考究的装饰。这栋两层楼的建筑，看上去不太大，一跨入正门就能看到大堂的天井，西班牙风格的天井一直通到二楼，四周的回廊以及房间正好将其环绕其中。环绕天井的回廊地面用绿色、橘黄色的菱形地砖排列成鲜艳的格子图案，天井里栽种的槟榔树、文殊兰等热带植物枝繁叶茂。正中央的鸟笼子里，一只尾巴羽毛黄红相间的小鸟百无聊赖地站在那里。一层的天井周围摆放着扶手椅、小板凳等，便于客人们享受穿过天井玻璃射入的阳光，在此小憩。

客房里靠门边的位置放着床，对面墙边也只有一套木桌椅以及一套直接靠墙的木质衣柜。房间大小和日本普通宾馆的单间差不多。

按自称是宾馆老板娘的那位胖女人的话说，这里是这座城市最古老的宾馆之一。在野口到访这里时,这家宾馆就已经建造好了,而且除了一部分地板和楼梯,整栋建筑以及客房布置与当初比起来都没什么太大的变化。

"我们是从日本来的。您听说过野口医生吗?"

"野口?……不太清楚。"

"就是那位研究过黄热病的著名的医生。"

"啊,黄热病太可怕了。我听我母亲说过。"她说着缩了缩脖子。

看样子虽然她对野口的名字没什么印象,但黄热病的可怕程度却连这位四十多岁的妇女也略知一二。

当年,野口刚到这家宾馆,当天晚上就在城里的大礼堂召集梅里达全体医生以及医疗机构的工作人员,发表了如下演说:

去年,我到黄热病盛行的厄瓜多尔,仔细地调查、了解了那里的黄热病患者,并从他们的血清中发现了黄热病的病原体。自一九〇〇年美国医学界向黄热病发出挑战以来,已经过了二十年,虽花费了巨额的研究经费,耗费了大量的时间,但仍未弄清楚。而我却极其幸运地只用短短两个月的时间就发现了这种病菌①。这样就迈出了消灭黄热病的第一步。接下来只要研究攻克这种病菌的治疗方法就行了。这与至今为止那种漫无目的的战斗不同,现在我们的目标已经明确,可以采取正

---

① 当时,野口英世一直在朝着细菌的方向研究黄热病,所以他称之为病菌。后来,黄热病才被确认为是黄热病病毒引起的传染病。为保证书信的原样,这里仍采用病菌这一称呼。下同。

面进攻的战术了。

现在，我不仅希望能够找到治疗这种疾病的方法，而且还希望能够研究出疫苗。只要研究出这种疫苗，那么只需每人打上一针，世上就再也不会有人患上黄热病了，黄热病这种病的名称也将永远从地球上消失。再过十多年，曾经有过黄热病这件事也将成为昔日的事。现在，我从纽约日夜兼程地赶到这里来，就是为了创造这种和平与光明的未来。而且我希望能够在这里，在梅里达这块土地上，充满自豪地向人类宣布挑战黄热病的第一次胜利。

但是，这一伟大的事业只靠我一个人是难以实现的。在黄热病肆虐的梅里达，要完成这项事业，没有生活在这块土地上的诸位的鼎力协作，是绝不可能的。

为了消灭黄热病，为了人类光明的未来，我由衷地恳请各位，请你们一定要帮助我。我需要诸位从现在正患黄热病的每一位病患身上采集血清，然后送到我这里来。虽然我知道在这些血清中肯定有黄热病的病菌，但是我毫无畏惧，因为我确信，只要不让病菌接触到伤口，就绝不会被感染。

如果你们能够全力配合，那么我肯定也会竭尽全力。虽然我能够在此逗留的时间有限，但是在此期间，我一定会不分昼夜地埋头研究，攻克黄热病。

在梅里达这个城市完成黄热病的研究，使其成为消灭黄热病的历史中辉煌的一页，对此我坚定不移。

待这项研究完成之时，我不会忘记把我自己的名字和通力合作的各位同时写入论文。

野口善于演讲。他用他那频率稍高,听上去比实际年龄显得年轻有力的声音侃侃而谈。在讲坛上,他不断地以掌击案,兴奋起来甚至全身跃动。他身体瘦小却精力充沛,演讲时看上去很有存在感。

五十多年前,有一位曾听过他演讲的人现在仍然住在梅里达,就是欧德里奥·委拉努埃法先生。

欧德里奥·委拉努埃法先生是一位对日友好人士。一九六五年,他曾接受玉川学园已故教授小原国芳的邀请到过日本。当时他不仅到野口英世的出生地——猪苗代三城潟——访问过,而且还作为日本与墨西哥的亲善功臣而受到皇太子夫妇以及佐藤首相的接见。现在他虽已八十五岁高龄,但依然耳聪目明,拄着拐杖到处走。尽管到梅里达的日本游客不多,但去过的人大都得到过他的关照。

我这次为收集资料,专程从纽约飞往梅里达,也正是为了去见这位依然健在的见证人。

不过,没想到梅里达竟有那么多人姓委拉努埃法。我还简单地认为,只要先跟他约好,然后写信告知我此行的目的,记下他的住址、电话,到美国或墨西哥之后再打个电话就行了。但实际上到了以后才知道,事情远不像我想象的那么简单。由于他年事已高,且早已退休,户主已被在大学研究生物学的大女儿承袭。按日本的话说,他现在正过着自在无忧、颐养天年的清闲日子。可能正因为这个，我记的电话号码才会变成另外一位委拉努埃法先生的，或者是另外一位委拉努埃法医生的。总之，我与他真正取得联系是在我到达梅里达之后。

我们在这里入住的酒店叫蒙特霍酒店，这是梅里达规模最大、最现代化的一家酒店。这里所说的规模最大，是指在这座只有十八万人口的小城里占有一栋四层建筑。酒店的前面，是一条三十米宽的大街，两边槟榔树成荫。右侧紧挨着收藏有玛雅文化遗产的美术馆。街道两侧的建筑是西班牙风格的高级住宅，带有宽敞的花园，院内绿树环绕。

当我到达这里，与准备见面的欧德里奥·委拉努埃法取得联系之后，很快就有一位叫卡罗斯的年轻人赶到我们这里。卡罗斯是尤卡坦大学法律系的学生，他与委拉努埃法家族关系密切，好像还兼任欧德里奥·委拉努埃法先生的私人秘书。我们坐在饭店对面靠右侧的一家槟榔树掩映下的餐厅里，一边喝着可乐，一边商量着后面的行程。

因正值中午时分，天气很热，所以卡罗斯建议我们在酒店稍事休息，等到下午三点左右再到欧德里奥·委拉努埃法先生家里详谈。虽然天气的确炎热，但我并未觉得像东京的盛夏那般令人感觉不舒服。在梅里达，恐怕人们已经习惯在这个时间段里待在家中或在树荫下休息。

我们正跟卡罗斯谈论这件事情的时候，一个看起来只有五六岁的男孩走过来，他的手中端着一个小木台还有一块布，对我说了一番话。虽然我听不懂他说的，但大致猜到了他在说："让我为您擦擦皮鞋吧！"

过去，在我小时候，日本的街头也曾经有过很多像这样擦皮鞋的少年。他们当然也为日本人擦鞋，只不过初生牛犊不怕虎，他们往往更喜欢死死纠缠那些出手大方的外国人。当时是昭和年代，从我上初中到高中，这种街头景象都能看得到。

所以男孩跟我说话的那一瞬间，我的脑海里便重新浮现出了三十年前日本街头的景象。虽然断然拒绝他显得太无情，可如果就这样伸出脚去让他擦，恐怕又会伤了卡罗斯的感情。正在我不知所措的时候，男孩已经自顾自地坐到我的脚边，不由分说地硬把木台放在我的脚下，他不容分辩的独断专行反倒替我解了围。于是我一边让男孩为我擦鞋，一边跟卡罗斯继续交谈。

我顾及卡罗斯作为知识分子的心情，据说他还曾到法国留过学，可他对男孩始终保持视若无睹的态度，继续着我们之间的交谈。当男孩要为卡罗斯擦鞋的时候，他马上表示拒绝，并像看到了什么肮脏的东西似的扭过脸去。

与卡罗斯商量好日程之后，我们回到房间里，休息了大约一个小时。从我所住的三楼阳台可以俯瞰梅里达市的街道，可以看到绿茵中的教堂，西班牙哥特式风格的塔楼，以及白色与灰色中夹杂着褐色的石材建筑。

在正午尽情宣泄的骄阳下，整个街道都沉浸在午后的睡梦之中。

下午三点整，卡罗斯过来接我们去委拉努埃法先生家。

从我们住的酒店到委拉努埃法先生家步行大概需要十分钟。

中午一直沉睡着的街道终于苏醒过来,槟榔树下吹来阵阵清风。

委拉努埃法先生的家被白色石墙环绕,大门口虽看不出任何与众不同之处,但走进去后才发现他家是那么宽敞、豪华。最前面是一间铺着条形花纹地砖的五十多平方米的大厅,里面还有两个小会客室与之相连,再往里走,展现在眼前的则是阳光明媚的花园。从那平平无奇的石头院门外是看不到这些的。

一见面,委拉努埃法先生首先给我来了个西班牙式的搂肩礼。他对我们的来访表示欢迎,并请我们在桌边落座。

"您好!"

我会说的西班牙单词只有"您好""谢谢"这两个。就这还是我从纽约到墨西哥城的七个小时的路途中现学的。

委拉努埃法先生微微有些驼背,面颊消瘦,较高的颧骨加上黝黑的肤色,使他看上去完全不像八十多岁的老者。

"你们特地从日本来,我非常高兴。"

他用墨西哥人特有的夸张手势,对我们的造访再次表示欢迎,然后说道:"我想给你们看点儿东西。"说着,他带我们去往他那间面向花园的茶室。

茶室正中放着一张大桌子,后边的墙上贴着当时的皇太子和皇太子妃的照片。与之相对的墙上挂着浮世绘以及舞伎的绘画,旁边的桌子上摆放着小木偶人、日本玩偶、小型灯笼等。

"全是,日本。"

他说的这两个日语单词连我也听懂了。

"还有,还有呢。"

我们正为之感叹不已时，委拉努埃法先生又带我们来到他自己的卧房。

这间房间大约十八平方米，一侧放着床，旁边并排放着一张大桌子，上面堆放的书籍多得快要掉下来了。虽稍显杂乱，但可以看出房主人的生活比较随意、自在。最醒目的就是在床头位置挂着的天皇的照片，这种身穿盛装的照片，即使在日本，如今也已经很难看到了。

委拉努埃法先生从桌子的抽屉深处小心翼翼地取出一个小木盒子，打开给我们看。在标明有"勋三等瑞宝章"字样的盒子里，珍藏着日本授予委拉努埃法先生的勋章。

"真漂亮！"我夸赞道。

他把勋章紧紧地握在手中，说道："谢谢，日本很好！"接下来他又给我们看了好多日本的东西以及有纪念价值的照片。

我一边为此感动，一边在心里嘀咕，担心时间不够用。我心里盘算着，如果可能的话，今天晚上在梅里达住一夜，明天下午就能从墨西哥城飞回洛杉矶了。逗留期间，除了寻访野口的足迹，向知情人了解一些情况之外，我还希望到玛雅文化最大的遗迹奇琴伊察或乌斯马尔等处看看。我把我的想法通过翻译山田转达给了委拉努埃法先生。他点了点头，从桌上抽出一本很厚重的书递给我，问道："您知道这本书吗？"

委拉努埃法先生拿给我看的，是野口英世纪念馆为追述野口一生的经历而编辑出版的照片集。

他挺直已经开始弯曲的脊梁，很自豪地告诉我："我就是这位野口医生的学生。"

我点头表示了解这一点，然后赶紧切入正题，开始发问："我记得野口医生到梅里达来的时候应该是在一九一九年，当时您从事什么工作？"

"我那时候还是尤卡坦医科大学的学生。野口医生就是在现在国立医院的那栋黄色建筑的一间研究室里，从早到晚用显微镜进行观察研究的。"

"你们那个时候是直接听野口医生授课的吗？"

"野口医生整天待在研究室里，很少出房门。不过他习惯每天下午三点左右，在工作累了的时候，抽出二三十分钟到研究室前面的花园里来。我们为了等待这一刻，常常从中午就聚集到花园里，等野口先生一出来，就赶快跑过去，问他各种各样的问题。不过，他从不讨厌我们这样做，总是耐心地回答我们的提问，心情好的时候，还会带我们到研究室去，让每个人轮流看看他的显微镜。"

委拉努埃法先生说他是野口的学生，好像也是从这个意义上而言。

"那段时间，野口应该是洛克菲勒研究所的主任研究员。委拉努埃法先生，您早就知道他的名字吗？"

"那当然了。要说起野口医生，那可是有名的细菌学专家。不仅医生们知道这一点，就连我们这些学生，也是无人不知，无人不晓。"

如果说这里是穷乡僻壤可能不太合适，但在那个信息还不像现在这样发达的时代，野口的大名好像也传到了墨西哥尤卡坦半岛的边陲来了。

"大家都想一睹他的风采,听说他要来,就都到车站去迎接他。这一事实足以证明这一点。"

"听说刚到这里的那天晚上,他就召集梅里达的医生以及卫生部门的有关人士进行了一番演讲。您还记得这件事吗?"

"当然记得。他的演讲太好了,我们都非常感动。"

"请等一下。委拉努埃法先生,您会英语吗?"

"会一点儿,只记得几个单词,根本无法进行交谈。"

"可您不是也听了野口的演讲吗?"

"是啊,因为他是用西班牙语讲的。如果不是这样的话,我怎么可能听得懂?"

"可是野口是在什么时候、在哪儿学会西班牙语的呢?"

"是呀,在下午演讲休息的时候,有人曾经问过他这个问题。不知道野口医生是不是在开玩笑,当时他笑着回答说,在他去往一个新地方的旅途中的这段时间,正好够他学习当地的语言。这一次也是这样,在他从纽约到梅里达的途中,他就已经掌握了西班牙语。"

"也就是说,他只用了七天时间就……"

我记起列车乘务员曾说过的那段故事,他说野口上车走进包厢后,就一步都不曾出来过。我突然感觉自己好像终于解开了这个谜。

委拉努埃法先生有两个女儿,大女儿四十多岁,小女儿刚好四十岁的样子。两个人都体态微胖,待人热情。到了这个年纪,还在委拉努埃法先生身边,也不知道她们仍是独身,还是因为我们的到访才回娘家来的。我虽多少有些不解，但又不便发问。后来才知道，委拉努埃法先生的夫人因患风湿病无法站立行走，多年来只能靠坐轮椅行动，而照顾母亲的生活起居的任务，主要由两个女儿分担。在我拜访他们家时，他的夫人一直待在靠里边的房间里没有露面。只是在我们去花园的途中，偶然路过那里时，才跟正在休息的夫人打了个招呼。这位女士也是个对日友好人士，话虽不多，但还是克服了肩膀、手腕不灵便的困难，跟我们一一握了握手。

他们一家人都非常热情地欢迎我们的到来，这使我们深深地感到他们对日本的友好，但我还是忍不住担心在这里耽搁的时间太久。这主要也是由于委拉努埃法先生年事已高，一提起话头就收不住，而他所讲的大部分内容都是去日本时的印象和感想。听他谈论这类话题，作为日本人的我自然很高兴，但我最想了解的还是野口当时在这里是如何生活、如何工作之类的情况。

委拉努埃法先生的话题常常会从野口身上偏离，转而大谈特谈他对日本如何了解。最后实在没办法，我只好趁他停下话头的时候，请山田把我的话翻译给他："您正讲到有意思的地方，实在抱歉。因为时间有限，能不能一边谈一边带我们去看看野口医生曾经工作过的研究所呢？"

山田转达了我的意思，委拉努埃法先生面带墨西哥人特有的那种夸张的表情，点头表示同意并说道："当然，那样最好。现在车马上就到，请您再稍等片刻。"

性情比较急躁的我还以为从委拉努埃法先生家出来以后需要叫出租车前往呢，而实际上他已经给朋友打电话，请朋友帮忙安排了一辆大轿车。既然他如此细心周到,我也就不好因为车来晚了而先告辞出来。这里是墨西哥,不是日本。

我沉下心来,决定还是耐着性子暂且听听委拉努埃法先生的喋喋不休。

他说话的方式是在西班牙语特有的热闹之中又加上了夸张的手势,并且向前探着头。看他那热情洋溢的劲头,实在令人难以相信他已经是八十开外的老人了。

过了一会儿,不知他跟女儿们说了些什么,然后就走到客厅尽头的电话机旁,开始用电话长时间交谈起来。

"车真的会来吗?"

我有些担心,不安地问山田。

山田倒是一副满不在乎的样子,只是点了点头。虽说山田会说日语,但他毕竟是一直生活在墨西哥的日侨第二代,可能根本无法理解我焦急的心情。

没办法,我又忍不住看了看手表,已经快四点了。正午时,人们躲到树荫下避暑,现在酷暑终于散去,从高高的采光窗向外望去,这会儿天空中反而开始出现了积雨云。照现在的形势看,今天不要说去看玛雅文化遗迹了,恐怕能在梅里达市内转转就已经不错了。

正当我近乎失望地、呆呆地看着窗外不断移动的乌云时,委拉努埃法先生打完电话,走了过来。

"我刚跟他们联系好了。明天上午十点能不能请您同我一起到本地的报社去一趟?无论如何,我都想把您介绍给报社的主编。"

一听这话,我顿感厌烦。因为我准备乘明天下午一点的飞机离开梅里达。那班飞机途经墨西哥城,然后直达洛杉矶。如果能赶上这趟航班的话,傍晚六点左右我就能到达洛杉矶了。由于工作等各方面的原因,我必须在八月六日以前赶回东京。因此,即使明天中午从梅里达出发,也只能在洛杉矶停留两晚。

来的路上经过洛杉矶时,也曾在那里住过两晚,并已经和以野口英世研究家著称的普莱斯特女士见面谈了谈,而且我已经和她约好回国途中再见一次面,交流一下此次旅行的收获和成果。顺便说明一下,普莱斯特女士是由于她父亲的关系对野口产生兴趣,从而开始对野口进行研究的。他父亲作为洛克菲勒研究所附属医院的精神病科教授,曾经与野口过从甚密。

野口的成就之一就是从梅毒患者的大脑中发现了梅毒螺旋体,而且成功地进行了这种病原体的实验性培养。在研究这项课题时,野口得到了普莱斯特女士的父亲的大力支持。

当时,野口就是把因患上梅毒、麻痹性痴呆症而致死的患者的大脑做成切片,然后对这些标本进行观察研究,最后获得成功的。而普莱斯特女士的父亲则在提供梅毒患者的大脑供体方面给予了野口大力支持。

据说,就是在进行这项研究工作时,父亲曾对当时还是孩子的普莱斯特说:"日本的野口医生可是个了不起的男人。"她开始对野口产生兴趣主要就是由于这个。另外还有其他方面的因素,那就是在她很小的时候,野口好像抱过她。

我在这里说"好像",是因为普莱斯特女士对于此事并没有太深的印象。因为她父亲在纽约工作的那个时候,她还只是个三四岁的小姑娘。只是后来听她母亲常常提起："野口医生到咱们家来的时候，还抱过你呢！"

现在，普莱斯特女士已经六十多岁，和在加利福尼亚理工大学工作的丈夫一起住在洛杉矶郊外的高级住宅区。一方面因为她有时间，另一方面因为她非常勤奋，所以不仅收集到了美国发行的埃克斯坦撰写的关于野口的传记，还曾亲自远赴费拉德尔菲亚、纽约等地，收集关于野口的各种各样的资料。

在美国，我认为她恐怕当属研究野口英世方面的权威性人物了。可是她对于我提出的几个问题，有时会做热心的回答，有时却又显得极其冷淡。

"虽然我们的国度不同，但您和我一样都在研究野口。从这一层意义上讲，您既是我的朋友，同时也是我的竞争对手。"普莱斯特女士这样解释她保持沉默的原因，同时露出有些顽皮的微笑。

"话虽如此，但我是作家，您则是传记研究学者。我觉得虽然我们都在调查了解野口的生平事迹，但写出来的却是完全不同性质的东西。"

尽管我这样跟她讲道理，但是问到关键问题时，她仍是避而不谈。她之所以会这样做，倒不是因为她要故意刁难我，她的态度反而让我看到了某种作为研究人员的执着。自己辛辛苦苦从美国一直绕到非洲才到手的资料，是不会轻易转手他人的。

"也许您确实掌握了很多美国方面的研究野口英世的资料，但我想日本方面的资料恐怕还是我这里多一些。如果我们相互交换一下，不是都能够拿出最好的研究成果吗？"

听我这样说,她依然不肯让步,并婉拒道:"当然,如果您能为我提供在日本得到的关于野口的研究资料,我是绝对欢迎的。我这里的资料虽然很多,但还都没进行整理,无法给您看。"

她虽然还是不肯接受我的建议,但还是不断地向我打听有关野口的事情。这样一来,我也只好故意卖关子了。因此,我们之间的谈话一直都是在相互摸底的状态下进行的。

普莱斯特女士令我最佩服的一点就是,她不像日本那些所谓传记作家,只是片面地把野口当作伟大的、有成就的学者看待。对野口的伟大之处自然应该予以肯定,但不好的一面也还是要实事求是,用客观而冷静的目光去看待。

"他虽是一位热心投入工作的优秀学者,但是到最后由于急于求成,犯了作为学者不应该犯的大错。"

对于她的这种"野口观",我深有同感。的确,虽然野口英世是一位伟大的学者,但是到最后,他犯了个大错误。尽管他作为学者所建立起的功勋曾经得到过很高的评价,但是现在却早已消失殆尽。说实话,对于野口的赞誉已经随着他的去世而快速消失。在日本的学者中,像他这样毁誉褒贬落差如此之大的人,恐怕再也没有第二个了。可是,日本的传记作家们以前明知道这一点,却仍然把他当作伟大的学者而大肆宣扬。

一般来讲,虽然传记会夸大、抬高作品中所描写的主人公,侧重其好的一面进行创作,但这种倾向在野口的传记当中如此明显,也是极为罕见的。正如日本的历史被历史学家歪曲了一样,野口的一生也被传记作家们大大地歪曲了,他们描写的野口已经完全与现实生活中的野口判若两人了。

　　在这个问题上,普莱斯特女士的观点相当尖锐。埃克斯坦所著的《野口》,虽然在日本反响不错,可普莱斯特女士对此也表示出强烈的不满,认为那是一本"过于强调教训的片面的传记"。而且她认为在日本有关野口的传记当中,昭和八年(一九三三年)由岩波书店出版发行的奥村鹤吉所著的《野口英世》,还算是一部比较真实、可靠的作品。

　　在这一点上,我觉得普莱斯特女士的看法切中要害。在相当数量的野口英世的传记作品当中,只有这本书有些与众不同。然而,是不是这样就行了,却还是个问号。这本传记详细追述了野口的生平,而且野口在日本那段时期的内容确实写得相当不错,但是从他去美国到去世这个阶段的内容却显得很粗糙,有很多令人不太满意的地方。从这个方面来看,这本传记并没有摆脱以前的野口英世传记的框架,而且描写野口在日本的那部分内容,也由于作者考虑到不能破坏当时已经被捧为世界伟人的人物形象而显得处处小心翼翼。

　　存在这样的问题倒不完全是作者的责任。就算奥村鹤吉先生想准确地描写,但在当时那种情况下,可以说时代的潮流已经不允许他写出那样的东西了。

　　我们暂且把这个话题放在一边。总的来说,日本出版的野口英世的传记有两个共同弱点:一是从一开始就想把野口当作在医学界有重大发现的伟大学者去看待;二是对去美国之后的野口认识模糊,描写得不够详尽。对于野口到了美国之后的情况,往往只是列出大致的年表,单纯罗列他扬名立万的过程,而对于其背后的苦恼与不安却只字未提。

第一个弱点没什么好说的,但就第二点而言,对于日本的传记作家来说,确实存在客观、地理上的不利因素,很值得同情。

同情归同情,但并不等于说这部分情况就可以随便处之。野口那种与众不同的性格,虽说孕育于会津这块在明治维新中落伍的特殊土壤,但自二十五岁至五十三岁去世,他一生中最具活力的这段时间毕竟是在国外度过的。所以,要写野口,就不能把这段时期一笔带过。忠实追述这段时期的经历,对于描述野口的一生具有非常重要的意义。而在这方面,普莱斯特女士具有日本的传记作家无法比拟的优势。

首先,她本人不仅住在美国,而且还具有相当的经济实力,可以利用充足的闲暇时间到世界各地寻访野口的足迹。她过去还曾经来过日本两次,甚至亲临野口老家的猪苗代湖畔。因此,她对于日本方面野口的研究成果大致了解,同样也深知其中所有的不足之处。

当我提议将为她提供日本方面的资料,但作为条件,希望她能让我看看她手中掌握的美国方面的资料时,她表现出为难情绪,主要还是因为她自认为她所掌握的资料,特别是有关野口在美国的研究资料,没有人能够超越她。

总之,我与普莱斯特女士见面,几乎没有得到任何新东西。她所谈到的一些内容,全都是我早就知道的,而且还都是以前曾经公开发表过的。通过和她交谈,我基本上了解了她对野口进行研究的大概方向，进而能够推测出今后应该在哪些方面下功夫才能够挖掘出新的材料。

我打算从墨西哥返回，途中在洛杉矶再度停留，与普莱斯特女士见面，主要是因为我想用这半个月来在美国和墨西哥采访得到的结果，刺激一下普莱斯特女士，看看能不能从她那里得到相应的回报。

由于上述原因，我能够在梅里达停留的时间相当有限。

委拉努埃法先生很爱讲话，周围的人们也都以墨西哥人特有的缓慢节奏行事。即便如此，从现在开始一直到明天中午这段时间，拜访一下梅里达市内野口曾经住过的旧址，听委拉努埃法讲述一些过去的回忆，还是绰绰有余的。

但是，好不容易才来到尤卡坦半岛之端的梅里达，我还是想去看看据说是玛雅文化最大遗迹的奇琴伊察神庙以及乌斯马尔的金字塔等。

我对委拉努埃法先生"去一趟报社"的提议之所以表现出不满，主要还是因为我还没有彻底放弃到这些遗址去看看的愿望。如果今天傍晚能够到梅里达市内野口住过的旧址看看，晚上再听听委拉努埃法先生对野口的印象，那么明天上午至少有机会到其中的一处遗址去。

"如果可以的话，明天上午十点派车去酒店接您，怎么样？"

委拉努埃法先生再次提议去报社，我有些不知所措，于是轻声对身边的山田说："我不是不愿意去报社，只是还是想趁这个机会去看看遗迹。"

听完山田的转述,委拉努埃法先生照例动作夸张地点点头说:
"是啊!当然还是应该到文化遗迹去看看。"然后他和他的两个女
儿开始进行言辞激烈的交涉。我不知道发生了什么事,有些担心地
问山田到底怎么了。

他告诉我说:"他们在讨论一会儿到底应该去奇琴伊察神庙还
是应该去乌斯马尔金字塔。"

他们的交涉在我看来简直就像在吵架似的。这一方面由于西
班牙语特有的激烈语音,另一方面还由于他们讨论这个问题时的认
真表情。等他们终于得出结论之后,委拉努埃法先生转过头来对我
说:"那我们现在就去奇琴伊察神庙吧!那里有玛雅遗迹中最大的
武士神庙,还有库库尔坎金字塔等。"

"可是现在还能到那么远的地方去吗?"

"没问题。回来的时候肯定已经到晚上了,但赶到那里的时候
天应该还亮着。"

看样子,委拉努埃法先生好像准备亲自陪我去一趟。我突然觉
得刚才他提议要不要去报社时,自己曾想予以拒绝仿佛有些不太合
适,如果今天能够去看看奇琴伊察神庙,那么明天也就没有必要非
去乌斯马尔金字塔不可了。本来一开始就只打算看其中的一个,那
么看了奇琴伊察神庙也就足够了。

"带我去报社是为了跟什么人见见面,打个招呼吗?"

看来委拉努埃法先生并不只是要把我们介绍给报社的人。

"实际上是这么回事,在国立医院前边的花园里,有一座野口医
生的铜像,那还是十年前在小原先生的资助下铸造的。最近听说国

立医院要重建,有关方面让我们把铜像搬到别的地方去。可是我认为野口医生的铜像必须放在那里,绝对不能搬,因为那里是野口医生在梅里达时,从早到晚工作的研究室所在地。野口医生就是在那里彻夜不眠地为我们努力工作的,如果把铜像从那里搬走的话,就太对不起野口医生了。因此,我坚决反对搬走铜像。可是现在梅里达的人们根本就不了解野口医生的事迹,忘记了曾经有过这么伟大的医生在这里工作过,这是不行的。如果报纸上登出您特意从日本不远万里来到这里的消息,那他们就会了解野口医生的事迹,因而也就能够更珍视那座铜像了。"

我这才理解委拉努埃法先生的用意。作为墨西哥人,虽然他才见过野口几次面,但竟如此看重野口。

就算墨西哥人忘记了五十多年前从异国他乡来的一位医学家,也没什么好指责的,但委拉努埃法先生却义愤填膺地述说着。

虽说年轻时曾经接触过世界著名医学家的自豪感和年事已高使委拉努埃法先生变得更加固执,但撇开这些因素,他对野口的钦佩非同一般,甚至远远超过了日本人对野口的感情。

我郑重地转身,对委拉努埃法先生说:"如果我们去报社对帮您留下野口医生的铜像能够多少起到作用的话,我很高兴与您一同前往。"

"您真的愿意去吗?"

"当然。我被您对野口的一片真情感动了。作为日本人,我充满了感激之情。"

"如果是那样的话,我还有一个不情之请。您能不能在野口医生的铜像前挂一个花环？每年五月二十一日野口医生忌日那天，我都要去献上一个花环。可是最近已经很少有人为他献花了。野口医生肯定会感到寂寞的。"

"没问题。明天去报社之前，我一定去献花环。"

我的话音未落，委拉努埃法先生的小女儿过来告诉我们说车已经来了。

"好，那我们就出发吧！"

委拉努埃法先生拄着拐杖第一个站了起来。走出来一看，一辆乳白色的林肯轿车停在门前。看样子这辆车刚买来不久，整个车体从头到尾都被擦拭得锃光瓦亮。后来我才听说，委拉努埃法先生特意为我们借来了这辆乘坐感非常舒适的汽车。

"请上车！"

我按他的意思坐进了后排座，旁边是卡罗斯，委拉努埃法先生坐进前边的副驾驶座，不知为什么，负责开车的竟是山田。

我们首先去了趟靠近繁华区的雷霍鲁玛宾馆，这是野口来这个城市时住过的地方。参观完这里之后，经总督路，过动物园，来到国立医院门前。

医院是栋两层楼房的建筑，全被涂成了黄色，在宽宽的街道两边种植的红花鸡蛋花的辉映下，显得很漂亮。整个医院占地面积相当大，连接楼与楼之间的走廊横穿过绿色的草坪。

"这栋建筑准备在今年年底拆除。"

难怪听说近期医院要重建，走近一看，才发现建筑早已陈旧不堪，就连黄色的墙皮也已经开始一块块地剥落了。

野口曾经使用过的研究室就在这家医院靠中间的位置，面向大街的一角。

过去是正门的地方现在有个铁栅栏门，从左右两个方向环绕着这个大门的是两栋六角形的建筑物。野口好像就是在右侧那个窗户很高的房间里，终日用显微镜进行观察研究的。

野口的雕像就立在这两栋建筑之间的花园正中央。白色的台座上，身穿白大褂的野口双手交叉抱在胸前，仰视着天空站在那里。这是十年前由玉川学园园长小原国芳先生以及委拉努埃法先生等人合资建造的。这座雕像在南国已近黄昏的天空下，显得高傲而又有些孤单。

"委拉努埃法先生，你们就是在这里等野口医生出来的吗？"我目视雕像周围的花园，问道。

他使劲儿点点头，说："那时候还没有后面这栋楼。我们经常在这里等野口医生出来。一般情况下，他都是推开左边那扇门，微微地低着头走出来，头发总是乱蓬蓬的，两只手也总是插在兜里。我们一般是先看看他的心情好不好，如果感觉他的心情还不错的话，就悄悄走过去跟他说说话。"

"就在这儿吗？"

"是啊。有时候就站在这里聊一会儿，但大部分情况是坐在草地上，我们大家围着他，听他讲。"

委拉努埃法先生一边叙述着，一边激动得目光闪烁，面带红晕。

我站在前面，重新抬头仰望着野口英世的雕像。

能够如此吸引并激发异国学子们的热情的野口到底是个什么

样的人呢？那个时候，野口一个人来到这南国的边陲，他在想什么呢，又在渴望、追求着什么呢？

　　正当我思绪万千地在心里默念着、琢磨着的时候，云层迅速移动，很快地，这个城市特有的白色瀑布般的暴风雨从天而降。

猪苗代

1

一九七二年的八月底，我走访了野口英世的老家。当时，我觉得暑假已经接近尾声，观光游客可能会比较少，可是到了那里才发现，无论是在他的老家，还是在旁边的纪念馆里，到处都挤满了人。

八月末，会津盆地已经有了些许初秋的气息。环绕在高高耸立着的磐梯山上的浮云，以及一直伸展到猪苗代湖畔的稻田，都在阳光下熠熠生辉，但夏天的燥热已经消失，和煦的微风时而不经意地轻轻拂面。

从东京到猪苗代湖畔的这个小村镇，首先要从上野坐东北干线的电气化列车北上，中途在郡山下车，再换乘磐越西线电车。虽然这条区域线上的第九站——猪苗代站似乎离它最近，但基本上所有人都是先到会津若松，看过饭盛山及若松市之后，再坐公交车或出租车到他的老家这边来。从会津若松到猪苗代町坐车需要二十分钟，我本人也是沿这条路线到达这里的。

由于町村合并，现在这里连同长田、坚田等都被划入了猪苗代町，而实际上野口出生时，这里被称作翁岛村。最准确的称呼应该是福岛县耶麻郡翁岛村大字三和字三城潟。

根据《翁岛乡土史》的记载，三城潟的地名由来是这样的：镰仓时代，有个叫三浦经连的武士率领他的儿子经泰、义泰来到这里定居，他们在这里建了三个城堡，而使此地得此名。暂且不管他们的城堡到底有多大规模，但至少在湖畔的一隅，似乎确曾并列建造过三个城堡。看江户时期绘制的图画，当时猪苗代湖上帆影绰绰，在后面磐梯山的山麓上，还能看见有个叫龟之城的城堡，想必当初这里的三个城堡也曾经是这样一幅景观。

后来开始有人移居到这一带，据《三城潟村御检地名寄帖》的记载，到宽政九年，这里有二十七户人家。虽然其后略有增减，但一直到明治时期为止，这里的居民基本上保持着二十七户到三十户的规模。据说，现在这里也不过居住着五十多户人家。由此可见，这个村落的实际情况跟过去相比没有太大的变化。

不过，在三城潟这个地方，姓二瓶和野口的人相当多。究其原因，《野口英世》的作者奥村鹤吉是这样解释的：因为过去统领这一带的是里美太郎重利，其旗下主要是二瓶和野口这两大家族，所以在三城潟这两大姓氏才特别多。但这种解释正确与否就不得而知了。

无论事实如何，这两大家族属于三城潟土生土长的族系这一点是确凿不移的。而且过去还曾有一段时期，这里的村长也是由两大家族交替推荐产生的。但是江户时代之后，村长一职基本上是由二瓶家族的人担任，到了宽永年间，又出现了川越家族的姓氏，此后就再也没有野口家族的人当村长的记录了。

文久三年（一八六三年），到英世的曾外祖母弥慈及其女婿善之助这一代时，野口家的年收成只有一石五斗三升，而借用的粮食则达到一麻袋三斗，被记载为"生活贫困"。到了明治元年（一八六八年），善之助到若松的地方官员家里当帮工，家里的劳动力只剩下他的妻子弥沙和女儿希佳两个人，虽然收成还能达到二石七斗，但是借用的粮食已高达四麻袋二斗，生活处于极其贫困的水平。

英世的外祖母，也就是弥沙，找了个倒插门的夫婿。而英世的母亲希佳也同样找了个倒插门的夫婿，叫佐代助。这两个男人不知为何不仅都喜欢喝酒，而且还讨厌干农活儿，经常跑到若松，有时甚至跑到京都去打工，总是不在家。看来，愿意到本来生活就难以维持且还是独生女的贫困家庭来做倒插门女婿的，根本就不可能是什么像样的男人。

英世的父亲佐代助原本待在家里的时间就少，而且只要他一回家，就从早到晚泡在酒里，甚至还会软磨硬泡地把希佳辛辛苦苦劳作挣来的钱拿去赌博，可以说他的存在只是为了让家人感到痛心。多年以后，在国外生活的英世在写给母亲以及亲朋好友的信中，只字不提他的父亲，仅从这一点来看，就很容易想象得出当时的实际情况。

　　和他的父亲相比，母亲希佳是个相当了不起的女人。在有关野口的所有传记当中，对她都赞不绝口，而她付出的努力和她的忍耐确实非同一般。

2

　　英世的母亲希佳生于嘉永六年（一八五三年），她是野口岩吉的女儿弥沙和从邻村倒插门过来的善之助的长女。作为他们两人的第一个孩子，希佳本应得到祝福，而实际上就在她出生后不久，野口家竟很快败落了。

　　在希佳出生后的第二年，曾外祖父清太郎就去世了；紧接着，外祖父岩吉又不知道到哪里当伙计去了，从此不见踪影；而就在这么艰难的情况下，母亲弥沙也丢弃希佳，离家出走了；紧跟着，父亲善之助也把刚刚四岁的希佳扔在家里，自己跑了。在出生后仅仅三年的时间里，希佳就遭遇了这样的人间悲剧，在这个破败不堪的家中，只剩下她和外祖母两个人相依为命。

　　希佳的双亲为什么会接连离家出走，这其中的原因到现在也不甚明了，有人说是因为她的母亲弥沙有了别的男人，也有人说是因为他们夫妻关系不和，但这些说法都只不过是猜测罢了。

　　不管真相如何，总之被遗弃的希佳和外祖母一下子失去了生活支柱，简直到了吃完上顿没下顿的地步。值得庆幸的是，弥慈虽说已经当了外祖母，但她那时才刚刚四十八岁。从第二天起，她就下地干活儿,有时还到猪苗代湖边捞点小虾什么的来卖,以贴补家用。外祖母外出劳作的时候,刚刚四岁的希佳只能一个人在家里等着。

深夜弥慈回到家,不等她洗完脚,希佳就迫不及待地缠着她问:"我母亲什么时候回来呀?"

弥慈只能不断地骗她说:"很快就回来了,你别着急。"然后每天把带有她母亲味道的和服盖在她身上,哄她入睡。

安政六年(一八五九年),父亲善之助在他离家出走后的第三年,突然回到了这个冷冷清清的家中,这时希佳已经七岁了。

虽说她跟父亲并不亲近,但她还是非常高兴,认为这样一来就可以从孤单寂寞中解脱出来了。可这时,比任何人都疼爱自己的外祖母却得了疮毒,不能动了。

这一年,在安政六年的《分限改帖》中是这样写的:"母弥慈,年五十,患疮毒,已然残废。"各个关节都受到侵害,腿脚呈弯曲状,无法活动,瘫痪在床。根据症状,她得的这种病很像现在所说的类风湿。

外祖母生病,令希佳大为震惊。她用自己一双稚嫩的小手帮忙做饭、干家务。可能是由于无法忍受家中的悲惨境遇,父亲善之助再次离家出走了。只能说他没有做父亲的责任心,只顾自己,的确是太自私了。不过就善之助懦弱的性格来看,恐怕他实在没有勇气继续忍受这种无望与贫穷了。

此时,被抛弃的希佳刚刚年满八岁,而且家中还有一位瘫痪在床的外祖母。

如果是一般的孩子,恐怕就只有哭的份儿了,可是希佳从这时起就已经表现出远远超出一般孩子的聪明与倔强。

当得知父亲离家出走之后，她马上自己一个人到同村的二瓶新七家，请求他们雇她照看小孩。新七的老婆是个极其厉害的人物，她把只有八岁的希佳当成年用人般残酷对待，除了家务之外，甚至还让她干那些连男人都感到吃力的田间农活儿。特别是到了冬天，白天的活儿干完之后，她还命令希佳晚上编草鞋、草靴。希佳在没有一点儿暖意的仓库里，只能把手使劲儿往墙板上拍打来取暖。尽管如此，也从来没叫过一声苦。她偶尔被派出去办事，别人送给她的点心，她从来都舍不得吃，总是给外祖母带回来。

就在这时，希佳听别人说父亲善之助在猪苗代町的地方官员家里当伙计，她就一个人走了一里①半路到那里去寻找。去是去了，可那么大的宅院，她根本就不敢进去。最后还是和她父亲在一起干活儿的伙计听说她是来找父亲的，才禀报了东家。这家的夫人为希佳的孝心所感动，据说还特意因此给在这里打长工的善之助放了几天假，让他回了趟三城潟。

总之，希佳的聪明和倔强不允许她像普通孩子那样只是呼天喊地，坐以待毙。无论陷入何种境地，她都会竭尽全力抗争，而这正是后来野口英世继承下来的优良品德。

在二瓶家照看孩子的希佳虽然只有八岁，但她已经很懂事了，并没有因此而安于现状。看到别人家和自己年龄相仿的女孩们学写字，她也特别想学。于是，她去求隔壁千手院法师鹈浦寿康帮她

---

① 这里指日本特有的长度单位，一里合 3930 米。

写好假名,在照看孩子的空隙时间里自学。为了进一步学识字,她等东家的人都睡着以后,把灶灰放在托盘上,借着月光,用手指在上面写出字的形状。

后来希佳寄给英世的信,现在还收藏在野口纪念馆里。虽然字体不太像样,其中不仅有平假名、片假名,而且还夹杂着汉字,但这些信非常生动地表现出她作为母亲,一边舔着用剩的铅笔头,一边给儿子写信时的舐犊心情。

这位名叫鹈浦寿康的人后来得了恶性痢疾,被幽禁在家中。希佳没有忘记他为自己写字样的恩情,不顾被传染的危险,一直在他身边照顾,以此来谢恩。

文久二年(一八六二年),也就是希佳十岁的时候,父亲善之助不知想起了什么,又从若松回到家中。而就在第二年的冬天,最疼爱希佳的外祖母弥慈病危。虽然希佳十分想回家照看外祖母,但是严厉的东家根本就不给她假期,她只好抽空往家跑,并提前支取了自己那点儿可怜的薪水,为外祖母买药。

但是,一切努力都白费了,外祖母在五十四岁的时候离开了人世。

外祖母去世的时候,希佳才十一岁。在为外祖母做过四十九天的佛事之后,希佳独自来到村里的长照寺,找到住持玄瑞和尚,拿出十钱,请他供在外祖母信奉的观世音菩萨像前。

据说,看到这个替别人照看孩子的十一岁的小女孩儿能有这么多钱,玄瑞和尚很是惊愕,并很受感动。于是,他按照她说的,将这笔钱供奉在观世音的御堂里,然后又为她的外祖母咏诵了一卷观音经。

翌年，离家出走九年之久的母亲弥沙回来了。紧接着几个月之后，外祖父岩吉也回来了，野口家这才恢复了往日的热闹。

希佳也终于熬到了头，结束了与二瓶家的劳动合同，回到家里。表面上似乎幸福的生活又重新降临到了野口家，可是由于常年不在一起生活的外祖父与父母之间的关系不太好，所以这一年冬天，父亲善之助再次离家，到京都打长工去了。留在家里的外祖父也已年老，腿脚不好使了。没办法，十二岁的希佳只好跟着母亲一起到田里干农活儿。

这年冬天，在破旧的墙上挂张席子才勉强能抵御风寒的这个家，突然随着一阵异样的响声开始倒塌。这栋房子自曾外祖父建成之后，已经历了近一百年时间，其间也没有进行过任何像样的修缮工作。在这个靠女人支撑的家里，连铲除房顶上的积雪都成问题，所以房柱、房梁都已经承受不住积雪的重负了。

出事的时候，母亲弥沙外出不在家，希佳背着腿脚不便的外祖父跑到屋外，这才幸免于难。

听到异常声响后，跑来帮忙的邻居们费了很大力气才勉强把主屋支撑起来，但是东边的马厩却就此坍塌在雪中。当然，到了这个时候，野口家早就没有马了，马厩已经空置多年，完全与库房无二，现在塌了也就塌了。但是照现在这个样子，不知什么时候主屋又会倒塌。

在经历了这场灾难之后，村里人再也看不下去了，一些人自愿凑了点儿钱，帮野口家重新修了修房子。据资料记载，这时野口家已经从过去的十一间①房子翻改成两大间了，形成了七间半和三间半的格局。

现在，留存在三城潟的这栋房子就是那次翻修之后的样子。这是一栋平房，总面积超过一百平方米。

虽说他们家"一贫如洗"，但还能住在这么大的房子里，生活在大都市拥挤不堪的环境中的人可能多少会对此感到有些意外。那是因为二百年前的野口家的房子保留到了今天，但是只看房屋框架结构并不能代表他们生活富裕。

虽然整栋房子看起来很大，可是马也和人共同居住在同一栋房子里。到了冬天，他们还要在房子里从事编织草鞋、草靴等工作。还有一点就是，为了能够承受冬季积雪的重负，这里比任何地方都需要有坚固的房柱和房梁。现存的野口老家虽然完好地保留着他们家的房屋结构，但墙壁、拉门都已经进行过修补，早已不见了当年的荒凉。

经过那次修缮，虽然避免了房屋倒塌，但房间里到处都是缝隙，刺骨的寒风从四面吹入。因此，外祖父得了肺炎，到了第二年冬天，人就故去了。

希佳失去了外祖父、外祖母，即便父亲善之助偶尔回家，已经自甘堕落的他也照样什么活儿都不干。而母亲弥沙根本就不是干农活儿的料。希佳感觉自己要负起户主的责任，她比以前更加努力地干活儿，早出晚归地到田里劳作。为了赚点儿运输费，她还抽空

---

① 一间大约为十二平方米。

往返于猪苗代町和若松。

虽然不分白天黑夜地干活儿，但希佳并不是对着装打扮毫不关心的女孩儿。在为镇守村子的八幡神社举行祭奠大礼的晚上，大家都会穿上最漂亮的和服，套上白色布袜，赶去祈福。希佳也有件和服，但没有白布袜。所有人都认为希佳会光着脚来，但她出现时，脚上却套着一双洁白的布袜，这让大家大吃一惊。实际上，那是不肯服输的希佳头一天晚上自己用白色的和纸糊出来的纸袜子，人们再次为希佳的巧思所折服。

这一年（一八六八年）年号从庆应四年改成了明治元年，希佳已经长成了十六岁的大姑娘。但是很快，明治维新运动的战火也蔓延至东北的乡村，占领了江户的西军一下子直逼会津城。于是从三城潟到翁岛、户之口这条越后地区的交通要道便成了西军主力的进军通道，他们为了达到全歼会津守兵的目的，到处放火，搞得遍地狼藉。

当三城潟也即将被他们烧掉的时候，希佳独自前往西军营地，恳请他们不要烧掉无辜百姓的家园。虽然这种说法的真实性值得怀疑，但如果说这是希佳所为，确实还有些可信，这一点倒是很有意思。不知是不是她的哀求真的奏了效，总之三城潟只被烧掉了七户，包括野口家在内的其他村民则免遭劫难。

就这样，战争结束了，会津又重获和平。会津藩的武士大多数战亡，剩下的人也都逃到越后或者青森县北面的斗南去了。平常饱受欺压的农民只有这次没有像武士那样受到追究，很快返回了自己的家园。

但是,由于与官军抗争,从那以后,会津还是受到了各种不平等待遇。比如说,后来在建设东北干线铁路的时候,若松虽是东北地区屈指可数的二十三万石的城下町,但却被排除在外,结果这里的发展受到很大影响。而且只要是会津出身,就不能进入政府部门工作,直到明治末年,在中央官僚机构一直没有出现过会津出身的大人物。虽然白虎队、磐梯山都成了观光名胜,但这里的人却没有得到相应的礼遇。这种郁结于心的愤愤不平促进了同县人之间的团结,多年以后,虽然仍存在各种各样的问题,但这种团结还是成了推崇野口英世的原动力。

明治新时代也没有给生活在社会底层的农民带来安乐。父亲依然在外边滞留不归,好在家里还有母亲,孤儿寡母的生活总算还是比较平稳无忧。希佳差不多也到了谈婚论嫁的年龄。实际上,在成婚较早的这一地区,希佳的结婚时间已经算是相当晚的了。

明治五年(一八七二年),希佳年满二十岁时,离三城潟一里多地的小平潟小桧山惣平家的长子佐代助成了她的倒插门夫婿。

3

只是这个佐代助也和野口家前几代的男人们一样,没有出息,懒惰成性。第一代的清太郎还说得过去,但是不知为什么,从岩吉、善之助直到佐代助,野口家的男人运一直很差。他们每个人都极其懦弱,厌恶农耕,喜欢到处流浪,为大户人家打工,可是在一个地方又根本待不住。

简单地把他们归结为天生的懒汉、酒鬼固然容易，可因此将他们一概而论，又似乎太过武断。

佐代助的家族——小桧山家——可以说是知书达理的家族，族中人才辈出。他们热衷于做学问，同时也头脑聪明。作为族中的一员，佐代助自然也相当聪明。事实上，如果不聪明的话，也不可能生出像英世这样优秀的人才。从英世的性格来看，他确实更多地遗传了母亲的基因，但正因为父母双亲的智慧相结合才有了英世，这种结论应该是比较恰当的。

总之，不管佐代助的文化水平如何，就其基本素质而言，可以说他是相当优秀的男人，而他的一生却反被其聪明所误。

准确地说，佐代助不适合当农民。当时，做农民的必须是生于农民家庭并对继承家业没有丝毫怀疑的逆来顺受的男人才行。

佐代助的悲剧就在于要当农民。他虽头脑机敏，可又没有改行干其他工作的勇气，有点儿高不成低不就。

他不属于靠这种工作了此一生的人，应该还有更能发挥其潜能的职业。但想归想，不管再怎么努力，他也无法逃脱农民这个生活圈子。如果换作现在的话，他还有其他可供选择的道路，但在当时，一旦生于农民家庭，就很难摆脱这种身份地位的束缚。心里觉着现在的工作不适合自己却又无法逃避，可以说正是这种矛盾的心理使他走上了酗酒的道路。

当然，这种观点对于佐代助可能过于宽容。可能有人会反驳说，如果是那样的话，他为什么不考虑找点儿多少能够发挥才能的事情去做？退一万步讲,只是觉得自己不适合当农民就酗酒,这也不能自圆其说。

同时,懦弱也成了佐代助的致命伤。朋友一邀请,他就无法回绝,结果只能随波逐流地堕落下去。正如酒鬼和赌徒本质上并不都是恶人一样,他也不是十恶不赦之人。希佳的父亲善之助也是如此,人是好人,只是觉得自己不适合农耕劳动,就出去打工了。既然出去了,不管多么艰难,总该忍耐五六年才行,可是他们总是干不了多久就又想干别的了。

一般来讲,男人总是不如女人有耐性,而且比较懦弱。从这一点来说,野口家的男人们具有男人典型的懦弱。而当时三城潟又完全具备了使这种懦弱的男人彻底绝望的绝好条件。

不久前爆发的会津战役使西军征用的大量运输工流入这一带。战争结束后,他们都撤到三城潟这边来了,聚集在战时曾经两度作为军部办公地的长照寺里。这些运输工是随着战事的扩大而从各地征集来的,因此其中混入了不少歹徒及浪人,品行极其恶劣。这些男人住在寺内,不断诱惑周围的农民酗酒、赌博。

在三城潟,有不少人上了他们的当,甚至连祖上留下的田产都变卖了。

对于头脑聪明、身为农民且又有一股无以宣泄的不满情绪的佐代助而言,由此染上恶习也就在所难免了。特别是他错误地以为自己的脑子很好用,认为自己很快就能在赌博中获胜,这种心理本身就是个陷阱。

就这样,希佳的辛苦劳作又开始了,而且这次是因为自己的丈夫。这样一个无法躲避、无法掩盖的事实，比以往任何时候都更加棘手、难缠。

当时，据说在三城潟几乎没有人看到过佐代助干农活儿。他习惯于每天一大早起来就往小酒馆里跑，得先去喝上两杯。

三城潟有港屋、吉川屋两家小酒馆，佐代助每天都要进出其中的一家。后来，港屋为了讨要他赊欠的酒钱，甚至收走了野口家的部分田产。接下来，又过了几年，他们不得不让与佐代助有血缘关系的猪苗代小桧山家变卖田地。等到英世出生时，家里就只剩下西久保和三城潟交界处的那块地了，而这里常常会灌进湖水，根本收获无望。

希佳在结婚之后很快就明白了，佐代助是个靠不住的男人。他整天泡在酒里，要说工作就只有靠当三城潟的邮递员，一天能赚个十钱左右的跑腿费，但就连这份工作他也是三天打鱼，两天晒网，拿到手的钱马上都花在酒上了。

希佳再次被迫干起了连男人都感觉吃力的重体力劳动，夏天去农家打零工，冬天则要翻过雪山，用雪橇帮人家运东西到若松。

虽然如此辛苦劳作，但对于既没有耕地，也没有劳动力的野口家来说，没有进项就得挨饿。文久年间一度修缮过的房屋再次倾斜，透过破漏的墙洞都能看清整个家里的情况。连门也坏了，一到冬天，那里就要挂张旧席子勉强抵御寒风。榻榻米也几乎烂掉了，没办法，只好把它拿掉，铺上席子睡觉。

就在如此贫困的环境中，明治七年（一八七四年）四月，长女伊努（意为"狗"）出生了。两年之后的明治九年（一八七六年）十一月九日,野口英世呱呱坠地。这时,母亲希佳二十五岁,父亲佐代助三十六岁。

4

野口英世的姐姐出生的明治七年是戌年,所以取其属相,被命名为"狗"。当时用这种方式起名的居多,不过两年后出生的英世,在最初登记的户籍册上则叫"清作"。这是从希佳的曾外祖父清太郎那里取字得来的,而"清作"后来变成"英世"还有一段故事。

明治三十一年(一八九八年)八月,清作听说一直鼓励他上到高等小学的恩师小林荣的夫人病重,他特意赶回会津。当时清作二十三岁,前一年刚通过医师资格考试,开始在北里研究所工作。

师母得的是肾病,没过多久病情就开始有所好转。恰巧就在清作陪床的时候,他从隔壁病床的病人那里借来一本坪内逍遥写的《当世书生气质》来看。这本书在当时属于相当受欢迎的流行小说。而当清作看这本小说时,他偶然发现小说中出现一个叫"野野口精作"(日语中"精"与"清"发音相同)的人物,而这个野野口精作也是个医学院学生,被誉为秀才,他集家乡父老的希望于一身来到京城,可是却由于一念之差,沉迷于酒色之中不能自拔,整日过着放荡不羁的生活。

"野口"与"野野口"只有一字之差,名字和同为医学生这些地方又都极其相像,而沉迷于酒色这一点上也几乎一模一样。这个时候,清作正为自己在研究所里遭受的不公待遇而愤愤不平,不断从别人那里借钱,游荡于吉原①到横滨的酒色场之间。

一读这本书,清作惊愕不已,还以为里面写的就是自己呢。他怀疑有人把自己的事情泄露出去了,而坪内先生就以此为蓝本写了这本书。清作对此非常在意,在经过一番痛苦的思考之后,他对小林荣说出了要改名字的想法。

"在这么有名的小说里竟会出现那么不知廉耻的同名人物,这可太让人伤脑筋了。"

当然,清作没有说出自己在东京的所作所为也和主人公一模一样这个实情。当着这位只知自己少年时代学习非常刻苦并对自己充满期待的恩师,要是把自己的事情和盘托出,那就太伤他的心了。而完全不知情的小林荣只是单纯地理解为清作讨厌书中的主人公和自己的名字相似。

"如果你那么介意的话,把名字改了也好。"

"可是我现在一时也想不出什么好名字。反正要改,我还是希望能改个像样的名字。所以我想,能不能请您给我起个新名字。"

"如果你觉得我合适,那我就考虑考虑。"

自己挖掘出来的这个乡下孩子,现在已经在东京安定下来,为了探视自己妻子的病情,还特意从东京赶回来,而且现在还请求自己重新给他起名字。小林荣对此还是很得意的。几天以后,小林荣就写了"英世"这个名字给他看。

"'英'这个字是小林家族代代起名时用的一个字,意思是说比

---

① 东京著名的花街柳巷。

44

他人更优秀；'世'指的就是这个大千世界。'英世'也就意味着是这个世界上最优秀、最伟大的人。"

一听到这个名字，清作马上使劲儿点了点头。这个名字怎么看都感觉很聪明，而且还很有品位，和"清作"这个完全平民化的名字真是有天壤之别。

"真是太感谢您了！如果用这个名字的话，我不会输给任何人。我一定继续努力，绝不给这个名字抹黑。"

从这一刻开始，清作立刻在心底里给自己更名为"英世"，并向户籍部门提出了更名申请。

但是他的请求被户籍部门拒绝了。他们认为只是因为名字和小说中偶然出现的主人公的名字相同就要求改名，他们无法接受。如果大家都随意改名的话，那他们就不好办了。

可是在听到"英世"这个名字之后，他无论如何也不想再用"清作"这个名字了。考虑再三后，他想到了一个好办法。

作为更名条件之一，有明文规定，如果在同村人中有两个人名字相同的话，就可以考虑为其更名。因为面对这种情况，分发邮件的时候会有麻烦。清作就是抓住了这一点。第二年，当他听说同村另外一户姓野口的家里生了个男孩儿时，他马上鼓动孩子的父母，让他们给这个孩子起名叫"清作"。

在当时，"清作"这个名字也并不是什么特别奇怪的名字。现实中，因为名为"野口清作"的他不仅勤奋好学，而且已成为村里唯一通过医师资格考试的人，所以孩子的父母对于用"清作"为孩子命名也没有什么特别的顾虑。就这样，新的"野口清作"诞生了，旧的清作高高兴兴地再次向户籍部门提出了更名申请。

明治三十二年（一八九九年）十月二十一日，在政府的户籍本上，"清作"被擦掉，上面重新写上了"英世"这个名字。

可能有人会认为，不过就是个名字，没什么大不了的。但是在这件事情上，后来英世身上那种异乎寻常的执着劲头已初露端倪。

因为是小林荣给他起的名字，所以从那以后，英世经常在信中称呼他们夫妇为"父亲大人""母亲大人"。英世年轻的时候就喜欢做这种夸张的事情。

后来小林荣还是知道了出现在《当世书生气质》一书中野野口精作这个人物的情况。多年以后，当野口英世在西非病死后，他直接给坪内逍遥写信，询问小说中的野野口精作是不是以野口清作为蓝本而写的。

对此，坪内逍遥在回信中做出如下答复：

　　复函。您对已故野口博士的往事追忆皆吾从未耳闻之事，拜读您之来函，深有感触。吾之拙作乃于明治十七年起笔，十八年出版之物也。皆为无稽之虚构，诸如人物姓名等均为随意之臆造。其时，已故博士恐仅九岁、十岁上下，姓名雷同实乃偶然。谈及缘何创造如此放荡不羁之医学生，乃因耳闻当时称作东京大学医学部之本乡医学校专业学生中多有好游之徒，挥金如土，故试以此作讽刺之意而已。自然，诸如借债、赊账之类，多少有些依据。

　　总而言之，四十五六年前之劣作，思及汗颜之至。因此，如此劣作尚可，无意间竟成为真正世界大国手、已故博士发愤之机缘，毋庸置疑，当属阁下高谕及已故博士聪慧天资使然。

先生所述如世上奇闻，如无不便，能否将其如实收录于拙文之中，外加已故博士之小传，刊于《帝王》志，公之于众，当属敦促当今世上弥漫之惰性十足、游手好闲之流警醒之举。如肯快诺，愿闻已故博士少年之佳话及顺天堂求学之概略。苹果落地，有心观者与无心观者，结果乃生天壤之别，恰如此例。赘言再三，此乃警醒世上无心之辈之重锤。

匆匆如上，仅此复函。

专此

五月十六日

草于伊豆热海　坪内雄藏

又启：恳请详述已故博士真名实姓及与阁下交往之事。①

坪内雄藏当然是坪内逍遥的本名。

从这封信中上可以看出，小林荣此时早已明白过去清作沉迷于酒色之中的大致情形。

而坪内逍遥听到关于野口英世的故事之后，马上就提出想要写文章在《帝王》杂志上刊登，这也充分表现出作为作家的他好奇心是多么旺盛，这一点读起来也很有意思。在那以后，或许逍遥确实写过

---

① 　此书信引自奥村鹤吉著《野口英世》。文中标点符号皆由笔者注。

关于野口的一些随笔、札记，但没有这方面的详细记录。从小林荣的角度来讲，也许他终究还是不想说出有关英世那段放荡不羁的生活经历的更多信息。

5

清作出生时，野口家依然一贫如洗。父亲佐代助偶尔在翁岛的邮电局打打零工，帮忙送送邮件，但那也只限于正式的邮递员请假休息的时候。除此之外，他依旧一大早就游荡在酒馆和赌场之间。

虽然外祖父曾经一度从打工的地方回到家中，但是由于和老伴弥沙相处得不好，最后再次出走，留下了还不到五十岁的弥沙。她整天闹着身上这里疼那里疼的，赋闲在家，无所事事。

身边不仅有伊努和清作这两个吃奶的孩子，而且还有懒惰成性的母亲，更有只知道花钱的丈夫，希佳的负担越来越重。

之前在村民的帮助下曾经修过一次的房子，现在又变得破烂不堪了。墙上挂着席子，因为地板上连一块榻榻米都没有，所以只能直接铺席子睡觉。每当下雨的时候，全家人就挤在不漏雨的地方，再往婴儿头上撑把伞。虽然住房本身占地面积很大，但里边却阴森昏暗。

尽管如此，希佳仍然一个人努力支撑着这个家。春天到夏天，她到别人的地里去帮忙，干完活儿再到湖边捞小虾，然后一大早走街串巷地去叫卖。冬天她则就近采购一些柿子、山药等农产品，背到户之口、蟹泽去兜售。只要一有空闲，她就去给别人当用人，编草鞋,搓绳子,直到深夜。

周围的邻居们都为她坚忍不拔的意志而惊叹不已,纷纷赞叹她超人般的拼命精神。

这段时间,在心理上给予她支持的是新鹤村的中田观音。这尊观音与梦岛、立木的观音齐名,是著名的奥羽三观音之一,于文永十一年(一二七四年)在会津新鹤村建成。主大殿内供奉着有背光的国宝级金铜像,自古就集百姓的信仰于一身。这座庙占地面积相当大,在主大殿两侧还各有一尊高三尺一寸的地藏观音,这种规模和气势在当地实属少见。

希佳第一次到这里还是外祖母带她来的。她常对村里人说:"无论什么时候,观音都在保佑着我,所以只要我努力干活儿就不会错。"

明治十二年(一八七九年)的新春过后,清作迎来了他虚岁四岁的春天。

这段日子,父亲佐代助到月轮村去打工一直未回。家里只有两个孩子和母亲弥沙。希佳依旧白天到田里干农活儿,晚上再到湖边捞虾,第二天一大早拿出去卖,当时野口家只靠耕地而没有现钱,不这么做是无法维持生计的。

四月末的一天,春天的脚步也姗姗来到猪苗代周围,暖融融的阳光笼罩着三城潟,令人昏昏欲睡。刨了一整天的地,希佳已经疲惫不堪。太阳西斜时,她先回了趟家,在土锅里放上水,把土锅挂到火炉上方的钩子上,然后出去摘菜,准备做汤。

过了大概十分钟,希佳听到从家那边传来异样的哭声,那哭声像是要撕碎即将进入黄昏的温暖的春宵。

希佳扔掉手中的菜篮子,赶紧跑回家去,只见把手插在火炉里,不停哭叫的正是清作。他头上那口直径大概有三十厘米的土锅倾斜着,锅里的热水流出来,把炉灰和烟尘溅得到处都是。

希佳顾不上脱鞋,马上跑进屋,把清作的身体一把从火炉边拽出,紧紧地抱在怀里。清作小小的左手上沾满了炉灰和热水,紧紧地攥在一起。

怎么办才好呢?希佳惊慌失措,不知如何是好。虽然她也具备一定的常识,知道烫伤应该敷上黄酱或土豆泥,但是面对发疯似的哭喊着的清作,她却手足无措。

一向秉性坚强的希佳,这会儿也没有勇气掰开清作那散发着皮肤焦煳味儿的小拳头。希佳就这样紧紧地抱着清作,用面颊贴着他,一个劲儿地祈祷着。一个多小时以后,疼痛终于缓解,早已哭累的清作终于停止了哭叫。

希佳心惊胆战地掰开清作的左手看了看。清作马上又像着了火似的大哭起来。那一瞬间,希佳看清楚了。清作的左手掌被烧烂了,通红一片,马上就要鼓起来的水泡周围渗出脓水一样的液体。希佳这才用碎布块儿把土豆泥裹在直叫疼的清作手上。

自己到底干了什么蠢事?!希佳一边抱着痛哭不止的清作,一边后悔自己不该这么不小心,把这么小的孩子一个人留在家里。虽说只是到后院地里摘菜这么一会儿工夫,但无可否认,出这种意外还是由于自己太粗心大意了。不幸的是,希佳出去的时候,母亲弥沙偏巧不在家,而长女伊努也正在外边玩耍。像往常一样,希佳把清作放进用稻草编的篓子里才出去的,但没想到的是,已经开始对什么东西都充满好奇的清作会自己从篓子里跑出来,还跑到了正烧着火的炉子边上去。

希佳不住地责备自己,在那之后的二十一天里,除了干活儿的时候,她一直抱着清作,不眠不休地祈祷着。因为她根本没睡觉,所以到了第十天的时候,眼皮就红肿起来了,甚至有段时间根本就睁不开眼睛,也看不见东西了。

但是,无论希佳再怎么祈祷,也无法治愈儿子手上的烧伤。没过多久,疼痛减轻了;过了一个月,伤口也好了。只是清作左手的大拇指和中指都粘到了手掌上,而其他手指也都向内侧弯曲着,缩到了一起。那样子就如同轻轻握着的拳头,指尖就像捣蒜槌似的。孩子们之间相互起绰号总是那么贴切、准确。"手槌"这个绰号虽然听着令人心酸,但非常形象。

看到清作的手,希佳总是左思右想,懊恼不已。如果当时自己在孩子身边该多好,如果出事以后能马上去医院,或者即便是现在,能带他到猪苗代去,请医生看看也好呀。可实际上,家里怎么可能有钱带他去医院呢? 这种无能为力的感觉又进一步地折磨着希佳的心。不过就当时的医疗水平来看,即便烧伤以后马上去了医院,清作的手能否治好也很值得怀疑。

虽然只是那么短暂的一小会儿,但清作的左手还是直接触到了燃烧着的柴火,而且未能马上移开。正因为如此,烧伤的不只是皮肤表面,已经深入到真皮、皮下组织,尤其严重的是带动拇指和食指的筋也已被烧烂了。

要治疗这种烧伤,最好的办法就是先涂上软膏,再将手指固定在伸开的位置上,然后包好绷带。但即便及时采取了这一措施,在皮肤都被烧没了的情况下,手指萎缩也是无法避免的。最根本的治疗方法是在伤口愈合之后再进行植皮,而从当时的医疗技术水平来看,这根本做不到。

因为没钱去医院,所以清作的手才成了残废,这只不过是希佳的后悔话。实际上,即便当时去了医院,恐怕结果也好不了多少。

不过,留有红色疤痕、手指向内弯曲的样子确实不好看。特别是在扶东西、拿东西的时候,捣蒜槌似的手尤为引人注目。再加上清作本人当时还小,根本意识不到好看与否,这就更令人觉得这个孩子可怜。没办法,希佳用布给清作做了个能包住手腕以下部位的袋状物,盖住了他的左手,但少不更事的清作总想用那只灵便的右手把它解开。

希佳哄着清作:"别拿下来,好好包着。"

从那以后,无论去哪里,她都背着清作。在地里干活儿时,她就把清作放在田埂上的篓子里或挂在树上的袋子里;下雨时,她就在地上支起那种叫八只脚的竹竿,把席子盖在上面为他遮风挡雨。希佳坚信只有自己和孩子一起分担痛苦,才能算是对孩子的补偿。

6

野口家的贫困状态以及清作左手的残疾依然如故,而此时清作已经虚岁八岁了。

明治十六年（一八八三年）四月，清作到翁岛三和小学上学。今天，这所学校的校名还保留着，但原来的校址比现在的位置稍稍偏东。清作入学时，学校仍然采用在地板上摆矮桌这种寺子屋①似的做法，学科也分为初级、中级、高级三个阶段。初级、中级为三年制，高级则为四年制。

刚上小学那年，清作获得了郡政府颁发的二等以及三等的成绩优秀奖；后来在初级三年，即相当于现在的小学三年级的时候，他得了一等奖，再往后他就一直保持着学习成绩第一名的位置。入学时，他连买书、墨的钱都没有，多亏希佳以前帮工的那户人家有个叫代吉的孩子和清作同年级，承蒙他们的好意，这才备齐了学习用品。但在学习方面，他从不输给任何人。

不过，孩子们正处在调皮的年龄，他们给清作起了个"手槌"的绰号，动不动就嘲笑他。刚开始的时候，清作还试图反抗，但明白根本没有获胜的希望后，他只好躲开他们。到后来由于不愿听到他们叫自己的绰号，清作曾一度旷课，一个人在山野里消磨时间后直接回家。每当这种时候，希佳就用她那与生俱来的倔强劲儿鼓励清作："你的手不好使，不能干农活儿。不过，你的脑袋好使，就用学习回敬他们好了！"

听母亲说过几次之后，清作也慢慢理解了母亲的心情。要想弥补残疾带来的缺憾，只能靠学习。就这样，清作更加努力地学习起来。到小学四年级的时候，他已经当上了大队长，后来在全学年总

---

① 江户时期办的一种私塾。

评中又获得成绩最优秀奖,成为"生长",被指名为代用教员。这是当时学校里将学习成绩优秀的学生当作临时教员而使用的制度,在教师短缺的地区常常采用这种方法。

希佳太高兴了,她不惜借钱为儿子买了一套当时只有个别学生才穿的洋装。清作穿上这身衣服,精神抖擞地出现在了课堂上。

但毕竟清作还只是个小学四年级的学生,而且个头又比别人矮一截,身穿肥肥大大的洋装登上讲台的样子实在很滑稽。看到这个以前一直和他们并排坐在一起,经常受欺负,被叫作"手槌"的贫民孩子给自己当老师,那些被他教的学生们很是不乐意。他们为了给个子矮小的清作出难题,故意撤掉讲台,还故意往他套着袋子的左手上撞。为了阻止他们的恶作剧,希佳甚至还特意到教室去看着他们。

总之,身份是学生,而实际上是教师的这种奇妙的状态,一直持续到清作上六年级,准备参加毕业考试的时候。

当时,必须接受上一级高等小学的教师以及督学官的考试,考试合格后才能从小学毕业。清作毕业的这一年,随郡督学官一起到三和小学来的还有猪苗代高等小学的首席训导小林荣。

小林荣对这个少年很感兴趣,问了很多他家里的情况,并且告诉他,如果今后有什么困难,可以去找他商量。希佳听清作说起此事后,她马上带着儿子一道去小林荣家拜访。在这方面,希佳的性格与少年时代性格内向的清作完全不同,她对任何事情都很积极,不扭捏。这种性格对后来的清作影响很大。

在小林荣家里,希佳原原本本地讲述了他们家的基本情况,包括家里经济情况很困难,孩子小时候被火烧伤以及想让孩子上高等小学却苦于没钱,等等,简直就像在撞大运一样。小林荣被他们母子俩的真情深深感动,极力主张让清作进猪苗代高等小学学习。

"既然他的手有残疾,就算让他现在去工作,也赚不了几个钱。上高等小学所需的费用实际上也没多少,我觉得无论如何还是应该让他继续学下去。"

得到小林荣的鼓励后,希佳下定了继续供孩子上学的决心。虽然过去大家一直认为清作很优秀,但那毕竟是在三城潟那所规模很小的学校。现在情况不同了,他得到了猪苗代高等小学教师的肯定。

希佳将额头抵着榻榻米,反复表示:"如果能让这个孩子上学的话,无论什么事情我都愿意做。今后还请您多多照应。"

从另一个角度看的话,在某种意义上可以说,清作手有残疾反而给他带来了好运。如果这时的清作身体健全,那么也许希佳就不会考虑再让他继续求学了。

"这孩子是个残废,我必须照顾他一辈子。"可以说正是这种使命感促使希佳下定了决心,才使清作能够得到升学的机会。

可是对于让清作升学这件事,周围的人并不认同。当时绝大多数人都认为去上高等小学的只限于村长或是那些有钱商人的子女,如果是老百姓的孩子,与其让他到那种地方去上学,还不如让他赶快学会干农活儿。

当地人都不以为然地议论:"让一个残废儿子上高等小学,希佳是不是疯了?"

但是在不肯服输这一点上,无论是希佳还是清作都不落人后。

况且对于别人的说三道四,他们二人也早已习惯了。

从明治二十二年(一八八九年)四月开始,清作每天走三里路,往返于三城潟和猪苗代高等小学之间。

在猪苗代高等小学,清作很快又脱颖而出,一跃成为年级第一名。

为了让自己学习,妈妈和姐姐每天都在含辛茹苦地劳作,如果从自己身上拿走学问,那么剩下的就只有"手槌"这个绰号了。可以说这种别无选择的迫切心情驱使清作更加努力地学习起来。

但是,家里的生活窘境却丝毫没有改变。佐代助酗酒更厉害了,他到处喝酒,到处赊账,欠的债越来越多。因为还有以前欠下的债务压着,所以只靠母亲和姐姐两个女人的劳作根本无法解决问题。

在这种情况下,虽说手有残疾,但是让已经十五岁的男孩子上高等小学,这件事在别人看来实在有些过于奢侈。到了这个年纪,别人家的孩子都已在田里劳作,可是被债务逼得走投无路的人家还在让他们的儿子上高等小学,这是多么不自量力、多么傲慢的行为啊!希佳非常清楚这一点,可如果现在让清作回来种田,那么以前的一切努力就都白费了。

经过一番思想斗争后,希佳想到要给长女伊努找个倒插门女婿,让他来继承野口的家业。这样一来,不仅可以增加劳动人手,而且清作也可以继续安心上学。为了让清作继续他的学业,同时又可以避开外人如刺一般的视线,这好像是最好的办法。

但是,伊努根本不接受这个提议,说得多了,逼得紧了,她索性离家到附近的官户人家当用人去了。

伊努虽嘴上说"我不能绕过清作这个男孩子继承家业,那样做太不像话",但实际上她心里的真实想法是自己绝对不愿被迫继承这个一贫如洗、债台高筑的家,不愿像母亲那样辛苦一辈子。本来她就对母亲偏爱弟弟一直心存不满,这次更是对母亲想用女儿继承家业来达到让弟弟继续读书的做法非常不满。在这方面,希佳对清作可谓用心良苦,尽心程度也有些不太正常。虽说母亲有怜悯清作身体残疾这方面的因素,但是在对待自己以及与清作年龄相差较大的小弟清三的态度上,伊努还是感到了明显的不同。她甚至用离家这种方式拒绝母亲的提议,实际上也是对母亲这种做法表示反抗的具体表现。

遭到伊努拒绝后,希佳很快又想到一个办法,即给清作娶媳妇。对方是和自己有一定血缘关系的二瓶佐太郎的女儿,此女名叫乙女,年芳十九。虽然乙女比清作大两岁,不过希佳娶这个儿媳妇的主要目的还是为了让她干活儿。

只把儿媳妇当作劳动力,这在当时还非常普遍。一切都是为了让清作继续上学。在这一点上,希佳做得非常彻底。也许形式上有所不同,可希佳和当代为教育孩子而费尽心思的母亲们几乎没什么两样。

不过,这一次是清作本人表示反对了。他以自己刚满十七岁就结婚还太早,而且现在娶亲只会碍手碍脚为由拒绝了。虽然思想上还有些模糊不清,但是清作这时候已经在考虑总有一天自己要走出三城潟这个小地方。

"还是不行吗？"

希佳计谋用尽，最后只能发出一声轻叹。既然这样，为了缓和外界对他们家的看法，也许只能让清作停学了。希佳想来想去，结果只是把女儿赶出了家门，而且对二瓶家还欠下了人情。

"妈！我会尽量找工作，请您一定让我继续上学。"清作悄然垂下了他那剃得光秃秃的脑袋。

"好了，没事了。妈妈我还可以继续努力嘛。"

希佳更加振作起精神来。只要有"为了这个孩子"的想法支撑着，自己就会变得无比坚强。从某种意义上说，希佳属于过去那种为了孩子鞠躬尽瘁的典型的日本式母亲。

7

母亲的安排没有奏效，清作还是没有答应和乙女结婚。虽然他也知道这是母亲为了让他继续学业才想出来的苦肉计，但他无论如何也无法接受。不过实际情况却是，大概一个月过后，乙女就来到清作家，开始和他们在一起生活了。

在清作的侄子野口荣撰写的回忆录《叔父野口英世》中，很清楚地写道："清作十七岁，乙女十九岁时，两个人结婚了。"不过实际上，清作到美国后和玛丽·达吉斯结了婚，这才是他的第一次婚姻，除此之外，即使在日本的户籍上，也没有任何有关他结过婚的记载。

在会津这个地区，很早以前就形成了早婚的风气，男青年一般在二十岁入伍身体检查之前就结婚了。由于这个地区太穷，人们都想早点儿把儿媳妇娶回家，这样在男人应征入伍之后，就可以多一个劳动帮手。从这一带的风俗来看，十七岁的清作开始涉及婚姻问题本身并不奇怪，奇怪的是在清作明确回绝之后，乙女仍然作为他们家的儿媳妇住进了野口家，这到底是出于什么原因呢？

这个时期，无论什么样的人手，希佳都非常想得到。丈夫喝酒又赌博，长女离家当用人去了，获得劳力的唯一办法就是给清作娶媳妇，可作为关键人物的清作又不肯结婚。考虑再三，最后希佳在清作面前假装放弃了自己的计划，暗地里却不断地鼓动着乙女。

"早晚我们都会让你当清作的媳妇。现在清作满脑子都是学习，好像对女孩子、对结婚一点儿都不感兴趣，不过等他一毕业，想法肯定会变的。夏天就已经下过聘礼了，早晚你都是我们家的人，能不能现在就住过来？"

尽管这种说辞相当勉强，但无论是二瓶家还是乙女本人仍旧答应了。

虽说这种做法完全无视清作的意见，但在当时，家长之间的约定比本人的意见更具有权威。何况乙女已经十九岁了，正急于成亲。身体健康的女孩儿到了这个年纪还待在家里的话，只会沦为众人的笑柄。就这样，他们两人变成了不入户籍先同居的事实婚姻。

对于这种做法，清作当然非常不满，他责问母亲："我不是已经说过我不愿意了吗？"

可是当母亲说这一切都是为了让他继续学业的非常手段时，他也就不好再多加指责了。

乙女是个非常温顺的女人。她一大早就会起来给清作准备盒饭，白天还会和希佳一起到地里劳作到很晚，可是清作几乎不跟她说话，两人也根本没有同过房。她在清作家住了一年左右，明白清作对她根本无意后，又回到了娘家。虽然没有正式迁入户口，但实质上却跟被夫家休了一样。

由于希佳这种牵强的做法，到最后深受其害的还是乙女。后来她嫁到了后磐梯的桧原家，不过她跟清作的姐姐伊努往来一直都相当密切。

乙女身高五尺五寸，在当时算得上是个大个头，而且性格也很开朗。对于冷遇自己的清作，她没有丝毫的怨恨，在他出人头地之后，她也由衷地为他感到高兴。在乙女看来，要怨恨的话，也应该怨恨希佳，而清作和自己一样都是受害者。从野口家出来以后，她仍然能和姐姐伊努保持密切的关系，恐怕也是由于她们二人对于为了达成目的而不论方法的希佳都心怀不满吧。

不过，姐姐伊努虽然因为讨厌继承家业而一度到猪苗代去当了用人，但是后来等清作去东京之后，她还是从河沼郡日桥村迎来了倒插门的夫婿善吾，继承了野口家的家业。虽然她不断试图反抗，但到最后还是不得不顺从希佳的安排。

这个叫善吾的青年平时看上去很是温厚老实，但只要一喝酒，就变得轻重不分，就连最忙的插秧时节，他也会因为喝醉酒倒头便睡。

在农忙季节，当时的农家往往会有修路招标、疏通河道招标等集会活动，而每次开会，男人们都习惯喝酒胡闹。可能就是这个原因吧,能喝酒的人不少,善吾也是其中之一。伊努干活儿慢但认真,而善吾干活儿快还心灵手巧。因为他喜欢马,所以后半生在从事农业生产之余,还做过兽医代理等工作。

不管怎么说,对于清作而言,乙女只是他青春时代痛苦回忆中的一个一闪即逝的画面而已;可对于乙女来讲,这可是她和多年后成为伟人的男人接触过的难忘经历。

8

虽然家里上演着一幕假结婚的闹剧,可在此期间,清作一天假都没请过,每天到猪苗代高等小学去上课。从家到学校这一里多的路程,下雪的时候相当难走。一到冬天,从邻近乡到这里上学的大部分学生会在猪苗代租房子住,可是清作依然默默地走在积雪覆盖的道路上。

野口家的生活依然窘迫,希佳每天的劳动所得只够全家人勉强糊口,生活状况可以说是名副其实的"吃完上顿没下顿"。

有人传说,那时候清作要到附近的田里抓泥鳅,卖了以后贴补家用。后来野口自己对此予以否认,他说:"就算我们家再怎么穷,母亲也不会让我去卖泥鳅的。"由此可见野口具有很强的自尊心,同时这句话也洋溢着对爱护自己的慈母的信赖。

不过,就算他真的没去卖过泥鳅,但他家也确实没有能力为他买齐上学所需的书本、衣物。从小学到高等小学,清作接受过很多学友及其家人的多方援助,其中对他尤其关照的有八子弥寿平、秋山义次、六角让、小林才治等人。特别是八子弥寿平,因为他的父亲是猪苗代的富豪,而他本人又是思想单纯的小少爷,所以前后不知被清作骗过多少次。

弥寿平非常钦佩清作头脑聪明这一点,加上自己又请他辅导过功课,还请他帮忙代笔完成过写生课的作业,有这些短处握在人家手里,所以也就不好理直气壮地拒绝他提出的无理要求。结果就一而再、再而三地任由其摆布,最后连笔记本、教科书,甚至外套都被清作拿走了,而在高等小学快毕业时,被他索要的汉文教科书最为贵重。

"大家都有,就我一个人没有,这让我太痛苦了。只要有了这本书,我肯定能成为首席毕业生。你看,你能不能帮我想想办法?"

清作说这段话的时候语调极其可怜,好像马上就要哭出来似的。

这套教科书名为《标注汉文教科书》,四卷共计三元①钱,相当昂贵。当时一升大米的售价也只不过十二三钱,可见其金额巨大。

弥寿平不仅出身好,家教好,而且比较宽容、大度,听清作这么恳求,他再也无法回绝。而清作正是看透了弥寿平的懦弱性格才去求他的。虽然这看上去是施舍者与受惠者之间的区别,但实际上,弥寿平就如同被蛇盯上的青蛙一样,完全在人家的掌控之中了。

这一时期,清作已经学会了如何才能抓住对方的弱点并使对方就范的处世之道。如果说这是从小就不得不接受别人的恩惠、靠

---

① 指日元。下同。

别人的帮助才能生存的男人自然形成的习性，也未尝不可。但有意思的是，清作并不把哀求别人、请求别人帮忙当作一种耻辱，他甚至还会表现出"我就是这么优秀，拿你们一点儿东西也是应该的"这种态度。虽然表面上他也会装出一副可怜兮兮的样子，发出可怜兮兮的声音，但内心深处却正在蔑视着对方。

也正因为有这份自信，他才能够毫无愧色地反复跟人家要东西。

"好吧，让我想办法看看，你先等我几天。"

虽然懦弱的弥寿平嘴上答应了，但三元巨款再怎么说也还是太多了。自己还没有工作，这一巨款绝不是自己能够筹措到的。

他想来想去也没有什么好办法，最后当他想从金库里偷钱的时候，却被父亲发现了。被逼问到最后，他只好交代这样做是为了清作。

弥寿平的父亲留四郎虽然是商人，但他对做学问还是非常热心的。平时他就常听弥寿平以及周围的人说清作如何如何优秀，因此这一次他答应送给清作三元钱。

第二天下午放学回来后，弥寿平带清作去见留四郎。清作郑重其事地向留四郎深鞠一躬，对他的善意帮助表示感谢，然后当着他的面，提笔写下了下面这张借据：

证

此款项总额三元整，专项购买汉文教科书共四册之用。

上述金额乃因无以周济而借用之，偿还期限为明治二十六年旧历六月二十五日。届时自当如数奉还，如若拖欠，可据此向父母索要，绝不食言。为日后之凭证，特书此借据如上。

住址：耶麻郡翁岛村大字三和一千零一十七番地

野口清作

明治二十六年旧历正月十八日

耶麻郡猪苗代町

八子留四郎殿

如果只是厚着脸皮跟人家要东西，那还不算什么，像这样喜欢煞有介事地做些夸张举动，才是真正具有清作特色的地方。虽说只是写借据，但这里边实际上还暗藏着清作的计谋，那就是用汉字挥笔成书可以讨留四郎的欢心。因为这是年仅十七岁的少年所为，所以更加令人吃惊。

留四郎再次为他的才气所折服，对他大加赞赏："像你这么优秀的年轻人，恐怕找遍整个会津地区也找不到。"结果弥寿平反倒遭了殃，被他父亲狠狠地教训了一顿。

清作双手触地，深深地低下头去，表示感谢道："这可真是救了我，您的恩情我一辈子都不会忘。"

看到清作用脏兮兮的布包包裹着的左手，留四郎更加觉得他可怜。

后来清作并没有还这笔钱。虽然借据上清清楚楚地写着期限到六月二十五日，但是到了日期，他仍然泰然自若，无动于衷。清作一开始就已经看透了留四郎和弥寿平都不是逼他还债的人，他们属于只要施舍给别人一点儿就能获得满足的那种人。可以说,正因为清作明白这一点,才写了那张借据。

话虽如此,清作从他们父子身上索取的财物可是一笔巨款,具体总数到底有多少呢? 自此以后,从现金到日用品、衣物等,加上清作到东京之后继续索取的五元、十元不等的现金,据说总额不下千元。用现在的钱进行换算的话,恐怕相当于两三千万日元。

虽然清作周围的人多多少少都在经济方面受到过一些损失,但不会有人像八子父子这样,损失的金额如此之大,简直可以用"巧取豪夺"来形容。

一旦认定"从这个人手里可以得到"后,清作就会毫不留情地榨取对方。他不仅不会为此感到过意不去,而且还有一套充满自信的逻辑,那就是"有头脑的人得到钱是理所应当的"。这不同于"应当剥夺富人的财富"这一阶级斗争的哲学,而是"比较优秀的人理应得到财富"这样一种独特的思维逻辑。

尽管如此,他似乎还是因从八子父子那里索取得太多而有些内疚。多年以后,当野口为了接受帝国学士院恩赐奖从美国回来的时候,他带回来三块有金锁的表当作礼物,其中一块送给了东京的血胁守之助,一块送给了恩师小林荣,还有一块送给了八子弥寿平。送给前边的两个人自有他的道理,而最后一块他决定送给弥寿平,恐怕就是考虑到他可以作为自己小时候诸多赞助人的代表。

性情温厚的弥寿平看到他送的礼物后很高兴,但据说这时弥寿平的母亲从里屋走出来,把表扔还给了英世,并说道:"难道你以为用这么个东西就能抵销以前你从我们家拿走的那些东西吗?"

男人们一般不会再去计较这些，但是作为守家的女人，当她看到巧言令色的清作从自己丈夫及儿子手中骗走财物后，只能把他看作是不可饶恕的强盗贼子。

9

在清作十七岁做手术时，当地人为他展开了更大规模的援助。

清作早就盼望着能治好自己这只像棒槌一样的手，哪怕只能抓东西、拿东西也好。而现在，这只手也只有在写字的时候起到镇纸的作用，何况形状也太难看了。

做手术到底能不能治好还是个问号。他四岁的时候被烧伤，到现在已经过去整整十三个年头了。因为一直都是手指弯曲着贴在手掌上，所以食指和无名指也都还保持着少儿时期的状态，几乎没有长长，只有粘连程度较轻的大拇指能稍微好一点儿。

清作心想：如果能把粘连在一起的部分割开，可能就会好用很多。虽然不期望手指能够自由活动，但也许能握住个小棍儿什么的。

清作再也不愿意把左手继续包在布包里了。那是母亲希佳用棉布缝制的像袋子一样的东西，过不了两三天，上面就会沾满污垢，变得黑乎乎的，而且还经常开线。为此，希佳还给他做了两个备用的，脏了可以马上洗，但是他一想到自己这辈子都不得不把手这么裹着过下去，就连洗布包的劲儿都没有了。

每次看到这个布包，他都不由得对黑布产生一种憎恶感，甚至还曾把它扔进火里烧掉过。自己一个人学习的时候，他总是把布包摘掉，可是不经意间目光落到那只难看的手上时，学习就会被打断。他一直盯着这只怪模怪样的手看，渐渐地就气不打一处来，有时他忍不住会使劲把它往桌子上蹭，或者用牙咬。由于太过用力，疼得他直哭，可是等出了血，他的心情反而会平静下来。

到了高等小学以后，虽然再也没有人骂他是"手槌"了，但是很明显，大家都用同情的目光看着他。以前，清作就是利用他们的同情心，向他们索要财物的。

"头脑如此聪明，却又穷又残。"这一理由似乎足以给那些乐善好施者带来某种快感和满足感。清作讨好他们，堂而皇之地接受他们的施舍。一方面他充满了自负，认为自己确实优秀，同时他也清醒地认识到，这些人在施舍的过程当中应该也得到了快乐。他暗暗在心里琢磨：残疾也要看你如何去利用。但是不管用什么方法去解释，残疾就是残疾。无论你利用残疾博取别人的同情也好，获取别人的财物也好，残疾这一事实却无法改变。

如果能找到一位好医生，说不定能治好。可想归想，实际上他根本不知道有没有这样的医生，就算有，他也没钱去做手术。

经过反复考虑，清作想出了一个办法。如果在作文里大大方方地述说一番残疾给自己带来的痛苦会怎么样？把至今为止自己所受到的屈辱和内心承受的痛苦都和盘托出，肯定会博得大家的同情，然后就可以等待援助自己的人出现了。

大家早就知道自己手有残疾这件事，正因为大家知道，所以才对自己表示同情。那么继续遮遮掩掩根本就没有任何意义，反而不如正大光明地将其公之于众，以博取更多的同情。清作一改过去只针对个人的做法，这次他要在公众场合将自己展现出来。

正因为是在做好了充分的心理准备之后才写的，所以这篇作文写得相当好。总体上看，清作可以称得上是位名文大家。他所写的文字虽然现在看来似乎有些太夸张、太唯美，但轻重缓急确实把握得恰到好处，不仅充满了节奏感，而且文笔流畅，一气呵成。

班主任小林荣在读过这篇作文后深受感动。文章不仅结构紧凑，而且毫不掩饰他的内心活动。文中他不是简单地倾诉少年内心的痛苦，而是毫不留情地揭露出了人们心灵深处的卑劣与软弱。小林荣认为把这一切都藏在自己心里太可惜了，于是传给教员们看，然后又进一步念给全体学生听。

在这之前，学生们只知道清作虽有残疾，但学习刻苦，成绩优异，和大家有些不太一样，而现在，他们听了这篇作文后都深受感动。平时看清作傲气十足的样子，没想到他心里还有那么多痛苦，大家一下子觉得清作好像变得亲切了。

小林荣看到学生们的反应后，提出了一个建议，希望大家筹资为清作治病。

首先响应这一号召的自然还是前面提到过的八子弥寿平、秋山义次、松江源次等人，他们率先捐钱。受其影响，同年级的学友们开展起各自筹集十钱的活动，然后不足的部分由教员补齐，终于凑足了十元钱现金。为了一个学生，竟募集到了这么多钱，这在猪苗代高等小学有史以来还是第一次。清作登上讲坛，毫不忸怩造作地向大家表示了谢意。对于清作来说，这正是他所要达到的目的。

在凑齐了十元钱之后，小林荣开始为他寻找治病的医生。

征求过几个人的意见之后，他最后把目标锁定在最近刚从美国回来且刚在若松市开业行医的渡部鼎身上。这个人蓄着将军胡子，身着西服，扎着领结，是所谓走在时代前列的时髦人物。但同时他与女性的关系也相当混乱，后来这方面还给清作造成了很多麻烦。

手术医师已经确定下来了，清作在母亲的陪同下来到若松。

渡部医师在看过清作的手之后，做出诊断说："虽然不能完全恢复功能，但经过治疗，应该可以达到能拿些简单东西的程度。"

清作自然很高兴，而母亲则比清作还兴奋，她马上朝着自己信奉的中田观音的方向合掌致谢。

十月中旬，清作实现了自己的愿望，接受了渡部医师为他做的手术。首先往整个手上注入麻醉剂，等痛感消失之后，再把弯曲着的手指一根一根剥离开。粘连程度较轻的大拇指剥离起来比较容易，而食指、中指和无名指剥离起来却非常难。由于十三年来一直没有进行过处置，手指和手掌之间已经长出了新的血管，只要手术刀稍稍一碰就会流出很多血。

渡部医师一边止血，一边小心翼翼地继续进行剥离。已经停止生长的手指萎缩了，只有普通手指长度的一半。由于麻醉剂没有渗透到被紧紧握住的手掌内侧，所以每次手术刀深入进去的时候，清作都使劲咬住嘴唇强忍着疼痛，后来还是忍不住呻吟了一声。医师注意到这一点后，又追加了麻醉剂，继续把手术做了下去。

经过大约一个小时，医师基本上把手指都剥离开了，但是手掌的皮下组织却暴露出来了。他又在这一部位涂上软膏，垫上纱布，然后又把手指用木板固定在伸展开的位置上。

这位渡部医师虽是外科医生，但他的专长是腹部内脏的手术，并不擅长做手脚方面的外科手术。烧伤后的整形手术本来应该属于整形外科的范畴，但那时候还没有这方面的专业医生，只能由外科医生大致处理一下，这种处置很难说恰当。

对粘连在手掌上的手指进行剥离、拉直，这是连清作这样的外行人都能够想到的做法，而渡部医师所做的也不过就是这种程度的简单处置。之所以说他比外行人显得稍微专业一些，是因为他在进行剥离之后，为了不让手指弯向内侧，还用木板进行了固定。但实际上，照这种做法，手指早晚还是会弯向内侧，再次与手掌粘连在一起。人体的任何部位，无论是手脚还是内脏，只要是裸露在外的部位，它们相互之间就具有相互吸引，最后粘连到一起的特性。像清作这种情况，只是简单进行剥离还不够，还必须把别的地方的皮肤拿过来盖住创面，也就是说还需要进行植皮手术。

但渡部医师并没有为他进行植皮。就当时的医疗水平来看，在某种程度上，这也是无可奈何的事情。只是那个时候如果进行植皮的话，清作的手肯定会好很多。手指关节和筋都还健在，至少应该能够达到拿起或握住牛奶瓶大小的东西的程度。

但是由于没有进行植皮，所以使难得的一次手术变成了没有什么太大意义的努力。虽说用木板进行了固定，但很快由于瘢痕挛缩，清作的手指再次向内侧弯曲，又缩成了拳头似的样子。这次手术，使拇指比以前伸长了一点，还分开了食指和中指，可以勉强握住铅笔大小的东西了。但与当初的损伤程度相比，并未得到明显改善。

后来清作到东京以后，虽又重新做过手术，但结果也不太理想。

总之，手术做完后，清作直接住进了医院。

当时还没有健康保险，所有一切费用都必须自付。渡部医院每天的住院费就达到一元二十钱。据说当时若松的一流旅馆每天的住宿费也不过才二十五钱，可见这里的收费标准有多高。

从十元钱里刨除手术费、医药费后，再付每天一元二十钱的住院费的话，根本住不了几天。最后还是靠弥寿平和秋山等人从富裕人家募集来一些钱，才使他能够继续在医院里住了下去。就这样住院住了十天后，清作又回到了三城潟。虽然他手上还缠着厚厚的绷带，但脸上充满了做完手术后的轻松。这时，清作依然充满期待，以为手的功能会在很大程度上有所改善。这些暂且不谈，为了做这次手术，从十月十四日到十二月二十八日，清作缺课近两个月。因为在这之后又是寒假，所以他实际上差不多缺课近三个月。这期间，因为他无法接受每周进行的口试，所以这一科目他得了零分。不过由于在其他阶段的成绩超群，这一年他的成绩还是第一名。

手术后的第二年，也就是清作在高等小学毕业前的最后一年，猪苗代高等小学的石川荣司校长退休。随着这次人事变动，首席训导小林荣也将被调到附近的千里小学去。听到这个消息后，清作鼓动学校辩论会的那些学生为小林荣展开了热火朝天的留任运动。

清作从小就不大说话，但那只是残疾带来的自卑感造成的，实际上他并不讨厌讲话。后来听过他讲话的洛克菲勒研究所的博士说，清作讲起话来相当与众不同，虽然往往自顾自地一直说下去，但确实很有激情。

手多少好了一些后，对自己的身体重获自信的清作到处拜访新任校长以及町会议员，不断地向他们陈述小林荣训导多么优秀，对他们来讲如同慈父一般等，恳请让他留任。

从清作的角度考虑，他这样做是为了报答小林荣平时对他的恩德，但是对小林荣来说，调离并不意味着贬职。虽说那边只是普通的小学，但到了那里他会任职训导兼校长，因此他对清作的举动感到很不自在。不知是不是请愿活动起了作用，小林荣的人事调动被推迟至清作毕业后的第二年三月。当年九月，小林荣调入千里小学。

明治二十六年（一八九三年）四月，从虚岁十四岁开始直到十八岁那年的春天，小林荣与清作之间持续了四年的直接联系到此中止，之后清作主要通过书信和小林荣保持着联系。

会津若松

1

清作从猪苗代高等小学毕业后，对于未来还没有一个很明确的目标。母亲希佳也同样如此。

以前只是因为不想让周围的人瞧不起，清作才一直不断地努力学习。可无论他学习成绩如何优秀，仅仅读完高等小学的话，顶多去村里的小学当个代课教员，或者替别人代笔写信赚一点儿小钱。如果学校不缺教员编制的话，他就只能回家种地了。如果坚持到这一步再回去干农活儿，那就真不知道自己为什么要忍受别人的冷嘲热讽，坚持念完这四年书了。

好友秋山义次为了准备去东京上学，已经开始到若松的所谓补习学校上学去了。在他们娘俩不知如何是好时，两人再次来到已经是千里小学的校长的小林荣家，找他商量此事。

"确实，现在就这样中止学习太可惜了，那样就真是半途而废了。"虽然小林荣也有同感，但是接下来到底该怎么办，他一下子也想不出什么妙计。如果野口家有钱的话，让他到若松或东京游学很简单，但现在他们身无分文却又想继续上学，这可就难了。

"要想让你优秀的头脑得到充分发挥的话，可能也就是当教师或者政府职员。啊，对了，也许还有另外一种可能，那就是医生。"

一听小林荣这话，清作突然向前探出身子说道："我要当医生！"

"什么？"

小林荣和希佳都愣愣地看着清作。在那个年代，平民百姓的孩子如果能当上教师或政府职员，就已经算是出人头地了，可他现在竟然想当比这还难的医生。

"你，是真的这样想？"

"我绝对要当医生。我想当医生，然后为像我一样身有残疾的人治病。"

这当然是再明白不过的理由了。可是平民百姓的儿子真的能当上医生吗？

明治维新以前，要想当医生的话，只要先到名医门下当学徒，在那里经过一番锻炼，得到认可就行了。等到独立出来以后，只要能赢得一定的声誉，看病的患者就会络绎不绝。明治维新以后，新政府颁布的新学制规定：只有从公立医学院毕业的学生或者是通过了医师资格考试的人才能获得医师资格证，没有医师执照而行医是违反《医师法》的行为，会被问罪。当然，自江户时期以来一直盛行的传统中医虽还在利用手中的既得权力行医，但已经越来越少了。

就野口家的贫困状况来看，当然不可能供他上医科大学。若他想当医生，就只有先到私塾学习，然后再参加医师资格考试这一条路了。

但是，这种医师资格考试可是个大难关。哪怕在猪苗代这里成绩非常突出，能否通过这个全国天才云集的考试，就连小林荣也无法预测。

"就一般情况来看，医师资格考试是很难通过的。在整个若松地区，到现在还没有一个人能够考过。"

"即便如此，我还是想试试看。"

反正已经走到这一步了，清作可不想半途而废。他想做出那种让所有人都大吃一惊的伟大壮举。这里面既有清作的虚荣，也有身体残疾造成的积愤。

"我一定会努力的，让我试试吧！"

话是这么说，可一旦需要具体实施方案的时候，小林荣也不知道该从何处着手了。以前虽也有学生来找他商量升学事宜，但想当医生的，清作还是第一人。

"希望您无论如何一定要帮他实现这个愿望，求您了。"刚刚从惊愕中回过神儿来的希佳郑重地恳求小林荣。

考虑再三，小林荣提议：先让清作到若松，到给他做过手术的渡部医师那里去试试看。

"要想参加考试，首先必须掌握医学方面的基本知识。第一步，你可以先到渡部医师那里去。那个医师留过洋，不仅掌握丰富的新知识，而且还给你做过手术，也认识你。你先去一趟若松，直接见见他,看看能不能请他收你做徒弟。如果做徒弟不行的话,哪怕当清洁工、服务员也行,总之要好好求求他。"

确实如小林荣说的那样,现在清作想当医生,恐怕只有渡部医师这条路了。

"我去试试看!"

第二天,清作背上希佳为他准备好的饭团,朝若松出发了。从三城潟到若松一共有五里半的路程,他一大早从家里出发,到若松时刚过正午。他直接来到位于鱼町的渡部医师经营的会阳医院。上一次来这里时是患者,而这一次却是准备拜师入门的徒弟。

出来开门的看门人一看见他,脸上马上露出怪异的表情。因为门口站着的这个瘦瘦的男子,说不上是少年还是青年,是空着手来的。

"我是野口清作,一年前在这里请渡部医生为我做过手术,并且在这里住过十天院。因为有事想请院长先生帮忙,所以今天特意从三城潟赶来。还劳烦您替我通报一声。"

这个看上去不起眼的人说起话来倒文绉绉的,而且他看人的目光中有种异样的光彩。

"你想请院长帮什么忙?"

"我想见到院长后直接跟院长谈。"

这话听着虽有点儿狂,但既然是以前的患者,又不能拒绝替他通报。

"你先在这里等着。"看门人说着离开了,可过了一个多小时还不见他出来。

到底是怎么回事呢？清作在门口的候诊室里焦虑不安地继续等着。终于看到先前那个男人走出来了，然后带着他去了诊室。进入房间一看，渡部院长坐在正面的扶手椅上，好像正在看一张病历。

"我把这个人带来了。"看门人说话的方式就像带来的是一个犯人似的。渡部院长马上转过脸来。他现在照样蓄着将军胡子，依然在白大褂里扎着时髦的领结。

"你找我有什么事？"渡部院长的声音很温柔，和他那威严的外貌不太相称。

清作首先对一年前接受的治疗向院长表示感谢，然后又把自己从那以后就立志行医，梦想以后能够帮助那些不幸的人，以及不管当清洁工还是服务生，只希望院长能让他留在身边学习，等等，一股脑儿地都说了出来。渡部院长一直沉默不语地看着这个青年一个劲儿地说下去。清作刚一说完，他就好像正等着似的点点头说："我明白你的意思了。虽然现在我这里学生已经够多了，可是作为特例，还是把你收下。"

"太谢谢您了！"

"详细情况我会跟刚才带你来的根本（看门人的姓氏）说的，有什么事你就问他好了。"

说完这句话后，渡部院长又开始看他手里的病历了。

2

明治二十六年（一八九三年）五月，清作开始了他在会阳医院的学习生活。从三城潟出来时,希佳为他做了一件棉布横格对襟和服和一条用整块布料裁成的腰带,好友秋山义次送给他一条棉布和服裤裙。

这时,在会阳医院住着以长古沼票策为首的五名学生,他们有的做渡部院长的代理,有的帮忙干一些杂务。实际上,这家医院规模也不算大,有他们五个人已经足够了,不过渡部还是把清作加了进去。而且半年以后,又有一个名叫吉田喜一郎的年轻人插了进来,他是若松附近的喜多方町人。

要说起来,渡部医生虽然爱时髦,爱摆阔,但同时他也极富进取心,爱才惜才,愿意让有才能的人进来学习,不仅有长者风范,而且不拘小节,自由豁达。但这些也是后来让野口付出代价的女性纠纷的根源。

这位名叫吉田的年轻人跟清作这种贫农家的孩子不同,他出身于中农家庭,来请求拜师当学徒是由父亲陪着一道来的。家中除给他准备衣物、零花钱外,还要以每年四麻袋大米的口粮作为条件。

渡部院长一下子就看出清作和吉田是这些学生中尤为出类拔萃的人才,所以他很快就决定让他们俩同住二楼的一个房间,让他们在学习上互相竞争。对清作来说,这是与竞争对手千载难逢的学习机会。

两人相互促进,经常学习到凌晨两三点。这时清作的一句口头禅是"人家拿破仑每天只睡三个小时",把自己比作拿破仑也确实很像清作的个性。

虽说两人都很优秀,但与天赋较为突出的吉田相比,清作属于勤奋型。他具有一定才气自不必说，其最大的特点是有韧性。这种韧性既有一部分来自从母亲那里继承的天生的忍耐力，又有一部分来自被叫作"手槌"的屈辱。

　　在若松，清作跟同为医师的和崎义路和住在新横町的和田迁吉学英语，只用一年时间就掌握了《卡莱尔传》和《克莱武传》。同时，他还跟住在若松的文学士佐竹元二学德语，后来又跟三之町天主教会的三个人学了法语。当他发现渡部医院的仓库里沉睡着大量的汉语书时，他又把这些书通读了一遍。

　　这种如饥似渴的学习劲头，简直就像饥饿难忍的野兽在荒野里发现了食物一样。他不顾一切地汲取着知识的营养。不可否认，这段时期的刻苦学习为他后来在事业上的飞速发展奠定了基础。

　　但所有这些学习活动都只能在医院工作的休息时间里进行。在医院里，尽管他们两人特别优秀，但因为辈分最低，所以要干的杂事也就最多。

　　吉田人缘好，与学长长古沼以及根本等还适当交往，而清作则在做完自己分担的工作之后就赶紧回房间去了。学长长古沼深受上一代学长渡部思斋的宠爱，英语水平也相当高，可清作从他那里把该学的东西学会之后，就再也不去找他了。虽然他这种自私自利的做法会引起同伴们的反感，可他对此一点儿都不在乎。他不太在意别人讨厌他，至今为止这二十年里，他已经习惯了别人因为他有残疾而鄙视他的感觉。时至今日，他已经完全没有必要调整自己去迎合别人的想法了。除了有时为了利用别人而去讨好别人之外，他根本不想接近任何人。

就在这一时期，会津地区偶然流行了一阵子回归热。渡部院长从德国购进了一架能放大一千二百倍的显微镜，共花了一百二十元，按当时的价格来看，相当昂贵。渡部院长用这台显微镜检查从回归热患者身上采取的血液，将回归热病原体分离出来给大家看。

"大家听着，你们要好好看看这个东西。"

学生们都争先恐后地观看。可是这时候，清作根本不顾其他人还在等着，他一个人就整整用了别人两倍以上的时间看个没完。长古沼实在忍不住了，怒骂道："哎，野口，你本来就是个残废，还不赶快让开！"

从此，清作与长古沼的关系就更加紧张了。

明治二十七年（一八九四年），随着中日甲午战争的爆发，已经当选为国会众议院议员的渡部鼎作为三等军医应征入伍。

渡部为了精简医院人员，临走前只留下了清作、长古沼等人，其他学生都被打发回家了。借此机会，吉田转入若松名医斋藤幸源的门下。等到一切准备就绪，马上就要出发时，渡部召集所有留下来的学生以及工作人员，宣布他走后，医院的所有业务以及包括会计在内的所有工作全都由清作负责。

这时，清作虽已经由学生上升了一级，当了药局主管，但毕竟是刚满十九岁的小辈人。这一安排让具有学长资格的长古沼等人深感不快。可因为这是院长的决定，他们又不能反对，所以当渡部从会津出发时，医院内部就已经埋下了不满与内讧的种子。

会阳医院本来就存在着本家与医院两大势力的争斗，一遇到问题，双方就闹得不可开交。本家指的是以渡部院长的正房妻子为中心的一派，而医院指的是以院长的爱妾为中心的一派。现在再加上长古沼等老牌学生们的加入，局面变得越来越复杂。做学问另当别论，对处理人际关系的微妙之处不甚了了的清作只是单纯地认为拥护正房夫人才合乎逻辑，因而在立场上自然站到了本家一方。但是，这种做法很快就招致医院一方以及长古沼他们的反抗，由于意见无法统一，所以形成了误解与中伤满天飞的混乱局面。

面对这些矛盾，刚开始的时候，清作还比较积极地进行调停，但由于偏见以及女人们的嫉妒心理都搅和在一起，事态变得越发复杂了。对此深感厌倦的清作为了逃避这些琐事的纠缠，干脆跑到教会或佐竹家去学外语，但只能躲避一时，一回到医院，他马上又被拖入明争暗斗的旋涡当中。

清作实在无法忍受，于是他给恩师小林荣写信，陈述自己想辞去留守负责人职位的想法，但小林荣对此表示强烈反对。他反对的理由是，虽说工作有困难，但应该想到渡部先生提拔重用的恩情，要尽自己的最大努力去完成工作。

在他的鼓励下，清作再次振作起来。不管争斗如何激烈，自己还是要尽最大努力把工作做下去。虽说这是一些很无聊的凡间俗事，但是通过这一年的锻炼，一心做学问的清作也了解到了人际关系的复杂性，对他来说，这是一段很宝贵的人生经历。

3

这一时期,清作经常到会阳医院前面一个名叫福田的酱油批发商那里去看从东京邮寄过来的《读卖新闻》。当时,订报的人家还很少,会阳医院也只订了一份《东京国民新闻》。

有一天,他坐在室外的长椅上看报纸,偶然间,目光落到正在过马路的一位女学生身上。只见她梳着马尾辫,身穿紫色和服裤裙,右手还拎着一个当时很流行的小皮包。这个女学生看上去也就十五六岁的样子,瘦削的侧影显得气质高雅,一看便知是位良家女子。

这才真是一见钟情,虽然他连这个女孩的姓名、住址都完全不了解。

就这样又过了两个月,秋季的某一天,清作在院长家,正跟院长夫人说话,院长妹妹送出来的客人偏巧就是这个女学生。

若松地区全部人口不足两万,上流社会的子女们能够出入的场所也极其有限。这一年的圣诞夜,在清作经常去学法语的教会里,他又看见了这位女学生。经过一番激烈的思想斗争后,在从教会返回的途中,清作鼓起勇气跟院长妹妹打听女学生的姓名。

"那个女孩儿名叫山内夜音子,正在会津女子中学上学,虽然现在和母亲两个人住在三之町,但她原本属于会津藩山内家的直系血统,由于战争才变成了现在这个样子。不过她正在考虑要靠自己的力量重振家业。"

她出身名门,虽然清作与她门不当户不对,但他并未因此而退缩。

现在已经不是江户时代了。这个时代，只要有能力，任何人都可以得到发展，清作也一样。他现在就是一边掌管着整个会阳医院，一边还能和院长妹妹亲切交谈。从这一角度看，已经破落的武士家族的子女也没什么好怕的。人际关系方面的问题他虽然还处理不好，但在其他问题上，清作这时已经相当自信。

这天，他回到宿舍后，马上写了一封给夜音子小姐的信。信封上写好地址、姓名——"寄三之町山内夜音子小姐"，寄信人一栏则用了假名——"夜音子的好友町子寄"。

在这封信的开头，清作写道："一叶亲书发至此，请勿惊慌，勿怀疑，仅述一缕情思……"怎么看都属于熟悉汉文、具有清作特色的唯美情调。信上也没注明读音，还是用他那一流的运笔技巧写出来的，就算不是夜音子，谁看了都会迷惑不解的。

总之，这封信对于还是女中学生的夜音子来讲太晦涩难懂了，她判断这封信绝对不是町子写的。因为最后落款处只写了一句"S.N 生敬上"，所以她把这封信完全看作是恶作剧，交给了母亲千代，而母亲千代又把它交到了夜音子的班主任手里。

清作还在这里傻乎乎地等着夜音子给他回信。最关键的署名只写了自己姓名的首字母，就以为人家会写回信，看起来他确实相当自信。过了十多天，没接到回信，清作以为信没寄到，于是这一次他把重新写好的信直接扔进了夜音子家的木格门里。

但是，这封信被夜音子的母亲千代捡到了，她连信封都没打开，就直接送到女子中学去了。

尽管如此,清作还不肯放弃,一个星期后又投了一封信,隔一个星期,又投了一封。

从这些也能看出清作做事的韧性以及行动力。

而收信的一方却越发害怕。母亲千代看到每封信的署名都是"S.N 生",又都是夹杂着汉文的流畅文笔,于是认定写信的人肯定是成年人,感觉自己的女儿好像被什么地方的变态给盯上了。

学校方面当然也不会再继续听之任之,他们以"S.N 生"的署名和信上的笔迹为线索开始正式寻找寄信人,结果不出半个月,就查清楚了"犯人"就是会阳医院的野口清作。

清作虽出身于贫困的农民家庭,但他既有学识,又正掌管着会阳医院,就算是女子中学的老师也不能随便指责、批评他。于是班主任把这些信一并交到天主教会的牧师手里,请求牧师代为训诫清作。

牧师把清作叫过去,说了他一顿:"你也是有出息、有地位的男人,今后不要再搞这种恶作剧了。"但实际上一看信里的内容便知这不是恶作剧,而是在很认真地请求对方,希望对方能够跟自己交往。如果是现在,这根本就不是什么值得从学校到教会兴师动众,闹得满城风雨的事情。但在当时,男人给女人写情书这件事情本身就是一大新闻。

"我不认为我做错了什么。"

"可这种做法本身就不正常。不管怎么说,对方根本就没有和你交往的意思。"

就这样,清作的一片真情没能得到理解,只是通过牧师向夜音子母女俩转达了清作对夜音子有好感的意思,结果还是没有得到任何回音。

明治二十八年(一八九五年)春天,中日甲午战争结束。一年后,渡部院长安全返回会津。从他出发到现在大约过去两年时间了。

清作赶快把这两年发生的所有大小事情都做了一番汇报,然后又把一本详细记录每一笔收支的《战争期间会计明细表》交给了院长,而且上面的所有内容都是用英语写的。

渡部院长再次为清作做事的认真和细致感到惊讶,感谢他所做的一切。

就在渡部院长回乡三个月后的夏天,他的一位牙医朋友血胁守之助来到若松。

这位血胁守之助医生当时在东京芝区的伊皿子坂的高山牙科医学院当干事,这次是应渡部院长的邀请,来会津地区进行夏季牙科巡诊医疗活动的。那时候,因为会津地区还没有专业的牙科医生,所以他来到这里以后,连日患者不断。血胁守之助白天专心为这些患者进行治疗,晚上则到渡部院长这里和他闲谈。虽然外科和牙科有所不同,但他们二人都对旧的医疗体制持批判态度,在争取建立新的医疗体制方面志同道合。

血胁守之助偶然注意到在会阳医院的药房里一直学习到深夜的清作。他很欣赏地想"这倒是个勤奋好学的人",于是不经意地伸过头去看了看他手里拿着的书,这才知道原来他是在读一本病理学原著。在这样一个地方,难道真的会有学生读这种难解的医学原著吗？守之助忍不住好奇地和清作聊了起来。通过交流，守之助知道清作跟这里的牧师以及中学老师学了英语、德语和法语，现在已经基本上可以不借助字典就能看懂了，而且他还发现清作在基础医学知识这方面也具有相当深厚的功底。

"如果你什么时候到东京学习的话，也许我能多少帮上点儿忙。你要是来，一定要到我那里坐坐。"

清作具有一眼看透谁能为自己带来利益的特殊能力。现在他看着血胁守之助，马上意识到这个人对自己来说相当重要，接近他绝对不会错。

于是清作向他讲述了自己因为手有残疾，家庭贫穷，所以才在这里当学生学习，不过他总有一天会到东京去参加医师资格考试等情况。守之助看到清作缩在一起的手指，更加动了恻隐之心。

残疾的确有不利的一面，但它同时也可以给人留下深刻的印象，在这一方面有时又确实方便。几乎所有见过清作的人都会产生要为这个人做点儿什么的心情，这虽然源自他天生会说话，讨人喜欢，但如果没有左手残疾这一事实的话，恐怕也难以如此。

总而言之，这个夏天结识的血胁守之助，是在小林荣、渡部鼎之后第三个对清作具有重要意义的人物。

芝区伊皿子

1

　　清作离开故乡会津，踏上去东京游学的旅程是在他二十一岁那年的秋天。

　　就上京一事，清作首先写信给小林荣，征求他的意见：

　　　　我入若松渡部医生门下已经三年了，在此期间，我已经尽最大的努力刻苦学习，以现在的情况看，好像已经能够通过医师资格考试了。这三年来得到渡部医生各方面的悉心关照和培养，虽然还无法全部回报，现在就去东京也有些于心不忍，但我想如果能够通过考试的话，也算是对渡部医生的一种报答，因此才考虑尽快上京。您觉得怎么样？

信中的大概意思就是这样。

小林荣很快就给他回了信，表示自己赞成这一决定。但是他告诉清作，无论如何都必须先跟渡部院长进行协商，取得完全谅解后才可以成行。就这样，清作直接去面见院长，当场向他提出了去东京的请求。这段时间，渡部院长热衷于竞选议员的活动，医院里的杂务基本上就交给清作处理，原以为他会表示为难，没想到他却意外爽快地答应了。

"确实，你说得也对，再继续待在这里也不是个办法。以后的事情我会想办法解决的，你还是去东京闯一闯比较好。"因为他自己也是年轻的时候通过的医师资格考试，所以在这方面很能体谅人。渡部进而又说："东京就是人多地方大，让人觉得心里没底。还是带上点儿这个吧！"他说着递给清作十元钱，然后又给他写了一封转交血胁守之助的介绍信。虽然给血胁守之助的介绍信是清作请他帮忙写的，但渡部院长丝毫没有表现出不高兴的样子，当场就帮他写好了。虽然渡部非常清楚清作自私自利的性格，但他反而觉得这样更有青春朝气，更有冲劲儿。

在得到小林荣和渡部鼎这两位强有力的支持者的同意后，清作马上着手进行上京前的准备工作。

他首先通知三城潟家中的母亲，然后一一通知告别医院全体职工、附近的邻居以及来院就诊的患者。最后他在离开若松的时候，还特意到山内家去跟夜音子的母亲打招呼："我已经辞去了渡部医院的工作，要到东京进行正式的医学学习。"

这时，夜音子已经从女子中学毕业。清作听说她也准备去东京学医,所以想趁机问问她在东京的住址,可偏偏夜音子不在家,夜音子的母亲只是说了句"那你就加倍努力吧",应付了他一下而已。

离开若松后,清作先回了趟三城潟。在这里,他也和村长二瓶家、小林荣家、附近的邻居以及过去的亲朋好友,甚至路过的村民都一一打了招呼,告诉他们他要去东京了。

以前对周围人根本不理不睬的清作,这次倒是自己主动说话,打招呼,这使大家感到有点儿莫名其妙。难道去东京值得这么高兴吗?实际上,清作如此喜形于色并不是单纯地由于他要去东京,而是有他自己的小算盘。通知大家这件事,打个招呼,说不定还能得到点儿赠别礼。

实际上,清作这一圈转下来,确实收了不少钱。特别是至今为止只帮忙出主意,基本上没有在经济方面援助过他的小林荣,这次也一下子送了他十元钱。

"我不能从有恩于我的先生这里拿这么多钱。"

"还是带上点儿钱方便,拿着吧!"

清作就等着他说这句话呢。他这才以满脸不好意思的神情,接过了这笔钱。节省点儿花的话,这笔钱够吃一个月的。虽说渡部院长答应在他上京以后每月给他寄十元钱,但能坚持到什么时候可就不好说了。

清作进一步从旧友、邻居那里得到两元三元的,加在一起数额还真不小。最后,他带着这笔将近四十元的现款,雄赳赳、气昂昂地从家里出发,踏上了新的旅途。

临走时,清作写的"壮志未酬誓不还乡"的条幅,现在还贴在猪苗代湖畔他老家客厅里的柱子上。这是多么悲壮的豪言壮语啊！当时的年轻人大都喜欢这种有气势的口号，从这一意义上讲，这句话倒也没什么特别稀奇的地方，不过这也确实是清作内心的真实写照。

当听说清作去东京是因为想当医生，村里大多数人都在背地里笑话他："野口家的儿子要是能当医生，那太阳就得从西边的爱宕山的方向升起来，从东边的川桁山的方向落下去了。"而没笑话他的那些人，也只是佩服他的勇气，并没有一个人真的认为他能成功。

清作当然清楚村里人都在偷偷地笑话他，即使送给他一点儿赠别礼的人，也会用怜悯的目光看着他说："你身有残疾，可不要太勉强了。"只有母亲希佳和渡部院长认为他能成功，就连小林荣都有些怀疑：他真的能考上吗？

但是清作自己却相当有把握。他看过以前的考题集，觉得至少前期的笔试部分差不多可以通过。

终于到了要出发的这一天，母亲希佳站在大门口目送了一会儿，可是很快就赶上来和清作一起往前走。当时磐越西线还没开通，东北干线铁路也只到本宫站，到车站要走九里山路。

"妈妈，您别送了，还是先回去吧！"

清作好几次都想让母亲回去，可一直搞运输，腿脚锻炼得非常灵活的希佳根本不想停下来。过了南乌帽子山，来到长濑川河畔时，她才终于停住了脚步。

"那你一定要多加小心，特别是要注意身体，听见了吗？"

"妈妈，您也多保重！"

虽然家里一直很穷，但清作得到了满满的母爱。

2

明治二十九年（一八九六年）九月，清作上京后最先落脚的地方就是本乡四丁目的大成馆宿舍。清作的所有行李只有参加考试所必需的几本书和几件用包袱皮包着的换洗衣物。

本乡周围是一排排的学生宿舍。大成馆就位于现在本乡四丁目的交叉路口，面向东大红门方向进去大约五十米的地方。现在，那里早已经片瓦无存，隔着一条马路的对面有条小路，一直往里走有个天神社，再往里还有个叫瑞泉院的庙宇。

清作在这里借了一个房间，马上投入到应考复习当中。

当时的医师资格考试分为前期、后期两个阶段。前期是物理学、化学、解剖学、生理学等基础科目的笔试，后期则是以外科学、内科学、药物学、眼科学、产科学、临床实验等所谓临床科目为主。据说，一般情况下，就算头脑相当聪明且认真学习准备的话，要通过前期考试也要三年时间，而通过后期考试恐怕需要七年时间。

来到东京一个月后的十月初，清作首先向前期笔试发起冲锋。

清作考试前就对前期笔试很有信心。果不其然，他一次通过。

虽然突破了第一道关卡，可最大的难关是后期考试。实际上，前期的笔试等于把报考者过了一遍筛子，即粗选作业。这样一来，无论如何也要通过后期考试才行。只通过前期考试还是没有当医生的资格，实际上等于白费力气。

为了能够通过后期的考试，就必须到哪个医学院去学习临床才行。那时候，只有济生学舍这家私立医学馆向那些准备通过考试取得医师资格证的年轻人开放门户。这家医学馆由明治时期的医师、医学理论家长谷川泰创建，位于汤岛四丁目，正好就在现在汤岛会馆那个位置。

　　这所学校的教师几乎都是由东京帝国大学的教授们兼职，就如同为了医师资格考试而特设的预备（补习）学校一样。虽说是学校，但没有明确划分学期，没有限制明确的入学时间、毕业时间，你可以根据自己的实际情况交钱入学、自行退学等。

　　课程设置也没有特别固定的安排，教授们有空的时候就过来讲讲课，讲完课就走人。因此，上课的时间也会因为大学里的工作安排而变化，有时从早晨六点就开始上课，有时却又从傍晚时分才开始上课。

　　这里曾被称作是"素质低下的家伙们上的济生学舍"，可见在学生中评价不算太好，但并不是说在这里学习过的人都素质低。这里的学生基本上分为两大类，一种是家里按时寄钱来，生活比较富裕的富人，还有一种是家庭贫穷，但仍立志苦读的穷学生。

　　吊儿郎当的学生主要是第一种，他们成天迷恋赌博或调戏女子，被周围人所不齿。

　　因为这里入学时几乎等于免试，对任何人都开放，所以品质恶劣的家伙混进来也在所难免。创始者长谷川泰的本意是创建一所新私学的殿堂，为所有求学若渴的人提供一处能自由学习的地方，但是这一初衷适得其反，所以在数年后就不得不关门大吉了。

但是在明治初年,这所学校拯救了很多无法上大学却又立志当医生的年轻人。从这一点来看,它的存在意义重大。

若以尽快通过后期考试为目标的话,清作同样也只能去济生学舍学习,这是唯一的捷径。虽然社会上的评价不太好,但要在一定程度上掌握后期考试所必需的临床知识,也就只有这一种选择了。

前期考试结束后,清作特别想马上去这所学校学习,但从九月来东京到十月底的这两个月里,他花光了带来的所有钱,现在已经身无分文了。

从会津出来时,他身上还带着将近四十元钱,这些钱都花到哪里去了呢?这里面自然有旅费、考试费,以及在东京生活时因人生地不熟而造成的各种计划外支出。在大城市里生活,总不能拔田间地头的小草或抓几条河里的鱼来充饥,可即便如此,当时在东京,每月只要有十元钱就足够夫妻两人花了。临行前,给了他十元钱的小林荣校长每个月的工资也不过十二元而已。可见,如果能勤俭一点儿的话,一个学生每月有五元钱也就够了。

在这种情况下,还不到两个月时间他就花光了四十元钱,这的确不太一般。

总的说来,野口英世在用钱方面大手大脚。后来有一次,他请所有朋友到横滨夜总会玩了个通宵,把从未婚妻家里拿来的两百元巨款在一夜之间花了个精光,这是单看他贫寒的出身无法想象的奢侈行为。

但如果把这些都归结到野口有浪费癖好上好像也不太合适。

清作曾经说过:"怀里揣着钱的感觉太可怕了!"一方面他比任

何人都想得到钱,但真有了钱的时候,他心里又会不踏实。一般人也许会想,如果那样的话,把钱存起来不就行了吗?可野口没有存钱的想法,或者说他根本就没有这种概念。

俗话说:"富小气,穷大方。"野口的情况正是如此。存钱,是对于那些多少有点儿富余的闲钱的富人而言的,但这并不是穷人的思路。从小就生活在贫困阶级的最底层,习惯于贫穷的生活之后,就不再会有为以后打算、把钱存起来的想法了。习惯了今朝有酒今朝醉的生活方式之后,当天拿到手的东西,当天就会把它用光。明天的事明天再说,总之会有办法的,或者靠劳动,或者靠别人施舍。

清作到东京那时,储蓄制度已经确立,他也非常清楚存钱的必要性。可明白归明白,他就是没办法管住自己。另外,还有一个很重要的原因,那就是花过一次大钱以后,就无法忘记花钱时的快感。只要一拿出钱来,过去一直很冷淡的宿舍里的用人及一直很威严的房东,都会一下子变得点头哈腰,毕恭毕敬,好像变了个人似的。这种快感太令人难忘了。沉浸在这种幻觉当中,花钱便如流水一样。

如果身无分文时真能镇定自若的话,似乎也很潇洒,但是非常危险。现在清作想去上学,却苦于没有钱。

他想写信给渡部院长或家乡的什么人再要点儿钱,但毕竟刚到东京不久,现在就要钱确实有点儿说不过去。要说奇妙的确很奇妙,清作从小到大从未伸手向母亲希佳要过钱。像学习用品、衣物等,都是希佳单方面为他准备的,他自己从未主动要过。

他从小在母亲身边,知道家里一贫如洗,也不想给家人添麻烦。不可否认,这里面有他对家人的怜惜,同时也有他对家人的失望。

考虑再三,清作决定到血胁守之助那里看看。

当时,血胁守之助的家在水道桥附近的三崎町,每天到芝区的伊皿子坂上的高山牙科医学院上班。清作便到高山牙科医学院拜访他。

在东京这两个月,清作任其头发疯长,从会津出来时身上穿的那套像样点儿的和服现在也已被汗水和污垢弄得脏兮兮的了。

出来接待的看门人看到他穷酸潦倒的样子,露出诧异的神情。但因为有渡部院长的介绍信,所以他只好去通报守之助。守之助在这里一边教书,一边还担任日常管理的事务长一职。

从去年夏天在会阳医院首次见面后,现在是他们时隔一年多的再会,但守之助没有忘记清作。见过清作的人,一般情况下是不会忘记他的。这其中自然有清作的过人之处,更主要的还是他左手残疾这一明显的身体特征起了很大作用。

"你现在在干什么呢?"

面对守之助,清作讲述了他已经通过了前期考试,下一阶段为了准备参加后期考试,想到济生学舍学习的情况。

"是吗? 那太好了。就差一步了,继续努力吧!"

鉴于自身的经验,守之助当然明白真正的考验在后期考试阶段。而此时二十七岁的守之助虽然仅比清作大六岁,但他的威严占了绝对优势。面对住在城里、已经作为医师独立行医的守之助,刚刚从乡下出来的穷学生自然无法与之相提并论。

清作用他那惯用的可怜口吻告诉守之助,他是来想办法筹钱的。

"如果能让我在学校里帮忙的话,哪怕是人力车夫也好,让我干什么活儿都行。您看能不能帮忙安排一下？"

像清作这种花钱大手大脚的男人，与其给他生活费，还不如给他安排个住处，保证他有饭吃更稳妥。

"这可不太好办。"

虽然守之助确实想帮他，但这里是高山院长的地方，他做不了主。实际上，他本身也不过是每个月除了伙食费之外只拿四元钱的打工者。

"我还是先去问问院长行不行。你先在这儿等等。"

这位高山院长于明治三年从庆应义塾毕业后就到美国留学，通过美国的牙科医师资格考试后回国，在东京银座开了第一家牙科医院，并作为日本第一位正规的专业牙科医生负责为皇后陛下以及东宫殿下等贵族治疗牙病。后来他又在芝区的伊皿子町的自家附近创建了高山牙科医学院，同时也是日本牙科学会的创始人，为促进牙科的发展及提高牙科医生的社会地位做出了贡献。

守之助向他汇报了清作的情况后，高山院长只问了一句："你看现在我们学院确实需要这个人吗？"

"不，倒不是因为这个原因。"

"那你就回绝他好了。"

高山院长的主张是合理而严谨的。他摒弃一切多余之物，明确判断"是"或"不是"，是一位信奉并实施美国的合理主义理念的绅士。

这下守之助可犯难了。他万不能瞒着院长把清作留下来，可是也不能就这么把特意从会津来的人赶走。经过一番考虑，守之助暂时把他安排到学院旁边的宿舍里。在这里只要和管理员老夫妇处理好关系，应该没有什么太大的问题。

就这样，清作寄居到学院隔壁宿舍的一间房子里。说是搬家，实际上他也就只有一个背在背上的布包袱而已。从本乡到芝区的伊皿子，他沿着红色砖瓦结构的建筑排成行的银座大街，一边观景，一边步行。因为他不算正式在编人员，所以不能在宿舍里到处乱逛，人家管他早晚两顿饭，其他时间则必须在房间里，不能随意走动。万一被高山院长发现，连守之助也要跟着一道挨骂。

但总是无法老实待着的清作开始在楼道和厨房里抛头露面，还没过一个月，他就大大咧咧地出入学院了。而且趁着学院干杂务的老头儿歇班之际，他还干起了摇上课铃、清洁油灯、打扫厕所卫生等工作。

当然这些活儿都不是白干的，通过做这些零活儿，他可以多少挣点儿钱。住在宿舍里虽然早晚两顿饭算是有了着落，但为了能够吃上午饭，保证半夜不挨饿，他还必须有点儿额外收入才行。

清作最大的优点就是不管身处何种环境，他都不会忘记学习。大多数人往往会因为环境改变而一两个月无心学习，但清作完全不受影响，仍能埋头于学业。不知道是应该说他很有冲劲儿，还是应该说他特别具有适应环境的能力，反正他对一些小事根本不在意。

到芝区的伊皿子两个月后的十一月底，清作间接听说这里有个德国人正在教德语，他马上就想去跟德国人学德语。在若松时，他已掌握了英语和法语。主要国家的语言之中，只有德语他虽然学过，但还差一点儿。可要上这个学习班，每个月就需要交一元钱的学费。

清作又去找守之助要钱。他每次一遇到问题，就去给人家添麻烦，虽觉得不太好，但是一想到是因为学习，就控制不住。他一旦想要什么东西，就无法忍耐，简直就像小孩子一样。真正感到为难的是被他缠上的人。

这次就连宽宏大度的守之助也认为清作脸皮太厚了，可如果一口回绝，又觉得不太好，正如后来有人给清作起的绰号一样，他的"男艺伎^①"可以说相当有水平。他请别人帮忙时，说话的腔调总是有种令人无法拒绝的可怜劲儿，被他缠住的人都会产生一种不能丢下他不管的奇怪的迫切感。可就守之助每月四元钱的微薄收入来看，这一元钱也算是相当大的金额了。如果每个月都必须交学费的话，也就是说每个月都得给他一元钱。

"这我可就无能为力了。"守之助完全没了主意。

清作却没当回事儿，只是说："请他们给您涨点儿工资怎么样？"

守之助吃惊地看着他。确实，如果说因为工资少拿不出钱来，那么只要工资涨上去了，问题也就解决了。守之助之前只考虑怎样从少得可怜的工资里挤，经他这么一说，觉得确实有道理。

"对呀！"守之助点了点头。

就算这里提供伙食，但再怎么说，一个独当一面的医生每个月只拿四元钱的工资也太少了。他本人对此也有过抱怨，但他把这当成是一种磨炼，一直忍耐至今。他一直以为，为了真正领悟高山院长的学识，就不得不继续忍耐下去，可要求获取与付出的劳动相当

---

① 指表演。

的工资收入也是他的正当权利。守之助鼓起勇气，决定向高山院长提出要求，试试看。

"实在不好意思说这种话，可是我也有做医生的面子问题。您看现在能不能考虑给我涨点儿工资？"

他说这话实在绕了很大圈子。没想到高山院长马上点头答应道："好吧，给你涨到七元吧！"

这可是超乎预料的收获。刚开始，守之助还以为院长会拒绝，即使答应，顶多也只能是一两元钱，现在一下子就涨了三元。

守之助面带微笑，跑到清作那儿兴奋地告诉他说："太好了，问题顺利解决了。他给我涨了三元呢。"

"这也是你的功劳，我可以暂时每个月给你两元钱。"

这些地方也表现出了守之助的善良，既然涨了三元，那么不给清作两元，就感觉不合适。

总之，清作就这样开始学习德语了。

一开始学习，清作就停止了摇上课铃、清洁油灯、打扫厕所卫生等工作。这也是清作的个性，只要全身心投入到一件事当中去，其他就什么都看不见了。

3

现在，芝区的伊皿子的高山牙科医学院的建筑已荡然无存，但在当时则是一栋木质结构、没有门面的二层小楼。楼门旁边如果没有"高山牙科医学院"这块牌子的话，人们会以为那里只是稍微大一点儿的民宅，从而忽略它的存在。但进去往里走，地方还是比较大的。现在这里盖起了某公司的单身宿舍，周围建起了高高的石头围墙。

正如房子本身已经荡然无存一样，周围的景观变化也很大。

牙科医学院就在芝区的伊皿子坂快到顶的位置，朝西而立。在江户时代，这个坡被称作"潮见坂①"。当时从这个坡向东望去，从芝浦到东京湾都尽收眼底。这个坡位于三田町和芝区的伊皿子町的交界处，和过去相比没什么变化，只是过去这里路更窄，坡也更陡。从坡顶向相反的高轮方向去的下坡叫作"鱼篮坂"，因附近有取自中国传说的鱼篮观音而得名，这个坡与当时相比，也变得平缓多了。"鱼篮坂"西侧则是名为高轮西台的大面积台地。清作在这里的时候，这个台地中央建有海军医院，再往前去就是海军基地。这里寺庙和墓地多，以泉岳寺为首，还有长应寺、了莲寺、常诠院等十座寺庙。增上寺也在附近。

清作就在这个高台上的学院里生活，每天俯瞰着东京湾。

当时港湾里的船只少，海岸线也比现在近得多，潮起潮落都能看得清清楚楚。再从西向南看是高轮地区宁静的民居，白金村恬静的田园风光展现在眼前，呈现出一幅现在难以想象的、悠闲自在的景象。

说在这里养精蓄锐可能好听些，可实际上清作现在也只相当于下等杂务工，而且还未被正式录用。他的工作主要就是打扫楼道和

---

① 观潮坡。

房间,擦灯罩,摇铃,外加跑跑腿。

他外表寒酸,穿的衣服又脏,根本无法让他当大门收发员。清作对此感到不满,经常偷懒耍滑。他尤其厌恶做的就是擦油灯的玻璃灯罩,因为他的左手不好使,所以很难扶住细细的灯芯。

自从学习德语后,因太过投入,以致连打扫卫生、摇铃的活儿都给耽误了。深受其害的是一个叫菊地的收发员,他虽怒不可遏地向清作提出抗议,但清作毫无悔意。

清作认为,让菊地这个没能耐的家伙帮自己干点儿打下手的活儿是应该的,可对于比他先来的菊地来说,他的这种做法根本令人无法接受。菊地忍无可忍时,就到血胁守之助那里告状,而守之助也只是假装听着,不把这当回事,并未协调解决。虽说清作是靠他出钱才能去学习的,但他对清作学习的那种近乎极端的投入精神深感钦佩,也不太好说什么。

终于迎来了明治三十年(一八九七年)的新春。这一年的二月份,清作历时四个月的德语学习结束了。

"这样就已经差不多了。"

他自鸣得意也是有一定道理的。因为现在他不仅可以用德语对话,而且能够不借助字典读原著了。清作在语言方面还是很有天赋的。外语学习不讲究逻辑,而是靠语感。清作找感觉很快,他首先跟着复述,记忆,再渐渐进入语言境界。

这不仅与他天生具有极强的环境适应能力有关,而且会津方言造成的自卑感也在此得以体现,成了他学习外语的动力。

这样,已经掌握了英、法、德三国语言的清作开始通读学院里所有的医学原著。但只凭这些是无法通过后期的医师资格考试的。为了通过后期考试，还必须到济生学舍去学临床。下一次后期考试是在十月份，距离考试还有不到半年的时间。

虽然清作很着急，但进入济生学舍学习就必然需要钱。这次可不是像过去那样只靠一元钱、两元钱就能解决问题的。

济生学舍的讲师们都是在其他地方有教学任务的老师，所以常常在早晨六点或傍晚五点左右这种时间段里开始上课。为了能够按时上课，还必须住到离学校较近的本乡附近才行。如果把住宿费和学费都算进去的话，每个月至少需要十五元。

从会津出来时，渡部鼎曾答应每月给他寄十元钱，可在他来东京一个月后，这笔钱就断了。这一时期，渡部鼎由于女人问题出了点儿麻烦，财政大权掌握在他妹妹手里，他不能随意动用医院里的钱了。就算他能寄钱来，东京离会津这么远，也不能经常跟他要，何况急需时也来不及。

无可奈何之下，清作在高山牙科医学院这里也渐渐成了出名的借钱天才。这一时期，以守之助为首的学院里的职员，甚至连学生都深受其害。

借钱时，他装出一副可怜样儿，极尽哄骗之能事，借后就再也不还了。他找出各种各样的理由拖延时间，而那些理由都是随口胡编的谎话，到最后连清作自己都忘了对谁说过这种谎话。清作的"借"简直就是"给我"的同义词。

接任菊地收发员工作的石冢，因为清作耽误了工作，想批评清作，但一见面清作就跟他要钱，吓得他连意见都不敢跟清作提了。

可就算他是借钱天才，每个月都要想办法搞到十五元钱还是太难了。从职员、学生那里筹措到的根本不够用，无奈只能靠自己的后援血胁守之助。这样决定之后，清作再次提出借钱的要求。

"十五元钱？"说完这句话，守之助沉默了。守之助的工资虽然涨到了七元，可清作现在要的是他的工资两倍以上的金额，这可就难了，简直不可能。为此，守之助只能拒绝他的要求，但那样一来，以前对他的关照可就都白费了。守之助还在冥思苦想时，清作却微微一笑说："我倒有个办法。高山院长不是常说医院不挣钱吗？"

高山院长当时一边教那些报考牙科的学生，一边经营着牙科医学院，实际上等于一个人兼顾着医科大学和附属医院两方面的工作。高山是这两方面的负责人，而血胁守之助则主要负责给学生授课。原本就比较学究气的高山，既要教学，又要进行临床牙科病的治疗，除了这两方面繁忙的业务工作之外，还要考虑经营，他早就有些难以承受了。因此，他从根本上否认医院能赚钱。

"您干脆从高山院长那里把医院接过来自己经营怎么样？"

"我吗？"守之助都听呆了。

可清作却满不在乎地说："高山院长本来就忙，我觉得他根本就不适合从事经营医院这种烦琐且空耗精力的工作。如果您主动提出希望他把医院交给您管理的话，我想他会同意的。那个医院怎么可能不赚钱呢？您如果专心从事经营的话，肯定会比现在的状况要好得多。"

"然后呢？你想怎么样？"

"那样的话，您的工资就会比现在多得多。借给我的十五元钱也就……"

守之助陷入沉思：这是多么不着边际的想法啊！上一次给他两元钱零花钱的时候，他就怂恿自己跟院长提出涨工资的要求，而这次他又撺掇自己连医院的经营权也夺过来。他的逻辑就是，这样一来，你也舒服了，我自己也可以放心拿你的钱了。

"这种事情我可说不出口。"

他摇着头否定了清作的提议，可回头一想，这确实是个很有诱惑力的计划。守之助虽然佩服高山院长的学识，但至今为止，一直忍受着低收入给学生们授课，他自己也有一肚子不满。而且他确实希望能接触患者，为患者诊病、治病。要达到这一目的，或许清作所说的办法最直接可行。

"就算说了，高山院长又怎么可能答应呢？"

"你先别泄气，还是试试吧。我觉得没问题。"

清作似乎相当有把握。在比自己年纪小的男人的怂恿下，两天以后，守之助小心翼翼地向高山院长提出了这个建议。"请让出医院的所有经营权"，现在来看虽然这种想法很不切实际，但在当时那个把经营医院当作邪门歪道的时代里，虽然确实有些厚颜无耻，但并不算特别失礼。

在听到这个建议的一瞬间，高山院长还是惊呼道："你疯了吗？"

"事情是这样的，看到院长您又是忙学校，又是忙医院，整天愁眉不展，我也很难过。我虽然能力有限，但如果尽最大努力专心于医院的经营，那么您也可以轻松一些，医院的状态也能比现在有所好转。"

清作调查研究医院收支情况的资料表明，只要积极宣传，增加治疗费用的话，完全可以达到收支平衡。

"你说你真的能使医院盈利？"高山院长两手交叉着放在胸前，陷入沉思。的确，医院的经营对他来说相当烦琐。说是让出经营权，而实际上院长仍是医院的法人代表这点不会改变。总而言之，在目前经营惨淡的情况下，守之助能够忍受低工资待遇为他努力工作，确实是个值得信赖的人。

"这事太突然了，让我先考虑考虑。"高山院长到底还是没有当场就答应下来。

守之助看到有点儿希望，于是就试着用清作调查得到的资料数据说服院长。一个月后，高山院长终于接受了守之助的建议，同意将经营权全部交给守之助。

"成功了！"

他们用了当时年轻人特别喜欢用的这个词。这个词所洋溢着的明治气概，恰巧说明了他们二人的兴奋心情。

"看起来，只要敢于尝试，什么事情都有成功的可能。"对于事态出乎意料的进展，守之助不禁感慨万千。

"人只要真的想做一件事，几乎没有什么做不来的。"在这一点上，年轻的清作倒显得老到不少，"那么，从下个月开始，你就能给我十五元钱了！"

与成功的喜悦相比，把这件事情先落实了才是更重要的。

"当然，多亏你出主意，我才能得到医院的经营权。我答应你，每个月给你十五元钱。"

"一定噢。一切就都拜托您了！"

半个月后，清作搬进了本乡四丁的学生宿舍。这里离一年前刚到东京时住过的宿舍不远，但这次他借的却是二层一间窗户很大、面积也比较大的房间。从这里到济生学舍慢慢步行也用不了十分钟。

本乡时代

1

当时济生学舍的讲堂是木结构建筑，里面摆放着一排排长桌、长椅，大点儿的地方能容纳五百名学生同时听讲座。学生中有的看起来像壮士；有的穿着时髦，看起来像绅士；还有人身穿和服裙装，脚上趿拉着草履或木屐。学习比较认真的学生多坐在前排，而学习差、吊儿郎当的学生则坐在后排。由于当时社会上还残存着一些明治维新争斗的血腥气，学生当中有很多脾气暴躁之人，为了不招惹他们，女学生们都把头发束起来，穿着男装来上课。

对清作而言，这还是他第一次有机会听正式的医学课，因太过高兴，有时候他从早到晚连续十四个小时坐在那里听讲。

来这里讲课的教师大多是刚从德国或法国归来且就任于帝国大学的少壮派学者，正因为他们每个人都充满了肩负着日本医学界未来的自负和豪情壮志,在这里,每个人都会滔滔不绝地讲述自己刚刚学得的晦涩难懂的新知识。他们根本不理会对方是不是真的听懂了,只管自顾自地一股脑儿地往下讲。说他们是为了整理自己学得的新知识,才来这里讲课的,可能更贴近实际情况。掉队的学生多是因为他们讲的内容太难懂而失去了信心,但是清作却拼命紧跟,即使他们故弄玄虚地写一黑板外文,清作也没有退缩。

因为讲课中涉及考试的内容极少,即使听得再多,也没有什么实际意义,所以清作从夏天开始集中精力只听有关临床医学方面的内容,为十月份后期的医师资格考试做准备。

梅雨季节过后的初夏时节,清作在学舍遇到了山内夜音子。当他准备来东京时,就听说夜音子也立志要当医生,而且她正准备到东京游学。但后来一直没有音讯。清作从会津若松出发前,曾特意到她家拜访,结果还在她母亲面前碰了钉子。这是这段时期里,清作最后一次联系夜音子。

夜音子在表兄菊地良馨的帮助下来到东京,此后就一直在顺天堂医院当护士。因为夜音子的父亲山内章过去就是顺天堂医院的医师,也是会津藩的藩医,所以夜音子一直希望自己能成为医生,振兴家业。

作为实现这一愿望的第一步,她先到顺天堂医院当了护士,可是她过去的亲戚朋友都对她立志要当医生的想法持反对意见。现在这个年代虽已无法想象,但是在当时,大家普遍认为女子不应该从事充满血腥味的职业,除非她精神有毛病。

在四面楚歌的情况下,夜音子从顺天堂医院逃了出来,在父亲的朋友的帮助下,来到济生学舍学习。仅从这件事情就可以看出,夜音子的性格与其柔和的外貌完全不符,她是个相当有个性的女子。

夜音子这时已经知道清作和自己在同一所学舍学习这件事了。因为即使在济生学舍,清作也是个相当引人注目的学生。他虽然其貌不扬,左手还有残疾,但总是坐在最前排,非常专注地听讲。而且清作还时常在讲课的空余时间走上讲台,在黑板上写些英语或德语,滔滔不绝地进行演讲。

清作把自己当成了少壮学者,但其他学生却觉得他是个莫名其妙的家伙。实际上,只要看到他好几个月都没去理发店剪过的乱蓬蓬的头发,以及看上去好像沾满了污垢的和服,大家就不禁皱起眉头。

夜音子在这里第一次看到清作是在课间休息的时候。当时清作正一个人在黑板上拼写着也不知是对还是错的英语单词。夜音子虽非常吃惊,但并没有熟识到主动上前打招呼的程度,而且她对他也根本不感兴趣。在楼道里看到夜音子时,清作着实吓了一大跳。他甚至以为自己搞错了,赶紧追上去,问道:"你是若松的山内夜音子吧?"

看到夜音子点头,他马上开始进行自我介绍。

他一口气讲述了从若松出来后自己先考过了前期的笔试,然后到了芝区的伊皿子坂的高山牙科医学院,现在又来到本乡等一系列情况。他甚至还相当得意地告诉她,这次的后期考试自己也应该没问题,肯定会通过。

清作本来就喜欢自吹自擂。因为他经常毫不掩饰地夸耀自己，所以曾经有人在背后嘀咕，怀疑他是不是精神有点儿不太正常。不过，他这种厚着脸皮推销自己的积极态度，对于日后他进入美国社会还是起到了相当大的作用。

　　但在夜音子眼里，他并不是个令人心动的谈话对象。她只是有些不耐烦地点头听着。这时候的清作对于女人认识得还很不够，他只是简单地认为，只要说明白自己多么出色，女人就会为之倾倒。

　　看到对方对自己不感兴趣就放弃的话，那就不是清作了。每次上课，他都坐到夜音子可能会去坐的位置附近等着她。如果夜音子坐到别的位置，他就会站起来挪到她旁边去。课间休息时，他还会问她有没有问题，如果有不明白的地方，他就主动为她当义务教师。在这一点上，清作从来没有不好意思过。

　　不过说实话，以夜音子的实力，这一时期她已有好几个讲座都跟不上了，而为她进行讲解就成为清作最大的一件乐事。有一次，当夜音子说她想知道头盖骨的概要时，清作甚至擅自把高山牙科医学院的头盖骨标本拿出来，还作为礼物送给了她。

　　尽管他如此努力地追求夜音子，夜音子也对他表示感谢，但她从未向他表露过好感。她只是把他当作有些烦人却好用的同乡朋友看待，从未超出这个范畴。

　　但清作仍然不死心。当他听说夜音子的表兄菊地良馨在警察局当法医时，就查找到他的宿舍，亲自登门拜访。面对这位突然到访的客人，菊地良馨感到非常惊讶，但是当他听说对方不仅认识夜音子，而且也是立志学医从会津出来的老乡时，才把他让进了门。

菊地和夜音子很像,也是长得又高又瘦。他性格相当顽固,很有些会津人的特点,同时性情又很爽快,清作很快就和他亲近起来。这种时候,清作往往会找些对方可能感兴趣的话题去迎合。要说清作没骨气,倒也真够没骨气的,但这同时也说明清作具有很强的适应能力。清作乍一看是非常猥琐的一介书生,聊起来却是个博学才子,从医学到汉文,从英语到德语,样样皆通。良馨非常佩服清作的博学,深深为他的学识所折服。

可即便清作跟她的表兄混得很熟,夜音子也并未因此而和清作亲近些,也并未改变以往的态度。对夜音子的追求得不到回应,这种无法泯灭的焦虑使得清作开始频繁出入花街柳巷。

在芝区的伊皿子时,清作开始接触女人,他被学院的看门人带到洲崎玩过一次。在三城潟时,虽然乙女一直和他们同住在一起,可清作连乙女的手都没碰过一下。来到东京以后,他才有了第一次经历,尝到了玩女人的乐趣。

因此,清作只要手里一有钱,马上就会跑到那里去享乐一番。在芝区的伊皿子时他没有钱,去的机会还很有限,但是到了本乡之后,他就开始频繁地出入深川、吉原,到处游玩起来。

这样一来,即使每个月给他十五元钱,到手后也会很快被他挥霍殆尽。从芝区的伊皿子搬到本乡之后,他仍然不断地要钱,主要原因是他经常出去玩女人。守之助对此也多多少少有些觉察,而且好几位朋友都劝说他:"你还是不要再给那么自甘堕落的男人钱为好。"对此,守之助却故意装作不知情。

清作确实爱玩,但他同时也很好学,并不会因为在花街柳巷被中意的女人缠住而不能自拔。守之助认为清作只不过是由于得不到心爱之人的欢心而烦闷，才去那种地方发泄的。

这种看法基本上是正确的。清作出去玩乐完全不是为了某个特定的女人，而是为了给自己旺盛的精力寻找宣泄的出口。有时候正在学习时，他突然就会无法忍耐。一旦跑去玩过之后，清作很快就神清气爽地回来了，仿佛把这件事忘得一干二净。对于清作来说，花街柳巷是个不需要装腔作势、强颜欢笑的地方。也就是说，在那里，他可以不必顾忌任何人的脸色，可以随心所欲地尽情玩乐。

清作不擅长存钱，一旦钱到手，很快就会被他挥霍一空。等钱用完了，他又会带着一副马上要去自杀似的表情去找人要钱。

正如清作所说的那样，在守之助专心经营医院之后，医院的经营状况有了明显好转。给他五元、十元根本不成问题。开始的时候，守之助还每次给他两三元，可是要得太频繁，他也就无法招架了。因为守之助知道钱一到清作的手里，马上就会被花光，所以后来干脆把每个月给他的十五元钱分成三次支付，可这样还是无法治愈清作的缺钱病。

清作依然穿着脏兮兮的衣服，任由乱蓬蓬的头发疯长，脚下趿拉着严重磨损的木屐。他每个月只洗一次澡，而且还是用在太阳下晒热的一木桶水。

守之助实在看不下去了，就劝告他说："你就不能把自己弄得再干净点儿吗？"清作虽点头称是，但并不见改正。

"别看外表不怎么样，我终归是可以通过医师资格考试的。"这种自负使得清作变得不拘小节。

2

搬到本乡的新宿舍，开始到济生学舍听课之后，清作为参加后期医师资格考试不断积极准备着，唯一令他放心不下的是在后期临床考试中有一个叫"叩诊法"的考试科目。

叩诊，顾名思义，就是用手指敲打身体的某一部位，根据声音或振动来判断该部位状况的诊察方法。通过叩诊时微妙的音色差异，就可以判断胸腔内是否有空洞或渗出的液体。现在，虽然发明了精密的 X 光透视成像设备和心电图仪器，这种诊疗手段已经没有什么太大的意义了，但在当时，这种诊疗手段也和听诊一样，是相当有效的方法之一。

五年前，清作的手在渡部医院接受治疗之后，虽然手指多少能伸开一些了，但是如同握着的拳头般的状态依然没有改变。要想把手指伸开并与手掌成一条直线实在太难了，他非常害怕自己会因手有残疾，无法进行准确的叩诊而名落孙山。

难道就没有什么更好的办法吗？想来想去，清作最后去找血胁守之助商量。在遇到困难时，身边只有守之助能够成为他的依靠。

听清作讲述他无法进行叩诊的苦恼后，守之助深表同情。这一次与以往不同，清作不是死皮赖脸地来跟他要钱，而是基于身体上的缺陷来让他帮忙想办法的。守之助倒也不是仅仅因为好管闲事，他多半出于无可奈何，才赶紧试着请求东京帝国大学外科学教授近藤次繁博士帮忙。

现已进入夏季，距离十月份举行的后期考试已经为期不远。近藤教授看过清作的手后认为,虽然清作的手不可能完全恢复原来的功能,但通过治疗至少会比现在的状态好很多。而且他还说,就算手指不能完全伸开,毕竟还有其他相应的叩诊方法,还不至于因此而影响当医生。

守之助和清作都想让他帮忙做手术,却苦于没钱。

"说实在话,我们现在可能一下子拿不出全部手术费用,您看不够的部分能不能以后按月分期支付?"

对于清作的请求,教授考虑了一会儿,然后叫来事务长商量了一下。

"如果按正常情况做手术的话,那要花相当大的一笔钱,所以我们决定把你当作'学习用患者'处理。"

"学习用患者"是只在大学附属医院里才有的制度,也就是让那些作为研究病例来讲,患了比较少见的病症,或者经济上比较困难的患者免费住院治疗,但有一个附加条件,那就是要允许学生为了学习进行自由的诊断观察。

清作烧伤之后的粘连算不上什么疑难病症,很明显他属于后者。虽说是作为学生们的"教材"使用,但并不会像内科患者那样经常被人家没完没了地叩诊或听诊,只不过让学生们看看自己有残疾的手罢了,也说不上有什么太大的痛苦。相对而言,能够不给任何人添麻烦,不花钱就得到治疗,清作高兴还来不及呢。

这时,清作才第一次有机会近距离接触到了那些称王称霸的帝国大学附属医学部的学生们。

当时只要从帝国大学医学部毕业,就可以免试当医生,大学毕业也就意味着能够取得医师资格证。而与之相反，像清作他们这样没上大学的人却必须通过前期、后期两次严格的医师资格考试才行。

帝国大学的学生确实优秀，当时还只有相当少的一部分人才能考上大学，从这一实际情况来看，他们都是精英中的精英。当然，里边只有极少数是靠自己苦读才考进去的穷学生，绝大多数都是有钱人家的子弟。清作必须默默忍受精神上的痛苦，让这些医学部的学生们翻来覆去地看自己有残废的那只手。虽然同是立志从事医学事业的学生，但他们是进行诊疗的一方，而清作却是被诊疗的一方。多年以后，清作对帝国大学出身的医学者们产生的强烈的竞争意识，说起来还是始于这段经历以及此时感受到的屈辱。

其实近藤教授对清作还是非常和善的。清作五年前做手术后留下的创痕现在已长得很硬。近藤教授把这一地方再次割开，小心地将手指拉直。中指以下已经发育不良的部分，即便进行剥离，也会因为手指早已萎缩而不可能有希望恢复功能，但中指和拇指还是多少可以活动了。特别是拇指的恢复情况相当好，上、下、左、右转动起来都已经相当自如。这一次，在实施手术进行剥离之后，还做了部分植皮，和前一次手术相比，虽然手指仍然缩着，但在相当程度上可以伸展开了。

大概经过二十天，伤口痊愈了。拆除绷带之后，教授甚至还热心地教清作如何用那只不太灵活的手进行叩诊。

一个月后出院时，清作终于有了参加后期考试的自信。住院期间，对于那些整天摆弄他的手看的帝国大学医学部的学生们，清作内心非常不服气，这种竞争意识也促使他下定决心———一定要通过后期考试。

十月初，后期考试的日子终于到了。考试前一天，清作时隔半年终于去了趟理发店，请理发师帮他理了个东京正流行的发型，然后穿上从高山牙科医学院的朋友那里借来的和服裤裙，步入了考场。

后期考试包括实用技能和医学知识两部分内容。第一天考实用技能时，清作没带听诊器就去了。实际上，他自己根本就没有听诊器，平时总是借别人的用，而这一天他觉得是参加外科考试，不需要带听诊器。

可是在考试过程中，一位大腿淋巴结溃疡的患者突然说他的腹部不太舒服。考试委员命令清作："你再给他听听腹部的情况吧！"这下子清作可犯难了。可作为一心想成为医生的考生，他又不能说自己没有听诊器。

"实际上是这么回事，今天我把听诊器借给一位考内科的考生了，没带来。非常不好意思，能不能借老师您的听诊器用一下？"

作为考生，实在显得有些厚脸皮。考试委员无可奈何地把自己的听诊器递给他。

清作把借来的听诊器放在患者的腹部听了听，发现他的肠子几乎没有蠕动，而且胀得相当厉害，于是他告诉考官，这位患者除了溃疡之外还有梗阻现象。他的判断相当准确，考官们都不约而同地点头表示赞许。

经过实用技能和医学知识两道难关的考验，十天后，考试结果公布了。

清作考得很好，他合格了。在参加这次考试的八十人当中，只有四人考试合格，他们是立花为太郎（富山县士族）、小川保次郎（鸟取县士族）、松田正直（长野县士族）、野口清作（福岛县平民）。

其他三个人都出身士族，只有清作一个人是平民。

通过考试的四个人马上到附近的照相馆去拍了纪念照。

年前，清作在神田淡路一家名叫江木本的照相馆里，照了一张端坐着正视前方的单人半身照。这是清作现存照片中最古老的一张。而在这张集体纪念照中，两个人坐在前排椅子上，两个人站在后面。清作站在左后方，左手藏在前排人的肩膀后面。

清作平时乱蓬蓬的头发，此时却被修剪得非常整齐，乍看上去，就好像剃了个秃头一样。已经十月末，人家都穿着和服外套，只有清作一个人穿着和服裤裙，没有披外套。

考试结果公布后，清作首先跑到血胁守之助那里报告这一好消息。

他气喘吁吁地说："我通过了！"

守之助激动地紧紧握住清作的手，点着头，只说了一句"是吗？"，就再也说不出话来了。

3

清作通过了医师资格考试这一消息很快传到了三城潟。

母亲希佳手握通知考试合格的电报，在邻里间奔走相告。

"清作真的当上了医生！老天爷开眼，太阳真的是从西边出来了。"希佳边说边笑。

这一时期，希佳一边从事农业劳动，一边还跟周边最有名望的助产妇，同时也是他们家亲戚的一位也叫野口的接生婆学习接生，并且已经成为仅次于野口的一把好手。一想到清作正努力钻研医术，她自己也想尽可能地多学习医学，从这一点也可以看出，希佳是个争强好胜、有志气的女人。

清作的喜悦程度当然远远超过希佳。他赶紧把这一消息告诉了身边所有的人，包括房东、朋友以及高山牙科医学院的员工们，甚至还特意去告知了在前期考试中落榜的山内夜音子。

要说他天真无邪，他也真够天真无邪的。不过他这种心无城府的直率劲儿有时不免招人反感。

可是高兴过后，紧跟着就又出现了新的问题。

小林荣就不用说了，家乡的所有人都以为清作通过了医师资格考试后，肯定会回乡当医生，借此慰藉至今辛苦劳作的母亲及家人。当时能够作为学者留在大学里从事研究工作的都是帝国大学出身的科班医生，而通过医师资格考试的人几乎都是在考试合格后马上回乡开业行医。实际上，就连母亲希佳也一直认为清作会回乡当医生。

而清作却毫无回乡之意。虽说现在是衣锦还乡、报复过去一直骂自己"手槌"的那些人的绝好机会，可是在清作心里，这一小小的愿望早已烟消云散了。

既然要当医生,那就要当日本最好的医生,他可不愿意把自己埋没在会津这样的小地方。

首先他把自己的想法告诉了血胁守之助。

"您也知道,我左手不灵活。另外,我不得不遗憾地承认,我个子不高,相貌也不怎么样。就我现在的情况来看,即便我再有学问,患者也不可能主动来找我看病。"

这是清作的真实感受。故乡的人们在他还只是一个手有残疾的小孩时就知道他,就算他取得了医师资格证书,也不可能一下子来到他这里来看病。与其回乡开业行医,还不如在东京继续钻研医学,成为一流的学者。总之,这只有残疾的左手对他做临床医生非常不利。

守之助听了清作的叙述后也深表同情。每天把那只有残疾的手暴露于众肯定很痛苦,而且让头脑如此聪明的人回乡也确实很可惜。

守之助请求高山院长把他留下来,让他在高山牙科医学院暂时担任病理学以及药物学的教师。对于这种安排清作自然没什么意见,于是在信中也向母亲希佳做了汇报。原以为母亲会表示反对,母亲却非常简单地答应了,说:"你按照你认为对的去做就行了。"可以说,无论在什么样的逆境之中都时刻不忘前行的希佳,比周围那些有知识的人还更加开明。

就这样,清作登上了高山牙科医学院的讲台。

"昨天还是个打杂的临时工,今天却摇身一变成了教师。"这是当时在高山牙科医学院里流传的一句话。确实,到昨天为止还只是摇摇铃、擦擦教室里的灯罩的那个被大家直呼其名的清作，突然一下子变成了身穿和服裤裙的讲师，登上了讲台。大家先是惊讶得目瞪口呆，然后才极不情愿地低头施礼、就座。

多年后，当清作追忆这段往事时曾说："在我这一生中，再没有比那个时候更令人高兴、痛快的事了。"可以说，这样的提拔简直比三级跳还要迅速。

清作带着满脸得意的神情开始讲课了。他本来就是个不会害羞的人，对任何事情都不会表露怯色，只知道一个劲儿地向前冲。这就是清作这个乡下人比城里人（江户人）强的地方。

当上了高山牙科医学院的讲师，向过去那些对他极不礼貌的家伙们报了一箭之仇，这使清作得到了暂时的满足。但是很快，还不到半年的工夫，他就对在高山牙科医学院的执教生活产生了厌倦。

自己在这里，面对那些牙科专业的学生，一直教下去也不是个办法。虽然从事教学工作确实很过瘾，但是自己能够得到的东西却不多。

如果有可能的话，清作真希望能到更有成就的医生那里接受更加系统的医学指导。虽然得到了一时的满足，可他却不愿意就此安分守己地维持现状。总是对现状不满，想再往前进一步，这种天性是清作不断努力的动力源泉。

"如果能够做到的话，我真想到顺天堂医院去，跟那些具有丰富的临床经验的医生好好学习学习，锻炼锻炼。"

听了清作的想法，守之助很爽快地表示同意。

确实，如果让清作就此埋没在高山牙科医学院的话，那他坚持留在东京就失去了意义。守之助自己也是不满足于在学院讲课，才主动要求承担起医院的经营管理工作的。正因为有这种经历，他对清作的心情深有同感。

"我认识顺天堂一位叫菅野彻三的医生，我可以跟他说说试试看。"

于是守之助就去请菅野彻三帮忙。

顺天堂医院当时位于汤岛，是千叶县佐仓出身的外科医生佐藤尚中创办的一家私立医院。正因为是这样，这里云集了一大批外科名医。当然，即便如此，无论从医院的档次，还是从人员的素质来看，东京帝国大学附属医院都更胜一筹，这一点是毋庸置疑的。

清作当然也想去东京帝国大学附属医院，但是当时的东京帝国大学附属医院几乎不录用通过医师资格考试的医生，而且即使被录用了，在待遇上也有相当大的差距。就是考虑到这一层，清作才选择了以私立学校毕业的医生为中心的顺天堂医院，可实际上他进去之后才知道，在这里也不会有人轻易让他从事临床工作。

这里不仅云集了大批外科名医，还聚集了大批慕名而来的经验丰富的医生，看样子，这里也不会轻易让清作摸手术刀。

在这里，清作最初的工作是给担任《顺天堂医学杂志》主编的菅野彻三当助理编辑。除了包食宿之外，每月工资只有两元钱。

在济生学舍的时候，虽说食宿需要自理，但是每个月还可以从守之助那里拿到十元钱。从这个角度来看，他不仅现在的收入比以前大大减少了，看样子还不大可能实现他最初想学临床的愿望。但是对于清作来说,这份协助编辑杂志的工作却是份令人相当愉快的工作。

虽说没有办法接触普通的临床工作,但是能够自由出入病房,对那些从医学角度来看比较有意义的病例进行诊断和研究。菅野彻三要求清作对那些哪怕稍微有些医学研究价值的病例都要进行研究,到图书馆查找文献,然后把研究结果向他进行书面汇报。后来,无论什么课题的研究,清作都能够总结成论文。这样的写作技巧以及写作速度,都是那个时候学习、历练的结果。

在这里,清作也充分表现出高度的工作热情,开始研究病例,撰写论文。他原本就喜欢写作,现在能够直接接触患者却不能进行临床治疗这种愤愤不平之情,更加促使他把所有的精力都倾注到了论文写作中。

在顺天堂医院工作的这段时期,清作撰写了相当数量的论文。虽然不是集中在某一个方面,不过从写作速度来看,平均下来每个月都不下两篇。总之,对于清作而言,这些虽然都属于小论文,但是看到形成文字且署着自己名字的论文,还是令他深感欣喜。

菅野彻三一方面非常欣赏清作的工作热情,同时也逐渐开始把自己负责的编辑工作推给清作去做。名义上他是主编,可实际上完全由清作操持着。清作对于多做一些工作没有任何意见,不过只有两元钱的月收入,对于他来说无论如何还是太少了。而他一拿到工资就花得精光的坏毛病依然如故,区区两元钱,拿到手过不了几天就见底了。接下来,他又会像过去一样靠骗周围人的钱度日,这样一来,结果只能是债台高筑。

当时,办理医师执照需要交六元钱的手续费,可是就连这笔钱清作都无能为力,无处筹措。最后实在没办法,他只好又去向守之助求助。

"照这个样子下去的话,不要说去病房时需要穿的裤裙了,就连拖鞋我都买不起。您看能不能跟菅野先生说说,请他给我涨点儿工资。"

守之助也觉得每个月只有两元钱的工资太低了,所以答应替清作去求情。可是清作却得寸进尺,进一步提出要求说:"能不能请您再借给我一点儿钱,只要一点儿就行,应付一下眼下的急需。"

看他特意从顺天堂医院跑到这里来求助,守之助不好意思让他空手而归,虽然面露难色,但最后还是从怀里掏出钱包,扔到清作面前说:"你赶快用这点儿钱把执照办了,然后再到理发店把头发剪剪。就你这副脏乎乎的样子,不要说患者,恐怕连同事都会对你敬而远之。"

"实在不好意思。您的大恩我一辈子都不会忘。"清作故技重演,态度谦卑地拿过了钱包。事后,他打开钱包一看,里面竟然有二十元钱巨款。于是,清作马上托一位叫石冢的朋友给守之助带去了如下这封信。

　　此次提出无理请求,实属汗颜。穷极无奈,竟会落到如此没心没肺的境地,更觉无颜面对恩师。无论怎么说,吾生有幸蒙恩师厚爱始有今日之无恙,现重申亦属万般惶恐之举。万望恩师能够怜悯、体谅小生。表白衷心感谢之情,恰似阿谀奉承之态，但如不能一表心绪，又实在难耐，故此克服顾虑种种，特鸣谢恩师厚爱之恩。惶惶然敬上。

血胁恩师阁下亲启

野口清作

十一月二十三日

虽说写的是汉文，但怎么说"吾生有幸蒙恩师厚爱始有今日之无恙"这样的表达方式还是太过于夸张了。可能连他自己都觉得实在不好意思了，紧接着又辩解说"恰似阿谀奉承"，可是到最后还是煞有介事地用了"血胁恩师阁下"这样的字眼。

守之助虽然早已经习惯了清作的夸张措辞，但接到这封信时，内心自然是高兴的。他心中暗想：清作这个家伙，净拣些好听的话说。可是读着读着，心情还是变得越来越愉快了。

总之，有守之助从旁游说，清作的工资从每个月两元钱涨到了三元钱。这种轻微的工资调整对于清作来说虽然是杯水车薪，但至少可以解燃眉之急。只是当他把以前累积的债务还清之后，从守之助那里要来的二十元钱巨款早已无影无踪了。

当时在顺天堂有个规矩，那就是跟着院长或科室负责人巡诊的时候必须穿和服裤裙。身为医生，衣装整洁自然是最基本的要求。但是对于清作而言，买件和服还凑合，买裤裙就很难办到了。没办法，在跟着外科主任巡诊的时候，他只好在和服外边穿上手术用的白大褂遮掩一下，可跟着内科主任巡诊的时候，他就不能再穿白大裰了。由于清作的着装太脏,就连菅野都多次提醒他。

清作万般无奈,跟同事田原医师述说了自己的窘境,田原医师答应送他一套洋装。可这件事通过田原医师传到了血胁守之助的耳朵里,结果清作被守之助狠狠地批评了一顿。

血胁守之助突然寄给清作一封信,信的大概内容是,清作你已在顺天堂当了助理编辑,不能只靠一点儿相识的情分,就跟人家要衣服。怎么能做出如此有失体面的事情呢?

"如果你那么想要洋装,为什么不跟我说呢?"

守之助生气,一方面是因为清作太不争气,另一方面更主要的原因是清作依靠别的人解决难题,令他感到非常不愉快。

4

因为四处借钱,再加上跟田原医师要衣服这件事,触怒了血胁守之助,致使守之助写了怒斥他的这封信。清作一下子变得不知所措了。

可以说,清作过去一贯比较轻视守之助。虽然守之助有学识,有见地,各方面都很优秀,又是清作在东京最大的资助人,但是宽宏大量的守之助平时很少指责、批评他。即使清作工作懒散,沉迷于酒色,浪费金钱,守之助也一直视而不见,宽而待之。

在守之助看来,清作到处游荡多半是身有残疾,加之生活贫困造成的心理障碍使然,他需要以这种方式去释放多余的能量,这些都不过是他今后继续发展所要经历的一个阶段,可以大而化之。而清作却利用了他的善意,变得有些变本加厉了。清作自以为,守之助能够担任经营高山牙科医学院的重任,并在经济上变得比较宽裕,这些全都得益于自己给他出了主意。就冲这一点,虽说他是自己的资助人,却也不该在自己面前摆架子。可是现在,他却突然给自己寄来了一封充满怒气的信。文章措辞冷静、简短,但这样反而更加有力地传达出了守之助的愤怒之情。

读了这封信后,清作决定立刻给守之助写一封请罪致歉的信。

说实在话,清作很难理解为什么自己只是跟认识的人要了一套洋装,就惹怒了守之助,但他认为最好还是先跟守之助道歉。无论怎样,守之助依然还是他最强有力的资助人。

呜呼哀哉,小生已然成为忘恩负义之人,猪狗不如。社会、故里之温情厚爱,与生俱来之愚昧不化,均不及亲戚间之闲言碎语更能涂炭生灵。最终忘恩负义者将如魔鬼般被埋葬,如欲避免此等结局,唯有卧薪尝胆。困境之中,唯有借助别人,小生本不应该忘记自己的实际情况,却做出如此虚荣之举,实不可原谅。详情如上。

如今小生心乱如麻,不,如入地狱。小生竟为钱财而将失去大恩大义之人,有何面目欢度余生。如只言知遇之恩,鸡鸣狗盗亦移本性,五体投地只求一线光明照此幽冥。

借此申明,小生最初本无此意,只因前日奉命随诊之际,菅野先生警告小生应着裤裙,然以往借用之物已奉还原主,亦无自备,特请暂且只协助外科巡诊(外科可穿手术衣,故可免穿裤裙）。

言归正题。前日小生再度同友人借用裤裙，并随行巡诊内科病室。恰逢此时，同村病患（夫妇二人）上京求医，寻得小生，小生承诺四处周旋。因此人问及缘何不着洋装，乃于各类闲谈之间提及实情，告之实乃得益于众人关照。此人有感，怜悯小生，遂留妻室还乡之际告之小生老母。后得老母信函，言老母及亲属众人集资二十，于月末前后寄达。

小生欲将此款用于购买眼下急需之手表一块，余款皆用以还清迄今所有欠款。

所提洋装一事乃前晚拜见田原先生之际，田原先生提议如需洋装，可将其外套、白衬衫等旧物奉送，只需购置裤装等便可一应急需。因念此计极佳，答曰待家中所寄款项有余之际，肯请允小生收受所赠之物，别无他念。现如今想来，实属无稽之念，只念田原先生之厚意，却不思有忘却与他人关系之嫌，欠妥，见谅。

小生昨夜译原著彻夜不得安眠，今日正欲出外漫步，舒展筋骨，忽接恩师书信一封。拜读之下，心如刀绞，脑若棒击，无以应对。几经落笔又止，遂书就如上绝望之笔。时至今日，小生无从辩解，据实相告，早断洋装之想。

时值岁末，念恩师校务经济收入不及平常，虽泰然自若，然小生仍可察个中实情，诚惶诚恐。小生当竭尽所能恳求老母早日汇款，用以偿还院友会同仁并小林先生等先前所欠。被当成不义之狗唾骂，实乃自取其咎，自作自受。承蒙厚恩不及报答，反倒触怒恩师，伤心难过较重罪处死尤胜，仅呈此意。反复赘言，无济二事。得闲之际亲赴贵院一表问候。

诚惶不尽，顿首叩拜。

敬呈血胤大恩人殿下

区区小辈　清作
十二月十八日午前草

　　和往常一样，在这里也随处可见清作超常夸张的措辞。当时社会上确实盛行华丽辞藻，尽管如此，只是由于跟朋友要了一套洋装而给守之助写封道歉信，这样的写法还是太过了。一般人如果读了这封信，肯定会马上领悟到这篇文章中几乎没有包含任何真情实感。但仅从文章本身来看的话，写得还是相当不错的。

　　清作首先五体投地地道歉，再强调自己因为没有和服裤裙而无法参加内科巡诊多么可怜，同乡的熟人来医院时间及为什么不穿洋装，使这件事通过这位老乡传到了母亲那里，母亲写信告诉他会给他寄钱。信中还装模作样地说他原打算等这笔钱一到，马上就去买一块手表，然后再用剩下的钱赶紧还清先前借用的款项。紧接着，他就要衣服这件事进一步辩解说田原医师只是答应送给他一些衬衣之类的东西，然后他自己再买条裤子就可以应付了，并说等家里的钱一寄到，就按照田原医师提的建议去做，这才答应接受田原医师送的洋装。

　　实际上，清作自己应该最清楚，他母亲根本不可能那么轻易筹措到二十元钱巨款。

吸取了以往的教训，守之助这一次没有被他这封信所蒙骗。这封信乍一看好像是在郑重其事地向他表示歉意，而实际上却是一笔新的借款诉求。守之助明知他信中真正的含义，但仍然保持沉默，不予理睬。守之助想：如果就这么轻易把钱给清作的话，反而会对他不利，最好还是让他先着急一阵子。

实在想不出什么办法的清作，最后决定给过去在三城潟时的同学八子弥寿平写一封借钱的信。

岁月如梭，辞旧迎新，送走明治三十年，又将迎来新一年春光明媚的季节。正所谓人生如梦如幻。回顾业已逝去的一年，吾负笈求功名，深感世途险峻，犹如身处虎口，忍万人之羞，恨天地之久远而潸然泪下，叹缺乏人生之果敢而苟延残喘至今。

回忆往事，吾曾与兄亲如手足，可自从别离，吾不曾寄信于兄，多情者如兄该是多么痛恨吾这薄情寡义之人啊！

然实则是，表面作为似薄情，然吾心从未改变。世间杂务集一身，不经意间，不仅怠慢了兄台，不曾书信来往，竟连自己的老家也已是久断联系，还望兄台能体谅吾之实情。

闲话至此，敬请问兄台近况如何？汝祖母、双亲、兄弟姐妹安康否？吾在此遥祝各位身体康健，生活美满。

闻听一年来兄台每日皆在夜以继日忙碌不已。今日阅母亲来函，提及承蒙兄台不弃，前日特意光临寒舍，实属汗颜。兄台对不才之友情深厚，令吾感激肺腑。兄台之深情厚谊，吾将永生难忘。尚有何人对小生如此抬爱？在此略表衷心谢意。

小生现在顺天堂供职，每日勤勉于实际临床工作及医学研究。此地住院病患竟达三四百人之众，实在忙乱不堪。此外，小生尚负责顺天堂发行之医学杂志（每月两期）编辑一职。特另行寄赠兄台，望笑纳高览。

小生供职于都城首家知名医院，并获重用，还望兄台勿念。至于上大学深造一事，尚有待筹措资金后方能实现宏愿。可如小生这般贫穷之辈，又将如何解决此等巨款？

目前，小生急需洋装一套。实因衣冠不整，吾倍受众人轻蔑，甚为艰难。同辈们中虽得意万千，但破衣烂衫，实难与天下才子为伍。

都城地大人众，小生虽善交良友，广结良缘，但筹款之事实属为难。如有现款五十，目前急需足矣。

虽吾月薪仅够勉强糊口，然可望日后获益非凡。

若兄台能助吾一臂之力，吾可回乡与兄台相商。静候兄台佳音。正月可得闲暇五六日，望兄台能于此前复信。恳求兄台之事如上，尚有一事禀报如下：前月二十六日，于秋山角弥君处聚猪苗代同窗，亲切畅谈，尽兴而归。与会者有秋山角弥、奥田秀治、佐濑刚、石川荣司、六角姊弟、秋山义次、宇川久卫、野口清作。

待兄台复函，小生可回乡面议。草草如上。

所求之事万望兄台缄口勿外传。顿首。

至八子弥寿平贤兄如上

代问家人安！

野口清作

十二月三十一日

从这封信中，可以看出清作为了得到金钱而不顾一切的厚脸皮以及不容回绝的强硬态度。如果换成思路正常的人，面对去东京后连一封应时的问候信都不曾给其写过的人，是无论如何也无法提出这种无理要求的。

而且清作在提出要钱请求的同时，还念念不忘进行自我宣传。虽然他根本就没有直接负责患者并对患者进行治疗，却说成仿佛整个顺天堂医院的患者都归他所管一般，而且他不过只是杂志的助理编辑，却写得仿佛他就是主编一样。

不仅如此，他还将医学杂志寄给只有小学文化水平的八子，欲使八子对其刮目相看。在此基础上，还得寸进尺地将所需款项由二十元钱提高到了五十元钱。

这简直就是对心地善良、一心向往东京的乡下人进行欺骗的最佳故事题材。

这一时期，正值八子家种植药材的主业不景气，资金短缺。虽然八子根本无法筹措到这五十元巨款，但他还是瞒着父亲和妻子在销售额上做了手脚，按照清作的要求，用支票将这笔款项一分不少地寄给了清作。

自己的经济状况面临困境，可八子为什么还要这样做呢？这一方面源自八子内心深处的自卑,他没有能力到东京游学;另一方面也是因为他希望清作能够代替自己去实现自己无法实现的愿望。但无论从哪个角度考虑,哪怕种下家庭不睦的恶果,也要为清作筹钱的这种做法还是相当不寻常的。

原因只能是八子被清作迷住了。无论是渡部鼎,还是血胁守之助,实际上那些资助清作的人们,多少都具有这种相同的心理特点。

可是当清作接到一向做事小心翼翼的八子采取如此大胆的方法筹措到的这笔款项之后,他马上就邀上夜音子的表兄菊地良馨,一起到吉原玩乐去了。

清作出去玩乐的场所一般都很固定。没钱的时候,往往去向岛或者玉井;有一点儿钱的时候,肯定就去吉原。现在他手上一下子有了五十元巨款,那么去吉原也就顺理成章了。从那以后,他每天都到吉原玩乐,十天以后,他已经把这笔钱挥霍得分文不剩。

在有关野口英世的传记当中,没有任何人将这段时期清作放荡的生活经历写进去。偶有涉及也只是轻描淡写地加上一句:"在勤学苦读的同时,他偶尔也会出去散散心,玩一玩。"

就连奥村鹤吉所著的那本被称作是至今为止对野口英世生平最真实的写照的传记中,也只是这样简单地写道:"一旦玩起来,就要玩个彻底。这是他的突出之处,同时也是他的弱点。他在进行学术研究的时候也是这样,钻研起来,甚至两三天不出房门。这种彻底的作风在其他方面也有所表现。"

但只凭这一点,还无法说明他那种疯狂的挥霍欲望的真正原因。

确实,清作身上有一种一旦迷上什么,就忘记其他一切的特点。

在洛克菲勒研究所工作期间,就发生过这样一件事。有一次,清作在吃午饭的时候,与研究所的同事一起讨论问题,当对方对他的看法提出疑问时,他就一口饭也顾不上吃了,只管一个人喋喋不休地阐述自己的见解,直到午休时间过后,还不依不饶地追到对方的房间里去接着说,最后连向来很有耐力的外国学者都不得不认输,勉强对他的见解表示同意后,他才肯罢休。

一旦热衷于某件事情,清作就会变得不顾一切。也就是说,他的性格属于情绪高昂型,这一点是千真万确的。

但是作为一个债务缠身的男人,连每天参加巡诊时都没一件像样的衣服的他,为什么会如此挥霍钱财呢?这是因为事情到了像他这样的地步,即使把这五十元钱全部拿去还债,那也是杯水车薪,无济于事。当时清作到底有多少欠款,这件事现在已经无从查起了。何况就算在当时,他也没有一本可查的明细账目。

总之,清作到处借钱,从高山牙科医学院到顺天堂,甚至连住在同一个宿舍的人们,没有谁能幸免于难。还有附近的食堂、小卖铺,包括吉原在内,他到底欠了多少钱呢?据估算,早已超出了数百元之巨。

被清作借钱的这些人都是受害者,反之,清作也整天过着被一群人讨债的生活。

或许是因为常年靠乞讨度日也就习以为常了吧,清作的心理状态也似乎与此相似。反正已经被冠上了"不知羞耻的骗人钱财的家伙"这样的恶名,就算现在把欠下的债还了,也改变不了人们对自己的印象。而且自己现在一旦不慎重行事,还上其中一部分债的话,其他人听说后,肯定会一起跑过来向他讨债的。

实际上,知道清作为人的那些人早已放弃了讨债的想法,他们知道借给清作的钱再也回不来了。清作觉得为了这些人,没必要浪费这难得的五十元钱。虽然这一思维方式极其不合情理,但他这种自私自利的本性也不是现在才显现出来的。

清作从小就已经习惯了依靠别人的施舍,并不会因为现在在顺天堂工作了,就对接受别人的施舍产生精神负担。不仅如此,他甚至还认为,具有超群才干的人从那些不及他的人们的手中获取经济上的援助,本来就是理所应当的。他就是采取这种自我安慰的办法,来战胜由于接受别人的施舍而产生的自卑的。

虽然渡部鼎、守之助对清作进行劝诫,但他怎么可能听得进去呢?首先,他与他们从出生到生长的环境都相差甚远。可以说,他的羞耻心的出发点从一开始就已经完全紊乱了。

后来人们在背后称清作为"男艺伎",而他的本性确实具有这种倾向,也怪不得别人说闲话。虽然和艺伎比起来,帮助他的那些人是赞助者,与艺伎身后的老爷有些区别,但仅从单方面伸手要钱这一点来看,确实与艺伎有相似之处。对于伸手要钱这种行为,他根本就不会感到羞耻和屈辱,还有什么比这更让他无所畏惧的呢?这五十元钱不费吹灰之力就弄到手了,就算把它花光了,到时候再去寻找下一个肯出钱的目标就是了。这种厚颜无耻、不知愁为何物的性格,也与从小生活在贫困的环境当中,认识到"走一步算一步"这种人生哲学有关。

今天得到的钱今天就要花光,过了今天,不知道会发生什么样的人生巨变,因此只能相信现在,只要现在这一刻过得好就行。这可能就是那些生活在社会最底层的老百姓自然而然悟出的道理。在这种困苦中,人们具备了某种乐观主义精神。因为不知道明天生命是否还能延续,所以更加看重现在活着的时候。如果有积蓄,还不如趁现在热热闹闹地盛情款待朋友一番。

清作选择的款待对象是菊地良馨,这也没有什么特别的理由。良馨是夜音子的表兄,招待他一起出去玩,或许可以增加夜音子对自己的好感。但是,就算清作有这种打算,可他们去玩乐的地方毕竟是吉原。这一时期,清作这个太过贪图玩乐的欠债鬼已引起了良馨的妻子对他的憎恶。因此,想用这种方式取悦夜音子是不可能有任何进展的。另外,清作也并没有打算用招待良馨去玩的形式来抵销从良馨那里借过的钱。清作只是因为和良馨最投缘,才拉上他一起去玩的。在这里清作丝毫没有小市民般的算计。

如果清作在吉原有喜欢的女人,像他这种玩法也还比较容易理解,可是他并没有喜欢的女人。虽然他在风月场里花了那么多钱,可他并没有固定的女人。

可能是由于清作自己身材矮小,他比较喜欢身材高大的女人。只要身材高大,无论是谁都可以。他光顾的地方以及对象都在不停地变换。与其说他对某个固定的女人感兴趣,倒不如说他主要还是对女人本身感兴趣。只要对方能够让他发泄出多余的精力,清作也就没什么其他要求了。这与单纯的好色又有所不同,他只是疯狂地到处找女人。就连作为法医且同时也是好色之徒的良馨,到最后也无法继续与精力充沛的清作为伴了。

连续去吉原玩的第五天，良馨拒绝了清作的邀请。可是清作只要手中这五十元钱没花完，就会一直玩下去，一天都不曾中断。到第十天的时候，他已经身无分文。这时，他反而跑到良馨那里去，说要借两元钱交房租。他这种没心没肺的样子太莫名其妙了。

在钱财方面，清作可以说是个有性格缺陷的人。他的表现常人很难理解，看上去好像有些疯疯癫癫。这恐怕难以用一种理由解释清楚。如果不结合他的成长经历，易于热衷某件事情的性格，由于残疾带来的自卑感而造成的另一种意义上的自尊，以及对女人的好奇心等各方面因素进行综合考虑的话，人们是无法理解他的做法的。

寄给八子的那封索要五十元钱的信上，写着十二月三十一日的落款日期。在这样的年关之际才写这封信，可以肯定他的经济状况相当困难。

因为这封信是在正月初三以后才投递的，所以到达三城潟的八子的家中时，一月份已经过了一半。当时从东京到三城潟还只有通至郡山的铁路，后面的邮递路程全要靠邮差步行。而到了冬天，道路全都被雪封住了，这样一来，有时候就需要十天时间，有时还有可能需要二十天或者更长时间。

八子在一月末接到这封信之后，如前所述，经过了一番激烈的思想斗争，好不容易才在三月初筹到了这笔款项，然后通过安田银行若松支行，用支票寄给了清作。

在汇款的同时，八子在信中还写道："我自己也很想到东京看看,可是由于工作关系,一直难以成行。我虽然通过报纸还有别人谈起,知道东京的城市规模很大,但一想到兄台能在那么大的地方生活得很好,不由得心生敬意。兄台在东京有出息,仿佛连我自己也变得更伟大了,我实在感到高兴。虽然只能寄去这么一点儿钱,但还是希望兄台能够继续努力。"在信中,他毫不掩饰乡下人的善良,鼓励了清作一番。

而仅用十天时间就把这笔钱挥霍一空的清作,在一周后的三月二十日这一天,再次给八子写了一封信。

　　春暖花开之际,遥祝兄台越发生意兴隆,生财有道。如前日兄台复信提及无缘上京,小生深感遗憾之至。小生思虑重重,欲与兄台相商,然院务繁忙,实难返乡。想必兄台不久将可上京,暂且在此静候喜讯。

　　念及兄台近况,实难启齿相求。然今遇极度困境,万望兄台相助筹资二十元救急。此乃月底急需之必要款项,实出无奈,敢请兄台鼎力相助。如若难以成就,吾将竭尽所能渡此难关,万望早日回信相告。实因急需无奈,如暂时无法筹措全额,也可折半分期寄达。

　　恳请相助为盼。草草顿首。

致八子弥寿平兄

清作

三月二十日

信中,他又提出想要二十元钱。

信的前半部分还净是些像模像样的话,可是后半部分就变成了赤裸裸的要钱诉求,这一点和前一封信完全相同。而且这一次,清作在信中还写道:"如若难以成就,吾将竭尽所能渡此难关……"这样的词句,好像到时候他就会去偷去抢,或者干脆上吊自尽似的。

八子这回再一次为了筹措金钱而到处奔波,甚至不惜引起家庭不和。八子简直就像一只被蛇盯上的青蛙一样,无法脱身。

北里研究所

1

虽然借钱的方式用"叹为观止"一词来形容可能不太合适,但是清作借钱的方式只能用"叹为观止"一词来形容。不过,就是这样四处借钱的清作,偶尔也会去想想其他的筹款办法。

像这样不断从老家的八子那里五十元、二十元地要钱,清作到底还是有些过意不去,于是他想到一个利用翻译德文医学书赚钱的办法。这时,他选择的是《病理学细菌学检验研究方法纲要》这本书。书中讲解的都是病理学、细菌学研究所必需的标本的制作方法,以及用显微镜观测的结果等内容。实际上,清作在若松的会阳医院时,就已经着手进行翻译了。所以对于清作来说,这本书是他相当熟悉的医学著作。

但是这本书的翻译稿只在《顺天堂医学杂志》上刊载了一部

分,最后并没有全部完成出版。

看起来,这种赚钱的方法从一开始就行不通。当时译著的读者极少,也不具备顺利出版这种译著的社会环境,加上译者是清作这种无名小辈,根本就不可能有销路。可是清作经不起别人的夸奖,听到几句好话就飘飘然地当了真,便真的开始着手翻译起来了,这种结局完全是他太过于自信造成的。

刚一开始进行翻译,清作就到处跟别人吹嘘:"我很快就能出版一本著名的医学书籍。"结果,他还得费很大劲儿去更正自己先前说过的话,搞得自己非常狼狈。

从这件事情也可以看出,清作看问题太过天真,虽然他是个借钱的天才,可是在赚钱这方面却完全不在行。

不过,通过熟读这本书并进行翻译,清作渐渐地坚定了信念,他要以细菌学为专业方向进行学习和研究。这一选择在决定他一生的发展方向上具有非常重要的意义。不难想象,他如果选择了细菌学以外的发展道路,恐怕也就没有后来的功成名就了。

清作之所以选择细菌学作为自己的专业方向,直接的原因就是他熟读了这本《病理学细菌学检验研究方法纲要》。虽然这本书为他打开了研究细菌学的大门,但这不过只是为他做出选择提供了一个契机,真正使他下决心专攻细菌学的最主要原因,是他考虑到细菌学这门学问所具有的华丽特性。他认为研究细菌学最容易赢得声誉。

当时,清作就曾毫无顾忌地对顺天堂的同事们明确讲过:"作为医生要想尽快成名,就应该去专攻细菌学。"

确实，当时的细菌学研究可以说是医学界的热门，罗伯特·科赫发现了结核杆菌，吕夫勒发现了白喉杆菌，日本的志贺洁发现痢疾杆菌，北里柴三郎成功地在实验室培养出导致破伤风的芽孢杆菌，并进一步分离出了鼠疫杆菌……这一系列成果使细菌学学者们受到全世界的瞩目。对于过去将这些病变称为气血病变，并将其理解为体液流动出现异常的中医学界而言，细菌的发现给他们带来了极大的震惊和震撼。按照细菌学的说法，这些动辄会导致几万人死亡的疫病，绝大多数都是由于患者感染了这种被叫作细菌的东西并互相传播，只要找到灭杀致病细菌的办法，那么就可以使这种疫病从地球上消失。这些事实从根本上颠覆了当时的老百姓所具有的医学常识，将医学的发展与进步活生生地展示在公众面前。

不仅如此，专门研究细菌学的学者们都是利用一种极其昂贵、造价令人难以置信的名为显微镜的设备，寻找那些肉眼看不到的细菌的。在普通百姓们看来，他们甚至可以说是救世主般的存在。

在科学研究领域，无论任何时代，都同时存在备受世人瞩目的领域和不被世人青睐的领域。特别是在以人类为研究对象的医学领域，其发展和进步日新月异。因此，这一特点也就更加明显。

仅观察战后三十年来的发展和变化我们就可以发现，过去结核病曾经猖獗一时，因此专门从事研究、治疗结核病的医生就成了当时的红人。可是现在结核病已经难以肆虐，过去的结核病疗养所也都变成了普通医院，取而代之的是有关癌症的研究与治疗，这已作为新时代的热门学科而登上历史舞台。

现在，从事癌症研究与治疗的医师们正在大家热切的盼望与期待下进行着工作。癌症研究者的一举一动都会成为媒体的焦点。与此同时,国家对这方面也给予了很大的经济支持。

明治三十年的细菌学研究是热门中的热门,其受关注的程度远不是现在的癌症研究所能够比拟的。不断被发现的细菌以及发现者的消息等,全世界的报纸杂志都热衷于这方面的报道。选择这一专业的清作,与其说是因为他对这一学术领域感兴趣,倒不如说他是成名心切。因此,他是不会放过这个热门领域的。对于绝不满足于只当一名小小医师的清作而言,细菌学是他以日本第一乃至世界第一为目标而不懈努力的绝好的学科领域。

虽然他决定要专攻细菌学,而实际上真的要进行学习和研究时,却面临着许多实际问题。

当时,只有东京帝国大学医学部的细菌学教研室和北里研究所①可以从事细菌学研究。而这两个地方都只接收毕业于帝国大学的医学专业者。

清作考虑再三,最后只好先试着跟顺天堂医院的顶头上司菅野彻三商量看看。

"与临床医生相比,你更适合当学者。"

菅野很爽快地表示赞成,可实际上他根本就没有想到清作做出这种选择是为了赢得日本第一的声誉。他只是单纯地认为清作做出这一决定是因为他手有残疾,加上个头又矮,所以才考虑放弃当

_____

① 传染病研究所。

临床医生而选择要去做学问。

"如果想专门从事细菌学的研究，无论从工作人员还是仪器设备等方面看，北里研究所都似乎更理想，不过……"

菅野也对清作不是出身帝国大学这一事实有所顾虑。

"唯一可行的办法就是请这里的佐藤院长帮忙。因为佐藤院长和北里先生的关系非常密切，请佐藤院长出面的话也许这事能成，不过也说不准。不管怎样，我还是先去跟院长说说看吧。"

虽然菅野很热心，也愿意帮忙，可清作仍然不放心。于是他又去见血胁守之助，讲述了自己的想法以及决定从事细菌学研究的决心，请求他帮忙想办法，以便自己能够进入北里研究所工作。

"北里研究所里面我没有直接认识的人。不过我可以帮你跟日本医事周报社的川上元次郎先生说说看，他应该和北里先生关系不错。"

守之助出于和菅野医师同样的理由，也赞成清作从事细菌学方面的研究，但同时他也非常清楚，要想进北里研究所可不是一件容易的事。不过这个时候，他们二人都做出了相当大的努力，以帮助清作实现愿望。

菅野马上去向佐藤院长说明了清作的情况，请求院长帮忙引荐，并且还专门请院长为清作写了推荐信。守之助也为此特意拜访过川上先生好几次。

这家研究所的门槛到底有多高，现在简直无法想象。按理说，只要喜欢研究学术，无论什么人都应该让他们进来才对，而当时的情况却是论资排辈的现象极其严重。

如果只是当打杂的，问题还不大，可如果助手启用的不是帝国大学毕业的人，那么就会扰乱秩序。以工资为例，对于帝国大学毕业的人，哪一年的毕业生给多少钱都有详细的规定，而对于其他人员却没有明确的规定。而且当清作想去的时候，研究所方面已经回绝了好几个先前想进这里工作的人，因此也就无法把清作当作例外给予安排。

虽然清作已经通过了医师资格考试，但这种考试制度是以速成培养临床医师为目的的，参加考试的人基本上不具备基础医学功底。特别像细菌学这样的领域，技术要求非常高，如果现在再从基础手把手去教他，就要花很大力气，反而会影响到正常的工作。虽说世间俊才需伯乐，但一般情况下，优秀的人才基本上都会考入帝国大学学习，他们认为帝国大学的毕业生就足以供他们选择了。

确实，北里柴三郎本人就是因为对帝国大学的培养方式比较陈旧落后这一问题有看法，才成立了这家独立的研究所。尽管如此，论资排辈的陋习依然根深蒂固。在这个问题上，无视当时的社会体制以及学术界结党营私的实际情况是难以想象的。

可就是在这种情况下，北里柴三郎做出了果断的决定，同意接收清作到研究所工作。这当然有赖于佐藤院长和川上先生的大力斡旋，同时北里本人所具有的进步意识以及反叛精神也在一定程度上成全了清作。

不过，虽然接受了他到研究所工作的申请，但清作的身份不是研究所的正式工作人员，而是月薪仅十三元钱的见习助手。

但不管怎样，这种待遇在当时来看，已经属于破格录用了。在同一时期，还有一位同样也不是帝国大学出身的秦佐八郎也得到了破格录用。当时，他们两人同年进入研究所工作，使得所里的工作人员颇有不满，认为这样做会破坏所里帝国大学毕业生队伍的纯粹性。

总之，明治三十一年（一八九八年）七月，也就是清作二十三岁那年夏天，他就这样很荣幸地被北里研究所录用了。

清作去上班的第一天，他首先去拜谢北里所长。北里所长身材高大，由上而下俯视着清作说道："通过佐藤老师和川上君的介绍，我已对你的情况有所了解。这里是全日本细菌学领域研究水平最高的地方，只要你勤奋学习，不断努力，用不了五年时间，你就会有机会出国深造。好好努力吧！"

将来自己也有机会到国外去，与那些世界著名的学者们共同研究。清作一边抬头望着北里所长，一边憧憬着未来。

可现实并不那么简单。当时，北里研究所聚集了所长北里柴三郎，以及以志贺洁、浅川范彦、柴山五郎作、守屋伍造、村田升清等领导日本医学界的精英们，在他们下边还有十多位助手。清作首先要跟这些先来的助手们学习基础医学理论。

清作读过很多医学书，自以为很有学识，可是他所具有的知识都是东拼西凑的。这就是单靠自学、缺乏系统化学习的可悲之处。有时你会觉得他懂得非常深奥的东西，可有时又连普通的常识性问题也搞不清楚，他的知识结构太不平衡了。

清作抱着从头学起的态度，跟着他们一点点补课。所里的工作人员对清作比较热心，特别是一位名叫桑田的助手，连怎样拿试管都会手把手去教他。但是有一点需要注意,他们的热心施教不能单纯地理解为他们具有同情心。说白了,他们是把清作看作比自己低一级的人才会这样做的。他们不过是想教会清作基础知识与技能,好让他帮自己工作。此外,他们还非常看重清作的外语运用能力。虽然有关细菌学方面的知识比较欠缺,但清作的外语运用能力却相当强。他们把教给他细菌学方面的知识与跟他学外语进行等价交换。

如果清作也能够按照所里论资排辈的老习惯,把自己定位在非专业人员的行列里,向他们学习基础知识和技能,并且帮他们干活儿的话,他在所里的处境完全没问题。只要能做到这一点,那他肯定会被大家公认为外语能力强、很有用的人才而深受喜爱。

可是,随着逐步掌握了工作技能,清作特有的不服输的倔强劲儿再次显现出来。最初他还为自己能够和出身于著名的帝国大学的研究人员一起工作而兴奋不已,但很快他就不再满足于只给他们当助手、做那些辅助性的工作了,他想自己动手干点儿独当一面的工作。

虽然他还只是一个小小的见习助手,却已经开始要求独立行动了。这时,他提出的第一个要求就是想得到三只白鼠。他的这一要求立刻遭到了拒绝。不但遭到了拒绝,而且见习助手想要实验动物这件事情很快就在所内传得沸沸扬扬。

清作本来就不是毕业于帝国大学的见习助手,况且他连基础课都没补完就想要白鼠,真是不知天高地厚。

在当时,白鼠属于非常珍贵的实验用动物,就连部长一级的研究人员每年的使用限额也只有五只。可这位名不见经传的见习助手却一下子提出要三只。大家已经不觉得这是件奇闻怪事，而是把它当成荒唐无稽的笑话来说了。

这一事件对清作的打击相当大。想当初自己野心勃勃、意气昂扬地来到北里研究所，可进来一看才发现，在这里也同样面临学术派系以及论资排辈等种种阻碍。老一辈研究人员不仅在做学问方面很投入，而且也都相当热情，乐于施教，但是这一切都建立在不触及旧秩序的基础之上。一旦有人想要跨越这些障碍，马上就会遭受打击，受到排挤。

祸不单行的是，紧接着又发生了显微照相机事件。虽然称这件事为事件有些夸张，但这件事对清作的打击也相当大。

有一天，从德国进口的一台最新型的显微照相机到货了。过去只能通过显微镜观察的东西，现在可以用这台显微照相机把看到的情况原封不动地拍摄下来。仪器被送到了研究所，可说明书上印的全是德语说明，而且用词晦涩难懂，谁都不敢轻易把解读说明书这活儿揽下来。这时，因为清作懂德语，他准备自告奋勇地向部长请缨出战，希望能允许他一边看说明书，一边单独操作试试看。结果还没等他去跟部长说出自己的想法，就被负责仪器管理的工作人员狠狠地批评了一顿。

"这么贵重的仪器，岂能让你这种人随便碰？"

上次的白鼠事件他还没有吸取教训，这一回又再次不自量力地强出头，碰了一鼻子灰。

在去北里研究所工作之前的一个月,清作突然回了趟老家会津。自清作明治二十九年九月份进京以来,差不多过去快两年了,这还是他第一次回乡探亲。

他这次决定回乡,原因之一是他不仅通过了医师资格考试,而且已经确定可以进入有"科学家殿堂"之称的北里研究所工作,为家乡父老争了光。因此,他想要衣锦还乡,好好炫耀一番。而实际上,他回乡的真正目的是去见旧友八子弥寿平,跟他再要一些钱。

这一年是磐越西线铁路全线开通的前一年,所以清作只能从郡山步行回到三城潟。

现在已经插完秧,久违的家乡的水田里一片清波荡漾。不过清作可没有一点儿看风景的闲情逸致。他先去拜访了八子。在八子家里,清作极其郑重地向弥寿平的双亲以及弥寿平本人表示问候,然后一边喝着人家为他准备好的贺喜酒,一边开始吹起牛来。

"虽然说这话有些大不敬,但小生既然已经当上了医生,就想成为能够为天皇陛下看病的天下名医。"

他竟然大胆吹嘘说他要当天皇陛下的御医,八子一家人惊讶得目瞪口呆。

看到人家没话讲,他得意扬扬地像救世主似的宣称道:"可要是当临床医生的话,一辈子只能救治自己的患者,再怎么努力,顶多五六千人就已经到极限了。比较来看的话,细菌学的研究工作,其成果可是不得了。只要发现某种细菌,再找出消灭这种细菌的办法,那得救的人可就是几万、几十万，甚至有可能是上百万。这不仅可以给日本人，而且可以给全世界的人都带来幸福。我有信心做到这一点。"

八子一家人静静地听他继续说下去。

"现在我在北里研究所作为年轻研究员中最有希望的一员得到重视，所里对我寄予了厚望。可是现在有那么一点儿小小的遗憾，那就是我经常衣冠不整。这套洋装还是承蒙你们全家的大力援助才置办下来的。现在外出时能穿得出去的也只有这一套衣服了。可世上总有些凭外貌看人的愚蠢的家伙，因为嫉妒我所取得的各项成就，就在背后说些诸如'瞧他那副穷酸样儿'之类的坏话。虽然我对这些事一概不往心里去，但有时也不能完全无视世上俗人冷漠无情的目光。如果因为如此无聊的偏见而错失了好不容易才得到的良机，那么受损失的就不只是我个人，还包括会津乃至日本。如果现在能得到你们的再次相助，给我一件衣服或一顶帽子的话，那你们就为将来引领世界医学界的名医的诞生做出了重要的贡献。"

哭穷要东西的人有，可像他这样趾高气扬要东西的人确实很少见。

单纯朴实的八子一家人很快就被清作超群的演说说动了心。

不过，其中有一个人比较清醒，那就是八子的媳妇。她虽一直对清作所说的话持怀疑态度，但是她明白，照现在这个样子看，不给他东西他是不会走的。

就这样，清作在八子家里住了两个晚上，尽其所能地吹牛，到第三天才终于起身离去。这次清作从八子家得到的东西有帽子、手表、长披风、带家徽的和服外套、丝织和服裤裙、丝织和服外套、丝织棉衣等十多件。虽然这里面有一部分是弥寿平穿过的，但衣服质地上乘，如果换算成现金的话，真值不少钱。

清作把这些衣物能穿的都穿上，穿不上的用包袱皮儿包好背在肩上，向八子一家告别。八子一家全体出动，一直郑重其事地把他送到大路边。他厚颜无耻的劲头简直连入户强盗都自叹不如。

在回东京的途中，清作还顺路去看望了小林荣以及住在三城潟的母亲。等他回到东京时，刚好是六月七日。

后来清作给八子弥寿平寄去了一张盖着六月十三日邮戳的感谢信。

  谨奉此书以表问候。小生于七日返京即患腹疾，直至今日卧床不起，寝食难安，狼狈不堪。然承蒙众位先生朋友大力相助，现已大致痊愈。恰逢顺天堂研究会在即，可望顺利出席。照此情形，不日即可痊愈，万望安心勿念。本应早日书信，甚歉。

  顺便提及一句，小生依旧日夜勤勉于学业，请不必挂念。前次返乡之时，一意孤行，所求甚多，恐难免令兄台多感不便，平添诸多烦恼。然小生今日之心境如烈火升腾，实不愿与同辈为伍，更不愿被视为放牛牧童。此等心绪还请兄台体察、海涵。

  小生之进取精神暂且不论，日夜难以忘怀之事乃如何不愧对施恩于己之各位父老乡亲。如兄台明鉴，处于吾等身份地位，欲将此精神贯彻始终实难有所进展，无论如何皆需仰仗仁兄鼎力相助方可成事。此等境况，贤兄以及令尊大人早有明察，本无须小生在此赘言，而今重提，只为恳请贤兄念及小生在此披肝沥胆、竭尽全力刻苦奋斗之精神，酌情相助为盼。

无论世间风云如何变幻，小生均可向贤兄发誓，终有一日小生将实现宏伟志向以告慰各位父老，绝不可将普通医生看作小生的奋斗目标。或许贤兄觉得此乃小生口出狂言，为表明小生大志无虚，现将今后研究规划呈上。

明治三十一年七月起，入医学博士北里先生之芝区传染病研究所，至同年十月末准备从事显微镜学研究。其间所需费用一般为一百三十元，但小生将尽力设法自筹资金，准备以五十元少额经费完成此项学业。

明治三十一年十一月间启程赴美，准备借宿美国博士家中完成大学课程，获取行医资格证，短期开业以求获利（至少赚够学费）。出发时需带现金三百元，如果情况好则可多，如果情况差则可少于此金额（但无论如何，如果所带现金不足则不仅会使学业受阻，且需要以透支身体为代价从事艰苦的劳作）。美国留学期限暂定一年至一年半。

明治三十三年前后准备由美国赴德国留学，小生下决心刻苦钻研医学技术，力争获取德国的行医资格证。留德期限为两至三年，其间学费自理。

明治三十五年左右赴法国，寻访各位知名学者以及著名学府，获取法国行医资格证后做短暂逗留，采购医疗器械、设备等，于明治三十六年早春时节返回日本，定居东京。其后规划届时再做打算,现仅将要点告知如上。

届时小生年方二十七八,正值血气方刚之时,施展才华亦当为时未晚。二十七八岁获得医学学士学位皆属罕见,绝大多数均需年过三十方可。若与日本刚刚走出师门的学士相比,则可见天壤之差别。

此乃实情,绝非夸张。事到如今,小生在此只将自己心中所想毫无保留地告知仁兄知晓,但这些想法绝非可与毫无关系之人共享。

小生上述愿望只求仁兄悉知,在此多谢。

虽然小生所拟定之奋斗目标达成不易,但求能够顺利实现留洋愿望,据此方可再做其他打算。先行披露如同强展花蕾,既无滋亦无味。正所谓"沉默是金",还望仁兄替小生保守秘密。

　　　诚心

　　　　　　湖柳子

湖柳子是清作的雅号。虽然他还没有成为北里研究所正式的工作人员,却已经在信中写了他要到外国留学乃至获取学位的一整套计划。不知道这属于豪言壮语,还是大话连篇,不过能够像他这样不知羞耻地说出来,倒也算是一种才干。

在老家三城潟跟旧友八子弥寿平索要大量财物之后,英世内心似乎也有些不安。因此,回到东京以后,他马上给弥寿平寄去了这封夹杂上述豪言壮语的信,表示感谢。

但是,这封信不是一般的感谢信。在这封看上去像感谢信的信件末尾,还排列书写着下面两句俳句:

山中积雪厚,清水亦结冰。

静候开花日,所落为何梅。

后面这句俳句的大概意思还比较清楚,可前面那句到底指的是什么却不甚明了。总之,这两句都算不上什么俳句佳作,不过在俳句之后还写有下面这样的汉诗:

雄心落落容乾坤,斯生必竟价几千。

瓦全徒视虚无情,嗤他扬寻忘丈汉。

赠仁兄八子弥寿平君
情绪缠绵只管恨别天穹噎

狂童　野口湖柳生书
明治三十一丁酉年夏六月于顺天堂寓庵
深更四邻草木独醒时

到此没什么太大的问题,可是下面另一行写道:

特别告知八子贤兄，小生现债务重重，金融窘迫，毫无颜面可言。因窘态万千，还请兄台尽快寄赠小生二十元，小生眼下各种思虑在胸，还望兄台鼎力相助。草书如上，顿首。

　　致弥寿平兄

清作

六月十三日

　　给人家寄俳句、诗歌没什么不好，但作为回报，他又跟人家要二十元钱，这实在有点儿说不过去。而且就在一个星期以前，他刚刚跟人家要了大量的衣物回来。他这么厚颜无耻，简直就像个疯子。

　　这一次，万般无奈的弥寿平最后还是给他寄了钱。这倒不是因为有什么特殊原因，要说起来，只能说他就如同被蛇盯上的青蛙，或者如同向经营不善的公司投入过多的银行贷款一样，不得自拔而已。

　　通过前面所列举的一系列信件可以看出，清作倒是经常写信做文章。后来他去美国以后，他的恩师弗莱克斯纳教授也惊叹道："野口写信比我速度还快，还漂亮。"由此可见，他用英文写作也很有一套。

　　当然，要评论他写的文章是好是坏又是另外一个问题了。不过至少就其用日文写的东西来看，所写的还称得上是美文，只是往往缺少实际内容。

通过前面列举的几封信已经可以看出，他写的东西表现夸张，用词华丽，内容空洞。不过，他的一手字倒是相当漂亮，这一点通过现在保存在猪苗代湖畔的那座纪念馆中的书信便可知晓。

清作在写文章的时候，还经常作诗。他在上猪苗代高等小学时，国语就很好，在若松会阳医院时，他一有时间就看书库里藏有的大量汉文书籍。

他的诗中有这么一句："壮志未酬誓不还乡。"这是他二十一岁临离开家乡去东京时，贴在客厅柱子上的很有名的诗句。此外，清作以前还写过以下诗句：

孤城欲拔力不足，苍茫吞泪兹有年。

奋起投足君勿挠，奋然蹶起眠美人。

这首是清作十八岁在会津若松的会阳医院工作时，为朋友吉田一郎作的诗。虽然文体还不够整齐对仗，最后一句寓意也不很明了，但作为刚从高等小学毕业的学生习作来看，这也可以算是上乘了。

3

这一年从六月份直到年底，清作身边接连发生了一系列变化。首先是清作到北里研究所上班之后，血胁守之助踏上了赴中国的旅途。

当时的中国是在清政府的统治之下。守之助为了使高山牙科医学院在原有的基础上更加稳固,想利用去中国这一机会做些具体的实际工作,以提高医院的声望。

临行之前,守之助将高山牙科医学院交由石冢三郎管理,同时委托在学院当讲师的清作协助管理。

六月三十日,在为守之助举行的欢送会上,石冢和清作各自即兴朗诵了以下诗句:

今日惜别泪湿襟,
何时相见粟米林。

吾友异国欲扬名,
今日小别何需叹。

因为这是送别诗,所以都不怎么出色,而且清作写的那首诗中还用了"吾友异国欲扬名"这句,实在让人感觉有点儿不大对劲儿。

守之助比清作大六岁,他通过医师资格考试的时间也远比清作早得多,不仅如此,他还是把清作这个乡下孩子培养至今的大恩人。即使纯属诗中的表述,但称守之助为"吾友",也太没道理了。就先前的种种实际情况考虑,他在诗中称守之助为"吾师"也是理所应当的。他这样写,如果善意地去理解的话,或许可以说他们之间的关系已经变得如此密切。但不可否认,这样的表述方式还是太随便、太不客气了。

从上一首石冢作的诗中那句"何时相见粟米林"可以看出,这其中暗示着石冢和守之助之间有约定,包含着石冢随后也将赴中国同守之助一道游历之意。由此也可以看出,守之助虽然过去一直从各方面资助清作,而现实中却把石冢看作是自己事业的接班人。或者可以说,守之助此时已经感到清作走得太远,变得遥不可及了,因此他早就已经放弃了让清作当接班人的想法。

从在顺天堂工作到进入北里研究所工作的这段时间,清作异乎寻常地不断地跟八子弥寿平要钱。这种表现从另一个角度来看,也能说明曾经一度热心资助清作的守之助到这时已经开始对他表现冷淡了。

后来到了七月份,就在守之助快要出发的前几天,清作得到小林荣夫人重病的消息。他马上写了一封表示问候的信,但是很快他又得到新的消息:小林荣夫人得的是肾脏疾病,情况不太好,病情已经比原来加重了。

如果可能的话,清作真想回会津探望一下病人。平常在信中总是"母亲大人"呀"慈母大人"呀,拣好听的写,可是到了恩师夫人病重的关键时候,自己这个好不容易才当上医生的人却不去看看的话,那先前的一切不就没有任何意义了吗?

此时,他一改厚颜无耻、到处伸手要钱的姿态,像变了一个人似的,很有人情味。同时,他还在打另外一个如意算盘,那就是可以趁这个机会向大家展示一下自己的医术。虽说他基本上没做过临床,但毕竟也是取得正式行医资格的医生。如果能把自己的医术运用到恩师夫人那里,那可是对恩师最好的报答。

可是非常不凑巧,一是自己刚进研究所工作不久,二是守之助又把高山牙科医学院的事情托付给了他和石冢。不过，即便如此，他也不能不回去。前思后想，清作还是决定回一趟猪苗代。他跟石冢说明了情况，然后又向研究所递交了请假报告，就出发了。这时，他已从顺天堂以及研究所专门从事肾脏病治疗的医生那里，获取了医学界在肾脏病治疗方面的最新资讯。

小林荣夫人的主治医生六角，是很早以前就已经在猪苗代地区非常有名望的一位医生，清作一到那里，就和这位主治医生进行面对面交谈，商量治疗方案。

清作具备的相关知识都是从各位前辈那里问得的一些皮毛，自然不及经验丰富的六角医生，但是小林夫妇以及来探望病人的人们看到他和那么有名望的医生用德语进行交谈，大家都很佩服他。

不知道是不是清作的热情起了一点儿作用，总之从那之后不久，夫人的病就开始有些起色了。就是在这个时候，他看了坪内逍遥的《当世书生气质》这本书，知道了其中有一个不良学生叫野野口精作。

清作改名叫英世的最初起因就在于这次返乡，这在前面已经提到过，如果没有这次返乡探望病人的经历，那么后来"野口英世"这一名字也许就不会见之于世了。

就这样，他在猪苗代停留了半个月，紧接着从东京传来消息，石冢病倒了，希望他赶快回去。

在血胁守之助外出的情况下，如果石冢也病倒了，那可不得了。清作又紧急返回东京。值得庆幸的是，石冢只是得了感冒，并无大碍，但是清作回到东京之后还是忙碌了一阵子。

早晨起床后,他马上到研究所上班,直到傍晚。然后他一边在医学院上课,一边还要每周两次到顺天堂去帮忙编辑《顺天堂医学杂志》。此外,他还帮助编辑高山牙科医学院出版的杂志《牙科医学丛志》。同时,他手头还有原著要翻译。在这短短的一段时间里,清作一改过去的坏毛病,放弃了放荡的生活。当然这也和他看了《当世书生气质》后,精神上受到的打击还未消除有关。

不知为何,这一年清作身边总是有人生病。到了九月中旬时,他又听说少年时期的朋友秋山义次正在莫名其妙地持续发高烧。

秋山是清作在猪苗代上学时的好朋友,当时他曾给过清作衣物,在清作左手动手术时,也是他一直把清作送到若松去的。现在一听说他正一个人在东京租住的房子里饱受煎熬,清作无论如何也不能弃之不管。于是他马上到本乡区公所后边的秋山的住所探望。

秋山看上去非常瘦弱,正发着高烧,卧病在床。仔细一问才知道,他曾于八月份到关西地区旅行,回来后便突然开始肚子疼,接着就开始发烧,现在已动弹不得了。对于没有临床经验的清作来说,面对这种症状,虽然他很难做出明确的诊断,但他还是诊断出秋山患的不仅不是一般的病症,而且还是市面上的药无法医治的疾病。第二天一大早,清作就雇了一辆人力车,把秋山拉到顺天堂医院,请内脏科的权威专家佐藤院长给秋山看了看。

结果出人意料,佐藤院长做出了"肠道伤寒"的诊断。

如果是伤寒病的话,北里研究所就是专业的治疗机构。于是清作又帮秋山办好了北里研究所附属医院的住院手续,三天后让秋山住了进去。

每到这种时候，清作都尽心尽力给予朋友帮助，可他在借钱不还这方面可谓无人能出其右。或许有人会说，如果他能这么重情重义，那不再到处借钱不就行了吗？可是这一点他又偏偏做不到。这种充满矛盾的地方是清作性格上的缺陷，同时也是他的魅力所在。

明治三十一年（一八九八年）年末，对前途充满希望的英世到北里研究所工作才半年多就失去了干劲儿。这未免有点儿太快了，不过这确实也存在客观上的原因。

前面已经提到过，在进入北里研究所之后，清作曾申请要用白鼠做实验，也申请过要独自操作显微照相机，结果每次都遭到无情的拒绝。人家拒绝他的理由：你一个见习助手，太不知道天高地厚了。

虽说每天都到这所具有"医学研究者天堂"美誉的北里研究所工作，可清作每天做的工作就是刷刷试管、扫扫动物圈舍而已。他每天都要把前辈们用过的试管用长毛刷子刷干净，放进干燥器里进行烘干。然后再去喂喂白鼠以及兔子等实验动物，为它们打扫粪便，更换稻草。偶尔能够参与实验，他也只是帮着拽住兔子耳朵，或者给狗戴上嚼子、按住狗腿而已。

在此期间，虽然有时也能得到机会学学制作标本或者用显微镜进行观察，但那都是极特殊的情况，他的本职工作依然还是给别人打下手。

刚进研究所时，北里所长所说的"工作五年以后大概就可以出国留学"这样的承诺，现在看起来恐怕只是一个遥远的梦。

虽然研究所里每年都有两三个到欧美留学的名额，可是在清作前边还有四五十个留学预选人员排着队。不仅如此,还有一些大学毕业的优秀人才后来者居上,不断排到清作他们这些没有学历的见习助手的前边去。如果就这样等下去,到什么时候才能轮到清作呢?粗略计算一下,他大概要等上二十年。到那个时候,清作都已经快五十岁了。到了那个年龄再出国去深造,他又怎能成为驰名世界的大学者呢?清作只要一想起这件事,就会感到心灰意冷。

同年十一月份,石冢应血胁守之助之邀赶赴中国,这对清作来说也是一个沉重的打击。石冢确实是个很有能力且工作认真的人,但清作一直自信自己在各方面都不会输给他。通过医师资格考试以后,石冢一直致力于当牙科医生,而清作从一开始就没想朝这个方向发展。虽然同样都是当医生,但是在清作眼里,专业层次较低的牙科医生对他来说根本就没有任何诱惑力。而现在,石冢却作为血胁守之助的第一大弟子继承了高山牙科医学院的经营权,并且还追随守之助去了中国。这使清作心生困惑,他觉得自己好像已被别人超赶,进而又开始怀疑自己是不是选错了专业方向。

"只要努力就可以到国外留学"这条路说到底还是为那些帝国大学毕业的人准备的,对于其他人来说,此路根本不通。

一天,清作和同时进入研究所工作的秦佐八郎提到这件事,他说:"看样子,我们再怎么努力也没什么希望。"

可佐八郎的反应却出乎他的意料。佐八郎说:"我们现在要考虑的不是能否去留学,而是努力向前辈们学习,先赶上他们才对啊。"

虽说佐八郎不是帝国大学毕业的,但他毕竟还是毕业于冈山的医学院。不仅如此，他们家祖祖辈辈都是藩侯的专属医生。

话不投机，清作忍不住对如此稳健的人冷嘲热讽地说："到底还是士族出身，就是不一样。"

他们俩虽然同时进研究所工作，而且同样都没有上过帝国大学，但是在待遇方面，清作和佐八郎确实有些差异。作为见习助手，他们两个人都必须做那些清洗试管、打扫动物圈舍之类的杂活儿。但总的说来，清作会被分配到比较脏的地方去，而且还不时要为所里的工作人员跑跑腿。而佐八郎则不同，新年伊始，他便得到批准，获得一只白鼠，并且可以开始进行自主实验了。

这种差距与他们两人背景不同也有关系。

虽说清作有顺天堂医院佐藤院长的推荐信，但那只是在进来时派上了用场，进去后就再也没有什么人给他做靠山了。实际上，因为佐藤院长几乎没见过清作，所以也没理由再替他去活动。

在这种情况下，佐八郎是士族出身，再加上他作为藩医养子的背景，比清作可强多了。何况人家还是医学院毕业，虽说是地方上比较不起眼的学校，但毕竟接受过一些医学方面的基础教育。

清作不服气自有他的道理，但在当时的社会环境下，这些问题也是在所难免的。

清作心想：一直在这种地方干这种打下手的活儿，也不是办法！继续下去只能是白白浪费青春，必须抓紧时间努力才行。每到深夜，他都这样鞭策着自己。可是具体应该怎么办，他却又找不到明确的答案。

4

北里柴三郎出生于嘉永五年（一八五二年），到了明治元年，虚岁正好十七。他出生在熊本县阿苏郡北里村，姓氏和村名相同，可见他们家是代代负责村政的名门大户。

十五岁时，他先到熊本拜细川藩的儒学家枥原助之进为师，后来又到藩政府创办的学校"时习班"读书。虽然这所学校随着明治维新变法而被废除，但是在明治四年，他又进了同在熊本县的古城医学校学习。这所学校第二年变成了公立熊本医学校，也就是现在的熊本大学医学部的前身。

刚开始柴三郎并不想学医，只是把学医作为学习西洋文化的一个手段，但是自从看了荷兰医生的显微镜之后，他就开始立志要学习细菌学了。

柴三郎在这所医学校里学习了荷兰医学之后，于明治七年（一八七四年）考入东京医学校①，并于八年后，也就是明治十五年（一八八二年）七月，年满三十岁时毕业。同一时期，在那里学习医学的还有森鸥外，鸥外比柴三郎高两届，而且毕业时才刚刚年满二十岁，所以从年龄上看，柴三郎要比鸥外年长很多。

毕业以后，柴三郎拒绝了各地医院以及医学院院长的职位，进入工资相当微薄的内务省卫生局供职。这一选择为日后北里柴三郎成就大业奠定了基础。当时的卫生局局长是长与专斋，因为他在

①　现在的东京大学医学部。

大阪的绪方洪庵塾上过学,所以和同门的福泽谕吉也很熟,这层关系为柴三郎的一生带来了相当大的影响。

柴三郎在卫生局里的工作是对欧洲各先进国家的医疗卫生制度以及各种统计数字进行调查,然后附上自己的研究意见,提交上级机构。这时,他最先着手进行的就是至今为止一直无人问津的规范医师行医资格、制定医师资格考试制度这项内容。

进入卫生局工作三年后,也就是在明治十九年(一八八六年),柴三郎被内务省批准赴德国留学,进入科赫研究所。研究所所长罗伯特·科赫由于此前发现了霍乱弧菌而名扬天下。而当时在其门下的就有发现白喉杆菌的吕夫勒,发明血清疗法的贝林,以及开创细菌化学疗法的埃尔利希等,他们都是后来在世界医学史上赫赫有名的优秀人才。科赫研究所也与巴黎的巴斯德研究所并驾齐驱。

留学期间,柴三郎废寝忘食地埋头于研究工作,并成功地完成了破伤风芽孢杆菌的实验室培养,一跃成为被世界医学界公认的学者……由于北里的种种成就,柏林大学授予他荣誉教授的称号。

在离开柏林之前,他还研究了科赫发现的结核菌素。可就在这时,留学期限快要到了。长与专斋考虑到日本结核病研究的现状,特意为他直接从明治天皇那里申请到了一千元钱,以便他能够继续进行这项研究工作。因此,柴三郎的留学期限又延长了一年。从这件事情也可以看出长与专斋他们对柴三郎寄予的厚望。

此时,留学时间已不可能再继续延期了。当时除了剑桥大学新开设的细菌研究所之外,还有美国的宾夕法尼亚大学以及布鲁克林、巴尔的摩市等都向柴三郎发出了邀请,而他却全部婉拒,毅然决定回国。

柴三郎认为,首先应该在日本国内成立传染病研究所,而不是在国外。可是等他回国后才发现,国内对这个问题竟然出乎意料地冷淡。或者说,虽然当时传染病在日本极其猖獗,可是由于卫生防疫意识没有达到相应的水平,在日本国内根本就没有能够接纳他的地方。

长与专斋为柴三郎这样杰出有为的学者在内务省这种地方整天摆弄书籍度日而深感惋惜,于是把这件事跟福泽谕吉说了。血气方刚的谕吉听罢,表示极度愤慨,马上拿出个人财产,帮助他创建研究所。

就这样,明治二十五年(一八九二年)五月,在芝区的公园的一角,一栋占地面积为三十多平方米、上下共有六间房子的两层小楼建成了。这就是日本最初建立的,同时也是由民间建立的第一家传染病研究所,北里柴三郎被任命为研究所的所长。

可就在这一时期,日本私立卫生会也计划建立传染病研究所,于是长与专斋就去跟福泽谕吉商量,看是否可以把那栋建筑物直接交给卫生会管理。谕吉以研究所的全部运作委托北里柴三郎负责为条件同意了这一方案,这样土地和建筑等全部转到了卫生会的名下。

第二年,也就是明治二十六年(一八九三年),私立卫生会计划迁移增建研究所,于是向内务省提出申请,要求廉价处理内务省在芝区爱宕山的土地给他们,并进一步利用医生世家出身的政治家长谷川泰的影响力,争取从国库支出中拨款,给予研究所一定的经济补贴。

但是与他们的计划正相反，当时文部省正准备向国会提交在东京帝国大学校园内创建国立传染病研究所的计划，摆出了完全无视北里研究所存在的姿态，他们甚至还试图让北里柴三郎到这所新创建的国立研究所去工作。可北里柴三郎不想放弃自己辛辛苦苦建设起来的研究所而到他们那里去工作。由于他明确表示拒绝，卫生会和文部省就此结下了恩怨。

在卫生会和北里看来，当他们要求国家出资建研究所的时候，文部省不予理睬，而当他们借助民间力量好不容易才把研究所建起来的时候，文部省却马上提出要建立国立研究所，这也太不近情理了。

北里生气自然有他的道理，由于现在民众的卫生防疫意识不断加强，文部省刚刚注意到创建研究所的必要性，可如果靠民间力量去做这件事情的话，那他们就太没面子了。

双方的对立在继续，最后还是由众议院议员长谷川泰策划并提出国家出资赞助私立卫生会传染病研究所。这一方案交给国会讨论后，得到全体一致通过，这才终于成功地推翻了文部省提出的方案。

这位长谷川泰和长与专斋、石黑忠德他们一样，也是明治时期医生世家出身的政界大人物，同时也是野口英世就读过的济生学舍的创始人。

就这样，明治二十六年（一八九三年），研究所重新扩建，并且得到了国家财政补贴，终于具备了传染病研究所所应有的架构和规模。此时研究所的正式名称是大日本卫生会传染病研究所，但一般老百姓都把它叫作北里研究所。

英世进研究所工作时，研究所还处在卫生会的管辖之下，可在他进所后的第二年，也就是明治三十二年（一八九九年），在与卫生会进行了充分协商的基础上，研究所转为国家机构，成为国立传染病研究所，也是日本传染病研究所名副其实的核心。

这所国立研究所在六年以后的明治三十八年（一九〇五年）被移至现在的白金台。这时，它已经合并了牛痘苗制造所以及血清药院，作为世界上的三大研究所之一，与德国的科赫研究所以及法国的巴斯德研究所并驾齐驱。

5

明治三十二年（一八九九年）四月，就在北里研究所改为国家机构的同时，英世也拿到了正式助手的任命和待遇，每月工资涨到了十五元钱。也就是说，他从这时开始成为正式的国家公务员，但负责给高级职员帮忙这一点依然没有丝毫改变。

可就在这一年的春天，英世遇到了一个机遇。当然，说这是一次机遇只是就其结果而论，就连英世自己也根本没想到，这次机遇将成为自己前途命运的转机。

四月中旬，美国约翰斯·霍普金斯大学病理学教研室的西蒙·弗莱克斯纳教授在视察完美国驻菲律宾部队的保健卫生情况后，顺路来到日本。他们一行住在帝国饭店，希望在观光的同时，能够有机会拜会世界著名的北里博士并到研究所参观。北里博士自然很愉快地答应了他们的要求,决定派会说英语的英世负责到帝国饭店接送。

当时在日本医学界,德国学派占主流,因此会说德语的人很多,而会说英语的人却很少。英世特意穿上一套西装,兴高采烈地到帝国饭店去接弗莱克斯纳教授一行,和他们同乘一辆汽车回研究所,并带着他们参观研究所。

这一天,他混在那些平日里难以接近的高级职员当中,把他们说的话翻译给弗莱克斯纳教授听,同时再把弗莱克斯纳提出的问题传达给他们。如果英世不在场的话,整个会话交流都无法进行。这样一来,英世突然觉得自己一下子变得很伟大,心里相当得意。可是到了晚上,研究所召开欢迎教授一行的晚餐会,当英世随着其他教授们也准备步入会场时,他却被工作人员拦住了,还被领到另一个房间里待命。

这样的待遇对英世的打击很大。无论他的英语多么娴熟,可是在别人眼里,他仍然只是一个会讲英语的向导。需要的时候就利用他,不需要的时候就让他躲到一边去。这样看起来,他的待遇和那些司机或者车夫没什么不同。隔着房门听着晚餐会场里传来的阵阵掌声,英世再一次清醒地认识到,自己不过是一个小小的助手而已。一旦翻译工作结束,自己仍是动物圈舍的清洁工。

大正四年(一九一五年),当英世获得学士院奖后回到老家时,他又想起了这段经历,在欢迎宴会上他说了如下这番话:

那时候，我自己还只是一名地位卑微的医生，虽然担负着翻译工作的重任，却被排挤在晚餐会之外，被安排到另一个房间里独自吃晚饭。这种做法对于那些来自异国他乡、语言不通的贵宾们实在太失礼了。虽然弗莱克斯纳教授嘴上没说什么，可实际上心里恐怕相当不愉快。

虽然他是站在弗莱克斯纳教授的角度说的这番话，但是从这么简单的一句话里，就可以看出英世对这件事感到多么不服。

但是，这种屈辱反而更加激发了英世的斗志。正如过去别人嘲笑他是"手槌"，蔑视他出身于平民百姓一样，这样的屈辱成为他奋发努力的源泉，这次的不公平待遇成了英世下一次飞跃的原动力。

这天晚上，北里博士在出席过晚餐会以后，为了出席第二天在大阪召开的卫生演讲会，乘夜行车到大阪去了。

临出发前，北里博士把英世叫过来，命令他说："弗莱克斯纳教授一行还要在东京再待两天，他们想到各处去走走，你要非常有礼貌地为他们做向导。"然后又仔细嘱咐英世要注意西方的礼节。

北里博士一走，这里就成了英世的天下。为了让他负责导游，研究所还特意给了他正式的批假。

从第二天开始，英世就带着教授一行到东京各处参观游览。东京自不必说，这是他们第一次踏足亚洲国家。所以，无论带他们去哪里，他们都感到很陌生。

尽管血胁守之助去了中国，现在不在医学院，但英世还是把这些人首先带到了高山牙科医学院。虽然这里跟弗莱克斯纳教授没什么太大关系，但是在这里，英世表现得好像自己就是院长似的，就牙齿保健卫生问题滔滔不绝地讲个没完。他还把这些人带到了顺天堂牙科医院，让他们跟菊地以及老朋友秋山见了面，向他们显示自己和弗莱克斯纳教授多么亲近。

但实际上，在这次导游过程中，英世最大的收获是他向弗莱克斯纳教授一行人好好地宣传了一下自己。

他一边带着他们在东京各处参观，一边不断找机会向他们讲述自己是如何在顺天堂医院以及北里研究所学习和工作的，讲述自己是个多么优秀的研究员，并且还说他迷上了细菌学，现在正在刻苦学习，埋头钻研。

但是，弗莱克斯纳教授和其他外国学者一样，他们并不太重视名声和自我介绍，而注重实际成果。"您写过什么论文吗？如果有论文的话，希望能让我们看看。"被他们这样一问，英世可傻了眼。进入研究所之后，自己还没有写出一篇关于细菌学方面的论文。实在没办法，他只好把发表在《顺天堂医学杂志》上的一篇《关于儿童足部坏疽》的文章以及自己翻译的《病理学细菌学检验研究方法纲要》拿给他们看。

弗莱克斯纳教授看后点了点头，可他根本看不懂日语的论文。而英世并没有因此而退缩。

"我现在还年轻，希望以后有机会能到美国去，利用你们那里的先进设备进行研究。您认为怎么样？"

弗莱克斯纳教授对此自然表示赞成。

"虽然日本学者潜心研究并推崇德国医学的人很多，但我不敢苟同。正如美国是个今后大有发展前途的国家那样，我坚信美国的医学肯定也会出现长足的进步。"

听英世这样说，对方心里自然高兴。何况他还是这三天来一直热心为自己当向导的青年人。

"如果你能来美国的话，我肯定会尽力帮忙的。"

弗莱克斯纳教授这样回答他的问题只是出于礼貌，而英世却拿此话当真，或者说他明明知道人家说这话是为了应酬，但他除了依靠这句话，也没有什么其他的办法。

当英世独自一人去拜访住在宾夕法尼亚的弗莱克斯纳教授时，教授为他的莽撞冒失深感不安，还曾经一度打算赶他回国。后来教授还解释说："我根本没建议他到美国来。我只不过告诉他说，我不久就将从约翰斯·霍普金斯大学转到宾夕法尼亚大学工作。"

总之，在为弗莱克斯纳教授一行导游的三天时间里，英世竭尽全力给教授留下深刻印象。在他心里，参观卫生设施以及观光都是次要的问题。

其中只有一天，研究所里别的工作人员也随行一同前往参观地点，那位工作人员实在看不下去英世的做法，非常形象地评价他说："这个家伙简直就像风一样，只要有空隙，他哪儿都钻得进去。"

弗莱克斯纳教授一行结束了在东京三天的行程，从横滨出发去马尼拉。

为弗莱克斯纳教授一行做向导还给英世带来了另外一个好运，那就是当时医学界的长老级人物、非常有分量的石黑忠德想知道教授一行视察日本后的感想，还特意叫英世去他那里汇报情况。

所里有人提意见说,如果要到石黑先生那里去的话,应当派一个更有资历的人。可是这三天一直陪着教授他们的只有英世一个人,而且还是由他做的翻译,不派他去又能怎么样呢?最后只好派英世前往。

英世既高兴,同时又非常紧张。再怎么说,这也是他第一次到贵族的豪宅去办事。虽然已经快到初夏季节了,但他还是穿了一身冬天的礼服去往石黑官邸。

石黑忠德生于越后地区,和长州、土佐等明治政府派系没有任何关系,而他却能当上贵族,这正说明他是位不拘一格、独具慧眼的聪明人。他把其貌不扬、穿着穷酸的英世迎进客厅,还招待他共进晚饭。

刚开始时,英世紧张得有些手足无措。但是当他听到"教授一行怎么看待日本,对日本的现状有什么意见"时,他一边回答,一边渐渐开始得意起来。

他把教授他们用英语说的话,多少有些没听懂的地方则加上一些自己的见解,很巧妙地做了说明。在这方面,确实体现出了他说话能够抓住要害的特点。当然,这并不是说英世讲起话来特别流畅自如。实际上,他的声音相当尖细,而且语速很快,还带有关东地区特有的口音。

石黑男爵边听边点头示意,最后问道:"说了半天,我还没问你是哪里人?"

"我是会津人。"

"是吗?怪不得你有地方口音。"

因为会津和越后曾经结为东北同盟，共同抵御过官兵，所以心理上有某种共鸣。石黑男爵回忆了一番历史之后，问道："在会津若松有位叫渡部鼎的名医，你认识吗？"

"他是我的大恩人，也是我的恩师。"

"是吗？这可真是太巧了！"

以前渡部鼎在东京读书期间，曾经得到过石黑男爵的关照，所以石黑认识渡部鼎。意外的巧合使他们有了新的话题，使英世在这里度过了一个非常愉快的夜晚。

当然，这种时候英世是不会忘记替自己做宣传的。后来在英世的追悼会上，石黑称赞他说："从看到他的第一眼开始，我就知道他是个不一般的青年。"

就这样，作为弗莱克斯纳教授一行的导游，英世向所里的所有人显示了他的存在价值，但好景不长，很快就发生了一件极其不快的事情。

和在顺天堂时一样，英世受命负责管理北里研究所的图书。而就在这时，偏巧进行了一次库存图书的大清点工作。当时英世利用自己的职务之便，把所里的五本书借给了一个叫重松的朋友。这五本书中有三本是外文原著，另外两本是禁止研究所工作人员携带外出的重要的医学全集。

听说要进行图书清点，英世慌了神，赶紧让重松还书。可是这些书重松不是卖掉了，就是借给别人了，在他家里一本都没找到。既然书没要回来，英世就要进行赔偿，可他又没钱。就算手里有钱，那些书也不是随便在哪儿都可以买得到的进口书。因此，作为图书管理员，英世受到了所里的处罚。

虽然英世不断辩解，说自己运气不佳才把书借给了这种不负责任的朋友，是对方不好，但是没有人肯接受他的解释。不仅如此，他们甚至怀疑是英世自己把书拿出去卖了，现在却搬出个什么莫名其妙的朋友来替自己开脱。

英世气愤地想：都是因为我出身于平民百姓，没有上过大学，所以才会受到这种歧视。

可实际上人家这样怀疑他也有一定的道理。平时英世就是这样，虽然学习的时候确实非常刻苦，可是他经常不分公私，不经许可就把图书带走，有时还大大咧咧地把同事的书也带回去，长期不还，甚至弄丢。同时，他跟所里人借钱的老毛病也依然如故。

正因为所里人都知道他的这些坏毛病，所以怀疑是他卖掉了书，这也情有可原。这件事情最终还是传到了所长的耳朵里，北里所长把英世叫去，批评道："先别说什么朋友好不好，本来就有禁止携带出去的规定，而你却把属于所里公物的图书借给了研究所以外的人，这本身就违反了规定，不应该负责任吗？"然后所长宣布解除他图书管理员的职务，对这件事的处理也暂时搁置。

研究所里本来气氛就不太好，从这时开始，对英世而言就更难受了。

他平常只顾追求个人利益，只考虑个人前途，对于他这种自私自利的处世态度，周围人早就心怀不满了。到了这时，所有这些反感一下子都爆发出来了。所里的工作人员都在背后嘀咕："看来通过医师资格考试上来的人就是不行！""出身贫贱的人就是德行不好!"到了这种地步,就连和他一起进所里工作的秦佐八郎也不理他了。英世只好忍气吞声地熬过一天又一天不愉快的日子。

就这样一直过了一个月,北里所长把英世叫过去,告诉他横滨那边新成立了一个港口检疫站,问他愿不愿意去那边工作。

由于当时国家刚刚认识到港口检疫的重要性,所以在横滨、神户、长崎以及门司都纷纷建起了检疫站,各处都正需要研究传染病的专家。

"你要是同意去检疫站工作的话,工资每个月为三十五元钱,比现在多二十元,而且作为检疫官还能得到很好的待遇。"

北里所长提出这个建议,不知是出于对英世才能的认可,还是为了追究丢失图书的责任,这一点英世无从判断。让英世去检疫站工作这件事情本身,如果从研究细菌学的角度来看属于降职,但同时也可以理解为是所长的一片好心,是因为他替英世着想,去那里的话工作能好干些。

但不管怎么说,如果就这样一直在研究所待下去的话,像英世这样既不肯妥协,又不愿帮别人忙的性格,肯定不会有什么发展前途。

"我愿意接受您的建议去横滨。"

三天后,英世同意去横滨。

横滨港检疫站

1

顾名思义，"检疫"是为了防止疫病即传染病的传播而对从国外进来的人及商品进行检查。如果发现可疑情况，马上就要进行诊断和细菌检测，如果确定为传染病的话，必须马上进行消毒、隔离。海港《检疫法》对这一系列检验办法都有明文规定，并依法严格实施。

废除闭关锁国政策之后的日本，首先必须开展并完善的就是这项港口检疫业务。根据这项新制定的法律，明治政府于明治三十二年（一八九九年）四月首先设立了横滨港检疫站。检疫站的办公地点暂时设在神奈川县县政府内，而实际的检疫、消毒、隔离等具体工作，则在县政府以南十公里外的长滨海岸的长滨消毒所进行。现在这里更名为横滨检疫站长滨处理站，地处横滨金泽八景附近，背靠富冈,面向风景优美的海岸。

这里占地面积约有三万坪,即使现在,当时的办公室、高级船员宿舍、低级船员宿舍、浴室,以及南边山坡上的隔离病房、检查室、研究室等大部分建筑,也依然保持着明治时期的原貌。

虽说这里只是港口检疫站,但在当时这里毕竟算是日本的国门,所以建筑物等相当考究。特别是那栋高级船员宿舍,宽大的卧室里安放三张床仍绰绰有余,并且还有可用来观海景的走廊、客厅、谈判间,以及单独的浴室,简直可以与现代化大饭店媲美。从搭着紫藤遮阴长廊的花园里一眼望去,草坪远处整齐排列的松树林外那长滨海岸尽收眼底,房总半岛的尖端也遥遥在望。

据说没有住宿客人的时候,在这里经常召开西式宴会,就连与谢野铁干、晶子夫妇也常常光顾这里。确实,单看这里面向大海和带有松林花园的白色洋馆,就可以想象得出当时这栋建筑物有多么时髦、漂亮。这里名义上是安排给外国人使用的,实际上常常被日本的高官作为别墅使用。

不过与这栋主建筑相比,位于南边的下等浴室以及隔离病房那一侧可能由于靠近山麓,显得有些昏暗、寂静。尽管如此,这里每间隔离病房都足以放三张床,房间里的装潢也远比现在医院里的大号病房豪华、阔绰得多。在病房前边的那栋水泥建筑里有个检查室,野口英世就是在这个房间里用显微镜终日努力工作的。

过去,从这栋病房前一百米处一直到高级船员宿舍前院之间,都是海岸线,还有两个停船码头。码头上停着一条检疫站专用的小船,只要有外国船只进港,就让船只先停泊在港湾里,然后检疫官乘这条小船登船进行检疫。如果发现船上有人没有接受过预防接种，就令其暂时住进宿舍；如果怀疑某人患有传染病，就将其收容在隔离病房。

被收容在宿舍里的船员，经过十天到两个星期的观察，确定在各种传染病的潜伏期内没有发现异常，才会被正式批准上岸。因此，这里是外国人最初登上的日本国土。在到达日本以后半个月左右的时间里，他们无所事事，全部滞留在这同一个场所。所以，出于慰藉他们的无聊与空虚的考虑，这里的建筑物以及庭院都建得如此考究，也算是必然了。

不过，现在这里的宿舍以及病房都已经不再被使用，所有房间都上了锁，由保安人员在处理站的门口负责看管。由于现在入境手续完善，根本不会有人不接受传染病预防接种就入境，哪怕是再落后的国家，对于传染病的预防措施都做得相当到位，所以根本就不可能有鼠疫以及霍乱等的病患入境。

即便如此，也无法保证不出现此类传染病患者。当时日本根本就没有专门收容外国人的隔离医院。长滨的隔离病房也只是在明治三十八年（一九〇五年）用过一次，直到现在依然闲置着。这与日本国内没有增设新的隔离病房不无关系。

虽说这期间曾经修缮过几次，但是从明治时期到现在，这里的病房以及宿舍因年限已久，建筑物已经老化不堪。原本就在近处的海岸线也由于填海造田工程推出去了一公里，已很难想象当初的豪华与壮观。

最近横滨市好像正准备将这周围一带改造成长滨公园，恢复其往日的热闹景象。事实上，随着世界卫生环境的不断改善，再继续保留这个派不上用场的设施也没有任何意义了。以现横滨检疫站站长岩田为首的一批人提出建议，希望在进行改造时，至少把与野口英世有关的检疫室留下来，开辟为野口纪念馆加以利用。他们正为实现这一目标而努力。

如果这一方案能够得到批准的话，那么就又会增加一处与野口英世相关的纪念地。

有关材料显示，明治三十二年（一八九九年），野口英世来到横滨港检疫站时，当时的所长是饭尾次郎，检疫医师是星野乙一郎，海港检疫官是原神奈川县警部横山信征等人。

英世的职位是检疫医师助理，实际上相当于星野乙一郎的下属。他到任时工资为三十五元，相当于过去在北里研究所工资的两倍。当时每个月只要有六元钱，就可以找一处可以供一顿饭的很像样的住处，可见他的收入相当高。

英世同意调到这里工作，自然是由于丢失书籍那件事使他在北里研究所很难继续待下去，同时也不能不说是因为高收入的诱惑。另外，他还有某种期待，那就是在这个与外国船员接触的检疫站工作，说不定什么时候还能有出国的机会。

到这里工作后的第四个月，也就是九月初，英世从长滨码头乘消毒所的小船登上了停泊在海湾里的"美国号"，负责对其进行检疫。在这艘船上，英世发现了两名正在发高烧的病人，其中一个是中国人，另一个是日本人。夏日的酷暑还没有消退，气温高达三十摄氏度，可是这两个人还裹着毛毯，因为不断袭来的恶寒而不住地打战。仔细一问才知道，他们俩从三天前就开始出现这种症状了。

这可不是一般的病症。英世让助手按住不断颤抖着的患者，为他们进行检查。他从胸部查到背部、下腹部，发现两人腹股沟淋巴结肿大。

"会不会是鼠疫啊？"英世忍不住看了一眼患者的脸。

鼠疫又名黑死病，是当时很可怕的疾病之一。当过去那些可怕的传染病都被一一征服之后，唯有鼠疫还罩着一层可怕的面纱，令人感到不寒而栗。

这种传染病的病原菌是以老鼠为传染媒介的，一旦发病就会出现四十摄氏度以上的高烧，并且会不断剧烈颤抖，很快就会出现头昏、呕吐等症状，然后意识开始变模糊，直到最后神志不清，会在一周之内死亡。即使是现在，这种病在东南亚地区以及北美大陆的部分地区也仍然存在，因此船只进港后，检疫官都要上船检查船上是否有老鼠粪便以及老鼠洞，这都是因为害怕鼠疫传入所采取的必要措施。

在鼠疫中最常见的要算流行性淋巴腺鼠疫了。这种病是由病菌从很小的伤口侵入造成的，会造成各部位淋巴结肿胀。英世之所以怀疑他们得的是这种病，就是因为这两名船员都具有这种症状。

英世马上将这两个人转移到长滨的隔离病房，对他们的血液以及排泄物进行检查，同时向上级医官报告他们具有患上了鼠疫的嫌疑。

虽说当时是卫生保健意识还比较薄弱的明治时期，但发生鼠疫还是很大的事件。据西欧的文献记载,因为鼠疫爆发,导致整个村镇甚至整个地区的人员全部死亡的记录比比皆是。如果这两个人真的得了鼠疫,那可是这种疫病首次登陆日本。长滨消毒所陷入极度紧张的状态,就连病房周围都开始实施戒严。

他们得的到底是不是鼠疫呢?

在检疫站里,也有医生认为他们得的只是单纯的败血症,可英世非常坚决地坚持自己的意见,认为他们得的就是鼠疫。

一八九四年,北里柴三郎和耶尔森几乎同时发现了鼠疫杆菌,也就是说世界上关于鼠疫最权威的人士就在自己身边。

很快,从北里研究所派来的志贺洁等人出现在隔离病房,他们用显微镜对患者的血液以及排泄物认真地进行了检查。最后由北里柴三郎亲自出马,非常仔细认真地检查过数十片标本后,断定这两个人得的就是鼠疫。

事实证明,英世的看法是对的。

关于这件事,过去的野口传记中都是这样写的:"野口英世主动登船,排除了持有不同看法的医生的干扰,发现了日本最早的鼠疫患者。"这种写法有些太过夸张,英世登船后发现了这两名患者是事实,但是在夏天,如果有病人高烧不退,而且又怕冷还打战的话,那么首先怀疑他们得了传染病并对其实行隔离,这本来就是最常规的做法。而此时,如果发现病人淋巴结肿胀便怀疑他们得了鼠疫,这从检疫官的角度来看,也是理所应当的。

即使持反对意见的医生,也同样具有这种常识。只是他们有些怀疑,有些犹豫罢了。

最后确诊还需要从病人身上检查出致病的病菌才行。如果能从怀疑得了霍乱的病人身上检查出霍乱弧菌，那么就可以确诊病人得的就是霍乱。

发现病菌并且确定病菌的种类叫作"同定"。而这一次，最终发现鼠疫病菌并将其同定的人是北里柴三郎，和英世本人没有任何关系。事实上，在日本疫病学史上留下的有关鼠疫的记录中，从来就没有出现过野口英世的名字。

作为检疫站最下级的医师助理，他的名字根本就不可能出现在医学史上。而且他也不可能那么轻易地同定出除了北里以外还没有人看到过的鼠疫病菌。因此，关于鼠疫事件，传记中还是应该将"英世发现了日本最早的鼠疫患者"改为"英世第一次接触到疑似得了鼠疫的患者"更为贴切。

越是学识渊博的学者越不会轻易下结论，丰富的经验会使他们避免犯教条主义的错误。从这个结论出发的话，只凭病人发高烧、淋巴结肿胀这两点就断定得的是鼠疫，未免有点太胆大妄为了。哪怕是见过一次的疾病也好，可连一次都没见过的病症，只凭临床检查的印象就简单地下结论，这种做法非常不可取。从结果来看，判断对了还好，可如果判断错了，那可就太丢人了。

虽然疾病发现得越早越好，但是也不能过早下结论。像这样不惜犯教条主义错误，急于求成的心理，正是后来缩短英世作为学者的研究生命的最根本的原因所在。

不过，这次鼠疫事件还有一段后话。很幸运，这两名鼠疫患者在横滨被发现。可是就在三天前，这艘"美国号"曾经进入过神户港。和横滨一样，神户那边也有检疫站，而他们却没有发现，进而放过了这么重要的病患。这一问题在社会上引起了强烈的反响，并且很快就变成了国会讨论的议题，国家的检疫体制因不完善而受到追究，而这时在国会上进行答辩的官员就是曾担任过卫生局局长的长谷川泰。长谷川泰在台上直视着提出质问的国会议员，反唇相讥道："把检疫医师的工资定为三四十元，却要求他们登上所有进入港口的船只进行检疫，这简直有些神经不正常。如果害怕传染病传入，就请把检疫医师的工资先涨三倍。"

如果现在说这种话，马上就会引发一场由于说错话而引起的骚动，可当时还比较宽松，就连提出质问的议员都赞成长谷川泰的意见。从第二年开始，检疫医师的工资几乎一下子涨了两倍多。这是英世求之不得的好事，可是非常遗憾，他还没来得及受益就辞去了横滨港检疫站的工作。

2

就在发现鼠疫之后的十月初，英世突然接到北里所长打来的电报，说让他立刻过去一趟。

英世马上从横滨赶到北里研究所，北里所长一见到他就问："你想不想去中国？"

"您是说……"

"现在中国的牛庄正流行鼠疫，最近各国领事馆的工作人员都聚集到那里，成立了一个叫作'国际预防委员会'的组织。因此，那边的卫生局来函说,无论如何希望能够邀请日本的医生也作为成员之一参与进去。"

看样子"在日本发现鼠疫患者"这样的报道也传到了中国。

"如果你愿意的话,对方答应每月支付二百两白银。"

英世稍作思考后说:"我去。"他考虑的倒不是应不应该去的问题,他考虑的是如果每个月有二百两白银的话,那么只要几个月就可以攒足去美国的旅费了。当时中国的二百两白银相当于多少日元不太清楚,但即使简单地把一两白银当作一日元计算,那也有检疫站工资的近六倍。

"请您无论如何考虑让我去。"

这件事就这么简单地决定下来了。

英世此次赴中国是北里所长以个人名义推荐的。从日本派出的医生一共有十五名,以同样也是传染病研究所成员的村田升清博士为团长,所有成员全部都是在传染病研究所或者东京大学工作的优秀人才。而现在这其中加上了没有上过大学的英世,由此可见,北里所长还是相当看重英世充满活力的工作劲头以及语言运用能力的。

当赴中国之行已成定局时,英世首先想到的是去见一见同乡山内夜音子。夜音子当时住在本乡汤岛四丁目的亲戚家里,正为参加医师资格考试做准备。

他们大概已有半年没见面了,现在英世突然想去见她,主要是考虑到自己要去国外,会有相当长的一段时间无法见面,所以特别希望能在临出发前再见她一面。与此同时,英世还想告诉她自己要出国这件事。

他想在夜音子面前炫耀一番，趾高气扬地告诉夜音子："我现在终于可以出国了！"另外他还想让她看看自己身穿检疫医师助理制服的样子。这套制服是所谓肋骨服，胸部左右两边的纽扣是用绳系的那种，用金丝缎装饰。英世非常喜欢这套服装，手拿帽子挺直身子照了好几张相。个子矮小的英世穿上这套制服倒也确实显出了几分派头。如果辞去检疫站的工作，这套衣服可就再也没机会穿了。如果想让夜音子看看的话，那么就只有趁现在还在职的时候。

十月中旬，身着检疫医师助理制服的英世来到汤岛夜音子的住处。虽然夜音子因他的突然出现和那一身整齐的制服着装而深感惊讶，但还是把他让进了自己的房间里。

"这一次由于北里博士大力推荐，我就要出发到中国的牛庄上任了。"

英世掩饰住内心的喜悦，故意低沉着声音说道："因为这次是作为'国际预防委员会'的成员之一去那里研究鼠疫预防问题，所以特别挑选了我和传染病研究所的村田博士他们一起去。"

夜音子惊讶得一句话都说不出来，只是直瞪瞪地看着英世。无论是中国，还是北里博士，还是什么"国际预防委员会"等，这些对于还未通过医师资格考试的夜音子来说，都是遥不可及的世界。

"在那边，我们将和德国、英国、美国的学者们一起充分交换意见，共同进行研究。"

"您真是大有作为！"

"不,这也算不上什么。"

英世嘴上表示谦虚,但是很快他就开始吹嘘自己在北里研究所、横滨港检疫站等处做出了多么优秀的工作成绩。

不过,说心里话,英世拜访夜音子倒不是单纯为了向她显示自己的成绩,他想以暂时离开日本这件事为契机,向夜音子表明心迹,等待她做出令他满意的回答。可是就连平时那么厚颜无耻的英世,一到这位女性面前,却一点儿都不自信了。虽然他身穿漂亮的制服,嘴上滔滔不绝地炫耀着自己多么伟大,可就是连一句"我爱你"这样的话也说不出来。

英世心神不宁地一杯一杯地不停喝着茶,急得一个劲儿地轻轻咳嗽,可就是没有勇气直接表达爱意。

折腾了半天,去横滨的最后一班火车都快要开了,英世才被迫无奈地请求道:"这样一来,我们可能会很长时间见不到面。不好意思,你能不能陪陪我,哪怕只到新桥车站也行。"

英世好不容易才结结巴巴地说完这句话,可是夜音子很有礼貌地婉拒道:"实在对不起,我马上就要考试了,请原谅我只能在这里和您道别了。"

"那么,你只送我到汤岛的坡上也行。"

"您看今天还下着这么大的雨,我还是送您到门口吧!"

听她说得这么明确,英世也无计可施了。不过,毕竟是英世,他进一步坚持道:"那我就不让你送了。不过,至少能给我一张照片吧!我想等我出国到了那边,只要能看到你的照片,就能够更加努力地去把工作做好。"

"实在很不巧,现在我这里连一张现成的照片都没有。"

"那能不能现在一起到照相馆去照一张?"

"不过我现在这个样子,太不好意思了。"

"没关系。要不我等你化化妆?"

"今天我有点儿头疼,身体也不太舒服,还是算了。"

"那能不能把你的簪子,或者什么其他能当作纪念的东西送我一件?"

"我也没什么像样的东西,实在不好意思送您什么。"

"没关系,只要是你身边的东西,什么都行。"

"时间差不多了,您再不走,可就赶不上车了。"

"无所谓,要是真赶不上,我就走着回去。"

"赶快走吧,现在走还来得及。"

夜音子突然先站了起来。这样一来,再怎么厚脸皮的英世也只能跟着站起来。

来到门口,英世仍有些恋恋不舍地说:"我特意来一趟,真的很遗憾。"

可夜音子却已经动手拉开了木格子门,说:"正下着雨呢,多加小心。"

"那我走了。"

英世伸出手去想跟夜音子握手,可夜音子假装没看见,把视线移开了。

"那我告辞了。"

"请多保重。"

他刚迈出去一步,再回头看时,门已经关上,连夜音子的影子都看不见了。

雨中的英世不禁叹了口气,心想:她竟然如此讨厌我。

中国牛庄

1

一八九九年九月末,英世正式辞去了横滨港检疫站检疫医师助理的工作。他五月份从北里研究所调来这里,到现在工作还不到四个月时间。

就在他辞职的同时,他得到了去中国牛庄的旅费以及治装费等共计九十六元。

他们此次是从神户出发,坐船去中国,这样就需要全体成员先在神户集合。而当时从东京到神户的火车票仅需三元多一点,因此扣除这部分路费,剩余的九十多元钱就都属于治装费了。

当时比较便宜的西装一套大概是三元钱,可见支付给他们的治装费还是相当可观的。这笔钱加上九月份的工资以及辞职补贴,英世手里一下子就有将近一百五十元的巨款,暂时成了富翁。

可是到了十月中旬从神户港出发的时候，这笔巨款已经分文不剩了。

对于这件事，英世的解释是因为过去借钱太多，所以这些钱一下子就都被那些讨债鬼抢走了。

事实也确实如此。当听说英世手里好像有一笔巨款的时候，那些放高利贷的，以及高山牙科医学院、顺天堂、北里研究所等处的过去的同事们一下子扑了上来。

因为他们往往会专等着下班回家的时候来追债，所以英世根本没办法待在自己的房间里，几乎整晚整晚都在外边转悠。倒也不是说就因为这个他才去花街柳巷的，但他领到的治装费大部分还是用在这方面了，而真正用来还债的恐怕还不到全部金额的三分之一。

这种时候，英世对付那些追债人的做法也与众不同。当他不幸被追债人抓住的时候，人家一说"还钱吧！"，他就会点点头答应道"好吧！"，然后接着又说"还是先去喝一杯吧！"。追债人怕他趁机跑掉，只好跟着他走，可是这时他就会带着人家到高级餐馆或花街柳巷去。在那里大喝一通之后，接着又玩女人。对方一高兴喝多了，玩了个尽兴。等对方再回过神儿来的时候，英世已经不见了。

虽然这些人气得直咬牙，但是这种时候，英世如果身上有钱的话，他肯定会付这笔费用。在这方面，他从来不会有钱装作没钱，这就是让人哭笑不得的地方。不过，如果他真的没钱，他也会像没事人似的把账算在对方身上。也不知该说英世天真无邪，还是厚颜无耻，总之，他的行为很难用常识去看待和理解。结果往往是只借了对方两元钱，却在对方身上花了五元多，还让对方玩女人，但借对方的钱就是不还。如果是这样的话，还不如一开始就还给人家两元钱，可英世偏偏算不明白这笔账。

就这样，等到辞职半个月之后的十月中旬，包括旅费以及治装费等这些钱就全部被花光了。

"糟了！"

现在英世身上连去神户的车票钱都没了。当然他也没有衣服、皮包等旅行必需品。把所有的钱都花光后，英世这才感到事情挺棘手。

现在钱没了，也就只能向以前的同事或朋友借钱，可是事到如今，又有谁肯借钱给他呢？所有这些人都在找英世，逼他还以前欠下的借款。

"到了中国后，我每个月的工资就有二百两白银，就算每个月花一百两白银，那也还能剩一百两白银。到了那边，我马上就把钱寄回来还你，你看行不行？"

没办法，英世只好向朋友哭诉，可是大家早就清楚英世大手大脚、花钱没计划的性格。他们知道，无论英世每个月是挣一百两白银，还是二百两白银，钱一到手马上就会被花光。

到了十月十六号，他的路费还没着落。以村田升清为团长的一行人撇下英世一个人，从东京出发去神户了。他们计划到神户以后和关西方面派出的学者们会合，举行完组团仪式之后，乘坐十月十九日从神户港开出的船。如果赶不上这班船的话，英世的中国之行就彻底告吹了。不仅如此，他还会被当成领了治装费就开溜的家伙而在学术界遭到彻底封杀。无计可施的英世最后只好再到血胁守之助那里去求救。

"我绝不会忘记您的恩情。这次真的是最后一次跟您借钱。"

他虽然嘴上这么说，可实际上这"最后一次"他早已经说过不下十次了。

而这时候血胁守之助刚刚结婚，拖家带口的，生活上相当困难。单身的时候还好办，可现在已经有妻室了，自然不能随便动用钱。英世到了这种时候也只有缩成一团，倾诉苦衷。

血胁守之助一直听他讲完，等他的话告一段落的时候，站起来说："好吧，你先等一会儿。"然后过了差不多一个小时，守之助才重新出现在英世面前，把十五元钱放到了他的面前。

"现在只有这些。不过我想这些钱足够你去买一套西服、一件大衣以及到神户去的车票了。"

"这钱您是怎么筹到的？"

这时，守之助的妻子来给他换茶。虽然她还是个只有二十一二岁的新娘子，但是表现出来的态度和一个小时前完全不同。不仅看英世的眼神极其不愉快，而且放茶碗的动作也显得气呼呼的。

英世想起来大概就在半小时前，他好像听到了守之助和妻子在里屋吵架的声音，然后他的妻子就出去了。等她一回来，这十五元钱马上就拿到了他的面前。

"该不会是把您夫人的新嫁衣拿到当铺里去了吧？"

"是又怎么样？"

"那我……"

他一下子噎住了。事到如今，就算这是从当铺筹措来的钱，他也不能不拿着。

"我现在只要能到神户就行，用不了这么多钱，有五元钱就足够了。"

英世说着把刚要揣进去的钱又掏出来，抽出十元钱递还给守之助。

"哎呀，没关系的。既然已经筹到了十五元钱，你就都拿着吧。"

血胁守之助的伟大之处就在于他从来不对英世进行说教，从来不劝他要节俭、必须储蓄等。他只是根据对方提出的要求，量力而行地拿出自己能够拿得出的金额，从不废话。当然他也根本不去听英世那些胡编乱造的理由。

说他很宽容，他确实也很宽容。实际上，他早已放弃了希望，根本不愿对英世再进行什么说教了。因为他知道，英世的浪费习惯不是靠简单的说教就能改变的。

"真的只要五元钱就够了。只要坐上船，吃和住都是免费的。"

就连英世自己都觉得把这些钱全拿走不太合适。

"那么作为纪念，我把这个东西送给你。"

守之助从自己的书斋里拿出了过去的盟友田原博士送给他的美国制造的旅行箱，把它交给了英世。

英世再次重复了一次同样的台词："我绝不会忘记您的恩情。"然后就拿着那些钱直接来到日荫町的旧服装商店，在那里买了一套西装，其实那只是一套已经发白的夏天穿的衣服。然后戴上一项讲价讲到二十钱的打猎帽。

第二天，也就是十八号，他从东京出发了。

再不赶快出发的话，他就赶不上十九号从神户港开出的船了，这时已经到了最后的时间期限。听说英世要出国，竟还有追债的人到新桥车站去堵他，为了躲开这些人，他特意步行到品川，终于坐上了火车。

没有任何人为他送行。因为他怕万一不小心把出发时间告诉朋友的话，朋友会来向他讨债，所以他没敢向任何人透露，只把出发的时间告诉了山内夜音子。

一直到火车开动，他还把头伸向窗外，可是夜音子到底还是没有出现。

2

英世到达神户的那天傍晚，船就从神户港开出了。

大家都跟家人、朋友们扯着彩带惜别，只有英世没人来为他送行。不过，英世并未感到孤独寂寞。一想到可以离开讨债鬼成群的日本了，他反而松了一口气。

从神户出发的客船通过濑户内海，经过整整一昼夜的航行到达门司。虽说航行速度相当缓慢，但在当时，这已是专门航行去海外的豪华客轮了。因为在下关这一晚是他们在日本国内的最后一个夜晚，所以他们一行人这一晚都上了岸，跑到下关最好的餐馆"春帆楼"尽兴去了。

在这里，他们叫了艺伎，尽情狂欢。

大家尽情玩乐到深夜，虽然一开始就已经说好了各付各的钱，可到曲终人散该交钱的时候，英世早已不见了踪影。没办法，大家只好各凑了一点儿把英世的那份钱也交了。回到船上一看，英世早就先回来睡下了。

　　又经过五天的航行，一行人终于来到了中国的牛庄。

　　这期间，大家都一直借助词典或会话教材学中文。虽然他们是出身于帝国大学的天资聪慧、才高八斗的学者，可中文却不行。英世根本不把这些抱着书本学习的家伙放在眼里，他一个人跑到船舱里去，和那些做下级船员的中国人比画着交谈。除了睡觉，他一直都和这些人泡在一起。听说日本的伟大学者来了，这些下级船员都很欢迎他。

　　虽然他在船员们的房间里接受难吃的"款待"，但学习效果立竿见影。本来他就具有语言天赋，等一个星期之后到达牛庄时，一般的日常用语他已经基本上没问题了。

　　在走下客船的一行人中，野口英世最突出、最扎眼。所有人都穿着冬季的长大衣，头戴一顶高檐礼帽，只有英世还穿着一身发白的夏季的衣服，而且头上戴的还是打猎帽。

　　迎接他们的中国卫生局，刚开始还把英世错当成翻译了，因为在他们这一行人中，英世的汉语说得相当好。他不仅可以和出面迎接的中国人马上商议事情，而且还可以非常轻松地跟身边的行人打招呼。他的汉语相当流利，很难想象是刚学的。再加上他精通英语、德语和法语，因此所有重要话题很自然地都要经过英世和对方进行协商。

他们一行人被分配到卫生局管辖的牛庄周围的各个地区,但因为英世的语言能力得到认可,所以他和村田升清团长一起留守牛庄卫生局本部。卫生局本部是负责向各分局医务人员下达指示、进行监督的地方,是卫生局的中枢。

在这里安排妥当之后,英世开始以他那与生俱来的热情和大家交朋友,他的朋友从一般的警官到高层行政领导,什么人都有。英世还时常会被邀请到他们的家中做客,他还会送给他们自己作的诗词。

医师团一行人本来是作为奔赴牛庄扑灭鼠疫的第一先遣队,可当他们到达牛庄时,这里的鼠疫流行势头已经开始减弱了。

鼠疫这种疫病,来得快,去得也快。再加上此时已快到冬天,寒冷的天气也是鼠疫停止蔓延的主要原因之一。因为在英世他们到达这里之后,基本上没有发现新的鼠疫患者,所以他们这支医师团主要还是参与了牛庄一带的一般性医疗活动以及医疗卫生行政方面的工作。

被派到那里的医师团成员不仅有日本人,而且还有英、美、俄等国派来的白人医生。由于其中日本医生的肤色与中国人最接近,所以很受当地的中国人欢迎,就连一般患者也跑来不少。特别是英世的诊疗室最热闹,每天一大早,就有患者来到门前排队。

当然,英世并不是临床医生,无论是在顺天堂时,还是在北里研究所时,他几乎没有直接接触过病人,主要还是担任杂志编辑的助理,负责细菌培养、细菌检验等工作。到横滨港检疫站之后,虽然多少具备了一点儿有关传染病方面的知识,但是对于一般的疾病,他一点儿经验都没有。而英世在这里受欢迎并不是由于技术，而是因为他热情的工作态度给人以好感。他很善于听对方讲述自己的病症，一遍又一遍地为对方诊脉，用听诊器检查。更何况这位和自己肤色相同的日本医生还能一边直接用中文交谈，一边进行诊断，这更增强了人们对他的信任。

大部分医生不仅不会讲中文，需要有助手或护士在中间进行翻译，而且那些白人医生从一开始就没打算好好给普通的中国患者看病。他们顶多是接受高额酬金后，给那些高官、富豪们看看病，偶尔再给医疗行政部门提提意见罢了。从这一角度来看，英世诚恳的治病态度相当受人欢迎。为了表彰英世这种充满热情、不持偏见的工作态度，在他们即将回国时，牛庄卫生局和国际卫生局向英世颁发了表彰信：

> 野口英世先生因本地发生鼠疫而赴任来此，作为一般医院以及细菌研究工作的主任，他以他的聪明才智和热情处理来解决问题，我们对他的工作均感满意。在此，特对他在工作中所做出的贡献进行表彰，特以此书略表感激之情。

牛庄卫生局局长　西塞尔·保罗

国际卫生局工作人员代表　菲利浦·雅森斯基博士

迪·巴尔夫·迪利博士

一九〇〇年六月二十八日

在派遣的医生中，英世的工作显得格外突出。能够为患者进行临床诊断，对英世而言也是非常愉快的经历。

在日本，因为他是通过医师资格考试才当的医生，所以基本上没有什么像样的机会接触到患者，而在中国他却能自由地为患者进行诊断和治疗。而且，存在于日本国内的等级森严的论资排辈现象，在他们进入外国医生团之后就消失了。他在这里可以接触到实实在在的患者，可以亲自为他们做诊断并进行治疗，然后再观察后效。如果说这项工作很有意思可能有些不太合适，但他确实认为没有比这更有意义的工作了。他本来就想当临床医生，可是却因为手有残疾而无法实现愿望，现在英世在异国他乡却一偿夙愿。

这期间，英世的收获还不仅限于临床方面，他在基础研究方面也从未放松。在牛庄，英世用英文写了一篇题为《关于鼠疫杆菌对寒冷的抵抗能力》的论文，然后把它作为和同事联名的研究成果寄给了美国的弗莱克斯纳博士。无论在临床方面，还是在基础研究方面，他都竭尽全力去做了，但同时他也玩得很厉害。

当时在中国自然不缺少可供玩乐的地方，何况他还有每个月二百两白银的高收入。他要是老老实实在宿舍里待着，那才不正常呢。

牛庄最热闹的娱乐场所位于城外，要去那里必须出城门才行，可一到晚上，所有的城门全都会被紧紧地关上。英世认真埋头于研究工作，等他想出去的时候，早就过了开城门的时间。如果换了别人，肯定会明天再去，可英世一旦想玩的时候就无法控制。他本来就不相信明天这一说，何况他的精力实在过剩。

最后英世终于掌握了爬墙出城的技巧，可运气不佳，当他第三次爬墙的时候，就被正在巡逻的卫兵抓住并关了起来。直到第二天早晨，当卫兵们弄清楚他确实是被派遣到这里的日本医生时，他才获释放。可他仍不吸取教训，后来又爬过好多次墙。

就这样，他每月二百两白银的高薪不见了踪影。

起初他还梦想着自己能攒足去美国的旅费，可这一梦想很快就真的成了梦想。

"这样下去可不行。"

有一段时间，他也像正常人一样谴责自己，可一玩起来就什么都不管不顾了，而且他坚信钱这个东西，等明天想要的时候，总会有办法的。

当英世真正开始意识到必须存钱时，已经是到中国半年以后了，而且是在签订的协议马上就要到期，只剩下一个月的节骨眼上。

"像现在这样两手空空地回去，那我不辞辛苦地跑到这么远的地方来还有什么意义？"

正当英世为此而烦闷的时候，俄罗斯卫生队那边向他发出邀请，问他能不能帮他们一起工作。

在牛庄的这半年时间里，英世已经学会了俄语，而且一问对方的条件，对方给的工资比现在还多，是每月三百两白银。

英世马上答应了他们的要求，与日本派遣团告别后，他和另一名日本助手留了下来。就这样，他滞留牛庄的时间又延长了三个月，可是三个月过后，他不仅没攒住钱，反而欠债更多了。

后来,牛庄的社会治安状况恶化,俄罗斯卫生队也要撤离,英世这才不得不打道回府。可此时,英世剩下的就只有餐馆的赊账单了。

神田三崎町

1

明治三十三年（一九〇〇年）七月，野口英世从中国牛庄回到日本。这时，他已是可以到任何地方就职的自由之身。

一般来看，向中国派遣的医师团成员都是在原工作单位以停薪留职的形式进行外派，他们回国后还是回原单位工作，也就是说完全以"借调"的方式外派。团长村田升清在回国后，还是重返传染病研究所工作。

只有英世的情况比较特殊。他是在辞去了横滨港检疫站的工作以后才出去的，所以回国后一下子找不到工作了。

如果英世自己愿意的话，他也可以采取借调的形式在检疫站办停薪留职的手续，等回国以后再马上官复原职。可他自己不愿回国后再到检疫站去工作。既然自己和各国第一流的医生们同时被邀请到中国去了,那么再重新回到检疫站医师助理的位置,未免有点儿委屈。

英世自认为,等自己回国的时候,肯定会有很多大学或研究所争着抢着来要他。而且如果每个月能拿到二百两白银的高薪的话,只要在中国待上一年,就应该可以攒下不少钱。用这笔钱到美国去是他的第一个心愿。再进一步考虑,如果他提出辞职,就能拿到一笔像样的辞职补贴,他还想用这笔钱还清以前的欠债。可是他大手大脚的坏毛病使这些计划都成了镜中花、水中月。

他浪费的金钱虽然说不上是去美国深造所需的巨款,但这些钱至少可以让他在美国玩上两三个月。如果有钱的话,他就不想再回规矩太多的研究所里工作了。

回国后,英世首先考虑的问题就是去见山内夜音子一面,正式向她求婚。和夜音子成婚后,自己有了家室,接下来就可以定下心来准备赴美留学事宜。他自认为,就算夜音子再高傲,恐怕也不会把他这个刚刚从国外回来的一流的细菌学者拒之门外吧。

充满自信的英世首先把自己的住所定在了离夜音子家很近的本乡竹町,然后直接去拜访夜音子。这位稀世少有的欠债大王一遇到自己心爱的女子,竟然如此纯情。

夜音子租住在本乡一座两层民宅的楼上。当英世告之来意以后,住在楼下的女房东根本不予接待,非常冷淡地对他说:"山内小姐不在家。"

可是从外边看,英世觉得应该是夜音子那个房间的窗户上挂着竹帘,窗户是敞开着的。刚才走进巷口的时候,他感觉那个房间里好像曾有人影在晃动。事实上，在大门口，还摆着一双看起来很像夜音子穿的女式拖鞋。尽管如此，女房东却硬说夜音子不在家，根本不为所动。

"那她什么时候回来呢？"

"我也不知道她什么时候回来。这段日子她看起来挺忙的。"

"可她是个女孩子，晚上总该回来吧？"

"那我可就不知道了。您还是回去吧。"

这家的房子本来就不算大，即便在二楼，夜音子也应该能听见英世和女房东的这段对话。而实际上，这时候夜音子确实在家。

"是吗？原来你们都是说谎骗人之人。"

英世留下这么一句话后，走出了大门。

回头望去，二楼房间的窗户仍然敞开着，风铃随风发出脆响。

在牛庄的时候，英世差不多每周都给夜音子写信。在信中，他把中国的状况、自己在这里处于何等重要的地位以及从内心深处爱着她等缠绵细语都写上了。可是现在看起来，这一切努力都白费了。

自己回国后首先到这里来看她，但她却如此不领情。既然让他吃了闭门羹，也就没有脸面再去找她了。

她竟然如此讨厌我……

此后，英世再也没去找过夜音子。

从十九岁一直到现在，从会津若松时代持续至今的英世的恋情到此结束。当然，要说这是恋情，也只能算是英世一厢情愿的单相思罢了。

不过,后来他们还有过一次可以见面的机会。

大正四年(一九一五年)的秋天,也就是在十五年后,英世荣获帝国学士院恩赐奖回国的时候。当时他四十岁,作为出生于日本的世界级学者,他受到了日本国内各界人士的热烈欢迎。

当他在挥舞着国旗的小学生的簇拥下回到故里三城潟时,山内夜音子就住在若松。旧时的朋友问他要不要见夜音子一面,英世稍作考虑后,摇摇头说:"算了吧。"

不知道他是想把青年时代的梦原封不动地封存在记忆之中呢,还是想用这种办法来报复她过去对自己的冷淡态度。不管怎样,他对夜音子的思慕之情确实是他一生中经历过的唯一的恋情,这一点确定无疑。

2

和夜音子恋爱的希望彻底破灭之后,英世立刻动身回老家三城潟去了。他这次返乡一方面是为了平复失恋的伤痛,另一方面是因为在国外待了一段时间以后,突然很怀念家乡。当然,他还想趁此机会好好吹嘘一下自己在国外受到的一等待遇。他并未因失恋而停滞不前,而是马上从感情挫折中挣脱出来,开始考虑下一步。这种能够及时调整心态的特性,既是英世的优点,也是他意志坚强的表现。

此次返乡,英世身穿西装,头戴鸭舌帽,手上还拎着一个皮书包。因为他是突然决定回来的,所以没有人到车站去迎接他。他一个人从磐越西线的翁岛车站下车，步行了一里半路后，回到了位于湖畔的三城潟。

当他来到自家前边的松岛屋时，儿时的朋友代吉正在往篮子里放土豆。

"好久不见！"

英世拍着代吉的肩膀跟他打招呼，而他却愣愣地抬头看着英世，一句话都不说。

"是我呀！我是清作。"

"哎呀，原来是野口家的清作呀……"

代吉这才点点头，然后从上到下打量着英世说："哎呀，真的是清作，你这么一身洋装打扮，变得这么帅气，我怎么可能认得出来？"

"我刚从国外回来。本来还有更像样一点儿的西服，可如果没有人力车的话会弄脏，所以特意找了件不太好的穿着回来了。"

英世又像以前一样开始吹起牛来。而代吉却信以为真，马上跑到村里去，大声嚷嚷着："清作出息了，穿着洋装回来了！"

这天晚上，在三城潟的小饭馆里，包括英世儿时的好友以及村里的头面人物在内的十多个人，为英世举行了盛大的欢迎宴会。就算被山内夜音子拒绝，就算被别人咒骂为卑鄙的欠债大王，可是回到家乡，英世仍然被大家看作是"被邀请到国外工作过的伟大的传染病研究学者"，被奉为村里最有出息的人物。坐在主宾席上的英世，一边接受大家的祝酒，一边兴高采烈地讲述着他和日本国内及英、美、俄等各国著名学者一起从事研究工作，受到中国高级官员的邀请和他们一起畅谈，以及在高级餐馆里极尽奢侈游玩时的情况等。

大家一边用憧憬与尊敬的目光看着清作，一边不住地点头。

英世喝得越来越高兴，他给大家唱了他在中国学的当地的歌曲，还给大家跳了舞。

所有人都跟着热闹起来，最后全都跟着他一起跳起舞来。结果会场的气氛一下子变得乱哄哄的，他根本就没时间考虑因为失恋而受到的心灵创伤。

第二天，英世还没醒过酒来，正躺在家里睡觉，代吉跑过来央求他："阿清，你还没休息好就过来打扰你，实在不好意思，你能不能帮忙给村里的病人看看病？"村里的人们都在说，既然英世是被外国请去从事研究工作的传染病方面的权威，那么别人治不好的病，说不定他能治好。

说实在话，英世对于临床没什么自信。虽说他在牛庄曾经做过临床医生，但那只是暂时性的，英世最清楚自己在这方面没有什么真正的实力可言。

"我这次回来，只是为了看看妈妈还有你们大家。"

可代吉并不放弃，他进一步坚持道："可是他们那些家伙过去都嘲笑过你，说如果清作能当上医生，那太阳得从西边出来。我当时听到这些话感到非常气愤，我真想让那帮家伙好好看看！"

听了代吉的这番话，英世不肯服输的倔强劲儿又上来了。

"好吧，要是这样的话，我就帮他们看看。"

"太好了。我现在马上就去通知大家。"代吉高兴得拍着手跑了出去。

第二天，在松岛屋靠里边的一间屋子里，英世开始为村里人看起病来。这里只是个小村庄，只靠大家口口相传就已经变得尽人皆知了，加上这是去过外国的名医为大家进行义诊，一下子竟来了近五十名患者。

既没带药也没带注射器的英世，给病人看完之后只是写一张处方，然后让他们到若松的森川药店去抓药。因为他看病不收钱，而且还特别认真，所以这次义诊得到了大家的好评。

在一部分野口英世的传记中这样写道："因为这次诊断，像佐藤的性病、山崎的心脏病等常年难愈的疾病一下子都被治好了，后来他们这些人都很长寿。"这简直就是无稽之谈。只是按照英世写的处方到药店去抓药吃，怎么可能治愈这些疾病呢？即便当时看起来像是治好了，那也是暂时压住了，症状得到暂时的缓解而已，很难说已经完全治愈。

不过通过这次义诊，倒是使那些曾经笑话他说"太阳得从西边出来"的人们彻底沉默了，令代吉还有母亲希佳他们笑逐颜开了。

在进行义诊后的第二天，英世自己跑到八子弥寿平家里去了。

这次回家乡，思乡之情自然是第一位的，但是在接受大家欢迎的同时，他又有新的想法冒出来了。

跟弥寿平好好说说，说不定还能请他帮忙凑齐去美国的路费呢。

这倒不是他从东京出发时就有的想法。英世就算脸皮再厚，至今为止已经给人家添了那么多麻烦，再怎么说也不好意思跟人家要去美国的路费了。

可是当他回到家乡,受到乡亲们的款待之后,他的想法又变了。照现在村里人这股狂热儿劲来看,弥寿平说不定真会帮他筹措到这笔巨款。英世渐渐又恢复了往日的天性。

很久没有见面的弥寿平还像往常一样周到而热情地招待着英世。过去只靠英世的口头表述,弥寿平难以了解他工作的实际情况,而这次却不同。这一次英世召集了全村的病人,为他们看了病。何况他现在还有去过国外的名医头衔。面对已经出人头地的英世,弥寿平简直要把他当成神来敬仰了。

聊了一会儿过去的事之后,英世突然开口说道:"实际上,美国传染病学方面的权威弗莱克斯纳教授邀请我一定要去他那里工作。"

"这是真的吗?"

弥寿平的眼睛都圆了。能到中国去就已经够伟大的了,这次英世接到的是美国权威学者的邀请,那可不得了。

"他非常欣赏我写的论文,来信说让我过去跟他一起从事研究工作。可我现在考虑的问题是,去美国要花很多钱。"

"你觉得大概需要多少?"

为人善良的弥寿平一下子就上了钩。英世不慌不忙地吹嘘了一通美国医学多么先进以及弗莱克斯纳教授多么伟大等,然后才说:"如果有五百元钱的话,我就能到美国去,成为世界一流的学者了。"

"要五百元,这么多啊?"

"只要到了美国,想挣多少钱就能挣多少钱。如果现在有人肯借给我这笔钱的话，我肯定一辈子都忘不了他。”

他的策略正中要害。弥寿平考虑了一会儿，提出由自己出这笔钱。

“我看看能不能筹到这笔钱。”

“哎，你想借给我？”

“我考虑考虑。”

“对不起。我一辈子都忘不了你的大恩。”

英世一下子抓住弥寿平的手，激动得流下热泪。这时候他倒不是在演戏。他不仅在这种情况下会流泪，当他激动或者高兴的时候也会流泪。只要一想到什么，他的情绪马上就会激动起来，可见他相当善于自我陶醉。

英世的情绪很快就调整过来了，后来他就一直喝酒、唱歌，随后这一晚就留在弥寿平家里过夜了。

后来，关于赴美旅费问题，却意外地出现了一个人物。

第二天，英世去恩师小林荣家里时，偶然谈到了要去美国的事情。当英世告诉小林荣他要从弥寿平那里借五百元钱的时候，小林突然交叉着双手陷入沉默。考虑良久，他才问道：“八子君真的说他会去筹措这笔钱吗？”

“他答应我说，近期他会想办法帮我筹到这笔款。”

“我看你还是不要跟他借钱了。靠别人的援助，就算去了美国又如何？总是依靠别人生活的话，最后你自己就完蛋了。现在你从八子君那里借五百元钱去了美国，那这笔钱又由谁来还给八子君呢？如果你要靠自己的力量去开拓道路，那就看看能不能从一开始就全靠自己的力量去开拓吧。"

至今为止几乎从来没批评过英世的老校长的眼里充满了怒火。

"如果总是依靠别人,人就会变得很卑鄙,就会失去做人应该具有的品格。如果你将来想当世界著名的大学者,我看就必须从这里重新做起,好好锻炼锻炼自己。"

到底还是小林荣,他已经看透了英世的为人。虽然他口头上或信里净说些好听的话,但一到关键时刻就变得很没出息,全然不顾给别人造成的麻烦。如果这样下去的话,哪怕他在事业上变得再伟大,但是作为一个人来讲,也得不到相应的尊敬。这一肚子话他好像早就想跟英世说了,现在正好是个机会,于是他一下子脱口而出。

小林荣的这番话确实让英世很有感触。他原来一直以为,就算自己做过些对不住别人的事情,只要自己将来有出息了,别人就会对他刮目相看。可现在,自己面前就有一个男人不是这样,而且这个男人还是自己整天用"父亲大人"这样夸张的称谓称呼的小林荣校长。

"实在抱歉。"

英世顺从地低下头去,保证道:"我错了。我不该自己不想办法,老是依靠别人的力量。关于赴美所需费用问题我会重新考虑,等自己攒够了再说。"

"你现在还年轻,以后机会多得是。"

面对小林荣的鼓励,英世不住地点头表示赞成。不过英世的性格能不能就此从根本上得到改变,那可就是另外一个问题了。

从会津回到东京以后,英世确实按照和小林荣约定的那样,开始考虑用自己的力量筹措赴美留学的旅费。当时从横滨经夏威夷到旧金山,如果坐三等舱的话,共十六天旅程,大概需要六十元钱;再加上横穿美国大陆的火车费以及到达目的地之后短期内所需要的生活费用等,总共需要二百元钱左右。

这笔钱该如何筹措呢? 英世无论怎样冥思苦想,也找不到解决问题的具体办法。

说起来,英世这个人从小就缺乏通过劳动自己挣钱的经历。

在一本关于野口英世的传记中,提到他们家过去非常贫困的生活时这样写道:"他出生于磐梯山麓贫苦的农民家庭,从小就在附近的猪苗代湖畔挖一些蚬子,到处去叫卖……" 可实际上完全不是那么回事,英世既没有挖蚬子叫卖过,也从未下过田地。他的母亲坚信,虽然英世手有残疾,但头脑非常聪明。因此,母亲希佳引导他把全部精力都用在了学习上。他们家的生活确实非常贫穷,但是英世本人需要考虑的就只有学习。从这一意义上来说,他是接受过英才教育的人。

从英世懂事的那一天起,从小学到高等小学,直至后来进京赶考,每一步都是依靠别人的援助走过来的,作为学习的补偿而得到钱。他只要能克服接受别人的财物而带来的屈辱感,就能够在这种环境中学习。这样的男人还真不多见。

而就是这种环境使英世养成了坏毛病。虽然他在横滨港检疫站工作以及后来在牛庄时能挣高薪,但挣的钱最后都被他花得一干二净。

虽然英世在小林荣面前信誓旦旦地保证,可结果仍打算让别的谁给自己出这笔钱。

找谁好呢? 想着想着,小林荣说过的话又萦绕在他的耳边,告诫他不能依赖别人。

是啊,自己怎么又忘了自己的保证了? 英世不禁反省自己,可马上又开始考虑如何找资助者这个问题了。

无论多想改变自己,可他的脑子里就是想不出靠自己的辛勤汗水和劳动获取报酬的办法。别人说英世是"男艺伎",现在看来,这一说法还是相当贴切的。

这样反复折腾了一个月左右,英世才发现自己手里已经没有一分钱了。从牛庄回来时,他手上还拿着近百元,只过了一个月,钱就消失得无影无踪了。身无分文时,只能找血胁守之助。

血胁守之助住在神田三崎町,他那栋兼作诊疗所的住宅正好就是现在三崎稲荷神社的所在地。

"他又来了!"

对于守之助来说,英世简直就是送不走的瘟神。

"有没有可以去工作的地方?"

英世好像早就忘了半年前去中国前夕,他连去神户的旅费都是守之助给他的这件事情了。

"虽然待遇没什么改善,但如果你还想当东京牙科医学院的讲师的话,我倒可以帮你想想办法……"

过去那所高山牙科医学院现在已经搬到了神田,更名叫东京牙科医学院了。

"那也行啊。如果可以的话,明天就让我去上班吧。"

"可是我认为,既然你已经受到过中国国际预防委员会的邀请,好像没必要到我这样的地方来工作。"

守之助的不解也自有他的道理。派遣去中国的医师团成员都是优秀的传染病学方面的权威,回国以后他们只要想回原来的大学或研究所工作的话,应该很容易做得到。可是英世利用已经辞职这一点,自回国后,和作为传染病学界的权威的北里柴三郎连个招呼也没打。这和英世大肆宣称自己要去美国,已经不想继续在日本国内工作了也有一定关系。既然英世声称要去美国,那别人也就没必要再帮他了。何况英世在牛庄的表现使他在日本同行中的口碑也相当差,传到北里耳朵里的都是些相当恶劣的传闻。

英世掌握了中文,在牛庄的卫生局本部也竭尽全力努力工作,最后还荣获了国际卫生局颁发的感谢信。可是在日本同行中,他的所作所为却非常招人反感。

英世虽然工作热情很高,但缺陷、漏洞也不少。在同去的医师团成员中,他是唯一没上过大学,靠参加医师资格考试才来的,本来排位就最低,可是仗着自己会说外语,平日里的表现就好像他是团里的核心人物似的。不仅如此,他还和牛庄的警察以及政府高级官员来往,竭力兜售自己。还有就是他晚上经常到处游荡,经常到处借钱不还。总而言之,他是个不守本分的得意忘形的家伙。

北里以前只是认为英世是个热心工作但有毛病的后生,但等英世回国以后，他采取的态度则是彻底无视英世的存在。如果英世找上门来的话，北里还可以帮他找个可以糊口的工作，除此之外绝不再理会他。

英世自己当然也感到气氛不对了。看样子自己当初提出辞职，说从中国回来以后马上就去美国这种话还是太早了。如果对自己的性格有更加清醒的认识，知道自己攒不下钱的话，言行举止就应该更慎重些才对。

不管怎么说，一旦被传染病学界的权威北里柴三郎讨厌，那就毫无出路了。想要暂时糊口度日，也就只有在东京牙科医学院这里忍气吞声了。在中国，曾经每月拿二百两白银高薪的英世，现在却不得不重新回到东京牙科医学院，忍受着每月二十元钱的薄薪。

4

英世再次回到位于神田三崎町的东京牙科医学院，重新登上讲坛，给那些牙科专业的学生们讲课。

英世出生于东北的会津，他一辈子都没能改掉浓重的会津口音。东京的学生们听到英世的口音，没少笑话他。特别是在说"这里"的时候，他总是说成"这地方"。学生们总是笑话他，模仿他，还有的学生干脆就叫他"这地方老师"。英世努力学习外语的原因之一也正是他对自己的方言口音有种自卑感。

英世虽然留在了东京牙科医学院工作，但他的最终目标仍然是赴美，可现实问题是他根本就没有任何可行的筹资办法。

从牛庄带回来的那点儿钱早就被花光了,而现在从学校领取的工资也只够勉强糊口,维持生计都很困难,哪里还可能有剩余呢?在这种焦灼不安的情况下,他深感度日如年。

英世实在忍不住了,只好又去跟血胁守之助商量,请他帮忙筹集赴美旅费。无论他再怎么绞尽脑汁,到最后能够依靠的人也只有血胁守之助。但是血胁守之助手里也不可能有这么多钱,何况当时守之助刚刚接手东京牙科医学院不久,正为学生人数少造成的经费不足而发愁呢。

"这可难了。"

虽然守之助脸上愁云密布,但他还是很认真地思考着,努力帮英世找出解决问题的办法。在这方面,血胁守之助确实很大度。他不会因为欠债魔王又来借钱而断然拒绝他的要求,他首先会考虑这笔钱是不是英世真正必需的款项。

守之助认为,照现在这个样子下去的话,英世会就此埋没在东京牙科医学院,那他作为学者的前途就将半途而废,以前所做的一切努力都将白费。没上过帝国大学又多有奇怪行径的英世,就算继续留在日本,恐怕也不会有什么好结果。要想今后成就大业,唯一的办法只有出国。因为守之助看透了这一点,所以他并不觉得英世在异想天开。

平时用于玩乐的钱倒也罢了,这次用于出国的款项还是应该帮英世想想办法。如果这次不帮他的话,那至今为止守之助投在英世身上的钱也就白花了。

考虑再三,守之助拿不定主意,就去找比较了解各国情况的日本医事周报社的社长川上元次郎商量。

川上了解野口有怪癖，也知道他手里没有钱。因为被那些出身正统的医学学者们扫地出门，所以英世当时也是相当有名的人物。

"那家伙反正不适合去德国、法国等像样的地方。何况他也没有钱去那些地方。我看是不是干脆让他去俄罗斯好了。"

"俄罗斯吗？"

"虽然比不上德国和法国，但那里也有相当知名的学者。"

"可是……"

"他本人说想去美国。"

"在欧洲人的眼里，医学方面美国还属于落后之地。他去了又能干什么呢？"

当时在日本医学界，大家普遍认为在医学领域德国属第一，法国、英国等欧洲国家次之，而美国则要低好几个档次。

"您说的确实很对。不过从今后发展的角度来看，美国说不定也很有前途。"

"就算今后能有所发展，也是有限的。不过，要是俄罗斯不行的话，他也就只好去美国了。"

川上就这样表示赞同让英世去美国。去哪里定下来了，可最重要的资金问题还是没着落。川上手里也没钱。

"这样吧，你去试试，看金杉英五郎有没有办法。我想他说不定会出这笔钱。我给你写封信，你先去见见他。"

这位金杉英五郎就是后来慈惠医科大学的第一任校长，在日本耳鼻喉科领域相当有权威。当时，他还在东京慈惠医院的医学院当教授，以性格耿直、乐于助人而闻名。

川上马上写了一封给金杉的信，请求他帮忙解决野口英世赴美留学的旅费。守之助拿着这封信，又赶紧到金杉家里去。金杉看完这封信后，回答道："跟我交情不错的川上君要求我帮忙，我不能不帮。可如果野口君属于北里门下的话，是不是应该先去和北里商量？如果北里答应出一半的话，我可以替他出另一半。"

川上只见过英世两三次面，对英世的个人情况不甚了解。而到了金杉这里，更是从未谋面。虽说如此，但既然朋友写信来求情，碍于面子，金杉也不好回绝。所以，他说如果英世的恩师北里出一半的话，他可以出另一半。明治时期，虽然还有很多贫困落后的地方，但是像他这样性情豪爽、为人仗义的人也有很多。

只是这个计划最后还是以失败收场。因为其后守之助去请求北里博士帮忙时，把金杉的意向转达给北里，请求北里提供部分资金援助，而北里却一口回绝了。

"金杉君如果愿意出钱那是他个人的自由，我这里恐怕拿不出来。"

北里这边会有一定难度，这是他们事先已经预见到的。英世从牛庄归国以来，北里一直无视英世的存在。因为他听那些跟英世同去的医生们讲起过英世在当地那种目中无人的为人处世的态度，心里本来就很不愉快。英世回国后如果赶紧过去解释解释的话，他们之间的关系可能还不至于闹到今天这个地步，而英世却一直没当回事。

对这种不懂礼貌的人，北里不可能轻易倾囊相助。

被北里拒绝以后，守之助再次拜访金杉英五郎，希望他能够出全资。而金杉却以"连他的恩师都不信任的人，我怎么可能为他出钱"为由，回绝了这件事。

听守之助跟他讲完事情的经过以后，英世使劲儿咬着嘴唇，直愣愣地望着天花板。

虽说这都是自己做事不当造成的，可这样一来，在医学界这个圈子里，要想争取到资助就几乎是不可能的事了。事到如今，他也就只有后悔的份儿了。

"这都怨你平时该做的事情不做，得不到别人的信任。"

守之助第一次真正发牢骚，批评英世。

因为筹资无望，英世想到的另外一个办法就是去当随船医生，然后趁机出国。

从这期间英世写给小林荣的信中可以看出这一点。

> 今日拜读家书，深感欣慰。
>
> 承蒙您不弃，问及您慈母高台应守养生要诀，现说明如下：作为滋养品，有时牛奶、鸡蛋反而较牛肉、牛肉精华粉更为有效，尤其是牛肉，虽然有健齿之功效，但不太适宜老人食用（当然牙齿健壮之人不在此列）。不必听信食用牛奶、鸡蛋等会使胆固醇沉淀于动脉等无稽之谈，对此可全然不必挂怀。
>
> 承蒙六角先生的厚爱，深表谢意。为此小生自家乡返京后尽早亲赴横滨，欲拜会六角先生府上（特备家乡特产），望可详述归国后实情并渐次吐露小生之日后打算，但时运不佳，偏遇

先生出门在外，不得谋面，遂奉上家乡特产与名片后返京。此后尚无面谈之良机，直至今日。如外国船只随船医师之雇用皆须经由六角先生之手，小生亲友之一与六角先生乃旧交之谊，正欲竭诚拜托此人从中斡旋，转达小生之意，望可成全小生心愿。恰逢此时，有此六角谦吉先生书信在手，最为稳妥，不日即可再赴府上拜见。

现将礼札寄予同乡之六角先生，如参观会议相见之际，望转达小生之问候。另小生得血胁先生相助，与日本邮船公司权重相商，但其航线多以欧洲为先，最后的结果如何，还待今日确认后得知。（下略）

信中所说的日本邮船公司主要的负责人，指的就是当时东京牙科医学院讲师藤岛太麻夫的叔父。英世听说藤岛的叔父是日本邮船公司负责录用随船医生的考试医官，于是就直接去找他进行交涉。当听说随船医生到了国外以后不能随便下船留在当地，还必须随船一起回来时，他这才放弃了这个计划。

不过，为了进行这次交涉，他拿到了至今为止只具备资格而一直没有实际去办理的医师资格证书。按现在的情况看，他的这种做法也未免显得有点儿太满不在乎了，可是在当时，因为觉得办证书要花的手续费太贵，有很多人考过之后一直不去办手续，英世也是他们当中的一个。因为想当随船医生，进行交涉时需要证书，他这才想办法弄到钱，把证书拿到手的。因此，英世的医师资格证书的正式交付日期是明治三十三年（一九〇〇年）九月十三日。

可是,因为去不成国外,他好不容易才拿到手的证书也就变得毫无意义了。

5

这一年秋天,守之助带着英世到箱根的塔之泽温泉玩了几天。表面上是为了看红叶,而实际上却是守之助出于同情出国希望破灭后陷入绝望境地的英世,为了安慰他才安排了这次旅行。

在这里,血胁他们认识了家住东京麻布,与他们在同一家客栈住宿的斋藤弓彦先生一家。斋藤弓彦先生的夫人年近四十,气质高雅。有一天,她偶然看到英世的房间里直到深夜还亮着灯,感到非常不解,于是找守之助问个究竟。

"那个人叫野口英世,现在在我们学院里当讲师。他为了去美国留学,每天晚上都会学习到深夜。"

"到这样的温泉旅游胜地来玩,还不忘记用功啊!"

守之助苦笑着说:"他那个人就是这个脾气,一旦学起来就跟发疯了似的,什么都不顾了。每天半夜里,一会儿咳嗽,一会儿擤鼻涕,可吵人呢。"

夫人听后,点了点头。

十天后,斋藤夫人突然出现在已经回到东京的守之助的家中。她非常有礼貌地问候过守之助以后,突然提出能不能请英世娶她的侄女为妻的要求。

"就我看来,他是个非常用功、专心做学问的人。您说呢?"

"您对他的印象这么好，真是太谢谢您了。"

知道英世贪玩成性的守之助真的不知该说什么好了。

"我侄女今年二十岁，虽然说不上长相绝对漂亮，但是作为女人的家教还是相当不错的。"

"非常感谢您的好意，不过这种事情再怎么说也是他们两人之间的事情，作为外人，我说什么都没有任何意义。总之，我先把这件事跟他说说看，然后再给您回话。"

虽然守之助非常客气地回避了直接作答，但这事又不能瞒着英世。第二天，守之助一上班就把英世叫到办公室，问他有没有结婚的打算。

英世用非常不解的表情看着守之助，过了一会儿才小心翼翼地问："您是不是想让我结婚，好断了去美国的念头？我可不会上这个当。"

"不是那么回事。事情是这样的，我们在塔之泽见过的那位斋藤夫人到我家来，说无论如何都想把她的侄女介绍给你。"

"不管怎么说，我现在唯一的愿望就是出国。"

守之助也非常了解英世的心情，对此表示理解。当斋藤夫人第二次来访时，虽然守之助按照英世的意思回绝了她的提议，但斋藤夫人根本没有放弃的意思。她再次拜访守之助，明白靠守之助解决不了问题，于是这一次，她干脆直接跑到东京牙科医学院去找英世。

实际上到了这会儿，斋藤夫人已经通过其他途径得知英世是个相当喜欢在外边胡玩的人，而且也知道英世欠了很多债，但她怎么也忘不了英世到温泉旅行度假时还疯狂学习直至深夜的情景。虽说长相一般,手上还有残疾,但她认定英世将来能成大器。

可是英世根本就没有要结婚的想法。自己独身一人想去美国都难,要是结了婚的话,那就可能失去一切机会。见英世仍然不肯接受这门婚事,斋藤夫人突然说出令人深感意外的话来。

"那么这样好了。作为结婚的条件,我来帮你想办法筹措去美国的旅费。"

英世一下子愣住了,用一副难以置信的表情看着斋藤夫人。

"简单一点儿说,也就是把这笔钱当作陪嫁。怎么样?这样总该答应我了吧?"

"真的为我出旅费吗?"

"既然是我主动提出的建议,我绝不食言。不过作为条件,你也绝对不可以毁约。"

"……"

"这样行了吧?"

"先让我好好考虑考虑。"

这么大的事,英世一个人到底还是拿不定主意。等夫人一走,他马上去找守之助商量。

"我想先跟她订婚,然后一个人去美国。您看呢?"

显然英世已经动了心。不过守之助还在慎重考虑,劝英世说:"这事能那么简单吗?一旦收了钱,你可就再也跑不掉了。"

"反正等回国以后再结婚不就行了吗?"

"可那样一来,你就不能在美国待太长时间了。"

"如果时间太长的话,把她也接过去就是了。"

"她家里怎么可能答应让她去美国呢？"

按当时的时空概念，让女儿去美国就等于一辈子再也见不到面了。

"为眼前的一点儿小利就答应结婚，这会不会是个错误的决定呢？"

"不管是对还是错，除此之外，我还有什么办法去美国呢？"

听他这样坚持，守之助也就无话可说了。

"总之，我打算接受这门婚事了。"

"如果你本人都说行，那也就只好如此了。"

就这样，守之助也不太情愿地同意了。

要跟英世结婚的那个女孩儿，就是原来住在东京麻布的斋藤弓彦的侄女。因为她是作为养女被过继到斋藤家的，所以说她是斋藤的侄女有点儿不准确，实际上应该是斋藤家的养女。

斋藤家原本是纪州的士族，但俸禄不算太高。后来英世获得帝国学士院恩赐奖回国的时候，能够见到纪州公，就是由这位斋藤弓彦先生从中介绍的。不过，虽说他们家出身士族，但因为这时斋藤弓彦本人不过是个小小的公务员，所以筹措这二百元钱应该也不那么容易。

总之，这门婚事就这么说定了，随后就由守之助到斋藤家去正式提亲。这时候双方的约定是英世可以得到赴美旅费二百元，条件是英世去美国以后，一定要争取尽快回国成亲。

英世接受了这个条件，斋藤一家对此也没有异议，婚约当场成立。

一个星期以后，英世再次回了一趟会津。这次主要是为了向大家报告赴美的决定，同时跟父母双亲以及恩师等人告别。

　　"野口家的清作这个年底就要去美国了！"这个消息很快就传遍了小小的三城潟。

　　"终于还是要出国了！""太了不起了！""听说他会说三四门外语呢！"在村里人惊讶而尊敬的目光的注视下，英世从自己家到小林荣家，再到八子弥寿平家，挨家打招呼。这一方面是为了告别，当然目的还不止这些。

　　他这时从小林荣手里得到了一百二十元，从八子弥寿平手里得到了一百元钱行费。

　　弥寿平原来就曾经答应过要当英世出国的资助人，出点儿钱也罢，可怜的是小林荣。虽然他是地方小学的校长，可工资很低，他这次把夫人养蚕攒下的那一点儿钱全都高高兴兴地拱手让人了。

　　在当时，一百元钱完全可以买一栋有土地使用权的很像样的房子。可是这笔巨款不仅小林荣愿意拿出来，而且就连他的夫人都赞成给英世。在小林荣他们看来，英世虽说要去美国，但身上肯定没有这笔费用。作为离别的饯行费，拿出这么多钱也是无可奈何的事情。而且他们心中还有一种更加强烈、更加迫切的想法，那就是如果现在不在这个人身上多下点儿功夫，恐怕将来会后悔莫及。这一点包括弥寿平，以及那些拿出十元、二十元的旧友亲戚们，也都是一样的想法。虽然他们明明知道英世是个净说好听话的欠债大王，但一个个像被他迷住了似的，大家的钱就这样一点儿一点儿地被他吸光,好像不赶紧掏钱就赶不上了似的。英世身上就是有这种能把人动员起来的勇往直前的可怕劲头。他挨家挨户转了一圈,将近三百元巨款就揣进了腰包。带着这笔巨款,英世兴致勃勃地从家乡出发了。

"母亲,多保重!"

英世紧紧握住一直把他送到翁岛车站的母亲的手,说:"我到美国以后暂时没办法给您寄钱,还请您多多包涵。"

"没事,家里的事你就放心吧。你一定要专心学习,等你更有出息了,再回家来看我。"

希佳也用她那双布满皱纹、皮肤很硬的手紧紧握住儿子的手。

实际上,这一时期,英世的家里也已穷到了极限。父亲嗜酒如命的毛病依然如故,而且随着腿脚渐渐不听使唤,给人家运东西获得的收入也就进一步减少了。再加上外祖母弥沙常年患病。在这种情况下,作为长子的他怎么可能扔下家不管而到什么国外去呢?

可英世故意对此视若无睹。

按照一般常理来看,对英世这个人绝不能简单评价为伟大。虽说他也尽孝道,善待母亲,但那也是后来的事情,绝大多数时间他既不忠也不孝。仅从是否孝顺这一点来看,一直顺从而听话地留在家中的长女伊努,以及后来出走的弟弟清三都远在他之上。

英世嘴上虽然常说"对不起""对不住母亲",但什么具体行动也没有。他既不去帮着拔一棵草,也不去帮着耕一块田。他明知家中穷困潦倒,却仍以自己为中心,对家里的事情不管不问。要说自私自利,没有比他更自私自利的人了。

踏上旅途

1

从会津回到东京以后,英世整日忙于赴美前的准备。

当时对日本人来说,虽然大家都知道美国是位于太平洋彼岸的一个遥远的国度,可实际上几乎没有人真正去过那里。既没有有关旅行见闻方面的书籍,也不知道铁路是从什么地方通向哪里,就连车费要花多少钱都搞不清楚,一个月到底需要多少生活费就更加难以估计。英世需要自己跑到外务省以及美国大使馆去,尽可能收集相关信息,同时还要去申请护照,准备需要带的衣服、用品以及旅行箱等。如果是一般人,肯定会因为要独自一人前往一个陌生的国度而感到不安,甚至打退堂鼓,而英世却兴致勃勃地忙碌个不停。

十一月中旬,听到英世要到美国去的消息以后,奥田、秋山、六角等住在东京的十几位同乡聚集在一起,为英世举办了欢送宴会。

地点就定在位于九段坡上的一个叫"玉川堂"的文具店的二层,闻讯而来的都是三城潟或会津若松时代的朋友们。因为大家手头都不宽裕,用各自凑的一点儿钱作会费,所以,此次聚会上,无论是英世还是其他朋友们,都没有喝醉。也正因为如此,这一天倒是顺利收场,没闹出什么事来。

三天过后,麻布的斋藤家通过血脉守之助,把作为结婚条件的陪嫁款二百元钱交给了英世。

"这可是对方诚心诚意为你准备出来的留学资金。你一定要好好努力,别辜负了人家的一番好意。"

听完守之助的这番教诲,英世郑重其事地双手伏在榻榻米上,信誓旦旦地表示:"先生一直照顾晚辈,先生的大恩大德我永世不忘。"

可是在此之后不久,紧接着就发生了一件大事。

很不幸的是,从斋藤家把钱交给英世,直到他预计出发的那天为止,这中间只有不到五天的时间。

从斋藤家拿到钱的第二天,英世去了一趟横滨。一方面是为了和检疫站的同事们告别,另一方面也是为了请求他们在航行去美国的时候给予自己关照。检疫站的那帮人热情地迎接英世的到来,每个人都向他表示祝贺,鼓励了他一番。事情到这里还没什么问题,可紧接着,一时兴奋的英世主动提出:"以后很长时间都见不到各位了,今天我们一块去吃一顿,怎么样?"

"好啊,那太好了。既然要搞欢送会,那就由我们各自出钱,大家一起去吃一顿。虽然没有什么太好的东西招待,但也是大家的一份心意。我们就在附近选一家餐馆怎么样？"

"不必了。以前一直都是大伙儿帮助我，这次就让我来做东吧。包在我身上了。"

英世硬充起了好汉。本来在横滨检疫站一起工作过的这些同事中，还有不少人借给英世钱以后，到现在还没要回来。虽然他用从牛庄带回来的钱和从会津的亲朋好友那里敛来的钱还上了其中的大部分欠款，但并没有全部还清。

"一辈子就这么一次出国前的欢送会，我们还是找个更像样点儿的地方好了。"

手里一有钱就气壮的坏毛病又冒了头，事情闹得越来越大，结果从长滨消毒所直至检疫站的普通工作人员都接到了邀请，三天后，共计二十多人的大队人马冲进了"神风楼"。

"神风楼"当时可算是神奈川县首屈一指的高级餐馆，位于现在的伊势佐木町附近。这是一栋三层楼的建筑，其雄伟的外观傲视着周边整个地区。结果他们就在这里招来艺伎，开始饮酒作乐，狂欢起来。

英世可是一喝醉酒就什么都不顾的人，而且因为马上就要去美国了，正得意得不行。

喝到一半的时候，消毒所的事务官担心地走过来，问道："这可是要花不少钱的，行吗？"

可英世根本听不进去，大大咧咧地回答说："没关系，没关系。钱的事你放心好了，我这儿多着呢。"

可是等酒席过后，又跟女人过了一夜，第二天早晨再一看账单，英世吓了一大跳，所有开销加在一起后，比他预计的要多一百五十多元。可因为是他自己说要请大家好好玩的,事到如今,又不能要赖不掏钱。

所幸他身上除了其他钱之外,还揣着斋藤家送过来的那笔现金,加在一起总共有三百多元。不过等他结完账,也就剩下三十几元了。

当时,给别人看孩子的保姆一个月的工资才只有五六元钱,相比之下,他这可是惊世骇俗的铺张浪费。

付完了钱,英世才发觉事情闹大了。实际上到这会儿,他连衣物、皮箱都还没来得及买。问题还远不止这些,照现在的情况看,根本就去不成什么美国了。

他原来准备搭乘的那艘去美国的船三天后就要出发了。他惊慌失措,不知该如何是好。想来想去,能够去求救的地方也就只有守之助那里了。即便是这样,他还是冥思苦想了一整天之后,实在没办法了,才心虚地缩着脖子来到守之助面前,对守之助深深地一鞠躬说:"出大事了。"

"什么事?"守之助向前探着身子,问道。

英世不敢抬头,只能翻着眼睛看着守之助回答:"昨天晚上,我和横滨的朋友们开了个送别会,结果把从斋藤家拿的钱都花光了。"

守之助一句话都没说。实际上,他连说话的力气都没了。说实在话,守之助现在是伤心欲绝,已经忘了生气。就英世这样子,还算是个医生吗?守之助心想:无论如何也要让英世断了去美国的念头。照这个样子下去的话,他到什么时候都只会给别人惹祸、添麻烦。让他断了去美国的念头,让他好好尝尝苦头。

可反过来一想，守之助这边也有弱点，和斋藤家订婚时的中介人正是守之助自己。到现在还蒙在鼓里的斋藤家仍然确信英世会用他们给的那二百元钱于数日后赴美。

在这种时候，怎么可能去跟人家说英世因为找艺伎玩，所以一个晚上就把钱全都花光了呢？就算三天后起航的船赶不上，但至少在一个月之内得让他随便坐哪条船走人，要不太丢面子了。可话说回来，这二百元钱巨款可不是轻易就能筹齐的。

"这可怎么办？"守之助把手插在怀里，满面愁云。

"大家说要给我开个欢送会，我原来想花不了多少钱，就说自己掏。根本没想到会花掉这么多。"

无论英世如何辩白，花掉的钱是再也回不来了。

"总之，不能就这么算了。"

如果拿了人家的钱又不去美国的话，那就跟骗子没什么两样。如果这件事被斋藤家知道了，他们肯定会马上过来要求还钱，再不然就会强迫他们马上结婚。如果守之助出面，四处求人想办法的话，这二百元钱也许不至于筹不到。他在大家的心目中，这点儿信用还是有的。但如果对方知道借钱的理由是为了堵上英世浪费掉的赴美旅费的缺口，那就只会使英世更加臭名远扬。

"到底该怎么办才好呢？"

面对眼前这个败家子，守之助叹了口气。

他们想来想去也找不到解决问题的妙计良方。就这样，原定出航的日子到了。因为解决不了钱的问题，连船票都买不了。斋藤家马上派人过来询问，为什么出发的日期延后了。

"因为他本人好像有点儿感冒，所以改坐半个月后起航的船走。"守之助为了暂时保全脸面，这样跟人家解释。

这天晚上，英世再次来到守之助的家里，他匍匐在地上，一边流着眼泪一边恳求道："先生，无论如何请您想办法让我走吧。我求您了。"

如果真的那么想去美国，你怎么还去玩啊？可是这样的道理在英世这里根本说不通。那时是那时，现在是现在。

"我一辈子只求您这最后一次了。"

这个家伙，"一辈子只求最后一次"这种话也说得太多了。可是不管他再怎么恳求，守之助这里也没钱。

"救救我吧！"英世顾不得羞耻、颜面，爬到守之助的面前。

"你给我起来！"实在看不下去了，守之助斥责道，然后他又说，"我替你想办法解决钱的问题。"

"真的吗？"

"什么真的假的，如果不想办法，你在日本还活得下去吗？"

守之助抛下这句话后站起身来，然后直接跑到高利贷钱庄去了。虽然这种做法有些疯狂，但无论他怎么绞尽脑汁，现在也无计可施。而这时，守之助把自己的衣服、家具等所有东西都抵押进去了。开始他连房子都差一点儿抵押进去，最后还是凭他的信用，人家才答应免了。

好不容易才把所需要的费用筹到手。不过这一次守之助吸取了教训，他没有马上把钱直接交给英世，而是先去付现金买了张船票，然后再根据需要，依次买好必需的衣物等东西交给英世，根本不让英世身上带现金。

就这样，英世终于可以乘坐十二月五日从横滨起航的"美国号"出发了。这时，他才去北里博士那里告别。虽然北里博士先前拒绝为英世赴美筹措资金，但恩师毕竟还是恩师。

"是吗？终于要走了？"北里点着头，充满好奇地看着身上穿着新西装的英世。

"你到了那边，准备先去哪儿呢？"

"我要到费拉德尔菲亚（费城）的弗莱克斯纳教授那儿去。"

"和教授已经联系好了吧？"

"联系好了。是他邀请我一定要去他那里的。"

"他邀请？"

北里微微一笑。

对于东洋岛国的区区一个医学生，弗莱克斯纳那么著名的教授真的会对他说"你一定要来我这里"这种话吗？只不过因为在日本的时候，让他帮忙做了几天翻译，对方真的会愿意照料英世的一切吗？北里在德国等国留过学，他心里最清楚，在国外的医学界，口头承诺或场面上的客套话是靠不住的。就算嘴上说得再怎么好听，人家最主要的还是要看这个人的研究成果。只有做出了成绩，写出了好论文，才能够真正得到认可。

从这个角度来看，英世至今还没有写出一篇能够得到世界医学界认可的有价值的论文。即使在《顺天堂医学杂志》上发表的那些东西，也只是介绍国外医学研究情况的资料文献，或是患者病情的临床报告，而有独到见解的东西还一篇都没有。对于这样的人，著名的教授怎么可能从遥远的太平洋彼岸特意把他叫到身边去呢？

北里对此持怀疑态度是必然的。而实际上，英世本人也对此深感不安。虽然他自己到处吹嘘要去美国，可最为关键的接收方却完全没有任何消息。他给弗莱克斯纳教授写信说："小生准备攒够了钱以后，去贵国求学深造。特在此提出请求，届时还请您多多指导，多多赐教。"可是一直等不到任何回音。

在这方面，他的情况和北里研究所或者东京大学派出的医生截然不同。公费留学的那帮家伙都是先决定好去向，走之前甚至连滞留时间以及指导教授都已经定好了，而且还事先约定好在哪里接受什么样的教育以及想学什么内容等。

他们由日本政府以及学校通过正式渠道向对方提出正式申请，等对方答应接收的公函过来以后才出发。当然，他们在那里的生活费用以及回国时所需的船票都是有保证的。而英世的情况却是这一切都得不到任何保证。也就是说，他现在的做法完全是走到哪儿算哪儿，到时候再说。

不过，北里虽然心里感到有些不踏实，但嘴上什么都没有说。既然英世说要靠自己的力量出去，那别人也就没必要在旁边说三道四了。也可能是觉得英世太可怜了吧，他还是当场替英世写了几封信，是给弗莱克斯纳教授以及自己在欧洲结识的住在北美的两位学者的。

"虽然一个人去恐怕会很辛苦，但既然去了，就要好好努力。"

北里最后主动伸出手来跟英世握了握手。

2

明治三十三年（一九〇〇年）十二月五日，英世从日本出发的日子终于到了。

这一天，他身上穿着一套新买的蓝色西服套装，手上拎着一个新买的旅行箱。其他的衣物、书籍等东西都装在两个大行李箱里，由朋友帮忙抬着。

在新桥车站，血胁守之助夫妻俩，秋山、六角等旧时的朋友，以及检疫站、北里研究所时期的同事等十几个人都赶来为他送行。这其中还有他的未婚妻斋藤增子。今天，她身穿黑色的带家徽的正式礼服，和伯母——同时也是养母——斋藤夫人一起很低调地站在月台后方。当然，她们娘俩肯定想不到这次买船票的钱实际上是守之助借来的。不知道是因为不好意思还是什么原因，英世几乎没朝未婚妻这边看。婚约是由守之助和对方的养母操办的，英世对自己的未婚妻既没有亲近到产生感情的地步，也没有因为拿了对方的钱而感到理亏。

快要离开新桥车站的时候，英世才走到斋藤母女俩面前，说了一句："那么，我走了。"

这一天，乘坐从横滨港出航的"美国号"的乘客当中，还有一位守之助认识的叫小松绿的外交官，他作为驻美国公使馆的书记员，正要赶去华盛顿赴任。守之助说了一大堆好话，把英世托付给这个人照顾。正因为英世过去一直都让他特别操心，所以现在一旦放手让他去独闯天下，不免还真的替他担心。

"你一定要好好记住，小松先生要到华盛顿去。这一路上，无论是在船上，还是上岸以后，你都必须寸步不离地跟在他的身边，任何时候都不许单独行动。有什么事情要多向他请教，千万不可独断专行，千万别闹出事来。你听明白了吗？"

小松先生是二等舱，英世是下边的三等舱。听到锣声催促送行的人下船时，守之助站在三等舱的甲板上，将一直以来压抑在心的不满一吐为快，明确指出了英世身上的缺点，严厉地教训了他一通。最后，他说："你记住，到美国以后，无论条件多么艰苦，你都必须好好努力，一定要做出成绩。等你回国的时候，一定要成为有出息的学者。只有这样，才能够洗刷掉你身上的污点，没有任何其他的出路。再怎么困难，都绝不可半途而废。这一次才是真正能够证明你是天才，还是一部分人所说的小混混的机会。你听明白了吗？"说着，守之助紧紧握住英世的手。

"我一定努力！"

两个人紧紧握着手，守之助眼中的泪水比英世的还要多。

起锚的锣声响了起来。站在甲板上的旅客们同时抛出了手中的彩色纸带，红的、蓝的、黄的等各种颜色的纸带交织在一起。只有英世一个人站在甲板的角落里挥着手。

这时英世虚岁才二十五岁，还非常年轻。如果按照现在的计算方法，他这时正好刚满二十四岁零一个月。

费拉德尔菲亚

1

从横滨港出发的"美国号"的第一个停泊地是夏威夷的火奴鲁鲁。当时，从横滨到火奴鲁鲁的航程正好是十二天。

虽然英世买的是三等舱船票，但是由于同行的小松外交官为他说情，最后换成了二等舱。三等舱位于船底，是铺着榻榻米的大房间，而二等舱却是比三等舱高一层的十个人左右带卧铺的小包间。

船刚驶入外海，很快就遇上了暴风雨，前三天，船体不断剧烈地摇晃着，特别是第三天摇晃得最厉害，船舱的小窗户上的玻璃有一部分碎了，系在甲板上的一只救生船也被海浪卷走了。乘客们都因为晕船而痛苦不堪，到处都躺着呕吐不止、脸色苍白的人。

而英世基本上没有晕船。

"真是条硬汉子。"小松不禁赞叹英世的适应能力，同时他也在心里想：这个家伙真够迟钝的。

在这么强烈的暴风雨中，英世不仅丝毫不受影响，而且竟还从书包里掏出一本英文版的莎士比亚的作品，读了起来。

"你看那么古老的作品没什么用处。因为要去的是美国，还是应该看点儿现代的东西才行。"小松看不过去，劝告他说。

可是英世摇摇头，不为所动。

"虽说很古老，但莎士比亚的作品可是经典。不论什么语言，首先从最古老的东西读起，才是正常的顺序。"

虽然他这是第一次去美国，但根本听不进前辈的建议。这就是英世身上顽固不化的倔强劲儿。

船终于在第十二天按原计划到达夏威夷。虽然船要在这里停泊一天，可是三等舱的旅客是不被允许上岸的。但是英世以小松的随从的名义，跟着小松在火奴鲁鲁的大街上逛了一整天。

对于英世而言，这可是第一次看到美国国土。原以为英世会因为身处异国他乡而胆怯，而他却在天生的胆量与好奇心的驱使下，很快就开始和店员以及过路的行人打起招呼来。虽然只是些"今天天气很好""这个真好玩，多少钱"等简单的对话，但因为能够沟通，英世显得非常高兴。

在这里，英世买了一套介绍美国风情的图片。这是囊中羞涩的英世在夏威夷购买的唯一的商品。

第二天，从夏威夷到旧金山的航程又开始了，这段航程需要六天时间。十二月五日从横滨出发，最后到达目的地是在十七天以后的十二月二十二号。船一靠岸，英世马上办了入境手续并接受了检疫，当天深夜就住进了离港口很近的帕莱斯饭店。小松也和他住在一起。在房间里安顿下来以后,英世马上给血胁守之助写了一封感谢信。

在旧金山休整了一天,英世他们坐上横穿美洲大陆的火车,向费拉德尔菲亚进发。从旧金山到费拉德尔菲亚正好是四天半的行程。小松和英世虽然乘坐的车厢不同,但每次吃饭的时候,小松都会过去叫英世同去。

"我不去了。我还一点儿都不饿呢。"早晨和中午的时候,英世肯定会这样表示拒绝。只有晚饭的时候,他才会很顺从地跟着一块去。

"你难道肚子不饿吗?"小松非常不解地问道。

英世很平静地回答说:"我这个人就是这样,白天一点儿都没有食欲。"

到了第三天,小松才终于弄清楚,原来英世因为囊中羞涩,才决定每天只吃一顿饭。

第三天早晨,小松又过来找英世一起去吃饭。

"不过就是一点儿伙食费,我掏就是了,还是一块儿去吧。"一听这话,英世微微一笑,跟着他去了。

到了餐车,英世一口气吃了火腿煎鸡蛋、烤面包,还有意大利面条,足足有两人份的量。此后直到华盛顿为止的这段路程,每顿都是小松出钱请他吃饭。

在列车横穿美洲大陆的这段时间里,只要一有时间,英世就看在火奴鲁鲁买的那套图片,几乎不看沿线的景致和风土人情。

小松感到有些不可思议,劝他说:"你放松点儿,看看周围的景色不好吗？"

可英世却回答说："在这套图片上有著名的风景区，而且还写着说明，还是看它比较方便。如果没有说明只看风景，那不就等于什么都没看到吗？"

多么奇怪的人啊！小松再也不去劝他了。

第四天早晨，列车到达华盛顿，小松要在这里下车了。

小松递给英世一张写有自己在华盛顿的住址和电话号码的名片，对他说："你如果遇到什么困难的话，就跟我联系。"这时，英世的脸上才露出一丝不安，真诚地向小松道了谢。

2

从华盛顿到费拉德尔菲亚，乘火车还有半天的行程。

就这样，在十二月二十九日早晨，英世到达了目的地。十二月份的费拉德尔菲亚还相当冷，虽然没有下雪，但是晨雾中下着霜。英世两手提着行李和皮包，走过用六根圆柱子支撑着的车站中央大厅，来到站前。

从车站出来的人群都横穿过宽阔的马路，向大桥方向走去，看样子这个城市的中心地带就在这座桥的前面。虽然英世途中利用图片了解了一些关于美国的知识，但他毕竟是第一次来这里，只看地图的话，连大学在哪个方向都搞不清楚。

费拉德尔菲亚临特拉华河，处于距离河口约一百四十公里处的河流上游。它背靠宾夕法尼亚煤矿和油田，交通又很方便，作为一个发展迅速的工业城市，现在人口众多，是继纽约、芝加哥、洛杉矶之后美国的第四大城市。

弗莱克斯纳教授所在的宾夕法尼亚大学也同样历史悠久。这所大学是由本杰明·富兰克林于一七四〇年创办的。英世到达这里的一九〇〇年，只有中心地区的麦凯特大街上通了电车，其他地方跑的还都是马车。

英世来到车站前，观望了一会儿四周，然后叫来停在站前的马车，请车夫送自己到宾夕法尼亚大学。

车夫奇怪地看了看英世。面前这位个子矮小、其貌不扬的东洋人手上提着行李，虽然说的话基本上还能听懂，但样子相当怪异，而且左手还一直插在裤兜里。

"去大学的什么地方？"

"我想去医学部的弗莱克斯纳教授那里。"

车夫可不认识什么教授，听他这么说，还是不明白。不管怎样，他还是帮忙把行李先装上了车，然后把马车朝医学部的方向赶去。

当时，弗莱克斯纳教授的研究室在医学部一栋叫洛根礼堂的建筑里。这栋楼又被称作"医学礼堂"，是一座四层的独栋建筑。病理、解剖等基础医学研究室都集中在这里。这座建筑物直到现在还保留着，是左右对称的非常结实的水泥结构建筑，中央的台阶和突出的三角形屋顶是其最大的特征。在这栋楼的正前方，英世从马车上下来，提着行李登上台阶，向传达室的工作人员打听弗莱克斯纳教授。

虽然早晨九点刚过，但教授已经上班了。

只能说英世的运气太好了。如果这时候弗莱克斯纳教授出国或者出去旅行了，恐怕英世的命运就要大变样了。

面对英世的突然来访，弗莱克斯纳教授大吃一惊。

说实在话，刚开始弗莱克斯纳教授根本没弄清面前站着的这个人是谁。直到听英世介绍自己是从日本来的野口医生，他才想起来这就是自己去东京时，为自己做翻译的那个小个子男人。

"为了能在先生身边学习，我按照跟您的约定从日本来了。"

听到他这么说，弗莱克斯纳教授糊涂了，他不记得自己跟英世有过这样的约定。或许自己确实说过"到美国来吧"这样的话，但那只不过是客套话而已，没想到英世真的会来。就算要来，也应该事先联系一下，获得同意才行，这是最起码的礼节。而现在他却带着大大的行李，直接找上门来了。

"我一定努力工作，请您录用我当您的助手吧！"

无论是多么伟大的教授，不跟大学本部商量，也无法擅自决定雇用助手。

"我真没想到你会以这么突然的方式来这里。"

"我给您写过几封信，问您能不能让我在这儿工作。"

"这里的大学研究生都是自费在这里学习。你有这笔费用吗？"

"很遗憾，我没有这笔钱。"

"那你准备怎么办呢？"

"我想一边在这里工作，一边学习。"

"你突然提出这种要求，我也帮不上你的忙，不可能马上录用你。"

"让我干什么都行，无论如何拜托了。"

虽然弗莱克斯纳教授的脸上露出了非常明显的为难的表情，可是英世也豁出去了。如果现在被赶回去的话，那就真不知道自己到底为什么要来美国了。后来，当弗莱克斯纳教授回忆起英世时提起这件事，还忘不了当时令他为难的那个场面。他说："那个时候我简直惊讶极了。我难以相信他真的从日本来了。"可既然他不远万里特意从日本跑来，也不可能马上就让他回去。

　　"现在我们在这里说再多也没用。你订好住宿的地方了吗？"

　　"因为我也不知道住在哪里好，所以暂时还没订。您能帮我找个便宜些的地方住吗？"

　　弗莱克斯纳教授没想到这个男人这么会钻空子，虽然心里很不满意，但他还是尽可能帮英世给那些自己认为可能性比较大的地方打了电话。弗莱克斯纳教授打了好几处电话，最后才找到一间大学附近的三层楼宿舍里的破旧的小阁楼。当然，这在费拉德尔菲亚算是最便宜的住处了。不管怎么说，住的地方总算有了着落，可是工作方面的事情就没那么简单了。

　　虽然当天弗莱克斯纳教授就去跟校长以及医院的院长讲了这件事，但还是没有适合英世的工作。实际上也是这么回事，谁会录用突然从日本跑来，又不太能听懂英语的年轻男子呢？

　　"我找了好多个地方，可是好像没有既能专心于医学学习，又能干活儿挣钱的地方。"

　　"那可就麻烦了。不管什么工作，我都会按照要求去做，无论如何请让我在您这里干吧！"

　　如果是在日本的话，这种时候也许靠英世那耍赖的本事可以解决问题,可是在信奉合理主义的美国完全不顶用。三天以后,弗莱克斯纳教授好像下最后结论似的对他说:"现在,还没有什么地方愿意雇用外国人。很遗憾,我看你还是死心吧。"

虽说这种宣判显得有些冷淡,但是对于性格怪僻的弗莱克斯纳教授而言,这已经算够照顾英世的了。就连他帮英世找住处这件事,认识弗莱克斯纳教授的人们都深受感动。现在,英世可真的是进退两难了。原来也曾一闪而过的不好的预感真的变成了现实。

英世神情恍惚、漫无目的地从异国他乡的小阁楼里向外张望着,透过枯树能够看见的只有十二月份冰冷的天空。目前只剩下最后这二十三美元了,这点儿钱只够勉强维持今后几天的生活,哪里也去不了。而面对周围的外国人,他最拿手的借钱的把戏根本无从施展。

有谁能帮自己的忙呢? 在他的脑海里,首先浮现出来的就是现在住在华盛顿的小松绿。在这遥远的异国他乡,除了只有一面之交的弗莱克斯纳教授,就只剩下他了。英世赶紧给华盛顿公使馆的小松先生写了一封信,只是这封信的内容显得有点儿怪异。

我已经顺利到达费拉德尔菲亚。到达之后马上在宾夕法尼亚大学附近找了家饭店住下,开始投入到学习之中。可是这里的英语口音太重,有些难以听懂。考虑到在这里继续待下去,学习效果可能也不会太好,所以我想暂时还是先到华盛顿或者纽约去看看。您能帮我在当地的公使馆里找些事情做吗? 实在不好意思,顺便还有一个请求,我现在就想去纽约,您能寄些路费给我吗？

这实在是一封非常奇怪、非常不可思议的信，但英世有他自己的考虑。

在来美国的路上，英世跟小松说自己是接受弗莱克斯纳教授的邀请前来的，而现在也不好说自己是被学校赶出来的。如果这么说的话，肯定会从小松口中再传到日本的血胁守之助的耳朵里，那样自己的谎言就全露馅儿了。所以，英世想骗小松绿，说自己在大学里保留学籍，只是暂时去一趟纽约。可是现在不马上干活儿，就生活不下去了，出于这一考虑，他才写了这样一封奇怪的信。

可是，小松绿收到这封信之后，得出了另一个奇怪的结论。他认为英世没常性，只是想到纽约玩一圈而已。

（前略）我已经拜读了你寄来的信。得知你情况很好，甚感欣慰。我对你提出的问题持有不同见解。你说费拉德尔菲亚地区的英语口音重，我不这样认为。如果你的英语在费拉德尔菲亚行不通的话，恐怕到了纽约照样行不通。如果说你学业有成后想到纽约来的话，我会帮你想办法筹措路费。但从现在开始直到你习惯为止，我认为暂且还是在当地好好学习为好。

英世逞强要面子的性格现在反而害了他。

弗莱克斯纳教授和小松绿两个人都对英世弃之不理，英世这下子可为难了。照此下去的话，结果只有两个，不是被饿死，就是被当

244

作行为不端的外国人强行遣送回日本。他现在连出去走动的力气都没有了,只能仰面朝天躺在床上,看着天花板出神。

现在还保留有英世这时画的一幅画。闪烁的星空下波涛逆着方向翻卷,一具尸骸横卧其中。这可能就是寓意自己漂洋过海前来送死吧。

虽说现在已经陷入两难的境地,但英世并没有因此而完全绝望。虽然知道不会有什么结果,但他每天仍跑到弗莱克斯纳教授那里去哀求,这也充分表现出了关东人特有的韧性。

除此之外,英世无事可做。整天在家里对着天花板发呆也不是个事。人家都那么明确地表示拒绝帮忙了,他还这样厚着脸皮前往,仅从这一点也能看出他的心够宽。一般人碰到这种情况,恐怕就会开始想家,说不定整个精神都会崩溃。

看到这个身材瘦小的东洋人每天都来,就连弗莱克斯纳教授都觉得他太可怜了。新年的前一天下午,弗莱克斯纳教授结束研究工作之后,把英世叫进房间,问道:"你了解毒蛇吗?"

听到他这么一问,英世眨了眨眼睛。在日本本土没有毒蛇。如果到冲绳去的话好像能看到,但那里和日本本土相隔甚远,所以很少有人去研究毒蛇。

"现在我们工作的其中一部分就是对毒蛇进行研究。"

英世忽然想起来北里研究所有位姓守屋的医师正在对饭匙倩[①]进行研究。而英世既没有看见过饭匙倩,也不知道守屋医师具体研

---

① 毒蛇的一种。

究的内容。而现在如果说不知道的话，那一切就都完了。看起来，教授好像想给自己一份关于这方面的工作。

"对于美国的毒蛇我知道得不多，但我非常了解饭匙倩。"

"是吗？那太好了。"教授点点头，接着说，"毒蛇研究那边正好缺人手，如果你愿意的话，过去帮帮他们好吗？"

"我非常高兴接受这份工作。"

"但因为你不是学校雇用的正式助手，而是作为我的私人助手来工作，所以学校没办法给你发正式工资，只能由我自己来支付，每个月付给你八美元，你看行吗？"

"当然没问题。"

"八美元勉强够吃饭，住宿以及衣物等生活费用恐怕还得由你们国内寄过来才行。"

"没关系，无论如何请您多关照。"

不管是毒蛇方面的工作，还是八美元的月工资，现在英世根本就顾不上考虑这些。不管怎么样，现在没有别的办法可想，他只能赖在这里了。

"那么从下周开始，你就作为我的私人助手来上班吧！"

"非常感谢。"

"明天开始放假，你就从四号开始工作好了。"

英世深深低下头去表示感谢："谢谢您。"

看样子自己现在终于可以暂时留在美国了。从教授的房间里出来，英世轻声对自己说"太好了！"，然后又朝着日本的方向大声喊道："我终于可以留在研究所里工作了！"

但是，这份工作真是不好干。

当时弗莱克斯纳教授正在进行一项血清学方面的研究，需要从毒蛇身上抽取蛇毒，可协助抓蛇、抽取毒液的助手不太够用。由于确实存在危险，所以大家都感到害怕，想干这份工作的人很少，所以教授才想让英世去试试。

突然就让英世这个什么都不懂且手又有残疾的东洋人干这一工作，要说起来，英世也真够可怜的。可这件事到底还是英世自己有错在先，他不该不经对方同意就一个人贸然跑到美国来。何况在这种情况下，弗莱克斯纳教授还能主动提出自掏腰包雇用他，由此可见教授的一番好意。

虽然毒蛇很可怕，但毕竟可以留在教授身边了。不安和期待交织在一起，英世怀着极其复杂的心情，一个人裹在被子里，迎来了一九〇一年的元旦，也就是明治三十四年的新春佳节。

3

在这里，有一封英世写给血胁守之助的信，最后落款处的日期为明治三十四年一月三日，其大概内容如下：

前日寄给您的那封信中饱含苦闷与无奈，现在想起来实在不好意思。（中略）对于教授的热情相助深感惊讶。申请去公使馆工作一事未获批准（中略）。与教授谈及放弃去华盛顿的计划，教授乐于接收我在此学习，提议直至国内寄钱过来为止，一切都由他来负责。明天开始我就要到研究室上班了。顺告至此。

英世在弗莱克斯纳教授决定雇用他为研究毒蛇方面的私人助手后，马上写了这封信。

信中所说的"信中饱含苦闷与无奈"，就是在教授告知无法录用他时，他那种绝望与无奈的心情。他在信中还说："对于教授的热情相助深感惊讶。"实际上对于弗莱克斯纳教授来说，那根本就不是什么热情相助，完全就是苦于无法安置这个一意孤行而又实在可怜的日本人才做出的无奈选择。

"申请去公使馆工作一事未获批准"说的是他向小松绿求助而惨遭拒绝这件事，但"未获批准"可是相当有讲究的表述方式。"与教授谈及放弃去华盛顿的计划"，也让人看起来好像是他自己主动放弃计划，而不是被拒绝后而陷入两难的境地。

"教授乐于接收我在此学习，提议直至国内寄钱过来为止，一切都由他来负责。"这一句又是多么狡猾、无耻。教授确实主动提出可以录用他，但绝不是出于自愿，也说不上什么乐于不乐于。"提议"一词的含义也大不相同，"直至国内寄钱过来为止"这一句用得也很巧妙，他在此借弗莱克斯纳教授之口，催促血协守之助赶快寄钱过来。

对此，守之助在回信中，首先为教授好意相助让英世留在研究室工作感到高兴，然后在讲述了一番东京牙科医学院经营之初经济上并不宽裕的实情后，明确告诉英世这是他最后一次寄钱过来，并教训英世说:"今后就要靠你自食其力了,成功与否全在于你是否努力。"

守之助虽然不满,但这一次他还是寄来了一百元钱的支票。

后来,血胁守之助对他的儿子日出男非常感慨地说过:"犯什么错误都行,但千万别被英世这样的人迷住。"

一旦被他盯上,那简直就是个无底洞,不知道要被吸走多少血汗钱。这种话说给刚刚懂事的孩子听实在有些令人意外,但如果你考虑到这是被英世吸干了血汗钱的守之助说的话,就知道这话是基于怎样的实际感受才说出来的了。

守之助到底给过英世多少钱呢?按当时的货币金额来算,总计有万元以上,甚至有人说可能有好几万。这全都源于他对英世的着迷和欣赏。

守之助在心里老是告诫自己"这样下去不行",可结果还是被人任意宰割,不能自拔。

关于这笔寄来的钱,还有一段后续小插曲。在异国他乡好不容易才得到这一百块钱,英世实在太高兴、太兴奋了。他一直放心不下支票是否还在身上,忍不住一遍又一遍地查看,结果反而给弄丢了。只不过这一次,他再也无法对守之助据实相告,说自己把支票弄丢了,要求对方再寄一百元钱来了。

"二十日接到您寄来的一百元支票,我不禁向神灵祈祷,感谢您,同时也祝愿我能够一切顺利。我身处异国他乡,更感到这份恩情犹如甘露滋润心田。我就不客气地收下了。"

信中的文字表述是一码事,而实际上,英世内心却在不断哭泣。虽然后来经过一番交涉，他从邮局拿到了这笔钱，但至少在一段时期里，他只能靠弗莱克斯纳教授自掏腰包给他的八美元的月薪度日。

那时美国的物价再怎么低，一个单身男子一个月的生活费至少也需要二十美元。英世当时租的房子是作为储物室而搭建在三层楼上的一间名副其实的小阁楼，而且还没有暖气。每天他都像狗抢残羹剩饭一样，高高兴兴地吃着房东吃剩的东西。如果不这样，他就没有活路。

开始工作以后，他常常躲到洛根礼堂研究室的一个角落里，直到深夜还不回家。后来他干脆把睡袋也带了过来，有时就裹着睡袋在研究室里过夜。

研究所的工作人员都感到不可思议，问他："你平时到底几点睡觉？睡在哪里？"而英世只是笑而不答。因为在英世看来，与睡在自己那间冰冷的房间里相比，研究室这里可要舒服多了。

生活确实很艰苦，而交给他做的工作也不轻松。在写给血胁守之助的信中，他说是"到研究室上班"，而实际上，他在研究室里的主要工作就是饲养毒蛇以及取出蛇毒。

换作一般人，看见笼子里的那群毒蛇肯定会被吓跑。毒蛇吐着芯子的可怕劲儿就能吓破你的胆。虽然英世也感到害怕，如果条件允许的话，他也想赶快逃得远远的，可这时的英世没有任何退路。

他跟着比他早来的黑人萨姆照葫芦画瓢地学抓蛇。先戴上胶皮手套，再小心翼翼地把手伸进笼子里。英世被烧伤的左手不管用，要拿住比较粗点儿的试管都相当勉强，能不能按住毒蛇，他心里也没底。可既然自己跟弗莱克斯纳教授说过自己摆弄过毒蛇，事到如今，又不能反悔说自己干不了。

在研究室的动物饲养室里，有十多种从美国以及中南美各国捕获的毒蛇。这些毒蛇头部一般都呈三角形，身体肥胖，尾部短小。它们身上的毒腺就相当于脊椎动物身上的唾液腺，由输毒管从那里把毒液从上唇部直送到毒牙的牙根部位。

蛇毒大致可分为血循毒素、神经毒素、混合毒素三种。血循毒素会引起溶血、出血、血管内皮细胞破损，并对患者的心肌产生损害，引起心肌炎、心力衰竭而导致死亡。神经毒素会使患者出现头昏、眼花、肌肉关节疼痛、吞咽困难、颈项强直、抽搐、呼吸肌麻痹等症状，直至最后窒息而亡。

被这些毒蛇咬到后，要赶紧在伤口上方用绳子或胶皮带使劲扎紧，阻住血液流通，然后切开伤口部位，让毒血流出来。要进一步去除蛇毒的话，还要用 1∶5000 的高锰酸钾溶液进行擦拭。但这些都只是应急措施，最根本、最有效的办法还是注射能够中和蛇毒的抗毒血清。

虽然当时已经能够生产出这种抗毒血清，但被蛇咬伤时，人大多是在深山老林里，而且夜晚居多，往往来不及进行血清注射。因此，在美国部分地区以及中南美各地，预防就成为大问题。

弗莱克斯纳教授这里进行的研究，一方面要寻找治疗蛇毒的方法，另一方面要对各种蛇毒的抗原抗体反应进行研究，弄清楚其中的免疫学原理。

不过这种研究相当危险。英世现在开始向这些毒蛇发起了进攻。

当你把手刚一伸进笼子里,嗜血成性的毒蛇马上就会抬起头来。这时,你就要用拿着铁丝的另一只手巧妙地进行诱导,然后趁其不备从后面快速抓住蛇的脖子,紧接着把它拖出笼子,使劲儿按住它两腮的唾液腺这一部位,令其吐出积存在那里的蛇毒。

即使对毒蛇习以为常的黑人也对这项工作敬而远之,更何况一直生长在基本没有毒蛇出没的日本的英世。对于他来说,没有什么工作比这更可怕的了。

但是英世没有退缩。就算他想逃,也无路可逃。刚开始时,他也曾出现过一把没抓住,差一点儿被咬到的情况,有时他还被吓得尖声大叫。适应了几天之后,他也能抓住了,但有时候还是会失败。不过,头脑聪明又善于琢磨的英世很快便掌握了抓蛇的要领,能够很顺利地让它们吐出毒液了。

毒液是淡黄色的液体,相当黏稠。让它自然干燥,水分蒸发后,就会变成淡黄色的粉末,但毒性并未消失。他们就是用这种易于保存的蛇毒粉末来进行研究的。

4

英世一边害怕,一边壮着胆子向毒蛇发起进攻。英世工作了一个月之后,弗莱克斯纳教授为了研究鼠疫患者的治疗方案,去旧金山出差了。弗莱克斯纳教授走后,刚刚稳定下来的英世感到非常不踏实。好在教授临走前给蛇毒研究的第一人米切尔博士写了一封介绍信,请他帮忙指导英世。

现已退休的塞拉斯·韦尔·米切尔博士曾长期担任宾夕法尼亚大学神经病理学的教授,这时他正担任大学评议员以及费拉德尔菲亚医学会的会长这一要职,是弗莱克斯纳教授的前任。因为他父亲是研究病理学的学者,从事蛇毒方面的研究,所以他就继承了父业。

米切尔博士曾担任大学教授四十余载,是神经病学方面的泰斗,因诸多发现闻名于世。去年春天,他在周游世界的途中借道日本,众多大学教授,包括北里博士及门人,还有海陆军方面的杰出人物及立野博士等,共同为其举行了欢迎宴会,听说北里博士还在会上致了欢迎词。

这是后来英世在给小林荣的信中提到的关于米切尔博士的情况。

他想告诉小林荣,连北里博士他们都要盛情款待并进行演讲表示欢迎的大人物,现在在直接指导自己工作。而他说的弗莱克斯纳教授在去旧金山之前,特意写了封介绍信,委托这样一位大人物照顾自己,则多少有些杜撰的味道。

弗莱克斯纳教授再怎么热情周到,也不可能主动想到要为这个擅自从日本跑来,在这里当私人助手的养蛇人写什么介绍信。这封介绍信恐怕也是在英世的强烈要求下的无奈之举,这一解释可能更合乎逻辑。

英世早就知道曾经到访过日本的米切尔博士的大名,他一直都想寻找机会接近对方。

在弗莱克斯纳教授走后，他马上拿着这封信拜访了米切尔博士。

面对这位小个子日本人的突然来访，米切尔博士非常吃惊。可他手里确实拿着弗莱克斯纳教授写的介绍信，又不能把他赶回去。

英世非常有效地利用北里的名字自我介绍说："我叫野口，原来在北里先生的门下研究细菌学，后经推荐来到弗莱克斯纳教授这里学习。现在，我在费莱克斯纳教授的指导下，开始从事蛇毒方面的研究，特别想听听您这位权威人士的意见。"

在日本，英世觉得自己的英语说得相当不错，可到美国后才认识到自己的英语水平还差得很远，遇到稍微复杂一点儿的话题，就表达不清楚了。不过现在，他那磕磕绊绊的英语反而对他有利。如果话题更进一步涉及学术方面的内容，那他对蛇毒一无所知的实情就要败露了。

英世去见米切尔博士时，其实并未打算接受他的直接指导。一位年过六旬的老博士也不可能手把手地去教一个私人助手。这次只是一次礼节性的拜访。

当面对这位不知底细的外国人时，米切尔博士虽然很惊讶，但他还是很客气地说："你通过对毒蛇进行研究，从根本上重新梳理一下免疫学。"

能够与北里博士都非常敬重的医学家促膝交谈，英世感到非常兴奋。

"我一定不辜负您的期望，一定开辟出免疫学的新领域。"

英世又像过去一样，发出了他特有的豪言壮语。

不过，也正是由于英世喜欢说大话，他才会被自己的大话束缚住。他对北里博士、弗莱克斯纳教授、米切尔博士吹牛，并用这种吹牛的方式激励起自己的斗志。他吹牛不只是简单地吹牛，而是通过吹牛重新设定目标并继续努力，这就是英世的伟大之处，同时也是他过人的才能所在。

就这样，英世开始竭尽全力学习有关蛇毒方面的知识。

除了采集蛇毒之外，英世其他时间都把自己关在大学医学部的图书馆里，逐一通读英、德、法等各国关于蛇毒方面的文献资料。遇到重要的资料，他还会很认真地做笔记，把它抄写下来。表面上他只是负责养蛇的助手，但精神上俨然是一流的研究学者。他和一起工作的萨姆不同，他一有空就去图书馆，而萨姆只要工作一结束就会出去喝酒，然后高高兴兴地到处游逛。而他却从早到晚坚持学习，甚至连闭馆日都请人家特别关照，进馆继续学习。

研究所的工作人员都为之感叹："那个小个子日本人学习真刻苦，是个厉害的家伙。"

看到学习努力但生活贫困的英世，大家都心有不忍，萨姆时常会把带来的面包分给他一些，通过守之助介绍认识的同一所大学里的卡库教授有时也会把他叫到家里，招待他一起吃晚饭，甚至还表示说如果想通宵学习的话，可以用他家的房子。如果是在日本的大学里，身为一介不知姓名的动物饲养员，做出这种举动的话，不是引起大家的反感，就是遭到斥责，说他不知天高地厚，小人物招摇过市。而美国人在这方面却非常宽容、大度。在棒打出头鸟之前，他们会很正当地评价他的实力。

这个阶段,英世的生活确实苦不堪言。每月八美元的收入,他根本就买不起衣服,所以只好把所里职员送给他的白大褂袖子卷起来,再把衣服下摆剪掉一截凑合凑合。要说吃的,就只有面包和水。在卡库教授家里吃晚餐是他唯一的营养来源,但也不可能每天都去。

下面是他写给血胁守之助的一封信。

血胁恩师并夫人:

因久未通信,甚感惶恐,再次谢罪请求宽恕。想必您家人皆神清气爽,在此遥祝各位幸福安康。恐怕恩师眼下最为繁忙,诸多劳神费心之处却无以相助。(得知您去年喜迁新居,其后一切可好乎?)

现将小生此地近况相告:承蒙教授厚爱,暂可无恙。时下正专心于学业,万望勿念为盼。

小生的研究方向为蛇毒,朝夕忙碌,不得空闲。尤其所需读书无数(英、法、德文均有),实是辛苦非常(呜呼)。入夜后整理当日实验记录(需详细),消耗时光。

自鸣得意之英语在此难以达意过半,令人心焦气躁,每晚必请女房主及其女指教片刻。美国实乃拜金主义盛行之国度,然小生虽为"穷鬼",却未遭蔑视,反得好运。

小生于校内待遇颇高,特别是实验室内所需器物一应俱全,北里博士研究所共享之物,在此亦属专用。一周前,弗莱克斯纳教授奉政府之命赴旧金山公干(怀疑有鼠疫患者出现),临行前将校内事务(负有责任)一部交与小生,恐此乃小生得职（有酬）之前兆也未可知。世事沉浮本为常态，小生绝不以此为靠，仅此一报以为感念。

忆及"美国号"甲板上恩师一番教诲，小生勇气倍增。实乃人生细细品味之玉律金言。（下略）

本校原病理学教授将于三月份赴日，可与一见。此人作为蛇毒研究者，在国际上是屈指可数的权威人物，而同时也是神经病学专家。晚年好文学，著述颇多，名声远扬（不仅限于美国）。届时如有机会，定当介绍其与恩师相识。换季之时，望保重。

匆匆顿首

血胁恩师并夫人

英世

二月二日夜

我的地址：*3328 Walnut St., Philadelphia, Pennsylvania, U. S. A.*
or c/o Prof.
Flexner, Medical Hall, University of Phila., U. S. A.

这时，英世的心情显然好多了，已经没有刚刚来美国时的焦虑与不安。艰苦归艰苦，但生活总算已经稳定下来了。尽管如此，在信中，当英世谈到自己的英语时，不禁唉声叹气，这对好胜心极强的英世来说，是绝无仅有的一次。

信中他说自己虽然是个"穷鬼",但并没有受到轻视,这一点非常典型地体现出了英世好胜的性格。在谈到关于实验的问题时,他得意扬扬地说在北里研究所时大家共同使用的东西,在这里都归他个人专用。这种时候,他还念念不忘讽刺北里研究所几句。

总之,最初的三个月就这样过去了。

四月中旬,弗莱克斯纳教授终于从旧金山回来了。这时,英世把自己在教授出差的这段日子里整理出来的长达二百五十页的关于蛇毒研究方面的文献资料提交给了教授。

弗莱克斯纳教授为此大吃一惊,问道:"这都是你一个人做的吗?"

"当然。"

教授翻阅着用英文写的报告,再次用难以置信的目光凝视着英世。在这短短的三个月里,就连美国人都根本做不到这种程度。

第二天,弗莱克斯纳教授把英世叫到自己的办公室,告诉他已经决定将他每个月的工资提高到二十八美元。

"非常感谢。"

英世一边跟教授握手,一边还用日本式的鞠躬行着礼。

从此以后直到英世去世,弗莱克斯纳教授与英世之间所建立起来的强而有力的师生关系,就是在这个时候向前迈出了第一步。他们之间那种被称之为异体同心的师生关系在美国都极其罕见。

5

这段时间,英世干劲儿十足,完全可以用现在的"不要命的员工"这种说法来形容。为了制造血清,需要从动物身上采集大量的血液。这种时候,如果用的是狗之类的比较大的动物,就可以采取从肋骨之间插入注射针头并从心脏直接取血的办法,而不需要杀掉它。

可是,就连这种相对比较简单的操作,英世也时常出错。他不是扎偏了,就是扎得太深造成心包填塞而使动物死亡。

刚开始的时候,因为他是日本人,而且手还有残疾,研究所的工作人员也就不跟他计较。可是你不说他,他就没完没了地出错。失败没有关系,但他失败以后根本不考虑为什么会失败,还是一个劲儿地蛮干。同事盖雅实在看不下去了,提醒他说:"你好好考虑考虑再干行不行?"可英世只是点点头,依然不断地出错。

把采集好的血液放进离心沉淀器里,将浮在上面的血清和沉在底部的血细胞进行分离。把上面的东西撇清后,再用食盐水冲刷血细胞,最后冲刷干净后再稀释。往稀释成各种倍数的液体里加入稀释成各种倍数的毒液,用肉眼及显微镜进行观察。这是一项需要耐性的工作。英世一边进行这项工作,一边把抽完的烟头扔得到处都是。

在日本的时候,英世就已经是个大烟鬼了。盖雅的桌子靠窗边,英世的桌子差不多在屋子的中央,桌上杂乱无章地堆满了书,周围到处都是乱扔的纸片、烟头,脏得一塌糊涂,正好和盖雅的整洁有序形成鲜明对照。

英世一边做实验,一边仍然很在意自己手有残疾。他想尽量不被别人看见,但做这种实验需要拿试管,又不可能把手藏起来。他左手的拇指和食指短短的，紧挨在一起，中间只能夹住一支试管。可是实验一忙起来，只拿一支试管根本来不及。做习惯了，有的人能在各手指之间一下子夹住四五支试管。后来英世也能用右手拿着移液管，左手拿四支试管进行稀释了。可是这样一来，有残疾的左手就更加明显，只不过同事们都尽力回避，装作什么也没看见。后来盖雅回忆说："虽然野口的手有些奇怪，但是我没仔细看过到底什么地方是什么样子。"

而最让英世感到费劲儿的就是对付蛇。

要按住蛇，必须先把一根带圈的铁丝顶端包上一层特殊的布片，用它来引逗蛇，吸引蛇的注意力，等蛇抬起头想扑上去的时候，赶紧从后面抓住蛇的后脖根子，然后从左右两侧挤压毒腺，让蛇把毒液吐到表面皿里。

这可是非常紧张的一瞬间。每到这种时候，英世的眼睛里都会出现异样的光彩。同事盖雅就曾说过："野口可能真的喜欢干这种可怕的工作吧。"确实，英世性格中有点儿虐待狂般的执拗劲儿，无论从他拼命工作的角度，还是从不管是否有理都非要扳倒对方的讨论问题的方式，都可以说是这种性格的一种表现。

和采集蛇毒一样，喂蛇也是一件令人头疼的工作。蛇吃饱了之后才比较容易产生蛇毒。为了让蛇吃活物，就得把兔子塞进蛇笼里去。把兔子放进去之后，英世就躲到房间的角落里等着，很快就能听到兔子绝望的尖叫声。

等待兔子被吃掉的这段时间最难熬、最痛苦。

当觉得蛇差不多该吃完了时，再过去隔着笼子察看。吃过兔子的蛇肚子鼓鼓的，很好分辨。

蛇吃饱以后，绝不会再去吃，而夹在蛇中间的兔子却早已被吓瘫了。

四月初，在校内召开的一次病理学学会上，英世第一次有机会在大家面前汇报关于蛇毒研究的进展情况。

他勇气十足地站在讲台上，一边展示图表，一边进行讲解。

在一封落款日期为四月二十一日的写给血胁守之助的信中，英世这样写道：

> （前略）如是小生关于蛇毒研究之论文亦公开发表，则实现了赴美愿望之其一。今后工作再艰苦亦属本愿。（后略）

英世太高兴了，赶紧把这件事向血胁守之助做了汇报。而实际上，当时在座的病理学者却直摇头，说："那个东洋人在说什么呢？我根本听不懂。"

英世的英语水平虽然日常生活不会有太大的困难，但在学术会议上发言还是显得差点儿火候。

尽管这只是一次校内的学术会议，但能够让这个刚到美国四个月的私人助手在会上发言，这在日本学术界是绝对不可能出现的。即便英世当初继续留在北里研究所，也不可能得到这种露脸的机会。英世紧接着又加了一句："大学教授及其他职员对小生如此关爱，使小生倍感幸福。此乃正式拿钱入学的普通学生们难以得到的机遇……"

这期间，英世从刚来时弗莱克斯纳教授介绍的房子里搬了出来。原因是住在这里有时会丢钱。当然，英世本来就没什么钱，被偷的也只是很小的金额。在这个家中只有一对母女，英世还一直跟她们学英语呢。已经熟悉了这里的人和环境，英世本来不想搬走，可是丢钱这种事情一而再、再而三地发生，到底还是令人感觉不舒服。

犹豫再三后，英世才把准备搬走的想法告诉了房东，结果母女俩都请求他说："您还是继续住在这里吧！"

听她们这么挽留，英世本来真的打算继续留下来。可是他后来才得知，她们的挽留不是出于对英世的好意，而是害怕得罪校方。于是，英世决定即刻搬走。

这次他搬到了南三十三大街，这里比原来的地方离学校稍微远一点，步行需要十几分钟。

6

当时，费拉德尔菲亚大学的教授们都集中住在高级住宅区，每家都是钢筋建筑的三层楼，还带有很大的花园。住宅内部的装饰也很豪华，有壁炉以及高档家具，铺着地毯，屋顶上还吊着漂亮的灯饰。

每当看到这么豪华的家居，英世都不禁为之惊讶、感叹。

"有钱人家就不必说了，就连穷人的家里也都有客厅，而且尽可能装饰得漂亮一些，让人看上去感觉很好。""客厅设在过路人能够看见的地方,用窗帘半遮半掩,使房子的外观极具魅力。"

在给守之助的信中,英世对这里的洋楼的内部也详细地进行了说明,而且还剪了一些当地的报纸、杂志寄了回去。

宾夕法尼亚大学的研究室有二三十坪大,里面并列摆放着一大排实验台,台子上试管林立。在这里,每位学生都能分到一台显微镜,那时在日本,显微镜还相当少见,像英世这样的人很难有机会碰一碰。还有就是他们每天用在兔子、白鼠等实验动物身上的花销就将近五十美元,这和当初自己在北里研究所想要申请白鼠做实验而遭到笑骂的情况相比,简直就是天壤之别。

这一年的八月二十四日,在英世寄给守之助的信中,他对于守之助来信中提到的来年四月即将出版《牙科讲义丛书》一事发表意见说:"最好能考虑用具有吸引购买者注意力的书名,从这个角度来看,叫"丛书"没什么太大意思。以我的看法,应做好充分的准备,今后每次改版时都逐渐进行修改,逐渐把它做成特别像样的教科书才好。因此,我觉得还是把书名范围扩大为《牙科医学读本》可能更好。"

紧接着他又请求道:"如果可行的话,希望能够时常寄一些日本医事类的周报来。如果有好的诗集,或者是能够培养思想与胆量的教养性书籍,也希望能寄给我。"

然后他又继续写道:

血胁恩师:

（中略）实际上小生时下专心致志工作,只为有用地度过每一瞬间,今日为今日,明日为明日,至于明日天晴阴雨全然不挂于心。人总为命运所左右,生死不为吾人所知,此乃必然。小生真正坚信恩师教诲,奉为指南。

另外,小生在此还深刻领会了学术以外的世界到底是什么样,荣辱为何物,贫富为何物,人为何物,生活应以怎样的方式为满足,社会与个人应为何种关系。能为自己之信仰及天职有所作为,乐乎哀哉。

人种之间的纷争与纠葛、和睦与融洽自有其乐趣。身处旋涡之中,唯有常保持"希望"与"仁德侠义",即人将此二者付诸行动,方得无上之快乐。

小生现已实现赴美目的过半,剩余部分一半取决于天命,一半取决于身体力行。唯小生赴美之初之理想(时至今日坦白了吧)何等狭小,即部分,不,几乎全部将获取荣誉置首位考虑。

然今日此等思想已然消失殆尽,只为此道献终生。若在日本得不到实现此目标之地,则采取糊口、自立的方针,避免为傲慢的官制束缚,草莽医生也好,什么也罢,只求圆满度过此生,竭尽全力助人,以他人功成为自满。

毕竟无能无为,且无自持之处,已然可以了。无论身在何处,坚持按自己的意志行事也不算太难。

顺便加一句:

小生在此两年任期即为两个学期,每年自十月至次年五月末为止。小生自今年一月开始直至今年九月,不休一日从事研究,实际上已经超过了一个学期的工作时间,然后就剩本年度十月份开始到明年五月末这第二个学期了。也就是说,明年六月份到期,之后恐怕将与大学断绝关系。危机越发迫在眉睫,估计再通两三次信,就差不多该到日子了。

时下尚有残暑,请多多保重。顿首叩拜。

英世

九月十六日夜半

从这封信可以看出,英世的思想已经发生了很大变化。在国外经历的生活的艰辛以及在那里看到的各种各样的社会动态,使他明白了一门心思争取名誉是多么没有意义的事情,因此他明确表示,只要毕生能够专心致力于自己喜欢的事业,并且能够帮助他人,也就可以满足了。追逐英世日后的人生旅程,虽然他的实际行动与他所说的还有相当大的距离,但哪怕只是思想上的认识,他能够领悟到这一点,已经具有划时代的意义了。

还有一点就是,一直到春天的那段时间里,他在信中只谈到生活与金钱的问题;但是从这封信中可以看出,他的视野已经打开了,开始观察、批判美国社会的种种问题。另外,他对于明年六月份结束预定的研究期限以后该怎么办,还没有明确的目标。

在这封信的最后,他还写上了这样一段话:"麦金莱已于十四日上午二时十五分死亡,副总统罗斯福继任总统职位,名字拼写为Roosevelt。麦金莱出身农家,儿时当过牧童。全市下半旗致国丧,预计十七日于华盛顿举行国葬。"

正如他信中所提到的那样,美国第二十五任总统麦金莱倒在无政府主义者的枪弹下。

就这次事件的背景,英世在给守之助的信中这样说道:"总统是被无政府主义者杀害的,在美国这种由各式各样的移民组成的国家,麦金莱所提倡的帝国主义政策只会让下层老百姓感到不满。"然后他又进一步分析说:"在弱肉强食的美国社会,会有很多被社会抛弃的人,而这些人又都具有人人平等的意识,因此,自然会产生对上流社会的忌妒心理,从而出现这样的问题。"他认为:"这都是过去欧美各国专制统治的残余。"所以他对无政府主义者深表同情,他说:"无政府主义者虽然会给社会带来负面影响,但如果站在他们的角度去考虑的话,他们的行为也是必然的。"

但是英世并不赞成无政府主义。他称他们是"被挤到穷途末路上的贫民",然后得出结论说:"我国具有延续数千年的稳固的国体,天皇与臣民的区别显著,父子关系等也维持着正常的秩序,不像外国那样经常改选统治者,还是我国的国体最为优越,在这样的国体下生活的日本人多么幸福啊。"

按照美国的方式去定位的话,英世他们家恰恰就是日本的贫民,属于弱肉强食中的弱肉一方。虽然生长在日本社会的最底层,他却仍然认为日本有万世一系的国体,所以日本人才幸福,才不会出现无政府主义者之流。从这方面可以看出英世对于社会的认识的不足,但同时也不得不考虑到他是处在明治三十年这样一种时代背景之下。

这一时期，日本刚刚经历了明治维新，开始向近代国家迈出了第一步。明治维新以后，实行的富国强民政策也没有带来太大的社会问题，正是全体国民积极向前、力争发展的时期。

生长在这样一个时代背景下，英世对日本的国体没有任何怀疑也是情有可原的。来到这样一个无论文化还是经济都远远走在日本前面的国度，为了不服输而搬出国体优劣进行议论，就这一点而言，无论好与坏，英世都是明治时期的日本人。

但英世也不是对日本的社会体制完全没有批判。同样也是在给守之助的信中，他说："在美国，一般交际被有无金钱所左右，而在专业领域的交流与沟通却要看这个人的实力以及对做学问的态度。人们之间没有阶级之分，人权平等确实已成为社会现实。"他用半是欣赏半是嘲讽的语气接着说道："在日本这样一个小岛国，居然会存在好几种华族①，这在美国是绝对难以理解的。"

到了这个时期，由于弗莱克斯纳教授努力为之争取，英世已经可以直接从学校领取工资了。说是工资，其实就是每个月从学校的研究费里拿出三十美元给英世，而英世的所有生活费用，包括伙食、衣物、住宿等，都要从这里面支出。

作为条件，学校给英世布置了一定的研究课题，形式上就是从事课题研究，按劳取酬。

英世在写给守之助的信中多次提到，等这项研究工作一结束，

---

① 日本明治二年（一八六九年）授予以往公爵、诸侯的族称。

恐怕自己就无法继续待在美国了。因为他还不是学校正式雇用的研究助手，一旦这项研究工作完成后，他担心自己将不能作为课题组成员继续领取工资。

该如何称呼处于这一情况的研究人员呢？在日本，一般称为"临时助手"，而英世却自称是"名誉助手"。他说："这种名誉助手必须信用和技术兼备，不是那么容易就能够当得上的。因为我有实际的工作业绩，还有在中国时发表的关于黑死病研究方面的成果，以及在日本出版的医学书、实验记录等，才被推荐到这个位置上的。"

这位某天突然到访的东洋人，能够得到如此待遇，领到从研究经费里划拨出来的工资，确实有点儿不寻常。但如果换个角度去看的话，这说不定还是弗莱克斯纳教授想出来的计策呢。因为弗莱克斯纳教授不可能没完没了地自掏腰包，所以他想出这种办法也是有可能的。总之，一般都是市长、校长之类的会在前面冠上"名誉"二字，在助手前加上这两个字，恐怕英世还是第一人呢。

7

十一月十三日、十四日这两天，在费拉德尔菲亚召开了"全国科学研究会"全体大会。就在这次会议上，英世获得了以《蛇毒的溶血性细菌与毒性的基础研究》为题，与米切尔博士联名发表演讲的机会。

当然，形式上是联名，可实际上在正式演讲台上发表演讲的是米切尔博士,英世只是负责在一旁结合博士的演讲,用试管、稀释液等再加上动作,把实验的大概情况展示给大家。也就是说,英世这时只做演讲助手,他自己连一句话都不用说。

但英世还是非常兴奋。虽说只是展示助理,但是能够参加这么具有权威性的学术会议,这种机会太难得了。确实,这次会议在美国自然科学界的集会当中最具权威性,与会代表限定在一百名,而当天出席会议的三十人都是美国自然科学领域的重要人物。按照英世自己的话说就是,"出席会议的代表没有人提出异议,演讲非常成功",可见他多么高兴。

会议之后,从傍晚开始在波尔比饭店召开联欢晚宴,英世也受到了邀请。

他在讲述这时的心情时说:"除了正式的会议代表之外,只有四人出席晚宴,一个是本大学医学科的部长马歇尔先生,还有就是弗莱克斯纳教授以及卫生学教授阿伯特先生。更令人惊喜的是,在前面主宾席上主持宴会的就是米切尔博士(他研究蛇毒至今三十年,非常有名望)。小生有幸在这样的场合得到米切尔博士的引荐,几乎认识了所有出席会议的代表。日后,我准备利用冬季假期逐一拜访他们。约翰斯·霍普金斯、哥伦比亚、哈佛等各大学的人都非常热情地邀请我去参观。"

他在向守之助汇报完这一切之后,又加上了一句:"顺便再提一句,在当天晚上的宴会中,被提到名字的日本人是北里博士和箕作佳吉博士两个人。"

这句话的写法不禁让人产生错觉,好像英世已经可以与这两位日本人前辈平起平坐了似的。

这次发表论文的时候，作为共同研究者，米切尔博士和野口英世的名字排到了一起，而弗莱克斯纳教授却不在其列。关于蛇毒的研究是从米切尔那里开始的，然后由弗莱克斯纳教授继承下来，而英世又是弗莱克斯纳的直系弟子，按照这个思路考虑的话，自然应该加上弗莱克斯纳的名字。可是，米切尔在此只用了自己和英世两个人的名字，而对弗莱克斯纳的情况却只字未提。

英世对此耿耿于怀，他试着去问过弗莱克斯纳教授："把您的名字也列上怎么样？"而弗莱克斯纳教授却摇摇头说："一篇论文列三个人的名字太多了。我一点儿都不在意，你还是按原来的样子写两个人的名字就是了。"

虽然米切尔没有跟弗莱克斯纳打招呼的真正原因不得而知，但与已经当了教授并开始进行自主研究的弗莱克斯纳相比，米切尔确实更喜欢英世，喜欢他能够完全按照自己的指示行事。

弗莱克斯纳教授说："这一次就算了。下次发表论文的时候，我和你联名。"

听到这个提议，英世只是简单地回答："请您多关照！"

作为蛇毒研究的专职助手，英世夹在米切尔和弗莱克斯纳两个上司之间，关系有点儿微妙。

由于在学术会议上发表了论文，英世获得了"史密森学会"的奖学金，他从"美国国家科学院"以及"卡内基科学研究所"领到了两千美元的研究费，推荐人自然是米切尔博士。

这笔钱自然要用于研究，不允许移作私人用途，但能够得到这笔研究费，至少可以使他的地位稳定下来。英世马上去拜访米切尔博士，向米切尔博士为自己所做的一切表示感谢，同时发誓要更加集中精力，搞好研究工作。他在这种时候所表现出来的直率劲儿也是米切尔博士对其产生好感的原因之一。

因为他正式加入了研究组，所以他的名字"Hideyo Noguchi"也第一次出现在了费拉德尔菲亚的报纸上，论文也被转载在日本的医学杂志上。

上一次弗莱克斯纳教授访问日本时，石黑男爵特意把英世叫到家里询问过情况。他看过这篇报道之后，主动给英世寄信，表示祝贺。英世为此深受感动。从那以后，每当有论文发表的时候，他都会特别印制一份寄给石黑男爵，以表感谢之情。

因为上了英文报纸，英世的名字在驻美日本人当中也传开了。

对英世感兴趣的人当中还有一个就是住在华盛顿的高平公使，当费拉德尔菲亚的名誉领事去华盛顿的时候，高平公使向他询问了很多有关英世的事情。名誉领事先生热心细致地讲述了他从弗莱克斯纳教授那里听到的情况，高平公使非常激动，一有机会就跟住在华盛顿的日本人讲。

英世听说这件事以后，非常高兴，还特意到领事馆进行拜访，向其表示感谢。名誉领事先生盛情款待英世，甚至还主动提出要去跟弗莱克斯纳教授商量，让他给英世再提高一点儿工资。

从这时开始，野口的身价倍增，连他自己都感到有点儿不太适应了。

也是从这时开始，英世和住在费拉德尔菲亚的日本人有了一些交往，并开始出席费拉德尔菲亚市的日本人聚会。这种聚会轮换在各家举行，每月一次。大家一边吃日本料理，一边用日语交谈，是一种只有日本人参加的轻松愉快的聚会。

平时总是别人请英世，但是现在自己的名字上了英文报纸，多少有了点儿名气，于是英世决定在自己家中招待他们。要说招待，实际上条件也非常有限，在只有厨房和客厅的小公寓里，英世不得不自己动手做料理。

这时候，他想到干脆就做过去在会津吃过的炖整鸡好了。

可是当他在厨房里烧上水，开始拔鸡毛的时候，也可能是由于每天都摆弄实验动物吧，他忽然条件反射似的又想起了蛇毒的溶血现象。

到底为什么会出现这种情况呢？想着想着，他从书架上拿出一本参考书看了起来。本来想看两三页就放下，可是看着看着就看得入迷了，竟然把要招待朋友的事忘到脑后去了。又过了三十分钟左右，到了约定的聚餐时间，朋友们陆陆续续地赶了过来。这时，英世才想起来鸡还放在锅里没拿出来，打开锅盖一看，鸡已经炖得差不多了。英世赶紧把鸡盛到一个大盘子里，端上了桌，可是大家一脸奇怪的表情，就是不肯动筷子。

"野口，好像有点儿怪味。"

"为什么会这样呢？"

"这也太臭了，根本没法吃嘛。你不会把臭肉放进去了吧？"

"不可能。这是今天早晨在肉店里让他们帮着杀的。"

英世重新看了一眼盘子里的鸡,大叫一声:"糟了!"

"我一时大意,忘了把鸡内脏掏出来,连肠子带鸡屎都一块煮了。"

"不是开玩笑吧?你就让我们大家吃这个?"

"我刚才一时忍不住,一边看书一边做的,所以才……"

英世一点儿也不找理由辩解,只顾低头向大家道歉,这些肚子饿得直发慌的日本人也没办法跟他生气了,只能无奈地叹了口气。

英世在疯狂学习的同时,有时又特别粗心大意。跟他在一起从事研究工作的本沁格经常劝他:"你先歇一会儿,去看看杂技吧。他们的表演实在是太棒了!"

可英世总是拒绝:"算了吧,今天太忙了。"

"那我请你去怎么样?"

他还是笑着摇摇头,根本不肯动弹。

在研究室里,他除了吃饭,其他时间不是埋头于实验,就是跟同事们讨论有关实验方面的问题。同事盖雅非常不可思议地问道:"日本人到底什么时候睡觉?"

他虽然如此热衷于工作,但有时也会犯些令人难以置信的错误。

有一天,实验室里送来了一只獴。那可是盖雅想方设法才办妥了海关通关证,从牙买加买来的。

獴这种动物善于杀蛇。他们猜想:到底獴的血细胞会不会像别的动物那样被毒蛇的毒液溶解呢?就它咬死毒蛇却仍能安然无恙这一点来看,也许只有它的血细胞特殊,不会被蛇毒溶解。

虽然这是一只非常珍贵的动物，但因为具有一定的危险性，所以在做实验之前，为了不被它咬伤，上司让英世先用氯仿对它进行麻醉。而英世却在打麻醉剂的时候打多了，竟然把它杀死了。好不容易才从牙买加运过来的动物，还没等做任何实验就这样被他浪费了。这一次，连弗莱克斯纳教授都实在忍不住了，严厉地批评他说："你干活儿为什么就不能用点儿心呢？你在这里难道就是为了给我们添乱吗？"

　　每次一做蠢事，英世肯定会变得沉默寡言，有时甚至干脆休息，不来上班了。这一次，他又歇了两天。

　　盖雅劝他："如果上司批评你批评得不对，你就应该跟他理论才是。"

　　而英世却一副垂头丧气的样子说："在日本，是不能那样对待上司的。"

　　"挨骂的时候，野口就会像个小动物似的缩到房间的角落里去。"盖雅后来回忆说。

　　这种时候，英世即便真想反驳几句，心里要说的话也一下子表达不出来。何况他还有顾虑，怕自己老是跟人家争辩，万一被赶出学校，那岂不是更糟。

　　做错事的时候，英世常常回到家里一个人哭泣。他表面上看起来很坚强，但毕竟只是一个普通的男人。他为自己的笨手笨脚而气恼，再加上独自一人身处异国他乡的孤独，更令他伤心不已。不过，哪怕是这种情况，他只要休息一天，心情就会重新好起来。英世就是这样的人，得意时会大喊大叫，消沉时就变得沉默寡言。

不过，因为这一次他闯了大祸，所以受到的打击也就格外大。因为他的失误，导致整个实验受挫，不得不暂停下来。英世又像往常一样缩在角落里，打不起精神。

本沁格走过来，邀请他说："怎么了，野口君？别伤心了，一起去喝一杯吧？"

本沁格和英世经常一起去喝酒，他们去的一般都是廉价的小酒馆，两人一边就着猪肉料理喝威士忌，一边在一起悄声聊着天。这样一调节，英世的心情就会渐渐地好起来。

"做错了事，确实是你不对。可是让比较容易出错的你去打麻醉针，上司也不对。下次小心点儿就是了。"

虽然英世听着他这种美国式的劝慰，不住地点着头，但还是难以释怀。

好在他这时已经能够和研究室的同事们经常在一起聊天了。比如秋天的时候，罗马教皇利奥十三世去世，研究室的年轻人聚在一起赌下一任教皇会由谁来继承。英世虽然每个月只有三十美元的工资，可在这种时候，他肯定会押上五美元的最高限额，但是他连教皇是经过什么样的具体程序产生的都不知道。如果没上限的话，他还会出更多。连像赌钱这种事情，英世不服输的个性都表现得相当露骨。

另外，比如要开个什么会时，等气氛上来之后，英世肯定会提议让同事们唱流行歌曲。有人问他："你这么喜欢美国歌曲吗？"英世会一脸坦然地回答："喜欢。不过，我更想通过听歌记住这里的俚语。"

到美国快两年了，英世的英语还做不到无障碍沟通。虽然单词记了不少，可是发音太差，有时甚至连最简单的会话说起来都会遇到麻烦。

朋友们称他的英语是"老牛说话"。因为他一兴奋起来，说的话在美国人听来就仿佛是老牛开口说话了一样。

英世自认为："我的缺点就是手有残疾，外加英语差。"但是他以自己特有的胆量，无论抓住谁都敢跟人家用英语聊天。另外，他还在研究室的墙上贴了张纸条，上面写着"不得讲英语之外的语言"，表示自己坚决不说日语。

英世总是在白大褂的口袋里揣着一只老白鼠，还自鸣得意地说："这个家伙说的话我都能听懂。"而这只白鼠也确实很喜欢英世，每次英世喂它面包，它很享受似的吃完后，马上又钻回到英世的口袋里去。

最初研究室里一共有十二只雌性白鼠，而这只雄性白鼠不断与它们交配。可是现在它已无法进行交配了。

"要说起来，它可算得上是名誉家长了。"

英世给它起了个"名誉家长"的绰号，一个人在那里不知跟它嘀咕些什么。大家都奇怪地看着他，觉得他是个特别喜欢动物的家伙，而实际上这时的英世最为孤独。

虽然他对任何事情都充满好奇并积极参与，但毕竟是日本人。在大学校园里，只要看见有同事或前辈从对面走过来，他就会马上站住，等人家走近之后再打招呼。戴着帽子的情况下，他肯定会先把帽子摘下来,规规矩矩地鞠上一躬,然后才好像突然想起似的去跟人家握手。即使在楼道里遇见,他也会躲到楼道的一侧,轻轻打招呼示意。

虽然这只是日本的礼仪习惯,但是他的这些举止在美国人看来,是既谦逊又懂礼貌,有的同事对他的态度充满欣赏地评价说:"他简直就和拉夫卡迪奥·赫恩在小说里描写的日本人一模一样。"

英世很殷勤,但同时又会做出像导致獴死亡那样不得要领、令人难以置信的蠢事。而更让大家厌恶的一点就是他太邋遢,这是英世的性格特点,他不善于整理、收拾东西。

洛根礼堂研究室的另外一位教授,因为看见他那里实在太脏而忍不住诅咒他说:"那么邋遢的男人肯定不行,成不了什么大器。"不仅这位教授看不惯,其他同事也都看不顺眼,背后给他起外号,叫他"肮脏的日本人"。他的杂乱无章实际上是从小生活在猪苗代湖畔的穷苦家庭里养成的坏习惯,一时半会儿根本改不过来。

8

有一次,在日本人的同乡会上,英世认识了一个人,他就是后来创建了星制药厂的星一。当时星一三十岁,比英世年长三岁。结束了在哥伦比亚大学的留学生活之后,星一在纽约创办了一份杂志,名叫《日美周报》。这次是他到华盛顿采访,回来刚好路过这里。

两个人聊着聊着,星一很惊讶地得知英世的老家在三城泻,而他的老家在世城,同属福岛县,两人还是老乡。他们马上改用家乡话聊起来。等聚会结束之后,英世邀请星一到自己家里去玩。

英世家中依然连件像样的家具都没有,两个年轻人坐在房间一角的双人床上交谈。

这时,英世最先提出的请求仍然是向对方借钱。英世去日本人同乡会的目的,一是想跟当地的日本人建立联系,而更重要的是想白吃别人的饭,寻找看上去比较有钱的资助人。当他听说星一的父亲是村长兼郡议会的议长,而他自己又在纽约创办了一份杂志时,英世怎么肯放过这样的好机会呢?

但是,星一不仅拒绝了他借钱的请求,而且还反过来教育他说:"只要能凑合着吃饱饭就行了。我刚到美国的时候,有时候甚至好几天都吃不上一顿像样的饭。这事如果放在以前,我还可以考虑,但现在发行杂志正需要钱,我根本没有余力帮你。"

实际上,星一这时候除了《日美周报》,还刚刚开始发行一份名为《日本与美国》的英文杂志,他把创办《日美周报》挣来的钱基本上都投资在这份杂志上了。

星一这个人行事与众不同,无论干什么,总喜欢大规模地去干。当时在美国留学的日本人写毕业论文时,几乎都喜欢选择与日本有关的题目,而星一却大胆地选择了纯美国题材的《美国的托拉斯》,并获得了学位。《日本与美国》也是第一份由日本人发行的面向美国人的英文杂志。在当时看来,这可是非常难以想象的充满野心的大计划。

面对困难向前冲,这就是星一的性格。英世被星一的气概所震慑,再也不敢提借钱的事了。

"哎,对了。我想把你的这段奋斗经历做个专访,登到《日美周报》上去。你能让我看看你的研究室吗?"

星一已经流露出了作为新闻记者特有的职业敏感。

他在英世这里住了一夜,第二天英世带他到洛根礼堂去参观。从自己的研究室到动物圈舍,最后还带他到弗莱克斯纳教授的房间里转了一圈。在研究室里,他得意地告诉星一说:"这就是显微镜,你往里面看看。"星一按照他说的凑过去,睁着双眼往里看。

"这可太让人吃惊了。你别当新闻记者了,你应该去当医生。"

"为什么?"

"一般人看显微镜时都是睁着对着镜头的那只眼睛,而另一只眼睛是闭着的。但是,医生很重要的一项基本功就是要训练睁着两只眼睛看显微镜,这样就可以用一只眼睛看,用另一只眼睛按照看到的情况绘图。如果能做到这一点,那就算大学者了。"

"原来如此。你这么表扬我,我很高兴。但遗憾的是,我这只右眼小时候被箭射中,看起来是睁着的,可实际上什么东西都看不见。"

英世不禁重新打量了一下星一,说:"我好像说了不该说的话。不过,实际上我的左手也是这个样子。"

这是英世第一次主动伸出自己的左手给别人看。星一看了看他的手,然后拍着他的肩膀说:"在学术领域,就算缺只左手、少只眼睛也没什么了不起的嘛!"

从那以后,他们两个人很快就亲近起来了,每次星一去华盛顿的时候,都要在费拉德尔菲亚做短暂停留,到英世那里住上一晚。

两人一见面总要海阔天空地长谈至深夜。因为星一来美国的时间早，所以很多事情往往都是星一讲给英世听。

"在这个国家最重要的就是努力。只要你努力了，肯定就会出现帮助你的人。这个国家和日本不同，大家都生活得生气勃勃。"

英世非常赞同星一的意见。

星一住在英世这里的时候，英世有时会在半夜突然爬起来穿衣服。

"怎么了？你睡糊涂了吗？"

"不是，我要去一趟研究室。你睡吧。"

英世说完，便快步走出门去。

英世负责的工作是每小时给兔子注射病原体，然后检测兔子的体温。因为这很需要时间，所以他往往一出去就不回去了。星一等他半天也不见回来，于是也到研究室去，结果看到他还陪在兔子身边观察实验情况呢。

英世虽然邋遢，我行我素，但他一干起活儿来就会沉浸其中。星一认为这样的英世将来肯定会有成就，而英世也被星一的远大胸襟所吸引。就这样，他们二人之间的友谊不断加深。而这时，星一还料想不到英世将来会成为那么伟大的学者，更想不到自己会被这个男人骗走那么多钱。

9

英世来到费拉德尔菲亚已经一年半了。这期间，英世以他顽强的毅力不断努力，终于获得了比较稳定的生活。虽然不富裕，但只要不太奢侈的话，就能够过上普通水平的生活。

费拉德尔菲亚贵格会信徒众多，道德色彩浓厚。娱乐的话，也就是去小酒吧喝上一杯，吃点儿东西而已，几乎没有低俗的娱乐场所。月薪只有三十美元的英世能够勉强维持生活也有赖于这一点。

既然没地方去玩，倒是可以集中精力学习。一个人在家的时候，他也会想家，想猪苗代、母亲、小林荣、血胁守之助，还有那些朋友们。这一阶段见过英世的日本人，经常会听他提起母亲希佳，而从未听他提起过父亲。因此，有人甚至误以为他只有母亲，父亲已经过世。

对英世而言，父亲是他极其想忘记、极其不愿想起的人。从美国寄回日本的几十封书信中，没有一封提及父亲。孩童时代对父亲的蔑视以及厌恶心理，一直到他长大成人之后，也丝毫没有改变。

表面上看起来很坚强的英世也会时常想家。他给住在纽约的朋友儿玉的信中，这样写道："你想家的时候，可以随时给我写信。因为你想家的时候，同样也是我想家的时候。"

他频繁地给守之助和小林荣写信，一是因为他生性笔头比较勤快，但在很大程度上也是身处异国他乡的孤独感促成的。

不过，这期间他虽从未写信给山内夜音子，但一直将其记挂在心。

去中国之前，他被夜音子很委婉地拒绝了，而来美国之前根本就没见到对方，所以他对夜音子至今都难以忘怀。和斋藤增子订婚后，他心里也依然只有夜音子。

她后来怎么样了呢？不管他多么想念她，可关于她的消息不可能传到美国来。思来想去，英世只好给夜音子的表兄，即已经在会津若松开业行医的菊地良馨写了封信。信中，他告诉菊地自己现在在宾夕法尼亚大学从事研究工作，已经习惯了这里的生活，一切均好，等等。信中他只字未提夜音子，这一点也表现出他对夜音子的纯情。

菊地马上给英世回了信。菊地说他听到英世已经去美国的消息后很震惊，还拜托英世帮他买关于眼科或耳鼻喉科方面比较好的医学书。金钱上并不宽裕的英世这时候还大大方方地掏钱给菊地买了当时很受好评的医学诊断学方面的书，并在附在邮包中的信的一角提了一句："夜音子还好吗？"

后来菊地回信对寄书给他的英世表示感谢，并在信中告诉他，夜音子已经通过了医师资格考试，当上了医生，然后与同是医生的森川俊雄结婚了，两个人正过着和美的新婚生活。

菊地知道英世喜欢过夜音子，不过他想，事到如今再瞒着英世也不是办法，而且过了这么长时间，英世恐怕也不会像以前那样痴迷夜音子了。

可是他想错了。一看完菊地的这封信，英世马上把信揉成一团扔了。然后坐在桌前，一口气写完了一封信。

　　夏夜里飞逝的流星，谁人会去追逐。你尽管快乐地度过此生吧！

这是他信中的一段话。在英世数量众多的书信中,这段话相当引人注意,其中饱含着对离他而去的女人的那份眷恋与无可奈何。

接着他在日记中写道:"我原本希望能将她作为自己一生中唯一的女人来珍视,但现在这个梦想已经破灭了。这种悲伤恐怕永世难忘。既然如此,自己只有埋头学习,做出比那个森川更突出的成绩,让她好好看看。"

在英世后来写给菊地的信中,他绝口不再提夜音子。只是寄给菊地英语论文,还有就是讲自己在美国多么受重视,是多么有成就的研究人员,等等。

不过,现在夜音子已经离去,菊地的存在对于英世来说已经没有任何利用价值,所以后来他给菊地的信越来越少。

因为他如此喜欢夜音子,所以他冷落未婚妻斋藤增子也就很容易理解了。他到美国之后,只给斋藤家寄过一封报平安的信,以后就再也没联系过。

斋藤家自然相当紧张,多次到守之助那里去问英世到底什么时候回国。一边是根本就不想结婚的英世,一边是一直等待英世归来的斋藤夫人,守之助夹在他们两个人中间,非常难受。

"我们还是先等等看吧。等他的研究工作有点儿眉目以后再说。"每次守之助都得像这样找借口搪塞。

这时候,英世的母亲希佳已经成为非常受欢迎的接生婆,名望甚至已经超过了她的师父野口。因为法律条文的变化,连接生婆也都必须要有资格证,所以她已经开始学习,准备参加考试。

在实际技能方面，她不亚于上了年纪的师父，甚至有人说她比师父野口还厉害，可毕竟到了一定年龄，这时再开始学习并准备考试，的确不是一件容易的事。但是，希佳充分地表现出了她那不服输的倔强劲儿，干脆住到坂下町的三宅女士那里，听了十天课。希佳小时候只跟村里的僧侣学过假名，而现在却要学习生理学、解剖学。虽说只是最基础的内容，可如果换了别人，肯定坚持不下来。

希佳通过努力，终于成为村里唯一获得资格证的接生婆。而她拿到了资格证后，却没有开业行医的资金。实在没办法，到最后还是村长向村民们募集了一点儿钱，给希佳买了体温表和听诊器等接生必需品，她这才成为有资格行医的接生婆。

人们都说母子俩比较像，从希佳的这种倔强劲儿来看，英世简直和母亲一模一样。

而此时，希佳家里的情况却并未因此而有所改善。作为村里唯一的接生婆，到处都有人请她去帮忙，可是希佳经常说："我们家一直很穷，能够活到今天全靠大家帮忙，所以接生的费用不需要太多，只要意思意思就行了。"对于那些比较穷的人家，她干脆一点儿钱都不要。

英世的弟弟清三在若松给别人家干活儿，家里剩下姐姐伊努和她的丈夫，他们接连生了荣、寅吉、英策三个孩子，上边还有年过七十、几乎不能行动的姥姥弥沙。而佐代助依然拿着希佳接生挣来的钱到处去喝酒。村里人绝对信任希佳，可是有这么多人需要她养活，生活状况怎么可能得到改善呢？

这一年初夏，即一九〇二年六月，英世离开费拉德尔菲亚，到离波士顿很近的马萨诸塞州伍兹霍尔的海洋生物研究所出差三个月。此行的目的是从各种鱼类身上采血，调查蛇毒对这些鱼类的血细胞的溶血作用。

每年的七八月份，欧美的学者都会休长假，而英世却一个人来到这里继续从事研究。到达目的地的第二天，他给住在纽约的朋友儿玉写信，信中这样写道：

　　（前略）这里正好和横滨西边的长滨很相像，风景非常漂亮。这里有两个女研究生，年纪都不小了，称她们是老姑娘或许更合适。（后略）

英世在这里工作期间，会津若松的小林荣的老母亲去世了，紧接着到八月份的时候，小林夫人再次卧病在床。每次得到消息以后，他都非常郑重地写信表示慰问，感叹自己不能马上赶回去帮忙。

在他八月份写给小林荣的信中，有这样一段话："今日将猪苗代小学置于东京大学之上，将恩师置于东京大学教授之上绝不为过……"意思是说：对于他自己而言，猪苗代小学比东京大学更伟大，恩师小林荣比东京大学的教授更重要。虽说这是他惯用的夸张表述，但从中可以看出他对小林荣的敬意和对东京大学的极度排斥。

九月份，英世终于完成了为期三个月的研修，回到费拉德尔菲亚。

刚一回到学校，弗莱克斯纳教授就告诉他，学校已经决定任命他为宾夕法尼亚大学正式的病理学助手,近期准备派他去德国留学。

听到这个消息,英世反复问了好几次:"这是真的吗?"当得到弗莱克斯纳教授肯定的答复后,他高兴地抱住教授,连连表示感谢。

这样一来,他的身份就从非常不稳定的临时研究助手变成了大学正式的工作人员了,而且还能到欧洲去留学。美国虽好,但既然专攻医学,他当然还是想到欧洲去看一看。倒不是说欧洲的医学研究多么先进,可是日本极度崇尚德国医学,所以到德国留学这件事情对他来说可谓锦上添花。

大学的正式助手再加上欧洲留学,这实际上为英世开辟了继续前进的道路。这一方面有英世个人努力的因素,另一方面还有特殊的历史背景。当时,为了促进医学进步,美国富豪洛克菲勒准备拿出总额为一百万美元的捐款,在纽约建立一个新的医学研究所。而在米切尔等人的举荐下,已经内定由弗莱克斯纳教授担任这个研究所的首任所长。

他们打算集中病理学、微生物、卫生保健以及临床医学等各方面的优秀人才,创建一个涵盖所有医学领域的综合研究所。而在宾夕法尼亚大学的数十名工作人员当中,弗莱克斯纳教授只准备带英世一个人过去。在这里表现出了所谓美国学者那种直率,或者说注重现实的性格特征,他们不考虑人种、论资排辈等各种因素,具有工作热情并且有能力的人,他们就会提拔重用,绝不会徇私情。

为了能带英世一起去,作为铺垫,弗莱克斯纳教授首先任命英世为正式助手,然后再让他去欧洲留学。最后正式决定的留学地点虽然是位于哥本哈根的国立血清研究所,但实际上它和德国系统的研究所没什么区别。

英世赶紧把这个喜讯向小林荣做了汇报:

> 所幸本年度结束前得此正式任命,由此校内诸事顺遂。正如上次信中提到的那样,可望明年正式获准赴欧洲留学研究。(此事并非小生申请,然校方坚信小生有此等资格,故而给予充分学资,供小生留学之用。至今尚无日本人得此殊荣,由外国大学选派留学。)(中略)确实高兴之至。德国留学期限大概为一年,但根据研究进展情况,也有可能延长至两年。(后略)

可是现在并不是去德国,而是去北欧,英世对此有些于心不甘。他怕别人会因此而轻视他,因此在新年过后,他又特意在信中写道:

> (前略)说到为什么不去德国而改去哥本哈根,是因为我的老师弗莱克斯纳博士以及美国病理学研究的领军人物米切尔博士二人已经看到哥本哈根有世界知名学者,全世界的目光已经开始转向那里,这才决定先发制人,将小生送去哥本哈根,并不是由于留学费用所限才让小生去那个小国家。此举正是为了让小生拜世界最好的学者为师。(后略)

无论如何,赴欧洲留学这件事就这么定下来了,英世开始学习德语。

他退掉了之前的房子，搬到了一家曾经在莱茵地区居住过的德裔美国人家里。这家主人是一对四十多岁的夫妇，他们还有四个女儿和一个儿子。虽然这些孩子们一直不太亲近英世，但他并没有因此而退缩，经常主动跟孩子们打招呼、聊天，在日常会话中学习德语。

英世终于要向国际大舞台迈出他的第一步了，可就在这时，他遇到了一个大难题。

当他写信告诉血胁守之助这次要去欧洲留学这一大事时，守之助马上回信追问他打算如何解决与斋藤家的婚约问题。

说实话，英世早已把斋藤增子这个人给忘了。如果可能的话，他真想尽早解除婚约，将这件事做个了断。可是作为订婚的凭证，离开日本时他已经拿了人家二百元钱。如果提出解除婚约的话，要么还钱，要么跟人家把事情讲清楚。所幸这段时间斋藤家没有寄信，英世自己也没有回信，这件事也就先被放到一边去了。可斋藤家的人时常会跟守之助发牢骚，守之助受不了，只好追着英世，让他给个明确的答复。

斋藤一方近期书信往来甚少。与小生结缘之女子尤甚，贺年之际皆不见音讯，小生实感意外。小生预计今秋可得赴欧留学资金，届时定当全额返还二百元。今后对方态度定会有变，想必终将难成其事。若此对对方更为不利。如若详情告之，小生欧洲之行已然准备就绪，对方乐于等待也未可知。然近来书信无佳音，想必疑虑颇多。总而言之，幸与不幸，唯有天知。

只看这封信的话,好像是斋藤家缺少诚意,而实际上这完全是英世在强词夺理,故意找碴儿。自己借了人家的钱,不主动给人家写贺年卡,反而怪罪从来没往国外写过信的女孩子不给他写信,这简直就是无理取闹。信中净是些不负责任、不得要领的内容,而且说是等留学资金到手后将二百元钱还给人家,可实际上能不能做到也无法确定。

这样又过了一个月左右,英世终于给斋藤家寄了一封类似最后通牒一样的信。其内容是刁难人家,问人家能不能无利息、无抵押地借给他四五千元作为今后的学费。如果做不到的话,他准备将在国外留学的期限延长到七至八年。

这简直就是完全不考虑别人、厚颜无耻的无理要求。因为英世本来就打定主意不跟对方结婚,所以他才这样有恃无恐。

一个多月后,斋藤家才寄来了一封回信。信中拒绝了他的借钱要求,然后就是一味地哀求他说:"我们当然无法筹措到四五千元巨款。但你的未婚妻就是你未来的妻子,我们现在可以暂时替你好好照顾她,但不能一直让她像现在这样继续过下去。希望你能按期回国,与她完婚。"

可是英世看完这封信之后,再次向小林荣吐露了他心中的不满:

（前略）斋藤家那边似乎也很迷惑。他们连一句可提供参考的话都没有,只是一味强调让我赶快回去。像这样不得要领的回信,我觉得太不考虑对方的处境了。所以我后来一直把这件事放在一边,再也没有跟他们联系。我静等着他们那边先提出毁约。无论如何,金秋赴欧之际,定当将关键的二百元钱奉还。待还钱之时,想必斋藤家会提出毁约之词。

不替对方考虑、我行我素的人到底是谁呢? 总之,在英世的头脑中,根本没有一丝一毫未婚妻的影子,他现在把全部注意力都集中在荣耀而风光的欧洲之行上了。

丹麦

1

哥本哈根是个小而美的城市。

闻名于世的童话作家安徒生去世约三十年后的一九〇三年,英世到达哥本哈根。哥本哈根整个城市静静地被绿色包围着,尖塔状的教会以及砖瓦结构的建筑物依然保持着安徒生在世时的原貌。登上小山坡向远处眺望,只见晴朗的碧空下,几处伸向大海的海角被白色波浪簇拥着,构成了一幅海洋图。一处处红色、蓝色、白色的屋顶呈现在眼前,房屋之间由花坛相互连接在一起,宛如童话中的王国一般。

到达哥本哈根后,英世在给守之助的第一封信中,这样描述道:"简直如梦境一般,根本无心工作。"

这一年的十月份,年满二十六岁的野口英世从纽约出发,踏上了赴丹麦哥本哈根的留学之旅。

他横渡大西洋,途中经过巴黎。在巴黎,英世购置了欧洲款式的晚礼服和大礼帽,然后特意到照相馆拍了纪念照。身材矮小的英世身着黑色晚礼服、头戴大礼帽,看起来不太协调,显得有些滑稽,但他还是以一副极其认真的表情站在镜头前。

在巴黎稍事休息之后,英世出发去丹麦的哥本哈根。

哥本哈根国立血清研究所的所长马德森博士是一位三十二岁的少壮派学者。虽然他早已得知弗莱克斯纳教授将派来一位名叫野口的男子,但他没想到这个男人会如此年轻,而且还是个日本人。这一点倒确实表现出美国人在人物介绍方面的有趣之处。如果换作日本人的话,自然会先写清楚对方的国籍,而弗莱克斯纳教授只是把详细介绍英世研究成果的材料寄了过来。在学术领域,研究成果固然重要,甚至可以说与其所属人种及其年龄等无关,但这种做法确实太过简单了。

马德森博士热情地欢迎英世的到来,然后问道:“你猜我今年多大?”

英世想了一下,回答道:“我特别不善于猜别人的年龄,我想您大概有六十五岁吧。”

马德森博士搞不清楚这个日本人说的是真话还是在开玩笑,用一脸无奈的表情告诉英世,实际上他今年刚刚三十二岁。英世在美国生活,基本上已经看惯了洋人的面孔,但这一次他确实非常吃惊。虽然洋人看起来一般会比实际年龄显老,但他这次说出的年龄比马德森博士的实际年龄整整多出了一倍。

如果是刚到美国，在完全不了解当地情况时，他肯定会不知所措。但是现在，他已经完全拥有开个小玩笑进行周旋的能力和自信了，于是他赶紧机智地打圆场说："在日本，向年长者表示敬意的时候，就尽量把对方的年龄往大了说，这是出于礼貌。实际上，刚才我真想说您看上去有一百岁了，但感觉还是说六十五岁可能更合适一些。"

血清研究所的规模远比想象中小。来之前，他读过很多马德森他们撰写的论文，一直以为这里是个相当大的研究机构。可是来到这里一看才知道，这里除了所长以外，只有四名研究人员。

这位马德森博士的工作方法有些与众不同。每天早晨上班以后，他总是先悠闲自在地花上一两个小时，听研究人员汇报一下前一天的实验结果，然后回到自己的房间后，还要边喝茶边闲聊一会儿。表面上看，他好像根本就没做什么工作。

从北里研究所到弗莱克斯纳研究室，英世一直都像一台上足发条的机器一样运转不停。因此，这里的悠闲气氛一时令他难以置信，同时，他也有些不太适应。在这里，科学研究中的一切经济效率问题都不必考虑，每个人都可以按照各自的喜好做事，不必为金钱和生活方面的事情操心费力。如果按疯狂工作的弗莱克斯纳时代的标准来衡量的话，这里简直就是另外一个悠闲自得的世界。

但实际上，在这种悠闲的环境中探索下一个工作目标正是马德森博士的工作方法。在一段时间里，让大脑充分得到休息，养精蓄锐，为着手进行下一个研究课题积蓄足够的能量。

据说当初仁科博士在创建仁科研究所的时候,也曾经有段时期处于类似的状态。高薪聘用研究人员,却不对大家发出任何特别的工作指示,让研究人员自得其乐。刚开始的时候,研究人员没有任何负担,各自随意游玩,但很快就玩腻了、玩烦了,开始想干点儿什么事了。抓住这个情绪高涨、充满活力的时机,让他们一下子投入到工作当中去。换句话说,就是不去强迫他们工作,而是让他们等待、酝酿工作的干劲儿。

英世在信中这样写道:"我从来没有过像现在这样幸福的时光。"的确,这个研究所简直就是天堂。如果不特别奢侈的话,研究所发给他的工资足够他生活,而且从博士到研究所的工作人员,直至哥本哈根的市民,都对他非常亲切。

美国人很随便、很开朗,丹麦人除此之外,还更加宽容、大度。他们不会歧视别人,怀疑别人。身材矮小的英世上街时,素不相识的人也会脱帽、微笑着向他表示问候;当他问路的时候,他们甚至会特意陪他到目的地。在这个世界上,竟然还有如此和平、宁静的地方,这简直就像在梦中一样。

"学者恐怕就应该在这样的环境里脚踏实地地进行研究。"英世悄悄向马德森博士表明心迹。就是在这时,他终于下定决心,准备毕生从事研究工作。

在这个研究所里,英世和一个叫法缪鲁那的学生共同使用一个研究室。研究室有六十多平方米,地面上铺着石板,墙上贴着壁砖,水管道的五金件用的全部都是黄铜,每天都被擦得锃光瓦亮。研究所有好几个专职清洁员,他们总是把这里打扫得干干净净,收拾得整整齐齐。马德森博士爱干净，无论桌子还是沙发，他都喜欢用很讲究的北欧风格。

虽然英世尽最大努力注意自己的言行，但与生俱来的邋遢还是很快就表现出来了。到研究所后的第三个月，他就丢了一篇论文，但是马德森博士并未对此大加指责。英世在给守之助的信中这样反省自己："可能是换了环境的缘故，我自己的心境好像还没有彻底调整过来，仍然有些不踏实。"

在这个研究所里，英世和马德森博士一道开始研究关于蛇毒免疫的课题。他从美国来的时候，带来了大约一百克用毒蛇的毒液烘干后制成的粉末。将这种粉末注入山羊体内，使山羊的血液中产生抗毒素。在此基础上，从山羊的体内抽出血清，注射到被蛇咬过的动物体内，血清中的抗毒素起作用时，动物就会安然无恙，得救生还。

当实验进行得顺利时，英世会异常兴奋，无论跟谁都打招呼，开玩笑。可一旦失败了，他马上就会变得失魂落魄，沉默寡言。

英世的情绪跌宕起伏得如此厉害，法缪鲁那对此感到莫名其妙，他描述说："简直就好像到了世界末日似的。"

英世确实存在这种躁抑交替的性格特点。工作热情只要一上来，他就会变得废寝忘食。相反，当他情绪低落时，他也会把研究室、论文等一切东西都弄得凌乱不堪，然后弃之不管，跑出去玩个尽兴。

因此，对英世的毁誉褒贬，也取决于你看到的是他性格中的哪个方面。对看到的一切是否能够谅解，谅解到什么程度，这都会决定你如何去看待他。

有一天，丹麦王室的英格博格公主与英国的亚历山德拉王后一同前来这家国立研究所参观。在这个小小的民主国度，虽说是皇族来访，却一点儿也不讲究什么规矩。他们只带了四五个随从，在马德森博士的带领下，四处走走、看看。

　　公主注意到外表与众不同的英世，于是问他是从哪里来的，然后又亲切地询问："你一个人来到丹麦，不觉得寂寞吗？"

　　英世紧张得浑身僵硬，只勉强回答了一句："不。"

　　似乎是公主告诉国王有个日本人在国立研究所学习，所以在后来马德森有机会见到国王的时候，国王还问他："研究所里的那个日本人身体还好吧？"当时英世已经回到美国，当他通过马德森的信得知这件事情的时候，感动得一边嘴上说着"太客气了，太抬爱了"，一边还冲着信直鞠躬。

　　　　您在信中说国王陛下连我这样的人都惦记着，还有什么事情比这更令人感动的呢？我现在总是不断地回忆起在哥本哈根的那段幸福而快乐的日子。能够见到英格博格公主，我是何等幸运啊！公主的身影至今仍深深地留在我的脑海里。我真不知道怎样做才能报答如此高贵圣洁的公主对我的期待。我唯有通过先生您向他们表示我衷心的祝愿，祝愿国王身体健康，祝愿在他的英明领导下，丹麦能够出现更多的艺术家和科学家。

　　这是回到美国的英世写给马德森博士的一封信。对于生活在明治时代又出生于贫困的农民世家的英世而言，王室成员简直就如同神一样，高高在上，遥不可及。

到研究所两个月后，也就是在一九〇四年一月份，为了参加在牛津大学召开的血清学会①，英世和马德森博士一起来到了英国。在这里，英世对英国和英国人毫不留情地进行了批判。虽然有一部分是出于好意，但绝大部分完全可以说就是指责。因为在那之前，英世只了解美国的开放，所以他对英国顽固不化的权威主义作风以及他们对东洋人的蔑视态度难以忍受。

听了他的一席评论之后，马德森博士问道："你刚到英国，马上就开始发表你的感想，可是在丹麦的时候，问你感想，你怎么都不肯说，这到底是为什么？"

"在丹麦，我只是在教授手下学习的一个学生。这样一个年轻小辈，如果对贵国大发评论、妄加指责的话，那可是要遭天谴的。尤其是先生您的父亲大人还位居陆军大臣的要职，所以我一直很低调。"

"你根本不必考虑那么多。有什么感想，尽管直言相告才好。"

"不，对于丹麦，我觉得根本就没有我批评的余地。我觉得它简直就像天国一样平和，光明。"

与丹麦人的宽容与亲切相比，英国人看起来是那么冷漠，根本就不把他这个穷酸的东洋人放在眼里。

---

① 血清研究方面的学术研讨会。

2

　　这一年的二月八日,日俄战争爆发。

　　得知这一消息后,在北欧圈与俄国关系密切的丹麦,人们都在就战争问题议论纷纷。由于在国外生活了很长时间,英世的民族主义情感越发浓厚,他对时局的变化自然不可能等闲视之。这一时期,在英世寄给血胁守之助的信中,较全面地反映了当时欧洲大陆的情况。

　　（前略）

　　自二月八日起,我军在旅顺海战中屡屡获胜,欧洲各地如同受到雷击一般,震惊、怀疑、嫉妒等各种各样的复杂情绪混杂交织在一起。俄国在欧洲被视为最强大的国家,甚至整个欧洲都避免对其事务进行干预,也正因为如此,此次听到日军获胜的消息后,所有人都大感意外。

　　小生买来了当地的以及英、德、法各国的报纸,以求能够全面了解战局形势。虽然各报所登载的战地报道都大同小异,但各报的社论却说法不一,从中可以推测出各国的实际想法。

　　法国报纸大多偏向俄国。政府党各大报纸等竟然公开鼓吹应该帮助俄国,把日本比作半开化的野蛮人国家。甚至还有一些人故意捏造俄军胜利的假消息,以鼓动全体国民的参战情绪。德国要狡猾一些,表面上虽表示中立,可实际上却不断地给俄国传递消息,好像在策划助俄,争取最后的胜利。德国报纸上关于日本的报道极尽诅咒、谩骂之能事，其程度绝不亚于法国。倒是英国报纸明里暗里都在支持日本，以促使国民倾向同情日本。

另外，据说俄国黑海舰队大小共计十五艘舰艇正朝东洋方向航行，但又听说他们在苏伊士海峡接到了返航的命令，不知这消息是否属实。实际上，已经有人在说，这支舰队在实战中根本起不了什么作用。如果赶赴东洋海域，最后也只能成为日本舰队的盘中餐。波罗的海舰队也在蠢蠢欲动，试图东航，但由于直布罗陀海峡难以通过，才迟迟未动。现在陆上好像还没有开战。

一般说来，欧洲人由于和俄国人具有人种上的亲近感，所以他们好像都在祈求俄国能够取胜，很多报纸似乎很关心陆上开战以后会出现什么结果。他们相信与日军相比，俄国陆军更具有优势，预言俄军必胜。而实际上，海军方面他们已经领教过了，但他们还不知道日本陆军作战是多么勇敢顽强。他们如果知道了日本陆军的强大实力，还不知道会怎么说呢。他们也许会说野蛮的日本人就适合打仗。

他们往往蔑视我国，嘲笑我们是缺乏道义的落后国家。还有就是他们常常公开议论日本人在男女关系方面混乱，可他们又过着什么样的生活呢？纳妾、养汉、私通、卖淫等随处可见。

他们似乎认为日本人还不了解他们的内情。但只要你不是特别蠢笨的话，要想探查他们的内情，简直易如反掌。将来总有那么一天，当全世界的物质文明程度达到相同水平的时候，他们的特长肯定也会传给黄色人种，而到那时候，这些就不是他们白人独具的特征了。

小生近日看不到从日本寄来的报纸，有些心神不宁。寄这封信的同时，我还给时事新报社汇了款，估计最迟到四月末，我就可以看到新的报纸了。我盼望着这一天早点儿到来。

自九月以来，斋藤家那边没寄信来，我也没给他们写信。事情到底怎么样了，我一点儿都不清楚。我想在我留学期间应该好好对待那个答应嫁给我的姑娘，不过……真够丢人的。猪苗代那边几次三番提出希望把这件事情做个了结，但我一想到这三年来那位姑娘一直苦苦等待的心情，又觉得非常痛心，不知道该如何答复他们。母亲也好几次寄信来问及此事，到底该如何是好，我自己也难以做出判断。

正因为是这样的情况，非常不好意思，还希望恩师能给我出出主意，如果能顺便告诉我斋藤家那边到底打算怎么办就最好了。

这封信寄达日本的时候，恐怕也就能够得到有关陆战方面的确切消息了。我在此一心祝福我军能够大获全胜，并祝大家身体健康，生活幸福。我这里现在相当寒冷，但几乎没有积雪。

请代我向您夫人以及全家人问好。

仅此，汇报近况如上。

日俄战争以及未婚妻的事情在英世头脑中交错，他的思路也在不断地跳跃,变换。不过,战争一开始,英世也就无法踏踏实实工作了。

在学术领域,他虽然对用人制度尚不完善的祖国不抱任何希望,但在战争方面,那就是另外一回事了。英世作为日本人,现在身处欧美人当中,他的民族主义情绪格外高涨,这也是非常容易理解的。为了知道这场战争的实际情况,他甚至往日本寄十四美元巨款订报纸,可是直到四月份,他也没收到报纸。英世只好躁动不安地看着那些外文报纸,听着人们的传言,渴望能够探知战争的最新形势。因此,他在给守之助的信中写道:

> 日俄战争开始以来,我终日被这件事情牵动着神经,根本没有心思去做研究。二月八日,在仁川以及旅顺的海战令全世界为之震惊,东乡提督的名字妇孺皆知。而且其他每次海战的结果也会立刻惊动整个欧洲。
>
> 俄国总督阿列克塞耶夫的名字已经成为不光彩的军人的代名词,东方军司令库罗帕特金的动态受到瞩目。(中略)昨晚来电说俄国军舰"彼得罗巴甫洛夫斯克号"沉没,马卡洛夫提督战死,但今天早晨各家媒体都没有提及此事。陆战方面有报道说日军取得了第一次战役的胜利,但昨天又有传闻说我军有五十名士兵在鸭绿江边被俄国军队全歼,还有人说牛庄方面也在进行新的战斗准备,等等。
>
> 我获取的新闻主要是从莫斯科、伦敦、柏林、巴黎等地传来的消息,英美派传达的是日军胜利的消息(虽然偶尔会有误

报），而德国、法国的报纸却在称赞俄国的勇猛顽强，驳斥战败的消息，企图败坏日本军队的名誉。

就社论来看，英美倾向于日本（只有美国的《国际先驱论坛报》偏向俄国），而德法则属俄国派。特别令人讨厌的是德国人，他们真的是又狡猾又可恶；而法国人就像丑陋的妓女一样，只管一个劲儿地献媚俄国人，实在令人作呕。让我感到厌恶的就是这两个国家。

虽然丹麦只是个巴掌大的小国家，并且此事对于这个国家政治的影响力几乎等于零，但这里毕竟也是由各种人组成的集团，不可能不发表意见。虽然各自所见不同，但多数是同情日本的。只是由于他们害怕俄国，所以只能在私下里议论。正如您所了解的那样，俄国皇帝的老婆是丹麦国王的二女儿，而英国国王的老婆又是丹麦国王的长女，他们的王室之间本来就沾亲带故。但是国民与王室是两回事（这在欧洲是再正常不过的认识了），前几天丹麦的皇太子（也就是英、俄两国皇后的哥哥）还来到研究所参观访问。第二天，小生以及全所工作人员都接到邀请，到皇宫去赴晚宴。皇室成员完全是平民的感觉，和我们这些平民百姓同桌就餐，谈笑风生。大概过了两个小时，他们才先行离去。

正写着这封信的时候，得到了号外新闻，有消息说："俄国旗舰'彼得罗巴甫洛夫斯克号'触水雷沉没。六百余名士兵溺死，二十二名获救。以新任参谋长奥西波维·马卡洛夫为首的参谋部官兵全部阵亡。大公弗拉基米罗维奇受重伤，眼下正由乌赫托姆斯基接替指挥。"看样子攻陷旅顺已经指日可待了。我不禁再次为日本军队所取得的辉煌战绩而欢欣鼓舞。和这封信一道寄上有关日俄战争的外文报道,您感兴趣的话可以看看。另外,也想请您帮我寄一些有关战事的杂志,拜托了。

这封信很清楚地反映出了英世的民族主义的真实本质,同时也是了解当时欧洲形势的极其珍贵的资料。

这封信的落款日期是明治三十七年(一九〇四年)四月十四日。随着日本节节取胜,日本军队的实力得到认可,再加上背后有马德森所长厚意相助,英世在哥本哈根一下子成了大红人。

从学术界到财政各界的集会都邀请英世去参加,在会上让他讲感想,谈体会,款待他。

在这种场合,英世大谈特谈日本皇室和臣民如何讲究礼仪、如何团结一致,竭尽全力为自己的国家做宣传,简直就像民间大使一样,极其活跃。

而这段时间,位于纽约的洛克菲勒研究所的建设工作也在顺利进行,准备十月份正式启用。

请于十月一日之前回国,到达纽约。

收到弗莱克斯纳所长的这封信后,英世恋恋不舍地离开了丹麦。

在这将近一年的时间里,从最初的不适应,到后来又因为日本与俄国之间的战争使他亦喜亦忧,他的心态一直不太平静。但他还是撰写出了十篇论文,并且在医学界交到了马德森等两位难得的朋友。

纽约 /1

1

一九〇四年十月,英世刚回到纽约,马上就被任命为新设的洛克菲勒研究所的首席助手。四年前,当他独自一人从日本跑来投靠弗莱克斯纳教授的时候,每个月只能得到八美元,而现在他的月工资已经高达一百八十美元。

洛克菲勒研究所位于纽约东部靠近东河的第五十大街。研究所尚在建设当中,以弗莱克斯纳所长为首的六名工作人员全都集中在刚刚建成的砖瓦楼房的一隅,开始进行前期的准备工作。这六名工作人员中有两名三十多岁的教授,他们的职位比英世高,所学的专业也不同。其他三人职位都比英世低,这样一来,实际上英世在这里完全可以随心所欲地从事研究,而且从年龄上看,英世还是这其中最年轻的一个。

从丹麦回到费拉德尔菲亚是九月二十日,而十月份他就已经搬到了纽约,并且十一月一日已经着手进行实验了。由此可见,他真的是干劲儿十足。

他的研究课题仍然是蛇毒。从某种意义上讲,这是一个如同泥沼般陷进去就出不来的研究领域。英世打算就这个课题一直研究下去,直到能够写出一本关于蛇毒的书为止。

"我的背后可是有洛克菲勒做后盾。"

这段时间,英世跟他在纽约见到的每个日本人都这样说。

确实,洛克菲勒准备向这个研究所投入的款项非常大,仅已经建起来的财团的基金就高达百万美元,而且还计划投入数倍的巨款。过去英世想得到一只白鼠都那么困难,而现在无论是实验动物,还是机器设备,他都可以随意使用,只要是工作需要,就没有人会对他说三道四,更没有人会去妨碍或阻止他。

随着研究所迁到纽约,英世也在莱克星顿大街找到了自己的住所。他对住所并不太在意,因为他一天当中绝大部分时间是在研究室里度过的,住的地方只要有张床能睡觉就可以了。这是一个单间公寓,比在费拉德尔菲亚时的住所要宽敞。但如果从研究所支付给他的薪金水平来看,他的那间房子还是太过简单了。

英世从小就一直生活在破烂不堪的房子里,他根本就没有要在住所上花钱的想法。房间里只有一张床和书架,还有一张放在房间正中间的大桌子。这张桌子既可以用来进行简单的写作,同时也兼作餐桌。在这张桌子的正中间摆放着一个照片架,里面有一张微笑着的女人的照片。这是他在丹麦留学时,在哥本哈根认识的一位姑娘，她那圆圆的笑脸令人感到非常亲切。英世对这位姑娘很有好感，临走的时候费了很大劲儿才要到一张人家的照片。

"这是你的女朋友吗？"

来访的客人们都会这样发问，而英世每次都会有些害羞似的摇摇头说："不是的。只是我们日本人都比较偏爱这样的圆脸的姑娘而已。"

这位姑娘的脸部轮廓长得有些像山内夜音子，不过这时，夜音子的形象已经从英世的脑海中逐渐淡去。而这位在异国他乡为生活奔波了三年半的男人，到现在才终于有了想与女人谈恋爱的想法。

在纽约这个美国第一大城市里，英世又认识了几个日本人，其中一个就是被称为有机化学研究方面第一人的高峰让吉。高峰比英世年长二十二岁，为了研究过磷酸盐来到美国，并在纽约创建了自己的研究所，一八九四年发现以他的名字命名的消化剂"高峰淀粉酶"。而在一九〇五年英世认识他时，高峰的名字就已经家喻户晓了，其中当然也包括美国人。但是，英世与这位科学界的先驱者只是在日本同乡会上见过几次面，并没有超出这一范围的更进一步的深交。这倒不是因为英世没有这个想法，实际上是高峰在有意回避英世。

英世既不注意仪表，也不懂礼貌，一旦讲起自己的想法就没完没了。对于如此自以为是、妄自尊大的英世，作为日本精英的高峰感觉与之交往极其不愉快。可是命运就是这般捉弄人，现在这两个人都被葬在纽约的伍德劳恩公墓，而且位置离得还比较近。高峰的墓被巨大的石室环绕着,里面安放着日本国旗以及印着樱花的玻璃画等,而英世的墓只是在隆起的土包上竖着一块石碑而已。

英世在纽约与人交往比较少,几乎没有和他比较亲近的日本人。在费拉德尔菲亚时,由于想家,再加上贫困,他出于无奈,也只能跟日本人走得比较近。可是现在来美国已经四年了,即使不去勉为其难地找日本人,也可以独立生活了。与其同那些嫉妒心强而且喜欢中伤别人的日本人交往,还不如和那些直率、乐观的美国人在一起,这让英世感觉更轻松一些。

就是在这种情况下,有两个日本客人来访。其中一个是名叫奥村鹤吉的牙科医生,当初英世无处可去,曾暂住在守之助的家里,那时他曾和英世住同屋。

当英世听说奥村到了费拉德尔菲亚时,他马上从纽约赶了过去,和奥村同住在自己过去曾住过的那间房子里,还带着奥村四处游玩,为奥村介绍了一整天当地的情况。英世有时看起来比较粗心大意,可一到这种时候,他总是竭尽全力。奥村后来写了一本出色的记录英世生平的传记《野口英世》,其契机恐怕就是这次相遇。

来拜访英世的还有一个人,这个人名叫宫原林太郎,是经星一介绍来找他的。宫原个子很高,眼睛异常大。宫原本来是医生,来美国也是为了学医,可他对 X 射线摄影尤其感兴趣。回国后,他在日本拍了第一张 X 射线照片。

不知为何,英世和宫原非常投缘。两人都有些怪僻和固执,都属于那种一条道走到黑,不撞南墙不回头的性格,无论干什么事情,只要一钻进去,就出不来了。因此,他们两人倒是经常一起到处吃吃喝喝。

作为洛克菲勒研究所的首席助手,英世每个月能领到一百八十美元的工资,可他的生活并没有因此而宽裕些。在纽约生活一年之后,也就是一九○五年圣诞节的时候,他还没有冬天的衣服,只能把一件薄薄的雨衣当外套凑合着穿。有的朋友问他每个月的一百八十美元都花到哪儿去了,他回答说:"前年为了漫游世界,借了很多钱,直到现在还债务缠身呢。"

可实际上,他去丹麦的往返路费都由洛克菲勒研究所负担,血清研究所支付给他的工资也基本上够他的日常生活之用。如果正常消费的话根本不需借钱。在整个留学过程中,需要英世自理的费用,只有在返回美国途中顺便到德国、法国玩的那一趟花销。可实际上,当英世回到美国的时候,他已经欠下了很大一笔债。这笔债务首先包括他在丹麦留学期间跟所长马德森等人借的钱,再加上他在伦敦、巴黎游玩时从日本人手里借的钱,而这些钱他主要用在了女人身上。

虽然他到美国后多少有所节制,但精力依然比较旺盛。充沛的精力如果用在做学问上,那就能成为伟大研究的动力源泉;而如果用到女人身上,就会成为挥霍无度的浪费。作为二十多岁的单身男子,英世一玩起来往往太缺乏计划性。一旦想要女人的时候,他就会变得失去理智,不顾一切。虽然他做学问时特别较劲儿,可是一遇到女人,就完全任人摆布了。

朋友看不下去,劝他"不要在女人身上浪费钱"时,他也只是点头笑笑,依然重复着同样的行为。朋友只能无奈地感叹:"那么用功学习的家伙，为什么一见到女人就变成超级傻瓜了呢？"

不过站在英世的立场上看，他把钱浪费在女人身上也确实有一定原因。英世最大的不幸，就是无论是在费拉德尔菲亚，还是在哥本哈根，都没有固定的女朋友。因为无论他怎么努力，就是找不到固定的女朋友。首先，英世头发卷曲，身材矮小得像个孩子，手还有残疾，所以白人女子根本不会理睬他这样的东洋人。他如果更热心一点儿的话，也许能找到一个女朋友，但他既没有那份闲情逸致，也没有那份勇气，而唯有欲望超乎常人。这样一来，他只能花钱去妓女那里宣泄所有的情欲。

英世不仅在女人方面这样，就连平常的购物也缺乏计划性，很容易一时冲动疯狂购物。去丹麦的时候途经巴黎，他为了拍照，特意跑到香榭丽舍大街的高级时装店，买了黑色的大衣和高级礼帽。搬到洛克菲勒研究所后，他仗着高工资，一支就高达五十美分的高级香烟，他竟然一下子就买了好几条，而且手上钱不够时还敢赊账。香烟根本算不上是生活必需品，按说根本没必要借钱去买，可他在这些方面就是没有节制。再比如说，有朋友来找他的时候，他一高兴就跑到餐馆点一大桌子菜，结果根本吃不完，一大半都浪费掉了。

英世不懂什么叫适可而止，他特别容易走极端。总之，他就是那种缺乏权衡感，在社会生活方面失格的人。

除去这些债务，在从丹麦回美国的途中，他在船上玩牌还被别人赢走了一大笔钱。

英世不擅长赌博，他不仅不会揣度对方的心理，而且也不会掩饰自己的表情。牌好时喜形于色,牌不好时就会一下子变得愁容满面。这些心理活动都被对方看得清清楚楚。尽管如此,只要别人一叫他,他就经不住诱惑跟着去了。在船上输了钱,再向玩牌认识的人借钱。

如果对方是日本人倒也罢了,可如果对方是外国人,借的钱就不能不还。特别是马德森等人,他们既是他学术方面的老师,又是他的朋友,因此他不得不早一点儿把钱还上。

暂且不论"漫游"的内容是什么,他说因为"漫游借了钱"倒是事实。

虽说英世早已习惯了负债累累,可是到了这一年冬天,连他都不禁为自己花钱缺乏计划性而大伤脑筋,并且表示要下决心彻底改掉这个坏毛病。他之所以产生这种想法,最直接的原因就是从这一年的秋天直至冬天,由于天气异常寒冷,他深受痔疮的折磨。原本英世就有痔疮,再加上常年坐着工作以及天气寒冷,他的病情突然恶化了。就连从他的住所到研究所这段平常不超过十分钟的路程,他走起来都举步维艰,一步一挪地要花上平时两倍以上的时间。

他去医院看病,医生告诉他必须马上住院做手术进行治疗。他犹豫再三,实在忍受不了疼痛,下决心接受手术时,才发现自己没钱。当时美国尚未建立保险制度,做手术需要一笔相当大的开销。

英世不禁自我反省,他在信中跟守之助说:"在举目无亲的美国,终日为生活而奔波之人和经济独立之人,是不应该出现生病却支付不起医疗费用这种情况的。"

接着他又说:"从今年开始,我才真正实现了收支平衡。可我对理财毫无经验，经常失败，直到现在我仍然身无分文。这种不快比来到美国以后经历的所有不快都令人烦恼。我自己也想节省点儿，可长年依赖别人生活而养成的坏习惯，已经成为我的天性，实在令我痛苦不堪。我今年已经三十岁了，得到的也是绅士般的待遇，因此，不能不考虑保持相应的体面。正因为自己已经不是任意妄为的少壮青年了，所以才痛下决心誓改前非。"

他嘴上说得多么明白。

在费拉德尔菲亚时，因为弗莱克斯纳教授已经看透了英世的秉性，所以他采取的办法就是每月只把生活费交给英世本人，剩下的部分都帮他存上，需要的时候再买了衣服等实物交到英世手上。也就是说，英世什么事情都由别人替他安排，替他操心。可是到纽约以后，就不能再采取这种办法了。他已经是研究所的首席助手了，再采取之前那种办法的话，他面子上也不好看。因此，弗莱克斯纳教授把全额工资都交给他后，告诉他要自己打理好自己的生活。如果是一般人的话，大多会因此而感到高兴，但英世却因此而无法正常生活了，拿到手的钱马上花光的坏毛病一点儿都没有改变。

说到底，英世身边需要有人帮他料理生活。到春天了，该穿这套衣服了，现在是冬天，该穿那件大衣了，要住在这里，要吃这个……，这一切都需要有人替他安排处理。只要有人替他做主，他倒是不挑剔，给什么就吃什么。如果能像这样在生活方面接受严格的管理，反倒比他自己直接拿钱消费感觉更轻松，这样也可以使他把全部精力用在做学问上。

他明知道自己长年依赖别人生活，养成了恶习，可就是改不了。

他在这方面竟然如此呆傻,不过,也许正因为如此,才有了他做学问时那份超常的专注和投入。

2

在新建的洛克菲勒研究所,英世在弗莱克斯纳教授的研究的基础上,继续进行蛇毒方面的研究。在这一领域,英世的工作已经得到了一定的认可,并且成为奥斯卡博士编辑的《医学大全》中有关"蛇毒"这一条目的撰稿人。与此同时,他还开始与弗莱克斯纳教授合作,准备从第一期、第二期梅毒患者的病灶中检验梅毒螺旋体的存在。紧接着从四月份开始,他又投入到沙眼的研究课题当中。

在英世从事的研究中,关于沙眼的研究是难题中的难题,是他到最后也没有解决的问题之一。这一年年底,在写给马德森博士的信中,他说:"因为沙眼患者的结膜出现炎症的病变部位同时有多种病原体存在,所以,必须先从排除这些病原体着手才行。"

确实,在沙眼患者的结膜处能够找到各种各样的病原体,但这些都是患上沙眼之后的二次感染,并不是沙眼的成因。直到后来才弄清楚沙眼是由于病毒在作怪,可是在当时还没有发明能够看见病毒的显微镜。也就是说,英世一直在追逐的是永远无法捕捉到的猎物,最后只好放弃。只是这一次失败也给后来有关黄热病的研究造成了很大影响。

这时,与东京斋藤家的联姻问题也到了最后的关键时刻。

斋藤家认为,从订婚到现在已经等了将近五年的时间,再也不能让待嫁的女儿在家里继续等下去了。英世到底打算怎么办？以前一直耐心等待的斋藤一家再也忍不住了，找到了血胁守之助，要讨个说法。

守之助好几次追问英世的打算，可英世每次的回答都完全不得要领。直至最后竟说出"我自己暂时还不想回去，如果她想嫁给别人的话，我也没意见"这种不负责任的话来。照此来看，还不如干脆让女方也到美国去，可一方面不太了解英世心里到底是怎么想的，另一方面，当时的女子还没有能够远涉重洋到异国他乡去寻亲的这份勇气。

守之助被迫无奈，只好自己做出了毁约的决定。

"英世好不容易才熬到今天，成为被世界公认的有成就的学者。我实在不忍心现在就把他拉回来。"守之助先用这句话做铺垫，然后提出请求，希望对方能以英世偿还当初从他们那里拿走的二百元旅费作为条件，同意解除这门婚约。

斋藤家当然极为不满，可是对守之助发牢骚也无济于事。如果人在国内的话，他们真想状告英世不履行婚约，可现在英世本人在国外，这条路显然行不通。所以，到最后他们也只好接受了那二百元钱，答应了守之助提出的建议。

结果让人家姑娘白白浪费了五年的大好青春。

守之助极力压抑着心中的怒火，写信告诉英世事情已经妥善解决，而英世接到信后只写来了简单的几句话："非常感谢您帮我解决这件事。这样一来我也就自由了，可以专心致志、埋头工作了。您为我垫付的还给他们的钱，我会尽早还给您的。"

可实际上这笔钱就此搁下，直到十年后英世获得帝国学士院恩赐奖的时候，才用其中的一部分奖金还给了守之助。

仿佛已经预见这门婚约早晚会被解除一样，英世非常积极地想要促成自己与照片上那位姑娘的姻缘。他不仅请马德森博士帮忙，而且当对方的朋友到美国来时，他也特意跑去见面。但那个姑娘由于出身于哥本哈根的名流之家，所以在这件事上并未表现出积极主动的态度。她只是因为整个家族在感情上都有点儿亲日，才在行动上对英世表现得比较客气而已。当这件事告吹后，英世马上把桌子上的照片塞进了抽屉的最里边。

在这方面，英世的情绪转换得实在很快。

被对方拒绝后，他只是简单地说了句"是吗？要是那样就算了"，然后就马上重新投入到研究工作中去了。

这段时间，奥村经常去找英世，而英世几乎总是住在研究室里。平均下来，他每星期大概只有一天回家睡觉。研究室里的同事问他："还不回去吗？"他总是回答说："这里就是我的家。"

当然，他住在研究室里并不等于他从早到晚都在从事研究。他也拼命地喝酒，拼命地抽烟，而且还经常熬夜。要说起来，他的生活毫无规律可言，完全是自由放任式的，无拘无束。

来到纽约一年之后，英世就因为与众不同而在所里出了名。

比如，英世在研究室里几乎总穿着白大褂，并且他身上的那件白大褂总是脏乎乎的，下摆处还破了一个大洞。可他就一直那么穿着，毫不在意。除此之外，他还有个毛病，一旦谈起与工作有关的话题就没完没了，即使对方累了想溜掉，他都不肯放过，一定要逼着人家就范,同意他的观点才行。而他说话的时候往往需要绞尽脑汁寻找恰当的词汇,而且还经常因为用词不当,使意思变得含糊不清。

不过,一旦话题转移到食物或者街上流行的东西上,他一下子就闭上了嘴,因为他对这方面一窍不通。尽管如此,只要听说什么地方的衣服不错,他就会在发工资的第二天跑去,掏出三四十美元,从上到下买上一整套衣物。买后的第二天,他就把这些衣物全都穿在身上,得意扬扬地去上班。

只是这些衣服都穿不过三天,到第四天的时候,他就又恢复了平日的邋遢样儿,身穿一件皱皱巴巴的衬衣,还有已经变了形的西服,外加一条松松垮垮的领带。

同事劝他说:"你那套衣服那么贵,不穿多可惜啊!"而他却不以为意地皱皱眉,苦涩地微微一笑。

然后,有一天,他突然买来一本财务出纳簿,宣称就是花一分钱都要记账,可这一计划也只是五分钟热乎劲儿,不到一个星期,那个本子就被他塞到书架的最里面去了。

四月二十三日,他在给守之助的信中写道:"虽然我还没有供养他人的能力,但至少不必担心,我自己还可以养活我自己。为了预防意外,我决定投二十年到期时可以拿到六千元钱的保险。"

看样子英世想明白了,可实际上这个计划也只是纸上谈兵,根本没有实施。一方面他自己也清楚这样下去不行,可另一方面他又无法控制自己冲动的个性。他不断地做计划,又不断地去打破计划。

3

这一时期,英世三城潟的老家依然一贫如洗。

长年卧病在床的姥姥弥沙已于前年的二月份去世。除了支付丧葬费用的重压之外,父亲佐代助酗酒的程度也日益加重。他在各家酒馆赊欠酒钱,而且还经常偷偷拿家里的钱去喝酒,甚至有时候还会到别人家里偷酒喝。

佐代助已经酒精中毒了。不喝酒时就会发呆,手脚发抖,舌头僵硬,连说话都说不清楚。为了酒,他已不分善恶,不辨是非。喝完酒心情好的时候,他会变得性情柔和、温顺,而且也想自己干活儿挣钱。可一旦喝不到酒时,他就会像变了个人似的胡闹起来。虽然他也想找个长工的活儿干干,可知道他的都说:"如果佐代助每个月能拿十元钱酒钱来的话,还可以商量。"

不知是不是跟这位岳父学的,伊努的丈夫善吾也爱喝酒。虽然他不至于到别人那里借钱,但他的劳动所得也悉数耗费在酒上。伊努不仅有三个孩子拖累,而且因为她在最后一个孩子出生时没休养好,导致产后劳累过度,直到现在都无法干田里的重活儿。因此,家里所有的重担都压在已经五十多岁的希佳身上。

加之东北地区从前年开始连续遭到低温灾害,导致庄稼歉收。结果他们家连最低税率的税款都交不起,竟遭到税务局强行转卖田产的厄运。幸而野口家的远亲渡边忠作相助,才避免了这场劫难。作为农户,他们自己却吃不上大米,只能靠稗子、谷子糊口。

小林荣实在看不下去,常常送些大米来。但那也只能救一时之急,米缸很快就见底了。全家人每天勉强糊口,更无法顾及常年靠应急措施支撑过来的住房。结果他们家的房子破烂不堪,到处漏雨,土墙也脱落了,从外边都能直接看见整个家中的情况。

希佳也想重新盖房子,可由于经济能力所限,根本顾不上。如果她的丈夫佐代助不在家,她至少可以稍微轻松一点儿。不仅希佳这样想,就连周围的人也都这么认为。但又有谁愿意雇用一个酒精中毒的酒鬼呢?实在没办法,希佳只好去找小林荣商量。小林荣思来想去也找不到能够妥善解决这一问题的办法。可是,如果让佐代助继续待在家里的话,只会招来别人的蔑视,而他自己也只能更加堕落下去,那样的话也有损英世的名声。

"这样吧,把他交给我吧。每天虽然不能供他一升酒喝,但给他喝二两总还不成问题。就让他过来帮我干点儿家里的活吧。"

"如果先生您严厉地批评他,或许那个家伙还能稍微有所改变。"

这个建议对于希佳而言可是求之不得。佐代助虽然好喝酒,但平时还比较老实,你让他干什么他就干什么,无论是拔草,还是跑跑腿,打扫打扫卫生,等等,他都能认真对待,仔细完成,而且他的手也比较巧,只是一想起酒就无法忍耐。小林荣让佐代助去家里帮忙,每天让他喝二两酒,但条件是必须好好干活儿。

另外,英世的弟弟清三小学毕业后,也在小林荣的帮助下进入若松一家名叫新城的酿酒厂做工。与英世相比,清三的性格比较懦弱,因为工作太累,他曾经偷偷地跑回家。但是希佳责备他说:"男人除了被斩首的时候,其他时候不许哭!"当天晚上希佳就把他赶回了若松。回到厂里后,清三认真工作,二十岁征兵体检的时候,身体被定为甲级，当年十二月份就被编入了仙台的步兵连队。

就是这个清三，两年后退伍回到新城的酿酒厂时，得到了当家人的赏识。当家人准备将自己的女儿嫁给他。而他本人却喜欢上了若松市内的一家年糕店的老板的女儿，还让人家怀了孕。这件事情败露后，小林荣非常生气。

清三只好离开会津，作为屯田兵入住北海道北见附近的野付牛町。数年后，与当地邮局工作人员的女儿结了婚，当了人家的上门女婿。后来他又在铁路方面干了一段时间，因为事故伤到了腿，最后和妻子一起开了家名叫"微笑屋"的小餐馆。

大正四年（一九一五年），当英世回国时，所有的亲朋好友都聚在一起，他们为英世举行了盛大的欢迎会，唯独清三依然留在北海道，没有回来。他在有生之年再也没有和英世见过面。因为女人而被逐出家乡的清三，恐怕实在不愿意以这种面目去见那位春风得意的哥哥吧。

英世、佐代助、清三，再加上希佳，野口一家人不论遇到什么大小事情，都得到过小林荣的帮助，也正因为如此，小林荣在他们家说话极有分量。

英世不是不知道自己家里接二连三遇到的困难。希佳只会写掺杂着假名的几句话，不可能自己给英世写信述说家中的情况，而小林荣却替她逐一向英世做了说明。英世不仅知道自己家的房子已经破烂不堪，家里的情形从屋外可以一览无余，而且他也知道父亲只会到处喝酒欠债，不断闯祸。虽然他更清楚只要自己每月寄十元钱回去，家中的情况就可以大为好转，但是在美期间，他往家里寄的钱加起来不足百元。他在信中常常写着要往家寄钱，但根本没有实际行动。

每月工资高达一百八十美元，就算每月往家里寄二三十元也不会影响到英世的正常生活。可英世苦于自己大手大脚、浪费无度的坏毛病，一直未付诸实际行动。另外他还有自己的理由，那就是寄了钱也只会变成父亲的酒钱。

虽然没有寄钱，但英世从美国给希佳寄了一套价格昂贵的产科专用器械，这套器械是在产妇难产时专门用来取孩子的最新产品。他先把这套器械寄到血胁守之助那里，再由守之助寄给小林荣，由小林荣转交给希佳。他虽然对父亲、姐弟很冷淡，但对母亲还比较尽心，英世的这种感情亲疏至死未变。

由于这套费尽周折才寄回来的器械是医用的专门器械，接生婆被禁止使用，所以只能放在家里当摆设了。后来，会津的产科医生费了很多口舌，恳求希佳把这套器械让给他，而这时候得到的折价款倒是帮了希佳一些忙。

4

一九〇六年三月，洛克菲勒研究所的办公楼正式竣工。此时距离英世到达纽约已过去一年半了。建筑物位于面向东河的高台上，整体好像是用茶褐色的砖堆砌起来的，显得格外醒目。分配给英世的实验室位于三楼的东南角，从房间正面望去，可以眺望到布莱克威尔岛以及远处的大西洋的景色。

弗莱克斯纳教授的房间也在三楼。

随着研究所大楼的竣工，英世把自己的住所也从莱克星顿大街搬到了东第六十五大街上。这次，他租的房子每星期的租金只需要五美元，不仅房租便宜，而且离研究所也比较近，还是五室一厅。英世还把其中的一个房间改造成了专门用于研究工作的实验室。奥村过来和他同住，后来宫原也经常出入这里。

有一次，奥村被英世带到纽约的闹市区喝酒，结果一个晚上就转了十八家酒馆，这令奥村大为吃惊。不仅如此，每进一家新酒馆，英世都要喝上一杯啤酒，再分别给两美元的小费。奥村粗略地替他算了算，这一个晚上他就花掉了三十八美元，他的行为简直让人感到匪夷所思。

本来他这次搬家是为了节约钱，因为在这套房子里可以自己做饭。可是像他这种喝法，这个家也就搬得毫无意义了。

奥村劝他说："你还是小心点儿吧。"

可英世反而拍拍奥村的肩膀说："别担心。喝酒的时候就要喝个痛快才行。"

英世喝酒的方式相当豪爽。每到一家酒馆，人家都认识他。可能也是因为他一喝醉酒就兴奋得忘乎所以，经常多给小费，所以挺受大家欢迎。

不过等到第二天，英世醒酒后，意识到自己前一天晚上浪费了那么多钱，就会一下子泄气了。

奥村叹息道："他和在东京的时候一模一样，丝毫没有改变。"

英世乱花钱的毛病就跟他的父亲佐代助的酒精中毒一样，已经无可救药了。

这一年年底,奥村回日本,宫原搬过来和英世同住了。英世回家的次数少,这里反倒好像成了宫原的住所。

英世偶尔回来,也总是马上钻进屋里埋头写稿子,从来没有自己做饭的意思。结果总是宫原倒霉,还得给他做饭吃。

不过到吃饭时间或者工作累了的时候,英世就会跑到宫原那里,照例自顾自地把他想说的话喋喋不休地讲上一大通。因为他和宫原对脾气,所以会把研究所里发生的一些不愉快的事情以及有关女人的事情都毫不隐瞒地说给宫原听。

尤其有趣的是,他只与宫原之间没有金钱上的借贷关系。这是因为,即使英世想跟宫原借钱,宫原也没钱借给他,而且宫原也和英世一样,钱一到手就会花个精光。所以,如果稍不注意的话,宫原反倒会向他借钱。

他们之间因为没有借贷关系,交往起来反而更轻松。

他们二人经常一起出去找女人,在这方面,宫原的精力也相当旺盛。有一次,英世把记事本丢在和女人同住的饭店里了,可能是脱衣服的时候从口袋里掉出去的,记事本里还夹着英世的名片。

"我的名字不会被曝光吧?"

英世失魂落魄的样子和当初出去找女人时简直判若两人。

"那种东西,女人或打扫卫生的人看见了只会把它扔掉。"

可不管宫原怎么安慰他,他仍然抱着脑袋苦恼不已。

英世虽然看起来大大咧咧,可是对关于自己的流言蜚语格外敏感,敏感得几乎有些神经质。他时刻关注着别人会如何看待自己。

他做起事来胆大包天，可一旦考虑到自己的形象，却又令人难以置信地小心谨慎，放不开。

过去在北里研究所以及横滨港检疫站工作的时候，英世曾经被流言蜚语搞得痛苦不堪，那种苦涩的滋味至今难忘。同时，他那独善其身的性格，也使他格外注重别人看他的目光。

从另一个角度讲，小心与细心相通。对于从事科学研究工作的人来说，这种性格特征并不算缺点。无论对任何事情，都能够小心对待，这种性格在进行实验时会成为对他有利的武器。可是名片丢失比记事本丢失更令英世担惊受怕，这倒也称得上是英世的独到之处。这个记事本到最后也没找到，但也并没有因此而发生什么不利于他的事情。

三月份的时候，宫原结束了在纽约的留学生活，准备回国了。临行前，英世颇为羡慕地对他说："你真是个幸运的家伙，可以回日本而不必一直留在这里，何况你回国后，还有准备开业行医的明确目标。可我想回也回不去了，我的手这个样子，回到日本也不能开业行医。再加上是我擅自决定出来的，事到如今也不能再回到顺天堂或者北里研究所了。只要研究细菌学，我这一辈子就必须在这里度过，也许我再也没有机会回日本了。"

"那怎么见得？说不定什么时候，日本也能给你提供用武之地呢。"

"我已经不指望了。反正我已经下定决心在这里继续努力干下去，不成功的话也就只能自杀了事。"

无论在国外获得多么大的荣誉，像他们这种通过医师资格考试上来的人，在日本是绝不可能有施展才能的机会的。英世自己心里最清楚，不管自己再怎么思恋日本，也没有回日本的可能性。

"什么自杀不自杀的，你可千万别再说这么可怕的话了。"

"不过我就是要让白人好好看看东洋人的实力。他们能够做到的事，我们只要努力，就可以做到。我要让他们明白，我是不会输给他们的。"

"那就全靠你了。你那么努力，一定可以做到这一点。"

临别前的最后一个晚上，他们就这样一直彻夜长谈，直至黎明。

宫原走后，英世也不再回家了，他的那套公寓形同虚设。就在这时，又有一个人跑来找他了，这个人就是荒木纪男。他是一位牙科技师，为了学习技术来美国留学。荒木在东京牙科医学院上学的时候，住在守之助的家里，听到过关于英世的事情。因此，虽说他和英世是第一次见面，但并不觉得陌生。而英世在刚看见荒木的时候，却有些踌躇，因为荒木是个眉清目秀、刚满二十岁的小伙子。

英世不太喜欢长得帅气的男人。因为在这样的男人面前，自己有残疾的手和矮小的个子会愈加突显，会使他越发自卑。然而，荒木从一开始就对英世崇拜得五体投地。在高山牙科医学院时，虽然人们对于英世的评价分为"天才"和"狂人"两个极端，但荒木属于绝对承认他是"天才"的那一类。因此，他很自然地称英世为"老师"，说话毕恭毕敬。英世很快就喜欢上了这位长得很帅且很尊敬自己的后生小辈。

"如果你愿意的话，就住在这里好了。"

反正有多余的房间，而且看样子他好像还可以给自己做做饭。荒木觉得只要能留在自己衷心敬仰的英世的身边就行，对此毫无异议。

　　虽然他们住在一起，但在经济上，只是荒木单方面地付出。英世还像过去一样不断地跟荒木借钱，因为荒木家里比较富裕，钱花完了也能很快再让家里寄过来。

　　"哎，你有没有十美元？"听英世这么一说，荒木就忍不住把钱交给他了。英世嘴上说着只是借用，可从未见过他还钱。仅半年时间，借款金额累积起来就已超过五百美元了。

　　荒木对英世的性格总结得很到位，在写给东京的朋友的信中，他这样分析道："老师对于金钱的感觉与众不同。没钱的时候，他连一分钱都很在意，可是一旦手里有了钱，就会毫无计划地乱花一通。我看老师他就是这种性格，手上有太多钱就会感到心神不宁。"

　　荒木倒不是担心英世会借钱不还，他反而为自己能帮上英世的忙而感到高兴。实际上，荒木从英世那里得到的指导和帮助远不止这些，他从英世那里学到的东西远不是五百美元能够买得到的。

　　比如，当开始进行一项新课题的研究时，英世总是仔细地反复阅读以前别人发表过的有关这方面的研究资料，然后一项一项试着重新做那些实验。等把这些实验全都做完之后，他再制定出第一套、第二套、第三套研究方案，然后才真正着手进行工作。英世选择的研究题目之巧妙，很大程度上也取决于他所做的扎实的基础研究。

　　荒木到洛克菲勒研究所去玩时，看到英世正在洗试管，于是他对英世说："像这种事情，让那些打下手的人去做不就行了吗？"

而英世却面有愠色地对他说："确实，如果让打下手的人去做，他们确实会帮你做，但是如果他们杀菌做得不彻底，导致实验失败了，该怎么办？如果自己进行杀菌，就可以对自己的工作充满自信。我可不相信自己不洗试管的人所做的任何事情。自己费点儿事儿，看起来好像浪费了一些时间，但只有自己亲手做了，才不会出任何差错。"他这种不辞劳苦的工作态度终生未变。

再比如，当英世开始进行有关螺旋体方面的研究时，他在研究室工作还嫌不够，就连回到公寓后，也依然废寝忘食地继续工作。有一天晚上，荒木深夜起床，发现研究室那边传来一阵用臼磨东西的声音。他觉得很奇怪，走过去一看，才发现英世把衬衣袖子挽得高高的，正叼着烟卷，用乳钵研磨着什么东西。

"您在做什么呢？"荒木穿好衣服，走过来问他。

英世头也不回地回答："我把梅毒螺旋体植入猴子体内，然后取出猴脑，了解病原体的分布情况。我现在正研磨猴脑呢。"

"要是这样就让我来吧，我在日本用过好多次乳钵了。"

"你的好意我心领了，不过我还是不能让你帮忙。我倒不是怀疑你，怕你做不好，只是我只相信自己做的事。"

如果不是自己亲自动手并亲眼观察确认，英世什么都不相信。大家对他这种固执而彻底的工作作风评价很高，甚至产生了"如果是野口做的，准没错"这样的神话。不过，他这种过于独立孤行的工作作风，也使他失去了工作中的合作者，结果只能是我行我素，唯我独尊。

当时在洛克菲勒研究所，身为首席助手，却还能如此不辞辛苦，事事自己动手的研究人员，确实再也找不出第二个。所有人都惊叹"野口到底什么时候睡觉？"，并为之感动。要做到这么彻底，所有工作都事必躬亲的话，确实也就没有时间睡觉了。

荒木不解地说："老师，您的身体真能支撑得住？"

英世有些气恼地说："人到了四十岁，再干不出点儿样子来是不行的。无论是创造力还是体力，都是年轻的时候有优势。凡是有成就的人，他们到四十岁的时候都已经做出一定成绩了。我现在三十一岁，距离四十岁就只剩下九年时间了。时间这个东西转瞬即逝，像我们现在说话的这么一会儿工夫，说不定在世界的某个地方，已经有人将研究出的成果发表了。只要你一慢下来，马上就会被别人超过去。这样一想，哪里还睡得着觉啊？晕晕乎乎的，什么都不想，四肢不动地躺在那里睡大觉，时间浪费得多可惜啊！"

荒木和英世在一起生活的三年时间里，英世从未穿过什么睡衣。他看书、做实验累了，就穿着鞋子躺到床上去，一躺下就睡着了。睡两三个小时后，他连脸也顾不上洗，就又回到研究室工作去了。他的内衣往往连续穿好几天都不换。等衣服发臭让他换衣服时，他还满脸不高兴的样子，一边换衣服一边不断发着牢骚。他一旦换衣服，就会从上到下、从里到外全换掉，然后这套衣服又会连续穿在身上好几天。

英世的生活就是这样，一切以研究工作为先。他也不是对周围的人漠不关心，只要对脾气，他也会对对方极尽善意，热情施教。只是他的做法多少有些强加于人的感觉，不过这里也能体现出他独特的人生哲学。

比如,有这样一件事,在荒木到纽约大概一年时,英世就极力主张让荒木写论文。

"好不容易到美国来了,你不能只看着别人做出的成就发感慨,那没有任何意义。你做牙科的工作也已经十多年了,差不多也该有你自己的想法了吧?你把自己的想法总结一下,试着写篇论文发表看看怎么样?在这个国家,你说你上过大学,有知识,也不会有人承认你的。如果有本事,就要明明白白地把它写出来,拿出文章来给大家看,不然在这里是行不通的。你不写出来,就等于什么都没有,会被别人淘汰的。"

在英世的鼓励下,荒木很没自信地说了说自己的想法。英世听后点了点头,提议道:"刚开始的时候,不必考虑研究太大的课题,先从小处着手,找点儿简单易行的题目做。《牙科世界》杂志的主编爱德华·卡克是我的朋友,我可以把你介绍给他。"

卡克当时是宾夕法尼亚大学的牙科部长。

"您能把我介绍给他,我当然非常高兴。可是您也知道,我的英语运用能力很差,很难写明白自己的想法。"

英世一听,马上站起来说:"你总是这样退缩怎么行?如果你自己写不出来,我可以帮你写。你先说说你的想法。"说着他就拿来了纸和笔。

要做之事一刻都不犹豫,这就是英世的作风。

荒木没办法,只好把自己的笔记拿过来,把要写的论文内容说给英世听。虽然这是和细菌学完全不同的牙科领域的话题,但英世还是叼着烟卷,认真地做着笔记。荒木大概用三十分钟讲完了自己的想法。英世马上拿来方格纸,坐到写字台前,说:"好吧,我现在就帮你写,你等着。"

他边说边看着自己做的笔记,一口气写了起来。大概过了一个小时,他已经写成了一篇长达八页的论文,重新读过一遍后,交给荒木说:"这样就行了,你寄出去吧。"

"现在已经晚了,明天一早起来我就去寄。"

"不行,你现在就得去寄,中央邮局晚上也开门。你今天晚上寄出去,明天不就可以好好睡一觉了吗?今天晚上寄和明天早上寄虽然只差半天,但说不定就因为先寄到了那么一会儿,你的论文就会被录用。无论是实验还是论文,都是先来者居上。"

听英世这么说,荒木只好大半夜走出家门。

英世在给卡克的信中写道:"虽然我觉得这篇论文没有什么特别突出的地方,但是这篇论文的作者是来自日本的非常有前途的年轻人,现在正在我这里,由我照顾他。我相信如果论文能够在贵刊上登载,肯定可以激发作者的积极性,写出更优秀的论文来。请您拨冗一读,予以考虑。"

那天晚上,当荒木从邮局回来的时候,英世还在那里用乳钵研磨猴脑呢。

5

明治四十年(一九〇七年)六月,英世到洛克菲勒研究所已经两年了,他获得了宾夕法尼亚大学颁发的"理学硕士"的学位。虽说是学位,可这个学位也只是名誉学位,并未经过正式的论文审查。这是弗莱克斯纳教授为了报答英世在宾夕法尼亚大学所做出的不懈努力,大力推荐才促成的。通过当时授予学位典礼上的评议委员的推荐信,我们可以在某种程度上了解他们对当时的日本以及英世本人的评价。

今天,我们特意请野口英世先生出席学位授予典礼。

众所周知,现在的日本正日益成为世界强国,正以坚实的步伐从东洋向世界不断迈进。他们拥戴天皇,充满了无穷勇气的精神力量正散发出夺目的光彩。经过长期闭关锁国的沉默,今日之日本正面向未来,不断巩固建设着强大的国家基础。

日本的觉醒是世界历史上的一个奇迹。正如英国在短短的半个世纪里沿着欧洲大陆发展起来那样,由四周被大海包围着的岛屿组成、沿着相邻的海岸线发展的日本,无论在和平技术领域,还是在战争技术领域,日本在亚洲大陆都明显保持着绝对的优势。这种觉醒和进步,只有拥有英雄的过去并具有不断成就自身伟业的潜能的民族,才能够真正实现。

日本一方面不断维护着自身原有文化中的精华,一方面又在积极吸收所有西方文明中好的、可以借鉴的东西。日本国民具有原属于他们的聪明才智,同时也具有我们这一民族的勇气和决心。这两个具有男性特征的民族是为人类命运带来巨大影响的社会以及政治力量的代表。

当然,这两个民族要建立起完美的协调与合作关系还需要很长时间。但是,正因为这两个民族在知识领域的接触,才使我们今天能够邀请到这位年轻有为的客人,对此我们深感荣幸。

野口英世先生于一八九七年,毕业于东京医学校,一九〇一年来到宾夕法尼亚大学以后,马上着手进行一般性的病理学研究,其后加入本校医学部的教授队伍中。为了能够从事更广泛的研究活动,一九〇四年从本校辞职。

野口先生是日本具有强烈进取精神的人民的代表。他深刻认识到,他从一个国家带到另一个国家的所有科学知识都将成为两国共同拥有的财富的一部分,因此他在具有爱国主义精神的同时,也具有热爱全人类的精神,并为此在生物学领域做出了不懈的努力。

我们在他的身上看到了宽容大度的性格,训练有素的礼仪举止,聪颖敏捷的智慧,不知疲倦的刻苦精神,同时也认识到了从事研究工作就必须认准目标绝不动摇的重要性。

在此,鉴于野口先生发表的论文《关于毒蛇毒性的生物成分的研究》以及其他多项研究成果,我们全体评议委员一致恳请授予他本校"理学硕士"称号。

这是正式的推荐信,里面有很多礼节性的表述方式,不过从中我们还是可以看出当时美国人对日本以及对英世本人的评价。其中在讲到英世的履历时,说他毕业于东京医学校,这一点是错误的。英世根本没上过正式的医学学校。不过在英世提交给宾夕法尼亚大学以及洛克菲勒研究所等处的履历书中，一律都是"一八九七年毕业于东京医学校"。

这样看来，英世是想把自己的履历改成毕业于某所医学校，才把自己入济生学舍学习的一八九七年写了进去。而实际上，他在这一年的十月份，已经通过了医师资格考试。济生学舍是为了给那些准备参加医师资格考试的考生提供学习机会才创办的类似于预科一样的地方，并不是正规的学校，而是只有入学没有毕业的私塾，学生们通过医师资格考试之后，就自动退学。而英世却把这看作是毕业，而且还怕大家不好理解，于是就把济生学舍改成了东京医学校。像这样篡改履历的情况在其他地方也有发生。比如，在一八九七年到一八九八年这段时间，他说自己在东京综合医院当助手，而实际上，这段时间与他在顺天堂工作的时间正好吻合。在这里，他恐怕也是考虑到外国人理解不了，才把顺天堂写成了东京综合医院。再比如，他说自己在横滨港检疫站担任检疫官，可准确说来应该是检疫官助理。一八九八年到一八九九年，他说自己在东京牙科大学担任病理解剖学讲师，而当时那里还是东京牙科医学院，并不是大学。

英世自己当然明白这些情况，他显然是因为清楚这些不同之处才特意这样写的。虽说美国是个只看重实力的国家，可是也不得不编出上述这些经历。由此也可以看出，英世一直深受学历方面的压力。

他取得的这些成就，虽说与弗莱克斯纳博士的大力推荐有关，但是作为东洋人，能够在美国社会受到如此重用，也是极其少见的了。

获得名誉学位时,英世在给血胁守之助的信中,表达了自己的喜悦之情,而后又这样写道:"在科学研究领域,梦想得到某种东西时最为美好,可实际上等你把它拿到手后,才知道这种喜悦也不过如此。不仅如此,当一个目标达到以后,就会发现另外一个新目标,其结果就是使自己更加痛苦。不过,我是不会退缩的。下一步,我想争取拿到日本的学位。"

　　接下来,他列举了几位在日本取得博士学位的医学工作者的名字,又写道:"在科学领域,我虽然不知道自己在日本留下了什么功绩,但是在欧美各国,除了其中的北里和志贺外,没有什么人比我更有名。在日本获取学位的人无数,但几乎没有人知道他们的名字。日本学位在欧美根本行不通,简直贻笑大方。"

　　正如英世所说的那样,日本的博士在欧美根本不管用。特别是在美国,与此类头衔相比,美国人更看重的是你过去做过什么样的工作,取得过什么样的成绩。但是,英世想要的正是这种日本学位。说起原因,他强调说是"为了让只了解日本的情况的母亲高兴",而从另一角度看,这也表现出英世自身对学位的憧憬与渴望。

　　无论在欧美各国多么广受好评,如果在日本得不到荣誉的话,对英世来讲似乎毫无意义。如果不能在日本扬名立业,就无以报复那些曾经冷遇过自己的人了。不仅要在美国的学术界称霸,而且还要在日本的学术界称霸,这才是英世所期望达到的最终目标。

　　一九〇三年,俄国的梅契尼可夫与别人合作使猿感染梅毒;一九〇五年,绍丁和霍夫曼发现梅毒螺旋体;一九〇六年,瓦色曼开发出了能够有效诊断梅毒的瓦色曼反应。这些成就不仅在医学界发表，而且还刊登在当时的报纸杂志上，在全世界引发了广泛反响。

从十九世纪后半叶直到二十世纪，梅毒在全世界范围内传播开来，被人们称之为"亡国病"。自从哥伦布发现美洲大陆以来，梅毒迅速传遍了全世界的各个角落。上至一国宰相，下至普通体力劳动者，很多人都染上了梅毒并深受其折磨。特别是在贫民居住区，到处都能够看到由于患上梅毒而缺了鼻子或者皮肤生疮，甚至病毒从脊髓一直侵入大脑后造成瘫痪或痴呆的男女。治疗梅毒已经成为全世界人们翘首以盼早日实现的梦想，而现在已经找到了第一个突破口。就在这种情况下，英世全力以赴投入这项课题的研究。

英世早就想从事有关梅毒方面的研究了。过去一直进行的有关蛇毒方面的研究虽然也具有一定的价值，但相比之下，远不及梅毒的研究更具社会影响力。在南美以及东南亚地区，虽然至今仍有很多人因为中蛇毒而丧命，但受害地区仅限于热带，而且多半集中在落后国家，与白人社会关系不大。而梅毒却完全不同，它在全世界蔓延，根本没有落后国家与先进国家之分。关于梅毒研究方面的每一项成果都会在先进国家备受瞩目。在科学研究领域，研究课题有热门和冷门之分，而梅毒正是热门中的热门，完全可以与今天的癌症相提并论，在某种程度上，甚至可以说梅毒比现在的癌症更受大众关注。

英世原本自我表现欲就强，他时刻关注着能够引发轰动效应的研究课题，因此，他不可能对当时的形势漠不关心。何况对于他来说,还有个极为有利的条件,那就是瓦色曼反应是利用梅毒患者的血液研究血清反应,这与英世一直研究的蛇毒血清反应属于同一个研究领域。

不过,英世认为瓦色曼反应存在着可以进一步改良的空间。的确,当时所做的瓦色曼反应在梅毒患者身上会出现阳性反应,但在其他病患身上出现阳性反应的概率也相当高。而且检测方法复杂,也比较花费时间。找到更准确、更灵敏、更简单的检测方法,是对瓦色曼反应进行深入研究的学者们的共同愿望,而一直研究血清学的英世,正是可能实现这一共同愿望的学者之一。

英世看到现在正是个大好时机,于是便全力以赴地投入到这项研究工作当中。

在给守之助的信中,他是这样描述自己开始着手进行梅毒研究时的兴奋心情的:"我终于可以进行以人为对象的研究课题了。"

以前进行的蛇毒方面的研究,英世处在自己主动上门当助手这一弱势立场,由弗莱克斯纳教授单方面分配给他研究课题。虽然他也尽力去做了,但毕竟他最想做的标本不是取自蛇,而是取自人的血液。他一直盼望着能够从长期以蛇为研究对象的工作中解脱出来,而现在机会来了。从这时起,英世对于研究工作的热情已经不能用"异样"来概括,他简直变成了工作狂人。

这一时期,和英世同住的荒木称英世为"二十四小时不眠主义者",因为英世几乎整天都在进行着研究,偶尔睡一会儿,也只是伏在桌子上或者仰靠在椅子上打个盹,睡不到一个小时就又起来开始工作了。

荒木看他这么拼命，劝他说："您那么不注意，身体会吃不消的。"

而英世却只是笑笑说："人啊，只要你自己觉得没问题就没问题。人是靠意志力活着的，如果豁出去了，就没有做不成的事情。"

"不过先生，您的做法也太过了。"

"别担心，我实际上真的一点儿也不困，几天几夜不睡觉根本不成问题。有时候为了提高第二天的工作效率，我觉得睡一会儿合算的话，我还是会睡的。你别看我这样，我还是有我的考虑和计划的。"

不知道他是不是真的考虑、计划过，反正这一点是年轻的荒木想学也学不来的。

"也许我说的不对，不过我觉得每一项发明创造，只要每天一步步踏踏实实地走下去，即使不那么赶着做，也照样可以达成目的。不是吗？"

"要是按你说的那样，不论到什么时候，你都只能和大家处在同一个位置上。如果你想走到别人前面一步，你不付出成倍的努力是不行的。而要走到别人前面两步、三步的话，你就必须付出几倍的努力才行。现在我和你说话的这会儿，说不定在世界的某个地方，就有人正在用显微镜进行观察呢。你听，你听，你也能听见他们追上来的脚步声吧？"

英世突然伸着脖子做出要用鼻子在墙上闻的动作，看上去好像产生了某种幻觉。荒木觉得有点儿可怕，也就不再跟他多说了。

从一九〇七年到一九〇九年，英世不断发表论文，其中比较具有代表性的有《关于梅毒血清诊断的批判性考察》《所谓梅毒性抗生物的命运》《瓦色曼反应与蛋白质及盐类的关系》，以及《关于梅毒血清诊断的自然而简单的方法》等。

"这可是很来钱的课题。"英世得意地对荒木说。的确，进行梅毒研究比较容易得到赞助。只要进行梅毒治疗方法的研究，就会有很多财团、企业以及个人愿意出资赞助。因为这是不分穷人、富人都可能得的疾病，所以大家普遍感兴趣。

英世吹嘘说："钱这种东西，如果想要的话，多的是。"不过他说的倒也不完全是大话，尤其在研究经费方面，不会出现任何揭不开锅的现象。

只要英世一有新论文发表，媒体马上就会进行大肆宣传。没什么题材可写的时候，记者就会跑到英世这里来问有没有什么新发现，于是英世便像早有准备似的，拿出论文给他们看。这时记者就会把论文内容进行一番润色，使其更贴近读者，更通俗易懂，然后在报纸上进行炒作。

一经他们宣传，各地的研究学者都跑到英世这里来参观学习，后来连完全不懂医学的外行人也跑来了。英世平时工作起来废寝忘食，而在有来访者的时候他却舍得抽出时间，耐心细致地为他们进行讲解。有时甚至忘了对方不懂行，还会为对方缺乏理解大为光火。

就这样，作为梅毒研究学者，野口医生的名字不仅在学术界，在一般百姓中也叫得很响。

在这一系列的工作当中，英世有两项研究成果广受好评。其一就是将以前瓦色曼反应中所用的羊的血细胞换成了人的血细胞，并研发出了与之相对应的具体实验方法，而这种方法比以前的更合理、更灵敏。其二就是在研究瓦色曼反应时偶然想到的一点，既然梅毒在侵入人的皮肤、四肢的同时，也会侵入大脑和脊髓，英世就对梅毒患者的脑髓液进行了取样检查，结果发现其中有蛋白成分异常增多的情况。发现这一情况后，他又研发出了识别其增加程度的方法，这种方法发表后，被定名为"野口酪酸反应"。

和以前一样，英世马上写信把这个消息告诉守之助："去年我发现了诊断脊髓痨（当时因为有部分梅毒患者患有此病，所以怀疑与梅毒有关，但没有能够证实它就是梅毒的一种）的方法。而从去年冬天一直到今年年初，我又发现了第二种诊断方法，在美国、意大利以及南美各地均赢得广泛赞誉。尤其是巴斯德研究所的所长，很快就把小生的论文翻译成了法语，介绍给法国医学界的同仁。现在为了学习我的这种方法，每天都有三四个人从各大学、医院等机构被派到我这里，而进行咨询的信件每天不下十封。上星期，我还接到州立精神病院的邀请，到他们那里做了一个小时的演讲。此次随信寄上相关论文四篇，还望您抽时间批评指正。另外，阅后烦请转送文部省。"

这四篇论文后来就成为英世在日本申请学位时送审的主要论文成果，其中包括《关于针对蛇毒血细胞保护作用的研究》（英文）、《关于化学作用产生的补体之非动性及再生》（法文）、《关于蛇的溶血素溶菌素及其毒性之间的关系》（英文，与弗莱克斯纳合著）以及《蛇毒以及蛇血清的构造》（英文，与弗莱克斯纳合著）。

英世把论文寄给守之助的真正目的,是让守之助把论文转送文部省。

英世之所以采取这种拐弯抹角的方式,是因为他对日本学术界的某种挫折心理。他没有直接寄给文部省,主要是要做出姿态,那就是这些论文不是他有意提交上去的,而是由他人偶然提交上去并申请予以审查,授予学位的。

在这些论文中,有两篇是和弗莱克斯纳教授合著的,对此英世对荒木说过:"如果你想要得到上司的赏识和提拔,有很多事情你就得忍耐。比如,我写的论文虽然都是我自己独立完成的,可如果弗莱克斯纳博士提出把他的名字也加上去的话,我就无法拒绝。因为他的地位比我高,名气比我大,一旦把他的名字写上去,就会让人感觉这论文好像是他写的似的。在我的论文中,有三篇就属于这种情况。虽然我不甘心,但像这种情况也只能忍受。实际上,我就是通过这种积累,才最终得到了弗莱克斯纳博士的信赖。"

在学术界,这一情况美国和日本基本相似。如果考虑到有关蛇毒方面的工作是弗莱克斯纳博士的研究课题的延续的话,那么在英世近百篇论文中,只有三篇署上了弗莱克斯纳博士的名字,可以说这一数量并不算多。

这段时间,英世疯狂地撰写了很多论文,但质量参差不齐。有的只是实验数据的简单罗列,有的只是简单介绍显微镜下观察的实际情况,但英世把所有他初次看到或者了解到的东西都归纳成了文字。

英世时常对荒木说:"无论你进行什么样的研究,如果不发表论文的话,别人是不会知道的。只是自己心里明白而闷声不响的话,那就等于什么都不知道。"

这种思路,美国比欧洲贯彻得更彻底,评价一个人最主要的依据就是看他如何表现自己,至于那个人的出身门第,这些都无关紧要。而较之出身门第,一个人现在从事什么工作,掌握了多少知识,等等,这些情况如果不自己表现出来的话,别人则无法了解。发表研究成果,让普通人也能够了解自己的工作,这对筹集更多的研究经费,保住自己现在的职位等都很重要。在这里,善于雄辩是金,而沉默不语连石头都不如。这种开放的社会氛围更进一步强化了英世的自我表现欲。

一九〇九年和一九一〇年这两年,英世连续出版了两本关于蛇毒方面的书。特别是第一本《毒蛇及蛇毒论》出版时,卡内基研究所给了他五千八百美元的出版赞助,正式发行的时候,又额外给了他五百美元作为酬劳。第二本书讲的主要是梅毒血清诊断法,较之主要阐述血清学基础原理的第一本,这本则相当于应用篇。

这本书的第一稿,英世只用了两个星期就完成了。正如他自己所说的那样,他是以"每天晚上写一章"的速度完成的。书中关于细菌以及实验器械的图解也都是英世自己画的,水平相当高。

书稿写完后,他先交给路易斯博士修改内容,然后再交给卡尔斯基博士,由其将语句改写成美式英语。之所以这样做,英世主要还是考虑到如果在美国出版的话,靠自己那种日式英语恐怕行不通。当改好的书稿交到英世手里时,他又再次进行了修改。为了强调这本书是他独自一人完成的,他还特意保留了一部分日本味道很浓的英语表述。

他在给校对人员的信中这样写道："为了能够更准确地表述我的意图，我对其中的两三处重新进行了修改，可能使文章整体缺少流畅性，还请您多多帮忙校对。"在此，充分体现出了英世极强的自我表现欲。

英世在如此热衷于研究工作的同时，生活方面照样一塌糊涂，生来花钱缺乏计划的坏毛病依然如故。

这段时间，和英世同住的荒木最害怕的事情有两件。其中一件就是由于研究需要，英世有时会强制性地从他身上抽血。为了研究梅毒，需要用健康人的血液进行对比，为此英世逼着荒木提供研究用的血液。

"哎，再给我100毫升吧。"

英世想得到血液时，从不管别人愿意与否。有时一连三天，他每天都从荒木身上抽取100毫升的血液。结果，荒木浑身乏力，连饭都做不了了。因此，只要一听到英世叫他"荒木君"，他就仿佛听到了吸血鬼的叫声一样，感到害怕。

令荒木感到害怕的还有一件事，那就是英世经常强行从他手里借钱。

英世花钱一如既往，毫无节制。钱一花光，他就会在桌子上放张纸条，用极其熟练的毛笔字写上"今日急需五美元"或者"需要十美元救急"等。

看到英世写的字条，荒木觉得自己的寿命都要因此而缩短了。

虽说他家里会从日本寄钱来,他自己做牙科医生也能挣到一些钱,但无论如何也经不住英世这样没完没了地折腾。英世从荒木这里借的钱,仅有明确账目记载的部分就已多达七百美元。再这样继续下去的话,今后还不知道要被他拿走多少。于是,荒木终于下定决心,趁晚上英世工作间歇的时候,过去对他说:"直到今天,我都一直按照先生您的要求在不断地想办法替您筹钱,但是再这样继续下去的话,我自己就要破产了。这样做不仅对先生您的身体很不利,而且还会在精神上为我们带来不良影响,所以我决定向您明确表示,从下次开始我将拒绝您的要求,还望您能谅解。"

英世刚开始还一脸茫然的表情,但很快就点点头说:"好吧,我知道了。你说的道理我都懂,不过,今天你还要再帮我最后一次。"

"那么就只限今天这最后一次,下不为例。还有一件事,我一直不好意思说,我希望您能把以前从我这里借的钱还给我,哪怕每个月还一点儿也行。"

"也是啊……"英世双手交叉着考虑了一下,说,"你提出来希望我还钱,我也不是不想还。可是你也知道,钱一到我手里,就花完了,就好像钱会自己跑出去似的,一点儿都留不住。如果你真想让我还钱的话,你就等我发工资的那天到研究所来,先把你需要的那部分拿走好了。"

"实在不好意思,那我就按您的意思办了。"

英世发工资之际,荒木按英世说的,从中抽走了应该还给他的那部分钱,而英世也不管对方到底拿走了多少,只是把剩下的钱胡乱塞进口袋完事。

6

　这一时期,梅毒的病原体尚处于半发现、半确定阶段。一九〇五年,绍丁和霍夫曼发现了梅毒螺旋体,而其他学者也确认了梅毒患者的病灶当中确实存在这种微生物。但是,最后确定它就是病原体,还需要将其转移到其他动物或人的身上,确认它确实能引发同样的疾病才行。如果只是在病灶周围发现了同样的微生物,还不足以说明它就是病原体,也许是在与这种疾病相关的某种特定情况下混入的也未可知。

　不过,要确定细菌的话,首先要将怀疑是病原体的细菌单独取出来,使其繁殖,然后再将其植入动物或人的体内,也就是所谓细菌纯粹培养。

　至今为止,已经发现的肺炎杆菌以及痢疾杆菌等,都只需将其移植到加入了肉汁或血清的培养基里,就可以繁殖。采用这种办法,是可以进行一般细菌的纯粹培养的,可是唯独梅毒螺旋体采取这种简单的办法行不通。虽然很多学者都进行了这方面的尝试,但是仍然无法顺利地进行纯粹培养。

　英世想挑战纯粹培养螺旋体这一难题。若能成功的话,他就可以一跃成为全世界瞩目的人物,肯定能赢得社会的广泛认可,名扬海内外。但是这项实验做起来很不容易,首先要解决的问题就是如何获取梅毒螺旋体,然后再对其加以提纯。

　当时正值梅毒病极其猖獗的时期,只要到脑病医院或者慈善医院,就能很容易地采到梅毒患者的血清。而英世经过反复思考,决定利用患有梅毒的兔子进行实验。他首先将梅毒螺旋体接种到兔子的睾丸里，经过三四个星期之后，就会产生大量的梅毒螺旋体。他将这些梅毒螺旋体取出，再继续接种到下一只兔子身上。

他这样做是有充分理由的。因为睾丸具有净化作用，反复移植几次后，其他的螺旋体以及细菌均已被消灭，最后剩下的就只有纯粹的梅毒螺旋体了。也就是原来由细菌学家利用试管做的实验，现在要用兔子的睾丸来完成。

第二个问题，也是最重要、最关键的问题，就是如何制作并最终获得螺旋体的培养基。在这一阶段，要防止混入任何其他细菌，找出只适合纯粹螺旋体生长的培养基。当然，即便是微生物，在生长过程中也需要营养，所以还要在培养基里加入足够的养分。

英世制作了各种各样的培养基。他刚开始的时候，用过兔子的血浆，后来又用马的血浆，再后来又试着单独加入血清进行实验。看着好像已经成功了，但又会出现突然死亡或者其他螺旋体突然增殖等情况。总体情况极其不稳定，难以控制。有时，他又试着往血浆里加灭菌水进行稀释，但仍未成功。

他绞尽脑汁也没想出太好的办法，最后找到史密斯博士商量。史密斯博士建议他说："你试试往血清里加一些新鲜的动物组织，看看情况会怎么样？"

英世马上采纳了史密斯博士的建议，或许这也说明，专心致志埋头从事研究的人还具有某种特殊的灵性。将新鲜的动物组织从生物体上剥离下来之后，它还能继续存活一段时间，此时它还要从周围呼吸氧气。

制作培养基的一个难题就是量虽然少，但仍然会有空气进入。杀菌还比较容易，而要做到绝对真空却很难。而有的螺旋体遇到空气，特别是氧气时，很快就会死亡。如果加入新鲜的动物组织的话，是否可以帮忙吸收掉碍事的氧气呢？而且，这些活性组织说不定还能成为螺旋体的养分。基于这种考虑，英世又进行了各种各样的尝试。

他首先试着加入各种肌肉组织以及肝脏进行实验，但正如他所预料的那样，生物体组织本身附着有多余的细菌，结果反而把辛辛苦苦制作的培养基给污染了。有时，培养基里还会长满这些多余的细菌。肝脏里含有糖分，这些糖分在培养基里氧化，反倒把螺旋体给杀死了。

通过反复实验，英世发现了比较稳定的组织，那就是肾脏和睾丸。用这种组织污染少，而且不会对螺旋体造成不利影响。

就这样，英世进入了制作培养基的最后，也是最关键的时刻。他使用的试管比普通细菌学者使用的试管要长得多。他先往里面注入五分之四的血清水，再加入新鲜的动物组织，为了确保里面没有其他细菌，还要将其放入恒温器中保存三天。经过这个流程，确定里面没有细菌产生，最后才把从兔子的睾丸里取出的梅毒螺旋体接种进去。

他先用石蜡纸盖好试管，然后把试管装入坩埚（这种做法是英世为了避免空气进入而发明的），最后装进孵卵器中。将其装入坩埚这一点属于所谓"野口式"的特殊之处，除此之外，据说也没有什么特别的地方。用这种方法将梅毒螺旋体接种到几百支试管里，然后每天拿出来一支进行分析检验。就这样每天都做新的试管,检验旧的试管,其结果就是试管的数量不断增加。每个组织切片的切取方法、血清与水之间比例的微妙变化、试管密封的情况等细微之处,都可能决定梅毒螺旋体是否能够增殖。

接下来,要进入的就是用肉眼无法观察到的微观世界。

有可能观察几千支试管都是失败的,也有可能其中有一支就是成功的,所以他不能漏掉任何一支试管。

一九一〇年春天过后,英世就开始埋头做这项工作了。研究室里试管成山,而且每支试管都由英世自己亲手清洗灭菌,亲手制作培养基,亲手进行接种。因为从洗试管到接种、培养、观察都是他一个人做,所以时间再多也不够用,为此,他干脆留在研究室里不回家了。困了就打个盹,很快就会醒过来,然后又马上打开孵卵器察看。说不定在哪个瞬间,就能从某一支试管里看到繁殖的螺旋体。如果漏掉了那一瞬间的话,一切努力就都白费了。

弗莱克斯纳博士看到英世埋头苦干的劲头,不禁惊叹道:"他充满耐力和毅力,任何美国人恐怕都无法与他相比。"

他进一步说道:"所有西洋人都无法向野口看齐,他一天二十四个小时都在连轴转。我想在他如此拼命工作的背后,肯定有我们无法理解的日本人独特的人生哲学。"

见英世根本不回家,荒木有些不放心。他到英世的研究室一看,只见英世头发蓬乱,两眼充血,雪茄片刻不离口。

"您不休息一下,会把身体搞垮的。"

听荒木这样劝他,英世反而很生气似的尖声教训荒木,说:"人如果开始考虑自己的身体,那他就完了。一旦开始体恤自己的身体,就说明他已经丧失了能量。你现在年纪轻轻的,怎么能像老年人一样说出这种话来。"

这一时期,英世疯狂工作的样子,简直让人怀疑他本人是不是受梅毒影响发疯了。不过,他的努力得到回报的那一刻终于来到了。

"就这样,为了得到六种培养基,每一种我都要经历无数次失败,最后突然一下子就发现了螺旋体的存在。"

正如英世在论文中谈到的那样,螺旋体纯粹培养成功的这一天终于来了。

这天,英世像往常一样怀着激动不安的心情,满怀期待地打开了孵卵器。他看到试管里面只有螺旋状的梅毒螺旋体在繁殖。

"哎?"他半信半疑地把它放到显微镜的下面一看,确实没错,他想得到的螺旋体正活动着呢。

"太棒了!"

英世情不自禁地举着双手跳起来欢呼着,而此时,在研究室另一头的助手们虽然听不懂这句日语的意思,但还是马上明白了英世一定有什么重大发现。于是,他们马上报告给弗莱克斯纳,然后又把这一好消息通知了研究所里的所有人。看过显微镜的工作人员都过来跟英世握手,向他表示祝贺。

那天晚上,英世回到家里以后,当着荒木的面,在房间里一阵狂舞,然后又带着荒木出去喝酒,连续转了十来家酒吧。

"您没事儿吧?"荒木真的怀疑英世的大脑是不是也感染了梅毒。

"野口医生纯粹培养梅毒螺旋体获得成功"这一消息很快从纽约传遍了美国各地，然后又传遍了全世界。

　　"于一九〇五年被绍丁和霍夫曼发现的螺旋体终于被野口证实了。"

　　这一消息不仅在学术界，而且在面向社会大众的一般报刊上也成为一大新闻。

　　虽说洛克菲勒研究所有雄厚的资金做后盾，但作为医学研究所毕竟刚刚成立不久，名声还不是很大。但是现在由于英世的这一发现，洛克菲勒研究所在全世界备受瞩目，而野口自己也一跃成为全世界最优秀的细菌学者队伍中的一员。

　　"住在东第六十五大街的细菌学家，不仅在纽约，而且在全世界也是非常著名的科学家。"人们这样传说着。当看到走在街上的英世时，他们也会左顾右盼，交头接耳地说："那个人就是野口。"

　　奇怪的是，因为这一发现，英世连走路的姿势都发生了变化。过去，他走路时身体微微前倾，步伐频率很快。可是现在，他走起路来迈的步子大了许多，也慢了许多，而且还经常会戴上礼帽，拎着根手杖。

　　但是，梅毒本身并没有因为这一发现而被征服。绍丁首先提出梅毒螺旋体是梅毒的病因这一见解，而现在野口成功地完成了梅毒螺旋体的纯粹培养繁殖，这样也就基本上搞清楚了引发梅毒的基本原理，而如何治疗却是下一步需要研究的课题。

　　要想找到治疗这种疾病的办法，首先就要找出能够杀死纯粹培养的螺旋体的有效药物,如果没有这种药的话,就必须制造出能够在人体内与螺旋体相互制约的疫苗。因此,英世的这一发现,便成为完成这项工作当中的一个环节。

这里还有一段插曲。在梅毒治疗方面,在一年之前,秦佐八郎与埃尔利希共同研发的肿凡纳明更为有效。当年,秦和英世同时进入北里研究所,与英世不同的是,他身后不仅有颇具影响力的人物撑腰,而且还有毕业于冈山医学校的背景,尽管那只是一所地方学校。后来英世早早退出了北里研究所,而秦却沿着优秀学员的成功道路一路走来,然后在北里的大力推荐下,到埃尔利希研究所留学。

肿凡纳明是基于减轻梅毒患者的临床症状这一目的而研发出的新药。研究的思路不是追踪螺旋体本身,而是反过来通过基础实验研究追求临床治疗效果。也就是说一次发射出多枚可能有效的炮弹,争取使其中的一枚击中目标。

但是,这种研究同样需要不懈的努力和顽强的毅力,因此,埃尔利希在回忆秦佐八郎的时候,说道:"正因为秦是极具耐力的日本人,才使这项工作得以完成。"

英世自然也知道秦已研发出肿凡纳明这件事。虽然他和秦之间没有什么个人恩怨,并且从北里时代起,英世就非常羡慕秦,觉得秦各方面的条件都很优越,但现在就是这个人与埃尔利希共同研发出了治疗梅毒的特效药,并且因此而出了名,对此,英世不可能没有触动。

总而言之,短短数年间,秦在欧洲研发出了治疗梅毒的药物,而英世在美国发明了纯粹培养梅毒螺旋体的方法,这使日本人在世界医学界的评价得到了很大程度的提高。

在梅毒螺旋体纯粹培养方面取得成功之后，英世所要继续完成的工作就是研发梅毒疫苗。

英世相信能够研发出预防梅毒的疫苗。无论针对任何病症，英世首先考虑的是疫苗，而不是治疗性药物，也可以说，这就是他没做临床医生而当了细菌学者的宿命。

英世曾说过："药物这种东西，即使再有新发现，效果也很有限。等生病后再吃药也不是办法。与其生了病再吃药，还不如用疫苗预防疾病的发生，这才是第一位的。"

由此可见，在他的内心深处不能说没有和秦一决高下的竞争意识。

不管怎么说，当某种疾病的病原菌被找出来并对其成功地进行了纯粹培养之后，接下来的课题，就是在此基础上找出能够抑制这种病原菌的疫苗或者药物了。

在过去，像霍乱、鼠疫、伤寒等都是这样被征服的。而现在在全世界，只有成功地进行了纯粹培养的英世的手中有纯粹的梅毒螺旋体。只有英世一个人可以随心所欲地对其加以充分利用。这样在研发疫苗时，与其他学者相比，他就具有绝对的优势。

英世用自己培养出来的螺旋体做出一个稳定的实验品，并将其命名为"利思清"。这是模仿用于检查结核病时用的结核菌素进行的命名，而实际上它们的效用也几乎相同。

因此，英世认为"利思清"也同样可以用在梅毒患者的早期发现上。

他马上试着把"利思清"注射到健康的兔子和患有梅毒的兔子身上,结果跟他预想的一样,患了梅毒的兔子反应比较强。英世因此获得了自信,于是他又分别对健康人和梅毒患者做了同样的实验。在这种情况下,万一"利思清"的用量过多而使健康人也患上梅毒就麻烦了。因此,最理想的就是把握所需最小量,使体内存在的螺旋体能够切实出现反应。经过实验,结果表明初期以及第二期患者的反应不明显,而第三期和遗传性梅毒患者的反应却非常明显。这正说明了"利思清"中的螺旋体和患者体内的螺旋体发生了反应。

英世非常满意,他终于成功地迈出了使"利思清"疫苗化的第一步。只要继续向前推进,也许就能够确立一种比现在的疫苗反应更灵敏的检验方法。那样的话就可以完成疫苗的研发工作,彻底征服梅毒,实现人类长期以来的愿望。英世想象着自己出人头地的那一天,心里非常高兴。

他甚至对荒木说:"你看着吧!过不了多久,全世界的人都会像崇拜救世主一样崇拜我。"

不过,按现阶段"利思清"的实际使用情况来看,还不是英世张狂的时候。虽然他已经成功地进行了螺旋体的纯粹培养,而且从中研制出的"利思清"也已在梅毒患者身上发生了反应,可出现反应的都是第三期患者或先天性梅毒患者,而在初期以及第二期患者身上还没有产生效果。既然要用于早期发现,那么如果不能在什么症状都没有的阶段做出诊断,实际上等于没有任何意义。

"别人正在后边拼命地追赶我,我得更抓紧点儿时间才行。"这句话如同口头禅一样被英世常挂在嘴边，同时他也更加全力以赴地投入到研究工作中。

和英世一样，当时试图进行螺旋体纯粹培养的学者很多，但几乎全部以失败告终。不过有报道说，德国的一位叫博厄斯的博士也获得了成功。听到这个消息后，英世马上提出了疑问。

他在给哥本哈根的马德森博士的信中说："听说博厄斯博士成功地培养出了梅毒螺旋体，其实我也用他那种方法试过多次，可是没有一次能够成功。我不知道为什么只有他能够顺利完成。"

紧接着他又提出了他的怀疑："据说博厄斯博士的培养基具有某种臭味，而我的培养基绝不会产生恶臭。我手中有好几种几乎和梅毒螺旋体长得一模一样的散发着恶臭的螺旋体株，因此，我认为博厄斯博士培养出来的螺旋体说不定就是此类东西。"

的确如此，如果某个人用某种方法确实能够进行纯粹培养的话，那么无论是谁，只要用相同的方法，都可以成功。如果说只有博厄斯博士能做成，而换了别人就不行了，那这种方法就值得商榷了。英世坚信采用博厄斯博士的方法是绝对无法完成纯粹培养的。而事实上，按照博士的方法做的话，混入某种其他螺旋体的可能性越来越大，后来博士自己也不得不撤回了主张。

不过，后来又有几位学者也采用了与英世相同的方法做实验，结果都没有成功。到最后他自己也遭到了别人的质疑，怀疑他的发现是否属实。具有讽刺意味的是，当初英世对博厄斯博士的批评，到这时矛头又全都指向了他自己。

但这些都是后话。而在当时，大家都认为只有英世在进行梅毒螺旋体纯粹培养方面取得了成功。英世把"利思清"寄给马德森博士的同时,在信中说:"我给您回信晚了,对不起。不过一直拖延到现在才写回信是因为我想把'利思清'也寄给您,为此我进行了各种各样的实验。现在我终于完成了测试,用我寄给您的这些'利思清'可以做五六百次实验。"

马德森博士收到这些"利思清"以后,不知他是否在梅毒患者身上试用过。就算试用过且出现了反应,那么事到如今,也搞不清楚这些"利思清"是否真的就是纯粹的螺旋体了。

总之,此时,英世是世界上唯一掌握梅毒螺旋体纯粹培养技术的人。只要他认为有必要,随时都可以运用这种方法随心所欲地繁殖螺旋体。

野口医生的名字传遍了全世界。欧美各国来咨询、请求提供技术指导的信件像雪花一样飞来。在洛克菲勒研究所,甚至有人提议把他从现在的首席助手提拔为主任研究员。

就是从这个时期开始,荒木发现英世的态度发生了微妙的变化。本来以为英世在房间里工作,可一下子就突然不见了人影。以前英世就有这个毛病,正在工作的时候,像突然想起了什么事情似的跑出去,而这种时候他不是去研究所,就是去日本人俱乐部下日本象棋。可是,现在在这些地方都找不到他。荒木以为他可能去喝酒了,可过了两三个小时后,英世又滴酒未沾地回来了,而且还经常面带微笑。有的时候他还会跑到家具店里,一时兴起买桌椅,结果等人家送来了,又不知道该往哪里放。

荒木心里暗想:这段时间先生的行为太奇怪了。可还没等他问,有一天,英世突然对他说:"实在对不住,说不定我得请你从这里搬出去了。"

荒木吃惊地反问道:"是因为我做了什么不该做的事吗?"

英世笑着说:"不是这个问题。实话跟你说了吧,我现在正考虑结婚。"

"是先生您吗? 跟谁结婚呀?"

"跟一个叫玛丽·达吉斯的白人。"

至今为止,要说英世身边的女人,也就只有他从哥本哈根带回来的那张照片上的女孩子了。当初英世对她相当钟情,可是在他从丹麦回到纽约,遭到对方拒绝后,他就把照片收起来了,而且从此再也没听他谈起过。

当然,英世有时也会出去玩乐。荒木还曾经被他带着去过两三次,但是那种玩法和结婚实在相去甚远。虽然荒木也知道,早晚有一天英世会需要有个妻子在身边,可他没料到这一天这么快就到来了。

"您是真的打算结婚吗?"

"当然是真的。奇怪吗?"

"不,那倒不是。"

"我今年已经快三十六岁了,也该结婚了。你想看看照片吗?"

英世从西服上衣里面的口袋里掏出一张名片大小的照片,递给荒木。照片上的女人微微侧着身子,穿着一条白色连衣裙,头上还戴着一顶装饰着羽毛的帽子。她的眼睛大大的,在白人妇女中应该算是比较胖的,骨架也比较大。

"长得挺漂亮的。"

"你真这么认为吗？"

被他这么一追问，荒木也不知该如何回答了。实际上，照片上的女人长相很普通，确实算不上漂亮。荒木之所以这么说，只不过是出于礼貌罢了。

要说起不满意的地方，那可就多了，不过我想，现在还是退让一步比较稳妥。荒木心想。

"您已经征求过您母亲的意见了吗？"

"要是现在跟她说，事情肯定办不成。过些时候再说吧。"

英世说着，自己倒了一杯白兰地，一饮而尽。

7

有关英世的妻子玛丽·达吉斯，外界知之甚少。在很多关于野口的传记作品中几乎都只是加上了一行："明治四十五年四月，野口英世与玛丽·达吉斯结婚。"

大家都对她避而不谈，这到底是为什么呢？野口英世的传记大多写于日美关系紧张时期，因此也可以认为，大家是有意避开他和美国女人结婚的这部分细节。但我觉得只靠这个解释的话，理由还不够充分。会不会是因为作为在伟人的传记中出现的人物，只有关于玛丽的这部分被认为是不太令人满意的细节呢？实际上，玛丽这位女性自身的确存在许多问题。

尽管如此，关于她的资料委实太少了。一方面，当然是由于传记作者们都极力想省略掉这部分内容；另一方面，主要是由于英世回到日本后，几乎避而不谈有关她的所有情况。要写的一方和被写的一方都在有意隐瞒。而在英世死后的现在，这方面的情况就更加成为难解之谜。在此，我只能根据为数不多的资料以及打听到的一点消息来推测一下她的实际情况。

玛丽和英世结婚时二十八岁，她是一位爱尔兰裔美国人。据说她的父亲在宾夕法尼亚州斯克兰顿市经营矿山开采业，但是在他们结婚的时候，家境已经相当不景气了。

他们两个人是在什么地方，通过什么途径相识的，等等，这些情况完全无人知晓。当时跟英世关系不错的好几个日本人都曾经问过英世这方面的问题，可英世每次都只是笑笑，并不回答。但至少有一点可以肯定，他们绝不是通过研究所或者工作关系结识的。英世时常利用工作间隙一个人抽空跑出去喝酒，而他去的地方又大多是纽约平民区的小酒吧。也许他们就是在这种地方偶然相识的吧。为什么这样推测呢？因为玛丽自己也相当爱喝酒。只要英世在家喝酒，她也会跟着一块喝。

两人结婚时曾发誓要戒酒，可见他们多么喜欢喝酒。可是婚后还不到一个月，他们就违背了自己的誓言。

总而言之，在明治四十五年四月，英世和一个比自己个子还高的白人女子在纽约对岸的泽西城结婚了。这时，英世和他早就认识的音乐家格林班克夫妻俩一起举办了婚礼。他们的婚礼只是在牧师面前简单发个誓，连一个观礼的日本人都没有，是纯属他们个人的秘密仪式。

婚后,他们从东第六十五大街搬到了曼哈顿第一大街的一套公寓里。油画家堀市郎当时就住在这里的五楼,因为他们隔壁的房间空着,所以英世夫妻俩就搬了过来。

英世请求堀为他保密,不要让别人知道他住在这里。因为与学者们之间的交往以及信件往来通过研究所进行就可以了,所以,即便别人不知道他们的家在哪里,也没什么不方便。

英世刻意隐瞒自己的住所是有原因的。如果研究所知道他已经结婚的话,就要支付他抚养家属以及养老金的费用,他害怕研究所会因为不愿意出这笔钱,而解除和他的下一年度的合同。当时英世虽然是首席助手,但他还没有足够的自信能够保住自己在研究所里的职位。他害怕如果需要以某种理由精简人员的话,首当其冲的就是自己这个黄种人。而且英世好像还极力避免让玛丽见到日本人。实际情况也确实如此。真正见过他们婚后的生活情况的也只有住在隔壁的堀一个人。除了他以外,英世几乎没有在家里接待过任何日本人。

堀这样评价玛丽:"玛丽可不是那种对野口的研究工作能够予以理解和帮助的人。"

确实,玛丽算不上那种日本式的贤妻良母,这一点是完全可以肯定的。

玛丽也知道,英世虽然是日本人,但已成为洛克菲勒研究所的主要研究人员,而且还是一位优秀的细菌学家。她听英世说过,他现在的年收入将近三千美元。实际上也正因为如此,玛丽才嫁给了这位身材矮小、其貌不扬,而且性格、爱好都摸不透的东洋人。

说不定玛丽也曾梦想着和这个相貌平平、精力旺盛的男人一起过甜蜜的新婚生活。可是从结婚的那一天开始，英世就一头钻进研究室里去了。他不仅回家晚，而且还经常把工作带到家里来。回到家后，只顾用他的显微镜观察那一大堆标本，结果搞得家里从餐厅的桌子直到厨房，到处都摆满了酒精灯和试管，简直分不清这里是家还是研究室了。

　　玛丽是美国妇女，她从未接受过日本式的教育，不知道为了丈夫的事业需要忍耐。而且，玛丽身上还有爱尔兰的血统，本来性格就相当倔强，不肯服输。看到英世回家太晚，或者回到家里还只顾工作，只顾用显微镜观察标本，只顾看书的话，她就会生气。

　　而英世也毫不退让，回家晚时，如果看到玛丽正在喝啤酒，他的脸上就会露出明显的不满，教训她女人不能喝那么多酒。

　　他对玛丽说："在日本可没有像你这样的女人。"

　　玛丽马上反驳道："那你去跟日本女人结婚好了！"

　　他们两人性格都比较暴躁，一吵起架来就不得了。他们互相大声咒骂，到最后还会发展成相互扭打在一起的夫妻大战。玛丽比英世身材高大，英世经常会被她推倒，打碎桌子上或柜子里的杯碗等餐具。堀看不下去，赶过去拉架，可他们两个根本不肯罢手，继续扭打，直到最后两个人都打累了，这才终于停下来。

　　有一次，英世要到霍华德去演讲，可是出发前的那天晚上，他又和玛丽大打了一场，结果气得玛丽没帮他收拾行李。英世这个人，如果身边没有人照顾，连内衣和钱款放在什么地方都不知道。到后来实在没办法，他只好拿着空箱子跑到堀那里去，跟他借了衬衣和现金,这才勉强赶上了要坐的船。

不过他们两个人倒也不是光打架。心情好的时候,英世称妻子为玛蒂,而玛丽则称丈夫为亲爱的。对于玛丽来说,英世的社会地位与收入确实有魅力,但她并不是只为了这些才和英世在一起的。她担心英世连星期天都不肯休息会影响身体,有时还特意跑去请堀帮忙,请他叫上英世一起去钓鱼,或让他陪英世下日本象棋。

后来堀这样评价他们之间的关系:"要说起来,野口娶这么个老婆很合适。如果对方是一般的美国妇女,她肯定会在精心打扮后,和已经成名的英世出双入对地去参加晚宴。而正因为他娶的是玛丽,所以她才能跟他过这种一贫如洗的日子。"

实际上,虽说英世是洛克菲勒研究所的研究人员,年薪高达三千美元,可是他们的生活并不宽裕。即使在婚后,英世毫无金钱观念的毛病依然如故,而玛丽也不是会计划着花钱的女人。有一次,他们夫妻俩要去拍照片,可是玛丽没有合适的衣服可穿,最后,她竟然把一块要用来做窗帘的布料揪起来,摆成裙子的模样拍了照。

和英世结婚以前,曾经有一段时间,玛丽过着所谓嬉皮士般的生活。可能就是由于这个,她有些世故,但另一方面也显得比较自然,不太注重着装打扮。她虽然有点儿任性,但从本质上讲不是个坏人。

堀曾经问过她:"你们为什么不要孩子?"

玛丽回答说:"我性情暴躁,一生起气来,就什么都不管不顾了,而野口的性格您也知道,如果像我们这样的夫妇生了孩子,还不知道会是什么性格呢,所以还是不要孩子为好。"

如果英世真的有了孩子，恐怕也是高兴的时候，溺爱得不得了，可过一阵子，就会把孩子忘到脑后，一心钻到研究工作当中去了吧。不管在哪儿，哪怕是国外，他只要一时兴起，就会跑出去，根本不顾家。嫁给这样一个男人，恐怕玛丽也根本没有生孩子的欲望。从这一意义来讲，玛丽也是野口的一个牺牲品。

不管怎么说，按照日本人眼中的常理来看，他们这对夫妇总有些不正常，而且他们之间的关系确实让人难以理解。如果普通的日本人看了，肯定会认为玛丽不是个贤妻。英世也意识到了这一点，所以才尽量避免往家里带日本客人。玛丽也确实不太好客，即使来了客人，也表现得不太热情，而且对英世以及日本，也从来没有努力去理解的意思。

他们就这样各自毫不掩饰自己的个性，只是维持着夫妇这种关系而已。对于英世来讲，有家跟没家一样。虽然英世后来好像也因此而感到有些孤单寂寞，但是也可以说，正是这种空虚寂寞，促使他把所有的精力都投入到研究中去了。

这一时期，英世有好几个绰号，其中一个是"二十四小时不眠主义者"，还有一个是"与细菌同居者"，但是最能够体现英世特点的还是"人类发电机"这个绰号。在旁人眼里，英世确确实实就是一台永不停歇的发电机。

英世虽一心只顾埋头于研究工作，但偶尔也有分神的时候。他唯一的兴趣就是下日本象棋。英世下象棋的水平应该说还达不到初段，但他不仅喜欢下，而且走棋非常快，下一盘只需要十分钟、二十分钟。刚开始的时候,他还到日本俱乐部去下象棋,后来干脆就找住在隔壁的堀一起玩儿。英世是个急脾气,而堀却是慢性子。看到堀慢慢琢磨,英世就会不耐烦地催他:"在这种东西上还要花时间深思熟虑,那才叫傻呢。"堀下棋的水平比英世要高两三个档次。如果正儿八经下的话,英世根本毫无胜算,可是他输了还要不断挑战。原本就是那种一旦热衷于什么,就钻进去出不来的性格,就连下象棋也是如此。一天之内,英世就能连下十盘、二十盘不歇手。堀提议说:"今天还是下到这里吧。"英世也不予理睬,特别是当堀赢了的时候,他是绝对不肯罢手的。到最后,堀没了耐性,开始输棋的时候,英世就会拍着手高兴地大叫:"怎么样,你服了吧?"然后还得意扬扬地吹嘘:"你看吧,最后赢的人才是真正的高手。"

在英世家下棋时,玛丽可以耐着性子一直陪他们到十一点,然后就一个人先去睡觉了。而他们两人仍会没完没了地继续下。过一段时间,玛丽不耐烦了,就在卧室里嚷嚷:"英世,你差不多该住手了吧?"

英世不理她,仍然盯着棋盘,用手捋着卷曲的头发,考虑下一步该怎么走。

"已经凌晨一点钟了!"玛丽又在叫唤。

可英世还是不理睬她,对堀说:"再来一盘。"于是,他们就又下起来了。后来玛丽也懒得再理他,不再出声了。

这时英世反而得意地说:"这下好了,我们可以放心地继续下棋了。"

有时堀累了,想早点儿回去睡觉时,会故意输给英世,如果不这样的话,就没办法从英世的纠缠中解脱出来。最多时,他俩一个晚上能下四十一盘棋,英世是二十一局胜,二十局输。这之后,英世还要回去继续搞他的研究。

"浪费了太多时间,真是太糟糕了。"

英世一边在嘴里嘟囔着,一边慌慌张张地去看他的显微镜。

但是,他并没有因此而吸取教训,稍微有点儿空闲时间,就会马上去找堀下棋。

"下棋下得这么累,你还要去搞研究,是不是太辛苦了?"

英世却笑着说:"我下棋的时候,脑子一直在休息,一点儿都不觉得累。"

确实,英世下棋下得这么快,恐怕也没怎么用脑子,完全是靠感觉走棋,而到最后就是在用体力支撑了。

"他这个男人太可怕了。"

看着下完棋后向研究所走去的英世的背影,堀感觉自己好像看到了什么令人毛骨悚然的怪物一样。

8

这一时期,英世的研究领域不断拓展到梅毒、沙眼、奥罗亚热,但中心课题仍然是梅毒螺旋体。

二十世纪初,以英世为首的细菌学家们开始向这些未知的病原体发起冲锋,不仅揭示其真面目,而且还对其进行分类划分。

而英世正在全神贯注地从事的研究工作,就是要证明麻痹性痴呆患者的脑组织中存在梅毒螺旋体。因为麻痹性痴呆往往出现在梅毒末期，所以人们怀疑它与梅毒之间具有某种关系，将其称为"脑梅毒"。脊髓痨同样被认为是梅毒的一种，但是如果不从患者脑组织中找到梅毒螺旋体的话，就无法正式下此结论。如果永远找不到梅毒螺旋体的话，就不得不考虑它可能是与梅毒极其相像的另外一种疾病了。英世为了确认这个问题，去脑科医院要来因患麻痹性痴呆而死亡的患者的大脑，并将其制作成大量的组织标本。

而这时，普莱斯特教授为英世制作脑组织标本提供了极大方便。

虽说患上麻痹性痴呆的患者的大脑受到了伤害，但实际上死者的大脑还是白色的，与正常人的大脑没什么两样，根本无从判断梅毒螺旋体到底隐藏在什么地方。英世小心翼翼地把脑组织切成薄薄的切片。因为切片只有几个微米厚，要想把整个大脑的各个部位都检查一遍的话，不仅切片的数量极其庞大，而且还需要用各种染色方法试着对其进行染色。染色方法的细微差异都可能导致在观察时把它漏掉。

英世对螺旋体很有把握，他已经在进行梅毒螺旋体的纯粹培养时看得太多了。而且英世还具有一项优势，因为他有亲手染色、亲眼观察所有标本的经历，所以很有实践经验。

他把每两百张标本分为一组，每天都要对其中一组进行观察、检验。眼睛累了就歇一会儿，然后再继续看。他不仅在研究室看，而且还把标本拿回家里接着看。即使在他醉心于下棋的时候，也不会忘记完成这两百张标本的检验工作。这简直就相当于在汪洋大海里寻找一只小船。但他确信有梅毒螺旋体存在,即使找不到,也是存在的,不,必须存在。英世就这样一边鼓励自己,一边继续工作。

"哎,还不出来吗? 快出来吧!""梅毒螺旋体呀梅毒螺旋体,你就出来吧。"

英世盯着显微镜,还经常这样自言自语。半夜,玛丽常常被他的声音吵醒,有时她甚至怀疑这个人是不是真的疯了。

"人类发电机"为了寻找梅毒螺旋体,从早晨到中午再到晚上,一直在不停地工作着。

终于,在大正三年(一九一三年)夏天的一个晚上,在一张组织标本的一个角落里,英世看到了被染色显像出来的梅毒螺旋体。

这一瞬间,英世的眼睛依然死死盯着显微镜,身体却从那张因为高度正合适而深受他喜爱的弹钢琴时用的圆椅上站了起来,大声叫道:"达吉斯! 达吉斯!"

英世直接冲进卧室,摇晃着正在熟睡的玛丽,喊道:"我找到了! 我找到了! 快起来!"说着,他掀掉玛丽身上的被子,把她从床上拽了下来。

这天晚上,纽约很热,英世上身只穿了一件衬衫,下身只穿了一条裤衩。

突然被叫起来的玛丽呆呆地看着眼前只穿着内衣、欣喜若狂的丈夫,她马上就明白了,肯定是丈夫在工作中有了什么重大发现,不过他的样子实在太怪异,使她没心思分享他的喜悦。

而英世却握住玛丽的手,在她的额头上、耳朵上、脖子上狂吻了一番,然后就直接跑去找住在隔壁的堀了。

当时已是凌晨两点。堀不知道出了什么大事，赶紧爬起来开门，门刚一打开，身上只穿着内衣的英世突然一下子抱住了他。

"找到了，我终于找到了。真的有螺旋体，你快来看。"

虽然堀根本不懂细菌学方面的问题，但他还是被英世生拉硬拽地带到他的房间，被迫看着显微镜。

"你看见了吗？就在右上角那里有个像拧着的小细绳似的东西，那就是梅毒螺旋体。"

听他这么一指点，堀还真的看见那里确实有个像英世所说的那种东西，但是堀根本无从判断这个东西到底有多重要。

英世兴奋得睡不着觉，结果外行的堀就倒了霉，整晚都被英世缠着，听他讲这一发现如何如何重要。

终于，窗外的天空开始泛白。当太阳刚刚从哈德逊河上游升起来的时候，英世就拿着那个有染色梅毒螺旋体的标本，急急忙忙赶到弗莱克斯纳教授的家里。面对眼前这个突然来访的客人，弗莱克斯纳教授身着睡衣就直接走出来为他开门。当他听英世说发现了梅毒螺旋体时，不禁反问道："真的吗？"

"总之，还是先进来再说吧。"

弗莱克斯纳教授立刻把英世让进客厅，看了看他带来的标本。

到这一时期，在用显微镜对病原体进行观察方面，野口已经比弗莱克斯纳教授更具实力了。看到英世如此有信心，弗莱克斯纳教授想：这恐怕不会有什么问题了。

弗莱克斯纳教授赞许地点点头，说道："不错，你干得太漂亮了。这不仅对你，而且对整个研究所来说，都是极大的荣耀。"

弗莱克斯纳教授拍拍英世的肩膀，然后又紧紧地握住了他的手。

"现在我马上就去准备早餐，咱们边吃边谈。"

听他这么一说，英世才突然意识到自己一个晚上没睡觉，已经饥肠辘辘了。

欧洲

1

当时有很多学者都认为麻痹性痴呆患者的脑组织中存在梅毒螺旋体，而且还有部分学者已利用脑组织切片制作的标本，开始寻找梅毒螺旋体了。用于寻找螺旋体的染色法一般都是采用"镀银染色法"。他们的目标和目的都和英世一样，可为什么只有英世捷足先登了呢？

这首先还是因为英世所做出的不懈努力和他那坚韧不拔的工作作风。他每天观察两百张以上的标本，一直坚持了半年多。可以说，他这种持之以恒的耐力是获得这项成就的最重要的原因。而且，英世做这项工作的时候，从不假手于人，从切除脑组织开始，直到最后染色，都是他亲自动手。从实验的第一个阶段开始，他就用自己的眼睛和手去实际感受。与那些只是靠观察助手们制作的标本而进行研究的学者们相比,英世从一开始就有所不同。另外,对于英世来说,比较幸运的一点就是梅毒螺旋体是深深嵌入脑组织内部的。因为多数学者都根据过去的经验,判断梅毒螺旋体大多存在于血管周围,所以他们的注意力都在这些地方,这可就不太容易发现了。可以说,英世所采取的拉网式搜索奏效了。

总之,继成功地完成了梅毒螺旋体的纯粹培养之后,现在英世又成功地发现了存在于麻痹性痴呆患者脑组织内的梅毒螺旋体,成就了两大伟业。此后,他的研究势头更强劲了。全世界的学者看到他取得的成就后,都不禁为之惊叹,所以他受到众人瞩目也是非常自然的了。

不过,对外界公布自己发现了脑组织内的梅毒螺旋体还不能令英世满足。

这的确是一项重大发现,但是在欧洲,还有些学者对英世取得的成就很不以为然。"最近他接连不断地出成果,发表论文,但是在美国的研究所里工作的日本人说的话,怎么可信呢?"在医学比较发达的欧洲国家有类似这种议论。不过这也难怪,当时大家普遍认为,像对梅毒螺旋体进行纯粹培养以及在脑组织内发现螺旋体这样的医学课题,绝不是一朝一夕能够完成的,何况螺旋体本身还具有各种各样比较接近的形态,很容易弄混。

英世为了澄清事实,决定把已经染色的梅毒螺旋体标本直接寄到梅毒螺旋体发现者的手里,请他们帮助鉴定。但是,第一发现者是绍丁,这位被称作是近代细菌学天才的人物,却在七年前结束了三十五岁的年轻的生命。没办法,英世只好把标本寄给绍丁的弟子霍夫曼,请他帮助鉴定。

英世对此充满信心,果然,霍夫曼看了标本以后,确认这就是梅毒螺旋体。而且他还于同年二月在波恩召开的病理学学会上展示了这张标本,高度赞扬了英世取得的成就。

到底还是德国医学巨头霍夫曼的赞扬效果显著,从此"野口"这个名字就在全世界的医学家当中传播开来,使他得以确保细菌学第一人的位置。

同年九月,英世作为正式嘉宾,被邀请去参加在维也纳召开的第八十五届德国医学年会。这不仅使他实现了多年来的赴德之梦,而且还是作为演讲人被邀请参加这个一流学者云集的年会的。

在给小林荣的信中,英世是这样描述当时的兴奋心情的:

（前略）自去年年末至今,取得成功的研究项目有:一、发现了小儿麻痹的病因;二、证明了在麻痹性痴呆患者的大脑里存在梅毒螺旋体;三、发现了狂犬病的病因等。每一项课题都是困扰全世界学者的大难题,只要能完成其中一项就可以说是取得了很大的成功,而我却在短短七八个月里,就一下子解决了这三大难题。

本地以及欧洲方面都在预测,说可能在近一两年内就会授予我诺贝尔奖,如果真的能够得到这个奖,这笔奖金就可以使我在财政方面得到很大帮助。根据我所取得的上述这些成就,西班牙的阿方索陛下已经在早些时候授予我一枚勋章,而去年获得诺贝尔生理学或医学奖的卡雷尔博士也曾得到过这种勋章。顺便提一句,我们研究所的所长还没有获得过这种勋章呢。虽然这也算不上什么大事,不过您可以作为人生中的一件乐事,关注一下今后诺贝尔生理学或医学奖的动态。

可话说回来,日本政府还是缺少一些对这方面的关注,特别是对在海外为学术界做出过贡献的人,并未予以充分的保护和鼓励,我认为这恰好证明了日本在外交方面存在的漏洞。日本医学界对于我所做的这一切好像还根本不知情,可是美国的报纸却经常介绍我的履历以及取得的成绩,并大加赞扬。

还有就是我本来想今年夏天短期回国的,可是德国医学会以及医学联合会给我寄来了赴欧演讲的邀请函,看样子回国之行有些困难了。要说起来,这个组织是由全世界,特别是欧洲的医学家团体组成的,能够受邀在这样的年会上做演讲,那可是学者的一大荣耀,在旅居美国的日本学者里,至今为止能够得此荣耀的,恐怕我还是第一人。洛克菲勒研究所也引以为豪,已经决定负担我此次赴欧的各项费用。

年会将于九月二十一日至二十六日在维也纳召开,我将在会上做两次演讲。之后还准备接受巴黎学会以及伦敦、挪威学会的邀请。另外,德国、法国等国家都来信请我执笔分担他们出版的医学专著中有关我的专业方面的章节,我每天都非常忙碌。不管怎么说,这些工作对于我今后事业上的发展都非常有利,因此我时而也会担心周围的人会不会对我产生妒忌之心。(后略)

看了这封信，完全可以想象得出，当时的英世是多么得意，甚至让人感觉好像得诺贝尔生理学或医学奖已经指日可待了。事实上，当时在英世周围确实有这种传闻，而且英世自己对此也相当有信心。

但是，诺贝尔生理学或医学奖从英世面前溜走了。

多年后，东京大学的青山胤通博士大声感慨："当时没有授予野口诺贝尔生理学或医学奖，从维护这一奖项的权威性的角度来看，实属万幸。"他的这番话也不能完全说是出于日本学者的嫉妒心，后来的事实证明，他在信中所提到的三项成就中，第一项的小儿麻痹以及第三项的狂犬病这两种病原体的发现都是错误的。

关于其中的第二项，也就是证明了麻痹症患者的大脑组织中存在梅毒螺旋体这一成就，皮肤性病学的权威土肥庆藏博士是这样评价的："梅毒最可怕的一点就是到了末期会变成麻痹性痴呆和脊髓痨，剥夺四肢的活动能力以及大脑的思考能力。而野口在病理组织研究过程中，第一次使这些病症与梅毒螺旋体之间的直接关系得到了证实。现在，驱梅疗法中最重要的一点就是早期需要反复注射新肿凡纳明兼用铋（或汞），为的就是要预防第四期梅毒的续发，这一见解完全是由于野口的发现才得以诞生的，而且近年来研发出的疟疾热疗法的基本思路也是源于他的这一发现。"

由此可见，英世的研究成果比较混杂，还有多处错误。但是这些错误也不能全部归结为英世的责任。可以说，这是在自然科学的发展过程中，学者误入歧途的结果。不过在当时，全世界的学者还没有人去怀疑野口取得的这些成就。大家都为"野口医生"的亮丽登场而感叹,对他表示敬意,而英世也对自己的研究成果充满信心。

<h2 style="text-align:center">2</h2>

　　九月二日,英世从纽约出发,十天后到达巴黎,住进了巴黎的欧洲大陆饭店。在这里,英世走访了过去北里博士他们曾经到过的巴斯德研究所以及圣·路易医院等地,晚上就和住在巴黎的知名学者共进晚餐,愉快交谈。

　　整体来看,欧洲人对科学家的态度非常热情。特别是在受梅毒困扰的欧洲各地,他们对英世表现出狂热的拥戴,把他看成救世主再生一般。报纸上,野口来访的消息都被做了重点处理,每到一地,不光学者,就连驻当地的各国大使、公使都到车站去迎接他。

　　日本驻法大使石井菊次郎这样回忆当时的情景:"有天早晨,我无意间看到报纸上刊登着一个大标题——'著名日本大学者野口博士访问巴黎',下面还刊登着他的照片,报道了他的业绩。而且各大报纸上都刊登了这一新闻,看到那么大的标题,着实令我大吃一惊。由此,我明白了法国民众对于博士所从事的研究给予了多么高的评价。我非常感动,突然觉得很自豪。法国人对他的热情程度就如同明治二十五年北里博士来法国时一样。但是,野口博士根本没和大使馆等机构联系。于是,我们决定马上出去寻找,找遍了巴黎的每一家饭店。可是博士和我们的行动节奏完全不同,当我们还在拼命寻找的时候,他已经到柏林或布鲁塞尔去了,结果到最后还是没能见上博士一面。"

从这段文字中，我们可以看出当时英世受到了多么热烈的欢迎。不过话说回来，日本大使馆也实在太粗心了。恐怕石井大使直到看到新闻报道，才知道有野口这么一个人。而且他还以为对方既然是日本学者，肯定会主动上门拜访。

　　由此可见，明治以来，日本的官僚以及大使馆的工作人员是多么傲慢无礼。照这个架势，英世愤愤地谴责日本在外交方面存在漏洞也就理所当然了。他无视大使馆的存在，对他们根本不予理睬，实际上就是对他们的懒散作风的一种谴责。

　　英世从巴黎赶到维也纳，住进了当地最高级的帝国饭店。

　　这次年会的准确名称是"德国自然科学家及医师全会"，不只是医学界，还包括化学、生物、物理等学科的学者，将近五千人都参加了这次大会。因为那个时候医学还没有明确的分科，和自然科学的各个领域都保持着密切联系，所以才用了这样的会议名称。

　　这个学会原则上是在德国的城市举办，偶尔也会在德语圈的其他国家的城市举办。而这次在维也纳召开的是第四届全会，受到了维也纳上下各界的热烈欢迎。特别是对英世的到来，报纸上采用"日本的凯旋"这样的大标题，给予了最高的赞誉。

　　英世所取得的成就固然是其中的主要原因，但另一方面还必须考虑到当时的时代背景。

　　日本的医学杂志对欧洲的医学动态一向敏感，对于在德国召开的医学会议每次都要进行报道，可是不知为什么，单单这一次他们却表现得无动于衷。也许因为这次会议不是在德国境内召开的，所以才被漏掉了，但是英世对此却深感遗憾。他说如果会议在德国召开的话,那么在日本国内肯定会对自己的这次演讲有更详细的报道。

姑且不论到底是不是这样,总之,英世在年会召开后的第二天,在分会上做了特别演讲。

会场里挤满了包括内科、精神科、神经科、皮肤科、梅毒科等各科的医生,甚至有一部分人还被挤出了场外。

演讲稿先由宾斯万格博士用英语代读,然后再由维也纳大学的瓦格纳博士翻译成德语。瓦格纳博士从疟原虫接种来治疗麻痹性痴呆,后来成为诺贝尔生理学或医学奖的得主。

同年,就在一个半月以前,在华盛顿召开的第十七届国际医学会议上,过去曾和英世同在北里研究所工作过的秦佐八郎成为"关于梅毒治疗新药'肿凡纳明'"的共同演讲人。在这些大型学术会议上,出现了日本医学家连续登场的场面。

"秦和埃利希共同研究,并在埃利希的指导下取得了这些成果。但是我的研究成果却是我独自完成的,而且从内容上看也远比他的有价值。"英世还是不忘和秦一决高下,最后得出了这样的结论。

暂且不论他们工作成果的优劣,总之,英世的这次演讲引起了很大反响,再次使野口的名字成为焦点。

演讲过程中,英世坐在讲坛的一侧,后边的人较之演讲内容,更想看英世一眼,结果一直都在推来拥去,挤作一团。等演讲结束,英世走下讲坛的时候,与会人员纷纷叫着"野口""野口",他们一齐挤了过来,争先恐后地要跟他握手。当时的热闹场面简直不亚于电影明星见面会。

不过,在这次会上,最令英世高兴的是在他演讲完之后,得到了穆勒想要马上见他的消息。

说起穆勒,他不仅是德国,还可以说是全世界医学界的君主,据说只靠他一句话,就能决定当时医学会所有的人事安排。在信奉德国医学的日本医学者的眼里,他简直就像神一样高高在上,权力无限,而现在他却要来直接与英世见面,交谈。

东京大学教授真锅也来到了维也纳,当他把这个消息告诉英世时,英世一下子跳了起来,大叫一声:"什么?"

"穆勒特意到我这里来,这怎么可能?肯定是什么地方弄错了吧?"

"再去确认一次!"

"不用了,确实是穆勒博士。他很快就要来会场了。"

"是真的吗?真的是穆勒来看我吗?"

英世说着,在会场的休息室里跳起舞来。他只要一高兴总是这样,像跳阿波舞似的举起双手,一边跳一边转着圈儿。看到旁边的工作人员看着他发呆,他冲着人家用日语大叫:"这怎么能不让人高兴得跳起来呢?一起跳!一起跳!"

"老师,请您安静一点儿。穆勒博士很快就要到了,还请您穿上西服外套吧。"

英世这才安静下来,把外套穿上了。

穆勒当时因为有其他公事要办,没来得及听英世的演讲,但是他事先已经知道了论文的内容。像穆勒地位这么高的人物刚一到会场,工作人员就喊道:"现在请注意,自然科学学会会长弗里德里希·冯·穆勒驾到！"一听到这个消息，全体会员都一齐站起身来，他们鼓掌欢迎，简直就像迎接皇帝一般。

英世从休息室里走出来，走到会场中间迎接穆勒。

"我是洛克菲勒研究所的野口英世。"

英世用德语说着，在穆勒面前深深地低下头去。

"我是穆勒。你就是野口医生啊，特意从那么远的地方赶来，真是太好了。"

说话间，两个人紧紧地握起手来。这是每一位传记作者都要特别强调的英世一生中最辉煌的时刻。

"能够见到阁下，真是至高无上的荣幸。"

"能够见到像你这么优秀的学者，我也很高兴。"

在日本人中都算是矮个子的英世扬着头，看着面前高个子的穆勒。乍一看上去就好像是父子俩面对而立，英世一点儿都不怯场，他把胸脯挺得高高的。

穆勒的德语带有很重的慕尼黑口音，以英世的德语能力，有些地方很难理解，但是在这么多人面前，要是露出听不懂的表情实在太难堪了，英世就装作都听懂了的样子点着头。这样一来，穆勒就更加认真地跟他聊了起来。英世歪着头，脸上渐渐露出奇怪的表情。看到人家问他"怎么样？"他还不回答时，真锅赶紧出来帮忙，对穆勒说："您能不能用英语说说看？用英语对话他应该更容易听懂。"

穆勒倒是很随和，他点了点头，开始改用德国口音很重的英语说："等这个会议结束后，我想请你无论如何到慕尼黑来一趟，做做演讲，再把标本展示一下。另外，我也希望通过这样的活动让你知道,德国的医学界对你多么有好感。"

英世太高兴了。他得到了德国医学界巨匠穆勒的亲自邀请,真是太光荣了。

"谢谢。"

英世用他那只灵活的右手紧紧握住穆勒的大手。

在他们两个人背后,想跟英世说话的学者仍然挤来挤去。因为很难挤上前去靠近英世,其中有的人还请真锅帮忙介绍。讲坛上还放着刚刚用来做展示的显微镜,这些学者们一个挨一个走过去看,然后把名片递到英世的手上。一看到英世那边稍稍有点儿空闲,他们又马上过来跟他打招呼。前后左右到处都有人跟他说话,英世简直应接不暇。

这完全就是前呼后拥的景象,每个人都对他说着"真是伟大的研究成果""刚才的演讲太感人了""能不能请您到我们的研究所去一趟",等等。英世一边逐一向他们表示感谢,一边不得不说:"去你们那里恐怕还要等一等。"穆勒的邀请不能拒绝,可其他地方的邀请就不可能一一应承下来了。不管怎样,英世还是不断表示感谢,一一跟他们握手。

但是有一个三十岁左右的年轻人向英世提出了疑问。他首先介绍自己来自科赫研究所,然后对英世说:"我对你的研究成果持有怀疑。"

刚开始的时候,英世继续跟其他学者握手,故意装作没听见。在英世看来,现在在这里和这个人进行争论也不是办法,何况只是跟那些递上名片做自我介绍的学者打招呼,他就已经忙得不可开交了。英世还想利用这次机会,和那些过去不认识的欧洲学者尽可能多地增进了解。可是那个年轻人不肯罢休,在他旁边喋喋不休地说起来。

"按照你采用的纯粹培养方法,我很难相信能够培养出梅毒螺旋体。只是进行密封,然后放入组织切片,就能使培养基发生变化,这是不是太简单了?"

听他如此大声地说出这番话,英世再也无法保持沉默了。英世回头看了看这个年轻人,想要反驳却又找不到合适的单词进行表达。于是年轻人又继续讲了下去。

"就算那是小儿麻痹的病原体,也没有确凿的证据显示它就是真的。只是因为看见了这种东西,就断定它是病原体,这是不是有点儿操之过急呢?"

英世的面颊渐渐红涨起来。不知道是不是他一生气就能产生静电,他那卷曲的头发好像也都立了起来。虽然真锅还有周围的其他人都捏着一把汗,可是年轻人毫不在乎地继续说:"不仅是我,我们科赫研究所的绝大多数工作人员都认为,只靠你今天发表的论文,不能够断定它就是病原体。"

"你住嘴!"

英世终于怒吼了一声,好像他现在终于把要说的话准备好了。

"确实,科赫研究所在欧洲也许是一流的,但是你去餐馆看看就知道了,一流的并不等于是最好的。"

"研究所和餐馆可不一样。"

"也就是说,在你们那里,根本就没有能够判断出我的成果价值的人。我没时间和无能之辈说话。"

"那个病原体会不会只是个杂菌呢？我在别的地方也看见过类似的东西。"

个头矮小的英世瞪着这位身材瘦高的德国男人，训斥道："你才研究过几年细菌学？"周围一下子安静下来了。

"如果想跟我说话，先好好学习学习再来！"

英世说着，就把手里拿着的那个年轻人的名片当众撕碎了。

这里只有德国人和日本人，一时间，周围出现一阵骚动，气氛一下子冷了下来。那个年轻人可能也感觉自己说得有点儿过火，闭上了嘴。

"如果有问题的话，以后再找机会聊吧。"

真锅说着，走到他们二人之间，其他学者也分别拉住了他们俩。

英世还在用日语喊着："年纪轻轻的什么都不懂，还敢顶撞我，太不像话了！"

真锅按住英世："还是别理他了。"

在这么值得纪念的场合，怎么会发生这种事呢？真锅有点儿后悔，觉得自己应该早点儿把他们拉开。不过他心里也感到非常痛快。在世界一流的学者面前，日本学者把德国的学者训斥了一顿，并且还把那个来自世界最顶尖的科赫研究所的学者说成是"无能之辈"。那个年轻人对此无言以对，好像周围的人也都认为那个年轻人太不懂事。

"也就是你才敢说这样的话。说实话，我刚才在旁边听着，心里感觉真痛快。"

英世仍然一副气呼呼的表情，喊道："回去我要彻底检查一下他的论文，非打倒他不可。"

实际情况暂且放在一边，当时英世十分有气势，根本就没把科赫研究所以及少壮派学者放在眼里。

这天晚上，在学会主办的晚餐会上，德国皇室还派来了一位皇室成员作为代表。在这里，英世紧挨着穆勒在主桌就座。

"在我的人生经历中，从来没有过像今天这样愉快、美妙的夜晚。"英世用简洁的话语表达了谢意。

第二天的晨报上，刊登了英世的大幅头像和"日本的胜利"这个大标题，还介绍了他演讲的内容，反映出学会、市民等的欢迎态势。

当然，其中也有日俄战争爆发而使奥地利得救这一特殊背景的因素，可即便如此，在日本人中，能够受到如此热情款待的也只有英世一人，正所谓"前无古人，后无来者"。

3

在维也纳召开的学术会议结束之后，英世启程去慕尼黑。

已经先行回国的穆勒亲自到慕尼黑的车站迎接英世。英世和穆勒同乘一辆马车，被请入穆勒的私宅。当天晚上，住在慕尼黑周边的科学家、医学家就为英世举行了盛大的欢迎晚宴，第二天在慕尼黑市的大礼堂里，举办了英世的演讲会。

但是，住在慕尼黑的日本人几乎没有一个知道"野口"这个名字。虽然他们没有听说过，但据说连德国医学界的君主都要亲自到慕尼黑的车站去迎接这个人，那么他肯定是个相当伟大的人物。在这种好奇心的驱使下，和医学完全不沾边的日本人都去了演讲会的会场。

在这里，英世就如何发现梅毒螺旋体进行了说明。停留了两天后，英世从慕尼黑出发去法兰克福。在这里，过去发现痢疾杆菌的志贺洁以及前不久和秦佐八郎共同研发出梅毒治疗药物肿凡纳明的埃利希博士都亲自到车站迎接他。英世受到了热烈的欢迎，并在市医学会上做了演讲。

埃利希博士被英世的演讲深深打动，为了祝贺英世所取得的成就，他以市医学会的名义给洛克菲勒研究所发去了贺电。

在法兰克福的演讲一结束，英世直接从这里出发去了丹麦。这是因为他过去在丹麦学习时的恩师马德森博士向他发出了邀请。从英世在哥本哈根的国立血清研究所留学算起，到现在已经过去了十个年头，不过在这期间，英世已经变成了世界上著名的医学家之一。

英世和马德森博士久久握手，喜庆重逢。

第二天，在市内的帕拉特饭店，在医学会以及生物学会共同举办的会议上，英世又做了演讲。

因为英世曾在这里留学，所以这里对他的欢迎显得格外热烈。尤其是国王克里斯蒂安十世，在授予了英世爵士称号的同时，还授予了他丹麦国旗勋章。

紧接着，英世又到了挪威，在克里斯钦自由城以及卑尔根市做过演讲之后，又去往邻国瑞典，并在斯德哥尔摩做了演讲，同时受到在丹麦留学时曾经有过一面之缘的英格博格公主的款待。

结束北欧三国之行后，英世又跨海去了英国。十月五日至二十五日这段时间，他一直在英国，并在皇家医学会以及其他学术会议上做了多次演讲。由于他所做出的贡献，皇家医学会向英世以及洛克菲勒赠送了感谢信。

结束了英国的行程之后，英世再次渡海回到德国，启程去柏林。在这里，他也受到了热烈欢迎，并做了演讲。

就这样，在登上欧洲大陆后的五十一天时间里，他走访了十个城市，仅正式演讲就多达十一次。考虑到当时交通不便这一实际情况，他这简直就是令人为之惊叹的急行军。不过，通过这次旅行，"野口"这个名字传遍了整个欧洲。现在英世在世界医学界已经变得无人不知、无人不晓了。

在写给血胁守之助的信中，英世是这样描述当时心满意足的感受的：

在各地受到热烈欢迎的感觉实在是太棒了，不过我有时会觉得有些麻烦。我作为主宾出席的正式晚宴、午宴就多达二十八次，接受皇室邀请两次，简直忙得不可开交。在各种形式的宴会上，我与欧洲著名的学者们同席就座，倾听他们的谈话，互换信息，增进友谊。

（中略）在哥本哈根，国王克里斯蒂安十世授予我一枚国旗勋章。按照日本的情况来看，它相当于旭日三等勋章，连同夏天时西班牙皇帝授予我的荣誉勋章,我已经有两枚外国元首授予的勋章了。我还听说瑞典国王正在考虑为我授勋之事。我并不是光想着得到勋章,而是像我这样身在异国他乡的人,各国的勋章有时会成为处世的武器。特别是在最近排日思想严重的美国,要想和外国人抗争并继续工作下去的话,这些勋章都将具有无言的力量。

终于结束了最后一站在柏林的活动,英世踏上了返回美国的归途。九月二日出发,等他回到纽约的时候,已经是十一月九日,纽约早已是深秋。

英世在欧洲扬了名,美国医学界自然提高了对他的评价。以前大家只知道在洛克菲勒研究所有一个叫"野口"的优秀的研究员,可是现在他到欧洲各地演讲,竟然还受到穆勒、埃利希这样的大人物的热情款待,事情也就没那么简单了。英世回国后还不到一个月,西奈山医院就发出邀请,问他愿不愿意到该医院新建的研究所当所长,条件是六千美元的年薪。据说,当时每个家庭每周只要有四五十美元,就能过得很好,可见这已经是特别高的薪金了,比洛克菲勒研究所给他的工资高出将近一倍,而且职位还是独立的研究所的所长。

英世心动了。按照他们提出的条件,不仅工资高,而且当所长还能按照自己的意愿行事,可以好好干一番事业,这倒也不错。如果听说自己当上了美国的研究所的所长,日本的学者们肯定会大吃一惊的,就连东京大学以及北里研究所的那些只能在日本国内耀武扬威的教授们,恐怕也不得不对自己另眼相看了。

英世决定先考虑考虑,然后他又去找弗莱克斯纳所长商量。

"西奈山医院提出,希望我过去当所长,您认为怎么样?"

看到英世犹豫不决的样子,弗莱克斯纳所长试探着问道:"那么你自己的想法呢?"

"他们说工资可以给到六千美元,所以我想去。"

"这倒也是。依照你的实力,如果还是现在这个工资水平,可能就有点儿低了。"

"我倒不是因为对工资待遇不满才跟您说的。"

"我明白你的意思了。不过,你先给我三天时间,然后再做决定也不迟。"

按照约定,三天后的中午,弗莱克斯纳所长在出席了中午的聚餐后,把英世叫到自己的办公室,向他出示了这边的条件。

"我要跟你谈的还是上次说的那件事。如果有可能的话,我希望你放弃离开的念头,继续留下来。作为条件,本研究所准备提升你为正式所员,并且想跟你签订一份永久性的合同。另外,年薪给你五千美元。"

英世反问道:"您是说让我当正式所员吗?"

至今为止,英世一直是准所员。如果是正式所员的话,就可以和各部门的部长享受同等待遇了。在这么大的洛克菲勒研究所里,正式所员也只有所长弗莱克斯纳、医院院长科尔、生物学部的部长洛布、生理药物部的部长及化学部的部长利文、实验外科的部长卡雷尔这六个人,他们这些人都是从世界各国挖过来的顶尖学者。现在弗莱克斯纳要把英世也放到这一行列中去，而且还要提高工资。

"五千美元的年薪确实比西奈山医院低一千美元，但是相比较而言，本研究所的研究经费肯定比那边要充足得多。如果在这边的话，你不仅可以自由使用研究经费，而且研究所也比较有名气。怎么样，以这个条件，你愿意留下来吗？"

英世说希望能给他一天的时间考虑，然后走出了所长办公室。说实话，他没想到弗莱克斯纳会为他考虑这么多。他原来想，最多也就是把工资上调百分之五六十。当他听到这些条件的时候，他也可以马上表示留下来，但是在这之前，自己本来一直准备要走的，所以他需要时间整理一下思绪。

第二天，英世告诉所长，他愿意以昨天出示的条件留下来。

"不过工资要从明年开始落实，你暂时先忍耐一下。"

弗莱克斯纳心里的一块石头落地了，他满脸宽慰地握住了英世的手。

人们常说美国的学者很爽快，即使在钱这方面，也是直来直去地明着讲。如果是没有能力的人，哪怕是自己带出来的徒弟，他们也会毫不客气地炒他们的鱿鱼；如果确实是优秀的人才，他们就会尽可能地提高待遇，争取把他们留住。而做事的人如果觉得条件不合适，他们也会毫不犹豫地跳槽，到别的地方去工作。相互谈条件时，他们并不觉得有什么难为情。

对于研究所方面所提出的条件，英世很满意。正如他在写给守之助的信中说的那样，"我认为这次交易是公平合理的"。

洛克菲勒研究所的正式所员形式上也是由一年一度的研究所

理事会竞选产生。一九一四年，英世终于被提升为洛克菲勒研究所的正式所员。紧接着在第二年，他又被推荐为美国医师协会的会员，并得到瑞典国王赐予的三等北极星勋章，真可谓登上了美国医学界的最高峰。

一九〇〇年，二十五岁的他两手空空投奔到弗莱克斯纳门下，至今已是第十四个年头，这时英世虚岁才只有三十九岁。

4

一九一四年四月，英世获得了东京大学授予的自然科学博士学位。在三年前，也就是一九一一年，他已经获得了一个日本国内授予的医学博士学位。当时他提交的主要参评论文是《关于针对蛇毒血细胞保护作用的研究》《关于化学作用产生的补体之非动性及再生》《蛇毒以及蛇血清的构造》，除此之外还有副论文九十三篇。能够提交这么多论文的，除英世之外再无第二人。英世把这些论文交给了血胁守之助，通过血胁守之助，以推荐的形式提交给了京都大学医学部。考虑到英世是在东京接受的医师资格考试，虽说只是一个很短暂的时期，但他毕竟在北里研究所待过，那么他把论文提交给东京大学才是顺理成章的，而他却偏偏提交给了京都大学。这件事无论怎么看都极其不自然。

英世有意识地避开了东京大学。北里柴三郎毕业于东京大学，研究所里也有几位是毕业于东京大学的医生，但是英世对他们没有什么好感。说起来，英世的心里只有受他们欺负的记忆，没有留下任何愉快的回忆。他之所以下决心只身到美国去闯荡，很重要的一个原因是他觉得如果继续待在只偏爱东京大学毕业生的日本，自己就要完了。到美国以后，他还弄明白一点，那就是日本的学者不过是井底之蛙，他们只有仰仗外国人的指导、施教，才能够生存。他们在国外只不过留学一两年，回到国内后，马上就会变成教授等而到处耀武扬威。英世这样做的真正想法就是——怎么能让这些家伙评审我的论文呢？

"我想我的博士论文一两年后很有可能会获得批准。我确信无论日本的大学或政府怎么说，我在国际上不断得到认可的成绩都具有博士以上的价值。就算拿到两个甚至三个日本的博士称号，可如果到了国外根本无人理睬的话，那根本没有任何意义。"

在写给守之助的信中，他照例还是先发了一通牢骚，然后接着说："只不过到德国留学两三年，那些连德语都说不利落的家伙一回到国内，很快就拿到了博士学位，这实在是莫名其妙。他们在世界医学界完全都是些无名之辈，只能在国内把留洋经历当作金字招牌招摇撞骗，这才真正是日本医学的耻辱。很幸运的是，我根本就不需要日本的博士头衔。就算你拿证书给人家看，在欧美人眼里，那也如同擦鼻涕纸一样毫无价值，他们根本就不重视日本的学位。因此，对我来说，能不能拿到日本的学位根本就无所谓。"

虽然嘴上这么说，但英世的本意还是渴望得到日本的学位。虽然他非常明白日本的学位在国际上得不到认可，但是那些比自己差的人都拿到了学位，这一现实让他觉得憋屈，更何况他本来就为没有上过大学而感到自卑。另外还有一个原因，如果想在日本的恩师以及朋友们面前夸耀的话，与那些在国外得到的大家都不熟悉的荣誉和称号相比，拿到日本的学位更简单、更直接。

就这样，明治四十四年（一九一一年），他获得了京都大学授予的医学博士学位。

不过这一次，他又把论文提交到了东京大学。论文内容都是他自一九一〇年后开始进行的有关螺旋体方面的研究成果。因为国际一流学者们对这些成果曾给予了高度评价，所以日本的大学也不得不予以认可。"怎么样，这次你们服气了吧？"如果东京大学的教授们站在他面前的话，他真想挺直腰杆，好好让他们看看。不过，英世的内心深处仍有种失落感，他想：让那些欺负过我的人看这些世界级水平的论文，又能怎么样呢？

这次，他的论文在东京大学也顺利通过了。不管是上一次关于蛇毒的论文，还是这一次关于梅毒螺旋体的论文，在日本，根本就没有这方面的专家能够对其进行审查，所以实际上等于无可置疑地通过。

至此，英世已获得医学博士和自然科学博士两个学位，而且还是京都大学一个，东京大学一个。从未上过大学，只是在私塾补习后通过了医师资格考试，却获得如此殊荣的，英世还是第一个。

从一九一四年开始，他用了十五年时间，成为洛克菲勒研究所的正式所员，被推荐为各种学会的正式会员，获得各国授予的荣誉勋章以及两个日本博士学位，英世作为学者可谓登峰造极。即使在洛克菲勒研究所，"野口"这个名字现在也已成为一块举足轻重的金字招牌。

　　健在的斯托克斯医生曾在那时进入洛克菲勒研究所工作，回忆起当时的情景，他对我们说："我刚进研究所时，第一次参加午餐会，听说野口医生也将到会，我们都非常紧张地等着他。可是直到全体所员都已经就座，马上就要开始用餐的时候，野口医生才出现。他个头矮小，迈着急促的步伐走向自己的座位。我们不由得交头接耳：'原来那个人就是野口医生啊。'他从我们大家的背后伸过头去，看了看餐桌，说：'这是什么呀？今天的午餐看样子不太好吃。'我们都很佩服能在大家面前说出这种话来的野口医生。"

　　英世当时在研究所里唯我独尊的自信劲儿由此可见一斑。

　　成为正式所员之后，英世得到了一间所里特别为他安排的专用研究室，还配备了一名白人女秘书以及三名专属助手。只要没有特殊情况，在研究经费方面，几乎都是按照他提出的要求全额支付。

　　那时，洛克菲勒研究所资金雄厚，设备一流，但是从研究所的档次来看，与欧洲的其他研究所相比，还只能算是二流。无论是洛克菲勒研究所，还是洛克菲勒财团，他们都希望能尽快发表高水平的研究成果，使洛克菲勒研究所加入世界一流研究所的行列中去。为此，他们无论如何都想拥有一位具有明星效应的学者，而"野口医生"恰好满足了他们的要求。

　　从这一年（一九一四年）开始，第一次世界大战爆发，欧洲各地都变成了硝烟弥漫的战场。欧洲的学者们不仅无法踏踏实实地搞研究，而且还有一部分学者被拉到了野战医院，对于科学家们来说，受难的时刻来临了。不过，正是这场战争相对提高了美国医学界的水平。具有讽刺意味的是,当欧洲被卷入战火,那里的学者们根本无法从事研究工作的这段时间里,美国的学者们却自由自在地工作着。虽然战火很快就被平息了,但是欧洲医学的消沉,特别是德国医学地位的下降,正是从这个时期开始的。

而英世恰好在最合适的时间去了趟欧洲。如果再迟一年的话,欧洲各国之间的矛盾激化,也许他的欧洲之行就无法取得那么辉煌的成就了。总之,英世现在作为学者,处在最得天独厚的位置上。在世界医学界,他是被贴上了"最优秀学者"标签的医学家,现在又拥有了最理想的工作环境。

但是从欧洲回来以后,英世的工作并不是那么一帆风顺。

这一时期,对小儿麻痹进行血清学研究是洛克菲勒研究所最主要的研究课题之一。去欧洲之前,英世就已经找到了小儿麻痹的病原体,而且还在各地做演讲时展示给大家看过。不仅如此,在他出游的这段日子里,研究所里的两名助手还成功地对这种病原体进行了分离,其中一人采用和英世相同的染色法,也从组织中找到了这种微生物。弗莱克斯纳所长为了把这项研究进一步向前推进,委托英世先对这种病原体进行大量培养,以便能够制造出抗病原体的血清疫苗。

对此,英世却显得不太配合。其中原因之一就是从分离病原体到大量培养病原体这项工作不是英世个人的研究课题,而是研究所所有成员共同的研究课题。

从弗莱克斯纳的角度来考虑,他想让研究所全体有才干的工作人员都集中投入到这项工作中去。可是英世一直都不喜欢共同研究。共同研究需要相互照应,还要经常进行讨论,这些在英世看来都是不必要的麻烦。另外,英世觉得有关小儿麻痹的问题早就已经解决了,现在再从病原体分离这一步重新做起,价值也不大。在欧洲,他拿着带去的标本,在显微镜下亲自把病原体展示给大家看,并且受到了各种各样的赞扬。

同时,还有一个令英世对这项工作不感兴趣的原因:共同研究者中有一位对他先前发现的病原体表示怀疑。对于这个问题,上次在维也纳参加学会时,也曾有过这样的一幕。当科赫研究所的一位年轻人对他的病原体提出疑问时,英世曾被气得撕碎了他的名片。在洛克菲勒研究所,虽然还没有人敢如此明确地提出质疑,但多多少少能感觉到这种气氛。而且就在美国国内,一个地方上的学者还公开说,他发现了一种病原体,和英世所发现的病原体完全不同,而这种病原体才是小儿麻痹的病原体。

英世对这些疑问立刻进行了反驳。

"都到这时候了,还在说什么梦话。我发现的病原体在欧洲都已经得到了认可。我亲眼观察确认的东西怎么可能是错的呢?"

在欧洲获得了诸多荣誉,浑身上下光芒四射的英世,根本就没把他们放在眼里。不过话虽很尖锐,但就其内容来看,他只是在强调"我亲眼观察确认的东西怎么可能……",这实在缺乏逻辑性依据。从欧洲回来以后,英世已经变得相当骄傲自大。

"他们再怎么努力,也不可能那么容易就有什么新发现。"

因此,英世从一开始就表现出极不合作的态度。虽然作为共同研究者上了花名册,但实际上他几乎什么工作都没做。他把更多的精力投入到狂犬病研究这一新的领域中去了。他的目的就是要揭示狂犬病病原体的生活史，搞清楚它与人体免疫系统之间的相互作用。自然，这项工作由英世一个人单独进行。

不过，着手这项研究工作后不久，英世就已经明白，这个课题没什么太大希望。接着他又开始研究猪霍乱的问题。

"我准备在寻找（猪霍乱）病原体方面尽我最大的努力。如果在这种疾病方面有什么新发现，无论出现多少个人名，请您相信，那都是我一个人完成的。"

给守之助写这封信的英世就像一只无论什么时候都喜欢单独行动的不合群的狼。但是，不管是狂犬病，还是猪霍乱，他都没有获得理想的研究结果。

心情焦躁的英世又开始研究沙眼，同时还开始进行天花疫苗的纯化工作，紧接着又开始研究在美国流行的口蹄疫，但是所有这些课题都没有取得令人满意的成果。他对什么都感兴趣，短期内竭尽全力地勇往直前，可是一旦遇到点儿挫折，就马上泄了气，像上气不接下气的狗一样，一下子瘫倒在地。英世过去那种百折不挠的韧劲儿以及谨慎作风正在渐渐减弱。

好像要印证他工作上的不如意一般，在一次很偶然的体检中，他被诊断为"心脏肥大"。医生提醒他要避免剧烈运动，还要注意劳逸结合，可英世只是充满疑惑地点点头。

他马上给在日本的朋友以及马德森博士写信说："好像因为工作太累、太紧张的关系，引发了轻微的心脏病。不过我一点儿都不在乎，即使是正常人，出现心脏肥大也是常有的事，而且这种病两三个月就能治好。"

对于英世的工作来说，身体可是本钱。他固然具有超群的才能，但是他所取得的成就在很大程度上靠的是他比别人付出更多的努力，勤于动手，以及废寝忘食地工作。可以说，正是这些造就了他。考虑到这一层，当听到医生告诫他必须休息的时候，他所受到的打击就可想而知了。他虽然半开玩笑似的自嘲"看起来人类发电机有点儿缺油了"，但心里还是相当不平静。在医生的建议下，他从没有电梯的曼哈顿的公寓搬出来，搬到了中央公园西边第三百八十一大街上一栋带电梯的公寓里。

"无论是谁，都无法扳倒我。"

在如此叫嚣的英世面前，渐渐布满了乌云。无论是身体还是工作方面，他都开始偏离那条一路绿灯、舒适快捷的高速路，渐渐驶近了闪着黄色信号的十字路口。

好像要帮他吹散压在头顶上的阴霾一样，从日本国内传来了喜讯。有消息说，英世将获得在日本授予学者的最高奖赏——日本学士院恩赐奖。

回国

1

"日本学士院恩赐奖",不言自明,是授予日本学者的最具权威性的奖项。时至今日,为了表彰学者们所做出的贡献,又设立了好几个其他奖项,但是在当时为数不多的奖项当中,能够获得这个奖项,可是至高无上的荣誉。此奖的获奖者,原则上由知名的日本学士院的会员选举产生,但是和其他奖项一样,在选举过程中,那些和评审委员有个人关系的候选人自然占优势,这也是毋庸置疑的。

对照过去曾获得恩赐奖的学者的成就来看,英世所取得的成就并不算低,不仅不低,而且和那些只是把在欧美的见闻当作成就来介绍的学者们相比,英世的工作成就要高出很多。从他的业绩来看,他获得恩赐奖也是理所当然的。

三浦谨之助博士积极推荐英世,他与血胁守之助相识,当时在宫中当御医。他从血胁守之助那里听说了英世的工作情况，也知道欧美国家对英世的评价有多么高。当初曾建议英世提交博士论文的也是三浦博士。有三浦的热情推荐，再加上英世过去通过石黑忠德的介绍见过学士院的院长菊池大麓，这才有幸得此殊荣。虽受到了东京大学毕业的部分学者对此的反对，但他们力排众议，最后还是决定把奖授予英世。

大正四年（一九一五年）四月，英世刚接到授奖通知，顾不得妻子还在卫生间里洗澡，就跑进去告诉她："玛丽，我终于获得了日本的学士院恩赐奖了！"

身为美国人的妻子不明白他说的是什么。

"这可是天皇向日本最伟大的学者亲手赐予的奖项。这不仅是至高无上的荣誉，而且还能拿到一千元钱的奖金。"

听他这么说，玛丽才弄明白这个奖项代表的意义。

"恭喜你。不过你还是先出去吧。"

英世这才意识到他们俩现在是面对面站在卫生间。他点点头，然后说着"我还得去通知大家呢"，就穿上外套走了。

和授奖通知一起寄来的还有一张通知，告诉英世七月五日将在日本举行授奖仪式，希望他能赶回去出席。这可是衣锦还乡的绝好机会，以血胁守之助为首的在日本的朋友们都以为他肯定会兴高采烈地回国。

而英世却没有回去。至于不回去的理由，他也只是说因为工作忙，没时间。英世把这个决定通知了守之助，同时也告诉了来他这里道喜的日本人俱乐部的负责人。

画家堀赶紧跑到英世家里来劝他："这么值得骄傲的机会,你为什么不回去呢？你从日本出来不是已经十五年了吗？大家肯定都在等着你呢。你如果连恩赐奖授奖仪式都缺席的话,对天皇可就太失礼了。"

"我也正为这事发愁呢。"英世蓄着胡子,把心爱的雪茄叼在嘴里,嘴唇翕动着说,"如果我现在回去的话,别人肯定会认为我就是冲着恩赐奖回去的。我不回去,虽然对天皇深感抱歉,但是我觉得日本的奖和日本的学位一样,连那些平庸的学者都能拿到。以国际学术水平来衡量的话,这个奖项的水平还差得远呢,比我以前得到的任何一个奖项的水平都低,实在没意思。"

"从你的角度看也许是这样的。可你不也是日本人吗？这么一味地贬低日本的学者和学术界可不太好。"

"不管你怎么说,我就是讨厌日本的学者。特别是东京大学的那帮家伙,我连看都不想看他们一眼。从东京大学毕业的人里边,要说好人,也就只有真锅了。剩下的就都是在日本被奉为权威,在世界上根本无名的一帮乡下人。我怎么能当着这帮家伙的面去领奖呢？"

看到英世这么顽固,堀只好叹了口气,劝道："虽然我也理解你的心情,但是你也别太倔强了。何况你母亲不是也正等着你回去吗？"

"我是想回去看看母亲,可是日本太远了。"

"你是担心旅费吗？"

"也有这方面的原因。总之,我现在不回去。"

最后，英世还是决定由血胁守之助代替自己去领奖，他还请守之助通过小林荣把奖状和奖牌拿去给他母亲看一看。

在寄给血胁守之助的委托信中，英世这样写道：

　　实际上我也特别想回去一趟。近几年，我非常担心年迈的母亲，有时候夜里连觉都睡不好。只是我的研究现在正处于关键时刻，只要闯过这最后一道难关，诺贝尔奖也将不再是梦想。作为医生，得到这个奖项的已经有十个人了，可是美国到现在还一个都没有。只有为了表彰前总统罗斯福在日俄战争中斡旋和平成功，才授予他诺贝尔和平奖。欧洲的医学家中，得过这个奖的有埃尔利希、贝林、梅契尼科夫、巴甫洛夫、科赫等。当然，日本人也还一个都没有。正因为人的命运难以预测，所以我还不能断言我能得到这个奖。

不出席恩赐奖的授奖仪式，不是由于生病之类的原因，而只是说因为工作忙，这可是空前绝后，仅有英世一人。

在恩赐奖授奖一事正式确定下来后的第二个月，石冢三郎在猪苗代参加完摄影会后，顺便去了趟三城潟，特意为英世的母亲希佳照了张相。

过去在高山牙科医学院时，石冢曾和英世一起看过大门，从学院毕业后，他就在越后长冈开了家牙科医院，成了当地具有影响力的人物，后来又当选为国会议员。

石冢给英世写了封信,在介绍家中近况的同时,也把这张照片一起寄了过去。

"你还是务必回来一趟吧,你母亲已经老成这个样子了。"

照片上的母亲身穿一件满是补丁的夹衣,披着棉外套,背已经驼了。整个人比和英世分开时又小了一圈,头发也白了一多半。这时希佳已经六十二岁了。

"你母亲还是那么操劳。看到这张照片,又有谁会想到这就是医学博士、自然科学博士野口英世的母亲呢? 为了你母亲,你还是回来一趟,怎么样? 趁着现在人们对恩赐奖获奖一事还记忆犹新,正是你衣锦还乡的最好时机。"

和这张照片一起寄来的还有母亲希佳的亲笔信。

恐怕这封信是希佳用小铅笔头一笔一画地写出来的吧。这虽是一篇混杂着平假名和片假名的幼稚的文章,但是却洋溢着母亲思念儿子的真情。作为母亲寄给儿子的信,再也没有比这篇文字更感人的了。

现在这封信的原文保存在猪苗代的野口纪念馆里,我只把用词稍事修正,将原文抄录于此。

儿子,你出息了。大家都很惊讶,我非常高兴。我到中田的观音那里拜观音,每年都去彻夜祈祷。学习是没有尽头的。乌帽子那边在发愁,说如果你不回来,没法交代。到了春天,大家都要去北海道了。我心里也觉得没底。求你了,快回来吧。你得到钱的事,我不跟任何人说。跟他们说了,就会被他们喝光了。你快回来吧！你快回来吧！你快回来吧！你快回来吧！我一辈子只求你这一次。朝西拜拜。朝东拜拜。朝北拜拜。朝南拜拜。每月一号我发愿不吃盐。每月一号，请荣昌帮我拜观音。就算忘记其他的事，这件事也不会忘记。我让你看看照片，快点儿回来吧！告诉我，你什么时候回来？等你的回信，睡不着觉。

（鸟帽子是附近的村名，荣昌指邻居鹈浦荣昌，是一位天台宗的修行者。）

英世犹豫了。说实话，在看到母亲的照片后，他深受打击。英世原来一直以为母亲身体很好，可现在她老得都缩了，像个小孩子似的。从青年期到壮年期，英世越来越结实了，可与此同时，母亲却变老了。

英世和玛丽商量："我还是回去一趟，好吗？"

"你如果想见母亲的话，还是回去一趟好。可是钱怎么办？"

虽然年收入已经高达五千美元，可是野口家依然没有富余。玛丽在时而发神经的时候，会喝喝啤酒，随意买些东西，但这都花不了多少钱，最大的问题还是英世胡乱花钱。拿着五千美元的年薪，虽然暂时不会受到讨债鬼的困扰了，可是这样一来，英世越发大气地讲起排场来了。和朋友去饭店吃饭，他连菜单都不看，就告诉人家把上面的菜都上一份。

几年以后，英世在巴西的工作结束，准备离开的时候，当地人问他剩下的那些昂贵的用品怎么处理，英世想都不想就回答说："你们随便用吧!"后来,在洛克菲勒财团内部,围绕着这件事还发生了分歧。

不知道他是大方,还是缺乏金钱观念,总之他连公私都不分。工作起来那么细致入微的人,一遇到钱的问题,就显现出先天缺陷。玛丽原来对他花钱大手大脚也感到很失望,不过现在她已经看开了,无所谓了。

"请星一先生帮忙,也许能行。"

星一是英世在福岛县的同乡,他们在费拉德尔菲亚时就认识。现在星一已经回日本办了一家制药厂,好像事业上很顺利。英世在星一的请求下,一直给他寄一些有关医学界动态的信息资料。

"可是,如果回日本的话,就需要花相当长的一段时间,而且工作也不得不停下来。"

"反正你最近工作也不太顺利,还不如干脆回日本一趟,调整一下,说不定又能找到感觉了。"

最近这段时间,丈夫有时直至深夜还不睡觉,玛丽以为他在工作,却发现他一个人在那里发呆。玛丽还曾听到他半夜突然大叫:"不行,不行。"

"你觉得我还是休息一下比较好吗?"

"工作上的事我不懂。不过我觉得,要是你现在确实感觉找不到方向的话,还是回日本一趟,转换一下心情,这样可能会好些。"

到底是美国人,玛丽说话很直接。

"好吧,那就回去一趟。"

英世终于下了决心。第二天他去跟弗莱克斯纳商量,得到批准后,马上给日本的星一发了封电报。

电文是"我想见母亲,回日本,寄钱来"。这简直就好像是英世在给人家下命令一样。

接到电报以后,星一马上寄来了五千元。星一过去就知道英世有胡乱花钱的毛病,他在心中暗自思忖,就算英世现在想回来,恐怕也没有像样的衣服可穿。英世和玛丽夫人两个人的旅费,再买几件适合衣锦还乡这种大场合穿的衣服,这笔钱也足够了。

但是,玛丽到最后也没跟英世一起回来。

英世对她说:"我们一起回去吧!"

"我还是不要去了吧,日本太远了,吃的住的都不一样。"她马上回答道,然后又半带讥讽地说,"何况日本的男人不是也不喜欢带着老婆到处跑吗?"

实际上,玛丽根本就不想到那么遥远的东洋之国去。英世也没有再去强求她。因为他知道,如果自己把白人老婆带回国内,周围的人肯定会说三道四,到那时也够烦的,而且他也不太情愿让玛丽看到自己出生的那个贫困不堪的家。

2

大正四年(一九一五年)九月五日下午四点,英世乘坐的"横滨号"客轮停靠在横滨港的一号码头。

三个小时以前,血胁守之助和小林荣两个人就一直在日本邮船横滨分公司的楼上等待着,他们俩想在船刚一出现在本牧海湾,还没靠岸的时候，就先行登船去和英世见面。

很多焦急等待着英世回国的人，现在都已经跑到码头上去了，既有北里研究所以及横滨港检疫站时期一起工作过的同事，也有新闻记者。

守之助和小林荣非常担心：英世会不会还像过去那样，穿着一套脏兮兮的西服出现在大家面前呢？他长期在国外生活，不了解日本国内的情况，会不会说一些不得体的话呢？要是因为这个损害了外界对他的评价，可就糟了。他们希望英世能够以"不愧为世界一流学者"的面貌出现。虽然他现在是大学者，但是对于他们二人来说，总觉得他好像还是过去那个成天给他们找麻烦的孩子或学生似的。总之，他们要先见到英世，检查一下他身上的衣服，告诉他一些注意事项，还要告诉他岸上那些赶来欢迎的人的情况，好让他有个心理准备。他们就是以这种心态到这里等着的。

可是不知道什么地方出了差错，等到邮船公司的职员赶过来时，他们正好接到"现在船已经到码头了"这样的消息。

"开什么玩笑？我们可是联系好了，要先到本牧海湾上船的。"

守之助很生气，可是已经于事无补了。他们俩赶紧慌慌张张地跑向码头，那里有很多人在等着欢迎英世的到来。

昔日那个清作今天到底会以什么样的姿态出现呢？当他们俩怀着不安与期待的心情抬头往船上看时，随着一声"野口博士"的喊声，大家一起鼓起掌来，摄影记者手中的闪光灯也闪烁起来。

守之助一下子闭起了眼睛，然后又胆战心惊地顺着大家挥手的方向看去。在一等船舱的甲板上，个子矮小的英世笔直地挺着腰板站在那里。他身穿整齐的礼服,卷曲的头发也梳理得特别平整,正使劲儿地挥动着手上的礼帽,脸上露出沉稳的微笑,怎么看都是一副国外归来的充满自信的学者风范。

"太好了。"守之助这才放下心来,回头往身边看了看,小林荣也正使劲儿眨着眼睛,一个劲儿点头呢。

终于,英世从甲板上顺着舷梯走下来,来到欢迎他的人群中间。

"老师!"英世穿过人群,首先跑到守之助面前,然后又握住站在旁边的小林荣的手,叫道,"父亲!"

自从明治三十三年(一九〇〇年)他只身赴美到现在,这是他们时隔十五年后的第一次重逢。

"我回来了。"英世说着深深低下头去,鞠躬行礼。他们二人一句话都说不出来了,手还被英世紧紧地握着,他们却垂下眼睛,激动得痛哭流涕。

和其他前来迎接他的人一一握手之后,在贵宾室里,英世举行了简单的记者招待会。

"在这十五年的日日夜夜里,我从来没有忘记过日本。"

英世用这句话做开场白,然后简单谈了谈自己最近的工作情况。

在回答记者提问时,他说:"我认为我之所以能够取得今天这样的成就,全靠日本国内的各位朋友的大力支持。"

看样子他在欧美各国已经经历过无数次的记者招待会,很懂得回答问题时的要点。守之助和小林荣的担心只不过是杞人忧天罢了。

在记者招待会后,英世坐上同乡学兄六角谦吉为他准备好的两匹大马拉着的车,他们先到横滨车站,再从横滨车站坐火车去东京。和他同车前往东京的除了血胁守之助、小林荣,还有横滨港检疫站、北里研究所的同事及数名新闻记者。

火车终于在晚上八点到达了东京车站,英世过去在高山牙科医学院、北里研究所时的同事和朋友,甚至还有东京牙科医学院专业学校的学生们,都来迎接他了。

英世跟他们一一握手,反复表示"谢谢,谢谢""辛苦了"。

离开车站后,英世跟血胁守之助、小林荣一起,乘车到他下榻的帝国饭店。在这里,也聚集了数十人等着欢迎他,于是他又和这些人挨个打招呼,交谈。

晚上十点,客人才终于散尽,只剩下守之助、小林荣等关系密切的人,到这时他们才谈了谈有关会津方面的情况。十一点过后,小林荣要回他在日本桥的亲戚家里,英世马上叫来计程车,亲自把受宠若惊的小林荣送到目的地。

第二天,九月六日的早晨是他回到日本后迎来的第一个早晨。

英世这天首先拜访了文部大臣,对授予他恩赐奖表示感谢,随后他又分别拜访了东京市市长、日本医师会会长、东京医师会会长等人,跟他们见个面,打个招呼,然后他又去北里研究所见了北里所长。

"你真的回来了,辛苦了。"过去那个君临研究所,能够震慑住所有研究所工作人员的北里,现在也老多了,而且也沉稳多了。

"托您的福,我回来了。"

英世只简单说了这么一句，然后低下头去，向他行礼致意。

在守之助为他制订的日程安排中，需要去拜访的还有东京大学医学部的青山部长，但是英世马上表示拒绝："没必要去。"

"你也拿到了学位，而且在日本医学界，医学部的青山部长可是第一号的人物。"

英世根本不听守之助的劝告，他坚持道："我那个东京大学的学位是从自然科学部拿到的，和青山根本没任何关系。"

听说在关于授予英世恩赐奖的问题上，青山提出了反对意见，这使英世比以前任何时候都对东京大学的霸道作风感到义愤填膺。

当英世到达横滨港的时候，东京大学的真锅教授也赶来欢迎他。在英世接受邀请，参加在维也纳召开的医师会的大会时，这位真锅教授曾主动要求担任英世的向导，所以从那以后，他们一直保持着亲密的交往。

在火车上，英世还特意走过来，问他："你是代表东京大学来接我的吗？"

虽然真锅愣了一下，但还是马上回答说："是的。"

实际上，真锅只是代表他个人去的，并不是代表东京大学。东京大学不仅没派代表，而且对英世此次回国也表现得极其冷淡。真锅到横滨去迎接英世之前，曾经在教授会上呼吁过："像这样具有世界级水平的学者回国，东京大学至少应该派个代表去迎接才对。"可是参加教授会的教授们全都保持沉默，一言不发。

说实话，这些教授对于野口在国际上的名声知道得并不多，但因为真锅在维也纳目睹过穆勒等人欢迎英世的盛大场面，所以他们在认识上有很大差异。另外还有一个原因，医学部的部长青山胤通并不欣赏英世。

"他只不过通过了医师资格考试，在北里研究所待过，就算在美国出了点儿名，也没必要特意跑去迎接。"

连医学部的部长都这么想，其他教授当然也就装作什么都不知道了。但是真锅还在据理力争："那个人现在可是代表日本的世界级学者。无论是在美国的研究所，还是在欧洲各国的研究所，他的名字可是无人不知，无人不晓。如果我们不把这个已经获得恩赐奖且有望获得诺贝尔奖的人放在眼里，是不是不太好啊？听说连石黑忠德男爵都准备亲自到帝国饭店去拜访他。"

当时在日本医学界具有元老资格的石黑忠德，在英世到达东京后，曾亲自到英世下榻的帝国饭店去看他，向他表示欢迎。连石黑男爵都去了，青山也就无法无动于衷了。于是，这天下午，他也决定赶紧调整日程安排，赶往帝国饭店。

当真锅告诉英世青山要来的消息时，英世连续确认了两次"真的吗？"然后又说："东京大学医学部的部长终于要到我这里来打招呼了，那个青山也终于向我低头了。"说着便大笑起来。

结果，在这一天，很多人都到帝国饭店来看他，石黑忠德、青山胤通等医学界名人，还有新闻媒体，包括政界人物都来了，英世应酬着这些来访者，忙得不亦乐乎。就在这天晚上，由北里博士主持，为英世举行了第一次欢迎晚宴。出席晚宴的以从北里研究所出去的以及现在还在研究所工作的人为主，但是英世特别请求，让血胁守之助和小林荣也参加了这次聚会。

北里站起来讲话，向这个过去在研究所连一只白鼠都得不到，整天被要求去打扫动物圈舍的英世表示欢迎。对此英世回答："我之所以能有今天，全都要归功于以北里博士为首的研究所里各位先生的亲切指导和支持。"

这是非常谦虚、低调的表达方式，但如果从不同的角度去听，就能感到英世的话里包含着非常强烈的讽刺意味。

3

回到日本后的第三天，也就是九月八日，英世启程回老家会津，为的是去见他那日夜思念的母亲。

此时英世的心情多少有些复杂，这是他时隔十五年第一次回故里。他不仅想见母亲，也想看看那块养育他的土地以及家乡的山山水水。即使现在住在纽约的市中心，他也时刻未曾忘记磐梯山和猪苗代湖。自己的故乡并不是只留下了山川河湖，那里还有他的家人以及过去的熟人旧友，还有嘲笑英世是"手槌"的那些家伙们。当然，面对现在如同凯旋的将军般春风得意的英世，不可能有人再这么说了。过去那些调皮捣蛋的孩子们恐怕也已经对过去的事感到后悔，急于想忘记。

时至今日，英世也不再对这些事情耿耿于怀了，而让他感到坐立不安的是从这些人手里借的那些钱。刚开始借钱的时候说"马上还"，后来又变成了"等当了医生以后再还"，再到后来就变成了"到了美国以后就能拿到高工资，到时候一定奉还"。这期间，他所借用的款项数额已相当大，简直就无法计算。如果把他用花言巧语从别人那里骗来的衣服、书籍以及其他物品等都算进去的话，那简直数不胜数了。

俗话说："秋后算账。"现在英世已经成名立业，坐上了最高的荣誉宝座，对于他来讲，现在正是硕果累累的"秋后"，总该到"算账"的时候了吧。可是他现在根本就不想还，也没钱还。

家乡的父老乡亲会怎么看待这件事呢？这其中，说不定有人会非常恨自己，说不定还会有人到处宣扬说自己是大骗子，也说不定有人会追上门来找自己还钱。一想到这些，重回故里的喜悦心情就变得很沉重。

实际上，英世的这些担心完全是杞人忧天。当他乘坐的列车一驶进家乡的翁岛车站时，站前广场上突然间鞭炮齐鸣，燃放起了焰火，郡会议员、村会议员和各区的区长等地方官员以及各部门的工作人员等四百余人，正列队在月台上，等候他的到来。车站前还建起了一道拱形门，上面写着"欢迎野口英世博士"几个绿色的大字。拱形门下，整齐排列着一群翁岛以及周围村子里的小学生，他们一看见英世，就不断地欢呼。道路两侧聚集了很多想看英世一眼的人，他们手中挥舞着小旗，家家户户也都挂上了国旗，以示祝贺。

他们一行人按照村长定下来的行程安排，先从车站直接去了村里的八幡神社，在这里，英世先进行参拜；然后又对聚集在广场上的乡亲们讲了话；接着，以村长和旧友八子弥寿平为代表致欢迎辞，举杯祝贺；最后再由英世致答谢辞。至此，欢迎仪式才告结束。

紧接着，英世挨家挨户去拜访了三城潟村里的三十户人家，对他们给予自己家人的关照表示感谢。最后,他又去菩提寺、长照寺扫了墓,这才往自己家走去。

在此期间,母亲希佳没有出现在众人面前,她一步都没有迈出家门,静候着儿子回来。

当英世到达横滨的时候,为了能让她尽早见到儿子,小林荣曾建议一起去迎接,但是希佳以"这么难看的老婆子出现在众人面前,反而会碍手碍脚"为由拒绝了他的好意。英世在回家之前,必须先到每一户关照过家人的乡亲家里道谢,然后再去菩提寺扫墓祭祖,等等,都是希佳通过小林荣向英世下达的任务。就算他是个世界级的大学者,对于母亲的命令也不敢有丝毫违抗。

完成了母亲下达的所有任务之后,英世才终于回到家中。

在英世到家前,希佳已经在家门前的小路上等着他了。她身上穿着一件斜纹哔叽的夹衣,虽然背驼了,但是却把头抬起来,凝望着远方。

终于,在初秋时节干燥白色的道路上,希佳远远地看见有一队人力车渐渐走近,在乡间道路上,从没见过这么长的车队。走在最前面的那辆车在离家还有五十米左右的时候,突然停了下来。大家都奇怪地看着,不知发生了什么事。这时,只见一个身穿黑色礼服的小个子男人从车上跳了下来,直奔希佳跑去。

"母亲!"

看到母亲的身影,英世在车上再也坐不住了。

"我回来了。"

英世说着和少年时期同样的话,紧紧地抱住了母亲。在午后明媚的阳光下,这位世界级的大学者紧紧地和母亲拥抱在一起。坐在人力车上的人们,以及在他们家周围等待着的人们,仿佛看电影似的,呆呆地看着这一幕。

"太好了,太好了。"

希佳喃喃自语似的轻声说着,不住地点着头,拍着英世的肩膀。要说这是一对同甘苦、共患难的母子时隔十五年的重逢,倒也确实如此。不过要是从另外的角度看,这场景就会给人一种异样的感觉。

这时,在家门口等着他的不光有母亲希佳一个人,还有父亲佐代助、姐姐、姐夫以及他的那些外甥们,另外还有附近人家的很多人也都聚集在这里,但是英世对他们都视而不见。他的眼里只有母亲,他直奔过去,紧紧地抱住母亲。他的行为仿佛在向人诉说着"我想见的只有母亲一个人"。

实际上,在和母亲长时间地拥抱过后,英世也和父亲、姐姐对视了一眼,但是他对父亲只是轻轻点头示意了一下,对姐姐、姐夫还有站在自己身边的外甥们也都只是各说了一句"身体还好吧""我回来了""你们也长大了"。

从儿时起,他就看着父亲不顾家里生活困难而只顾喝酒,令母亲伤心。他觉得母亲的痛苦及全家人的生活无着都是因为父亲,而现在他对父亲的厌恶感很自然地便流露了出来。

现在英世回到的这个家,已经不是他出生时的那栋房子了。在他回国的前一年,住在他们右边的邻居举家移居北海道,要把这栋房子连同五亩左右的田产一起出手,于是他们家就把它买下来了。三百元钱,这在当时的乡村可是难以想象的低价。因为小林荣说

"如果继续住在现在的房子里,等英世回来的时候,就显得太寒酸了",所以他们才决定买下邻居的房子。

不过,刚买下来的时候,这栋房子连地板都没有,隔断也是用草席来代替的。直到英世决定回国以后,他们才赶紧铺上榻榻米,装上旧的纸拉门,总算把房子收拾得有点儿样儿了。至于家具,那肯定是买不起了,于是便从附近的邻居家东拼西凑借了点儿,这才总算凑齐了坐垫、茶具等。

回到家中,英世和希佳紧挨着坐在一起,促膝长谈,父亲佐代助谨慎地退后两三米远,默默地坐在那里,听着他们交谈。

英世回到家乡以后,根本没有闲下来的时候。

当天晚上,在村里的奥野商店,他们为英世举行了回国欢迎会。第二天的九月九日,英世给村里的年轻人做了演讲,晚上又在长滨的港屋旅馆召开了全村的欢迎大会。第三天的九月十日,他一大早就到猪苗代古城町的小林荣的家里去拜访,和小林夫人也见了面,对他们这些年来对家里的悉心关照表示感谢。

这时,他们谈话的内容涉及日本学士院恩赐奖的那一千元奖金。小林荣通过血胁守之助拿到了这笔钱,他和希佳商量,用其中的一部分还上了一些急需偿还的债务,剩余的大部分还留在手里。

小林荣建议他用这些钱买些田产,英世对此表示同意,全权委托他去办。后来邻村千里村的富农小桧山在听说了这件事后,按照时价三分之一的价格,分给他们一些地。小林荣给这块地起名叫作"恩赐田"。

后来,英世到母校猪苗代小学,在猪苗代同窗会上做纪念演讲,然后又出席了只有旧友参加的聚会，并亲自将这个会命名为"竹马会"，在纸板或明信片上为他们书写了会名。

接下来从十四日开始，他在喜多方町的耶麻郡医师会、若松市的会津医师会、会津中学校、工业学校、福岛市的福岛医师会都做了演讲，出席了在各地举行的欢迎会，结束了第一次返乡的日程。

但是，在此期间，并不是所有的事都那么顺心如意。回乡后的第三天，他在拜访过小林荣之后，又去拜访了八子弥寿平。

从上小学的时候起，八子就是英世的同窗好友，他们家还和过去一样经营着一家药店。八子从小就慷慨大方，他很崇拜家境贫寒但学习成绩非常优异的英世。英世正好利用了他的这种心理，从儿时起，就从他那儿蹭走了不少钱物。英世去东京时，八子又给了英世很多衣服和现金，特别是英世到东京以后，他还瞒着父亲，从金库里拿出巨款送给了英世。

人称"借钱魔王""男艺伎"的英世用他那惯用的巧妙手法，一跟八子要钱，心肠软的八子就完全失去了自控力，只能任人宰割。从若松时代直到东京时代，八子被他榨取的钱物不计其数。和一直为年轻的英世做后盾的血胁守之助一样，八子也是英世的一大赞助人。

厚脸皮的英世在八子面前也多少觉得理亏，所以，在这次回国前，英世买回来三只带金链的怀表，作为最贵重的礼物，准备送给对自己帮助最大的小林荣、血胁守之助和八子弥寿平。由此可见，英世并没有忘记八子对他的好意。而他回来的当天，在神社召开的欢迎会上，由八子作为朋友代表发言，那也是英世提出来的，为的是尽可能多地给他一点儿面子，以答谢他过去对自己的关照。

英世带着那只怀表和一篮子柑橘去拜访八子。八子听说现在已经成为世界级的大学者的英世要亲自上门来访，从一大早就开始指挥家人和伙计，对家里进行了一番彻底的打扫。打扫完毕，他在大门口也洒上了水。这时，英世出现在了他的家门前。

听说著名的野口博士要来这里，附近的邻居们都成群结队地聚集到八子家周围，静候着英世的出现。

八子满脸得意，赶紧把英世带入里间的客厅。在一阵寒暄过后，英世递上果篮，同时掏出那只怀表说："这是我回国前特意在纽约买的，我想把它送给你，感谢你过去对我的大力支持。"

以前只见过英世跟自己要钱要物，还从未见过他给自己什么东西。而现在，英世却给他带来了一只以前从未见过的外国造的怀表，八子用难以置信的表情看着这只怀表。

"这是真的吗？真的是送给我的吗？"

"当然，无论什么时候，我从未忘记过你的恩情。"

"谢谢你，阿清。没想到你还这么惦记着我。"

弥寿平把怀表拿在手里，摩挲着。可就在这时，坐在旁边的弥寿平的母亲却用冷漠的语气说："弥寿平，那个东西你不能要。"

听到母亲突然这么说，弥寿平吃惊地看着她。弥寿平的母亲虽已年近七十，但腰板挺得直直的。她瞪了英世一眼，然后从儿子手中夺过怀表，扔到了英世的面前。

"这个还给你！"

英世、弥寿平、弥寿平的妻子都惊呆了。

弥寿平的母亲一口气说下去："难道你以为用这么个东西就能抵销以前你从我们家拿走的那些东西吗？那你可就错了。你看弥寿平好说话，就欺负他，你到底从我们家夺走了多少钱？我丈夫就是因为你含恨而死的。你不知道我们家因为你受了多少苦……"

说到这儿，她用双手捂住脸，哭了起来。

"你走！你滚！你这个强盗！"

"妈妈！"虽然弥寿平赶紧按住了痛哭流涕的母亲，但是已经彻底冷了场，"阿清，你别往心里去，妈妈一兴奋就爱犯糊涂。"

"我才没糊涂呢，赶快把这个强盗赶出去！"

大家赶紧把发疯般喊叫的弥寿平的母亲带出屋去。而在此期间，英世一直低着头，一言不发。

4

结束了在会津、福岛十天的行程后，英世再次回到东京，等待他的是根本无暇休息的演讲会以及欢迎会，从中抽出一部分日程安排列出来，就已经有下面这么多内容了。

　　九月十八日　　下午五点返京，七点，当初在京时的朋友们举行欢迎晚宴（筑地田中屋）

　　十九日　　三共制药株式会社盐原又策主持晚宴（滨町常磐屋）

　　二十日　　血胁守之助主持晚宴（有乐町生命保险协会、北

414

里柴三郎博士、菊池大麓男爵、渡部鼎等机构和个人出席）

二十一日　参观北里研究所

二十二日　诸方、北里、三浦诸位博士,铃木陆军、本多海军医务局长,石黑、高木两位男爵及有志人发起的大型欢迎晚宴（滨町日本桥俱乐部）

二十三日　东京医科牙科学校举办演讲会,午后六时起由金杉英五郎主持欢迎晚宴

二十四日　和北里研究所的宫岛干之助博士同去调查千叶县的韦尔氏病[①]

二十五日　返京,午后一时起在南葵文库举办演讲会,晚上出席在德川赖伦侯爵邸举行的晚宴

二十六日　正午出席在麻布奥田邸举行的猪苗代在京同窗会,下午两点医学杂志社举办演讲会,六点济生学舍同窗会举行欢迎会（上野精养轩）

二十八日　下午六点顺天堂医院举行欢迎会（柳桥深川亭）

三十日　出席旧尾张藩主德川义亲侯爵的招待宴会

能够在饭店里休息静养的只有第二天,即十月一日这一天,紧接着于十月二日这一天,在东京大学皮肤科学会上做演讲,晚上又出席了由东京大学同窗会主持的在山上御殿的招待宴会。

---

① 钩端螺旋体性黄疸。由黄疸出血性钩端螺旋体引起的传染病。

这天夜里,母亲希佳和小林荣夫人从会津一同赶往东京,第二天小林荣也来到了东京。英世好不容易回一趟国,却无法好好陪一陪母亲,为了安慰母亲,英世才把他们都邀请过来了。另外还有一个目的,英世准备带他们一起去关西旅行。

父亲佐代助没有一起来东京。英世发出的邀请电报中没有提到父亲的名字,而佐代助自己也没有同行的心情。英世在对待母亲和父亲的态度上截然不同。

回猪苗代时,朋友六角让实在看不下去了,曾经对英世说:"你那样对待你的父亲,他是不是有点儿太可怜了?"

而英世却面无表情地回答:"父亲是个单纯的人,他只要能喝到酒,就满足了。如果想让父亲高兴的话,就给他点儿钱,让他买酒喝行了。但因此而喝过了量,反而会搞坏他的身体。在目前这种经济条件的制约下,他只能赚多少喝多少。从结果上看,反而是让他长寿的办法。"

这话听起来好像有一点儿道理,可实际上,英世认为父亲已酒精中毒且不配做人,早就对他不抱任何希望了。

从二日到五日,英世整天忙于到处演讲应酬,这期间,母亲希佳和小林荣夫妇一起在东京市内到处转了转,玩了玩。希佳还是第一次来东京。英世让他们坐饭店里的汽车,可是他们三个人推辞说:"太浪费了,没必要。"但英世还是强行让他们坐车,并看着他们坐上车后才出门。

在东京,他们母子相处的时间也只有非常难得的上午这短暂的一会儿,晚上英世要回帝国饭店过夜,而母亲和小林夫妇却由于睡不惯床,要到日本旅馆休息,这样他们又不得不分开,母子二人根本就没有单独在一起的机会。

终于在十月七日这一天,英世和母亲希佳、血胁守之助、小林荣夫妇一起开始了他们的关西之行。

而在这次旅行中,英世仍然没有多少可以自由支配的时间。下午五点钟,刚一到达名古屋,英世就赶去参加在市会议事堂举行的演讲会,然后又去出席银行集会所主办的欢迎晚宴。

第二天他们出发去宇治山田,参拜过伊势神宫之后,母子二人一起住进了二见浦的二见馆。

这天晚上,当他正准备出席当地医师会、牙科医师会主办的欢迎会时,接到了从东京发来的电报,通知他"勋四等旭日小绶章"授勋的消息。

九日,一行人来到大阪。他们首先在大阪高等医学校(现大阪大学医学部)校长佐多爱彦的陪同下,参观了市容,然后于第二天出发,去大阪西部的风景名胜箕面。

十一日以后,英世的日程安排太紧,佐多校长考虑到这些后,为了让英世能够单独和母亲以及至近的亲人们在一起好好待一天,他特意安排了这次箕面之行。

当天,佐多校长派了两辆车到他们下榻的大阪饭店,而陪同他们前往的是细菌学的福原义梅教授。

他们一行先去参观了大阪城,然后出发去箕面。虽然现在的箕面已经变成了阪急沿线的平坦的住宅区,可在那个年代,平时几乎没人来这里,顶多也就是初夏踏青或深秋赏红叶的时候,才有人从大阪或神户远道而来。尤其是他们预订举办宴会的"琴之家"，由于它位于通向瀑布的河边的瀑布道上，所以车走到一半就上不去了。

他们一行在快到上坡路的地方下了车，换上草履，开始步行前往河谷边上的"琴之家"。中途他们在一家茶室喝茶休息，希佳因为自己走得慢，加上又不懂喝茶的规矩，于是便先行一步到"琴之家"，在那里等着他们。

"琴之家"这边听说英世他们很快就要到，正在紧张地翘首以待。这时，却见一个脸晒得黑黑的小个子的老太婆出现在他们的视野里。

"这里就是'琴之家'吧？"

"是啊，不过瀑布还在前边呢。"

服务员误以为这个看上去像乡下人的老太婆是来看瀑布或者采山菜的。

"是佐多博士邀请我来的。"

今天的宴席确实是佐多校长预订的，但怎么看这个老太婆的样子也不太像是来出席宴会的。服务员赶紧叫来老板娘，老板娘也觉得不太可能，于是就安排她在玄关左边的休息室里休息，等英世他们一行到了再说。

很快英世也赶到了，他先去二楼的大宴会厅看了看，见母亲还没有到，便问老板娘："看没看见一个六十多岁的老太太先上来？"

老板娘这才意识到在休息室里休息的老太婆就是英世的母亲。

"我们不知道她就是您的母亲，实在太失礼了。"

老板娘和服务员不住地道歉,赶紧把希佳带到了大宴会厅。

出席这次宴会的主要是以佐多校长为首的大阪高等医学校的教授们,比如福原义梅博士、木下东作教授、有马赖吉博士等,还有就是英世母子、血胁守之助、小林荣夫妇以及石冢三郎等十来个人。

宴席设在"琴之家"的二楼,是把八张榻榻米大和六张榻榻米大的两个房间之间的纸拉门卸掉,改成的一个大宴会厅。英世和母亲背靠八张榻榻米房间的佛龛落座,然后血胁、小林荣夫妇坐在他们的两侧。

从这里,能看见红叶掩映着的溪流,能听见河谷中传来的潺潺流水声,是最佳的观景位置。

席间,英世把端上来的每一道山珍海味逐一向母亲介绍,然后亲自用筷子夹起来,送到母亲嘴里。

大阪"富田屋"的名伎八千代目睹了这一场面后,因太过感动,不得不中途退席,躲到走廊的一角哭去了。她后来说:"那么伟大的人物,却无视周围那么多教授的存在,只是一门心思孝敬自己年迈的母亲。虽然我也和母亲两个人相依为命,却远远做不到这一点。"

实际上,当老板娘看到这个场面时,也深受感动,她再一次认识到英世对母亲的孝顺。

这就是所谓"野口博士在'琴之家'的孝行"的故事,后来被广为传颂。

第二天的报纸上,以"目睹博士的孝心 八千代有感而泣"为题,很详细地报道了当时的情景,其中之一的《大阪每日新闻》的报道是这样写的：

（前略）在"琴之家"的另一间宴会厅里，午宴很快开始了。野口博士夹起一块生鱼片，送到他母亲的口中，说："母亲，这个是用金枪鱼做的生鱼片，好吃吗？小林夫人，我记得您喜欢吃烤鱼吧？……"他尽心尽意地照顾着坐在身边的母亲大人以及小林老夫人，讨他们的欢心，而他自己也乐在其中。

"我出生在山区，还没等记住生鱼片的味道就到了国外。从十天前开始，我才终于有机会吃到生鱼片，像我母亲他们，恐怕要为此美味而销魂了。哈哈，哈哈……"

他把自己的母亲介绍给随行的记者。等到被请来的代表当地最高水平的舞伎开始跳舞之后，母亲大人以及小林老夫人都看呆了，好像手里的筷子都要掉下来似的。野口博士探过头去，看着母亲的脸问道："怎么样？有意思吧？您再吃点儿吧，这个是松茸汤。据说那个汤碗盖可以拿来当碗用。"说着还细心地亲手侍奉。

看到这个场面，血胁先生眼含热泪地说："各位，如果当今的绅士们都能具有野口君一半的殷勤和孝顺，那么社会风仪也就可以变得淳朴了。现在说这话可能有点儿不太合适，我过去只不过给了他一点儿微不足道的关照，而他却在这十五年里，给我寄来了二百多封厚厚的信。以前我就常常被野口君的情谊所感动，此次看到他毫不嫌弃地带着乡下的母亲，无论人前还是途中，都毫不介意地自然表露出来的这份孝心，我不禁感动得直流泪。"听着他的一席话,佐多校长以及福原博士等人的眼里也都噙满了泪花。午宴历时两个小时,其后他们到箕面瀑布游玩,然后野口的母亲和小林夫妇一起去奈良参观游览。

举办这次午宴的"琴之家"现在仍在箕面公园的一隅,而英世他们歇脚的那间二楼的大宴会厅也依然保持着原样。

当时,目睹英世孝敬母亲这一场面的人当中,还有一位南川光枝女士,她是"琴之家"主人的妹妹,事后她仍然久久难忘当时的激动心情。牙科医生户祭正男年轻时曾听过英世的演讲,深受感动。当南川光枝女士在和户祭正南等谈论起此事时,他们一致决定要在这里为野口英世立一尊铜像。

就这样,大部分资金由光枝女士承担,短缺的部分通过募捐的形式筹集,然后在大阪府、箕面町政府的大力协助下,铜像终于做成了。他们还在昭和三十年十一月二十二日这一天为该铜像举行了揭幕式。

铜像坐落在上方的一块台地上,距离从"琴之家"上方经过的瀑布道二十米左右。铜像仿自上野科学博物馆楼前那个身穿白大褂、手拿试管的英世形象。

如果现在你站在这个地方,就能够透过绿色的树叶,看到"琴之家"的房檐以及下方流淌着的清清溪流。在周围一片寂静中,仿佛能够体会到在六十多年前,他们在这里看到英世亲自为母亲夹菜时所受到的感动。

5

关于英世回国以后的情况,各大报纸都有很多报道。关于他到达横滨港时的情景自不必说,在会津以及关西地区游说的情形等,各地报纸都逐一进行了详细的报道,尤其是发生在箕面"琴之家"的那一幕,更是作为"苦孩子对母亲尽孝心"这一日本人喜欢的话题,被全国各地的报纸进行了广泛的宣传。

不过,在所有这些报纸中,唯独不见英世的妻子玛丽·达吉斯的相关报道。就连对英世的个人经历方面的报道,也都是侧重于他的学习、研究情况,完全不涉及他的家人。

当然,英世未与妻子同行、只身回国是其中最主要的原因。记者中也有人问起他的妻子的情况,但英世对此类问题的回答总是很冷漠。他除了告诉他们妻子是美国人,名字叫玛丽以外,什么都不说。他们如果再继续追问,他就会以这个问题和工作没关系而予以拒绝。

英世一向不喜欢讲自己家里的事情。即使在美国,除了堀等少数人以外,他很少把客人请到家里,也从未举办过外国人喜欢的那种包括家族成员在内的聚会,他的心里只有工作,在家庭生活方面他根本就不及格。

看到他不太愿意谈论自己的妻子,记者们也就不再继续追问了。另外,他们也考虑到报道英世和外国人结婚这件事本身,会显得和英世现在所处的地位不太和谐。当时是国粹主义盛行的年代,他们希望这位代表日本的大学者对女人的欣赏标准也最好是纯日本式的。

不过,英世此次回国的时候,还带了一张妻子玛丽·达吉斯的照片。照片上的玛丽身穿一件前面系扣的连衣裙,面向正前方微笑着。英世把这张照片拿给母亲看。当初和玛丽结婚的时候,他没跟母亲商量就自己做出了决定,最后还是以先斩后奏的形式得到了母亲的默许。他带这张照片回来,就是为了跟母亲道个歉。

希佳看着这个长着一双蓝眼睛的儿媳妇,说:"虽说是美国人,但还是挺可爱的,好像个头还挺高,看起来跟你挺般配的。"

也不知道她说般配是指个性,还是指大个子的玛丽比较适合矮个子的英世,反正英世听了这话,也只是报之以淡淡的一笑。

"如果你以后再回国的话,她会跟你一起回来吧?"

"当然会跟我一起回来。她是我老婆,到日本以后,她肯定也会孝敬您的。"

"可是我也听不懂她说的话,也不知道该怎么和她打招呼。不过只要她能一直跟着你,那也就行了。"

"不管怎么说,就把她当成您的女儿好了。这张照片就送给您了。"

"谢谢。我会把照片保管好的。"

希佳冲着照片行了个礼,然后收进怀里。虽已结婚,却又无法带她回来见母亲,英世送母亲这张照片就是为了弥补这个缺憾。直到最后,希佳也没有机会见到照片上的这个人。不管她那个时候是否有预感,总之对于她来说,玛丽永远都只是照片上的儿媳妇。

在箕面游玩了一天的英世,从第二天起又开始忙于参加各种各样的演讲会、招待会。仅在十一日这一天,他到大阪高等医学校做了演讲,晚上出席了大阪医师会、牙科医师会主办的欢迎晚宴以及当地的会津同乡为他举行的欢迎会。十二日,又连续在大阪、界市、神户三个城市举行了演讲会。

当听众是医生或者科学工作者的时候,他讲的主要是以自己的研究为中心的工作方面的内容,而面对那些学生或一般老百姓的时候,他主要讲的是自己的生平以及他在美国艰苦奋斗时的那段人生历程和教训。不过他讲人生教训并没有那种强加于人的感觉,而是将他儿时由于生活贫困所遭受的痛苦娓娓道来。

英世平时不爱说话,但是在演讲过程中,一旦情绪激动起来,他就会变得满脸通红,语速变快。再加上他说话带点儿会津口音,会令人感到某种异样的激情。

当时,由于听过英世的演讲而奋发图强或奔赴海外的年轻人也不少,现在在夙川经营牙科医院的长滨昭义就是其中之一。他虽已七十七岁高龄了,但是谈到英世的时候,他说当时英世那些充满激情的话语至今仍清晰地印刻在他的记忆里。

谈不上有什么技巧,只凭英世那全身心投入的热情,就能够感染听众。一旦演讲起来,他往往无法按常规形式收场。形式上,每场演讲都有规定时间,但是英世几乎每次都会超时,哪怕是在已经很疲劳的情况下,他讲起来也会忘记时间,其中在京都举办的那场演讲会就是一个很好的例证。

当天,英世一大早从大阪出发,抵达京都后,京都大学的校长亲自到车站迎接。他在出席过京都大学的午餐会后,就赶去法律系的大礼堂做演讲。可是演讲会刚开始还不到十分钟,他突然感到腹部剧痛。

可能是因为连日来的奔波疲劳，演讲前，英世的脸色就不太好，腹部也隐隐疼痛，但他还是坚持着登上了讲坛。

英世按住胃部，想继续坚持，可到底还是坚持不住，一下子瘫坐在了旁边的椅子上。

听众们都担心地望着他，主办方有好几个人赶紧跑到台上。可能是胃痉挛，他们看到英世正捂住胃部痛苦地呻吟着。大学方面准备先暂时中止演讲会，而英世却摇摇头，没有同意。就这样，他在椅子上坐了五六分钟，终于用手捂着腹部晃晃悠悠地站了起来。接着，他做了一个深呼吸，对大家说："非常对不起，我现在继续讲。"

京都大学的校长以及教授们赶紧出面阻止，而他却不予理会地继续讲下去，最后还是按原计划结束了一个半小时的演讲会。

就这样，直到十月十七日，他完成了在关西的所有行程，回到了东京，可是在这里，还有各种各样的活动在等待着他。

在第二次停留在东京期间，英世尤其感到高兴的还是十九日那天，他赶到文部省接受先前授予他的那枚"勋四等旭日小绶章"。

英世一直对日本的学者以及学会的一些做法持批判态度，但对于以天皇的名义赐予的勋章，他却比谁都要感动。

他把勋章挂在胸前，像孩子似的挺起胸脯给母亲看。

"母亲，你看，这可是天皇给我的勋章。"

英世决定乘坐十一月四日从横滨港起航的"佐渡丸号"客轮回美国。如果乘这艘船走的话，他就可以在十一月末赶回纽约。考虑到自己在美国的工作日程安排,这已经是极限了。能在日本停留的时间不多了,如果再继续接受演讲会、宴会邀请的话,时间根本来不及。与其这样,还不如再回一趟会津,把准备要买下来的田产的产权变更等问题处理一下,然后再把家里的事情做些安排。

十月二十二日,希佳和小林荣夫妇先行离开东京,紧接着二十三日,英世也从东京出发,回到会津。

在第二次返乡后,他先签署了用恩赐奖的奖金购买田产的合同,进一步和母亲以及姐姐他们商量父亲的安排问题。

父亲佐代助曾一度被小林荣收留,但是他在那里还是待不住,很快就开始在村子里到处转悠起来,依旧不干活儿,只顾喝酒。现在他已经完全酒精中毒,没有酒,手脚就开始颤抖,舌头也不灵活了。在如何安排父亲的问题上,英世主张把他送到住在北海道的弟弟清三那里去。清三过去在若松打工时,使若松市内的一家年糕店的老板的女儿怀了孕,逃债似的跑到北海道去了。他曾经在小樽当过一段时间的铁路工人,后来又搬到北见,在那里经营着一家小餐馆。

"如果让他到清三那里去的话,他有酒喝,而且还可以帮清三看看门。"

英世嘴上虽然这么说,但实际上他完全是为了把父亲赶走。母亲希佳好像仍然有些犹豫,于是英世接着说:"让那个人继续待在这里,只会一天不如一天。在这里,周围都是熟人,看到他作揖哀求,总会忍不住给他酒。实在没办法的时候,他就偷您的钱包。万事有依靠,只会像现在这样继续自甘堕落下去。"

“可是，北海道那么远，又那么冷。”

“母亲，您到底要受他的气到什么时候？您自己不是也明白，至今为止，因为他，您受了多少委屈？”

英世从来不叫他“父亲”。英世从小就一直看着家里的生活情况，根本不想叫他“父亲”，只能用冷漠的第三人称称呼他。

“如果母亲还要继续把那个人留在这里的话，我就不用恩赐奖的奖金买地了。”

话说到这个份儿上，希佳也只好同意英世的意见。在座的姐姐伊努以及姐夫善吾对于把父亲送到北海道的这个决定，当然也没有异议。清三对于父亲的到来虽然不是特别欢迎，但也没表示反对。总的说来，清三属于兄弟姐妹中最没出息的一个，在某种程度上，他具有同情父亲的一面。

“可他会同意到那么远的地方去吗？”

“他在这儿待不下去，不去也不行啊。如果您觉得不好开口的话，我去跟他说。”

希佳吃惊地抬起头，看着英世，而英世却无所谓似的说：“没问题。他自己也会明白，与其在这里被别人说三道四，还不如到一个谁都不认识的地方去过得舒服。当然，既然决定让他去北海道，我会考虑给他一点儿零花钱，让他暂时不愁没酒喝。”

佐代助的北海道之行就这样定下来了。到最后，告诉父亲这一决定的不是英世，而是姐夫善吾。佐代助听了以后，没有表示反对，只是小声地说了一句：“我按大家说的办。”

6

在三城潟停留的三天时间里,英世还接受旧友石冢的邀请,去了趟新潟。石冢就是那个给希佳拍照片,敦促英世回国的"罪魁祸首"。他特意赶到三城潟来接英世,然后在去新潟的途中,火车快要经过会津若松的时候,石冢好像突然想起来似的,谈到了山内夜音子。

"她现在就住在这里。她那时候虽然结了婚,但后来她的丈夫死了,现在好像一个人生活。"

英世的眼前又慢慢浮现出十五年前的往事。那个时候,英世一门心思追求夜音子,不仅给她寄了好几封信,而且还费尽心思,特意穿上检疫医师助理那件制服去看她,为的就是给她留下一个好印象,可是夜音子对他根本不予理睬。偶尔也会听英世给她讲功课,但那都是英世一厢情愿的强行施舍,她往往还会露出不胜其烦的表情。

从那时到现在,已经过去了十五个春秋,英世好像已经把夜音子忘了。到美国后不久,当他得知夜音子结婚的消息时,曾深受打击,但这件事好像也已经成为遥远的过去。

但是在他的内心深处,夜音子的影子依然挥之不去。解除斋藤增子的婚约,虽说其放荡不羁是主要原因,但追其根源,还是因为英世对夜音子有些恋恋不舍。不仅如此,他对现在的妻子玛丽感情平淡,也是由于心里还想着夜音子。

石冢试探着问:"怎么样?要不要见一次面?她肯定也知道你回来了。如果你说想见她的话,我想她会答应的。"

但是，英世把胳膊肘支在车窗窗框上，望着窗外没有回答。

会津是英世第一次遇见夜音子的地方。记得当年他曾把写给夜音子的情书从栅栏门中间投到她家的院子里，还为此挨过骂。而现在，他离这个城市越来越近了。

英世终于把视线从窗外收回来，摇摇头说："你的好意我心领了，不过还是算了吧。"

"既然都已经到这里了，见一面总可以吧？"

"不，还是算了。"

这一次，英世使劲儿地摇了摇头。如果是现在，也许夜音子会很高兴地来看他，对过去的无礼表示道歉，殷勤地接待他。但是现在即使再去见她，他们两个人之间的关系也不可能有什么结果。就算她向自己道歉，那也只会使自己的脑海中重现过去的苦涩记忆。而且，如果自己现在主动上门去见她的话，说不定还会被误以为对她仍有留恋。他即使想见，也不能见，除此以外再也没有什么办法能抹去自己心中的伤痕了。

英世自言自语地嘀咕了一句："都已经是过去的事了。"

他们坐车直接到了新潟，英世在新潟医学专科学校做过演讲后，出席了在市内锅茶屋举行的欢迎会。在那里住了一个晚上，第二天他又坐磐越西线返回郡山。途中经过三城潟时，他又见了希佳、姐姐、姐夫他们一面，跟他们告别。

希佳用满是皱纹的手反复摩挲着英世的手，叮嘱道："一路上要多加小心。我每天都会去中田拜观音的。你自己别太逞强，要注意保重身体。"

"您放心吧！我会多加小心的。我才四十岁，倒是您要多注意保重身体，再多活上二十年、三十年才行。"

"别开玩笑了，人的寿命是有限的。我这次已经被你带着去过了那么多地方，感觉就像一下了享受到了以前六十年的所有人生。我现在已经没什么遗憾了，什么时候死都行。我真的是托你的福了，谢谢你，好儿子……"接下来她就只顾抓着英世的手，呜呜地哭了起来。

英世也差一点儿流下眼泪，他使劲儿忍着，握住母亲的手，说："您别说那么悲观的话，就算是为了我，您也一定要一直活下去。正因为有您在，我才能坚持到今天。如果您死了，我可就什么也干不成了。"

"像你这么坚强的人，怎么能说出这种没出息的话？"

虽然挨了母亲的骂，但这确实是英世内心最真实的一面。

"这次我回到美国以后，会每个月给您寄三十元钱。虽然不算多，但至少能让您少操点儿心，出去玩一玩。"

"那怎么行？人能干活儿的时候不干活儿，会遭天谴的。对了，你别忘了，下次带上媳妇，早点儿回来。"

"三年以后我还会回来的。"

"说定了，就是三年。趁谁都没走以前，一定要回来啊。"

母子俩再次拥抱在一起。小个子大学者和六十多岁的老太太眼睛都哭得红红的，不停地点头确认着这个约定。在外人眼里，这真是既令人羡慕又令人感觉怪异的场面。

到了火车站，发车时间很快就到了。汽笛响起，火车开动，很快划过翁岛车站上那个小小的月台。

希佳努力挺直已经驼了的背，使劲儿挥着手。同乡的人们也都一起挥动着手臂欢呼着。英世把上身从车窗里探出来，朝着人群的方向大声呼喊道："母亲！"

十月二十八日，英世回到东京，此时距离出发还有一个星期的时间。在这期间，英世依旧忙得不亦乐乎。返京后的第二天，也就是二十九日，他上午在东京女子医学专科学校演讲，晚上还出席了东京大学教授入泽达吉举行的招待宴会。三十日，应邀去横滨的茂木别墅，然后在神奈川县医师会上演讲，晚上出席该医师会主办的欢迎宴会。

三十一日下午，又到千叶医学专科学校演讲。

而同在这一天，佐代助和要去东京送英世的小林荣一起坐车到郡山。佐代助一个人从这里换乘东北本线的列车去北海道。临分别之际，小林荣再次告诫他到了北海道以后也要注意少喝酒，好好干活儿，不要给英世丢脸。佐代助只是低着头，一言不发地听着。

"好了，不说了，我想你也都明白。"小林荣再次叮嘱他说，"你就这么一直坐下去，明天早晨就可以到青森了。"

佐代助给小林荣行了个礼，右手拿起包袱，弓着背登上了列车。几天前，英世在欢送人群的目送下离去，佐代助的北方之行与其相比，实在是太冷清了。

十一月三日，英世到早稻田的宅第拜访了大隈侯爵，和他畅谈之后，到护国寺为川上元次郎扫墓，最后到血胁守之助的家，正式向他告别。其后，守之助夫妇、小林荣等几个关系至近的人，一起在木挽町为他举行了在日本的最后一次告别晚宴。

十一月四日，《东京日日新闻》以"野口英世博士再次赴美"为题，刊载了如下这篇报道：

野口英世博士定于今天（四日）下午乘横滨出航的"佐渡号"客轮再度赴美。昨天早晨，博士在早饭前和朋友一起出去拍照，旧师血胁守之助等众多访客在帝国饭店的吸烟室里等候博士。过了一会儿，博士回来了。

交换过名片以后，博士说："我现在忙得不可开交，已经没时间和你交谈了。自我九月五日回国一直到十一月四日出发时为止，整整过了五十九天。在此期间，被邀请而去参加的欢迎会就达六十多次。尤其值得高兴的是，还有幸获得了天皇颁发的勋章，同时也受到了民间的表彰，对于这些受之有愧的荣誉，我唯有表示衷心的感谢。回顾我在美国的这十五年间，日本国内也发生了变化，深为学术界以及社会整体的进步与发展而感到惊叹，特别是在最近，医学界取得了很多研究成果，比如：稻田、井户两位教授经过苦心钻研，发现韦尔氏病病原体并对其进行了培养，宫入、长与两位博士以及新潟医学专科学校的川村教授对于恙虫病的研究等，在国际学术界也足可引以为豪。东京城市建设中所取得的进步与完善，我认为都非常好。由于变化实在太大，刚回来的时候，我简直分不清东西南北了。像日比谷公园等地，我感觉也相当不错。总之一句话，我圆满达成了此次回国看望老母亲的目的,看到了她越来越精神的笑脸,同时也和很多故友重逢,我感到非常满意。只是有一个稍感不足的地方,那就是在把我国学术界的研究成果推向国际社会发表的方法上,国内的学者们还处在相当不利的条件下,在这方面,我想在我回到美国以后,可以为大家尽一点儿绵薄之力。……"

云云。说完后,博士就坐上汽车,到各处道别去了。

在这篇讲话里出现的学者,没有一位是东京大学的所谓名牌教授,他提到的只是几位各地的少壮派,其中还特别提到了韦尔氏病以及恙虫病,这也是因为当时英世的研究方向与其有关。

因为考虑到这篇讲话会被刊登在报纸上,所以有些事英世并没有明确讲出来。实际上在将近两个月的逗留期里,他再次注意到了日本学术界的问题所在,并间接地跟朋友们谈到过。

比如日本今后必须花更多的钱用来促进学术的发展,尤其要改变文科占优势地位的现状,应该给理科更多的资金。另外,还有一个倾向性的问题,学者们稍微有点儿名气以后,就马上会在政治方面有所动作,而把学问束之高阁。英世表示自己一辈子都只会专心于做学问,不会有其他的非分之想,等等。

英世这次回国,朝野上下的热烈欢迎使他的心情好多了,他不再像过去那样只要听说是东京大学毕业或者是海外留洋回来的就心生讨厌,而能以更加广阔的视角,去看待日本的学术水平以及学者队伍整体存在的问题。

十一月四日，英世回美国的日子到了。这天中午十二点半，英世从东京车站坐车去横滨。

在他出发前的一个小时，东京车站里就挤满了来送行的人，甚至使月台中央部分一度陷入瘫痪状态。英世避开了混杂的人群，先进了贵宾室，在那里和前来送行的德川赖伦侯爵、德川义亲侯爵、石黑忠德男爵、佐藤进男爵等一一握手，然后直接从那里走上月台，而这条路也被人挤成了窄窄的一条，结果需要好几名乘务员一起来帮助疏导送行的人。最后，当列车徐徐开动起来的时候，人们一起举起双手，高呼万岁，月台上响起一片欢呼声。

下午三点，船从横滨港起航。

等英世到达横滨港时，码头上已经挤满了送行的人。大学方面派来的人、关系密切的朋友们、新闻记者等都赶过来跟他握手。就连想见英世一面的普通市民也加入其中，他的身边堆满了鲜花和花篮。

下午三点，一声锣响，催促着那些送行的人赶紧下船，船与码头之间的舷梯被撤了下去。

三点十分，客轮伴随着汽笛声，慢慢离开了码头。英世站在上甲板的尾部，右手握着十几条彩色纸带，左手挥动着帽子。

码头上的人们不约而同地高呼起"野口英世博士万岁"的口号，声音响彻秋日的上空。

十五年前，谁也想象不到，那个在血胁守之助等两人的目送下，站在三等舱甲板上有些胆怯地挥着手的英世，会有今天这样的辉煌成就。

1

经过二十多天乘船又坐火车的长途跋涉,英世于十一月二十六日回到了纽约。

英世的旅行箱里装满了和服睡袍、锦缎、方绸巾等丝织物以及手织工艺品等,这些礼物都是母亲希佳以及亲戚米治、阿滨她们亲手做的。而且,在另行邮寄过来的小箱子里,还装满了武士盔甲、竹编工艺品、陶瓷器皿等英世在各地获赠的礼品。

一直在家中等待着他的玛丽看到这些珍奇的礼品后,高兴得马上把它们都拿了出来,一会儿拿块布料在自己身上比试,一会儿又拿去给朋友们看,每天都在欣赏。

英世只在家里休息了一天,第二天一大早就去研究所上班了。这确实很符合英世的急脾气,他在家一天都待不住。

但是,从这时开始,英世又陷入了迷惘,不知道自己今后的研究工作该朝哪个方向发展。

　　三个月前,当英世决定回国时,他的工作处在到处碰壁的状态中,仿佛走入迷宫一样看不到希望。而日本之行正是为了转换心境,以便他能够找到突破口并走出困境。时隔十五年,他见到了母亲和其他亲朋好友,在各地受到了热烈欢迎,这确实使他暂时摆脱了萎靡不振的状态,也重新鼓足了干劲儿。但这只是情绪上的调节,并未具体解决现实工作中的方向问题。虽然内心感觉很充实,但现实工作中所遇到的困境依然如旧。

　　尽管如此,英世在心中还酝酿着两个研究课题,一个是落基山斑点热①,一个是韦尔氏病。

　　落基山斑点热,顾名思义,是在落基山周围居住的土著人中多发的一种疾病,发病时,全身会出现红色的斑点,一般认为这是以山麓地带比较多的蜱为传播媒介的传染病。英世对这种病比较感兴趣,是因为它和日本的恙虫病很相似,而在日本的新潟地区,恙虫病尤其多发。回了趟日本的英世很想在今后从事一些与日本有关的疾病研究。专家们倒还好说,可是一般老百姓就搞不清楚他在干些什么事情了。如果你告诉他们研究对象是蛇毒或螺旋体,他们根本没有这一概念,也无法理解。还是像培育出导致破伤风的芽孢杆菌的北里以及发现了痢疾杆菌的志贺他们那样的研究内容比较通俗易懂。如果能找到落基山斑点热的病原体,说不定还能找出恙虫病

---

① 常用名为立氏立克次体斑疹热。

的病因呢。那样一来,英世就可以把自己的名字深深地印刻在日本,尤其是新潟地区的人们的心中。

回到美国后的第十天,英世到哈佛大学就落基山斑点热的实际情况进行调查;十二月份,他又与这种疾病的第一发现人霍华德·泰勒·立克次见了面;次年二月份,又呈请华盛顿当局帮助调集蜱的资料。随后,他又到波士顿的研究所,对这种疾病进行了实地考察。

而另一个研究方向韦尔氏病在日本也多有发生,而且死亡率相当高,不过韦尔氏病的病原体已经在一年前被稻田、井户两位教授找到了。前面已经有先行者,即使现在自己再插手,也没什么太大意思,但英世对此感兴趣是因为这种病原体也是螺旋体。

英世确定目标后,开始进行这两个课题的研究。和以前一样,他采取的仍然是靠拼体力的工作方法。

但是,这一次,英世已经没有过去寻求梅毒螺旋体时的纯粹培养方法以及在麻痹性痴呆患者的脑组织中寻找螺旋体时的那种工作热情了。虽说也是新课题,但是和以往从事的那些研究相比,这项研究的规模要小得多。再加上可能是由于过去的工作投入了太多精力,英世现在总感觉缺乏耐力。他虽然心里很着急,但就是迸发不出激情。

不过,英世的工作气势丝毫不减。在日本,受到各界的热烈欢迎后,他重新获得了自己是代表日本的学者这一自信与自负。另外,日本文部省还把东北大学的山川章太郎教授以及九州大学的大平得三副教授作为留学生派到英世这里来,这使英世倍感自己肩负的责任重大。时至今日，他已不是被赶出日本的学者，而是日本引以为傲的学者了。

这一时期，有一次英世走在纽约市区的街道上，偶然碰到一个年轻的美国人，他跟英世擦肩而过时，嘴里嘟囔了一句："小日本！"英世马上转身，走到那个人面前，说："你把刚才说过的话再说一遍试试！"

那个男青年看上去也就二十岁左右，被英世这么一责问，都有些不知所措了。

英世自报姓名道："我是洛克菲勒研究所的，我叫野口。"

男青年刚开始还显得有些吃惊似的看着英世，最后终于道歉说："对不起。我不知道您就是野口先生。"

"不是因为对方是洛克菲勒研究所的野口就不能这样说，而是对任何一个日本人这样说都是不对的，明白了吗？"

"对不起。"

男青年说完这句话，就离开了，他的一只手上还抱着书，可能还是个学生。"洛克菲勒研究所的野口"不仅在学生中间，也在普通市民中间广为人知。

2

这段时间，英世经常吃牡蛎。回国前夕，他就感到身体容易疲劳，而且心脏功能也有所减弱。如果晚上坚持工作，睡觉太晚，有时候第二天早晨就会起不来床。他听研究所里的朋友说，体力下降时吃牡蛎管用，于是就开始吃起了牡蛎。

　　牡蛎对于解除身体疲劳有一定的效果，但只靠吃牡蛎也不能彻底解决问题。英世已经上了年纪，年过四十的人怎么可能还像二十多岁时一样经得起折腾呢？过去自己可以那么精力充沛地工作，为什么现在身体就不行了呢？也许吃牡蛎就能恢复得和以前一样吧。英世就是这么个脾气，一旦认真起来，就勇往直前。从那以后，有时他竟能一天吃掉四打牡蛎，可是这种吃法再怎么有效，也有点儿过头了。

　　就是这个牡蛎，还引发了一次意想不到的事件。

　　一九一七年五月末，英世突然发起高烧来，用体温计一量，体温高达三十八摄氏度，整个脸都烧得通红。玛丽劝他去医院，他说："可能就是普通的感冒吧。"说什么也不肯去。可是说着话的工夫，体温就快要升至四十摄氏度了，眼睛也开始看不清东西了。到美国以后发这么高的烧，这还是第一次。第二天，研究所的利普曼博士来看他，一看情况，马上就劝他去医院进行治疗。

　　但英世依然坚持说："再过两三天，大概就能退烧了。"

　　虽然没跟别人说，可实际上，英世自己大概已经猜到了发烧的原因。一周前，在进行韦尔氏病的研究时，他一不小心把吸液管里的血清吸进去了。而这份血清是患有韦尔氏病的老鼠的血清，里面含有螺旋体。这次发烧肯定是因为这个感染了韦尔氏病。

　　但是，作为研究人员，如果告诉别人自己是因为用吸液管用力过猛而感染了疾病，那可就太丢人了。虽然他自己也有点儿担心，但是韦尔氏病只要能挺过最初的一个星期，就会好转。如果可能的话,他还是想留在家里静养。

可是高烧一直不退。不仅如此,第二天,他的意识都快模糊了。利普曼博士感觉有危险,赶紧叫来救护车,把英世送进了西奈山医院。经过仔细检查,才知道他得的不是韦尔氏病,而是肠道伤寒,可能是因为吃牡蛎造成的。

他被抬进医院时已处于脱水状态。

伤寒病菌侵入后,会使肠道出现溃疡,如果不及时医治,肠道就会穿孔,到那时特别容易引起腹膜炎,危及生命。而英世当时的状况已经属于末期了。西奈山医院的医生们凑到一起商量,有的医生主张必须马上实施手术,堵上腹膜穿孔的部位并进行排脓。但是利普曼博士反对做手术。他觉得如果现在做开腹手术的话,会给英世极其衰弱的身体造成负担,反而有危险,因此他主张还是应该先观察观察。

英世自己也反对做手术。他有种预感,如果现在开腹的话,自己可能就彻底没希望了。

虽然意见不统一,但医师团仍然对他进行精心治疗,一边输液,一边注射退烧药,等待他能有所好转。可是病情一直不见好转。不仅高烧不退,身体也越来越瘦弱,偶尔还伴有痉挛,看上去好像只有眼睛往外鼓着。跟典型的肠道伤寒病人的症状一样,他的舌头上布满了厚厚的舌苔,而且有肿胀现象。

医生们大多认为他恐怕快不行了。哪怕冒点儿风险,当初还是应该下决心给他动手术,可是现在已经错过时机了。但同时他们也觉得,那么结实的男人恐怕不会就这么轻易死掉。

英世病危的消息不仅传到了纽约的日本人俱乐部，而且他们还马上拍电报发回了日本国内。

"野口博士病倒了"，报纸上每天都在刊登英世的病情，母亲希佳连日往返于三十里外的中田，拜观音许愿。

"如果像我这样没用的身体能够代替他的话，那就请把我招去吧。"

希佳每天都在拼命祈祷。在猪苗代，旧友们每天都聚集到小林荣家里，为报纸上的报道而时喜时忧。在东京，血胁守之助也在关心着整个治疗过程。

他们都想起来了，英世今年四十二岁，正好是男人的厄运年。"万一要是……"虽然他们都被这种不吉利的想法折磨着，但同时又坚信英世肯定能闯过去。

虽备受高烧折磨，但英世的意识格外清晰。前来为他进行诊察的医师是什么表情，为他号脉的护士的手是什么感觉……他都记得清清楚楚。

妻子玛丽每天都从家里赶到医院，看着英世的脸问道："感觉怎么样？"

英世总是回答："没事。"即使他想多说几句话，但因舌头肿胀，也说不利落。玛丽在医院待上一两个小时就回家去了，从来没有因为现在情况危急而留下来过夜。

"我在这里也不顶什么用嘛。"这就是美国人的思维方式。

白天，英世也在迷迷糊糊地昏睡，有时嘴里还在不断地说："就这么死了也可以了。""现在要是能死就轻松了，还是让我早点儿轻松轻松吧。""我最近一直没觉得幸福过。"他看着好像头脑很清楚，但又好像有点儿被烧糊涂了。

很多医生估计五月三十日将是一个关口，如果能够渡过这一难关的话，也许就能把他救过来。

而英世则完全如大家所期待的那样，渡过了这道险关。发病后，他已经一个星期没吃东西了，每天只靠输液以及用水轻润嘴唇，这使已经开始有点儿发福的英世的体重一下子降到了四十公斤左右，但是他没有投降。

进入六月，又过了三天，近四十摄氏度的高烧连续烧到四日的时候，终于稳定在三十九摄氏度上下了。已经能看见有一点点恢复的征兆了，医师团这才允许他喝一杯茶。因为肠道破了，所以选择饮品需要特别小心。

肠道伤寒的特点就是体温升降幅度很大，上午已经超过四十摄氏度了，可是到了下午，又会下降到三十七摄氏度左右。五日、六日两天还一直有热度，但最高烧到三十九摄氏度就止步了，看样子英世好像渡过了难关。

等热度稍微降下来之后，英世就开始唠叨起来。每次看见医生、护士，总要跟他们诉苦，什么"想睡觉也睡不着"啦，"房间里太热"啦，或者是"腿酸"啦……当玛丽到医院比约定的时间晚了一个小时时，他也唠唠叨叨个没完没了。但是医生和护士都知道，他开始发牢骚正说明他已经开始渐渐恢复了，所以大家对他的牢骚也都睁一只眼，闭一只眼，权当没听见。

到六月十日前后，他终于可以吃点儿流食了。为了不刺激他的肠胃,刚开始的时候只能给他喝少量微温的汤,等确认没有异常现象发生之后,又给他换上了清炖的鸡汤。

英世开玩笑地说:"好久没吃东西,现在突然把汤喝下去,胃吓了一跳。"

肠道穿孔的地方引发了腹膜炎,但现在已经慢性化,新长出来的组织已经把它包住了。以这种形式渐渐恢复正是肠道伤寒恢复期的特点。

十日过后,终于可以给东京方面拍电报,告诉他们"野口博士已脱离危险"。

利普曼博士略带讽刺地说:"你只要现在不偷着跑回实验室去,可能就不会有什么问题了。"英世笑着点点头。虽然不知道刚开始的时候到底该不该动手术,但是利普曼博士以及英世本人都坚决地拒绝做手术。虽然不能说是因为他们两人拒绝手术而获得了胜利,但至少可以说他们的选择没有错。

渐渐恢复精神的英世让别人帮忙,从日本人俱乐部那边带来一些评论文章和侦探小说。他本来就对其他事情不感兴趣,有时拿起一篇论文还没等看两三页就感觉累了。

又过了十天左右,他又开始看法语、西班牙语的语法书。随着身体一点点恢复,他的情绪也变得越来越积极乐观。

当然,他也开始有些担心工作方面的问题。如果可能的话,真想到研究室去看一看,但是现在身体这个样子,这根本不可能。英世把助手和秘书都叫到医院来,询问有关落基山斑点热以及螺旋体的培养情况。如果被利普曼博士或医生看见的话,肯定会挨骂,所以他总是趁下午医生不在时，把他们请到病房里来。虽然助手对实验的进展情况做了很多说明，但他还是不放心，没过多久，就开始让他们偷偷把试管藏在白大褂的口袋里，带进来给他看。当听到有人敲门的时候，他赶紧收起来，等人都走了，再继续拿出来看。

英世好像又要恢复那种疯狂的工作状态了，可有时，他差不多一整天都躺在床上迷迷糊糊地睡觉。看着初夏时节窗外明媚的阳光，他又想起了自己儿时在猪苗代、若松以及到东京以后发生的各种各样的往事。

这十多年，能够这么悠闲地回忆自己的过去还是第一次。到美国以后的十多年里，自己在一刻不停地奔跑。做实验，写论文，做实验，除此之外什么都不想，也正是通过这些努力，才得到了今天这样的名誉与地位。

但是这种活法到底算不算是聪明的活法呢？一直不停地奔跑，似乎得到了相应的回报，但是也不知道这是不是幸福。如果像这样继续跑下去，会怎么样？好像又会因为一点儿无聊的小事就送了命。虽然这次战胜了伤寒，幸免于死，但如果真的就这么死了的话，自己的一生也许就只剩下奔跑过这一事实而已。

英世很少见地思考起什么是人世间的幸福，什么样的生活方式更理想，等等。

进入七月份，医生们才放心大胆地宣布他已经痊愈了。接下来，就只等待体力的恢复了。虽然他的大便里已不再有伤寒病菌，食欲也恢复了，但是还需要继续观察一个月才能出院。

这一时期，英世经常趴在床上写信。首先是写给小林荣夫妇、血胁守之助,告诉他们自己已经脱离危险期,并表示了今后继续努力工作的决心。另外,他借助报纸的广告栏,向对自己的病情时刻予以关注的各大报纸表示感谢,同时也向那些祈祷自己康复的人们表示感谢。

八月初,他终于获准出院了。这时英世的体重是四十四公斤,生病前是五十九公斤,实际上体重下降了十五公斤。

得到出院许可的当天,英世就想回家,可是又一想,自己的住院费、治疗费还都没交。这两个多月住在配有专人看护的单人病房里,这笔住院费、治疗费可不是小数目,可年薪五千美元的学者还不至于交不起。但现在,英世家里和往常任何时候一样,没有一点儿积蓄。

"怎么办呢?"

玛丽用事不关己的态度问道。

"真糟糕。"

说实在话,他到现在为止考虑的是如何捡回一条命,根本就没想过钱的问题。目前,不付钱就出不了院,而且自己拿着那么高的薪水,事到如今又不能说付不起。走投无路之际,英世再次给星一拍了电报。当初回国时,已经请星一帮忙寄过来五千元了,而现在又要跟人家要医疗费,他自己也觉得有些说不过去,但是他又想不出第二个可以给他寄钱的人。

如他所愿,星一马上又给他寄来了五千元。星一作为同乡,不能看着英世不管,但这样一来,他在一年之内就给英世寄了一万元巨款。他当然也因为英世乱花钱而感到气愤,但之所以还是给英世寄钱,主要还是出于同乡情义,希望英世能为明治维新以来处处受气的会津人争口气。

得到这笔巨款以后,英世赶紧付完医药费,顺便还上过去的欠款,顺利出院了。然后,他又用其中一部分钱给住院期间照顾过自己的所有医生、护士买了礼物,还送给主治医生一块白金的手表。

到最后手头还剩有一些,他干脆买了一辆车,又把从报纸广告上看到的一处别墅区的地也买下来了。五千元就这样一下子不见了踪影,这就是英世的消费方式。

出院后又过了半个月,到八月中旬,英世和玛丽开着崭新的汽车,驶向乡间别墅。因为这时候他们的别墅还没建起来,所以这次他们要住进村里的旅馆。

这里位于山里,距离纽约有四个小时的车程,在当时是纽约著名的避暑胜地。英世在这里买了大约两百亩土地,并准备建一栋有客厅、餐厅、书房以及两个卧室的别墅。土地是按照广告上的价格,房子也是按照建筑商说的价钱定下来的,一点儿都没还价。

玛丽见周围一片荒凉,并不太积极,但是英世喜欢这里的山的形状,觉得这儿有点儿像老家会津,他一眼就相中了。不过这里连电都没有,必须安装自用发电机,而且水也需要用电动水泵往上打。与其说这里安静,倒不如说这里太冷清。

不过在别墅后面有一条河流过,很容易就能钓上来鳟鱼和鲶鱼。周围环山,附近还有一个湖。

英世在这里看书、钓鱼,还在堀的鼓励下开始画画。

英世原本字就写得相当漂亮,画也画得不错。到现在,还留有他当时画的在海边钓鱼、自画像等画作,作为学者的业余爱好来看,那也算得上是一流水平了。晚上他在这里写论文,用显微镜观察标本,看起来他的生活好像也有了些平常人的悠闲与恬静。

但是这种日子过了还不到一个月,九月初,他又莫名其妙地发起高烧来,只得再次回到纽约。

他仰卧在返回纽约的火车上,玛丽一直在身边照顾着他。到了纽约之后,他马上住进洛克菲勒研究所的附属医院,经检查确诊为肠道伤寒复发。说是复发,实际上也就是上一次已经转为慢性的腹膜炎复发了,只需安静休养就能慢慢恢复。为此,他又在医院里住了一个半月,直到十月末才出院。

紧接着还不到一个星期,妻子玛丽说肚子疼,到医院检查,被确诊为阑尾炎。于是,她直接办理手续住进了罗斯福医院,接受了阑尾切除手术。她的康复过程很顺利,三个星期就出院了。而这时已经是十一月末了。

好像被妻子传染了似的,英世也得了阑尾炎。阑尾炎本身不具有传染性,但偶尔也有家庭成员一起发病的情况。英世再次被抬进西奈山医院,但他还像过去那样坚决反对做手术。考虑到英世上次的腹膜炎刚好,万一阑尾出现穿孔的话,再引起腹膜炎复发,那可就真的要命了,所以这一次连利普曼博士也主张做手术。

英世无可奈何,只好答应做手术。由于从初夏到现在一直在医院,体力不支,所以他一度出现肺水肿,再次陷入病危状态。

英世再次住院的消息传回日本,希佳又重新开始每天到中田去拜观音。到新年过后的元月四日,英世的肺水肿渐渐平复下来,终于出院回家了。

这一年的五月份他患肠道伤寒,紧接着是肠道伤寒复发,然后妻子患阑尾炎,接下来又是英世患阑尾炎,这一年野口家被病魔死死纠缠。

黄热病

1

　　一九一八年，日本国内发生抢米暴动，在国际方面，俄国革命爆发。也就是在这一年，日本向西伯利亚出兵了。

　　回顾英世作为研究者的工作经历，可以大体上将其分为两个部分，即一九〇〇年赴美，取得多项研究成果后回日本探亲，再次赴美后身患肠胃伤寒，进行治疗及静养，共计十七年；病愈后的一九一八年直至后来在阿克拉病倒，共计十年。用前期和后期来划分的话，前期是他为了取得名誉和地位奋勇直前的"光的部分"，而后期则是他在工作中遇到障碍，举步维艰的"影的部分"。

　　当然，这是后人通过纵观英世所取得的成就而做出的归纳，而当时，英世是绝不会承认自己正在朝着"影的部分"迈进的。

　　这个"影的部分"是如何降临在英世的头上的呢？在写这部分

内容之前，我必须先把英世最后十年间一直苦苦追寻并最终导致他死亡的黄热病研究的有关情况做一下介绍。

值得庆幸的是，日本未曾出现过黄热病。可是在亚热带直至热带地区都曾出现过黄热病，其中尤以加勒比海沿岸直至南美洲以及非洲各国为多发区。历史上，它曾和鼠疫、霍乱并列为最恐怖的三大传染病，过去曾有不计其数的人成为它的牺牲品。

这种疾病的英文名称为"Yellow Fever"，患病时伴随着高烧，浑身上下会开始发黄。这是由于肝脏受损而出现的黄疸现象，同时还会出现剧烈的头痛、恶寒、面部充血，到了后期，便会不断地吐出黑色的呕吐物，直至死亡。对于这种疾病，一般认为流行于港口城市，无论是在中南美洲，还是在非洲大陆，大肆流行过的地方肯定都是有船只出入的港口城市。

美国政府之所以开始积极推进这种疾病的研究工作，是因为继美西战争之后，在开凿巴拿马大运河的施工过程中，有大量士兵以及劳工因染上此病而死亡。

在美国国内，黄热病也曾于一七六八年在纽约及费拉德尔菲亚大流行过，紧接着从新罕布什尔州到南部的佛罗里达州，从西边的得克萨斯州越过密西西比河，直至圣路易斯的广大地区，都曾有黄热病蔓延。从这一年起直至一八二一年的大约半个世纪里，黄热病在费拉德尔菲亚流行过二十次，在纽约流行过十五次，在波士顿流行过七次。

进入二十世纪之后，黄热病在北美流行的势头才有所减弱，但是在新奥尔良至南部各州仍势头凶猛，当地的人们或逃离家园避难,或闭门不出,即使走到街上,也拒绝和别人握手。尽管如此,死者数目仍不见减少,在部分城市甚至造成城市功能瘫痪,昼夜不停歇地埋葬死者的事情也时有发生。特别是在中南美洲、西印度群岛地区,更是频频发生,因此,黄热病又有一个别名——"西半球的恐怖"。

以前,美国政府就对消灭这种传染病给予很大关注,但是还没等找到彻底的解决办法,就爆发了美西战争,结果,因黄热病而死亡的士兵比在战争中死亡的士兵还要多。最后美国获得了巴拿马运河的建设权,而要实施这个项目的建设,无论如何必须先征服黄热病。

为此,美国政府设立了以军医沃尔特·里德为委员长的"黄热病研究委员会",主要负责这种疾病的研究工作。

要征服某种严重的疾病,首先必须解决的问题是找出这种病的病原体。只要弄清楚了病原体,就能够对其进行培养,进而找到解决问题的对策。但是在进行研究的过程中,黄热病吞噬了很多人的生命。

在纽约等主要港口城市,就如何处理从黄热病流行区过来的船只这个问题,出现了各种各样的议论。某保健官主张应该对船上人的衣物及船上的货物都进行彻底的蒸汽消毒,而有些人则认为没必要做到那种程度。面对纽约市民人心惶惶的现状,克利夫兰总统特派保健官去黄热病的爆发地埃及,调查黄热病蔓延的情况。另外,里德也到另一个发生地古巴去调查,希望能够证实以前怀疑是病原体的细菌和黄热病之间毫无关系。

这一时期的研究者们都注意到了黄热病的流行与其他疾病的不同,它主要以港口城市为中心。关于这一点,研究者们是这样考虑的:黄热病只要得过一次就不会再得第二次,也就是说,这种病具有很强的免疫性。因此,当一个地区大规模流行以后,活下来的人都具有了免疫力,切断了"人—蚊子—人"的传播链条,那么在这一地区就不会发生新的大规模流行的趋势。但是,像港口城市这样的地方,不断有人进进出出,后来到这一地区的人们不具备免疫能力,因此就会出现反复流行的现象。其结果就是使港口城市变成了爆发黄热病的巢穴。

黄热病研究委员会首先要做的一项工作就是调查蚊子是不是黄热病的传播媒介。委员会开始对芬莱繁殖的蚊子进行研究,委员会成员卡罗尔和拉齐亚亲自充当实验台,让蚊子叮咬他们的手腕。接着,委员会又招募了数名自愿协助实验的成员,进行了同样的实验研究。

如果真的染上黄热病,说不定会死。从这一意义上讲,他们就如同敢死队一样。正由于里德本身就是陆军军医,所以才能够实施这样的实验。

实验的结果显示:志愿参加的一名士兵得了黄热病,而卡罗尔却没有被感染。拉齐亚第一次被叮到时未被传染,可是在第二次被叮到以后,就被传染了,并于数日后死亡。他是研究黄热病的第一个牺牲者。通过实验,确认了这样一个事实,那就是有一种叫作"埃及伊蚊"的蚊子是黄热病的传播媒介,这样就明确了下一步的研究方向。

总之,只要不被蚊子叮咬到,就不会得黄热病。那么,接下来只要把蚊子消灭掉就行了。

这时出现了一位名叫戈加斯的干劲儿十足的军医,他被任命为巴拿马运河地区的卫生官。刚一到任,他就发起了一场剿灭蚊子的运动。他想出一个办法,那就是不仅要把巴拿马周围的地区,还要把可能爆发黄热病的地区的湖泊、沼泽,以及水洼地、污水槽等全部罩上一层石油,并且开始实施这一远大的计划。但是必须考虑到的是,运河周围人员流动频繁,湖泊沼泽也多,由于客流量大,自然也就会有人或动物把蚊子从其他地方带过来。而其中问题最大的就是厄瓜多尔。厄瓜多尔是最大的黄热病发生地,离此不远的巴拿马地区就算一时剿灭了蚊子,危险也不会因此而消失。

"首先要把厄瓜多尔的黄热病消灭掉。"

恰巧此时第一次世界大战爆发,戈加斯被任命为军医总监,他刚一到任,就叫来了他的好朋友亚瑟·肯德尔医师,请他到厄瓜多尔的港口城市瓜亚基尔去一趟。虽然他的想法有些简单,但他认为只要在厄瓜多尔阻挡住黄热病,那么包括墨西哥、秘鲁、巴西的黄热病也就都能够被控制住。

戈加斯接着又问肯德尔:"有没有能够找出黄热病病原体的优秀而且有干劲儿的医师?"

肯德尔马上提到了"洛克菲勒研究所的野口"这一名字,并且说:"他可是既有干劲儿又优秀的研究人员,而且我想他也会答应去厄瓜多尔的。"

就这样,英世开始着手他后半生最大的研究课题——黄热病。

从肯德尔那里听到要去厄瓜多尔这件事后,英世先考虑了一个星期,然后才答应去。

这段时间,正好英世的工作陷入了困境。虽然他正在对落基山斑点病和韦尔氏病进行研究,但并没有获得理想的进展。更令他感到不满足的,是以这些病作为研究对象规模太小了。与之相比,黄热病可是个大课题。现在征服黄热病已经成为美国的社会问题,作为研究对象,绝对够分量。

而且黄热病好像还跟自己一直研究着的韦尔氏病有一定的关系,也许这是突破僵局的绝好时机。

但是这项工作相当危险,不具备免疫能力的人前往当地进行研究,说不定会有生命危险。而且英世生病痊愈还不到半年时间,在位于赤道地区的厄瓜多尔生活,对他病后的身体可能也不太合适。如果就这样继续留在纽约的话,他完全可以在优越的环境中从事研究。

但是,英世还是决定去厄瓜多尔。不能再这样继续下去了,研究中面临的原地踏步这一状态驱使他决定去那个还不太了解的国度。

通过上述的情况介绍就可以明白一点,那就是有关黄热病的研究工作基本都是由美国人来承担的。里德、戈加斯自不必说,连拉齐亚,甚至连成为实验台的士兵也都是美国人。英世虽是日本人,但也是美国的研究学者。而且在英世出发去厄瓜多尔之前的一九一六年,洛克菲勒财团的国际保健部就设立了黄热病委员会,从财团的角度已经开始对这方面的研究给予积极的支持。黄热病是美国上下齐心协力要解决的一个大问题。

因此，在洛克菲勒研究所工作的英世与这种疾病建立起特殊的关系也是必然趋势。

2

一九一八年六月二十七日，英世拖着病后虚弱的身体，登上了去厄瓜多尔的汽船。

> 我现在受美国政府陆军部以及洛克菲勒财团国际保健部的委托，为黄热病的研究工作去厄瓜多尔出差。也有人劝我不要去，说那种流行病蔓延的热带地区太危险。研究所的主任研究员也只有一个人去。但是我还是要去。不，我必须要去。身体情况尚可。我们一行共二十个人，除了我以外，还包括美国医师、化学家以及护士等。仅我一个人的行李就有十六个之多，另外还带上了实验用的白鼠……

这是英世临出发前写给小林荣的信，从中可以看出，英世对于打破工作僵局的决心多么坚决。

七月十六日，他们一行人到达厄瓜多尔的瓜亚基尔港。

听说他们是来研究黄热病的，行政当局积极地配合他们。厄瓜多尔虽有禁止日本人入境这一法律规定，但是英世并没有受到限制。当地为他们准备的饭店也还说得过去，医生们也都很配合。

但他们多少还是会遇到一些小问题,比如:他们到达后,本应和他们同时到达的行李却没有到,好像有一部分行李还在巴拿马的巴波亚港转运时给落下了。虽然他们马上进行了交涉,但还是有两个行李没运到。英世的腿上绑着绑腿,当地人看了都笑话他太奇怪了。他们觉得就算你绑了绑腿,蚊子还是会去叮咬你的胳膊、头部,绑那个东西根本没意义。但是,英世反驳他们,他认为绑上它就可以把分散到腿和脚上的注意力用到别的地方,也不能说完全没有用。

　　当地人讨厌那些远道而来却过分害怕黄热病的人,认为他们把厄瓜多尔当成了传染病的巢穴。特别是跟英世他们同船到达的歌手玛丽亚·巴里恩托斯,她由于害怕黄热病而拒绝下船,此消息被报道出来以后,伤害了当地人的感情。正因为他们当中有很多人对黄热病具有免疫能力,所以他们就更加不理解为什么国外来的人会那么害怕。

　　到达这里的第二天,英世就借用黄热病医院的一个房间,开始了工作。由于实验器具还没到齐,研究室也只是一个空房间,所以必须从细菌培养器、冰箱、消毒器、油灯等最基础的东西开始配备。而且即使发出购物订单,他们也是按照当地特有的慢节奏去办理,令人不禁心浮气躁。

　　再有就是当地的医生以及助手都想来帮忙,可是,对于无论什么事都必须亲力亲为的英世来说,他们反而会给他添乱。

　　"我一个人就行了,不需要帮忙。请你们不要插手。"

　　英世拒绝别人帮忙,不仅厄瓜多尔的医生,就连美国的医生都对此感到莫名其妙。对于他们来说,这么伟大的学者却什么都要自己亲自动手,这种做法本身就非常让人难以理解,再加上语言方面的因素,使他拒绝别人的语气听起来有些生硬。

"野口医生会不会有什么事情不想让我们知道呢?"甚至有了这种捕风捉影的怀疑和议论。

大家在这块生疏的土地上生活,外加闷热的天气,他们经常为一点儿小事就会发生争执。英世不高兴的时候,就一言不发,可是一高兴起来,就喋喋不休。由于反差太大,他更加引起别人的怀疑了。

不过,随着相互之间越发熟悉,这类的小摩擦也就越来越少了。厄瓜多尔的医生以及助手们都明白了英世有时会讨厌与人交往,而且相当神经质。忙忙叨叨、一刻都不肯安静下来的行为方式也是他的性格特点。

来到厄瓜多尔一个月后,英世没想到竟然如此迅速地发现了很有可能就是黄热病病原体的微生物。

"虽然不是总能在患者的血清中找到,但是可能性相当大。"

英世马上给弗莱克斯纳所长写了一封信。

肯德尔看到英世工作时的情形,不禁为之惊叹,担心地问:"你这么全身心地投入工作,一切事情都自己做,身体受得了吗?"

英世回答说:"我总是这样。"

肯德尔感叹道:"野口医生简直就是个做实验的军师。他首先制定好打击黄热病的战略,然后按照这个战略运行下去,就像早有预料似的,发现了和预想中完全一样的东西,甚至连怎样去处理这些发现的东西都事先想到了。"

厄瓜多尔的医生们虽然不太适应他那难以接近的个性,但是他们很认同英世确实在努力认真地工作这一点。至少在此次美国派来的医师团中,他是最诚实、最卖力的。当地的人们一边注意不去打扰英世,一边守候在他的身边,随时准备给他帮忙。如果他需要的话,哪怕是帮着按住白鼠或是洗试管这样的工作,他们也都自告奋勇地去做。

刚进入九月份,医师团一行就已经开始准备撤回美国。他们调查了一下厄瓜多尔黄热病的流行情况,研究了一下如何建立防疫体系,至于对黄热病本身的研究,他们压根就没想去做。如果只做那些原已计划好的工作,那么两个月的时间也就足够了,而且也足可交差。他们可不愿意在这个卫生环境极差的热带地区继续待下去。

九月初,他们一行先撤回美国了,而英世却决定留下来。他好不容易才从黄热病患者的血清和组织中发现了有可能是病原体的微生物,现在正处于对其进行培养、增殖的阶段。这些微生物就是他原来预想到的螺旋体,与韦尔氏病的病原体相像,但确有不同。如果将它植入白鼠体内能够令白鼠患上黄热病的话,就可以断定它就是黄热病的病原体了。

厄瓜多尔人对于只身一人留下来的英世更有好感了,他们主动提出愿意为他提供更多的便利。英世在当地尽量不用英语,虽然只是只言片语且很不流利,但他还是尽可能用刚学会的西班牙语和他们交谈。这种态度好像也给当地人留下了好印象。

在其他人离开一个月以后,英世终于确信自己发现了黄热病的病原体,这是自梅毒研究以来,已经看腻了的螺旋体的一种。虽然还没到正式公开发表的阶段,但是征服黄热病看样子也只是时间问题了。

很快就得知了这一消息的厄瓜多尔政府提出,他们近期内就准备建立国立的研究所,问英世愿不愿意留下来当所长,他们可以给高薪待遇。但英世还是很客气地回绝了他们的要求,他表示还有很多工作等着他回纽约去做,在这里总有些不方便之处。厄瓜多尔政府只好放弃了挽留他的想法,代之以盛大的欢送会来表达他们的谢意。

十月二十九日晚,在瓜亚基尔市内的市政大厅里,他们为英世举办了盛大的欢送会。知事也特意从首府基多翻山越岭地赶过来,军队司令官、瓜亚基尔市市长、最高法院院长、大学校长、警长等各界代表都齐聚一堂。

首先由知事站起来讲话,对英世表示感谢。他说:"您的伟大发现,为我们国家开创了美好的未来。过去几个世纪都生活在恐怖与悲剧之中的我国人民将得益于您的研究成果,重新获得和平与稳定的生活。在疾病被彻底剿灭之际,外来人口将会增加,产业将得到发展,到那时,这里会成为南美最好的乐园。我们绝不会忘记您的名字,值得尊敬的好兄弟野口英世的名字,将和我们厄瓜多尔的荣光一起永远留在这片土地上。"

这是他们的真情,绝不是夸张的客套话。他讲完话以后,授予英世"厄瓜多尔名誉大佐"的称号,并赠予他一把剑。

为了表示答谢,英世也站起来讲了话:"我今天能够获得满意的研究成果，全靠贵国政府以及有关医院、诸位医师的鼎力协助。这次实验的结果将在我返回纽约以后正式发表，不便在这里做详细介绍，但有一点可以肯定，那就是它将成为铲除黄热病祸根的强有力的手段的基础。在这个可爱的国家，能够和大家一道分享向黄热病发起进攻这一喜悦，我感到非常高兴。厄瓜多尔勇敢的陆军授予我'大佐'的称号，并任命我为司令官。贵国需要我时，我会第一时间响应号召，赶来这里应征。"

英世特别擅长这种讲话发言，出于本能地很懂得如何让人感动，往往会让对方热泪盈眶。他的讲话刚一结束，马上就爆发出一阵热烈的掌声，"野口！野口！"的欢呼声响彻整个会场。那是和日本人一样容易激动的厄瓜多尔人的大合唱。

就这样，英世获得了发现病原体和建立与厄瓜多尔的友谊这两大成果，于十月底，从瓜亚基尔踏上了归途。

这时，英世朝着研究者的失败道路，跨出了实实在在的第一步。

"野口所到之处，无所不能。"正如血胁守之助所感叹的那样，至今为止，英世的工作屡获成功。就连洛克菲勒研究所都对他寄予很大期望，希望"野口出马，无所不能"。而这一次，他好像又获得了成功。过去，美国那么多学者付出了各种各样的努力都未能解决的病原体问题，作为外行人的他才开始研究三个月就找到了。对此，只能用"风驰电掣"来形容。

连恩师弗莱克斯纳都感叹道："只有野口才能做得到！"

英世只用三个月的时间就找到了病原体，这么说还是太早了。在世界范围内如此猖獗、肆虐的黄热病，并不是只靠三个月的研究就能搞清楚的传染病,事情远没有那么简单。

当时不仅英世本人,就连大多数学者也尚未意识到他的这项研究成果是错的。即便有人对此感到怀疑,也没有十足的信心敢于明确提出来。

英世对自己的研究成果没有丝毫怀疑,他准备回到纽约后,把实验结果整理归纳成论文。

一旦弄清楚了,就必须赶快发表,这是英世的信条。研究过哪些问题固然重要,但最关键的还是要看谁是第一。

整理庞大的数据资料,汇集显微镜下实观显示图,再写成论文,需要十天左右的时间。而这次厄瓜多尔之行,资料多得写十篇论文都绰绰有余。

英世再次迸发出研究梅毒螺旋体时的那种工作激情。

而就在这时,在老家翁岛村的母亲希佳却卧病在床,生命垂危,命悬一线。

就在英世出发去厄瓜多尔后没几天,希佳得了感冒。因为当时村里正流行感冒,她也被传染上了。刚开始她没当回事儿,以为休息两三天就会好。因为希佳至今为止从未因病倒下过,所以她有点儿大意了。可是,过了一个星期,也不见好,不仅如此,从第十天开始,她还出现了呼吸困难、发烧等症状。姐姐伊努赶紧去和小林荣商量,从新潟叫来石冢,从东京叫来宫原为她看病。

诊断结果是肺炎,且已相当严重。就希佳已经六十五岁高龄这一情况来看,恐怕她很难战胜这场疾病。

就在希佳生命垂危之际,小林荣把英世拍发给他的一份电文给她看。电文内容很短,上面只是简单地写着在厄瓜多尔他不仅获得了"厄瓜多尔名誉大佐"的称号,而且还迈出了征服黄热病的第一步。

小林荣把电文内容说给希佳听,希佳满意地点点头,在被子里双手合掌,说:"这真是值得高兴的事。"

宫原主张马上给英世发电报,通知他母亲病危的消息,但是和纽约方面联系方知,英世在返回纽约的途中,要顺路去一趟巴拿马,回到纽约大概要到月底了。现在最主要的还是得想办法治好希佳的病。

希佳的病情并没有好转,十一月十五日是一个关口,虽然她勉强撑着挺过来了,但是身体衰弱得很厉害,恐怕也熬不了几天了。

以前,宫原曾送给希佳一套绸面被褥,但希佳一直没舍得用。现在,经宫原再次劝说,她才答应使用。她对宫原表示感谢,说:"既然那是你送给我的礼物,就让我在上面躺躺吧。"

希佳好像对死已经做好了心理准备。她因发烧而满脸通红,呼吸急促,一直都在迷迷糊糊地昏睡。偶尔能听到她好像在喃喃地祈祷着什么,紧接着又呼唤着"清作"的名字。

"您一定要坚持下去,您还要等着跟儿子再次见面呢。"

听完宫原这句话,希佳微微一笑,低声说道:"那个孩子能有出息,全靠中田的观音相助,我已死而无憾了。"

十一月十八日,一个寒冷的早晨,会津地区下了霜,磐梯山一片银装素裹。清晨,希佳很痛苦地摇了摇头,又过了一个小时,她突然咽气了。因为太过突然,她就像静静地睡着了一样。

十一月二十五日,英世乘坐的汽船到达纽约。玛丽少有地跑到船上来接他,这令英世大吃一惊,而玛丽带给他的却是希佳的讣告电报。

英世吃惊地看了玛丽一眼,然后开始看从日本发来的电文。他盯着电文发了好一会儿呆,这才像是说服自己似的,点了点头。

"回日本吗?"

"不,不去了。"

"我早就知道会有这么一天。"英世慢慢地摇了摇头,好像在对自己说,然后他又轻声说道,"母亲死的那天,我正好在巴拿马的医院里,给那些医生们演示我的实验。"

玛丽小心地绕开英世的母亲死亡这件事,跟他说在他出差期间,他们家已经从四楼搬到了三楼,因为怕今天这样的天气房间里太暗,所以她把所有的灯都打开了。

"那太好了。回家后,咱们一边喝香槟一边聊。"

英世说着,好像鼓励自己似的,迈步走到前面去了。

3

回到纽约的第二天,英世就到研究所上班去了。

"没事吗?"研究所的同事有些担心地问道。

"你看我多精神。"英世摊开双手,很开朗地说。

"您的母亲去世,您一定挺难过吧?"同事进一步悄悄地问道。

"为什么母亲死了,我就必须伤心、难过呢?母亲并没有到另外一个世界去。虽然她的身体消失了，但是她永远都活在我的心里，所以我并不孤单。"

从日本启程时，他就有了一定的思想准备，觉得有可能再也见不到母亲了，而现在只是这种恐惧变成了现实而已。既然自己生活、工作在国外，而且从这里到日本，坐船需要花半个月时间，所以赶不上见母亲最后一面也在所难免。

自从上次回日本见过母亲后，英世就已经在心中暗暗告诫过自己：人的欲望是无止境的。既然已经对自己有了交代，那么他就不想再哭哭啼啼的了。

为了摆脱母亲的死带给他的打击，英世全身心地投入到工作中。首先，他用那些从厄瓜多尔采集的标本，确定黄热病的病原体，然后把实验情况整理成论文进行发表。

在厄瓜多尔时，英世对这种病原体有了大致了解。前一段时间，他对黄热病患者进行检查后，已经发现了一种特殊的螺旋体，而它很可能就是大家一直要找的病原体。对此，英世已经向厄瓜多尔那边的医生们进行了汇报，接下来要对其进行再确认，然后通过论文正式公开发表。

对于正式公开发表这一发现，他也有所担心，这主要是因为黄热病和韦尔氏病的病原体极其相像。

这种病发病后会出现恶寒战栗的情况，同时会伴有高烧、呕吐、腹泻等症状，紧接着还会出现黄疸。从临床症状来看，这种病和黄热病极其相似，但其死亡率不像黄热病那么高，也未发生过爆发性的大流行。这种病如果出现并发症的话会很可怕，但只要没有出现并发症，死亡的危险就会大大降低。因此，在当时，人们普遍认为这是一种比黄热病要轻得多的疾病。

这两种疾病不仅临床症状相似，而且从血清中找到的螺旋体的形状也相当相似，甚至用"极其相似"来形容更准确。

回到纽约后，英世对这一问题做了进一步的深入研究。他把带回来的标本进行划分，一张一张进行对比分析。然后又对经由黄热病患者的血液感染上黄热病的白鼠进行解剖检验，了解其血液以及脏器的变化情况，再观察接种过纯粹培养的螺旋体的白鼠的反应情况。

经过这一系列的研究分析，他最后断定两者是不同的螺旋体。

大正八年（一九一九年），英世终于决定发表有关黄热病研究方面的论文。

最初发表的论文中，他对黄热病发病以及一般性症状、病程详细地进行了描述。黄热病发病后第五至六天最为危险，死亡率最高，过了第七天就等于闯过了危险期，到第十天就基本上没有死亡的危险了。但是从第十一天开始，患者的全身会出现严重的黄疸现象，这种现象不太容易消失。论文中就上述发病症状、病程特点等对厄瓜多尔和其他地区的黄热病进行比较，证明两者是同一种疾病。

接下来，他又对感染上黄热病的白鼠的症状以及解剖结果详细地做了报告。最后，英世断定黄热病的病原体是螺旋体的一种，并且暗示通过免疫学原理可以对其进行控制。

实际上，英世在厄瓜多尔的时候，就已经制作了黄热病的免疫疫苗，并且在一部分人的身上试用过。而偏巧就在这时，有报告说从安第斯高原来的一些年轻人在注射英世研发的疫苗后,有幸避免了感染黄热病。这一结果使英世的干劲儿更足了。

英世很有把握地断定黄热病的病原体和韦尔氏病的病原体完全不同,是一种新的螺旋体,他将其命名为"钩端螺旋体·黄疸病菌",然后又发表论文说用其制作的疫苗非常有效。

在完成这篇论文的同时,英世举行了记者招待会,招待会上不仅有负责学术方面的记者参加,就连负责经济、社会问题的记者也都赶来参加,简直比政治家的记者招待会还热闹。

英世原本就喜欢出风头,参加这次记者招待会的学者中,有人甚至批评他的表演色彩太强。但英世想采取这种方法进一步提高自己的知名度,进而获取更多的研究经费。一个赤手空拳闯进美国的东洋人,他要靠此建立和巩固自己的地位,除此以外,别无他法。

就这样,自一九〇〇年至今的这二十年,众多学者所苦苦追寻的黄热病,英世仅用三个月的时间就揭开了谜底。

厄瓜多尔政府为了庆祝英世的研究成功,特意将他在厄瓜多尔滞留期间用来做实验的实验室辟为纪念馆,并将他使用过的物品进行保存,还在那里竖起了一块用青铜板刻字的石碑,上面写道:"一九一八年十月二十四日,洛克菲勒研究所所员、日本细菌学权威野口英世博士在此发现了黄热病的病原体。"

"野口英世博士发现了黄热病的病原体""完成疫苗""世界恐怖的结束""黄热病终于被征服"等,从中南美洲到美国,进而在欧洲的各大报纸上,这些消息都成为热门话题。

"野口博士"的名望进一步提高,现在已经成为把人类从黄热病的恐惧中解救出来的伟大学者,仿佛他的名字将永远留在人们的记忆中一样。

　　但是有那么一群人,他们一边看着英世召开的热闹的记者招待会,一边暗暗对他的研究成果表示怀疑。他们虽然还是少数派,而且还没有切实可行的办法去驳倒这些学说,但是他们确实正在一步步地完善着自己的准备工作。

中南美洲

1

一九一九年夏,黄热病带来的恐惧再次袭击墨西哥。这一年夏天,墨西哥蚊子肆虐,随之而来的就是黄热病的大肆流行。特别是低地城市,如尤卡坦半岛的梅里达,成为黄热病爆发的中心。

这一年的十二月,英世赶到梅里达。他此行的目的是再次调查了解黄热病的症状,从患者身上找出自己发现的那种病原体,用以印证上次在厄瓜多尔发现的病原体是正确的。如果英世发现的确实就是黄热病的病原体的话,那么此次自然也能在梅里达发病的患者身上找到它。

从纽约坐汽船出发的英世,途中顺便去了巴拿马,再到达墨西哥的普罗格雷索,然后再从那里转乘火车到梅里达。

而此时,距梅里达爆发黄热病已过去三个月了,大流行的势头已经有所减弱。

英世一到这里，首先把梅里达的医生以及相关卫生机构的人们召集到饭店里，告诉他们自己就是为了研究黄热病才到这里来的，希望他们发现黄热病患者时能够提供帮助，提供患者的血液及死者的标本。

这次演讲以及回答问题，英世全都用他在火车上学会的西班牙语进行。

特意从遥远的纽约赶到黄热病的爆发地尤卡坦半岛，而且用当地的语言讲话的英世，使当地的人们深受感动。这里的医生马上给他送来了患者的血液以及死者的标本。

英世把国立医院正门左边的一个房间作为研究室，在那里埋头进行研究。现在，这里的黄热病的传播势头已经过去，患病的只有三个人，其中一人处在恢复期，一人处于病危状态，而病原体最活跃的发病初期的患者只剩一人。

英世每天从这个患者身上采集血液，将其存入培养基内，然后再将其接种到动物身上，观察反应情况。

刚开始的时候，他费了很大的劲儿也没有找到他想要找的"钩端螺旋体·黄疸病菌"。

英世渐渐变得不耐烦起来，盯着显微镜，看得眼睛都充血了。患病末期也就罢了，病情活跃的初发期，患者的血液里肯定会有病原体。如果没有的话，那就只能有两种情况，要么这种病不是黄热病，要么英世发现的不是黄热病的病原体。连日来，他一边继续给新的动物接种，一边对已经染病的动物进行解剖检查。听说著名的野口医生到这里来了，当地的医师和医学系的学生们总是围在研究室的周围，盼着见他一面。

英世对他们根本不予理睬。偶尔工作累了走到院子里，他也一言不发。很明显，这是他情绪不佳的表现。当地的人们也就极其小心地远远地看着他，避免刺激这位著名的大学者。

一个月以后，英世终于从接种了黄热病患者血清的猪身上找到了他要找的钩端螺旋体。从早晨就开始进行解剖、制作标本，等他找到钩端螺旋体时，已是半夜十一点多了。

"太好了，就是它。"英世高兴地做出日本式喊万岁的姿势，并转着圈跳，那样子就跟跳阿波舞一模一样。

"找到了！找到了！"他举起双手大喊，然后抚摸着猪的脑袋说，"你干得不赖！你干得不赖！"

晴朗的夜空中挂着一轮明月，多美啊！哪里还会有比月光映照下的花园更罗曼蒂克的呢？这是多么充实的南国之夜啊！……

至今为止到处都是"畜生""杂种"等词语的日记本里，突然出现了这种具有诗情画意的词句。和任何时候一样，他的情绪好坏直接反映出研究的成败，而且波动幅度极大。

发现病原体之后的第二天，他主动向聚集在研究室附近的医学系的学生们打招呼，并邀请人家："愿不愿意到研究室去看看？"他让那些因他的态度急转而不知所措的学生们观看显微镜，并且对自己发现的黄热病病原体进行说明。学生们看着他那兴致勃勃的样子,既惊讶又佩服。

英世充满自信地向洛克菲勒研究所的恩师弗莱克斯纳所长汇报:"看来墨西哥的黄热病和厄瓜多尔以及巴拿马发生的黄热病都是同一种疾病。我发现的钩端螺旋体在这里也得到了证实,我发明的疫苗似乎使这里的很多人免于感染。"

鉴于英世在消灭梅里达的黄热病中所做的贡献,墨西哥学士院授予他"名誉会员"的称号。

一九二〇年二月,英世回到纽约,在此,他又召开了记者招待会。就这样,"野口医生在墨西哥也发现了黄热病病原体"的消息再次传遍了全世界。

两个月后的四月份,他又到秘鲁出差。因为这一次在南美的秘鲁爆发了黄热病,他又再次追随黄热病去了南美。

对于英世来说,没有比这次出行更舒适的了。过去,英世也到世界各地旅行过,但途中总会有一两次令人不快的经历。而这些不愉快往往来自下级船员以及海关官吏,他们一看英世是东洋人,就故意欺负他,有时是警察拿枪吓唬他,有时是船长亲自出马,明目张胆地跟他要小费。但是这一次,完全没有发生此类摩擦。知道他是著名的学者,不仅船员,就连同行的旅客,对他的态度都非常客气。

通过此次旅行,就美国旅行者对待日本人的态度问题,我必须改变我过去的看法。当然,他们当中很多人都知道我肩负的使命,而且恐怕也明白我代表着什么。只要对"征服黄热病"

稍加宣传，就非常有用，至少可以让普通人感兴趣。由于我参与了这项工作，他们自然也就给予我更多的尊敬。您现在明白我为什么不故作谦虚了吧？我开始相信，只要有机会就进行对自己有利的新闻宣传（尤其是像我这样受迫害的民族成员）是我们人类的义务。（后略）

这是英世寄给研究所的朋友的信中的一段。

经过十天的航行，英世他们到达秘鲁最北端的港口城市。他想马上开始进行研究工作，但是当地根本没有可以用来做肝肾研究的研究室。没办法，他只好在海边找了个地方，搭了个小木屋，凑齐了实验动物、培养基以及实验器具等，但依然无法进行正常的实验。在秘鲁这个完全没有基础医学传统的地方，想要从事像在纽约那样的研究，这本身就是不可能的。

这里的黄热病患者并没有想象中那么多，而且大部分患者处于最后的恢复期。

尽管如此，英世还是开始了研究工作。但是，保存血清的冰箱很快就坏了，培养基也不知道什么时候遭到了污染。患者们都躺在一间铺着稻草的小屋里，连采集血液都怕得不行，很难得到必要的配合。

在这里，英世也从患者的血清中发现了相同的钩端螺旋体，证明了这里和厄瓜多尔、墨西哥的黄热病属于同一种疾病。另外，他也验证了很多本地人都是因为注射了自己研制的疫苗，才免于被传染或安全度过了危险期这一事实。

最后英世被邀请到秘鲁的首都利马,在那里出席了由学术界、政界、财界等各界人士参加的欢迎会。特别是秘鲁总统,也出席了此次会议,他还在会上发表讲话,对英世的到来表示欢迎。作为答谢发言,英世用西班牙语就黄热病病原体的发现以及疫苗的作用等进行了介绍,赢得了全场热烈的掌声。

　　上次在厄瓜多尔成功地发现了病原体后,在中南美洲一带,英世的名字已经广为人知。

　　宴席间,总统提出希望英世能够答应到正准备建设的国立卫生研究所担任所长,条件是先签订年薪两万美元的五年合同,到期后还可以续签。如果任职期间死亡的话,支付遗属五万美元。

　　英世没有马上表态,他说要等他回到纽约和弗莱克斯纳所长商量后再做决定。虽然对工资条件有点儿心动,但他压根就没想过到这里来工作。这里除了黄热病,没有任何对研究工作有利的地方。他只是觉得当场回绝总统的邀请不太礼貌。

　　在利马逗留的五天时间里,英世获得了利马大学"荣誉教授"的称号,接待了政府大臣以及各国大使、公使的来访。在他启程之前,秘鲁政府还为他举办了盛大的欢送晚宴。

2

　　英世结束了在秘鲁为期两个月的调查研究工作,回到纽约的时候已经是六月底了。在汇报工作的时候,英世顺便把秘鲁邀请他去担任所长的事情告诉了弗莱克斯纳所长,弗莱克斯纳当然不同意他去。

"如果你想去的话,在美国国内,照样有地方愿意以两万美元的年薪邀请你。打算到南美那种地方去的,都是退休了的老人们。虽然本研究所给你的工资待遇不如他们优越,但是我认为没有任何地方能像这里,保证你充足的研究经费和自由自在的地位。"

英世对此当然没有异议。紧接着,弗莱克斯纳又向他说明,等他退休时,财团每年会支付给他现在年薪的四分之三作为养老金,如果任职期间死亡的话,会给予遗孀以及有血缘关系的家属终身生活补贴。

虽然不是有预谋的,但是此次来自国外的邀请从结果上看,的确提高了英世的工资待遇。

这之后的七月份,英国方面发出邀请,为了启动口蹄疫这一研究课题,他们希望英世作为细菌学主任过去帮忙。这是在此之前,弗莱克斯纳所长出席万国红十字会议的途中顺便到英国时,英国政府提出的要求,而弗莱克斯纳所长也答应了,所以根本无法拒绝。不过这次英世是以类似互换教授的身份去英国,仍然在洛克菲勒研究所保留职位,只是人暂时去英国。具体日期还没有最后确定,大概是从十一月份开始,去半年左右。

这一时期,英世在美国社会已相当有名了。即便有人不知道所长弗莱克斯纳的名字,但不知道"野口英世"这个名字的人却不多。走在纽约街道上的时候,有的白人看到英世,会主动让路、打招呼,而且不分老幼,为数还不少。也许就是因为小个子这一极具特点的外貌特征,引起了他们的注意。

之所以能够形成这种局面，是因为英世动辄就召开记者招待会，把自己的研究成果不仅作为学术成果，而且也作为社会事业进行发表。虽然有一部分学者对此表示反感，但是英世正是得益于此，才能够以积极主动的方式弥补他作为东洋人不利的一面。

在他从事黄热病研究的一九二〇年到一九二一年期间，英世又不断获得了很多荣誉称号。

过去，一系列有关梅毒方面的研究使其名声在外，而近年来，在黄热病研究方面所取得的成绩，更使其名声大噪。

一九二〇年的五月份，英世的恩人，同时也是其最大资助人的血胁守之助来到美国。

英世首先为守之助订了一家全纽约最好的饭店。后来因为实在太过豪华，守之助竟然中途逃了出来。在这一点上，英世的老毛病一点儿都没改，依然是没钱还要浪费。

英世诚心诚意地欢迎守之助的到来。守之助在纽约期间，英世每天都是早晨六点就到研究所去，安排好一天的工作，然后八点钟准时出现在守之助下榻的饭店，向他说明当天参观游览的行程，并陪同一道前往。

守之助怕影响他的工作不让他去，可他还是一直陪着，而且他还以超常的精力，为守之助安排了参观游览、视察、招待会以及晚宴等节奏紧凑的活动内容。第一次宴会，英世就让弗莱克斯纳所长以及研究所各部的部长都来作陪，对守之助的来访表示欢迎。守之助为英世一厢情愿的做法深感震惊，同时也觉得有些难以担待。

就连弗莱克斯纳到最后都不得不半开玩笑地提醒他说："你可

不要用欢迎来折磨血胁先生。"

但是英世的热情款待却永无止境。守之助一行去华盛顿的时候，他也陪同前往，结果当地的陆海军军医团全体出动来迎接，尼科尔斯军医全程陪同导游。他还让守之助在陆军军医学校做演讲，自己主动担任翻译，并且介绍说守之助是日本最伟大的牙科医生，是自己的大恩人。而最令守之助感到震惊的是，他竟然安排他们去见了国务卿休斯，并且和美国总统哈定也见了面。尤其是国务卿休斯，当时他正在办公，还特意过来握住守之助的手说："野口医生是我们美国的骄傲。"

这一切都有赖于英世的名声。毫不夸张地说，在美国社会，英世比日本的大使都具有号召力。当时只要通过英世介绍，几乎就能够见到美国所有的政府高官。

结束在美国东部为期一个半月的逗留后，守之助一行终于要离开纽约了。在这里的三十八天里，英世和守之助没有一天不见面。有时候他从早晨直到深夜，都跟守之助一起行动，还一直跟着去华盛顿、宾夕法尼亚，甚至芝加哥，给予他们多方关照。在此期间，为了不中断研究工作，他每天都跟秘书、助手们通过电话联系，了解情况，安排下一步工作。

临别时，守之助在月台上握住英世的手说："从你年轻的时候起，我对你的照顾就很多。有时候，我真的感到很伤心，心想我为什么非得要帮你呢？不过，通过这次旅行，我想把过去我对你的所有付出都一笔勾销。此次旅行，我从你那里得到的关心和照顾远不止这些，我衷心地感谢你为我所做的一切。谢谢！"

英世听了这番话，使劲儿摇着头说："别开玩笑了。我可不是想要抵销在日本时您对我的恩情，才来帮您的。虽说我在美国生活的时间很长，但我绝不是像美国佬那样精于算计的势利小人。对待美国人是另外一回事，但是对待日本的恩人，我怎么可能有这种想法呢？我不过就是想照顾您，才跟着到处走而已。"

"谢谢。看样子是我的说法有问题。总之，我非常高兴。"

他们二人再次紧紧地握住对方的手。发车的铃声响了，火车慢慢地启动了。

"那就再见了。您一定要多保重。"

"你也多保重。什么事情都不要太急，要自重。"

"我明白了。"英世点点头，说道。

伟大的资助人和俗称"败家子"的男人的脸上同时露出了微笑。英世送给守之助的礼物是他从厄瓜多尔买回来的巴拿马帽，他还送给守之助的夫人一只纯金坤表。

不过这时候，无论是守之助还是英世都没有想到，六年后，由于操之过急，死会降临到英世头上。

3

大正十二年（一九二三年）的新年来临了，英世虚岁四十八岁。

这一年的七月，英世的父亲佐代助因肝硬化去世。

八年前，佐代助被英世在北海道的弟弟清三收留，但因他们之间关系不和，佐代助只在那里待了两年，就又回到了三城潟。从那时起,他的肝脏就不太好,时常去看医生。但是他天生爱喝酒的毛病还是改不掉,趁家里人不注意,还在偷偷喝酒。照他的情形看,绝对是由于常年酒精中毒,损害了肝脏。尽管如此,希佳在世时,他还挺精神,可是等希佳一去世,他可能也感到孤独冷清了,突然一下子就病倒了。希佳死后,野口家就由长女伊努和她的丈夫善吾当家了,但生活状况依然如故,根本没有经济能力让他好好去看病。

但是无论怎么说,世界著名的大学者的父亲得了病,总不能不管。而这一次,又是小林荣帮忙,从若松请来了渡部鼎博士,为他看病。渡部鼎和当地的医生六角让商量后,决定将佐代助的病情告知在纽约的英世,但是英世对此没有任何表示。

他虽然感谢乡亲们对父亲的多方关照,但是完全没有心情主动请求他们"多多帮忙"。实际上,在英世眼里,父亲的病根本就是自作自受。

对于英世而言,父亲的死反而是值得高兴的事情。至今为止,因为父亲,不知让他们受了多少苦。无以报答周围乡亲们的恩德,让他们在大家面前承受了很大的精神压力。唯有父亲的死,才能使他们从这种沉重的精神负担中解脱出来。因此,从内心来说,父亲的死与其说让他感到悲伤,还不如说让他感到宽慰。

大正十三年(一九二四年)七月三日的晚上,佐代助在几位家人的守护下咽了气。他虽然是世界著名的大学者的父亲,但是在他的一生中,既不受大家关注,也不受孩子们爱戴。虽说他是自作自受,但是和希佳比起来,他这一辈子可以说没有得到丝毫亲情的回报。

佐代助的遗体由小林荣等人送葬,埋葬在了希佳的墓旁。

距此两个月后,东京发生了关东大地震。这一惨讯马上传到了美国,英世立刻写信给小林荣,关切地询问情况。

> 我刚在报纸上看到关东大地震的消息,犹如晴天霹雳,把我打入了震惊、悲伤的深渊。父亲大人、母亲大人(指小林荣夫妇)可无恙?我深表关切。报纸上只报道了大概情况,无从得知详情。此前,我收到您关于我生身父亲的死讯以及其他信件,一直想写信向您表示谢意,可我为学事、俗事而疲于奔命,一直拖至今日惊闻凶报,此等不孝,不知该如何谢罪是好。在此深表歉意。小生自今秋起,预计到巴西出差三至四个月。
>
> 遇此天灾,不知东京方面的星一、宫原、奥田、赤星铁马、古河虎之助、葛原猪平等友人以及血胁恩师一家情况如何,我真想马上回去探望。我深深体会到"人之生死天注定"这句话的含义了。衷心祈祷二老无难,急切想得知详细情况。望尽快来信告知。

得到亲生父亲的死讯都无动于衷的英世,在得到震灾消息后,却马上给小林荣寄信一封,打听详情。

大地震的受灾情况相当严重,但英世惦记着的血胁守之助等住在东京的朋友们全都生命无恙。

英世这才松了一口气,紧接着从国内又有喜讯传来。这一年的十一月份,英世接到消息说,他被推荐为"帝国学士院会员"。

"学士院会员"被认为是日本学者的最高荣誉,但是古往今来都是由老龄学士院会员通过串通一气的选举产生。被推荐为会员的总是一些老学者,即所谓对长寿者的褒奖这种倾向极其突出,也正因为如此,并没有对其业绩的明确要求,只是以多年来做出的不懈努力为理由的情况居多。

而此时,英世能够成为"学士院会员",也只是因为会员人数上有空缺,同时又有石黑忠德等人的推荐而已。八年前得到恩赐奖的时候,至少还有点儿相应的理由,可是这一次并非如此。但是被蒙在鼓里的新闻界人士却闹闹哄哄地报道"野口英世博士被推荐为'学士院会员'"是由于他"多年来在细菌学研究方面所取得的成就",加上了一些似是而非的理由。

英世接到这个消息后,并没有表现出特别的喜悦之情,也没有像八年前获得恩赐奖时那样欢呼"日本的学者终于承认我了"。听到消息的时候,他只是微微点着头,淡淡地说了一句:"是吗?"

事到如今,就算被选为日本的"学士院会员",对外也不具备任何价值,这一点英世自己最清楚不过了。何况这时英世正处于紧要关头,根本无暇为这点儿小事而沾沾自喜。

在这之前的七月份,英世到牙买加的金斯顿参加了世界热带病会议。他在会上发表的有关黄热病研究方面的论文,引发了一场赞成与反对的大辩论。

首先站出来表示反对的是阿格拉蒙特。他曾被派到古巴,是里德黄热病研究委员会的成员,长期与具有领袖资格的里德一道从事黄热病的研究工作,并以此为豪。

他反驳野口的论文的要点是:"野口博士发表的黄热病病原体和韦尔氏病病原体极其相似,二者之间没有实质性区别,没有超出同一菌株内部所具有的差异的范畴。即使是野口博士的主张,我们也不能承认它就是黄热病的病原体。"

阿格拉蒙特从血清学的角度举出了二者之间存在的几个相似之处,借以论证自己的观点。

他的反对意见具有从根本上动摇英世研究成果的重大意义。他指出二者是相同的菌株,极其相似,换句话说,也就是指出了英世把韦尔氏病的病原体错当成了黄热病的病原体。在过去,如果对方提出如此针锋相对的反对意见,英世说不定会当场痛斥对方。实际上,十年前在维也纳,当科赫研究所的一个年轻人指出他研究中的不足之处时,他就曾当着众人的面训斥对方是无理之徒。

但是,现在英世已经没有气力痛斥对方了,或者说没有痛斥对方的根据更准确些。

当会议主持人要求他进行反驳时,他虽然登上了演讲台,但也只是说:"你的意见中,基础的实验性证据都是由霍夫曼等人提供的,但是很显然,他们采用的都是二次感染所得出的结论,不能成为此次反论的具体根据。"

从英世的发言来看,他的这种反论实在缺乏气势。不管是否是二次感染,关键问题在于这两种病原体极其相似这一事实,他的反论中,根本就没有对这个问题做出直接的回答。

会议主持人紧接着又征求阿格拉蒙特的意见,阿格拉蒙特批评说："黄热病的传播只需要一只带病菌的蚊子在人体上叮咬一下就可以。相比之下，野口博士的做法是，哪怕采用一只白鼠，也需要注射大量患者的血清，岂不是很难说是正常的传染形态？"

对于这个问题，英世回答道："所谓实验，在我的全部实验中，都是沿袭这种做法进行的。而我所采用的做法，是使动物感染疾病的最普通的做法。实际从事过这项工作的人，恐怕没有人会把你的这种批判当真吧？"

虽然英世所说的确实是实情，但是很难说这是他对阿格拉蒙特的异议做出的诚实反论。关于动物实验和人体感染差距太大的问题，很多学者早就提出过，而英世完全未做积极的反省，针对更重大的异议，他也只是以"这是最普遍的做法"为由予以搪塞。

因为气氛显得有些冷场，亨利·卡特发言道："如果我自己的女儿要去热带地区的话，我会给她注射野口博士研制的疫苗。以前从安第斯高原地带来的五百人入营的时候，我们先给其中的三百人接种了疫苗，后来又给剩下的那批人接种了比上次量要少的疫苗。对前一组和后一组的情况进行比较，结果是前一组患黄热病的人数较少，而后一组则稍微多一些。从上述情况看，我认为野口博士的疫苗是有效的，但这也绝不是说我完全相信它是有效的，似乎有效，却又不能断言是绝对有效。似乎这种微妙之处就是这种疫苗的问题所在。"

卡特的发言基本上承认英世的病原体和疫苗，但也并不是全面信任，正如他自己讲的那样，他的发言立场也极其微妙。

但是，接着发言的尼克鲁兹却明确表态："我相信野口博士所说的'钩端螺旋体·黄疸病菌'就是黄热病的病原体。其他人怎么想我不知道,但是我国陆军军医学校赞成野口博士的意见。"

尼克鲁兹的发言对于英世来说,是强有力的支援。当他说完这句话的时候,英世激动得好像都要哭出来了。

但是,阿格拉蒙特的意见足以使与会的学者们产生动摇。这至少暗示他们,关于黄热病,还存在只靠野口博士所说的病原体根本无法解决的另外一个问题。对此,针对阿格拉蒙特的意见,英世采取的是不管别人怎么说,我都"相信自己"的主观论,缺乏客观依据。英世最后要求发言,说:"我想强调的一点是,在需要特殊技术与格外小心谨慎的此类实验性的研究中,个人所掌握的最高技术以及能够灵活运用这种技术的能力是工作的前提。如果撇开这个问题去谈,那也就只能变成纸上谈兵了。"

英世在实验技术方面很有自信,认为自己不会输给任何人。而事实上,所有的人也都承认英世在这方面的才能。但是反之,也正是由于过度自信,而存在着危险性。

英世真想大声疾呼:"你们也和我一样,历经千辛万苦,在掌握技术的基础上,才有此论述的吗? 如果想论述问题的话,那就先练好技术再来。否则,说什么都没意义。"

4

这一年的十一月,英世出发去南美的巴西。一方面,是因为他接到了巴西爆发黄热病的消息,另一方面,也是为了回应巴西学术界对他所发现的黄热病病原体的批判。

这种批判的导火索是在牙买加谈到疫苗的效用时点燃的，后来在古巴被添柴加草，最后到巴西便熊熊燃烧起来了。这就是当时的事实真相。总之，既然对方有怀疑，就不能不去一趟。

至此，加上厄瓜多尔、墨西哥、秘鲁在内，这已经是他第五次海外远征了。

每一次远征，他都能确认黄热病病原体的存在，也一直在证明各地的黄热病属于同一种疾病，但是"野口值得怀疑"的奇谈怪论还是此起彼伏。而且怪论不但势头不减，反而越来越强劲。

因为在金斯顿遭到了阿格拉蒙特的当面质疑，所以此次的南美之行对于英世来说，是进行反驳的绝好机会。

"我都说了那么多了，难道还不相信我吗？"英世在心里愤愤不平地想，而与此同时，他也不是完全没有担心，"说不定我的发现真的错了。"

十日从纽约出航的汽船于二十五日先在里约热内卢靠岸，然后继续北上，三天后到达目的地。

英世预定在奥斯瓦尔多·克鲁斯研究所进行研究，可是他到了一看才发现，这里只是建筑物漂亮而已，里面既没有上下水管道，也没有煤气。即使他想用自己带来的消毒器，这里也没有合适的插座，再加上装有最重要的暗视野显微镜的行李还没到。

他进一步了解才得知，这里根本就没有肝肾黄热病患者。九月份出现过三个病人，其后就再无患者了。如果要找的话，据说不到内陆地区根本找不到。

"这个国家不遵守承诺，看样子在这个热带国家，人们不适合思考、书写太复杂的东西。在这个国家，好像必须适应这个国家的节奏，但那是我们绝对无法接受的。"

英世还是像往常一样，把自己一肚子的不满都写给在纽约的弗莱克斯纳。

可是，他也不能因为没有患者就闲着。英世从当地的学者口中听说这里共有三部暗视野显微镜，于是他都搬了过来。这些仪器看样子好像已经很久没有使用了，缺了很多零部件，最后把三部的零件合在一起，才终于拼成了一部比较像样的。

"连暗视野显微镜都没多少机会见到的人，凭什么跟我唱反调？"

英世把这些极具辛辣讽刺的话语全都扣到当地医生们的头上。

实际情况倒也正如英世所说的那样，当地的医生们根本就不具备足以和英世抗衡的经验和技术。他们本来没有实力，却偏要跟在阿格拉蒙特及部分学者的后面起哄。可如果再继续追问："你现在到底在做什么研究？"他们就无言以对了。

实际上，在巴西，"对野口学说的批判接连不断"这种说法本身就是部分学者在夸大其词。到这里一看，根本就没有什么真正像样的反对意见。不仅如此，对于不辞辛苦、远道而来的日本学者，巴西人的态度反而充满善意。明白了这一点，英世的心情也渐渐有所好转。

但是，没有黄热病患者，这一趟不就等于白来了吗？

一刻也闲不住的英世得知这一地区有种独特的鞭毛虫传染病，于是干脆研究起这种病来。后来听说有人得了麻疹，他又马上跑过去了解情况。

在这期间,英世把当地的医生集中起来,用刚刚学会的葡萄牙语告诉他们,因为他想采集黄热病患者的血液进行检查,所以需要他们帮忙。哪怕是得过黄热病,已经痊愈的人也行。

当地的医生们这才明白英世对工作多么热心。一旦明白了英世的用意,他们倒是非常真诚。当他们清楚这个日本医生是个一门心思只顾工作的正经人后,甘愿当起了他的助手。面对其貌不扬却如工作狂一般的英世,部分医学系的女学生以及一个土著女工都对他有了好感。但是,英世根本没注意到这些,他每天都在制作鞭毛虫以及麻疹的标本,用显微镜观察、研究。

终于在十二月中旬,英世通过当地医生的帮助,得到了好几个黄热病患者的血液。他以此为基础,一边在动物身上进行接种,一边给医学系的学生们做实验演示操作。当地的医生们看到他工作的全过程之后,不仅了解了实验操作的难度,也明白了这项工作需要耗费很大的体力和精力。他们一下子都很崇拜英世。

两个月过后,英世也用同样的方法,在这里找到了病原体,从而证明了巴西的黄热病和厄瓜多尔、秘鲁、墨西哥的黄热病完全相同。

"远征成功了。"

英世立刻给纽约发了电报。在金斯顿曾经一度被打蔫的英世,在巴西又重新获得了自信,他认为自己绝不会再输给阿格拉蒙特了。

次年的二月二十四日,英世结束了在巴西为期四个月的研究,准备回纽约。

他出发的时候，当地的知事以及很多学者、名流都来送行，大家都有些恋恋不舍。当时英世初到这里的时候，他还有种深入敌阵般的紧张感，可是四个月过后，英世成了这里几乎所有医生的崇拜对象。

英世在奥斯瓦尔多·克鲁斯研究所里重新配备的设备、消毒器，以及冰箱、特殊培养器，等等，这些都是非常昂贵的物品。而这一切都是用洛克菲勒财团的资金购买的。

而在出发前，当巴西的医师问他这些器具如何处理时，英世却满不在乎地回答说："当然不要了，送给你们吧！" 这件事后来在他与财团之间还引发了一场争执。

1

从巴西回来以后,英世先留在纽约工作了一段时间。自一九一八年开始着手进行有关黄热病的研究以来,这两年是他最能安心工作的一段时期,但在此期间,他研究的对象在不断地变化着。

这一时期,对英世来讲,黄热病的研究工作已经大功告成。既然已经发现了病原体,而且由此研发出来的疫苗也有一定效果,那么工作就已经算是相当成功了。如果以后在什么地方发现某种其他种类的黄热病的话那另当别论,但只要不出现这种情况,这项研究工作就算完成了。虽然不知道别人怎么看,但英世自己对此深信不疑。如果他自己都对此没有信心的话,那么至今为止他所做的一切工作可能就将是错误的。

这时,英世选择将鞭毛虫传染病作为主要研究课题。这是他在巴西的时候就非常感兴趣的课题,后来听说洪都拉斯那里有带鞭毛虫的植物,他还特意跑去进行实地调查。之后,在乡间购买的别墅里,他还在继续这项研究。

紧接着从一九二五年开始,他再次开始研究落基山斑点热。他使大批白鼠感染上这种病,用来寻找病原体。

再后来,因为秘鲁的利马送来一支装有血液的试管,所以他又开始对奥罗亚热病进行研究。这是从印加帝国时代就困扰着秘鲁人的一种怪病,人得了这种病后会浑身起疙瘩,有时还会出现发烧的现象,然后全身变得苍白,严重时还会死亡。据说十九世纪末,在铺设横贯利马和奥罗亚的安第斯中央铁路时,曾有数千人因患此病而丧生。

大部分秘鲁医生认为,这种病急性发作时就是所谓奥罗亚热,而在转成慢性以后就是秘鲁疣。实际上,这两种病是同一种疾病在两个阶段的不同表现。

一九一三年,哈佛大学的热带医学研究组调查研究了这种疾病,他们在患者的红细胞里发现了类似细菌的原生物,认为这就是病原体,因此他们将其命名为"巴尔通体杆菌"。他们在发表这一研究成果时,宣称这才是奥罗亚热病的病因,但它与秘鲁疣完全不同。五年后,住在秘鲁的美国昆虫学家提出这种病是由昆虫传播的新见解,并断定传播疾病的昆虫在三月份由螨虫、在七月份由山顶蝇担任主角。

就在这时,英世出场了。他把这支试管里的血液接种到各种动物身上,成功地培养出了病原体。他是用红毛猴、绿毛猴、狗、兔子、鼹鼠、白鼠等动物进行实验的。他先让这些动物感染上这种疾病，然后进行详细检查，最后得出了如下结论：

秘鲁疣和奥罗亚热是同一种疾病，症状出现差异是由于患者自身的抵抗力以及体质的不同，根据毒性强弱程度的不同，可以看到秘鲁疣以及奥罗亚热两种反应。

英世进一步仔细阐述了哈佛派在上一次实验中误认为它们是不同疾病的原因。

他一边指出对方的错误，一边强调自己的见解，这种感觉实在很好。英世心情愉快地写完了这篇论文。在那些往自己身上注射秘鲁疣患者的血液而染病死亡的人们成为这项研究的牺牲品时，医生们仍然没有弄清楚患病的原因，而英世只用一年多的时间，就把这个问题解决了。在此，英世似乎也成了最后的胜利者。

趁着这股势头，英世又开始着手研究沙眼。当时沙眼在印第安人中广泛蔓延，因此，英世赶赴印第安人比较集中的亚利桑那州的彩虹桥。

在这里，他从因沙眼而失明的患者的身上取下组织切片，然后接种到红毛猴的眼睛里。他的目的就是要找出病原体，然后再研究根治办法。他虽然确实做到了让猴子染上沙眼，但是依旧没有搞清楚病原体是什么，而这种病在日本也很普遍。

他在给血胁守之助的信中这样写道："如果能够发现沙眼病原体的话，可能在两三年内还要到东洋去进行调查研究。那样一来，我就可以顺便回日本和大家重逢了。小生衷心盼望这一天早日到来。"

但是他的愿望最后落了空，第二年，英世朝着完全不同的方向——非洲进发了，因为英世自认为已被消灭的黄热病再次在非洲爆发。人们再次对英世发现的黄热病病原体产生怀疑。

2

大正十二年（一九二三年）十一月，英世从巴西远征归来。昭和二年（一九二七年）十月，英世远征非洲。在这段时间，英世向当时非常棘手的传染病，如鞭毛虫、落基山斑点热、奥罗亚热以及沙眼等，发起了一次又一次的冲锋，但是结果都不太理想。除了在学术界得到认可并且自己也感到满意的关于奥罗亚热的研究成果外，其他问题都还没有得到彻底解决。尤其是有关沙眼的研究工作，虽然离成功只有一步之遥，可就是找不到问题的关键所在。这就如同从毛玻璃向外看，虽然感觉就是那么回事，但就是看不清楚。这种状态实在令人着急。

英世的嘴里经常像口头禅似的念叨着："我需要时间，我需要时间。"

玛丽无可奈何地劝他："你还是稍微休息休息吧。人如果不让大脑休息，怎么可能想出好主意来呢？"

结婚以后，玛丽看到丈夫稍微放松、好好休息是在一九一七年的夏天。那时，英世因患肠道伤寒而在别墅休养。其他时间他总是在拼命工作，连好不容易才下决心购买的别墅，也成了他堆满试管以及显微镜等物品的实验室了。

"你已经五十多岁了，如果你以为自己还那么年轻的话，那你可就错了。"

"人的休息时间绝对不能超过一个月。如果休息太长时间的话，脑子里就会变得一片空白，这样一来，想要恢复到原来的状态，至少还需要花上一个月的时间，那实际上就等于休息了两个多月，损失可就大了。"

这虽是英世独特的辩证法，但也不是完全没有道理。在得伤寒之后进行休养的将近半年的时间里，英世在工作上可以说没有取得任何进展，而他认为这种停滞不前的原因不是生病，而是他让大脑休息了，所以大脑才会懒惰。

"你自己到现在还是一点儿都不明白。"

至今为止，他们夫妇俩吵架的次数已经不计其数。有时扭打到一块儿时，身材高大的玛丽还曾把英世推到墙角去。但即便是在这种情况下，英世也只是闭上嘴，稍显孤独伤感似的低下头，最后不是把自己关进书房，就是跑到研究室去。

表面上看似玛丽胜了，而实际上，一言不发的英世到最后还是会按照自己的想法行事。

日常生活方面的问题倒无所谓，但一遇到工作方面的事情，他是绝对不会改变想法的，就算别人再怎么劝他休息，也毫无意义。

玛丽半带讥讽似的说："我真没想到日本人干起活儿来这么不要命。"

"人就是要跟着太阳的运转运动，太阳还在动呢，人怎么能先停下来？"

听到英世如此强词夺理，玛丽也只好摊开双手，耸耸肩。

说实在话，玛丽真的不清楚自己是该敬重丈夫，还是应该蔑视他。

英世现在确实是洛克菲勒研究所的主任研究员，光是年薪就能拿五千美元。大家都称他为"老师"，就连走在街上的白人都得向他低头。各大学的知名教授以及研究所的所长们也不断给他写信，打电话，就连周围的邻居们也都说他是"伟大的人"。

可是，要说起他在家里的表现，简直不值一提。他的生活就只有读书，看显微镜，再就是下象棋。他既不谈论有趣的话题，也不懂什么叫幽默，甚至也不会说笑话和她一起欢笑。他一天二十四个小时几乎全都用在工作上了，偶尔下下棋、钓钓鱼也只是工作间隙的短暂休息，实际上还是出于工作上的考虑。

当然，他根本不想出去参加聚餐、舞会，你想带他去都不可能。他根本没有精神，也不懂得享受轻松愉快的对话，去了也是马上就拉下脸来，弄得对方也跟着扫兴。偶尔看到他兴致勃勃地和什么人谈话，不用听就知道那肯定是有关工作方面的内容，再不然他顶多会讲讲外国的事情或是得意扬扬地说些日本这个国家如何如何好之类的话。如果他感到聚会没意思，哪怕马上就要开始跳舞了，他也会满不在乎地提前退场。

英世讨厌跳舞是因为他个子太矮，几乎每个女人都比他高，因此他就贬低这项活动说："跳舞是人类发明的最低级的游戏。"

如果他比较在意自己的身高的话，他只跟玛丽跳舞就可以了。实际上大个子女人和小个子男人一起跳舞的也大有人在。有贴着肥得像酒桶一样的女人跳舞的小个子男人，也有像蝉一样搂着巨树般高大的男人跳舞的女人。性格开朗的美国人根本不会对这些说三道四，他们觉得只要心情愉快就行了。玛丽实在不理解她的丈夫为什么会对这些事情如此在意，而且还气愤得不行。

可能是因为英世年轻时生活贫困，为此受了不少苦，从而形成了这种性格，可也不至于如此敏感，对什么事情都太过认真。美国人即使在贫困的环境中长大，对待这些问题也照样能看得开。既然英世现在已经是洛克菲勒研究所的主任研究员和"医生"了，他完全可以更自信一些，更活泼一些。如果英世唱起来、跳起来的话，大家肯定会高兴地为他鼓掌喝彩。可是他像吞下了一只臭虫似的苦着脸。

英世又是个不会掩饰自己情绪的人。他不会像别人那样不高兴也不表露自己的情绪，或者干脆开个玩笑就过去了。无论什么时候，他都只有两个极端，要么高兴，要么伤心，要么快乐，要么忧郁，要么是正确的，要么就是错误的，除此之外，他根本没有接受中庸之道的张力与弹性。

玛丽能够踏踏实实地和丈夫一起去的地方，恐怕就只有教堂了，因为去教堂只需要虔诚地低下头就行了。英世也不讨厌去做礼拜。

在玛丽的记忆里，她和丈夫并肩走路也只有在往返教堂的路上，以及在乡间别墅附近的山路上散步的时候。可就连在山路上散步时，英世满脑子想的也是工作。他一边走，一边不时地采集植物，嘴里还念叨着"这个花里的虫子也许就是问题所在"，然后把它放进标本箱里。有时走在途中,他看到有人用漂白剂净化旧井里的污水,也会生气地说这样会使螺旋体死掉。

他们两个人从来没有一起外出旅行过,顶多也就是开车一起往返于纽约与别墅间。他们之间的关系和一般的美国夫妇大不相同。玛丽如果按照他们的标准和英世接触的话,那可真的要被他给气炸肺了。

不过,这倒也不是说英世对玛丽冷淡。正因为他总是想着工作上的事情,所以才把家里的一切事情都交给玛丽去处理。他比任何美国男人都好的一点就是,他不会在金钱上跟你斤斤计较。每个月的工资都是直接从研究所寄过来,可英世根本就不去了解这些钱什么时候进账,进账多少,也不知道花了多少。他根本不在乎玛丽怎么花这些钱。

因为他本人总是在工作,所以平时几乎不需要零花钱,不过他一旦花起钱来,谁也拦不住。他不管身上有钱没钱就乱点一通。有一次,他带俱乐部里所有的日本人一起去中国餐馆吃饭,结果没钱付账,最后还把玛丽叫过去了。在一流的店铺买东西,即使他身上没钱,但只要说是"野口博士",大家也都认识他。因此,他赊的账也就不断增加。

因为不知道什么时候会从什么地方寄来账单,所以这使玛丽常常感到心里没底。他确实不太在乎钱。因为自己花钱缺乏计划性,所以他也就没有权利说别人了。

他这个丈夫还有一点好处,因为他每天忙于工作,很少在家,所以玛丽也就比较轻松。偶尔在家时,他也总是把自己关在书房里,虽然有时候会因为肚子饿而发脾气,但只要拿点儿什么吃的东西堵上他的嘴,他也就不再抱怨了。

因为他讨厌社交活动,自然也就不会邀请客人到自己家里来聚餐,这样也就不会有做饭、尽地主之谊之类的麻烦事。要说冷清也确实有点儿冷清,但这样也确实省了不少心。有时候,玛丽也想热闹热闹,英世偶尔带日本人或研究所的同事回家来,玛丽都会替英世招待他们。不知为什么,即便是英世自己把客人带回家的,可他一旦把重要的事情谈完,就会马上变得沉默寡言,根本不会跟人家聊聊天或者找点儿什么对方感兴趣的话题闲谈。

这一时期,一个名叫太田好昭的日本人也住在英世他们的公寓里。他是经营美术品的山中商会的职员,刚满二十岁便被派到纽约常驻。

在电梯里见过几次面以后,太田认识了英世,所以有时他会到英世家里来玩。可每次他来做客时,英世都神情漠然地坐在沙发上,也不怎么说话。太田主动跟他说话,他也只是简短地应酬一下。

英世即使去日本人俱乐部,也不太说话,他的态度仿佛在告诉别人,他来俱乐部只是为了看日本的报纸,下象棋,其他事情对他来说,一概没有意义。很多日本人都只是远远地看着他,窃窃私语道:"那个在最里面下棋的人就是野口先生。"偶尔有人走上前去,递名片自我介绍,英世也只是点点头,然后马上又去下他的棋了。如果有人赶上他正在考虑下一步棋怎么走时去跟他打招呼的话,他根本就不会理别人。

英世家里的客厅虽有二十坪那么大,可是除了配好的家具外,一点儿多余的东西都没有,感觉相当空阔。

玛丽代替沉默寡言的英世,担当起女主人的角色,当太田来玩儿的时候,她就为他端上一杯红茶,拿出一些饼干,然后询问一些他的工作以及生活方面的情况。她像大多数美国妇女一样,性格开朗,不拘小节。当听到太田说起他们卖画的技巧时,她不禁高兴得笑起来。英世虽然也坐在旁边听他们谈话,但他既不笑也不插话,只是把双手插在胸前,一个人呆坐着。玛丽会继续跟太田聊天,好像忘了英世也在场一样。

当太田害怕自己打扰了英世而准备告辞时,玛丽会挽留他说:"他这个人就这样,你别管他。他如果想工作的话,就会自己到研究室去了。"

太田还以为他们夫妻关系不好呢,可实际上好像又不尽然,因为星期天他又能看见他们俩高高兴兴地挽着胳膊一道走进电梯。太田跟他们打招呼,问道:"你们这是要去哪里啊?"

玛丽笑着回答说:"我们要去教堂。只有这件事可以算是工作。"说完还故意看英世一眼,而英世也附和着她微微一笑。

"我搞不清楚他们俩的关系到底是好还是坏。"这就是太田观察野口夫妻的实际感受。实际上,就连英世和玛丽他们自己也有同样的感觉。

如果真要问英世:"你真的非常爱你的妻子吗?"他肯定要先考虑一番,才能找到答案。他虽不太讨厌她,但也无法断言自己绝对爱着她。他的感觉似乎更接近"既然跟这个美国女人结婚了,也就只好认命、满足了"。

如果把同样的问题摆在玛丽面前的话，她也同样需要思考一番，做出"虽然对他也有不满意的地方，但那也是没办法的事情"这样的回答。

　　看起来，他们各自都有些让对方不太满意的地方，不过感觉上还过得去。

　　说不上是不幸还是万幸，野口夫妇没有孩子。结婚时，野口三十七岁，已经算是晚婚了，如果想要孩子的话必须抓紧才行，可是那个时候他们根本就没有要孩子的条件。虽然承蒙弗莱克斯纳博士的好意，英世被邀请到洛克菲勒研究所工作，可当时他还处在能否留下来的关键时期。为了渡过这一难关，英世努力工作，结果完成了梅毒螺旋体的研究工作。可这项工作一结束，他就出发到欧洲去了。从欧洲回来后，他又回了日本，紧接着又得了肠道伤寒，再后来他又开始着手进行有关黄热病这一大型课题的研究，即便他们想要孩子，也根本没有时间。就算万一怀上了孩子，野口心里还有一层顾虑，那就是这个孩子将会是他和美国人生的混血儿。

　　虽然在美国生活了这么多年，但英世依然还是个民族主义者。如果真的要孩子的话，他还是想要纯日本血统的孩子。从这个角度上讲，对他来说，要孩子也就没什么意义了，而且他从心底有点儿害怕生孩子。英世个头矮，以前因为这个原因受尽了委屈。如果孩子长得像自己就糟了，他可不想让自己的孩子体验自己经历过的痛苦。另外，他也不想让孩子继承佐之助嗜酒如命的血统。虽然他也知道他的父亲只是酒精中毒，跟遗传没有任何关系，但他仍然有此担心。何况他还顾虑到一点，那就是即便他们生下一个健康的孩子，也不知道能不能把孩子很顺利地抚养成人。谁也不敢保证这个孩子不会像自己那样从小受伤并变成残废。受伤致残所造成的痛苦刻骨铭心，正因为有这种亲身经历，他才不想让自己的孩子尝这种苦头。

因为有这些问题困扰着他，所以他根本就无法轻易考虑要孩子。

玛丽好像也不是特别想要孩子。她本来就觉得能够轻轻松松地过日子最好，并不怎么考虑未来的人生规划，而且她也不太愿意因为生养孩子而把自己束缚住。

刚结婚那几年，他们都比较注意避孕。这件事首先是由英世提出来的，而玛丽对此也表示同意。虽然到后来他们也不再刻意避孕了，但因为一直没有怀孕，且已经习惯了，所以也就不那么在意了。到最后，他们还是没有怀上孩子，不知道是男方有缺陷，还是女方有问题，或者只是出于偶然。总之，这件事情到现在已经无从考证。英世已经五十岁了，且早就没有要孩子的心情，而玛丽也并未因此而感到孤单。

虽然不是特别爱对方，但也不是特别讨厌对方；虽然不是十分满意，但也不至于直接表露自己的不满。既然已经结婚了，各自妥协退让一步也是没办法的事。结婚十多年，他们现在已经心如止水。

3

这三年，英世又获得了几项荣誉。

首先是在大正十三年（一九二四年），法国政府颁发给英世一枚荣誉勋章。这种荣誉勋章分为五个等级,一级是名誉奖状,二级是青铜牌,三级是银牌,四级是镀金银牌,五级是金牌。而授予英世的是其中最高一级的金牌。

授勋理由是"野口博士是对殖民病理学做出贡献的学者,同时也是与黄热病作战,勇于闯入凶恶的疫病禁区的勇士"。

第二年,也就是一九二五年,巴黎大学授予他名誉学位,并为他颁发了拱形奖牌。

另外,从日本国内也传来了授予他"正五位"的消息。

虽然表面上看起来他依然春风得意,可实际上,英世赶赴非洲的日子在一天天逼近。

而这时候,英世自己根本无法料到自己要到非洲去。

昭和二年(一九二七年)十月,英世启程去非洲。在出发前的三月份,他还给小林荣写了这样一封信:

恩父大人:

昨天,我带着新城的贞君送给我的礼物,去见来访的"高冈号"船长渡部喜贞先生,并和他谈了话。我们就我老家的一些事情也进行了商讨,不禁引起无限怀旧之情。人生为什么如此忙碌?我不知不觉间忘记了人世间最大的孝道,实在感觉自己浅薄无知。总之,小生已经年届五十,可以说已经进入了明事理、辨是非的年龄,虽说思想上没有什么太大的进步,但在学业上还能够做到专心致志。今后我想认真地为下半辈子做些安排。

我心中充满感激地接受了城母亲笔抄录的两本经书,每每想起来,不禁感激涕零。(中略)小生虽然身上仍有不少缺点,但至今为止多少能够成就一番事业,这全靠慈父、慈母的无私帮助,当然也包括愚母对小生的教导之功。小生希望有机会能把恩父一生的经历写出来,像恩父这样慈悲心肠的人世上少有,连小生家里的第三代都得到您的关照,实在不敢当。

我现在最大的愿望就是今生能够有机会再见您一面。我向神祈祷,祝您身体康健,长命百岁。(中略)另外我家里人承蒙您的关照,对此我非常感激。但同时我也在想,如果对他们照顾太多,会使这些年轻人丧失独立性。因此,我觉得他们这些手脚灵便、身体健康的年轻人绝不应该期望别人扶助,无论亲戚朋友,还是不要帮他们为好。如果我姐姐生活上有困难的话,小生可以每月寄一点儿钱给她,还望您能把我的意思转告给她。

下面汇报一下我最近的研究情况。我大概在去年五月末就曾经告诉过您,我已经重新开始研究沙眼的病因。去年五月到墨西哥的阿尔布开克市出差,从当地患有沙眼的美籍印度人(与日本人相近的人种)的身上采集了标本,回国后经过仔细研究、分析,用几个月时间分离出好几种细菌,发现其中有一种具有能够引发类似沙眼那样眼病的细菌,后来又继续进行了研究,我认为这恐怕就是沙眼真正的病原体了。我做实验时用的动物主要是猴子,而一只猴子就需要八百美元,就算研究所再有钱,做这项实验也相当困难。但无论如何,若这项研究真的能成功的话,就将为全世界三千万沙眼患者带来福音。待研究结果确定之后,我再给您去信。

另外,关于对南美秘鲁的奥罗亚热的研究还在继续,这项研究已经接近尾声,敬请放心。

小生的健康状况非常好,从早忙到晚也不觉疲劳。这里进入三月份以后就不那么冷了,大家都为此感到高兴。我想家乡现在恐怕还有一尺多厚的积雪吧。我非常能体会冷冬时无法活动有多难受。还请您多多保重,注意别感冒。

我还有很多话要跟您说,还是留待下次再写吧!

英世

昭和二年三月一日

"恩父"是指小林荣,另外"慈父慈母"也是指小林夫妇。在开头的地方还有"城母"一词,是指小林荣夫人。她于前一年死于肾功能能衰竭,因为小林荣后来把他夫人亲手抄写的经书寄给了英世,所以他写这封信主要还是为了向小林荣表示感谢。

"小生家里的第三代"是指他姐姐的儿子,这时已经继承了家业。值得思考的是,他在这里说希望不要帮助他们,可见希佳去世以后,老家对于英世而言,已经变成了与自己无关的地方了。不过他还说了,如果姐姐生活困难,他会寄钱给她这句话,表现出他对曾经共患难过的姐姐的一片真心。

关于沙眼方面的研究,在写这封信之后不久,他就发表论文说已经发现了病原体。但是后来有学者证明,他当时发现的不是真正的病原体。

另外在这封信的开头,他很少有地附上了一首短歌:

> 岁月如织今非昔比,时光似水流逝如斯。

英世在书信以及笔记本里留下了几首短歌。总的说来,这些短歌都比较通俗易懂。比方说在此一年之前,他就做过这么两首:

> (祝母亲身体健康)
> 浮云来去无暇念,冬日天空。
> 几时归来翘首盼,立春之日。

> (思念病中的母亲)
> 身体疾病皆为现世之尘,昔日今朝皆为无恙之骨。

他比较注重固定格式以及措辞,但短歌本身不能不说有点儿平庸。

非洲

1

昭和元年刚刚过去六天,就变成了昭和二年。一九二七年,英世年满五十二岁了。鉴于他年轻时所获得的杰出成就,英世现在已经作为世界级水平的细菌学家而在学术界具有一定影响,即进入所谓成熟期。可英世这时依然忙忙碌碌,无法安定下来。

其最大的原因,在于他后半辈子虽致力于黄热病、沙眼、奥罗亚热等方面的研究,但直到现在并未得出比较清晰的结论。尤其是黄热病,他当时亲赴厄瓜多尔,并且很快就发现了病原体,甚至连治疗用的血清都研发出来了。虽然那是能够引起巨大反响,被奉为救世主般的伟大业绩,但实际上只有一部分国家对此做出了积极的反应,在社会层面上先形成了轰动效应,得到了人们的狂热支持。而在学术界,仍有部分人对野口发表的研究成果表示怀疑,而且批判的呼声一日高过一日。

在牙买加金斯顿举行的世界热带病的会议上，野口的论文已经受到了严厉的批判。而时至今日，"野口可疑"的呼声越来越高涨。再加上在此之前西非又爆发了黄热病，事实证明病原体好像并不像英世所说的那么简单，而且他研发出来的血清在那里根本无效。

这一年的二月份，同样从事黄热病研究的怀特博士到洛克菲勒研究所拜访英世，向他提议说："为了您的名誉，您是不是应该考虑去一趟非洲？"

"当然，如果时机成熟的话，我当然愿意去一趟。"

"可能这么问有些不太礼貌，万一您去非洲反而证实了您以前的研究结果是错误的，您准备怎么办？"

"对于您的关心，我深表谢意。不过我早已做好了思想准备。"

听到英世说得那么诚恳，怀特博士反而真的有些不放心了。

其实更加不放心的还是英世本人。

"说不定自己真的错了。"这个问题一掠过英世的脑海，他马上就会想起当时自己与从日本来的稻田教授一起用显微镜观察病原体时的情景。

在和英世会面的一年以前，稻田教授已经发现了韦尔氏病的病原体，并已经公开发表了这项研究成果。当时英世邀请他一起看自己发现的黄热病的病原体时，英世问他："这个和你发现的韦尔氏病的病原体不一样吧？"看到稻田教授默不作声，英世又反复追问道："不一样吧？是不一样吧？"稻田教授这才迫于无奈似的点了点头。而当时，从稻田教授的脸上明显可以看出他很犹豫。

稻田教授当时会不会并没有同意自己的观点呢？

现在细菌学家提出的疑问实际上也正是"野口是不是把黄热病的病原体和韦尔氏病的病原体给弄混了"。

面对这种批判，英世勇敢地站起来，予以反击。

"韦尔氏病和黄热病，无论是临床表现还是病原体都极其相似。实际上它们也是同种同属。但如果再进一步考察的话，它们绝对是有区别的。"

连洗试管这样的事情都自己亲力亲为的人，做实验得出的结论是不会错的。如果真的错了，那就等于自己花大半辈子从事的螺旋体以及血清反应研究从方法上就犯了最根本性的错误。

"这怎么可能？"

但他马上又怀疑起自己："或许真的像他们说的那样？"

无论多么伟大的学者都会出现错误。只要是人，就无法保证自己绝对不会出错。

有些学者在指出野口工作上的失误后，还说："实际上，出现这种问题也不完全是野口医生自己的责任。他既不是临床医学专家，也没有直接从黄热病患者的身上采血样。他只不过是对当地医生称之为黄热病患者的血液进行了分析和研究而已。如果在第一道程序上出错的话，那么野口的结论肯定也就是错的了。"

这是在持不同意见的学者当中比较善意的看法。实际上，英世在接到爆发黄热病的消息后，他总要赶赴发病区。但由于爆发这种传染病的地区多处于热带，且尚未得到开发，所以联系过程中就已经花费了很多时间。接到消息后，他再进行准备乘船前往，这中间时间间隔相当大。等英世赶到当地时,疫病流行的势头已经过去了,很难再找到新鲜的血液材料。而在这种恶劣的条件下,又要依靠当地技术不够成熟的医生做出诊断,那么他们错把韦尔氏病当成了黄热病也是完全有可能的。

即便如此,英世也不能完全推卸掉责任。

无论接到的实验材料出现多么严重的错误,但断定它就是病原体并进行公开发表的人毕竟是英世本人。何况在他发表之初,就有人提出了"会不会是韦尔氏病"的疑问,甚至还有人主张,黄热病的病原体可能是所谓超微细滤过性病原体。但英世坚持己见,对这些意见根本不屑一顾。

"由我这样老练的专家找到的病原体不会错!"也许正是由于他太过自信、态度强硬产生了负面效果,使得部分学者对他进行超出学术领域范畴的攻击。

在非洲出现黄热病原发性流行的同时,在巴西也掀起了批判英世的热潮。当地原本就对英世的判断持怀疑态度,因为他亲自前往,似乎平息了不少,但这只是因为他们被英世投入研究时忘我的工作态度感动了,这才暂时偃旗息鼓,并不等于在学术上赞同他的意见。

在这里,英世发现的病原体与他在厄瓜多尔以及墨西哥发现的病原相同,但是在他回国之后,当地的学者都没能找到切实的印证。英世不屑地驳斥他们,说那是由于他们的技术太差。但问题真的只在于此吗?随后,在爆发黄热病的地区,英世研制的血清完全无效这一点得到证实,而且从纽约赶赴当地的学者们也报告说没有找到野口医生发现的那种病原体。

从世界各地传来的消息均对英世极其不利。面对这种局面,英世思绪万千。

临床症状看似黄热病的疫病中会不会包含两种病呢？会不会一个是自己发现的病原体导致的黄热病,而另一个则是与这种病原体完全无关的黄热病呢？第一种是在厄瓜多尔以及墨西哥流行的黄热病,第二种则是流行于非洲和巴西的黄热病。特别是巴西流行黄热病的里约热内卢地区,原来就和非洲有相互间的往来交流活动,会不会因此才使这两个地区爆发了同一类型的黄热病呢？

但是,对这种设想仔细推敲的话,会发现好几个疑点。如果将黄热病暂定为南美型和非洲型的话,它们之间的临床症状又太过相像。而且说到与非洲之间的往来交流,那么也应该将厄瓜多尔的瓜亚基尔以及巴拿马包括进去。既然黄热病已经蔓延到了里约热内卢,那么在上述这些地区的港口周围也应该有所传播才对。

令人担忧的消息还在不断地传来。

听说在非洲,已经成功地将患者的血清注入猴子体内,使猴子染上了黄热病。

这在学术领域具有非常重要的意义,因为至今为止,英世研究的黄热病还未能使猴子发生感染。原来还一直认为这种病是人类特有的传染性疾病,但是,现在非洲那里的研究结果却不同了,这说明非洲与南美洲的黄热病是性质完全不同的两种疾病。如果以前南美洲的黄热病中夹带着韦尔氏病的话,则过去被认为是黄热病的疾病中就有三种类型,即非洲型、南美洲型以及韦尔氏病。

这样一来,如果不到非洲去的话,就无法征服全世界的黄热病。而且只有控制住非洲的黄热病,才能对别人怀疑他把韦尔氏病当成黄热病这个问题做出回答。

可是,问题真的这么容易解决吗?

如果到了非洲,确认非洲和南美洲的这两种黄热病都属于同一种疾病的话,那该怎么办?如果二者相同的话,就说明在以前的研究过程中,自己实际上只是在追逐韦尔氏病,而让黄热病在眼皮底下溜走了,那样一来,将从根本上动摇以前得出的所有结论。

在惴惴不安中,时光的车轮已经从春天转到了初夏。

从洛克菲勒研究所赶赴非洲的斯托克斯医生也开始用猴子进行黄热病的研究。据说,他们是在西海岸的港口城市拉各斯利用新鲜的黄热病患者的血清做的实验,但是他们那里依然没有发现英世发现的那种病原体。

"还是自己搞错了吧?"

不安与焦躁与日俱增,夏天再次造访纽约。

七月,英世照例把自己关在乡间的别墅里。虽然他早就答应过芝加哥大学的乔丹博士,要负责执笔撰写有关螺旋体的条目,但他一直拖到现在。说心里话,只要黄热病的问题一天不解决,他根本就没心思写有关螺旋体方面的内容,但是这项工作已经不能再拖下去了。

虽然他说服自己下定决心,开始动笔了,但是工作进展极其缓慢。他刚刚干点儿活儿就马上又停下来,钓钓鱼或者画一会儿画,就是没心情工作。他有时对已经咬钩的鱼都视而不见,有时又会突然把正在画的画撕得粉碎，还有时把烟叼在嘴上，却愣愣地忘了点火。

看上去他似乎在休息，可实际上，他脑袋里装的全都是找不到头绪的工作。

"说不定野口会成为大家的笑料。"他虽然嘴里嘀咕着，但马上又嘟囔着说，"早晚会搞清楚的。"

他时而还会独自点着头说："野口的名字肯定会永留青史。"

玛丽问他："你怎么了？"

"没事，别担心。"他只是简单地答道，紧接着又说，"人到五十岁的时候，能做出点儿成绩就不错了。我如果能活到六十，就是死了也无所谓。"

住在别墅附近的老婆婆对玛丽说："你先生最近好像突然一下子老了。"

确实，就连每天都看着他的玛丽，都能感觉到英世头上的白发在不断地增加。

这年夏天，英世画的油画中，有一张色调暗淡的作品，上半部分一边画着月亮，一边画着星星，而中间部分却浮现出黑色的山影。这是英世夜不能寐时画的画，可以看出画中透露着英世心中的苦闷。

九月初，英世刚从乡间别墅回到纽约，他就对玛丽宣布了要去非洲的决定。

玛丽惊叫道："你说什么？去非洲？你为什么要去那种地方？"

"当然是为了研究黄热病。"

"你是不是疯了？你知道非洲是什么样的地方吗？"

"当然不知道，我又没去过。"

"可别开这种玩笑。工作再怎么重要，可要是去了那种地方，你就真的完了，真的要把命搭上了。"

"不过拉各斯和阿克拉那里也有白人，而且还有研究所呢。"

"既然那里爆发了传染病，那就让当地的医生去治好了。为什么非要你这个住在美国的日本人去呢？"

"玛丽，没关系的。总之，我必须去一趟。"

与其说英世在说服玛丽，还不如说他是在说服自己。

在玛丽看来，那个时候的非洲可是要渡过大西洋，再从欧洲南下，不知要花多少天才能到达的地球的尽头。可是现在，自己的丈夫要到那种地方去。

玛丽气呼呼地明确表示："我反对！"

英世还是第一次看到妻子如此强烈地表示反对。过去他去秘鲁或巴西的时候，她也不过说一句"干吗要到那么远的地方去呀"，就不再反对了。可是现在，她一改过去那种"他是为了工作，没办法"的消极态度，坚决表示反对。

一方面，她感觉非洲是地球的尽头，很遥远；另一方面，她担心已经五十多岁的丈夫跑到位于赤道的国家后，身体会吃不消。

当然还有另外一个原因，玛丽希望自己的生活能够早日稳定下来。虽然她不是特别爱自己的丈夫，但也并不讨厌他，她觉得在一起生活过几年之后，世上大多数夫妇也不过如此，这样一来，也就想开了。以前她任由丈夫一心只想着工作，让他想怎么干就怎么干，从不过多干预。可是现在,她一想到自己又要被扔在家里整整一年,就再也无法忍受了。确实,自己一个人在家的时候比较轻松,但时间太长还是不行。另外,她害怕万一丈夫在那边出点儿什么事,那自己可怎么办?虽然这样想有点儿打自己的小算盘的感觉,但不管怎么样,她总还是希望英世能够继续陪伴在她的身边。她不想让他到那么危险的地方去,希望和他在纽约或乡间别墅悠闲自在地生活。她觉得,以前他已经全力以赴地工作过了,到这个年纪差不多也该收手了。

总而言之,她就是不想让他到非洲去。

由于玛丽的反应比预料中要强烈,英世决定从此不再跟妻子谈论去非洲的事情了。他觉得还是不要再刺激她为好,但是他要去的决心没有动摇。

不管妻子怎么说,他都必须得去。现在这种状态继续持续下去的话,他的地位将面临危险,或者说,去非洲是从事黄热病研究的学者的宿命。

可是,不仅玛丽对此表示反对,就连周围的人也都表示反对。日本人俱乐部的会员们也都恳求他中止这次远征计划。因为他们都担心非洲太远,气候也不适宜,何况英世已经五十出头了。

作为日本人俱乐部的代表,会长出面劝阻他说:"你是日本的骄傲,可不能再去冒险。要是你出点儿什么事,就糟了。现在你已经不比过去年轻的时候了。"

但是,英世没有答应他们的请求。大家关心他,他非常感激。听他们说自己是"日本的骄傲"时,他也非常高兴。可是他认为,如果自己就这么待在这里坐以待毙的话，恐怕连这个"骄傲"也没了。他们不知道自己现在已处于无奈的苦涩境地。

九月十日，英世去见了洛克菲勒财团的奥康纳博士。他是洛克菲勒财团的负责人之一，无论是上次远赴巴西，还是此次去非洲，都是由他负责解决资金方面的问题的。

在确定了最后的行程安排之后，奥康纳博士再次问他："您真的要去吗？"

"当然。"

奥康纳博士一边在预算承诺书上签字，一边仍半信半疑。

"去那么热的地方，真的没问题吗？我看您的脸色不是太好，而且身体好像也不太舒服似的。"

"不必担心，这只是昨晚熬夜的缘故。"

"不过您的心脏好像也不太好，而且我还听说您有糖尿病，不是吗？"

"心脏的毛病现在已经控制住了。至于糖尿病，那是因为日本人吃米饭吃得太多，这属于体质方面的问题。俗话说，日本人吃米饭，'傻瓜也吃三大碗'，不过我可吃不下那么多。因为上次正好是在我吃过两碗米饭后做的尿检，所以尿糖才呈阳性。我到非洲去，不吃米饭了，说不定反而就好了。"英世尽量用开玩笑的口吻说道。

不过他确实有轻微的糖尿病，心脏也不太好。熬夜工作之后的早晨，他就会感到胸闷，喘不过气来，只爬几阶台阶，就必须张开嘴，用肩膀上下运动来帮助呼吸。但英世的心脏病准确说来只是心脏肥大，而出现轻度糖尿现象是因为他吃得太多。他身材虽然矮小，但特别能吃东西。总之，这些都算不上什么大毛病。

而对他的身体伤害最大的还是过于劳累。再怎么有体力、有精力的人，如果年过五十还不断地熬夜工作，甚至连续两三天都不怎么睡觉的话，肯定会感到气短胸闷，脸色自然也会变得很难看。

只不过英世不愿意承认这是"上了年纪的缘故"，他试图将这些都归结为"是疾病在作怪"。

英世的朋友们也都反对他去非洲。同在研究所工作的好友卡尔斯基博士虽然非常理解英世现在的处境，但他仍然劝英世还是不要去了。

"作为洛克菲勒研究所的主任研究员，你根本没必要亲自跑到那么远的非洲去搞研究嘛。"

在卡尔斯基的眼里，非洲也太过于遥远了。

"你是说让我就这么待在研究所里，拿那些不知是哪位医生一个月前从非洲采来的血清进行研究吗？如果我以前的工作真的出现了错误，那也是因为把采血样的工作交给了当地医生。你难道想让我在这里轻松自在地再继续犯同样的错误吗？"

"我说的不是这个意思，我只是担心你的身体吃不消。"

"对于你的关心，我深表谢意，但我必须得去。我想到那里去直接见见患者，然后用从他们的手腕上抽出来的鲜血进行研究。你也是学者，应该能够理解我的心情，对吧？"

听完他这一席话，卡尔斯基也就无话可说了。确实，现在野口作为学者，正处于背水一战的境地。

"我这么说可能有失礼貌，但你这个人做事总是那么不管不顾，根本就不具备照顾自己并控制生活节奏的能力。如果你到了非洲，还是那么鲁莽，那可就麻烦了。"

"这一点我自己心里非常明白。不过，我还是希望能尽早收拾掉黄热病这个家伙。我想到非洲痛痛快快地大干一场，彻底把这个问题解决掉，然后再神清气爽地回来。人生在这个世上，不就是为了能为这个世界做点儿有益的事吗？而现在最艰巨的任务就摆在我的面前。如果能完成这一使命，我死了也无所谓。"

话已至此，卡尔斯基只能祝福他了："我明白了。祝你好运！"

可是，几天后，他们接到了从非洲传来的噩耗，先行赶赴非洲的斯托克斯去世了。斯托克斯是洛克菲勒研究所一名很年轻的工作人员。半年前，他实际上是作为英世的代理去非洲的，原计划九月初回来，可后来行程推迟了半个月。而似乎就在这半个月里，他感染上了黄热病。

英世气得直敲桌子，他大声地喊叫着："他为什么不早点儿回来？"

"您还是取消这次的非洲之行吧！"

虽然研究所的工作人员以及朋友们都这样劝他，但他苦笑着回答："我都研究黄热病好多年了，我比任何人都了解这种疾病。恐怕我一去，黄热病都要敬而远之了。"

英世出发前的准备工作正在一步步进行，而且他已经决定十月二十二日启程。周围的人们都知道这件事，唯有玛丽还被蒙在鼓里。就连英世都害怕告诉她，可这种事情又不能一直隐瞒下去。

还有半个月就要出发了，这时，英世装作好像突然做出决定似的,对玛丽说:"我二十二日出发去非洲。"

"你到底还是……"

玛丽看着英世,什么都没再多说。她现在已经忘了跟他生气,只是心里在想:这个人怎么这么傻?

"我只是短时间去去就回来,工作很快就能结束。"

"……"

"当学者的妻子就应该这样。如果你不能笑着对我说声'去吧',那我怎么可能心情愉快地走呢?"

"……"

"你要坚强些,要不然我放心不下。"

英世反倒鼓励起玛丽来,但玛丽仍然沉默不语。即使他对玛丽说"学者的妻子就应该这样",那也只是日本人的观念,在玛丽这里根本讲不通。

出发的日期一天天逼近,朋友们请求他中止计划的呼声依然不绝于耳。

"趁现在提出中止计划的要求还来得及。还是别去了,我们有种不祥的预感。"

"难道你们以为我是去送死吗?"

"那倒不是,但还是担心。"

"当然了,说不定我真的会死,真的就再也回不来了。"

"怎么可能?千万别开这种不吉利的玩笑。"

那些反对他去非洲的朋友们慌忙阻止他继续说下去。

离出发只剩半个月了,英世忙得不可开交。

他有必须在出发前要整理好的论文，还要布置好他不在的时候，必须让助手们做的工作。因为至今为止，无论什么事情他都是亲力亲为，所以现在委托别人接手，可就成了一件难事。

英世彻夜不眠的日子又开始了。

利用工作间隙，英世让一位叫科年科夫的雕刻家为自己塑像。这是研究所里一位同事的建议，让他在去非洲之前一定要做个塑像。

"我这么忙，哪有那个兴致啊？再说去外国之前塑像，那不是预言我会死吗？"

虽然英世不太感兴趣，但同事仍然热心地劝他说："科年科夫很快就要回意大利了，他可是位优秀的雕刻艺术家。像您这样有成就的人，早晚都需要塑像。自己的画像以及塑像趁现在这个机会，先做好了放着也不错嘛。这种东西就应该趁自己还没老的时候做，做好了留下来就是了。"

听同事说得振振有词，英世也开始觉得可以做好了先放着。

"我没有太多时间，行吗？"

"只需要半天时间，就能画好草图了。"

"画上去的只有脸吧。"

"好像还是做胸部以上塑像的比较多。"

"那就行了。"

英世害怕人家把自己的矮个子以及受过伤的手都画进去。

"请让他把我的脸画得稍微棱角分明、表情严肃一些，因为我这个人的性格本来就有点儿倔强。"

出发前抽出一点儿时间，英世当了一回雕刻艺术家的模特。直到英世出发的时候，塑像好像还没有赶制出来，等到完成之后，就被摆放在了洛克菲勒研究所的图书馆的门口，这个雕像和洛克菲勒一世的雕像都被保留了下来。

终于到了二十一日，他在美国的最后一个夜晚降临了。

英世十九日、二十日连续两个晚上没睡觉，虽然现在连坐在那里都很勉强，可是他仍然在研究室里继续工作着。晚上十一点钟，他终于回到家里，一进家门，就又直接跑去书房整理各种文件、资料。到凌晨一点钟的时候，他让玛丽端来葡萄酒，然后对她说："我今天晚上要一直在这里继续工作。"

"不行。明天就要出发了，不睡一会儿怎么行？"

"是吗？"

英世难得地点点头，听从了她的意见，大概又过了三十分钟，就上床睡觉了。

因为时隔好几天终于睡了个比较像样的好觉，所以第二天一早，他的脸色看上去还不错。换好衣服，吃完在家里的最后一顿早餐后，他拿出收藏在抽屉深处的亡母的墓碑铭拓片，塞进了手提包里。

玛丽心中有种不祥的预感，问道："为什么要带那种东西去呢？"

"也没什么特别的含义。"英世微微一笑，把手搭在玛丽的肩上，说，"我要出发了。你要让我看看你开朗的笑容再走，好吗？"

预订好的出租车到了，英世伸直身子亲吻了一下玛丽，然后就走了出去,坐上车后,直奔纽约的码头。

本来应该已经全部准备就绪,没什么遗漏了,可是不知为什么,他远赴墨西哥、巴西等地时时刻不离身的护身符被他忘在研究所里了。那是他上次回日本时,母亲送给他的从家乡中田的观音那里求来的护身符。

2

英世乘坐"赛吉亚号"汽船,横渡大西洋,向英国西岸的利物浦驶去。

之前去欧洲、墨西哥、南美洲等,英世已经历过好几次长距离的海上航行,而每次他都会利用在船上的这段时间学习外语。在船上,各个国家的人都有,正是学习语言的最佳环境。以前在航海过程中,他掌握了德语、西班牙语、法语,而这一次他的目标是学会俄语。

英世曾经半开玩笑地说:"在船上绝对不会感到无聊。因为要练习会话,我甚至比在纽约的时候都忙。"

从纽约出发后的第二天,英世接到一份无线电报。发报人是洛克菲勒财团的董事长文森特博士,电文内容为:"祝旅途平安,工作顺利。"

过去,为了研究黄热病,英世不知从洛克菲勒研究所支取了多少研究经费,可是时至今日,这项研究还没有取得成功,英世一直觉得自己无颜面对文森特博士。正因为如此,能够接到文森特博士亲自发来的电报,他心里特别高兴。他感谢文森特博士的好意,这封电报再次激发起他努力工作的勇气和决心。

汽船终于到达了利物浦。英世先在这里下船,一上岸就赶紧往各地发电报。有给妻子玛丽的,有给研究所的工作人员的,有给日本的朋友们的,还有一份是发给德国的卡尔·哈根贝克的,那是一份请他们尽可能往非洲运送大量猴子的订单。

在这里休整了一个星期后,他终于要出发去非洲了。这一次,他乘坐的是英国的"阿帕姆号"轮船。

从利物浦出发前,英世还没有决定在西非的什么地方进行研究。

发生黄热病的区域位于从黄金海岸到尼日利亚这一带。在尼日利亚的拉各斯已经建成了洛克菲勒研究所,一部分工作人员已经先行到了那里。如果英世想在这里工作的话,完全不成问题。可英世还是那个老脾气,他不太愿意和这些人一起工作。在这些人当中,还有对英世的研究持有怀疑态度的。与其跟他们合作,还不如自己一个人干得痛快。至今为止,所谓共同研究的项目没有一项能顺利进行。

正当他犹豫不决时,他接到消息说在阿克拉发现了黄热病,于是,英世决定以此为由避开拉各斯,前往阿克拉。

从利物浦启程的这艘船途经里斯本、卡萨布兰卡,沿着非洲西岸南下。当船通过加那利群岛之后,天气逐渐热了起来,乘客们纷纷脱去冬装,换上夏装。

途中,他在船上接到了好几份电报。首先,从哈根贝克那里发来的电报中说："接到订单，马上送猴子过去。"从阿克拉发来的电报中表示，他们那里欢迎野口医生的到来，并报告了他们将提供克雷布医院的一部分房间作为研究室，动物室收容猴子的能力为五十只等情况。

但是在航行到第九天的时候，他又接到消息说最近西非没有发生新的黄热病感染。英世一下子变得烦躁起来。如果没有新患者出现的话，那么他不辞辛苦大老远跑到非洲来就失去意义了。

偌大的西非，如果仔细寻找的话，总能找到一两例病患吧。即使万一真的找不到，自己也可以去拉各斯的研究所，在那里，他们肯定保存有患者的血清。英世在说服自己后，给住在达喀尔的医务总监发电报，请他一旦发现了黄热病的患者，就马上将患者的血清送过来。

英世做着这些准备工作的时候，船就已经到达塞康第了。在拉各斯的洛克菲勒财团代表处工作的两名医生赶来迎接他，然后他们将直接跟着英世一起去阿克拉。听他们说除了他们二人之外，财团还将派马哈菲博士到阿克拉去，英世非常高兴。因为他在纽约的时候就认识马哈菲博士了，而且脾性相投，可以放心地把工作交给他。

十一月十八日，船终于到达阿克拉。自从十月二十二日从纽约出发到现在，仅在路上就花了将近一个月的时间。

当时阿克拉属于黄金海岸的中心城市，人口众多，有人说是七万，也有人说是八万。

虽然这里和拉各斯一样，都属于非洲西海岸的主要城市，但是这里的码头没有一处地方可以停靠大型汽船。因此，船只能停泊在海湾里。他们将乘客转移到舢板上，到岸边的时候，再坐木板登岸。

和其他殖民地一样，这里到处都是黑人。在港口附近的平民居住区里，只是密集分布着简单地用土和石头围起来的住宅。黑人们几乎都打着赤脚，女人们则把箩筐顶在头上，用一只手抱着孩子，而她们手里的孩子那么瘦小，肚子鼓鼓的，呈现出营养失调这一明显特征。男人们的脸上刻着各自出身的部落的刀疤，无所事事地呆坐在路边。

在这里，人口最集中的地方就是打水处。一个区域只有一个可供打水的场所，人们在这里洗脸、洗餐具、洗衣物。街上有的地方还能看到小鸟或者小狗的尸体，尸体旁边围满了成群的苍蝇和抱成团的蛆。因为缺水，人们只有等到下雨的时候，才一起跑出来冲洗身体。住在城里的黑人至少身上还穿着裤子和衬衫，可是再到郊外去看看，那里的土著人都住在用棕榈叶搭起来的房子里，只是用一块布包住下半身而已。

在墨西哥、巴西以及秘鲁等地，也居住着土著人，但相比之下，这里的人们的生活水平更加落后。在市中心，虽然也有少数白人居住，但他们居住的地方和黑人居住的地方有明显的区域划分。

为英世准备的住宅稍微偏离市中心。像周围其他白人的住宅一样，为了防潮以及防范毒蛇，这里的房子的地基高出地面很多，周围环绕着白色的晒台。房子不大，只有三个房间。因为要和马哈菲夫妇同住一处，所以英世决定借用其中另外设有出入口的那个房间。

从这里到研究所步行不到十分钟。研究所以及旁边的黑人专用医院都是由英国政府出资建造的。而现在研究所的所长扬格博士为了给英世他们提供方便,特意腾出了一多半空间。英世把最里边的一间五坪左右的房间当作自己专用的研究室,把外面的一间十坪的房间辟为助手们的工作间,而动物室就设在研究室的对面。

登陆后的第二天,英世首先抓紧时间召集当地的医生们开了会。

他在会上说:"我从纽约来这里,就是为了研究黄热病。我在墨西哥、厄瓜多尔、巴西、秘鲁转了一圈,最后准备在这里彻底解决这个问题。为此特别希望在座的各位能够鼎力协助。我会尽我最大的努力工作。我想只要竭尽全力,结果不言自明。"

登陆后,马上召集当地的医生开会,向他们表示决心,这是英世的惯用手法,但是这一次他演讲的调子有一点点不同。从他"只要竭尽全力,结果不言自明"这句话中,我们可以感觉到英世对此次研究工作的顾虑。

研究所的所长扬格博士是英国人,他对英世相当友善。虽然他比英世年轻十岁左右,但他早就听说过英世的大名。

"如果有什么事情需要帮忙,请您不必客气。如果是我能做到的,我都愿意尽全力去做。而且我们这里还有几位黑人助手。"

"谢谢。现在这些工作我一个人还对付得过来,暂时不需要你帮忙。不过,如果方便的话,我想要两个人替我打扫卫生和照顾动物。"

英世想一个人单独工作,这一点扬格马上就明白了。他在最初见面时的日记中写道:"野口医生看上去有些疲惫,心情好像也不太好。"

的确如此。从深秋季节的纽约,一下子来到靠近赤道的非洲,英世的身体状况并不怎么好。他不仅晚上睡不好觉,而且还出虚汗。这里的气温为三十摄氏度左右,和纽约的盛夏时节差不多。好在这里靠海,有海风吹过来,因此还不至于令人感到特别不舒服。

最令英世焦躁不安的,是这里的黄热病患者并不像当初想象的那么多,经过仔细询问后,他得知阿克拉的黄热病到今年夏天已经过了高峰期,特别是进入十一月份以后,还没有发现新感染的病人。再加上在利物浦预订好的动物推迟了到达时间,结果就是他不远万里特意赶到这里之后,却不能马上投入工作,这种状态更加令英世心烦气躁。

虽然他心里很不痛快,可有时还在强颜欢笑,甚至故意出洋相给黑人们看。

扬格问他:"有没有感觉不方便的地方?"

"没有。"他马上回答,但紧接着又就着兴头许愿说,"等下次新的动物一到,我就要开始工作了,到时候还希望你能帮我。我信任你。"

可是还没过几天,他又突然不高兴起来,抓住扬格的话不放,情绪激动地纠缠起来:"你只对美国的学者感兴趣,而对我并不信任,是不是?"

前几天,英世对扬格讲他自己对黄热病病原体的看法,一直讲到很晚,而当时扬格博士对英世的结论没有马上表示赞同。他说这话可能就是这个原因。

扬格马上辩解说:"野口先生,我当时只是听您讲您的看法,因为您问我对这个问题怎么看,我才直截了当地谈了我自己的看法而已。我并不认为我自己的想法绝对正确,当然,也不是因为反感您才那样说的。我崇拜您,如果能帮上您的忙,我愿意做一切力所能及的事情。"

"我冤枉你了。你的好意我非常明白。"英世握住扬格的手,突然哭了起来。

英世原本情绪波动就比较大,来到非洲以后,这种倾向更加明显了。上了年纪后容易疲劳,再加上工作不顺利,以及来到这遥远的国度,心里的焦躁与不安,都使他的情绪变得更加不稳定。他自己也明白这样下去不行,必须努力去改正,但有时,他似乎对自己的情绪变化也感到很无奈。

虽然没有新的黄热病患者出现,但也不能因此就这样无限期地等下去。实在没办法,英世只好从拉各斯的研究所调用患者的血清,开始进行工作。当初是自己拒绝和拉各斯那帮学者一起工作的,他实在不愿意从他们那里要血清,不过事到如今,也没有其他办法了。

拿到从拉各斯送来的血清,刚开始工作,英世突然提出要搬到稍大一点儿的房子里去住。

虽然他现在住的房子也没什么特别不便之处,但是以他在洛克菲勒研究所里的地位作为衡量标准去看的话,现在这栋房子就显得太寒酸了。他之所以有这种感觉,是因为他偶然到白人医生的家里去看当地人杀死的毒蛇时,发现他们的住宅是那么宽敞、奢华。而自己住的房子比名不见经传的白人医生的住宅小,这可不太合适。

再加上现在的房子是和马哈菲博士夫妇同住,虽然出入时不走一个门,但毕竟还是需要相互多加注意的。因此,他要求住更大的房子也是理所当然的。

英世虽然原本不太在意住房,但是对地位以及外在形象极端重视。

"作为世界第一的学者,我住在这样的房子里不合适。"

这是暴发户们常有的炫耀行为,而他从一个贫民的儿子奋斗到今天,对此耿耿于怀也是情有可原的。而且英世常常会用提要求为手段,来测定自己在白人社会中所处的地位。他要通过自己提出的要求在多大程度上能够得到满足,来测试别人对自己的评价。这是努力想要在白人社会里出人头地的他对外界看法的一种判断方法,同时也是他继续工作的原动力。

扬格很快就找到了英世想要的房子。这里比现在住的地方离研究所稍微远点儿,同样是地面很高且全被涂成白色的平房,共有五个房间。英世马上就搬了过去,并跟英国警察交涉,让他们帮忙围上了铁丝网。另外,他还雇了英国王子来访时为其服务过的厨师,外加两个仆人以及司机,这样他就可以显示出具有世界最高水平的学者的地位。而事实也的确如此,自从他搬进这里后,周围的白人看待英世的眼光明显发生了变化。

当地的黑人们很不解地问英世:"先生,您是黑人吗?"

"不,不是黑人。"

"那就是白人?"

"也不是白人。"

"那到底是什么人？"

"是日本人。"

可他这样说也没有人能听懂，于是英世就在中午、晚上吃过饭之后，利用休息时间，召集仆人和研究所里的助手们，给他们讲一些有关日本的事情。他告诉他们在东洋有一个美丽富饶的国家，那里的人们虽个子不太高，但头脑非常聪明，而且讲礼貌。不仅过去的武士非常勇猛善战，而且现在的军队也很强。因为大家谁都没去过日本，所以他的话也就多少有点儿夸张。但是听他这么一说，那些黑人都对这个遥不可及的叫作"Japan"的日本充满了敬仰。

"你们以后也必须迅速、准确地工作才行。日本人都很麻利，而且准确性很高。他们不论早晨还是夜晚，都在学习或者工作。"

黑人们因为每天看着英世干活儿，所以很容易理解他说的话，但并没有因此而改变自己做事慢吞吞的旧习。

看到黑人慢条斯理地做事，英世非常生气，他在信中向玛丽诉苦说："简直拿这个国家的土著人没办法，好像他们以为只要有太阳和椰子，就可以活下去似的。"

就连那个为王子服务过的厨师也笨得不行，经常弄错调料，虽然告诉他怎么做了，可是他马上又会忘。

"看来还是和马哈菲夫妇住在一起、吃在一起最好。"到这时，英世才感受到和马哈菲夫妇住在一起是多么舒适。

进入十二月份，这里的气温依然保持在三十摄氏度左右。这里属于热带，根本没有四季变化，只有雨季和旱季之分。十二月份是旱季，北方撒哈拉沙漠卷起的沙尘随风而来，当地人称这种天气为

"塔马风"。"塔马风"一来,整个天空总像蒙着薄薄的云雾,海水的颜色也不好看了。虽然全年当中这个季节花最少,但依然有些鲜艳的火焰树以及九重葛点缀在周围。虽然偶尔有当地人顶着箩筐来卖甜橙或者菠萝,但他们只是默不作声地在街上走过,或者躲到树荫底下等着人来买。

十二月初,英世去在达喀尔采集血清的白人技师那里,正想跟他说明采血的方法时,那个技师对他说:"这种事情用不着你来教我,这么简单的事情我早就知道。"

"你可能确实知道,但是我有我的做法。我希望你能按照我的做法去做。"

"我以前已经做过好几次了,每次都很顺利。这次我准备带六只猴子去进行接种,你就放心好了。"

这段时间,英世变得异乎寻常地神经质。工作上的焦躁不安使他的这一特点更加突出。哪怕对方的做法稍稍有些违背自己的意愿或者言行稍微有些失礼,他就要坚决予以回击。

"年轻小辈别说那么多废话。你只要按照我要求的做法,到达喀尔采血样就行了。"

"我确实是年轻小辈,可能不像你那么有名,但是你做的有关螺旋体的研究,最终还是要失败的。"

他虽说是白人,但也只不过是个技师而已。这种人在这里不知深浅地胡说八道,令英世忍无可忍,而更令他感到不愉快的是,竟然会有人把"野口的研究可能要失败"这样的事情告诉这种人。

这个白人敢当着英世的面说出这种无礼的话,毫无疑问,是从拉各斯研究所那里得到了什么消息。在西非，能够预测到英世关于螺旋体的研究将会陷入僵局的只有他们。

英世感到除了黄热病，还有另外一些充满敌意的目光正在注视着自己，而且这些敌人还是洛克菲勒研究所出身的同仁们。

英世再次感到自己势单力薄。在这么广阔的非洲大陆上，只有自己一个人是日本人，剩下的都是白人或者黑人，他现在连个倾诉苦衷的对象都没有。

到了晚上，虽然依旧很热，但会有阵阵海风吹过。远望天空，可以看见南十字座低低地挂在空中。英世回到家以后，给弗莱克斯纳以及玛丽写了信，然后又发出电文。

"工作很顺利，很快会进入正式研究阶段。""此地好像有人非常嫉妒我的工作取得进展，不过我不会输给那帮家伙的。""此次远征，我将完成这项研究工作，以后恐怕再也不会离开纽约了。"

越是感到寂寞的时候，英世信中的内容反而越是充满了斗志。

英世顽强刻苦的学习过程又开始了。要想击败拉各斯那帮家伙，唯有竭尽全力工作。"我很快就会找到病原体，让他们好好看看。"面对英世疯狂的工作态度，不仅扬格，就连那些黑人都感到震惊。

"野口医生到底什么时候起床？什么时候睡觉？"和在美国时一样的疑问再次不断地出现在这里。

当时在英世手下干活儿的黑人助手威廉先生，现在仍住在阿克拉。据说他当时只有二十五六岁，现在该有七十多岁了吧。他回忆起野口英世的时候，评价只有两个字——"伟人"。

他个子高高的,迈着稳健缓慢的步伐,带我们看了当时英世曾经使用过的研究室以及动物室。

他说:"野口医生真的在努力学习,努力工作。我这一辈子只见过一个像他那么勤奋工作的人,其他那些白人医生当然无法和他相提并论。"

研究室在现在的加纳大学医学部的一栋楼里,楼门口的墙上挂着一块铜匾,上面刻着这样一段说明文字:"野口英世博士是日本伟大的细菌学家,洛克菲勒研究所的主任研究员。野口英世博士曾在这里从事黄热病研究,为了人类的幸福,贡献了一切。"

这栋石头结构的楼历经五十多年的风风雨雨,依然岿然不动。

有个房间曾被英世用作自己的专用实验室,而现在这里则变成了医院的临床诊疗室,里面摆放着各种各样的医疗器具以及打字机等。左右两侧有窗户,天棚上吊着一个风扇,风扇的叶片像直升机的机翼一样,正在不停地转动着。这些都和英世当初在这里时完全一样,似乎连窗户上的纱窗都和当时差不多。

"每天傍晚,我们收拾好这里做实验用过的东西之后,就回家了。可是,当第二天早晨过来之后,这里已经堆满了用过的试管,以及培养细菌用的器皿,数量甚至比前一天傍晚的时候还要多。野口先生在我们回家以后,又回到这里继续工作。我们不知道他一直工作到几点才走。我们偶尔来得早些时,就能看到野口先生正趴在房间角落里的一张桌子上睡觉。"

由此,我们可以想象得出已年过五十的英世是如何在这个热带国家努力工作的。

威廉先生接着说："白人医生都趾高气扬地摆架子，经常训斥我们，但是野口先生很宽容，几乎不怎么批评我们。只有在我们干活儿太慢的时候，偶尔会发几句牢骚。我们为了满足他的要求，总是在拼命努力地工作，而他也会经常给我们一些小费，对我们的工作表示奖励。我从没见过像他那样给那么多小费的医生。"

英世的衣服的口袋里总是装着英国的硬币，他把它作为小费，送给那些黑人，有时，甚至还会不假思索地递给他们一英镑的纸币。他工作起来比谁都卖命，给的小费比谁都多，在下面干活儿的人当然都愿意跟着他了。

英世本来对当地人以及在自己手下工作的人就比较和善。他不怎么摆架子，也不怎么训斥人。他比较排斥并与之斗争的都是白人。当然，虽然这里面既有他对当地人不抱什么希望这一因素，但同时，也有他自己出身于社会底层而会对他们产生同情这一因素。虽然在英世的意识形态中，始终抹不掉"战胜强者，帮助弱者"的观念，但是这和他多给他们小费并不绝对是出于同一个理由。

以威廉先生为首的在下面工作的那些本地人，他们都不是研究所的正式员工。作为研究所的领导，英世每次下令让他们干活儿时，完全没必要给小费。实际上，美国人以及英国人的医生们几乎没因为工作关系给过小费。

西欧人一般不给不必要的小费，就算给，也是压到最低限度。特别是对那些黑人以及本地人，他们几乎不给小费。不仅如此，他们的态度还非常高傲，好像觉得这些人尽力而为是应该的。相比之下，日本人给小费就给得太多了。尤其是英世，他给他们的小费有时多得离谱。当然，这里面有他一向花钱大手大脚这一因素，但他这样做难道只是出于这个吗？会不会还有因为他是身材矮小的东洋人，不想被别人瞧不起，不想输给白人这种意识在作怪呢？从深层次分析的话，他这样也可以说是源于他作为暴发户的自卑。

但即使是那样，他的这种做法也给威廉先生留下了极为亲切、温暖的印象。不仅是威廉，加纳所有医疗卫生方面的相关人员以及知识分子也都对他有此印象。

同一天，我们还访问了英世去世时所住的那所国立医院，医院副院长甚至中断了外来患者的诊疗工作，特意陪我们参观医院。走进每个病房，他都会向那里的护士以及患者介绍道："这些人是从日本远道而来，调查采访野口医生的情况的。"当年长一点儿的护士以及其他工作人员听到"野口"的名字时，她们都会面带微笑，过来和我们握手。如果看到年轻护士中有不知道野口的，副院长就会开玩笑地说："这可不行，你如果不知道野口是谁的话，可就没有资格在这里当护士了。"

暂且不论英世在学术方面的业绩如何，我们可以看到，在他死后的五十多年里，在西非这块土地上，"野口"这个光辉灿烂的名字仍然被传颂着。

3

虽已进入十二月份，但非洲的天气没有任何变化，每天接近三十摄氏度的酷暑依然如旧，只是早晚感觉稍微凉快了一点儿。侧耳倾听,只有单调的海浪声不断传来,就好像这块已经沉睡了几个世纪的非洲大陆一样,没有任何变化。

可能是由于英世生于日本东北地区的会津,他还不太适应这里的炎热天气,特别是生病以后,更是缺少耐性。在纽约的时候,几乎整个夏天,他都在乡间的别墅里度过,而在非洲,却没有可以躲避酷暑的场所。听说在北部的高原地区,有的地方可能会稍微凉快一点儿,但那里比阿克拉还要落后,他根本没心思去。

较之酷暑,更让英世头疼的是这里的人干活儿效率太低。

到这里已经差不多快一个月了,他仍然无法展开正式的实验研究工作。实验过程中所必需的器具已经用船运过来了,但是从卸船再到运至研究所,就要花相当长的一段时间,而且有时候东西还会中途丢失。等到器具全部到位,准备开始进行实验了,才发现还没有电源,或者插座接触不良。虽然他指示他们马上进行维修,可是久久不见修理工出现。费了半天口舌,好不容易让他们修理好了,可紧接着又发现功率不对。

看着那些黑人慢条斯理的工作态度,急性子的英世更加火冒三丈。

"在这里,比什么都令我感到痛苦的就是漫长的等待。"在信中,英世将自己无处发泄的愤怒向玛丽、洛克菲勒研究所里自己的秘书小姐倾诉着。

获取黄热病患者的血清,是研究工作的重中之重,而英世不得不从拉各斯的研究所获取血清,这最令他感到不快。自己好不容易才赶到非洲,他特别希望能够亲自为患者进行诊断,再从患者身上直接抽取血样,并从中找出病原体。从拉各斯获取的血清既不知是什么时候抽取的,也不知对方到底是不是黄热病患者,一旦产生怀疑就根本无法收拾。而事实上,他把拉各斯送来的血清试着注射到十只猴子身上进行观察,结果什么反应都没有。

这些血清不知道是因为保存过程中出了问题,还是运送过程中出了问题,总之,将其注入实验用的猴子的体内后,并没有使猴子染上黄热病。这样一来,英世根本就无法进行正常的实验研究。

正当英世焦急万分的时候,他接到消息说东部法属领地多哥爆发了黄热病。多哥虽然距离阿克拉不算太远,但是路况极差,好像中间有些路段汽车还无法通行。如果用马车的话,单程就需要花一天时间。英世马上派人过去采集患者的血清。

紧接着,他又接到消息说塞内加尔的达喀尔也爆发了黄热病。那里和多哥一样也是法属领地。英世马上和法国总监联系,得到同意后也派人去了一趟。

这样一来,总算可以用这些地方采集的血清进行实验了。

感染上黄热病的猴子会突然变得没有精神,眼睛充血,吐出黑色的呕吐物,直至死亡。有的猴子发烧,有的不发烧,吐出来的黑色呕吐物是胃以及肠壁血管破裂后流出的血液凝结而成的血块。猴子刚开始发病时,要马上进行采血,然后再植入到其他猴子身上去。一旦猴子死亡,马上就对其进行解剖,仔细检查肝脏、肾脏以及各种脏器的变化情况,最后做成标本。一只猴子的尸体就能做上百张病理标本,然后还要对每一张标本进行检查,看看有没有特殊变化以及疑似病原体的异常物质。接着,还要为已经注射过新鲜血液的猴子建立病历,每天记录体温以及体重等变化情况。即使注射了同样的血液,情况也会有所不同,有的会被感染,有的不会被感染,而且被感染后的猴子发病也会有快慢之分。这有可能是因为猴子的体质强弱不同,但也有可能是因为感受性方面存在个体差异。

在这种实验中,最理想的结果是注射血液后,这些猴子都以同一种形式发病,并且出现相同的症状。如果相差太多的话,那就远不是个体差异的问题了,那就说明在病原体中可能存在着性质上多少有些差别的东西。换句话说就是,虽然同是黄热病,但有的可能主要会导致出血,有的可能主要侵害肝脏,有的可能首先破坏肾脏,等等,会出现多种不同类型的症状。根据猴子出现的病情症状的差异,进一步对病原体进行分类,然后再把不同类别的血液继续注入不同的猴子身上。接下来,就是对它们分别进行解剖,制作标本,用显微镜进行观察研究。

随着实验规模越来越大,所需猴子的数量也就越来越多。

英世刚到阿克拉不久,就从德国送来了三十只猴子。可不知是不是由于乘船长途跋涉,其中有五只很快就死了。不知道出于什么原因,像南洋红猴这种动物,非洲的山区就有很多,可是要先把它们送到欧洲,然后再从欧洲作为实验用动物送回来。也可能是因为动物商是德国人或者英国人吧。可是这样一来,不仅订货到货周期长,而且价格也高出很多。十一月底,他这里有三十只猴子,一只黑猩猩,还有一匹专供采血用的马,可是一开始进行实验,马上就不够用了。

英世通过拉各斯的研究所,向哈根贝克以及罗马的动物商订了一百只猴子。他们很快就回信说马上送过来，可是怎么也等不到货。英世心急火燎地继续等待，终于先送来四十只，接着又送来二十只，可后面再也等不到了。

拍电报询问，才知是因为暂时缺货。货送到一半又说没货了，这可是违反合同的行为。英世马上发电报过去表示抗议，而他们却说早已经按照合同送出了猴子。这可太奇怪了。英世一调查才知道，这些动物和拉各斯研究所预订的动物是一起发货的，结果阿克拉这边要的猴子，中间被拉各斯那边截留了。而且，在和拉各斯一起下订单的情况下，阿克拉这边的订货数量也被他们削减了。

英世跟马哈菲博士发牢骚说："拉各斯那帮家伙是在故意干扰我的工作，他们害怕我后来居上超过他们。"

一生起气来，英世马上就给弗莱克斯纳以及在纽约的朋友发电报。当然，因为在电文里他不能抱怨得那么露骨，所以就变成了"无论血液还是猴子，靠拉各斯那边根本解决不了问题"这样的表达方式。

洛克菲勒研究所的别克博士以及哈德森等工作人员，他们都在拉各斯那边工作。在非洲，他们不仅比英世资格老，而且非常了解非洲的黄热病。如果英世也前来研究黄热病的话，自然应该先去他们那里打招呼才对，可英世一直待在阿克拉，拒绝到他们那里去。不仅如此，他在英国设立的研究所里工作，却一会儿说没血清了，一会儿说没猴子了，要求把拉各斯那里的东西分给他。

如果按照在洛克菲勒研究所的地位来看的话，英世确实比他们高，而且深得弗莱克斯纳所长的信任，可以说是洛克菲勒研究所内的实力派、明星级人物。但这里是非洲，就算对方是英世，别克他们也相信自己在研究非洲的黄热病方面不会输给他。英世在研究南美的黄热病上犯了错误，现在又要到非洲来犯同样的错误。而且在他们的内心深处，还潜藏着对这个矮个子日本人的蔑视心理。对于狂妄而任性的英世的所作所为，他们当然也不好明着说什么，只是想在购买动物时给他捣捣乱，这也是人之常情。

英世决定不再通过拉各斯，而是由自己出面，直接和动物商打交道。他舍弃与拉各斯关系密切的哈根贝克，只向罗马方面下订单，这样才终于可以顺利地得到动物。

阿克拉的动物室建在研究室的对面，中间隔着一个窄窄的花园。从研究室的窗户望过去，就能看见动物室内部的情况，但是这里只能容纳五十只猴子。

英世想马上扩建动物室，可由于这里是英国设立的研究所，他也不好意思提太多要求。英世非常客气地去找扬格所长商量，扬格所长马上答应了他的要求。在这些方面，扬格非常配合英世的工作。

这个后建的动物室和研究所一直保留至今。现在这栋木结构平房的绿色油漆已经剥落，变成了放杂物的仓库，但仍然保持着当时的规模。这是一栋七八十米长的细长建筑物。鼎盛时期，在这里关着大约四百只猴子，数十只狒狒以及黑猩猩等。而照顾这些动物的本地人就多达四十人，动物们一天需要三吨饲料。

英世利用工作间歇，跑过来看了好几次，他得意地说："这可是世界上最大的动物室了。"

就这样，在到达这里一个多月后的十二月中旬，他终于能够进行真正的实验了。

又过了不到十天，就到圣诞节了。圣诞夜，英世和扬格所长、马哈菲博士，还有其他两名白人医师，一起吃了圣诞夜晚餐。

英世非常高兴，请他们喝了香槟酒，又给在美国的好几个朋友拍了贺电。在酒席上，他依然毫不掩饰地评论着这里的工作多么难开展以及气候多么糟糕等，直到将近十点的时候，他才回到自己的房间。

第二天是星期六，英世没有出现在研究室。以前英世连星期天都在工作，从来没有休息过。即使在规定的休息日里，他肯定也会到研究室去转一转。这是他来到非洲后第一次休息。

这天，工作人员也都休息，到研究所来的只有负责照顾动物的威廉。他看到英世的研究室里连个人影都没有，心里不禁在想：就连那么玩儿命工作的野口医生，在圣诞节这一天到底也还是休息了。

第三天是星期天，英世依然没有出现。如果是别的工作人员那倒没什么，可是野口医生接连休息两天，就有点儿不太正常了。傍晚，研究所的两名研究员到他家里一看，发现英世还躺在床上呢。

"您怎么了？"

英世回答说他只是有点儿吃坏肚子了。

"那可不行，还是赶紧住院吧。"

向来讨厌去医院看病的英世，这一次很少有地听从了他们的建议，住进了专为白人服务的医院。

刚开始时，他几乎没怎么发烧，只是轻微有点儿呕吐。他想可能只是单纯的肠胃病，不过也不能排除黄热病的嫌疑。英世虽然自己也很担心，但是在主治医生面前，他很有自信地说："没问题。因为我从纽约出发的时候注射过疫苗，所以不会感染上黄热病。"

这种疫苗是英世用黄热病患者的血清研制出来的，在墨西哥以及厄瓜多尔等地曾有效果。如果现在非洲的黄热病也和南美的黄热病相同的话，那么也应该是有效的。即使两者不同，只要属于同一系列的疾病，也可以期待它产生一定的效果。

但是说实话，英世一边说着这话，一边心存不安。如果这完全是两种不同的疾病的话，这种疫苗根本没用。在感到死亡的恐惧的同时，这也将证明自己过去所进行的有关黄热病方面的研究在非洲完全无意义。

"如此辛辛苦苦地跑到非洲来，竟然感染上黄热病的话，那我可就实在太傻了。"

英世不断跟专门负责看护他的护士发着牢骚。

从纽约特意花上一个多月的时间来到非洲，结果还没等工作见成效，自己却先病倒了，这种愤愤不平以及不甘心使英世的心情糟透了。他一整天都不说一句话，只是一动不动地蜷缩在床上，护士给他端来的饭菜，他连看都不看。

护士说："您一点儿都不吃可不行。"

"被别人强迫着吃东西，也没什么意义。"他回答说。

"不管是不是强迫，反正进到肚子里都能变成营养。"

"那你能喂我吃吗？"

"当然。如果博士您希望我喂的话，我就喂您。"

护士把面包撕成小块，一口一口地喂到英世的嘴里。她按照大小，给一块块大小不同的面包各自安上将军、大佐、队长等不同职位，然后逗着英世一块块把它们吃掉。

"已经把大佐消火掉了，下面只剩下将军了。"

"好吧，什么将军不将军的，全都不在话下，一会儿我就把它们都干掉了。"英世心情有所好转，他兴奋地嚷嚷着。

因为英世本来就有些孩子气，所以一旦别人采取像母亲一样骂他、哄他的办法对付他，他就无力反抗了。从根本上讲，在他的内心深处，潜藏着很深的恋母情结。

但是这一招并不是什么时候都管用，有时你叫他半天他都不理你。如果你批评他："如果你醒着的话，就必须回答我。"

他就会突然想要爬起来，嘴上还说着："像我现在这样半死不活的，就是死也不会瞑目的。我必须回去工作，不能老像现在这样躺在床上休息。"

"你现在爬起来就等于自杀。如果你认为自己的工作很重要的话，首先就必须保重身体。"

"你一定觉得我很没出息吧？"听护士刚才那么一说，他更不高兴了，纠缠地说道，接着他又嚷道，"我可是野口医生，是世界级的野口，我可没工夫在这里和你闲聊。"

可是还没过几分钟，他又突然像变了个人似的，对自己刚才说过的话感到后悔，用微弱的声音问护士："我是不是说了什么失礼的话？"

"我并没往心里去。"护士若无其事地安慰他。

可他还是不断地道歉说："因为我这个人出身于贫困的农民家庭，所以家教不太好，一不注意就会不管不顾地说出伤害别人的话。我生来就比较耿直、比较任性，所以经常会在无意中伤害到别人。"接着他就开始没完没了地讲他小时候的一些事情。

护士们认为，英世之所以情绪不稳定，一是因为他对自己的病心感不安，二是因工作不顺而备感压力。虽然他一会儿闹别扭，一会儿又特别听话、安静，是个不太好相处的患者，但从本质上看，他不是坏人。

发病的第五天，他虽然还是没有食欲，但如果好好哄哄他的话，已经可以吃完整餐饭了。

"全靠你照顾，我今天吃了这么多东西。"他笑着说道，可是过一会儿，他又说，"我可能快要死了。"

"像博士您这样什么都不怕的人，是不会那么轻易死的。"

"但这里可是非洲啊。"

"不管是在非洲，还是在其他什么地方，能活下来的人就是能活下来。博士您现在得的病并不像您想象得那么严重。"

护士的话还真是说对了。住院五天之后，医生们开始觉得英世得的病好像不是黄热病。

虽然英世确实有感染黄热病的可能性，但是他身上并没有出现应该随之而来的出血症状，而且临床检查也没有发现黄热病特有的病变现象。对他发病前的一些情况进行了解后，他们发现可能是他晚上在研究室里吃了已经打开好几天了的螃蟹罐头造成的，而且这瓶罐头和实验中死去的猴子是放在同一个冰箱里的。一向做事严谨的英世,有时也会犯这种粗心大意的错误。

那么,他的病是不是只是因为吃了变质的罐头而引发的痢疾呢?

可是,英世对这种推测感到极其不满。他认为自己这次得的肯定是黄热病。之所以没有出现典型症状,那是因为他注射的疫苗起了作用。

英世来非洲之前,在这里去世的斯托克斯刚开始发病时,也出现过和英世现在相似的临床症状。而他之所以在后来开始吐出黑色血块,不治而亡,就是因为他没有注射疫苗。如果他事先也注射过疫苗的话,应该也能够被救过来。

经过一个星期的住院治疗,英世已经完全恢复了。虽然还未得到出院许可,但他已偷偷地从医院跑出来,跑到马哈菲博士家里蹭好吃的去了。

"真的已经好了,没事了吗?"马哈菲夫人有些担心地问他。

"我注射过疫苗,不可能死的。"英世很自信地回答说,然后他又接着说,"看起来野口医生还不是傻瓜。"说着自顾自地笑了起来。

这段时间,英世经常开玩笑似的用第三人称称呼自己。他原本想用这种方法客观地看待自己,可实际上,他仍然没有改掉主观臆断的毛病。

住院后的第十天,英世出院了。

至于他这次得的到底是不是黄热病,整个医师团都没搞清楚。因为没有发现黄热病的病原体,所以也不能断定就是黄热病。如果真的是黄热病的话,那么把英世自己的血清注射给猴子,猴子就应该出现与黄热病相同的症状。他原来一直抱怨没有新鲜的患者血清可以用来做实验,而现在他所需要的新鲜血清就在自己身上。

实际上,英世曾经让护士从自己身上抽取血液,试着给猴子注射过,可猴子并未出现任何异常反应。照此情况推测,英世得的也许真的不是黄热病。

他的病虽然被治好了,但是有关黄热病的疑点反而更多了。

出院的当天,英世直接回到研究室开始工作。

"您用自己的身体用得太厉害了,您能不能试着稍微放缓点儿工作节奏? 玩一玩,调节调节,这样不仅可以把工作做得更好,而且对您的身体也有好处。"

听完扬格的忠告,英世先点了点头表示赞同,然后说道:"确实,你说的也许是对的,可非常遗憾的是,因为我家里很穷,所以从小就不习惯轻轻松松地娱乐和休闲,要说享受闲暇时间,可能也就是下下象棋了。"

"那我可以陪您下棋。"

扬格下象棋的水平相当高,英世刚上来就连输了三盘。但是他一点儿都不气馁,继续努力,终于扳回了一局。后来的成绩胜负参半。两人下了快三个小时了,英世还不肯放弃。像过去一样,他还要继续下到自己获胜为止。

"再来一局。""再来一局。"结果一共下了十一局,他最终比扬格多胜了一局,这才罢休。

"好久没下棋了,真过瘾。"

扬格以为他要回房间休息了，可他又要到研究室里去工作。

"这哪里是玩啊，这样不是反而让身体更加疲劳了吗？"

"下棋的时候和工作的时候用的大脑的部位不一样，下了这么长时间的棋，已经让工作用的大脑的部位很好地得到休息了。"英世回答说。

总在房间里待着对身体不利，扬格劝他应该偶尔到户外活动活动。于是，他邀请英世一起去打网球、打高尔夫，可是英世对此完全不感兴趣。扬格看出他是个不肯服输的人，心想可能因为英世个子小，害怕从事这些运动会输。如果去海边游泳，不分输赢，总可以了吧。于是扬格又邀请他一起到海边玩。在西非，人们习惯在满月的时候，约好趁着夜色一起去海边。虽然英世不想去，但扬格告诉他医院的护士们也一块儿去，硬是把他也拉上了。英世不太情愿地跟着一块儿去了，可是他并不下海，只是在岸边和大家聊天。这种时候，他就成了中心人物，说些有趣的事逗大家乐。等到大家玩完了，他就让女人们坐上自己的车，把她们挨个儿送回家去，最后再一个人回到研究室去工作。

扬格很抱歉地说："这样一来，我们反而帮了倒忙，打扰您的正常工作了。"

英世笑着说道："这样做正符合我的性格，你不必介意。"

野口医生固执、任性，身上好像总是拖着一个孤独的影子。他可真奇怪，令人难以捉摸。扬格虽这样想，却又不断地被他的这一特点所吸引。

一九二八年的新年来到了。当然，英世怎么也不会想到，昭和三年在非洲度过的这个新年将成为他一生中最后一个新年。

新年过后，英世的工作进展得很顺利。自从直接跟动物商下订单以后，猴子被源源不断地运过来，组织标本也进一步增加了。到现在为止，他将可能含有黄热病病原体的菌株分为六个系统进行培养，一边让它们在各自不同的猴子体内不断增殖，进行纯粹培养，一边将其注射到动物体内，观察反应情况。

随着新的一年的开始，扬格更加深陷于英世的实验当中不能自拔。刚开始的时候，英世并未向扬格介绍有关实验的详细情况。他只是非常简单地告诉扬格，他做的实验是将到手的各种血液植入动物体内，然后看结果，而扬格也没有更进一步追问。他看得出英世想一个人做这项实验，而且好像也不喜欢别人对他的工作发表意见。扬格觉得还是让英世按照他自己喜欢的方式去做比较好。

可是从前一年的年底前后开始，英世开始主动跟扬格谈论起这项实验相当核心的内容。

扬格是病理学家，对因各种疾病而死亡的动物标本进行检查原本就是他的专业强项。在观察、分析因得黄热病而死亡的猴子的标本方面，他的专业知识非常有用。英世非常信任扬格的专业知识，想和他商量各种问题，同时也想听听他的意见。

对扬格来说，能跟世界著名的细菌学家共同从事研究工作，这对他只有好处，而没有任何坏处。

每当动物死后，英世都要对其进行解剖，制作各组织标本，然后请扬格帮他进行观察检验。他自己虽然也看，但是因为他自己知道这些组织标本的基本情况，相比之下总会带有一定的成见。他先不告诉扬格上述这些过程，只让他根据标本做出客观的判断。

　　以前，扬格不仅对黄热病进行调查，还对这里所有的地方病都进行调查，可是现在，他已经全身心投入到黄热病的研究工作中了。

　　个人问题有马哈菲，工作问题有扬格，他们都是英世很好的合作伙伴。英世从这两个人身上得到了很大帮助，但只有解剖动物尸体这一件事，他从来不让他们插手。解剖尸体是最有可能感染上黄热病的危险作业，他不想让这两个人也卷入其中。无论何时，英世都亲自动手解剖，助手则选用当地人。英世虽然不清楚自己到底有没有免疫力，但是他已习惯这项工作，也知道什么组织最具有潜藏病菌的危险性。有时扬格会主动提出帮忙，而他总是予以回绝，只是让他在旁边观看。

　　英世手下有三十多个本地人帮忙，他们的总负责人是沃尔科特。在这些黑人当中，他不仅比较聪明，而且以前还在拉各斯的研究所里工作过，所以英世才决定对其予以重用。可实际上，他工作起来有些吊儿郎当。

　　他无视猴子正处在发情期，就把它抓来用于实验，或者对已经死亡的动物置之不理。有一次，因为这种做法，他差一点儿把好不容易才培养起来的病菌置于全歼的危险边缘。而且，后来还发现他在工作中不仅偷看英世的实验数据，而且还把这些数据泄露给了拉各斯那边的研究所。

英世并不介意自己的实验数据被别人看到,如果拉各斯研究所那边想知道的话,他甚至准备分享给他们。可是他们现在什么都不说,偏要做这种偷偷摸摸的事,无法让人不介意。

要说起来,拉各斯那边的工作人员也真够没涵养的。先前是在动物身上做文章,现在又来这一套,很明显,他们对英世充满了敌意。一想到这些,英世就忍不住生气。在这么广阔的非洲大陆,没有一个值得信任的人。虽然马哈菲和扬格对自己还不错,可是也不能成天跟他们发牢骚。

每到这时,英世尤其想念妻子玛丽。

玛丽对英世所做的工作一向不感兴趣,即使你把各种各样的事讲给她听,她也不想记住。不仅如此,她甚至根本没有用心听他讲过。玛丽本来就对做学问不感兴趣。但是,他只要把自己心中的愤恨和怨气跟玛丽说一说,心情就会平静下来。而且面对玛丽的时候,他骂几句"拉各斯那帮混蛋"也没问题。除了工作方面的事情,玛丽还是唯一能够理解英世的亲人。

致亲爱的玛丽:

　　这里的气候还不像你想象得那么坏,我已经习惯了。自从上次生病之后,我重新开始和马哈菲夫妇一起吃饭,身体也好了很多,工作进展得也很顺利。我想二月份差不多能找出点儿头绪,大概四月份就可以回去了。你现在一个人在家可能很寂寞,不过已经快了,你还是耐心等着吧。有空的时候,你可以自己安排去看看戏或者购购物,调剂一下情绪。另外别忘了,一定要给我写信。写信寄过来太花时间,你还是发电报吧。你的电文是我心中唯一的支柱。现在是凌晨五点多,已经能听见公鸡的啼鸣了。熬夜工作有点儿累了,今天就先写到这里吧。我等待着你的来信。

你的英世

英世差不多每半个月给玛丽寄一封这样的信,而且每封信中都请求她给自己回信。但是玛丽只给身在非洲的英世寄过三封信,而且每封信都是"我很好……"之类的不咸不淡的内容。

在英世远赴厄瓜多尔以及秘鲁等地时,也同样如此。仅从信件来看,好像英世对玛丽的爱远远超过了玛丽对他的爱。而实际上也是如此,要说起他们谁更爱对方的话,肯定还是英世更爱玛丽。

不过,玛丽倒也不是不爱英世。玛丽爱英世,而且也尊敬英世,但她不是那种对丈夫唯命是从的女人,她讨厌写信这类麻烦事。可以说,她只不过就是一个天性开朗、无忧无虑的乐观的女人。

再怎么说这里也是遥远的非洲,是海角,是天边。无论你怎么抱怨,怎么倾诉苦衷,这封信寄到对方手里都需要很长时间。英世只有埋头工作,使自己无暇他顾,才能从这种孤独无助的感觉中逃离出来。

二月初,大概可以推定为病原体的东西在英世的头脑中逐渐成形,但是他还不能跟扬格说,他感觉好像一说那个东西就会跑掉似的。虽然已经看见曙光了,可还不是很清晰,这种感觉就好比爬山快要攀登到顶峰时,还有一段最艰苦的路程需要自己坚持到底。

英世进一步扩大实验规模。他又买来很多猴子,多到他一个人绝对处理不完的程度。自从实验开始启动到现在,已经死了六百多只猴子,英世对每只猴子都进行了解剖处理。猴子在所有实验动物中是最贵的。因此,有人开始在背后嘀咕:"野口医生花钱花得太多了。"而且这种流言蜚语已经传到了拉各斯的研究所里。

连扬格都有些担心了,他对英世说:"还是别再继续增加了吧?"原来那间动物室早就不够用了,而且新增建的小房子也已经没有多少空地了。

而英世却说:"如果进行研究时,还要考虑钱的话,是做不成什么像样的工作的。"

他说的也对,但是像他现在这种花法,洛克菲勒那边可是够为难的。扬格不禁对洛克菲勒财团充满同情。

不过,英世嘴上说得虽然很有气势,但实际上,他自己也很在意这个问题。

"拉各斯那帮家伙是怕我这边的研究工作进展太快,想要妨碍我的工作。""提钱的问题之前,如果不比较一下我这边和他们那边谁做的工作多,那可不行。"

他发着牢骚,越说越生气,然后就突然抓过电报稿纸,把自己所有的不满都写上去。而且也不管是白天还是黑夜,就命令本地人马上送到邮局发出去。

可是过一段时间,他冷静下来后又会问:"刚才我写的电文已经发出去了吗?"

助手告诉他还没发,他这才放下心来,说:"这么没意思的事情,没必要每次都发电报。"说着便会把电文撕了扔掉。

英世的急脾气和他的年龄成正比。预订的猴子哪怕只晚到一天,他就急不可耐地嚷嚷着要发电报去催。用船运送的话,晚一两天也是极为正常的。如果告诉他运猴子的船已经到港湾了,他就会亲自跑到码头上去,问人家能不能从这边派船过去把猴子运过来。虽然人家认为现在天还太早,希望能等到天亮后再说,可他就是等不及,大喊大叫地让人家赶快去联系、去催。

扬格这里倒还好,可是在下边工作的助手们就完全搞不懂这个名叫野口的男人了。他们也知道他醉心于工作,但总好像有些地方不太对劲儿。他有时因为性急爱发脾气,可有时又小心地努力取悦别人。

有人说:"野口医生太看重自己的名誉了。"

也有人说:"他是研究者,不是领导者。"

还有人认为:"那个家伙是掌握着权力的小孩子。"

这些说法虽然都没错,但都只反映出了英世的某一个侧面而已。

现在,扬格已经站在英世的立场上,努力控制着局面,抵挡着这些针对英世的批评意见。虽然扬格也明白助手们为什么对英世不满,但是英世竭尽全力埋头于工作这一点是事实。

"他现在心里只有工作,根本顾不上考虑别的。"听扬格这么说,大家也都表示赞同。虽然有些小小的不满,但是大家爱戴他、尊敬他这一点没有变。

进入三月份以后，扬格已经放弃了自己所有的工作，完全按照英世的日程安排来行动。

他每天检查那些动物的病情症状，解剖其中的几只做标本，然后再认真仔细地检查已经做好的每一张标本。英世只信任扬格，跟他无话不谈。一想到这一点，扬格就觉得对于英世的工作，他不能袖手旁观。

英世每天上午十点到十一点左右到研究室，吃过午饭稍事休息后，就一直工作到傍晚。晚上他先回一趟家吃晚饭，然后再回到研究室，一直工作到凌晨四五点钟。当天快亮的时候，他才沿着寂静的海岸线，一个人开车回家。有时候，他会在海边停下车，点上烟，休息一下。虽然太阳还没升起来，但是东边的海岸线上已经亮了起来。看着眼前这白晃晃、寂静无声的大海，他会突然产生错觉，感觉自己正站在日本的海边。

可是等他再回头一看，海岸线上到处都是椰子树，一直连绵不断地伸向远方。偶尔能够看见的建筑，也只有聂帕棕榈搭建的房子或者小洋楼。虽然没有太阳，但是已经能够感受到风中带有热带那种温乎乎的热气了。

抽完烟，英世慢慢地在海边散步，一边走，一边捡起落在地上的椰子，使劲儿朝大海抛去。他一个人坐在沙滩上，有时他又会突然大叫一声，奔跑起来。他一会儿叫声"妈妈"，一会儿又试着喊一声"我想喝蛤蜊汤"，感到已经很久没说的日语还能顺利说出口，他这才放下心来，回到车上。

回到家的时候，一般都是早晨六点多钟。实际上他也只能睡两三个小时的觉。有时他干脆不回家，或是靠在研究室的椅子上睡一觉，或是趴在桌子上睡一觉。等他醒来时，额头上还留着一个压出来的鲜明的桌子印。

刚开始的时候，晚上只有英世一个人工作，后来干脆配备了专值夜班的助手和司机。因为不这样的话，他根本来不及解剖晚上死去的猴子。

"野口医生讨厌睡觉。"本地人在背后议论着。

到三月末，英世终于有了重大发现。

在解剖后的猴子的组织中，他终于看到了那个具有特征的微生物，它和在南美发现的螺旋体非常相似。英世马上把这种微生物注射到别的动物身上，结果这个动物吐着黑色呕吐物死了。解剖后，他发现猴子的胃里还残留着很多同样的东西，肝脏和肾脏也都受到了伤害。

也许这才是非洲黄热病具有破坏力的病原体。英世马上给纽约的弗莱克斯纳拍电报，报告他这一发现，并准备写论文。

而扬格对这件事持慎重态度。他认为，如果这个未知的微生物真的是病原体的话，就应该对其进行培养，至少经过五至六代的纯粹培养后，再注射到动物身上，等所有接受过注射的动物都患病之后，才能公开发表这一发现。现在就下定论还为时尚早。

扬格的意见是正确的。即使在某个动物组织中发现了某种与众不同的微生物，也不能马上断定它就是病原体。虽说这种微生物可能确实与众不同，但是也有可能不是病原体，而是病变造成的外显特征。

"这群猴子是用从达喀尔采来的血液感染上的。这样的话，这种病菌也到了拉各斯那边。他们应该也能使猴子感染上，说不定也看到了同样的外显特征。但是他们到现在还什么都没有发表，可见这其中可能存在令他们无法迅速下结论的某种原因。"

"不可能是这种情况。他们和我所做的工作质量完全不同。即使做着同样的实验，我能看见的，他们也照样看不见。"

这是英世最得意的一句话。研究梅毒的时候是这样，研究沙眼的时候也是这样，英世发现的病原体，都是从其他学者检查时遗漏的东西中找到的。

确实，英世亲自动手做标本，连别人不去看的地方他也仔细检查。他在别人认为不应该有病原体存在的地方仔细搜寻，这才有了新发现。即使用的是同样的标本，只要他亲自出马，就能有新发现。因为他和其他人对待实验研究的态度就不一样。

"反正他们的眼睛跟看不见也差不了多少。"在观察标本这方面，英世对自己绝对有信心。

弗莱克斯纳也和扬格一样，对此有些担心。他几乎每天都能接到英世发来的电报。虽然他身在纽约，但对英世研究工作的进展情况了如指掌。

两人一起工作二十多年了，弗莱克斯纳知道野口有个毛病，那就是他总是太过于性急地撰写论文。

"喜闻新进展，但需慎重，切忌过早发表。"

接到弗莱克斯纳的回电后，心急火燎的英世也不得不暂停发表论文。他继续仔细地检查标本，并开始培养菌株。但是他对玛丽明确宣称："终于发现了可能是新的病原体的病菌。这一发现简直太容易了。这是以前研究这种病的人遗漏的病菌。但是,因为这次的发现具有革命性的划时代的意义,所以恐怕谁都不愿意马上予以承认。不过彻底解决问题的那一天已经为时不远了。我想把这项工作整理一下,五月末回纽约。现在我的身体状况极佳……"

英世的喜悦心情溢于言表。他虽然受弗莱克斯纳以及扬格"谨慎行事为妙"这一意见牵制,暂停发表论文,但实验本身已经接近尾声这一点是事实。

"好吧,再最后加把劲儿。"

英世马上订了一百只猴子,半个月后,又订了二百六十只猴子。

最近负责管理动物室的是黑人威廉。他和沃尔科特不同,干活儿非常认真、踏实,但是只有他一个人,根本照顾不过来这些动物。虽然每只猴子的脖子上都挂着一张标签,上面写着什么时候进行过什么样的处置,但有时猴子自己抓挠,就把这张标签给弄丢了。这时,有的本地人就会随便再往上挂一个标签,还有的人根本就不报告。

英世害怕这样会使数据出现大规模混乱,几次三番地对负责饲养的人提出严格要求,可是依旧有人偷懒耍滑。他们不仅工作效率低,而且可信度也大打折扣。

英世一着急就把黑人叫过去,在纸片上写上"作为小费,给你一英镑"。因为身上带钱有时会弄丢,所以他就写在纸片上,等发工资的时候,再根据他们纸条上的数额进行支付。

虽然这种方法在本地人当中深受好评,但这样就要一下子花很多钱。为了得到小费,有的人没事的时候也在那里跑来跑去。但是,只要努力工作就能得到报酬这一举措,多少能让他们工作起来更卖力些,至少在英世面前表现得比较听话,干活儿也有效率。

从三月份到四月份,英世一直追逐着那个看似病原体的微生物。

在至今为止的研究过程中,虽然那个微生物确实是最像的,是病原体的可能性极高,但是还找不到能够证明这一点的有效方法。

四月中旬,哈德森医生从拉各斯来到研究所。他此行的目的,一方面是交流最近的研究信息,另一方面是希望从英世这里获取分离出来的菌株。英世有点儿犹豫。他虽然不喜欢拉各斯那边的工作人员,但是刚开始的时候也从他们那里要过血清,得到过他们的帮助。虽然不是很情愿,但是,再怎么说他们也是洛克菲勒研究所的同仁,也不能毫无理由地拒绝他们的要求。

到底该怎么办呢? 英世与弗莱克斯纳联系,等待他的答复。

弗莱克斯纳只是回答说:"你可以按你自己的意愿决定。"他们之间的事情,弗莱克斯纳当然不愿意介入。

英世决定答应哈德森的要求,同时决定把新发现的微生物拿给哈德森看。英世有自己的打算。他认为虽然自己还没有公开发表,但是先拿出来给他们看一看,他们也就无法抢先发表了。

在交换完各种数据并进行过一番讨论之后,英世很自信地拿来肝脏里的微生物标本给哈德森看。

"怎么样?"英世很得意地问道。

"这不就是枯草菌吗?"哈德森的回答令他大失所望。

"是吗? 原来在你眼里只能把它看成枯草菌呀?"

虽然英世表面上装出很平静的样子,但很快脸色就变得苍白。听他这么说,再仔细一看,那个他认为是病原体的微生物确实和枯草菌很像。他虽然还不能断定,但反复仔细观察后,觉得它确实和枯草菌极其相似。实际上,在黄热病患者的组织中,存在枯草菌也并不奇怪。英世也知道枯草菌,只是他太热衷于研究黄热病,才把这件事给忘了。

"可能还是自己弄错了?"

一旦产生疑问后,以前的自信很快就被动摇了。确实,这种病原体的培养不仅不够彻底,而且也不是所有接受过注射的动物都呈现出了同样的症状。注射用的血清虽然都来自同一个菌株,但出现的差异也太大了。

发现时越高兴,现在一想到自己可能弄错了,失望也就越大。尤其错误出在他自认为绝对没问题的螺旋体显微镜观测上,这对他来说无疑是一次沉重的打击。

哈德森走后,英世失魂落魄,有时连饭也吃不下,跟他打招呼也没反应。他脸上失去了往日的神采,仿佛一下子老了三四岁。

在这一时期拍摄的照片中,有一张拍到了他那烧伤的左手,这是他所有照片中唯一的一张。以前面对镜头时,他总是迅速地把自己的左手藏起来,而只有这一次他把左手露了出来。因为他受到的打击太大,根本无暇顾及他的手了。

"如果那个微生物不是病原体的话,那么黄热病的病原体会不会不是螺旋体呢?"

英世的头脑中浮现出一个可怕的预感。如果黄热病的病原体不是螺旋体的话,那么自己在南美发现的病原体又是怎么回事呢?那可是千真万确的螺旋体。这样看起来,南美的黄热病和非洲的黄热病也许真的不一样。不对,实际上它们有可能都是同一种东西,都不是螺旋体。正如部分学者所说的那样,也许是与那些超微细滤过性病原体相近的东西。

这时,也许英世应该更正他在南美发现的不是黄热病,而是韦尔氏病的病原体。自己确实太急躁了,竟然把韦尔氏病的螺旋体误认作黄热病的病原体了。而这时,他又不想更正,因为一旦说出来,就等于全盘否定了自己在南美的研究,也等于无保留地接受了至今为止外界对自己的批判。

深夜上床后,他也久久不能入睡,一会儿嘴里嘀咕着:"也许野口真的就是大傻瓜、大笨蛋。"

可过一会儿他又喃喃自语道:"不对,野口还没输呢。野口不可能那么轻易输掉。"

中午休息时,他独自一人陷入沉思的样子简直就像一位老人。天生卷曲的头发明显有很多白发,额头部分已经有点儿秃了。因为他的脸变小了,所以看上去好像增加了不少皱纹。他以前走路总是挺着胸,这样可以使自己矮小的身躯看起来高大一些。可是现在,他有点儿驼背了,而且背影显得格外孤独。

"是不是工作太累了?"

"已经五十多岁了,在这样的热带地区,可不能太逞强。"

听到马哈菲和扬格关心自己,英世只是笑着点点头,却从来不听他们的劝告。

猴子不断因感染上疾病而死去,而解剖却有点儿赶不上趟儿了。他不再像以前那样马上进行解剖,有时还会把两三天内死去的动物归到一起做。

现在,英世已经越来越弄不懂黄热病了。黄热病的病原体到底是什么?他感到自己仿佛一下子陷进了深深的泥潭里,浑身上下都被肉眼看不到的线紧紧地捆绑住了。

非洲的雨季临近了。海风中夹杂着湿气,空中时而有雷鸣声响起。有时一阵骤雨袭来,雨点打在窗户上,像要把玻璃打碎。很快雨过天晴,直射的阳光晒得人皮肤生疼。花草树木像重新活过来一样,增添了很多鲜艳的色彩。

迅疾的骤雨,耀眼的阳光,色彩浓重的花草,这一切对于现在的英世来说,都太强烈、太残酷了。

英世开始考虑回美国。继续在这里待下去的话,好像也无法期待研究会有快速进展。收集到的有关黄热病的资料已经足够多了,还是先把这些东西带回纽约,然后再仔细研究吧。

如果只是检验、研究这些资料的话,那么还是设备先进而且有妻子陪伴的纽约更为理想。

虽然无法按照当初的计划在非洲彻底解决这个问题,但是现在还没有输。回到自己的研究室慢慢研究的话,说不定能有新的发现。

五月四日,英世给妻子以及弗莱克斯纳发了电报,告知他们,自己准备五月十九日从阿克拉出发,经利物浦回国,预计六月中旬回到纽约。

一旦做出决定,他就想尽快离开非洲。

英世马上开始做回国前的准备工作。

出发前，他还是先去了一趟拉各斯，跟哈德森他们告别。

五月十日，英世和途经阿克拉的别克医生一道出发去拉各斯。从阿克拉到拉各斯，坐船正好是一昼夜的航程。

他于十一日到达拉各斯，先是参观研究所，和哈德森、别克等共进晚餐，然后在饭店住了一晚。

第二天早晨起来，他感到轻微的腹痛，但仍然与前来送行的哈德森、别克等谈笑着回到船上。

上午十一点，他乘坐的船启航驶向阿克拉。在这之后，他只要在阿克拉再待上五天，就可以按原计划回国，纽约已近在眼前。

但就是从那天晚上开始，英世出现打寒战、呕吐等症状。

死于阿克拉

英世乘坐的"阿帕姆号"经过一昼夜的航行,于十三日接近中午时分,到达阿克拉。

航行期间,英世一直卧床不起。到港口前来迎接的马哈菲得知英世病情严重,请求有关方面想办法让英世尽快登岸,可是这件事情进行得非常不顺利。当时,在阿克拉港没有能够停靠大型汽船的码头,船只能先停在海湾里,然后再用舢板把乘客送到码头上来。

即使是现在,也是如此。加纳这个国家向来办事效率比较低。"船上有病人,请你们务必帮忙。"本地人听完后点点头,但只是这样还远远不够,或许给点儿小费,情况会有所不同。总之,可以肯定的是,当时在当地人身上出现了失误。

乘客下船后,又过了一个小时,英世才终于被转移到舢板上。这时,一直淅淅沥沥下着的小雨突然变成了瓢泼大雨,紧接着又有一阵小型龙卷风刮了过去。这期间,舢板只能停靠在大船旁边躲避,等待暴风雨过去。在这近一个小时的时间里,英世一直躺在舢板上,虽然盖着雨衣,但全身还是被雨水淋透了。

下午三点,英世才好不容易登上岸。这时,他已浑身疲软,连话都快说不出来了。马哈菲赶紧把他抱进自己的车里,送他回到家,让他在床上躺着休息。

"好冷……"英世只说了这么一句话,就沉沉地睡着了。

马哈菲一直坐在床边守着英世,英世脸颊很热,时而很痛苦似的摇晃着脑袋,看样子他得的不像单纯的感冒。

傍晚五点左右,马哈菲请来医生,诊断结果是英世需要马上住院。

下午六点,英世住进了欧洲医院,由弗兰克林医生担任主治医生。欧洲医院就是上次英世因为吃了螃蟹罐头生病而住过的那家医院。

刚住进医院时,英世的脸颊因发烧而变得通红,而且还伴有头痛以及身体各关节疼痛等症状,体温高达三十九点七摄氏度,同时还在尿中发现了蛋白。

在热带地区,如果出现发烧症状的话,首先应该考虑的是疟疾,可是血液涂片检查的结果呈阴性。

医生先给他用了退烧药和林格氏液,观察了一个晚上后,英世根本没有好转的迹象。不仅没有好转,第二天一早,热度反而继续升高了。只一天时间,他的眼睛就凹进去了,胡须乱蓬蓬的,衰弱得仿佛变了一个人。而且上午一次、下午三次,他一天一共吐了四次黑色物体,排尿只有下午一次。

从这些症状判断,医师团怀疑他得的是黄热病。

黄热病的一般病程是这样：三至六天的潜伏期过后，病人会突然发高烧并伴有恶寒战栗，还会出现头痛、腰痛、呕吐等症状。这种状态持续四五天后，热度会暂时降下来，其他症状也会有所缓和，这就是所谓缓解期。如果能在这一阶段治愈的话，病人以后就没有危险了。可是如果在这之后再次出现发烧以及严重的黄疸症状或者肾功能障碍的话，那就是致命的，病人一般会在一个星期左右死亡。致死率根据造成伤害的部位的不同而有所区别，一般认为在百分之四十到百分之七十。

英世吐出黑色物体是因为胃血管破裂，显示有出血倾向；而尿少则是肾功能出现障碍的结果。何况他现在还伴有浑身疼痛和高烧这些症状，再加上英世自身一直处于极易感染的危险环境当中。综合上述各种因素，医师团断定他得的就是黄热病。

十四日下午，趁着他呕吐的间歇，主治医生弗兰克林对英世说："关于黄热病方面的问题，我想博士您比我更了解。作为医师团，针对您现在的情况，我们可以确诊为黄热病。我想治疗也会沿着这个方向进行，您的意见如何？"

英世默默听完弗兰克林的一席话，最后微微点点头，轻声自语道："为什么会感染上呢？"

确实，他对此难以理解也自有他的道理。

在此之前，就是英世以为自己发现了黄热病的病原体，而且还研制出了疫苗。他公开宣称只要打了这种疫苗，就不会感染上黄热病，即使万一感染上了，症状也会很轻，不会有死亡的危险。而且他一直坚信自己绝对不会感染上黄热病。为什么这样说呢？因为关于实验动物,什么地方病原体最集中,什么东西最危险,英世都非常了解。

而现在,他本人却感染上了黄热病。不过在这时,英世还是相当乐观的。他虽然现在很痛苦,但很快就要进入缓解期了,到时候就会舒服多了。他的这种乐观情绪源于他确信自己注射过疫苗,不会有危险。

一旦确诊之后,马哈菲马上给纽约的弗莱克斯纳以及玛丽发了电报。

弗莱克斯纳第二天马上回电说:"得知野口医生的病况,深感忧虑。望提供一切方便予以援助。对野口表示我的爱,对您表示我的谢意。"

从那以后,弗莱克斯纳连日询问病情,并给联络电文发回电。

而玛丽却没有任何表示。

五月十五日,英世进入发病后的第四天。他的体温突然下降,呕吐也趋于平缓,迹象显示他已经进入缓解期了。

再也不用怀疑了,他得的就是黄热病。

这一天,英世多少有了点儿精神,他分别与马哈菲以及扬格等人谈话约三十分钟。他虽然头脑很清醒,但因为浑身疼痛,所以感觉相当倦怠无力。

十六日,英世病情稳定,体温和脉搏都很正常,呕吐只有清晨一次。肝功能的检查结果显示情况比较良好,排尿次数增加,尿蛋白减少,但腰痛以及疲倦仍在持续。

十六下午，别克和沃尔科特从拉各斯赶来看望他。他们好像没有注意到英世是到拉各斯之后发病的。

英世情绪很好。

别克对他说："你很快就会好了。"

他接过话头，笑着说："那当然了，如果再不好，不就只有死了吗？"

不过，比起他们的探视，更令英世高兴的是他接到了弗莱克斯纳的电文："接到野口医生病况减轻的电报，深感宽慰。向包括您在内的当地的人们的厚爱以及献身精神表示感谢。献给野口神的爱。弗莱克斯纳。"

英世从马哈菲手中接过电文，凝视了很久很久。

二十八年前，他独自一人跑到费拉德尔菲亚，来到弗莱克斯纳的身边，之后，弗莱克斯纳和野口可以说是异体同心的至交。英世只对弗莱克斯纳吐露他个人的一切烦恼，凡事都找他商量。而弗莱克斯纳比任何人都信任英世，把他看作自己最喜爱的弟子。现在，在英世生病期间，他们这种师生情谊绽放出格外美丽的花朵。

但是，玛丽那里依然没有任何消息。

五月十六日，是发病后的第五天。英世早晨还未出现任何异常情况，可下午他说肝脏部位有痛感后，便整日昏睡不醒了。

一般认为，黄热病发病后只要熬过一个星期，治愈的希望就非常大。医师团屏息静观英世病情的变化。

五月十八日，只要顺利度过这一天，就算熬过一个星期了。如果他的病情继续保持稳定的话，说不定可以就此好转。医师团对此充满希望。而这一天，英世虽然没有明显的复发症状，但尿量少，浑身体倦怠感极强。有一次,他刚要爬起来去上厕所,结果还是无力地瘫倒在床上。

马哈菲为明显又瘦了一圈的英世盖上毛巾被。

"谢谢。"

英世向他点头示意,仰头看着屋顶。涂成淡绿色的屋顶上,吊着一个白色螺旋形的风扇,扇叶正在缓缓地转动着。

英世望着屋顶,轻声自问:"为什么会感染上呢?"

马哈菲问道:"不是因为被蚊子咬到了吧?"

英世慢慢地摇了摇头。

"会不会在解剖猴子的时候被感染了?"

"可是以前一直都没事的。"

至于英世是通过什么渠道被感染的这一问题,马哈菲不知道,扬格不知道,其他医生们也都不知道。不过,因为感染上黄热病而倒下的人当中,确实有人不记得自己曾被蚊子叮咬过,这是事实。在英世到来之前倒下去的斯托克斯也是其中一个。

"到底什么才是致病的原因呢?"

马哈菲在这方面是外行,英世问他,他也无从回答。

英世紧接着又轻声说:"结果到最后,对于黄热病,我们还是一无所知。"

这恰好就像英世的败北宣言。过去曾发表文章说找到了黄热病的病原体,并且得意扬扬地说疫苗有效果的那个人,现在却因患上同种疾病而在这里冥思苦想。

传染渠道、病原体、治疗方法等什么都不知道。在这个不可思议的海洋中,英世就像一只小船一样摇摆个不停。

五月十九日清晨,早晨八点钟左右,英世突发轻度癫痫,每次发作时间持续三分钟左右,共出现了两次。因为这两次发作,他咬了自己的嘴唇和舌头。发作过程中,他曾一度昏迷并失去意识,出现了暂时的神经错乱。

马哈菲夫妇一直陪在他的身边进行看护,医师团也竭尽全力进行抢救。

可是,对于因病毒引起的黄热病,并没有什么特别有效的治疗方法。如果是现在,还可以采取注射患者血清缓和症状的办法,可在当时只能进行对症疗法。除了打强心剂和精神安定剂并继续打点滴以外,没有任何其他办法。

五月二十日,英世虽未突发癫痫,但他的身体已极度衰弱,意识也模糊不清。他有时候说"快点,快点……",有时候叫"妈妈!"。英世的意识在这亦真亦幻中转换,又在工作以及家乡会津之间往来徘徊。当然,前者是用英语说的,大家都明白什么意思,而后者是用日语说的,在场的人谁都听不懂他说的到底是什么。

马哈菲再次给纽约的弗莱克斯纳发电报。

"野口医生的病况极其严重,希望甚小。我们唯有祈祷。"

弗莱克斯纳马上回复了电文:"望竭尽全力,我也在不断地祈祷。献给野口医生更深厚的爱。"

从傍晚开始,他的心脏衰竭,偶尔还出现脉搏停跳。虽然黄疸没有进一步加重,但肾脏功能出现严重障碍,并且由于血液中尿素增加而陷入肾衰竭昏睡状态。

就这样，他一直撑过了二十日的夜晚。

到了第二天的五月二十一日，英世虽然依然处于持续昏睡状态，但偶尔会睁开眼睛，用无神的目光慢慢环视四周。跟他打招呼，他也几乎没有反应。他的眼睛睁开还不到两分钟，就又像极其疲倦似的闭上了，只有短浅的呼吸在延续。曾经那么精力充沛、忘我工作的野口英世，现在却连呼吸都很困难。之前的五十二年，他一直都是跑着过来的，而现在，好像所有的疲惫和劳累都一下子找上门来了似的。

上午十一点，英世再次苏醒过来。他虽用目光逐个巡视着马哈菲、扬格、主治医生弗兰克林，但是谁也不知道他到底能不能看清楚。

"感觉怎么样？"

听到弗兰克林的询问，英世想轻轻摇摇头，可是他现在连这点儿力气都没有了。

马哈菲对他说："你一定要挺住！"

英世没说话，闭上了眼睛。然后他嘴唇微动，用勉强可以听到的声音说："这到底是怎么回事？我完全糊涂了。"

这就是野口英世留在世上的最后一句话。

接下来，他再次陷入昏睡状态，再怎么呼唤，他也没有醒过来。

到上午十一点五十分的时候，英世突然皱着眉头，扭动了两下脖子，然后发出像孩子抽泣般低低的声音，紧接着，就好像突然一下子用尽了所有的力量似的，垂下了长着薄薄一层胡须的下颌。

在他的枕边，只有美国人马哈菲陪着他。

虽然弗兰克林马上赶了过来，但是英世已经没有了脉搏，只有心脏仿佛印证着英世对于研究工作的留恋似的，又继续跳动了几下，稍事停顿后，又跳了最后一下，然后就永远地从听诊器里消失了。

这一天正好是昭和三年（一九二八年）五月二十一日，非洲灼热的太阳挂在天空上，用红色的土和白色的石头建成的房屋沿街排开，在灿烂的阳光下，整个阿克拉都进入午后的休息时间，周围一片寂静。

关于英世之死，还有一些不同的说法，其中之一是自杀，之二是他杀。

说他是自杀的，主要是以当时英世所处的环境为背景推测的。英世的非洲之行，是在他的工作已经四面楚歌且他自己也开始对自己过去的业绩产生怀疑的情况下成行的。到达遥远的非洲之后，英世对自己更加失去了信心。不管他嘴上怎么逞强，但是很明显，他早晚都要更正自己的学说。英世自己心里很清楚，他再怎么坚持认为南美的黄热病和非洲的黄热病不同，也只是狡辩罢了。年轻一代的学者已经从研究单纯细菌进入研究超微细病原体病毒的时代。很显然，已经落后于时代的英世很快就将受到严厉的批判。

有人说："野口医生去非洲，由于成了黄热病的牺牲者，而逃避了在学术问题上受到批判的窘境。"

还有人提出疑问，认为他已经度过了最危险的七天，而到了第八天，病情却突然恶化，这太不自然。

不过这些说法都缺乏说服力。只要看看英世从非洲寄给弗莱克斯纳以及玛丽的那些数量庞大的信件以及电文，马上就能弄清楚这一点。

英世衷心地希望回到纽约。不管研究成果如何，当时他依然充满战斗热情，试图卷土重来，这一点是不可否认的事实。

他虽已熬过了七天，但这并不意味着只要过了七天就绝对能被治好，实际上坚持到第八天甚至第十天依然死去的人也很多。何况只因相差一天就断定他是自杀，再怎么说也有些站不住脚。

他杀之说的证据更加不充分。因为英世是在去拉各斯之后患病的，所以有人怀疑他是在拉各斯被人故意传染致死的。

当然，作为他杀之说的背景，英世与拉各斯研究所之间的不和也被提及。

就算他们之间再怎么不和，也找不到拉各斯那边的工作人员非要杀害英世的理由。他们一开始就怀疑英世的业绩，就算英世将庞大的实验数据带回纽约，他们也并不认为英世能得出具有新意的见解。

即使不用杀人这种阴险的手段，在自然科学领域，错误的学说也自然将遭到淘汰。对于已经形同落日的英世，拉各斯的工作人员没有非杀他不可的理由。

另外，如果把黄热病的潜伏期是三至六天这个因素考虑进去的话，就可以清楚地了解到这种说法是多么无稽。英世在拉各斯只停留了一天，而他在返回的船上就已经发病了，这样一来，就只能得出一个结论,那就是英世是在去拉各斯之前,就已在阿克拉感染上了黄热病。

在阿克拉那些不具备医学知识的本地人中间,恐怕他杀之说就是这么传播开的。

因为他们把英世当作自己的领袖一样敬仰、爱戴,而同属美国的研究所也设在拉各斯,所以,二者之间常常带有相互竞争的倾向。而且,阿克拉和拉各斯两地的本地人之间的关系也不是很融洽。在这种形势下,因为自己的"领袖"去了趟拉各斯后就发病了,所以才会传出这种说法。

鉴于当时的情况,虽然出现上述议论也情有可原,但是从科学家之间的关系以及潜伏期等方面考虑,这些说法根本不能成立。

英世死后,那位对英世给予最大帮助的扬格医生解剖了英世的遗体,取出了他的部分肝脏。这部分肝脏的标本现在还保存在伦敦的博物馆里,上面可以看到明显的黄疸症状。

另外,英世卧病在床期间,扬格在得到英世许可的情况下,从英世的手腕上采了血样,将其注射到猴子身上,成功地使猴子感染上了黄热病。

英世的遗体被解剖后,被装进当地最上乘的棺材里,内侧全部用铅做底,在进行熔接密封后,又用木屑进行了包装。

英世死后的第三天,即二十三日下午五时四十五分,当地人为他举行了葬礼,葬礼在英属教会神父及当地牧师们的共同主持下进行。

除马哈菲夫妇、扬格所长外，还有很多欧洲人以及非洲人参加了葬礼，拉各斯的工作人员也特意前来表示哀悼。和英世关系最密切的马哈菲把鲜花放到棺材上时，情不自禁地哭了起来，在英世身边工作过的那些黑人也都依偎在他的棺椁旁，久久不肯离去。

按照英世的计划，十三日从拉各斯回来以后，他再利用剩下的一周左右的时间，把手头的工作处理完，然后将于五月十九日，乘坐从阿克拉启航的船出发。

如果乘那艘船的话，六月中旬就可以到达纽约。

英世死后，马哈菲和扬格一起把各种实验数据、培养管、资料、研究用书籍等所有物品进行消毒处理后，将其全部密封在行李箱以及资料箱里，寄给了弗莱克斯纳。

在英世的私人物品中，有一个用非洲产的皮革制作的靠垫以及一块用常春藤编织的布料，这是他准备送给弗莱克斯纳的礼物。还有他准备送给同事拉塞尔和秘书奇尔登小姐的礼物，以及他买给妻子玛丽的非洲图案的布料和一只小小的手链。他们把所有这些东西，连同英世珍爱的显微镜都一起寄回了纽约。

至此，似乎在阿克拉发生的悲剧已经收场了，可紧接着，扬格好像要追随英世而去似的，他也染上了黄热病。他在英世死后的第六天，也就是五月二十六日，突然发起烧来。刚开始，他还以为是工作太累的缘故，可是到了第二天，他就开始反复呕吐，吐出很多黑色呕吐物，然后在二十九日，还没等到缓解期，就突然去世了。

他发病前，也没有被蚊子叮咬到。在英世死后，他对英世的尸体进行了解剖，然后又代替英世对那些死后被一直扔在那里的猴子进行了解剖,而正是在这个过程中,他感染上了黄热病。

扬格本来不是黄热病的研究者。可是,由于英世的到来,他在协助英世进行黄热病研究的过程中参与进来。由此可见,扬格是因为英世的连累,最后也成了牺牲者。

英世生前认为解剖工作太危险,从来不让扬格去解剖那些已经感染上黄热病的动物。可是,在英世死后,他主动承担起这项工作,这才导致了新的悲剧发生。

就这样,黄热病在夺走无数当地人的生命的同时,也将斯托克斯、野口、扬格这些优秀的研究人员引向了死亡。后来,正如学者们所料想的那样,黄热病的病原体是病毒,英世发现的病原体是错误的,疫苗完全没有实效这一点也已得到证实。现在大家推测,当时人们之所以认为"野口疫苗"有效,可能是误把疫苗注射到了韦尔氏病患者或处于缓解期的黄热病患者的身上。总之,那些微小病毒用当时的显微镜根本看不到,而且人们当时对于病毒这种东西本身,还没有清晰的概念。从这一意义上讲,英世向黄热病、沙眼等病毒性疾患发起挑战并惨遭挫败不仅仅是他个人的败北,同时也是科学发展过程中出现的必要且不可避免的失误。

"野口英世死亡"的噩耗马上传遍了全世界。

日本的各大报纸上都用大幅标题报道了"世界级学者、人类伟大的恩人——野口英世博士在非洲故去"这一消息。当天的《读卖新闻》在第一版报道了英世的死讯之后,又在社会版面以"世界伟大医学家、已故野口博士"为标题,然后分"震惊世界的众多发现""弗莱克斯纳博士的眷顾及病菌王"两个小标题,对他的一生进行了回顾。另外,在二十六日的"妇女专栏"里,以"沉浸在悲痛之中,崇高学问的牺牲者,野口博士的遗孀"为题,刊登了玛丽的照片,加上了"向夫人表示哀悼"的字样,最后还介绍说:"夫人膝下无子。虽然她还从未踏上过夫君故国日本的国土,但或许今后会带上博士的遗发访问日本。不过就此事宜,似乎还没有任何部门接到过任何消息。"结果直到最后,英世夫人访日也没能实现。

接到英世的死讯后,政府追赠他一枚"勋二等旭日重光章",并在东京以及他的老家会津,举行了盛大的追悼会。

不过,对于英世的死,美国的弗莱克斯纳博士恐怕最为悲伤。他得知英世死亡的消息后,马上到教堂祈祷,而且在后来整整一个月的时间里,为了他最爱的弟子,他每天都去做礼拜,一天都没有落下。六月十二日,英世的遗体被运回纽约。第二天,洛克菲勒研究所为英世举行了盛大的追悼葬礼,很多日本人、美国人等都赶来参加这个仪式。

英世的遗体被埋葬在洛克菲勒研究所捐赠的纽约市北郊的伍德劳恩墓地,墓前立起了一块刻着英世名字以及业绩的墓碑。英世的妻子玛丽在英世死后,每个月从研究所领取六百美元的养老金,在一九二八年十月,她还获赠了三千七百五十美元的抚恤金。

二十八年前,一个身材矮小的日本人,身上只带着一点儿少得可怜的现金,只身一人跑到费拉德尔菲亚。从那以后,他埋头学习,不断努力,获得了无数荣耀,现在终于结束了他的奔跑。

那个让人惊讶"你什么时候睡觉"的英世,现在不受任何人的干扰,长眠在这远隔太平洋的异国的墓地里。

现在,为了纪念这位明治年间只身来到美国的日本人的业绩,在洛克菲勒研究所的图书馆的正面大厅的左右两侧,与洛克菲勒一世的半身像正面相对,挂着野口英世的半身像。

在日本老家的翁岛村长照寺内,英世的墓碑就立在母亲及父亲的坟墓中间。不过第二次世界大战后,在同一个陵园里,又重新兴建了英世、玛丽夫妇二人的墓地。另外,他的遗发还被埋葬在老家院子的石碑下面,戒名是"大仁院殿济民英世居士"。

后记

关于野口英世，我从儿时起，就通过读传记、看电影等形式大概知道一些，而对他产生更浓厚的兴趣，是在我考入医学系开始学习细菌学之后。

在细菌学的教材里，志贺、北里、秦佐八郎等日本著名学者的大名渐次登场，可唯有一个人——最出名的野口英世的名字，我怎么也找不到。

这到底是为什么呢？我认为写教科书的人总不至于把他漏掉，会不会由于某种原因把他删除了？我觉得十分奇怪，于是就去问教学助手。他苦笑着回答说："那是因为在他的业绩中有好几个错误，而且疑点很多。"这对于当时的我来说，既是一种打击，同时也是我对野口英世产生浓厚兴趣的一个契机。

从那以后，他便作为伟人中一个不可思议的人物，留在了我的记忆里。当然，我真正地想要开始写他，是在我成为作家以后。

昭和四十六年（一九七一年），我带着自己尚不成熟的构思到会津采访，两年后，又飞到美国、墨西哥采访，这才有机会于昭和五十年（一九七五年）开始在《野性时代》一月号上连载。直至昭和五十三年（一九七八年）七月号为止，在历经三年半的连载之后，现在终于可以结集成书了。

纵观野口英世的一生，他大部分时间都是在国外度过的，所以为了追寻他的足迹，我需要到各地进行采访。在日本国内、美国、巴拿马、墨西哥、英国，直至他的临终地——非洲的加纳，我采访了各种各样的人，对他的经历进行调查。

距他去世已经过去五十多年了，几乎已经没有直接认识他的人了，而且他生前住过的街区以及用过的研究室也都已经找不到昔日的影子了。尤其困难的是，虽然包括各种儿童读物在内，为野口英世撰写的传记多达四十种，可是其中比较值得信赖的只有奥村鹤吉所著的《野口英世》、埃克斯坦所著的《野口》，以及筑波常治所著的《野口英世》等数种而已。其中，奥村对野口前半生在日本的记载与埃克斯坦对野口后半生在国外的情况的记载，内容虽多少有些偏差，但总体还算详细。不过很遗憾，他们对其他时期的描写有很深的杜撰成分。从这一意义上讲，很难说这几本传记如实地描写了野口的生平情况。

面对这一情况，我想对毫无粉饰的、活生生的野口英世这个人进行描述，这才开始动笔。其结果可能会在某些地方破坏过去树立起来的野口的偶像形象并否定过去传记中的记载，但是我并不认为这样做会有损野口的伟大。不仅如此，真实的野口形象将与我们更贴近，更令人感动。实际上，我在调查野口的过程中，越发被他的人

576

格魅力所吸引,越发想把他从那些令人窒息的、极不舒适的恶劣传记中解救出来,让他作为一个普通的自由人在空中翱翔。更为重要的是,如果不是我自己热爱他并被他那强烈的个人魅力所吸引的话,可能就不会有这部作品问世了。

确实,再也找不到像他这样毁誉参半、虚实混杂的学者了,对他的评价完全根据从哪个角度看而发生变化。如果单纯按照是否为后世留下丰功伟绩这个标准去评价的话,野口或许就变成了犯过错误、疑点很多的学者。但是,纵观他后半生的研究,他挑战的都是病毒疾患这样的难题,从这个角度上看,他也许就是自然科学关注的焦点从细菌转入病毒这一过渡期的悲剧式人物。

话又说回来了,人们对自然科学的评价是何等冷酷无情啊!随着科学技术的进步和新发明的出现,过去的业绩正确与否过不了数十年就将完全暴露于光天化日之下。相比之下,人们对政治、社会、经济等人文科学领域的研究论文中所出现的错误就显得极其宽容。虽然二者之间存在有无结果、结果明确与否的差异,但是通过对野口的评价,自然科学的严酷性再次展示在我们面前。

野口英世正因为不甘心,一心想成名立业,所以才选择当细菌学家,可如果他当时选择的是人文科学的话,肯定也能做出相应的成绩,写出很多论文。一想到这一点,我不禁为人在一生中的各种奇遇而感到惊异。

但是我被野口吸引并为之感动,并不是因为他的业绩或者他的名声,而是因为他作为一个活生生的人的那种竭尽全力、充满激情的活法。追寻野口生活过的足迹,我越发喜爱上了这个人物,越发想使他那种强烈的个性在当今世界复苏。耗费八年岁月，仍留有很多不尽如人意之处，但是如果在此我能够把他的精神表现出来，哪怕只是其中的一个侧面，我也就很满足了。

另外，在本书稿撰写过程中，我得到了很多朋友的大力协助，同时也参考了前人整理的大量资料。特别是关于野口的生平，前半生得益于奥村鹤吉，后半生得益于埃克斯坦的著述的成分相当多。我在此向这两位已然故去的前辈表示敬意，同时也对那些在采访过程中给予我帮助的各位再次表示感谢。

渡边淳一

昭和五十四年（一九七九年）八月